시조時調왕자

단단

이동훈 장편 소설

어문학사

시조왕자

단
단

프롤로그

번쩍 눈이 떠진다. 세모래밭이다. 여기는 어디일까? 단이 낮은 소리로 중얼거린다. 어젯밤에 물가에서 곤드라진 기억이 있을 뿐. 일체는 안갯속처럼 무량하다.

물이 거울처럼 반짝인다. 사금파리 같은 물빛이 눈을 찌른다. 투명한 햇빛에 자칫 핏방울이 비칠 기세다. 단의 눈은 절로 실눈이 된다. 모래와 물뿐, 모든 것은 정적 속에 잠겨 있다. 아침 햇살을 마중하며 피라미들이 빠르게 유영한다. 평화롭고 아름답고 깨끗하다. 사람들 세상도 저렇게 맑고 깨끗했으면 좋겠다는 생각이 자맥질하는 동안, 단단은 어느새 물가로 발걸음을 옮기고 있다. 이곳은 그가 나고 자란 곳이다. 젊은 한때 고향을 떠나 있는 동안 많은 것이 옛 모습을 감추었지만, 그래도 이곳만은 —시냇물처럼 시간이 물살 따라 흘러갔을 뿐— 어릴 적의 풍경이 생것 그대로 남아 있다.

고개를 들어 하늘을 본다. 햇빛이 금수레를 타고 내려온다. 생각하면 임금님 행차가 따로 없다. 우리도 옛적에는 햇빛을 신으로 모셨다. 아득한 태곳적에 햇빛은 어디서나 신이었다. 태양신은 지금도 우리 곁에서 생명붙이들을 돌보고 있다. 생명과 생명 아닌 것을 가리지 않고 존재하는 모든 것에 골고루 자비의 손길을 뻗어준다. 지구 위의 모든 에너지는 결국 태양 에너지라고 하지 않던가.

보면 햇살도 한 가지 색이 아니다. 하양, 보라, 노랑, 파랑, 검정— 색색들이 모여서 햇살이 된다. 생명이 된다. 사랑이 되고 희망이 된다. 깊은 어둠도 알고 보면 햇살이 빚은 것이다. 햇살이 어둠을 살리고 어둠을 지우고 어둠을 틔운다. 지금 눈부신 이 햇발이 아무도 모르게 또 밤을 잉태할 것이다. 햇발은 어둠의 포장지이다. 주름이다. 어둠을 한 겹 벗기면 밝은 빛이 광채처럼 쏟아진다.

단단은 정신을 당겨 햇살에 몸을 기댄다. 한없이 여유롭고 상쾌한 아침이다. 무지갯빛 햇살이 피라미 지느러미처럼 파닥거린다. 생기발랄하다. 물속을 가만 들여다본다. 밝음 속에 밝음이 또 들어 있어 한층 밝음이 물이랑을 이루며 번진다. 바람이 불어온다. 여름 볕에 그은 숲에 물바람이 비릿한 향을 토한다.

영은 어디 갔을까? 보이질 않는다. 파아란 물빛으로 스며들었나? 자취가 가뭇하다. 그러나 눈에 보이지 않는다고 없다고 말하고 싶지는 않다. 적어도 단단에게 그녀는 그런 존재다. 마음에 늘 품고 있으니 둘은 헤어진 적이 없다. 첫 만남 이후로 지금까지 그녀는 단단의 연인이다. 아니 그건 단의 일방적인 생각이며 착각일 수도 있다. 그녀 또한 그렇게 생각하는지는 알 수 없는 노릇이다. 어쨌거나 단단은 그녀를 자기만의 정인으로 여기며 요즘 들어 마음이 편안하고 느긋하다. 사랑하는 마음은 물들이는 마음이라고 생각한다. 자기와 같은 색깔의 감염을 기대하는 마음이 진정 사랑하는 마음이라고 단은 생각한다. 오랫동안 꿈을 꾸면 꿈과 현실이 섞여 하나가 된다. 장자의 호접몽처럼 나와 나비의 구별이 사라지는 순간이 문득 찾아온다.

기실 그녀는 동백꽃 같은 존재다. 시들어 떨어져도 송이째 보석으로 다시 피는 동백꽃. 남몰래 그녀 이름을 읊조리면 입안이 환해진다. 박하사탕을 한 모금 입에 물어보기나 한 것처럼. 이영, 그녀의 이름이다.

자전거가 천천히 굴러온다. 햇살을 감아 돌린다. 누군가 온다. 발 앞에 바투 올 때까지 자전거는 혼자 구른다. 초록의 물결이 흩어진다. 바퀴살 따라 햇빛이 조각조각 부서진다. 그녀는 예의 청바지 차림이다. 초록의 물결을 두른 것이라고나 할까. 시냇물도 초록, 바지도 초록, 여름 숲도 초록, 초록 일색이다. 마음의 강을 따라 흐르는 것도 청춘의 푸른 물결이다. 단의 가슴도 금세 초록으로 물든다.

단은 그녀를 바로 보지 못한다. 햇빛 탓이다. 영의 하얀 손목이 눈에 찬다. 보지 못하는 새 그의 눈길은 빠르게 그녀의 실루엣을 훑는다. 기분이 쩌릿하다. 달콤한 기운이 가슴께에서 맴놀이 친다. 상큼하고 유쾌하다. 피돌기를 지루해하던 엔도르핀이 속도를 일순 높인다. 쾌감 호르몬이 힘차게 분출되나 보다. 홀림의 안개 숲 속이다. 몽롱하다. 이윽고 그녀를 마주 본다. 그러나 정작 마주 본 그녀의 눈망울엔 깊이를 알 수 없는 슬픔이 잠겨 있다. 웬일일까? 눈 속에 뭉게구름이 감돌고 있다. 아니다. 자세히 보니 비를 머금은 먹구름이다. 금방 울음이 터질 듯하다. 요즘 들어 부쩍 말수가 줄어든 그녀이다. 멀리 솔방울이 장미처럼 보인다. 사랑에 빠진 후 단단의 눈에는 모든 게 다 아름답다. 일체가 사랑스럽다. 세상이 살만해졌다. 그는 황홀경에서 자주 길을 잃는다. 그녀가 단에게 바람과 함께 다가온다. 그 순간 단은 영을 피부로 느낀다. 알싸하다. 그녀는 바람이고 향기다. 영을 알고부터 단에게 영은 세상의 전부가 되었다.

> 이국 소녀의 깊은 눈망울처럼 지금 햇빛 내리고
> 빛줄기 한 금마다 그녀 미소가 환해라
> 어쩌나 한 번의 옹숭깊은 눈빛이 마냥 그리워짐을

오솔길이다. 누가 온다. 걸어온다. 단이다. 그가 천천히 걷는다. 보드라운 볕이 마중을 나온다. 섞인다. 하나가 된다. 둘은 어깨동무를 하며 같이 걷는다. 세상이 번쩍거리는 황금알로 변한다. 빛 천지다. 숲이 이슬을 털며 아침을 맞는다. 하루하루 새날은 금덩이보다 더 귀하다. 아침에 눈뜰 때마다 단은 기도한다. "노다지도 이런 노다지가 없어. 오늘 하루도 열심히 살자. 단단 화이팅!" 날마다 햇빛을 열어주는 하느님이 고맙다. 단은 하루도 인사를 거르지 않는다. "하느님 고맙습니다." 단은 이것이 동방예의지국을 다시 살리는 지름길이라고 생각하는 것이다.

바람과 손을 잡는다. 단이다. 조우관 머릿결을 휘날리며 단이 걷는다. 사분사분한 발걸음이다. 길가 풍경이 줄레줄레 따라온다. 멀리서 새 소리가 '비비비리리릿쭝' 하고 들려올 뿐 사위가 고요하다. 지나온 길들이 첩첩이 쌓인다. 길은 길을 물고 산새처럼 종종거리며 나타난다. 한참을 간다. 그러나 이 정도에서 아무 일이 없을 수 없다. 흙길을 빠져나와 단단이 어둑한 숲길을 막 들어설 때이다. 한 줄기 기분 나쁜 바람이 음산한 공기를 몰고 온다. '휘리리리리리리리리리릭' 단은 저절로 눈살을 찌푸린다. 숲 속에서 무언가 시커먼 게 쓱 나타난다.

"크크크 팅궉 팅궉 팅그르르끽끽 크크크 카카."

기괴한 웃음소리다. 섬뜩하다. 뼛속을 파고드는 소리다. 거미다. 입 큰 거미. 영화에나 나옴 직한 괴물이다. 시커먼 주둥이가 꿈에도 본 적 없이 무섭다. 쇠스랑을 얽어놓은 듯한 거미의 네 다리가 섬뜩하다. '쿠르릉 쿠르릉' 쉴 새 없이 다리를 전후좌우로 놀린다. 저 다리에 걸리면 무어나 반 토막이 되리라. 거미의 입 속은 톱날 같은 이빨이 도드라져 있다. 괴물은 괴물이다. 몸뚱어리 전체가 흉측한 무기다. 고슴도치같이 뾰족뾰족한 가시 등에 커다란 비늘이 검푸르죽죽하게 덮여 있다.

단단은 예의상 놀라는 척해준다. '아유 깜짝이야!' 그뿐이다. 그는 침착한 표정으로 흑거미를 바라본다. 부러워하며 시샘하는 듯이 단이 묻는다.

"그대가 그 유명한 흑마왕이오? 명성은 많이 들었는데, 막상 만나 보니 참 재미있게 생겼군. 완전 나의 우상이야. ㅋㅋ."

단단은 웃음기를 머금고 괴물의 눈치를 빠르게 살핀다. 흑거미는 잠시 뜨악한 표정을 짓더니, 이내 대수롭지 않다는 듯이 천둥 같은 소리를 내뱉는다.

"크크크 튕귁 튕귁 튕그르르끽끽~크크크 카카. 애송이가 제법 웃기는구나. 나는 이 나라의 모든 것을 잡아먹고 살아가지. 크크크."

이 괴물은 칸국의 시와 노래를 특히 좋아하여 닥치는 대로 잡아먹는다는 공포의 흑거미이다. 그런데도 단단은 괴물을 보자마자 공포에 질린 비명보다 도리어 웃음이 먼저 터져 나왔다. 괴물에 대해 익히 알고 있음이다. 단단은 그와 대결하기 위해 지난 3년간 몸을 칼날 삼아 수련에 수련을 거듭해왔다. 그렇다. 단이 괴물 퇴치법을 완성하고 일부러 그를 찾아온 것이다.

"으하하 흑거미여! 잘 만났다."

"정말 웃기게 생겼구나. ㅎㅎㅎ."

흑거미는 기분이 나쁜지 음흉한 그 큰 눈을 부라리며 단을 쏘아본다.

"케로로로, 쿠크크. 조그만 녀석이 눈은 밝구나. 넌 웬 놈인데 이곳에 나타났느냐?"

"긴말 필요 없다. 나는 지금 배가 몹시 고프다. 크크. 너를 잡아먹어야겠다."

"크크크 튕귁 튕귁 튕그르르끽끽~크크크 카카."

단단은 허리춤에 찬 단소를 곁눈질로 재빨리 확인한다.

"이놈 괴물아, 네놈 나라는 왜 죽기 살기로 우리 것을 죄 집어삼키는 거냐?"

흑거미는 대답이 없다. 포악한 살기를 내뿜는다. 단을 향해 독사 혓바닥 같은 거미줄을 발사하려 한다. 일촉즉발. 위기 상황이다. 놀란 단이 다급하게 외친다.

"잠깐, 내 말을 들어라."

괴물이 멈칫한다.

"나에게는 칸국 누구에게도 없는 아름다운 노래가 있다. 시조라는 것인데, 옛적에 하늘나라에서 부르던 노래다."

시조라는 말에 괴물은 흉악하고 큰 입을 먹성 좋게 한 차례 다진다. 콧김을 내며 입매를 벌렁거린다.

"크흐홉, 크크크. 그래, 그것이 어디 있단 말이냐? 빨리 내놓아라. 크크크 팅 귀 팅귀 팅그르르끽끽~크크크 카카."

옳다구나. 단이 이제 제 꾀를 내놓을 차례다.

"하하하. 죽고 사는 것은 하늘의 뜻인데 어찌겠나? 다만 죽기 전에 노래를 한 번 불러보고 싶구나. 흑거미 그대에게 시 노래 시합을 감히 청한다."

단의 엉뚱한 제안에 괴물이 거대한 앞다리를 쿵쾅쿵쾅 들었다 놓는다. 가소 롭다는 뜻이다. 셀 수 없이 많은 칸국의 시 노래가 지금 괴물의 뱃속에 들어 있을 것이다.

"맹랑하구나. 곧 죽을 놈이 말이 많구나. 냉큼 목숨을 내어 놓아라. 크크크 팅 귀 팅귀 팅그르르끽끽~크크크 카카."

단단이 한 걸음 앞으로 쓱 나서며 말을 꺼낸다.

"지금까지 내가 모은 하늘 노래가 수천 편에 이른다. 칸국의 아름다운 시조 를 지구별에 한 번도 선보이지 못하고 생을 마감할 수야 없지. 너야말로 오늘이 제삿날이다. 흑마왕, 이 괴물아, 덤벼라. 자신 있으면 한번 붙어보자고. 하하하 하하."

말을 마친 단단이 호기롭게 웃어 재긴다. 이럴 수가 없다. 괴물은 어리둥절하다. 저게 무얼 믿고 저러나 하는 표정이다. 못생긴 얼굴을 잔뜩 찌푸린다.

단은 속으로 쾌재를 부른다. 괴물이 단의 꼬임에 걸려든 것이다. 미끼는 던져졌고 입질까지 했으니, 고기만 낚으면 된다. 대어다. 대물이다. 단단은 속으로 고소한 웃음을 표창처럼 함부로 던진다.

왼쪽 허리춤에서 단소를 날쌔게 뽑는다. 입에 댄다. 서슬에 맑고 깨끗한 노래가 흘러나온다. 삼색 구름이 단소 끝에서 몽글거리며 피어난다.

> 사람은 사람 속에서만 사람답게 산다네
> 홀로는 아무 값 없지 사람 속에 살고지고
> 별빛은 밤하늘에 빛나고 도덕은 사람 속에 빛나네

영롱하면서도 끈끈한 소리가 밀고 당기며 팽팽하다. 그런데 이상하다. 흑마왕이 꿈틀거린다. 얼추 춤사위다. 꼴에 어울리지 않게 황홀한 표정을 짓는다. 시조 노래에 반한 걸까? 눈치가 그렇다. 험악한 상은 나 몰라라 하고 눈을 질끈 감고 있다. 매혹된 분위기를 보인다. 우스꽝스럽다. 이런 게 '에로그로'한 걸까? '에로그로'. 섹시한 괴물. 섹시해? 그렇다. 그는 지금 섹시하다. 낯선 것에 대한 강렬한 호기심. 아름다움에 즉각 반응하는 민감성. 지금 이 괴물은 섹시한 게 맞다.

아릿한 운율을 타고 노랫가락이 출렁인다. 리듬은 괴물의 우툴두툴한 피부에 꽤 오래 남아 있다. 괴물의 몸뚱이에서 빛이 피어난다. 윤기가 흐른다. 놀랍다. 시조의 맛을 음미하는 듯 괴물이 눈을 거푸 껌벅인다. 단단이 싱긋 눈웃음을 친다. '후훗, 시조의 매력이 이 정도구나.'

하늘 노래가 끝났다. 괴물이 눈을 부채꼴로 활짝 펴며 말을 붙인다.

"거 재미가 있구나. 이런 게 네놈한테 얼마나 있지? 시조라고 했나?"

"한도 끝도 없이 많지. 무진장이야."

"이건 먹어 치우기가 아깝구나. 나도 시조를 즐기고 싶어. 나에게 시조를 가르쳐다오. 크크크 팅퀴 팅퀴 팅그르르끽끽~크크크 카카."

'쳇, 웃음소리는 여전하구나. 불길해. 듣기 싫어.' 단단은 고개를 끄덕인다. 살그니 미소로 답하며 단소를 꺼낸다. 삼색 구름이 몽글몽글 피어오른다. 노래시가 다시 흘러나온다.

> 빗길에 보았지 송이송이 꽃 구름 놀러 왔네
> 셋 넷 다섯 물방울 구슬에 용이 꿈틀꿈틀
> 어영차 구름 마차 타고서 용왕님 승천하시네

괴물은 황홀한 표정이다. 짐짓 감동한 듯 코를 벌름거린다. '칸국에 이런 노래가 있다니!' 주변의 공기가 차츰 향기로 채워지고 있다. 괴물은 기분이 달콤 삼삼 좋아지는가 보다. 맘에 드는지 이 노래를 몇 번 읊조리며 따라한다.

"크크크 팅퀴 팅퀴 팅그르르끽끽~크크크 카카."

> 빗길에 보았지 송이송이 꽃구름 놀러왔네
> 셋 넷 다섯 물방울 구슬에 용이 꿈틀꿈틀
> 어영차 구름 마차 타고서 용왕님 승천하시네

"크크크 팅퀴 팅퀴 팅그르르끽끽~크크크 카카."

괴물이 사뭇 노래에 빠져들었다. 천천히 그러나 분명히 흑마왕은 무장 해제되고 있다. 시조의 끌림에 깊숙이 빠져드는 중이다. 그에게서 사악한 기운이 천천히 지워지고 있다. 우툴두툴한 피부가 어느새 반들반들 윤이 나게 바뀌었다. 여차하면 이 괴물에게서 즉석 콧노래가 튀어나올 형국이다. '노래가 이렇게까지 즐겁다니' 하는 몸 시늉을 보인다. 시와 노래를 먹는 것으로만 알던 괴물의 가슴에 쨍하고 균열이 생겼다. 괴물은 가슴을 열고 시조의 바다에 몸을 맡긴다. 흑거미는 하늘을 날 것 같은 표정을 짓는다. 그의 나른한 몸동작에 구름 위를 둥둥 떠가는 기분이 아롱댄다.

빗길에 보았지 송이송이 꽃구름 놀러 왔네
셋 넷 다섯 물방울 구슬에 용이 꿈틀꿈틀
어영차 구름 마차 타고서 용왕님 승천하시네

단은 시조의 위력을 지금 눈앞에서 보고 있다. 그 흉측한 괴물이 순한 강아지와 같은 몸짓을 하다니. 이게 무슨 조화람? 보고도 믿지 못할 광경이다. 괴물이 시조에 매료되었다. 포로가 되었다. 즐겨 스스로 종이 된 것이다. 단은 놀란 입을 다물지 못한다. 한참 후 정신을 차린 단이 꿈속처럼 중얼거린다. '아하! 이래서 시조 공부를 열심히 하라고 했구나.' 영이 시조 수련을 자꾸 채근한 까닭을 알 만했다. 시조는 칸국의 얼이자 칸 문화의 성수다. 한순간도 이를 잊어서는 안 된다. 사부 해마루 선생의 당부가 귀에 쟁쟁하다. 시조도(時調道)와 검도를 닦으며 심신을 단련하던 숨 가쁜 장면들이 영화 필름처럼 빠르게 지나간다. 지난 삼 년이 마치 하루아침처럼 짧게 느껴진다.

짧다. 많이 짧다. 한 줄이다. 단 한 줄로 끝난다. 칸국 역사상 시조도 최고의 비술로 꼽히는 한시조다. 한 줄로 쓰는 시조다. 시조 모양새가 화살 같다고 해서 '활시조'라는 별칭을 갖고 있다. 한 줄짜리다. 그래서 잘 보면 진짜 화살 같다. 화살촉에 해당하는 첫 마디는 반드시 3자이다. 이것은 불문율이다. 까마득한 옛날에 시조가 처음 태어날 때부터 그랬다. 겨레의 철학, 3철학을 잊지 말라는 뜻이다. 시조 운율은 겨레의 숨결이고 호흡이고 몸짓이다. 한시조는 한때 명맥이 끊어져 전해오지 않던 것을 단단이 해마루 사부와 함께 찾아서 시대에 맞게 복원한 것이다.

흑마왕은 단의 한시조에 온몸이 노출되었다. 갑자기 부들부들 떤다. 괴물에게 단소 끝에서 뿜어져 나온 빛살이 들이친다. 무수한 화살이다. '그동안 칸국의 노래와 시를 닥치는 대로 먹어치운 괴물에게 죗값을 물으리라. 사람들에게서 정과 인간미를 앗아가 버린 죄를 단호히 물으리라. 강줄기를 함부로 끊고 칸의 자연을 파괴한 죄를 물으리라.' 결기에 찬 눈빛이다. 괴물은 단말마의 비명을 지르며 빛 화살 너울 속에서 처절히 꿈틀거린다.

"캬캬크 팅궈 팅궈 팅그르르끼끽~팅그르르끼끽끽크크크 크크르 팅궈 팅궈 카카크크극."

단은 손에 든 단소를 힘차게 앞으로 뿌리며 주문을 왼다.

"단단 청!"

단소 끝에서 벽력같은 소리와 함께 강한 물줄기가 괴물을 향해 뻗어 간다. 사나운 물발이 비룡처럼 뛰쳐나온다.

"크캐캑 캬캬크 팅퀵 팅퀵 팅그르르끽끽 팅그르르끽끽크크크 크크르 팅퀵 팅퀵 카카크크극."

비룡은 괴물을 순식간에 집어삼킨다. 세찬 폭풍우가 몰아치는 순간이 지났다. 청룡이 지나간 자리가 깨끗하다. 바윗돌조차 썩은 통나무처럼 쓰러져 있다. 그런데 이럴 수가! 흑마왕이 없어졌다. 아니, 있다. 꿈틀거린다. 쥐다. 쥐새끼다. 쥐새끼 한 마리가 있다. 물에 젖은 쥐새끼 한 마리가 있다. 오들오들 떨고 있다. 그뿐이다. 괴물이 사라졌다. 쥐새끼가 남았다. 아니 그게 아니다. 그렇다면 저 쥐새끼가 괴물? 그렇다. 쥐새끼가 괴물인 거다. 괴물의 정체는 쥐새끼였다. 그간 칸국의 시와 노래를 닥치는 대로 먹어 치워서 살이 찌고 몸집이 불어나고 형체가 달라져서 괴물처럼 보인 거였다. 얼마나 욕심 사납게 탐했으면 쥐가 흉측한 거미처럼 보였을까? 괴물이 되었을까? 지금 단의 눈앞에 괴물 대신 한 마리의 검은 쥐가 나동그라져 있다. 생각하니 아찔한 풍경이다. 죽지 않았나 보다. 뒤집힌 채 젖은 몸피를 부르르 떨고 있다. 단의 반응이 없자 재빨리 일어난다. 쥐는 쥐새끼의 작은 눈으로 단의 눈치를 흠칫 살핀다. 기회를 잡았다. 뒤쪽 풀숲으로 쪼르르 달아난다. 한낱 쥐새끼 한 마리 때문에 지난 5년 동안 노래가 일체 사라지고 칸국 사람들 전체가 공포와 혐오감에 몸을 떨었다 생각하니, 단은 절로 나오는 분노와 한숨을 어쩌지 못한다. 이제 흑마왕 같은 것은 다시는 인간 세상에 나타나지 못하리라. 쥐는 쥐의 세상을 살아야 할 뿐. 쥐새끼가 분수없이 어두컴컴한 굴속을 벗어나면 죽음만이 동반자가 되리라. 단은 이 심정을 가슴 깊이 명토 박는다.

떠나야 할 때다. 단은 하늘을 우러러 한쪽 눈을 싱긋한다. 만족한 미소가 햇살처럼 번진다. 버릇처럼 자신의 세 올 머릿결을 쓰윽 훑는다. 걸음을 옮긴다. 의 기양양한 몸짓이다. 3태극 단소를 왼 허리춤에 지른다. 살랑바람이 앞장을 선다. 단은 잠자코 그 뒤를 따른다. 세 올 머릿결에 햇살이 왕관을 씌워준다. 그는 시조 왕자 단단이다.

얼마나 걸었을까? 길은 접어서 다시 눈앞에 새 길을 펼쳐놓는다. 숲길이 끝나고 흙길이다. 저기 단이 걸어온다. 삼색 단소가 허리께에 부시다. 세 올 머리카락은 안테나가 되어 언제나처럼 하늘나라와 교신을 주고받는다. 가까이 더 가까이, 단의 동그란 얼굴이 보인다. 점점 속도가 붙는다. 단이 지나간다. 뒤태를 보이며 그는 곧장 벚꽃이 흐드러진 풍경으로 들어간다. 바야흐로 한 폭의 자연 그림이 탄생한다. 어디선가 하늘 노래가 한 점 꽃으로 피어난다.

흩어지는 꽃잎은 바람의 눈물인가
다시 오마는 약속일랑 가지에 걸어두고
벚꽃은 날개를 펴고 일제히 몸을 던진다

혼자 사는 총각이 있었어.

이름은 단단이야.

학교 선생님이지.

하루는 쉬는 시간에 한숨을 쉬며 중얼거렸어.

"이렇게 해서 누구와 먹고 살꼬?"

그러자 어디서 대답하는 소리가 나.

"나랑 먹고 살지."

총각 선생님이 얼른 소리 나는 데로 가 보았지.

그랬더니 사람은 없고 단소가 하나 있어.

겉에 3태극 구름무늬가 알록달록 그려져 있는 거야.

색깔은 노랑, 빨강, 파랑인데

삼색이 참 조화롭고 예뻐.

이상하다 생각하면서도 느낌이 좋았어.

총각은 단소를 들고 집에 가

책상 머리맡에 잘 놓아두었지.

시조왕자

단군

1

구름이 낮게 걸려 있는 여름날 오후다. 단단은 물가 모래밭에서 물속을 멀리 들여다보고 있다. 피라미 몇 마리가 날쌔게 헤엄쳐 간다. 은빛 긴 꼬리를 흔들며 햇빛은 자맥질이 한창이다. 바람이 얼굴을 스친다. 따갑다. 한 줄기 걱정이 단의 심장을 찌른다. 그녀는 어딜 갔을까?

단은 꼼짝 않고 물속을 들여다본다. 그의 허리춤에는 3태극 단소가 비스듬히 꽂혀있다. 명검을 찬 검객 같은 경건함. 시냇물은 햇빛을 등에 태우고 우쭐우쭐 흘러간다. 내 전체가 한 마리 은색 물고기다. 이리저리 흔들리며 일렁이는 시냇물. 물길 따라 햇빛이 흐르듯 단은 새삼 피돌기가 밝다. 갇혔던 기운들이 일시에 터져 나온다. 단은 물이 던지는 생명의 파동을 가슴으로 받아들인다. 냇물 위로 시조의 운율이 낭자하다. 지자요수(知者樂水)라 했던가? 단은 즐거워진다.

초록색 그림자. 다가온다. 미끄러지듯 온다. 영이다. 반갑다. 단은 기쁘다. 잔물지는 가슴이 넘칠 듯하다. 두근댐을 어쩌지 못한다. 플라타너스 잎사귀가 문득 눈에 들어온다. 폭염에 지친 눈을 잠깐 씻는다. 다가선 영의 향기에 단은 정신이 그만 아찔하다. 황홀한 심정. 연정 삼매경이다. 풍경이 일순 멈춰버린다. 마법에 걸린 듯 단이 입을 뗀다.

"어디 갔다 오나요?"

그녀는 대답이 없다. 짧은 순간에 수많은 생각이 스쳐 간다. 영은 그를 물끄러미 바라본다. 깊은 눈으로 미소를 짓는다. 그는 기가 죽는다. 고개를 떨어뜨린다. 발밑을 기어가는 개미를 내려다본다. 작은 변화가 가슴 속에 꼬물거린다. 즐거움이 파도처럼 밀려오는 것을 그는 막지 못한다. 특별할 것도 없는 이 무심한 공간에서 그녀와 둘이 있다는 것만으로, 그는 정신없이 설레는 것이다. 단에게 영은 아름다운 자연이다. 가없는 기쁨이다. 자연이 주는 행복감에 그는 정신이 그만 아뜩하다.

그러나 생각하면 칸국의 자연은 그 옛날의 자연이 아니다. 자연의 아름다움을 탐하던 인간들이 제 눈을 찔러가며 산을 자르고 강을 뒤집어엎고 있다. 사방팔방에 시멘트를 들이붓고 아스팔트로 덮어 자연의 숨길을 막아버렸다. 흐름을 끊어버렸다. 국토가 숨을 제대로 못 쉬니 아플 수밖에. 자연이 병들었다. 지구가 아프다. 산과 들과 강과 바다가 비명을 지른다. 많이 아프다. 제발 학교만이라도 아프지 않았으면. 자연의 아름다움과 소중함을 체험하고 아껴야 하는 시간이 학교에서 많이 만들어졌으면 하는 바람이 요즘 단단의 화두다. 과연 자연 학교의 꿈은 살아남을까? 죽음의 시멘트 학교가 생명의 푸른 배움터로 거듭날 수 있을까? 자연 학교가 생기를 찾는다면 자연 교육, 자연 미술, 자연 과학, 자연 문학, 자연 영화, 자연 음악 같은 것들이 세세한 몸짓이 되어 아이들과 뒹굴며, 부대끼며 새로운 형태로 몸을 바꾸어 나갈 것이다. 그러면 학교는 자연 학교가 되겠지? 고통받고 상처받는 아이들에게 따뜻한 치유의 공간이 되고 공감을 나누는 소통의 마당이 되겠지. 단단의 가슴속이 잠시 환해진다.

언제부턴가 학교는 어깨에 힘이 잔뜩 들어가 있다. 여기서 힘은 인공의 힘이다. 힘을 빼고 있는 그대로가 좋은데……. 지금 학교는 인위적인 힘을 가해서 자연을 가공하고 아이들을 가공하고 세상을 원하는 대로 개조해 가려 한다. 특히 독재 문명이 극한치의 폐해를 양산하여 사람들에게 상품 구매를 강제하고 있다. 현대 칸인에게 일상은 전쟁이다. 죽기 아니면 살기, 너 죽고 나 살기의 무한 경쟁이 날마다 이어진다. 세상이 지옥도다. 전쟁터다. 단단은 여기에 미친 생각을 한꺼번에 털어내려는 듯이 그녀의 발그레한 볼에 시선을 집중한다. 미소 짓는 볼우물이 예쁘다. 사랑스럽다. 단의 가슴팍으로 행복의 물결이 동심원을 그리며 쏟아진다.

그녀도 제 나름의 생각에서 놓여났는지 미세한 눈꺼풀 움직임 끝에 그와 눈을 마주한다. 둘은 서로를 보고 싱긋 웃는다. 마음이 통한 것이다. 환하다. 이심전심. 말하지 않고 통하는 이 마음이 소중하다. 말하는 순간에 정작 중요한 것이 달아날 수 있으니까. 무언가를 말로 쏟아내면 그 말에 갇혀 다른 생각들이 갈 길을 잃어버리고 마는 수가 종종 있다. 이음새가 풀리면 줄에서 빠져나와 함부로 굴러가는 구슬들처럼 말이다. 깜냥대로 말 길을 잡아 터주는 대로 말말[1]은 흘러간다. 그러나 말 없는 소통은 여러 줄기의 생각과 느낌들을 하나로 모아 무지개처럼 다채롭게 보여준다. 묵언은 온전하게 자신의 모든 걸 다 전해 줄 수 있다. 그러한 까닭에 상대는 대상을 있는 그대로 만날 수 있다. 이것은 말하자면 한몸살이 방식의 소통이다. 느낌과 분위기로 말한다. 이 만남은 말없이 기쁘고 즐겁고 황홀하다. 진정 사랑하는 이는 느낌만으로 서로를 어루만진다.

오심즉여심(吾心則汝心). 그렇다. 내 마음이 네 마음이지. 단은 생각한다. 사람이 사람을 사랑하는 건, 사람이 하늘을 사랑하는 것과 같다고. 사람이 하늘이니까. 생각난다. '인내천(人乃天).' 저절로 두둥실 떠오르는 말풍선이다. 그렇다. 사람이 하느님이다. 온 생명이 다 하느님이고말고.

단단과 이영의 만남은 매번 이렇다. 만나도 별말이 없다. 말하지 않으니 만나

---

1 '말들'의 뜻. 말 하나하나를 강조하기 위해 쓴 표현.

지 아니한 것과 별반 다르지 않다. 만나면 느낌을 깊이 느낀다. 떨어져 있어도 둘 사이를 가득 채우는 것은 공기가 아니라 어떤 특별한 느낌이다. 둘이 주고받는 건 대화가 아니라 대화합이다. 두근대는 가슴, 설레는 숨결이다. 물 위에 떠 흐르는 나뭇잎을 같이 바라보는 정갈한 기분이다. 편안하고 즐겁다. 그녀와의 만남은 자연을 만나듯이 풋풋하고 상큼하고 새롭다. 단단은 그녀를 향해 돌아선다. 미소를 보낸다. 메아리처럼 미소가 돌아온다. 이럴 때 생각은 머리에서 나오는 게 아니라 눈에서 나오는 것이리라. 햇빛이 찬란하다. 한참을 이윽히 서로를 본다.

영은 영대로 바쁘다. 단단의 눈빛에서 어룽대는 것들을 하나씩 꺼내어 햇빛 속에 펼쳐 보인다. 그러면 단도 그제야 '아하, 저게 나였구나.' 하는 깨달음에 무단히 얼굴이 붉어지는 것이다. 그녀가 없는 빈자리는 바람이 지나가는 자리라 여긴다. 있기도 하고 없기도 하는, 환영 같은 존재. 그러나 그녀가 있기만 하면 황홀감에 깊이 홀려버리는 단단이다. 어쩌면 그녀는 땅에 뿌리를 둔 채로 만들어진 꽃다발인지도 모른다. 단단은 그 곁에서 부스럭거리는 어설픈 풀대라고 생각하는 것이다. 바람 부는 대로 꽃다발에 몸을 기대는 풀대.

노을빛이 장렬히 번져나는 저녁 어스름이다. 이제 영이 곁에 없다. 단은 갈증이 난다. 불같은 사랑을 그녀에게 전할 수 없어 단은 안타깝고 애잔하다. 직장의 틀 안에 갇혀 모두가 한 묶음으로 취급될 때, 그녀를 대하는 단단의 속마음은 까맣게 탄다. 생각하면 어쩔 수 없는 일이다. 현실은 짙게 화장한 여인네의 얼굴로 우리를 항용 속이는 것을. 안타까움의 고개를 혼자 넘을 수밖에. 단단은 쓴 미소 한 모금으로 입술을 축인다. 하늘을 본다. 구름이 모양을 막 바꾸고 있다. 바야흐로 노을빛 속에서 큰 구름 한 조각이 몸을 뒤틀며 양 떼에서 안개꽃으로 변신 중이다.

다음날 단단이 나가서 학교 일을 마치고

집에 돌아와 보니

글쎄 밥상이 한 상 차려져 있어.

소박하고 푸짐해.

이상하다 생각하면서도

배가 고프던 참이라 잘 먹었지.

그런데 다음 날 저녁에도 밥상이 차려져 있고

그다음 날 저녁때도

밥상이 또 차려져 있는 거야.

"거참. 누가 밥을 차려 놓나?"

시조왕자

단단

2

여름이 정점에 다다랐다. 교정을 휘젓는 아이들의 웃음소리가 살갑다. 히말
라야시다 껍질에 폭염의 무늬가 거칠게 새겨지고 있다. 등나무 벤치에 앉아 단
단은 눈을 감는다. 학교가 예전 모습을 회복할 수 있을까? 단단은 요즘 머릿속이
어지럽다. 그녀 또한 단과 다르지 않으리라. 자연 학교를 잃어버리고 콘크리트
학교에서 아이들이 살고 있다. 사람의 학교에서 쫓겨나 정글의 학교에서 살고
있다. 아파트 숲을 빠져나와 다시 시멘트 구조물로 들어가는 것이 요즘 아이들
의 생활이다. 가슴이 아프다. 그러나 권력의 힘을 누가 막을까? 막무가내 들이치
는 대세를 꺾을 수가 없다. 정치권력은 광포한 불의 힘으로 모든 것을 활활 태운
다. 학교는 오래전에 전쟁터가 되었다. 이것이 단의 얼굴이 종종 어두운 까닭이
다. 눈앞에 떠오르는 그녀의 슬픈 낯빛도 그래서일까? 인공 학교를 허물고 자연
학교로. 단단이 가슴에 내쳐 품은 한 송이 꿈이다.

물방울을 영원히 마르지 않게 하려면 그것을 바다에 닿도록 하면 된다. 자연
학교의 꿈, 그는 치열하게 학교에서 이것을 이루려 했다. 넘어지고 엎어지고 깨
지고 뒹굴고 짓눌리는 갖은 수난을 마다하지 않았다. 위기의 순간이 거미줄처럼
몸을 친친 감은 적이 셀 수 없이 많았다. 그러나 단은 멈출 수가 없었다. 무너질
수가 없었다. 그만둘 수가 없었다. 마냥 쓰러져 있을 수가 없었다. 다시 일어서야

만 했고 다시 걸어야만 했다. 그는 애오라지 홑몸으로 자연 학교의 7부 능선을 넘었다는 자부심을 가진 적이 있다. 그러나 단은 이제 체력이 바닥났다. 기진맥 진 많이 지쳤다. 지금처럼 영이 곁에 없었다면 그는 진작에 쓰러졌을 것이다.

영을 만나기 전에 세상은 노상 겨울이었다. 단단은 허허바다에 떠 있는 작은 쪽배였다. 돛대도 삿대도 없는 배. 물결치는 대로 바람이 이는 대로 까마득히 어둠 속으로 꺼질 듯이 곤두박이는 배. 단단은 때 없이 바다 멀미와 험한 파도에 시달려야 했다. 몸도 마음도 만신창이가 되어 갔다. 견디다 못한 그가 자연 학교를 향한 항해를 포기하려는 순간에 그녀가 기적처럼 나타난 것이다. 영은 단에게 생명수다. 감로수다. 그녀를 만나 그의 가슴에 다시 생의 기쁨이 솟아났다. 열정의 에너지가 그녀를 통해 무한대로 공급되기 시작했다. 시든 나무뿌리에 맑은 물이 콸콸 쏟아져 들어왔다. 단은 새 도전에 대한 열정으로 몸을 떨었다. 심장 박동이 노랫소리를 냈다. 새 희망이 불 방망이질하듯 맹렬하게 타오른 것이다. 가슴 깊은 곳에서 삶의 희열이 분수처럼 솟구쳐 오르는 것이다.

꿈은 아름답다. 꿈꾸는 삶은 행복하다. 자연 학교의 꿈. 단단이 꿈속으로 미끄러지는 데는 시간이 오래 걸리지 않았다. 그는 살아야겠다고, 학교를 살려야 한다고, 교육을 살려야 한다고 불끈 힘 있게 생각을 고쳐먹는다. 무엇보다 그녀가 지금 곁에 있지 않은가? 여름 낮의 햇살이 화살촉처럼 날카롭다. 온몸이 찔린 듯이 아프다. 정신을 차리고 보니 한참을 땡볕 속에 있었다. 둘은 불바다를 헤엄쳐 온 것이다. 그녀는 낯빛이 지금 발갛다. 앵두알 같다. 물속 다리가 저만치 있다. 진작 갈 것을. 발걸음을 옮긴다. 공연히 단단은 미안하다. 자책하는 마음으로 그는 맨발로 걷는다. 잔뜩 달궈진 모래알이 총알처럼 발바닥으로 파고든다. 모래밭이 화난 듯하다. 몸이 아리도록 뜨겁다. 단단은 눈물이 날 것 같지만 참는다.

그래도 뜨겁다. 이루 말할 수 없이 뜨겁다. 몸도 뜨겁고 발바닥도 뜨겁고 가슴도 뜨겁다. 이 와중에도 가장 뜨거운 건 그녀를 사랑하는 마음이다. 후훗, 단단은 미소를 흘린다. 그녀를 힐긋 돌아보며 미소를 전한다. 미안함을 전한다. 그녀 얼굴이 복사꽃처럼 발갛다. 웃는다. 다행이다. 여긴 물속 다리라서 그늘이 짙다. 물발이 세다. 기세등등한 물 기운에 눌려 더위가 여기까지 쫓아오지 못한다. 둘은 다리 그늘에 몸을 맡긴다. 서로를 바라보며 싱그러운 미소를 머금는다. 둘 사이의 행복한 시간이 맑은 냇물을 따라 꽃잎처럼 흘러간다.

> 그땐 몰랐지 미안해 처지 바뀌니 알겠네
> 역지사지는 저를 바루는 거울 같은 것
> 허투루 진심 축내지 말아요 내 마음이 그 마음인 걸

　　다시 학교다. 거미줄을 당기는 바람처럼 그는 달려간다. 기린을 닮은 듯한 운동장을 가로질러 그는 빠른 속도로 걷는다. 영은 저만치 뒤떨어져 따라오고 있다. 그가 가는 곳을 안다는 몸짓이다. 단단은 불이 켜져 있는 교실로 향한다. '이 시간에 웬 형광등 불빛이지?' 창문을 훔쳐본다. 아이들 셋이서 숨바꼭질을 하며 놀고 있다. 아이들이 풀꽃 같다고 단단은 생각한다. 그의 가슴에 자연 교육이라는 물결무늬가 반짝 일렁인다. 햇살에 되비치는 그것은 활력의 원천이 되어 단단의 가슴 가득히 생기를 불러온다. 교실에서 웃음소리가 물벼락처럼 쏟아져 나온다. 시원하다. 아이들 앞에는 불더위도 아랑곳없다. 단과 영의 가슴에 꽃이 나란히 핀다. 즐거움의 꽃, 기쁨의 꽃이다. 조금 전까지 어둡고 칙칙한 기운 일색이던 학교가 환한 꽃밭이 된다. 아이들 덕분이다. 단과 영의 얼굴에 환하고 부신 기

운이 쏟아진다. 아이들이 보낸 선물이다. 우쭐우쭐 춤사위가 흐른다. 덩실덩실 어깻짓이 절로 난다. 빛을 받은 그녀가 꽃처럼 아름답다.

사람은 누구나 물에 반쯤 잠긴 돌처럼 살아간다. 반은 차고 반은 따뜻한 그런 존재로 말이다. 누군가 있어 물 밖으로 나오면 좋으련만, 돌멩이는 제 박힌 곳에 그대로 있다. 스스로 걷지 못하게 하고 좁은 울타리에 갇혀 버린 삶을 강요하는 곳. 이것이 칸 교육의 현주소다. 단단은 공연히 마음이 언짢아진다. 멈춘 듯하나 쉼 없이 변하는 자연처럼, 그러나 우리의 교육도 학교도 아이들도 변해갈 것이다. 다만 변하되 바람직하지 않은 쪽으로, 나쁜 쪽으로 모습을 바꾸어간다는 게 문제다. 단은 가슴이 아프다. 제도가 변하고 관습이 변하고 시설이 변하고 주변 환경이 변하고, 또 결정적으로는 그 속에 담겨 있는 사람도 변하는 것이다. 특히 아이들은 학교에 다니는 동안 몸도 변하고 마음도 변한다. 시시각각 변하는 것들을 따라잡기가 여간 힘들지 않다. 아니 불가능하다. 아이들의 변화 속도를 쫓아가지 못해 학교가 가쁜 숨을 헐떡이고 있다. 학교 체력이 바닥났다. 학교가 시난고난 늙었다. 학교가 병들기까지 했다.

단단은 혼자만의 생각 상자를 계속 열어본다. 머리가 복잡하다. 어지럼증이 안개처럼 피어오른다. 잠시 눈을 들어 구름 한 점을 가슴에 들인다. 시시각각 변하기 때문에 자연은 영원하다. 저 구름처럼 시간의 강에서 저마다 흘러가며 변신하는 존재들이 자연물이요, 우리 인간들이다. 속도 면에서 볼 때 인간은 빠르고 자연은 느리다. 더한층 자연 교육이 필요한 까닭이다. 자신이 느리게 움직이면 느린 것도 잘 보이고 빠른 것도 잘 보인다. 그러나 빠르기만 하면 느린 것을 놓치고 빠른 것도 놓친다. 흑백국의 아인슈타인이 해답을 사람들에게 일찍이 던져 주었다. 우리는 단지 그것을 정답지로만 여겼지 실생활에서 구해 볼 생각을 하지 않는다. 문제는 이것이다. 그저 빠르게 달려가다가 게도 잃고 구럭도 잃을 지경에 처했다. 사람들은 난데없이 어디로 가야 할지 혼돈에 빠져 방황하는 처지가 되고 만 것이다. 칸국의 현재 혼란상은 이에서 비롯된 것이 아닐까? 다들 바쁘게 가고는 있되 정작 어디로 갈지 모르는.

우리 처지의 가련함에 단단은 눈물이 난다. 아이들은 시멘트 교육에 넌더리를 내고 있다. 아이들 몸이 콘크리트 더미에 갇힌 것처럼 아이들의 마음도 바윗돌에 갇힌 손오공이 되었다. 손오공 같은 아이들이 재주를 부릴 수가 없다. 갱무 도리 없이 콘크리트 학교에 아이들이 잡혀 있다. 이러니 몸도 마음도 점차 딱딱하게 굳어져 간다. 학교에서 아이들은 양생 중인 콘크리트 입자로 취급된다. 밖을 내다보지 않고도 구름의 모양을 알아낸다면 모를까, 교육은 저마다의 가슴 하늘에 구름을 만드는 일이기에 상상력이 더욱 필요하다. 바람의 바람대로 천연 덕스레 빚어지는 구름 모양. 단단은 눈을 들어 천의무봉의 하늘을 우러른다. 한참을 그렇게 하고 있다. 가슴속의 티끌을 씻어내려는 눈물겨운 몸짓이다.

며칠이 지난 후

단단은 학교를 일찍 마치고 집에 돌아왔지.

소풍을 갔다 온 거야.

벼르던 일을 해 보려

회식 자리를 물리치고 왔어.

하루하루 밥상을

누가 차리는지 궁금했던 거지.

오늘은 몰래 베란다에 숨어서 지켜보기로 했어.

저녁때쯤 되자

단소를 올려둔

책상 한 귀에 꽃구름이

몽글몽글 피어오르는 거야.

그러더니 난데없이

예쁜 아가씨가 나타나.

단단은 눈이 휘둥그레졌어.

숨이 턱 막혀.

깜짝 놀라서도 그렇고

선녀가 저럴까 싶을 만치

아가씨가 예뻐서 그런 거야.

그래,

숨죽여 보는데

아가씨가 또각또각

부엌 쪽으로 가데.

그러더니 마술을 빚듯이

또닥또닥 밥상을 금세 한 상 차리는 거야.

솜씨도 좋지.

그리고는 책상 쪽으로 다시 가려는 거야

시조왕자

단단

3

영은 청바지를 좋아한다. 노상 청바지 차림이다. 그녀는 고려청자를 닮았다. 비췻빛 향기가 은은하다. 그녀는 곡선이다. 나비 같다. 보드레한 실루엣까지. 풋풋한 젊음이 얼비친다. 좋다. 아주 좋다. 예쁘다. 그런데 치마는 왜 안 입을까? 궁금중이 자꾸 혀끝을 찌르기에 단단이 언뜻 물어본 적이 있다. 왜 청바지만 고집하느냐고. 그녀는 대답 대신 신비한 웃음을 보여 주었다. 고려청자의 미소다. 가을 하늘의 색을 닮은 듯 묘하고 아름다운 웃음이다.

영은 단의 애인이다. 단이 볼 때 영은 꼭 물방울 반지 같다. 투명하고 위태로운. 그러나 아름답기 그지없는 자연 미인. 물방울 반지. 그녀에게 맞춤한 비유이다. 반지는 반지이되 손가락에 끼울 수 없는 반지. 마냥 흘러내리고 마는, 모양이 금방 물크러지는 그런 보석. 문제는 단의 눈에만 그녀가 보인다는 사실이다. 어쩌면 이게 더 좋은 일인지도 모르지만.

사랑 참 좋구나 가문 날 단비 같은
이별 참 아파라 봄날 우박 같은
그대여 헤어짐 없이 내 가슴에 살고지고

단단은 놀란 가슴으로 뛰어간다. 급하다. 그녀의 손목을 덥석 잡는다. 깜짝 놀라는 그녀. 단도 놀란다. 그런 용기가 어디서 나왔을까? 둘의 얼굴이 동시에 붉어진다. 단은 두근대는 가슴을 애써 진정시킨다. 두려움이 왈칵 밀려온다. 그녀가 단소 속으로 사라질까 봐 애가 탄다. 그녀는 손목이 잡힌 채 발그레 홍조를 띠고 있다. 어찌할 바를 모른다. 단단은 흥분이 묻어나는 목소리로 외친다.

"아가씨는 도대체 누구요?"

영은 대답 대신 눈을 아래로 내린 채 가녀린 숨을 할딱인다.

재차 묻는 단의 물음에도 영은 아무런 대답이 없다.

"당신은 누구신데, 이런 곳에서 산단 말이오? 그리고 내게 밥을 해주는 이유가 무엇이오?"

영은 또 말이 없다. 대답 없는 그녀가 단은 내심 고마웠다. 그녀가 말을 하면 이 황홀한 순간이 순식간에 사라질 것 같았기 때문이다. 영은 홍조 띤 얼굴을 더욱 붉히며 한숨을 가늘게 뿜는다. 그리고 한참 후 꽃잎 같은 입술을 연다.

"저는 본디 하늘에 사는 선녀인데, 잘못한 일이 있어 상제로부터 벌을 받고 있사옵니다."

"차차 말씀드릴 것이니, 우선 이 손을 놓아주세요. 부끄럽사옵니다."

그제야 단단은 놀라며 손을 뗀다. 그녀 손목의 감촉이 단의 손끝에 차지게 남는다. 그는 아쉬움에 한숨을 쉬며 다시 묻는다.

"그대처럼 예쁜 아가씨가 어찌 하느님께 죄를 지었단 말이오?"

잠시 아득한 기억을 더듬는 듯 그녀는 눈을 감는다. 언뜻 말문을 트려는 낯빛이다. 이윽고 작심한 듯 영의 입에서는 말소리가 구슬구슬 은하수 별빛처럼 쏟아져 나온다. 자기는 하느님의 외동딸인데, 물 건너 흑백국의 왕이 그녀의 미모를 탐내어 상제에게 그녀를 달라고 요구를 하였다고 한다. 그녀는 흑백국의 왕이 변덕이 심하고 포악하여 그를 몹시 싫어했으나, 아버지인 하느님은 하늘나라의 안정과 평화를 위해 그녀에게 혼례를 치르라고 했다는 것이다. 혼례를 하루 앞두고 흑백국 왕에게 시집가지 않으려고 도망치려다 잡혀서 그녀는 지상에 귀양을 오게 되었다고 한다.

사실 단단이 사는 칸국 역시 흑백국의 횡포와 간교한 술책으로 오래전에 나라가 결딴났다. 위대했던 칸국의 영광은 사람들의 기억에서조차 멀어져갔다. 칸국은 철저히 패망하였다. 침략자 일배국이 빠른 속도로 칸국 왕실의 계보와 위엄과 역사를 파괴했다. 단단은 칸국 마지막 왕의 후손이다. 나중에 해마루 사부가 그것을 일러줄 때까지 단은 그 사실을 까맣게 모르고 있었다. 칸국은 동족 간의 삼 년 전쟁을 거쳐 결국 나라가 분단되었다. 남칸과 북칸의 두 나라로 동강 났다. 흑백국의 농간에 놀아나 둘은 불구대천의 원수가 되었다. 서로를 증오하며 헐뜯으며 살아온 세월이 벌써 백 년이 다 되어간다.

단과 영은 깊은 얘기 끝에 서로의 처지를 받아들였다. 둘은 빠른 속도로 마음을 열었다. 동병상련의 떨림이 삽시간에 둘을 하나로 묶었다. "이럴 수가!" 단과 영은 영혼을 나눈 애인처럼 하나가 되었다. "아아 이렇게 모든 것이 빠르게 진행되다니, 놀랍고도 기쁜 일이다." 단은 환희에 젖어 나직이 읊조렸다. 영도 단의 그런 마음을 아는지 눈을 살며시 뜨고 단을 바라본다. 건강한 미소다. 둘은 누가 먼저랄 것도 없이 동시에 서로를 부둥켜안는다. 뜨거운 전기가 둘의 가슴 사이로 번쩍 지나간다. 단의 뜨거운 입술이 그녀의 이름을 부른다. 둘은 부르르 떨며 서로의 존재감을 가슴에 새긴다.

"그 벌을 어떻게 하면 풀 수 있소?"

잠시 후 그녀가 나직이 말을 꺼낸다.

"제가 지금 칸국에 있는 걸 알면 흑백국 왕이 저를 잡아가려고 군사들을 보낼 것입니다. 그때 그들을 상대하려 하지 말고 순순히 저를 그들 손에 넘기세요. 그 후에 삼 년 동안 단단 님은 애오라지 시조 공부를 열심히 하세요. 저는 흑백국에서 왕비가 되어 있어 있을 거예요. 그러나 단단 님을 만날 때까지 결코 웃지 않는 왕비가 될게요. 약속합니다. 왕자님, 시조를 지켜주세요. 시조는 본래 하늘나라의 노래입니다. 신선과 선녀들의 노래랍니다. 영롱하고 아름다운 하늘의 노래. 시조는 태양의 노래. 시조를 빼앗기면 모든 걸 빼앗깁니다. 교활하고 노회한 흑백왕이 마지막으로 노리는 게 시조랍니다. 하늘나라의 노래, 아니 칸국의 시조를 완전히 없앨 때까지 흑백왕은 저를 곁에 둘 겁니다. 아무도 모르게 하느님이 저를 시조의 분신으로 만들어 주었어요. 아아 왕자님, 잊지 마세요. 시조는 칸국의 얼이에요. 시조가 소녀예요. 흑백국의 횡포가 심하다 해도 시조를 지키고 있는 한 칸국은 무너지지 않습니다. 하늘나라가 쓰러지지 않아요. 잊지 마세요. 시조가 소녀이고 소녀가 시조임을 잊지 마세요."

단은 숨을 멈춘 채 그녀를 바라본다. 질문보다 빠른 답을 내놓는 짝을 만났다고나 할까.

"제가 칸국 시조의 분신이에요. 앞으로 저를 시조로 대하시고, 또 시조 보기를 소녀 보듯 하세요. 삼 년 동안 훌륭히 시조 공부를 완성하고 나면 제가 흑백국의 볼모에서 풀려날 수가 있습니다. 치열한 시조 수련은 흑백국의 치명적인 약점을 환히 보여 줄 것입니다. 그러면 흑백왕을 물리칠 수 있습니다. 부디 제 말을 명심하시고, 시조 공부를 게을리하지 마세요. 까막거리는 등불 같은 하늘과 칸국의 명운은 지금 오롯이 단단 왕자님 손에 달려 있습니다.

그리고 이 단소를 항상 몸에 지니세요. 위기가 닥치면 단소가 왕자님을 도와줄 겁니다. 저는 이제 당신 것입니다. 소녀는 시조입니다. 왕자님이 마음껏 사용하세요. 이후랑 당신은 나를 다루는 유일한 주인입니다. 명심하세요. 단소 사용법은 시조 수련이 끝난 후 저절로 알게 됩니다. 단, 삼 년간 시조 공부를 열심히 해야만 이 모든 게 가능해진다는 걸 잊지 마세요. 저는 늘 당신과 함께합니다. 마치 빛과 그림자처럼, 해와 달처럼 당신 곁에는 언제나 소녀가 있습니다.

사랑하는 단단 님, 흑백국의 패악을 물리치고 지구별에서 인간성을 회복할 수 있는 건 오직 시조뿐임을 명심하세요. 시조를 사랑해 주세요. 소녀를 사랑해 주세요. 안녕히 계세요 왕자님.”

말을 마친 영은 연기처럼 단소 속으로 빨려 들어간다. 말릴 새가 없다. 순식간에 벌어진 일이다. 단은 정신이 아뜩하다. 눈을 의심한다. 꿈에서 깨어난 듯 단단은 황망하다. 그는 들뜬 표정으로 책상 위의 단소를 집어 든다. 그녀의 집이자 그녀인 단소. 손에 쥔 단소가 따뜻하다. 그녀의 온기가 단의 온몸으로 가득 퍼진다. ‘정녕 이것이 꿈이 아닌가 보다.’ 단단은 단소를 가만히 쓸어본다. 그녀의 마지막 인사가 계속 들리는 것 같았다.

그대는 멀리 있어 그리움에 타고
나는 또 갈 수 없어 속 타고 애타고
까맣게 태운 가슴이야 언제쯤 서로 맞춰보나

아침이다. 이크 늦었다. 단은 출근을 서두른다. 어제를 꿈처럼 가슴에 담고 학교로 향한다. 학교다. 학생들, 어린 새들은 서로를 껴안고 몸으로 체온을 데우고 있다. 비상의 꿈이 아침볕에 반짝인다. 아이들은 갓 돋아난 날개를 검은 세력에게 빼앗기지 않으려 몸부림을 친다. 숨이 막힐 정도로 답답한 시공간이다. 어린 새들은 딱딱한 껍질이 깨지기 전의 상태로 돌아가고자 애를 쓴다. 아니 일정 시간이 흐른 후에 저절로 그렇게 되어 간다. 부화는 오래전에 끝났지만 비상은 가로막혀 있다.

칸의 학교는 어수선함을 극도로 싫어한다. 자유를 본능적으로 억압한다. 자신을 정돈하기보다 전체를 정돈하고 서슬 푸르게 질서 잡는 일에 정력과 예산을 쏟아 붓는다. 그런 까닭에 학교는 살아남았는데, 학생은 다 죽어버린 꼴이 되고 말았다. 이게 지금의 교육이다. 학교가 죽었다. 단단의 가슴속은 뜨겁다. 온몸이 후끈 달아오른다. 부글부글 끓어오른다. 지금 눈에 보이는 이것은 누구를 위한 교육이며 누구를 위한 학교란 말인가? 쓸데없이 바쁘기만 하다. 아이나 어른이나 자기 생각을 할 틈이 없다. 노예를 만든다. 노예 교육이다.

단단은 생각한다. 지금 무엇을 해야 하나? 없다. 아무것도 없다. 할 수 있는 게 없어. 도무지 아무것도 할 수 없어. 알지 못할 힘에 떠밀려 학교가 빠른 속도로 내달려 간다. 어디로 가는지 모른다. 아무도 모른다. 언제까지 달려가야 하는지조차 아무도 모른다. 공원에 사는 비둘기처럼 여느 애완견보다 더 잘 길든 모습으로 모두가 학교를 살아간다. 아이들은 물론 교사들조차 한 방향으로 죽어라 하고 뛰어간다. 문제의식은 없다. 문제 교사와 문제 학생이 몇 있을 뿐. 때로는 멍한 표정의 염소 머리를 하고서 교실 창밖을 내다보며 한숨을 쉬는 것 외에 단단에게 남아 있는 새로움이란 없다.

학교에서 자연의 생명성은 찾아볼 수가 없다. 잡을 수도 없고 가까이할 수도 없다. 왼쪽 날개라는 빨간 딱지 하나로 반품 처리되는 얄궂은 운명 줄이 학교조차 꽁꽁 동여매고 매조지니 말이다. 이놈의 세상이 오른쪽 날개만으로 날려 하니 자꾸 기울어지고 추락한다. 우파 천지다. 세상은 타조가 되었다. 날지 못하니까 뛰어보는 것이다. 타조가 되어 그냥 내달린다. 세상은 날지 못하는 닭들 천지다. 닭들 세상이다. 날지 못한다. 울분은 고통이 덮쌓여 탈출구가 막혔을 때 절로 뚫고 나오는 용암 같은 것이다. 속상하고 안타까울 뿐 구체적으로 헤쳐나갈 방도가 없다. 힘도 없고 무기도 없고 용기도 없고 지혜도 없이 부평초처럼 제도와 권력이 시키는 대로 떠밀려 다닐 뿐. 단단은 슬프다. 이것이 우리의 숙명, 우리의 패배. 날지 못하는 세상에서 꼬리칸 사람들은 수다를 떨며 오늘의 불편과 불안을 잊으려 이리저리 헛심을 쓴다. 꼬리칸은 일배 식민지 시절에 일배들이 우리 칸국인을 이르던 비속어이다.

사람들은 삼삼오오 모여 커피 한 잔에 고단함을 털어 넣는다. 학교에 몸 붙여 사는 그 누구도 교육을 말하지 않는다. 학교를 말하지 않고 희망을 말하지 않는다. 역사를 말하지 않고 민족을 말하지 않는다. 그저 피곤에 절었다. 일에 치여 하나같이 닭대가리가 되었다. 생각할 줄 모른다. 누군가가 주는 모이만 쪼아 먹는다. 극한의 생존 경쟁이 빚어놓은 일상의 풍경이다. 다들 맥이 풀려 있다. 모든 게 시들하다. 교육의 열정이 사라졌다. 설렘과 긴장을 잃었다. 교육이 죽었다. 역사를 잃었다. 민족을 잃었다. 자연을 잃었다. 그러나 누구도 학교를 정면에서 대놓고 나무라지 않는다. 제 일에 바쁘기도 하거니와 그럴 기력이 없다. 돌아서서 그저 손가락질을 하며 수군거리고 계정을 부릴 뿐. 이것이 전부다. 학교에서 그려지는 다른 그림은 없다.

이런 까닭에 마음을 비우지 않고서는 교사로서의 낭패감과 자괴감을 제어하기가 쉽지 않다. 교육자의 존엄이 땅에 떨어졌다. 이제 아무도 교사를 존경하거나 예대하는 눈길로 바라보지 않는다. 교장과 교감이 먼저 교사를 함부로 억누르고 하대한다. 교사의 존엄이 일차적으로 이곳에서 파괴된다. 교육부와 교육청에서는 업무 지시와 전달 사항을 줄기차게 내려보낸다. 일에 치인다. 교사가 수업은 뒷전이고 교무 업무에 휘둘린다. 피로가 누적된다. 몸과 마음이 걷잡을 수 없이 피폐해진다. 수업이 죽는다. 수업에 대한 열성이 죽는다. 교육이 죽는다. 활력이 죽는다. 교사가 죽는다. 아이들이 죽는다. 죽을 수밖에 없다. 죽지 않고서는 살 수 없는 까닭이다. 모든 것이 다 죽는다. 교사와 학생이 교육의 주체들인데, 이다지도 일상이 피곤하고 힘들어서야 어찌 교육이 죽지 않을 수 있을까. 교육이 죽으니 자연히 예의범절이 죽는다. 아니 예의범절이 삭막해지니 교육이 황폐해진 건지 모른다. 그러나 지금도 교단생활에서 낯설지만 흥미로운 감정이 가끔 찾아오는 즐거움이 한 번씩은 있다. 술잔을 털어 넣으며 안주 삼아 교육 권력을 찢어발겨 먹을 때다. 그러나 술이 깨면 허망하기 짝이 없다. 악순환이 반복된다. 사람들은 날이 갈수록 황량해지고 피폐해진다. 그래서일까. 학교는 일 년 내내 겨울의 한파와 눈보라 그리고 아우성이 교실과 복도를 쓸며 다닌다. 알에서 갓 깬 어린 새들이 날지 못하도록 날개를 감추거나 지우거나 꺾는 일이 학교의 고유 업무가 되어 버렸다. 이 노릇을 어찌하나? 단단의 속눈썹에 서글픈 탄식이 소리 없이 맺힌다.

앞은 낭떠러지요, 뒤는 채찍 끝이 쇳소리를 내며 달려오는 형국이다. 학교는 죽었다. "그래, 이 땅의 교육은 죽었어." 단단은 희미하게 다시 한 번 읊조린다. 더 이상 망가질 수 없는 황폐함이 학교를 뒤덮고 있다. 황사처럼 매캐하게 목청 깊이 파고드는 불쾌한 기운만이 교실과 복도를 떠돌고 있다. 학교는 살모사 어미처럼 죽었고, 그 속에서 아이들은 살려고 꿈틀거리고 있다. 공연히 어림없는 행동들이다. 학교가 물이라면 아이들은 물고기이다. 물이 썩었는데 고기가 어찌 살까? 자칫 기형이나 죽은 생명이 되기 십상이다. 이 땅은 지금 자살률 세계 1위다. 십 년 넘게 부동의 1위 자리를 차지하고 있다. 살기 힘들어서, 살고 싶지 않아서 30분에 한 명씩 자살한다. 밤에 자고 아침에 일어나면 하루하루 시체가 온 나라에 넘친다. 지옥 풍경이 따로 없다. 이 속에서 사람들은 모두가 짐승처럼 생각하고 짐승처럼 또 살아간다. 삶은 죽고 죽음은 산다. 거짓은 빛나고 진실은 어둡다. 이상은 도가니 속처럼 달아오르고 현실은 식은 죽처럼 맹맹하다. 지금 칸국에서 상식은 날카로운 가시가 되어 현실의 썩은 부분을 아프게 찌른다.

> 시름 폭풍이 지나간 날에도 꽃은 피고
> 근심 비 몰아친 날에도 해는 다시 뜨고
> 지구가 두 동강 나도 내 사랑은 영원하리

가자. 떠나자. 사랑을 찾아 가자. 영원한 사랑을 만나자. 새로운 학교를 만나자. 새로운 교육을 만나자. 새로운 나라를 만나자. 시조 나라를 만나자. 단단은 영과 간밤에 했던 약속을 되뇌어 본다. 내일까지 기다리기엔 늦다. 내일이 닥치기 전에 바람처럼 떠나자. 노을이 별빛을 잉태하고 아침 햇살이 보석처럼 반짝일 때 새로운 사랑이 찾아오리라. 참세상을 찾아 가리. 높으나 낮은 파도랑 험상궂은 비바람이랑 즐거이 동무하리라. 새 빛이 이 땅을 찾아올 때까지. 세상아 기다려라. 간다. 내가 간다. 단단이 간다. 시조왕자가 간다. 내 사랑 시조야, 너도 가자. 나랑 같이 동무해서 함께 가자꾸나.

단은 길을 나선다. 무작정 떠난다. 어럽쇼, 이게 아니다. 높은 벽이 이내 그를 가로막는다. 앞이 캄캄하다. 그것은 까마득한 어둠이다. 가슴 한쪽을 부수고 황폐한 교육 현장이 가슴을 치고 들어온다. 아, 오늘의 학교는 진정 배움의 마당이던가? 아니다. 이것은 거짓 배움터다. 아이들에게 상처와 냉대를 안겨주는 이곳은 가르침이 없다. 이곳에서는 누구라도 서로를 죽여야 하는 경쟁 상대로만 알게 한다. 잔혹한 생존 무기만이 번득이는 이곳은 더 이상 학교가 아니다. 싸운다. 싸울 뿐이다. 아이들은 성적으로 싸우고 주먹으로 싸우고 돈으로 싸운다. 가르침의 마당이 아니다. 배움터가 아니다. 이곳은 참답게 가르치지도 않고 참답게 배우지도 않는다. 수업은 기쁨이 아니라 아픔이 되었다.

가르침은 배움과 동무한다. 그러나 지금 이곳에 가르침은 없다. 싸늘한 강제 학습관이 주어질 뿐. 버둥거리며 버텨보았자, 돌아오는 것은 부적응의 날 선 눈빛뿐이다. 이곳에는 긍정의 기대치가 가차 없이 외면당하고 있다. 짓밟힌 꽃이 마지막 순간에조차 향기를 뿜는 것과 같이 단단의 가상한 노력도 부질없는 꽃향기의 운명에 매일 뿐이다. 지배자의 유령 같은 발걸음은 교정 구석구석을 한 치의 빈틈도 없이 천천히 점령해가고 있다. 마치 저녁 무렵에 어스름이 빠른 속도로 빛을 덮누르는 것처럼. 말하지 않고 느낌으로 전달되는 게 중요하다. 옛적 빛나는 배움의 고갱이가 지금은 아득한 그리움으로 남아 있다. 한 줄기 바람이 흐느낀다. 영의 한숨 소리다. 그녀가 멀리서 울고 있다. 단은 눈을 지그시 감는다.

가자. 가고 가고 또 가자. 어둠을 찢으며 단이 발걸음을 막 뗀다. 이때 덤벼드는 어둑발 하나. 단단은 눈앞을 막아서는 검은 그림자에 시선을 꽂는다. 개 박사 양호다. 그와 노상 대척점에서 마주 보는 사람. 그 역시 국어 과목을 가르치나 그의 시선은 늘 아이들보다는 교장실로, 멀리 교육청으로 열려 있다. 하루바삐 교실을 벗어나는 일에 아이들을 그만 가르치고 싶은 소망에 목을 매는 인물이다.

그는 툭하면 흑백왕을 찾는다. 아니 찾는다기보다 들먹인다. 거드름을 부린다. 자기 권력의 배경으로 흑백국을 야단스레 떠벌린다. 그에게 행복의 샘터는 아무래도 흑백교이다. 흑백교가 양호에게는 마법의 도구이다. 욕망하는 모든 것을 이루어주는 도깨비 방망이라고 양호는 여긴다. 그에게 흑백왕은 칸국의 하느님보다 신분이 훨씬 높다. 칸국이 고래로 믿어왔던 하느님을 양호는 사실 경멸한다. 신이 신답지 않다는 것이다. 우리 하느님은 물렁물렁한 신이라며 대놓고 욕한다. 전제권력이 없는 신은 그의 생각에 신이 아니다. 전지전능하지 않은 신은 신이 아니라는 거다. 그에게는 흑백국의 신이야말로 오직 하나뿐인 '하나'님이며 전지전능한 유일신이다.

사람들이 흑백교 왕을 믿지 않아서 지옥에 간다고 양호는 쏘아붙인다. 믿기 전의 마음과 믿은 후의 마음은 지옥과 천국처럼 다르다고 말한다. 그는 곧잘 침묵의 체가 필요한 순간을 쓰레기로 만들어버리는 놀라운 재주를 보여준다. 그때 그는 쾌락의 신음을 흘리며 마른 풀을 뜯어 먹는 한 마리 개와 같다는 게 단단의 솔직한 심정이다. 오죽하면 그의 별명이 개 박사일까?

양호가 얄밉지만 혼내 줄 뾰족한 수가 딱히 없다. 단단이 볼 때 양호는 양호 인생이 아니라 상태 최악의 불량 인생이다. 양호는 흑백왕에 도전하는 불령칸인[2]을 혐오한다. 그 점에서도 단에게 그는 불량 악인이다. 그런 시선을 아는지라 양호의 사나운 짐승 기질도 단단 앞에서는 곧잘 숙지고 만다. 종교 논쟁보다 번한 결과가 나오는 말다툼이 어디 있을까? 여북하면 인류 역사에서 일신교 흑백왕 출현 이후에 모든 논쟁이 사라졌다는 말이 떠돌까? 일신교를 어설피 믿는 이

---

2 일배 독재 정권이 자기네 말을 잘 따르지 않는 칸국 사람을 이르는 말. 일제 강점기에 불온하고 불량한 조선인이란 뜻의 '불령선인(不逞鮮人)'을 활용한 표현.

는 자기 일신의 영화와 안녕을 인류 공동체의 복지라는 명패 아래 숨겨 놓는다. 오죽이면 이름조차 일신교일까? 그래, 일신교는 섬약하고 이기적인 자의 최후 피난처가 아닐까 하는 생각들이 칸국 곳곳에 바람처럼 떠도는 것이다.

일체를 유일신의 권능으로 돌리고 논쟁을 끝내는 양호는 입 큰 황소개구리를 닮았다. 이런 양호들이 지금 칸국의 지배 계층으로 자리 잡았다. 서글픈 현실이다. 양호들과 얘기를 하다 보면, 단단은 남의집살이를 하며 눈칫밥을 얻어먹는 존재가 되어버리는 자신을 발견하게 된다. 양호는 그만큼 교묘하게 자신을 권력자로 내세우는 전략에 익숙하다. 보면 그는 작전 없이 결코 일상에 나서지 않는다. 그는 권력의 화신이다. 그가 거울처럼 닮고 싶어 하는 권력의 화신이 바로 흑백교이며 흑백왕이라는 게 단단의 생각이다. 그렇지 않고서야 똥 먹는 개처럼 더러운 권력을 그렇게 탐할 수 없다.

양호는 전쟁이 일상이 된 이 시대에 맞춤형으로 조립된 인간이다. 칸의 얼과 정체성을 헌 신발짝처럼 내다 버리고 흑백국의 그것을 후딱 새 신발로 갈아 신었다. 그는 이제 흑백국의 역사가 그의 역사가 되었다. 흑백왕이 그의 유일한 신이 되었다. 양호는 시대의 승리자다. 그는 현재 이겼다. 흑백왕의 신화에 그는 미쳤다. 미쳐서 이겼다. 칸국 사람들에게 모욕적인 언사를 내뱉을 때마다 그의 사회적 위치는 강화되었다. 적어도 주변 사람들과 양호는 실제로 그렇게 느끼고 있다. 삶을 전쟁으로 여기는 사람과 그렇지 않은 사람이 맞붙는다면, 그 대결의 성패는 불 보듯이 환하다. 어떤 불빛이 이보다 더 밝을까? 이런 까닭에 칸국에 흑백교 신자가 기하급수적으로 늘어나고 있다. 칸의 근대 역사 백 년이 명령하는 대로 모두가 살기 위해 몸부림을 치다 보니, 피치 못하게 많은 이들이 양호 쪽으로 붙좇을 수밖에 없었을 것이다. 알면서도 지금 어떻게 손을 쓸 수 없는 단은 자신을 한심하게 여긴다. 단은 아픈 눈으로 주변 이웃들과 조국의 오늘을 본다.

> 심검(心劍)을 품고서 어둠을 밀고 간다
> 검선 따라 풀려나는 마디마디 옹근 세월
> 별빛도 바람을 풀어 검동유(劍同遊)와 노닌다

  양호 같은 인간들이 층층이 지배 계층으로 군림하는 게 우리 사회의 고질병이다. 양호가 교감이 되고 교장이 되면 아이들과 교사의 학교생활은 무척 고단해진다. 가혹할 만큼 고통스럽고 힘들어진다. 왜냐하면 그는 자신의 이익과 권력에 맞추어 사람들을 도구화할 것이기 때문이다. 학교생활과 행정 업무와 일체의 교육 행위를 실적과 성과 위주로 몰아쳐 가기 때문이다. 양호 성향의 정치 독재 치하에서는 더더욱 이것이 실현되기 쉽다. 사이코패스의 특징 중 하나는 사람을 도구로 대하는 것이다. 감정 교류 차단. 무조건적 목적 달성. 지금까지 칸국에서 이런 인물들이 대체로 교장이 되고 교감이 되었다. 권력욕이 분명한 인물과 평범한 소시민이 대결하는 구도라면 이 싸움의 승자는 누가 될까? 이것은 육식 동물과 초식 동물의 싸움이다. 답은 자명하다. 그러므로 양호와 같은 인간이 칸국의 구석구석을 지배 계층의 신분과 위세로 장악하게 된다. 이게 우리의 현실이다. 알고 보면 사람 사는 게 다 사람 문제로 일어나고 사람 문제로 거두어진다. 양호 같은 인간은 권력과 이익에 눈이 멀어 사람을 사람으로 대하지 않고 목적 달성의 아랫것들 또는 가축이나 기계로 대하고 그렇게 다룬다. 그래서 그는 학교의 교사들을 어떻게 해서든지 쥐어짜며 못살게 굴고 학교라는 삶터를 지옥으로 만드는 일에 능력과 정성을 다한다. 그리고 자기 권력과 이익에 취해 다른 사람들의 불만과 불행은 숫제 돌아보지 않는다. 양호는 권력이 주는 쾌감을 만끽하려고 호시탐탐 기회를 노린다. 사이코패스가 따로 없다. 교사들은 하나같이 그에게 통제와 감시의 대상이 된다. 목적 달성의 도구가 되어 일하는 기계로 행동할 것을 강요당한다. 이런 방식으로 칸 학교 내부의 지배 복종 구조는 일배 식민지 시절로부터 근 백 년 이상을 견고하게 다져져 왔다.

그런데 우스운 것은 누가 바깥의 눈으로 들여다보면 그들 학교 관리자들이 일을 너무나 열심히 하고 창조적이며 부지런하고 의욕적이고 똑똑한 것처럼 보인다는 것이다. 학교라는 삶터가 지옥으로 변하고 있는 줄은 까맣게 모르고서. 가슴 아픈 일이다. 칸국의 모든 학교가 대체로 이렇게 굴러간다. 학교 관리자 계급은 이 땅에서 지도자가 아니라 지배자이다. 칸국의 양호들은 지도자가 되는 공부를 한 번도 한 적이 없다. 학교를 졸업한 어른을 가르치는 사회 교육의 담당자들이 있다. 신문 방송이다. 언론은 또 하나의 학교이다. 입학식도 졸업식도 없지만 학교 교육보다 이것이 더 중요하다. 왜냐하면 죽을 때까지 사람들은 언론을 통해 교육을 받기 때문이다. 그런데 어른 교육의 담당자인 언론조차 지도자 공부를 시킨 적이 한 번도 없었으니 오죽할까.

까닭에 양호들은 오로지 성공과 출세에 목을 매달았던 것이다. 일배 치하를 겪은 천박한 꼬리칸 출신들이 더욱 그랬다. 어릴 때 너무나 힘들게 살아온 기억을 안고서, 자신이 높은 자리에 오르고야 말겠다는 욕구 하나만으로 그들은 인생에 단판 승부를 건다. 그들 양호는 대체로 엄숙한 얼굴을 갖고 있다. 혹시나 누가 자기를 얕볼까 봐 긴장하고 경계하기 때문이다. 꼬리칸의 천박함과 야비함이 드러날까 봐 노심초사하는 것이다. 그러니 그들은 늘 긴장 속에서 산다. 쥐새끼처럼 얼굴에 아무런 표정이 없고 노상 엄숙하고 딱딱하다. 그러나 그들은 자신이 가진 가공할 힘과 권력을 깨알처럼 부하 직원들에게 과시하듯 보여주면서, 자기 쾌락에 겨워 혼자 밀폐된 방에서 가끔씩 부들부들 몸을 떨어대는 소아병적 인물들이다. 양호들에게 애국심은 일절 없다. 그런데도 입만 열면 애국심과 나라 사랑을 떠들어댄다. 그들에게는 결단코 민족과 역사, 미래와 비전 따위는 없다. 욕심과 욕망과 질투와 심술만 있다. 그들은 칸국의 장래를, 교육의 현재와 미래를 정녕코 걱정하지 않는다. 양호는 나만 잘 먹고 잘 살면 된다는 극단의 이기주의자들이다. 민족과 역사와 복지와 민주에 그들은 아랑곳하지 않는다. 그들은 힘을 동경하고 독재를 지지하는 '힘파'들이다. 이런 그들에게 지도자의 자질과 역량을 기대하기는 어렵다. 실제로 그들은 자신들이 지도자가 아니라 지배자라는 생각이 강하다.

집에서 가장이 폭군이거나 불량스럽다면 가족 모두가 불행하다. 가장이 반듯하고 따뜻하면 집안이 화평하고 윤기가 돌고 가족은 다들 행복하다. 학교도 마찬가지다. 사람 사는 일이 다 그런 것처럼 사람은 사람을 잘 만나야 한다. 그게 행복의 출발점이다. 대통령을 잘 만나고, 교장·교감 선생님을 잘 만나고, 동료 교사를 잘 만나면 학교생활이 행복하다. 나날이 밝고 쾌활하게 긍정의 마음으로 생활할 수 있다. 아침에 일어나자마자 학교에 빨리 가고 싶고 어서 가고 싶은 마음이 든다면 세상은 아름다운 꽃밭이다. 그러나 사람을, 특히 윗사람을 잘못 만나면 학교생활이 감옥이 된다. 대통령을 잘못 만나면 일상이 지옥이 된다. 하루하루가 고통스러워진다. 뻗쳐오르던 신명과 보람이 다 죽어버린다. 마지못해 살아가는 생목숨이 된다. 끌려가는 날들이 고생과 고통으로 점철된다. 사람들은 서로 말을 끊고 혼자만의 생각과 방법으로 위에서부터 무수히 쏟아지는 고통의 비수를 피하려고 용을 쓸 뿐이다. 이 경우에 학교 지배자는 악마가 된다. 그렇게 살지 않아도 되는 것을 공연히 그리 힘들게 살도록 강요하고, 그쪽 길로 사람들을 마구잡이로 내몰아가기 때문이다. 악마가 따로 없다. 사람을 못살게 구는 자가 악마다. 양호 같은 인간이, 그와 같은 지배자가 바로 칸의 악마인 것이다. 과거 일배 식민지 시절로 눈길을 돌려보면, 양호 같은 인간은 아마도 친일 악질분자였을 것이다. 하나를 보면 열을 알 수 있다.

사람 사는 일이 그렇다. 집단 속에서 살아가는 게 사람일진대, 세상에는 나쁜 사람도 있고 좋은 사람도 있기 마련이다. 나누는 기준은 이렇다. 집단의 사람들을 따스한 눈으로 보면 지도자요, 그들을 차가운 눈으로 보면 지배자이다. 단단은 이 잣대를 가지고 칸국 사회 구석구석을 재어본다. 결과가 곧바로 나왔다. 단의 가정이 맞았다. 한 치의 예외도 없이 맞춤형처럼 꼭 들어맞는 걸 확인하고는 단은 전율한다. 칸은 지금 크고 작은 사회 단위를 죄 지배자들이 장악하고 있다. 지도자는 눈에 잘 띄지 않을 만큼 극소수다. 이러니 나라 전체가 반칙과 특권, 부정과 불의, 부패와 부도덕에 썩어가고 있는 거다. 단단은 학교를 떠나더라도 교육하는 마음으로 평생을 살아가리라고 다짐을 한다. 왜냐하면 칸국에서 가장 중요한 것은 교육이다. 단단은 그것을 뼛속 깊이 느끼고 있다. 가정 교육, 학교 교육, 사회 교육이 제 역할을 다하지 못한 탓으로 양호 같은 인간들이 칸국의 지배자가 되고 독재자가 되어 나라를 망치고 있는 거라는 생각을 하는 것이다. 그러면 양호와 반대되는 성향의 사람이 학교 책임자가 된다면 그곳의 교사와 학생들은 아마도 행복할 것이다. 쏟아지는 지시와 업무에 힘은 들더라도 사람들이 십시일반 협력하면서 밝고 따스한 일상을 엮어나갈 것이다. 결국 사회의 모든 건 사람의 문제다. 특히 지도자 문제다. 지도자 선택의 문제다. 이게 정치다. 선거가 중요한 까닭이 여기에 있다. 공동체의 선택에 따라 삶의 무늬는 독자적인 색

채와 모양과 향기를 갖게 될 것이다. 교육도, 경제도, 종교도 예외가 없다. 지금의 사회 체제에서 바람직한 삶의 모형을 찾는 일은 인간성을 회복하는 것 외에는 다른 대안이 없다. 몰강스럽고 악독한 인간이 지배자가 되고 지도자가 되는 악순환을 하루바삐 끊어야 한다. 대대손손 내려오는 양호들의 복제를 막아야 한다.

흑백교의 세력들이 요즘에는 아주 당당해졌다. 우리 칸의 모든 것을 쥐락펴락한다. 그래, 단단은 더욱 가슴이 쪼개지는 통증을 받는다. 흑백국 문명화가 많은 폐해를 양산하고 있다. 어떤 이는 가치 다원주의가 벚꽃처럼 만개하여 세상이 더없이 아름다워졌다고 말한다. 어떤 이는 생각의 민주화가 활짝 꽃피어났다고 뿌듯해한다. 단단이 볼 때, 이것들은 덜 튀긴 돈가스 같은 소리이다. 불량 음식이다. 소화하기 힘들다. 다양함 속에서도 그 밑바닥을 들여다보면 흑백 양분법이 이무기처럼 도사리고 있다. 흑백교는 겉과 속이 철저히 다르다. 퍼런 수박을 쪼개면 속은 시뻘겋다. 이와 같다. 힘파(보수파) 인간들이 그런 것처럼.

> 사랑이 아픔인 줄 진작에 알았다면
> 사랑아 사랑아 내가 너를 찾았을까
> 어쩌나 앵돌아진 사랑이 한결 눈부신 것을

가지 않은 길은 수상하다. 그래서 더욱 아름답고 신비하다. 자동차 백미러에 찍힌 노을 사진처럼 해가 사라졌으나 묘하게도 빛이 빛난다. 밝음은 졌으나 어둠이 찾아오지 않았고, 어둠이 보이지 않으나 밝음 또한 사라지고 없는 기묘한 풍경. 이 속에 삼라만상이 잠겨 있다. 단단은 이게 우주의 바다라고 생각한다.

이것이 자연의 신비거니 여긴다. 단은 눈을 감고 영의 몸짓을 머릿속에서 가만히 굴려본다. 빛 부심이 폭포수처럼 쏟아진다. 작은 몸짓이 눈에 황홀하다. 때로는 친숙한 풍경이 낯설게 느껴질 때가 있다. 그것이 익숙하지 않은 아름다움으로 또는 서름한 흥미로움으로 다가올 때가 있다. 단단에게 영은 그와 같다. 그녀의 미소가 그의 영혼에 불꽃을 당긴다. 그는 금세 활활 타오른다. 없던 힘이 생기고 끝없는 이야기가 가슴속에서 밀려오기 시작한다. 놀랍게도 그것은 연가이거나 사랑 이야기가 아니라, 세상을 아름답게 만들어가는 커다란 정치 조감도 같은 것이다.

소리가 빛을 따라 자작자작 굽어든다. 영의 자그만 외침이 들린다. "아유, 저것 좀 봐." 혼잣말이다. 구름들이 천천히 우유 방울 왕관 모양으로 퍼져 나간다. 그것은 풍경이라기보다 그림에 가까웠다. 조물주가 그리는 예술 작품이다. 단단과 영이 관람객이다. 초대받지 않았으니 불청객이다. 그러나 조물주는 기꺼이 이들을 반긴다. 자신의 작품을 아낌없이 펼쳐 보인다. 그림 속에서 큰 울림이 번져 나온다. 풍경이 악기를 연주한다. 소리는 빛을 채색하고 빛은 소리를 감싼다. 감성은 자연 속에서 더욱 정교하게 다듬어진다. 사랑의 감정이 가없이 부풀어 오른다. 단단의 오른손이 어느덧 그녀의 어깨를 감싸고 있다. 두 마음이 정답게 서로 기대어 노을을 바라본다. 시시각각 변하는 하늘의 파노라마가 오히려 가슴속에 묘한 안정감을 가져다준다. 평화롭다. 모든 게 평화롭다. 바야흐로 낮의 푸름이 사라지고 밤의 붉음이 손을 내민다.

둘은 한참을 걸어왔다. 단은 더없이 행복하다. 이마 위로 짙어지는 붉은빛이 그녀 눈동자 속으로 스스럼없이 빨려든다. 그녀는 낯익은 풍경 속에서 단단과 함께 천천히 밤이 되어간다.

동이 튼다. 날이 밝아온다. 둘은 밤을 함께 했다. 꽃잠을 잤다. 솔잎 끝에 이슬방울이 줄을 선 듯 대롱대롱 매달려 있다. 빛 속에 그것은 구슬이 된다. 가까이 보면 모든 것은 나름의 자세로 아름다움을 지향한다. 아니 너무 거창하다. 그냥 잘 살려고 하는 몸짓이다. 모든 형식은 몸이며 몸짓이며 몸놀림이다. 식물의 돌돌 말린 줄기 끝을 따라가다가 보드라움 속으로 완전히 빠져드는 황홀한 감정처럼 단단은 주변의 사물을 이윽히 살펴보고 있다. 지금 눈에 들어오는 공간이 오히려 풍족하다. 모든 텅 빔은 온통 비워짐이요, 찬 것은 일부 채워짐이다. 까닭에 빔은 드넓고 참은 좁다랗다. 빔은 우주의 시공간이요 참은 사물 하나하나를 이르는 것이라고 단은 생각을 포개 본다.

이슬방울은 꽤 오랫동안 솔잎 끝에 매달려 있다. 아마 보지 못하는 사이 이슬은 다른 이슬방울로 자리바꿈을 시도하리라. 말려 올라간 양치식물의 꼬리가 돼지 꼬리로 보였을 때, 단단은 문득 배고픔을 느낀다. 살아 있는 한 떠나지 않는 불치의 병이 배고픔이 아니던가? 그러고 보니 인간은 불치병을 안고 사는 가엾은 존재이다. 어제저녁에도 밥을 먹지 않았다. 불치병인 배고픔은 하루하루 치료의 손길을 기다린다. 이 병의 치료자는 오직 자기 자신이다. 단단은 문득 자기 몸에 책임감을 느낀다. 갑작스레 허기증이 명치끝을 내지른다. 영과 함께 자리를 털고 일어선다.

사랑해 바보야 이 바보야 사랑한단 말이야
어둠이 붉게 잔물지는 가슴을 삼킨다
끝끝내 전할 길 없어라 가없는 사랑의 꿈을

단은 꿈속을 산다. 너무나 소중해서 남에게 들키고 싶지 않은 꿈이 생긴 것이다. 시조 나라. 순환하는 우주. '시조에 살고지고.' 단단은 감았던 눈을 뜬다. 영의 사랑을 얻기 위한 그의 분투는 그를 더욱 흥분케 했다. 그녀와 만난 첫날밤 이후로 눈 감아도 영, 눈을 떠도 영이다. 단은 잠시가 아니라 생애가 저물도록 그녀의 포로가 되고 싶은 심정이다. 그녀의 발그레한 볼 빛과 분홍 입술은 단단에게 청량수다. 미소는 금빛 찬란한 보석이다. 그녀의 3수율 몸매는 단을 후끈 달아오르게 한다. 단은 그날 이후로 영 없이는 아무것도 할 수 없는 지경까지 왔다. 눈에 닿는 것도 귀로 들어오는 것도 온통 영의 환영이다. 그는 영을 생각하듯이 늘 시조를 가슴에 품고 있다. 영이 곧 시조이기 때문이다. 영의 당부를 단은 수시로 뼈에 새긴다. 글 속에 음악적 리듬을 깃들이고자 한다. 시조의 운율을 불어넣고자 애를 쓴다. 애면글면 삼라만상을 시조로 표현하고자 고심한다. 그는 광활한 시공간을 영의 빛으로 채워 나가는 시도를 끊임없이 해 본다. 그의 관심과 애정이 두께를 더해가자, 영은 더욱더 뜨겁게 그의 애인이 되어 주었다. 단단은 휴대폰 쪽지 글에도 어쨌거나 영을 담았다. 시조의 운율이 흐르도록 했다. 그는 삶의 모든 영역에 영의 향기를 불어넣고 영의 꽃다운 얼굴을 그려 넣었다.

세월은 쉬지 않고 흘러간다. 단은 예나 이제나 시조를 품고 산다. 갈수록 그의 글은 경쾌하고 발랄하고 문기가 쾌히 흘러넘치는 글이 되어 갔다. 가장 독특하고 특징적인 글을 짓고 싶어 하는 단단의 꿈이 바야흐로 개화하고 있다. 목숨도 아끼지 않는 불 가슴을 안고 그는 시조를 사랑한다. 그녀와의 약속대로 만 3년을 꼬박 시조 공부에 갖은 정성을 쏟아 부으려 한다. 벚꽃이 미소를 머금은 듯한 시조 작품들이 연이어 쏟아진다. 무사의 쾌검 같은 시조 노래들이 구슬구슬 쏟아진다. 단단은 시조를 지으면서 쾌재를 부르고 저 혼자 만세 삼창을 하는 일이 잦아졌다. 열에 들뜬 첫사랑의 소년이 되어 갔다. 아니 영에 들뜬 청년이 바로 단이다. 그는 비가 오나 눈이 오나 매일 그녀와 만나 깨송이 같은 연애를 했던 것이다. 어느 날엔가 수련의 즐거움을, 그 황홀한 심정을 단은 시조에 담아 그녀에게 선물로 보낸다.

> 창밖 구름 아슴하고 새소리 가깝네
> 사람은 자취 없고 바람이 말동무 하네
> 차라리 혼자 있어서 세상 전부 내 것이네

단단은 영을 알고부터

어찌나 좋던지

일도 잘 안 하고 영만 쫓아다녀.

부엌엘 가도 졸랑졸랑

시장엘 가도 졸랑졸랑

산엘 가도 졸랑졸랑

영이 보다 못해 자기 사진을 주고 말했어.

"책상 옆에 걸어두고 공부하면서 보세요."

단단은 좋아하며

그때부터 쉬지 않고 꼬박

시조 공부를 하는 거야.

영의 얼굴 한 번 보고 시조 공부 한 번 하고

또 영의 사진 한 번 보고 시조 한 수 공부하고

하루가 가고 이틀이 가고

시간은 시냇물처럼 흘러가.

그러다 보니

단의 시조 실력이 놀랄 만큼 늘었어.

무엇이든지

보는 대로

듣는 대로

느끼는 대로

시조가 되어 척척 나오는 거야.

시조왕자

단단

4

넓은 활엽수 이파리에 물방울들이 점점이 점을 찍고 있다. 한 폭의 점묘화가 그려진다. 손바닥으로 스윽 훑으면 물 구슬은 깨어지고 액체의 표면장력이 물 분자를 강하게 끌어당긴다. 물방울은 흩어져도 물은 여태 살아있다. 물방울은 보는 사람에게 기쁨을 준다. 생명성의 원천을 일깨운다. 황홀한 아름다움을 선사한다. 그리고 보니 꿈틀대는 저 소나무는 용 비늘을 몸에 휘감고 하늘로 승천하려는 용의 형상이다. 비 맞은 소나무는 그 자신이 용이 된다. 승천의 기세가 역력하다. 단은 영이 곁에 있으면 자신이 용이 된 듯 힘이 불끈 솟는다.

학교는 여전하다. 어제오늘의 학교가 영화 장면처럼 빠르게 지나간다. 별스러운 기억 없이 비슷한 것들이 먼지처럼 켜켜이 쌓여 있다. 영은 지금 교실 문 앞에 서 있다. 심호흡을 크게 한다. 오늘은 어떤 일이 벌어질까 짐짓 두려움을 떨치는 의식이다. 몇 해 전부터 아이들은 수업 시간을 아예 놀이 시간으로, 쉼터 시간으로 여기는 눈치다. 한두 명이 아니라 떼거리로 그러는데 말릴 수 없는 지경까지 왔다. 공부 강박증 때문이다. 아이들이 공부에 지친 것이다. 강제 공부에 반항하는 것이다. 시작종에 이끌려 교탁 앞에 설 때까지 그 짧은 시간에 아이들은 온갖 시시풍덩한 것들로, 교실을 먼지투성이 쓰레기장으로 만들어버린다. 기기묘묘한 짓거리들이 한데 버무려져 그것이 하나둘, 소음이 되고 패륜이 되고 악행이 되었다. 사물함을 벌컥 열고 뭔가를 뒤지는 아이, 교실 뒤편에서 짝지어 레슬링을 하는 아이, 돌아다니며 목청껏 노래 부르는 아이. 이럴 때 제자리를 지키고 있는 아이는 바보가 되어 버린다. 맥이 탁 풀린다. 영은 그만 털썩 주저앉고 싶다.

교육은 한순간에 이루어지는 것이 아니라는 걸 안다. 서서히 스며드는 것이란 걸 안다. 등잔불 심지에 기름이 스며들어야 환하게 불이 켜진다. 아이들이 스스로 자신의 불을 켤 때까지 기다리고 도와주는 게 좋은 교육이 아닐까 생각한다. 그렇다마다. 좋은 교육이란 콩나물시루에 매일같이 물을 주는 것과도 같지. 물은 잠깐 적시고 지나가지만 콩나물은 무럭무럭 자란다. 믿음을 가지고 사랑을 담고서 기다리고 또 기다리고 조용히 아이들의 성장을 도와주는 게 좋은 교육이겠지. 잘하는 것에 집중해서 그게 직업이 되고 좋아하는 것에 집중해서 그게 예술이 되는 삶이란 얼마나 아름다울까?

사람에게는 천성이라는 바탕이 있다. 이것은 하늘로부터 받은 거라서 웬만해서는 바뀌거나 흔들리지 않는다. 쉬운 말로 하면 천성이 곧 인성이다. 그런데 한번 자리 잡은 인성을 뿌리째 뽑아 다른 곳으로 이식하지 않는 한, 그곳 환경 그대로는 변할 수가 없는 게 인성의 속성이다. 어릴 때의 인성 교육이 중요한 까닭이 여기에 있다. 인성을 제대로 갖추어야 인간이 된다. 인성이 갖추어져야 인간이다. 인성을 갖추지 못한 동물은 인간이 아니라 짐승이다. '먼저 인간이 되라'고 할 때의 그 인성은 그저 주어지는 게 아니다. 절로 갖추어지는 것도 아니다. 씨앗이 있어 그것을 북돋우고 배양해야만 인성이 꽃처럼 나무처럼 자라나는 것이다. 영은 그렇게 믿는다. 지금의 학교 교육에서 가장 중요로운 것은 인성 교육이다. 인성을 갖추지 못하고서야 사람이 아니기 때문이다. 사람답게 살 수 없기 때문이다. 사람다운 사람이 많아야 살기 좋은 세상이 된다. 그러자면 지금의 지식 교육의 허울에서 학교가 하루빨리 벗어나야 한다. 영은 매시간 교실에서 바닥 모를 허망함과 씨름하곤 한다.

> 우산을 쓰나 마나 바람비에 속수무책
> 이럴 땐 집이 최고지 우산을 냉큼 접어라
> 비바람 거느리고서 따슨 집에 들자꾸나 저 새야 너도 가자

놀이터에서 그네를 타는 것 같은 리드미컬한 즐거움이 오후의 교정 군데군데 숨어 있다. 그러나 어쨌든 점심시간이 끝이 나고 오후 첫 수업이 시작되었다. 무거운 발걸음을 이끌고 교실 문 앞에 이른 영은 몸을 한 번 가볍게 떤다. 두려움을 떨쳐버리려는 그녀의 몸짓에는 처절한 의미가 담겨 있다. 그녀는 한숨을 크게 쉬고 결의에 찬 표정으로 회초리를 힘주어 잡는다. 한 손으로 교실 손잡이를 움켜잡는다. 드르륵!

교실은 어두운 동굴처럼 가라앉아 있다. 빛이라고는 몇몇 아이들의 밝은 낯빛뿐. 모든 게 어둠 속에서 매캐한 연기를 뿜어내고 있다. 교실은 점심값을 치르느라 여태 부산하다. 땀범벅이 아이들은 어둠 속 어둠이 되어 오늘따라 유난스레 조용하다. 영은 한 시간 수업 시간이 요즘 들어 자꾸 길게 느껴진다. 가슴을 졸인다. 교육 경찰들이 순찰 명목으로 교실을 엿보기 때문이다. 교실 붕괴 상황이 그들 눈에 띄는 날이면 엄청난 인격 모독의 언사가 비수처럼 영의 폐부를 찔러올 것이기 때문이다.

참상의 현장이 목격되는 날이면, 그들은 왜 이런 일이 일어나는지 도저히 용

납할 수 없다는 표정을 짓곤 했다. 어쨌거나 그들은 이것을 핑계 삼아 교사를 마음껏 닦달하니, 권력의 검은 속내가 더없이 시원했으리라. 구구한 변명이 필요 없다. 교사는 학교에서 수업을 제외하면 아무것도 아니다. 그러나 상처 속에서 진주가 자라는 법이지, 영은 애써 자신의 처지를 변명한다. 정지된 행복과 닥친 불행이 언젠가는 자신의 예술적 삶의 토양이 되리라는 생각으로 영은 두 눈을 크게 떠본다.

봄 하늘 가슴으로 달래주고 품어주고
아이들 고운 마음 지켜주려 애썼건만
세월이 폭우가 되어 사제지정 쓸려갔네

그녀는 아이들을 향해 어설픈 미소를 날린다. "얘들아, 인사해야지." 놀이와 어지르기 중간에 아무렇게나 인사하는 아이들이 불쑥불쑥 생겨난다. "샘, 안녀세요?" 몇몇 아이들은 아예 메뚜기처럼 뛰어오르면서 인사질이다. 중구난방. 소름 돋는 무법천지다. 난장도 이런 난장이 없다. '이런 젠장' 소리가 절로 난다. 영은 왈칵 눈물이 쏟아지려 한다. 그녀는 학교에서 노상 가슴이 발갛게 멍들어 있다. 애가 타고 속이 타서 그렇다. 푸른 멍이 아니라 빨간 멍이다. 잘 지워지지 않는다. 자율적이고 창의적인 공부 분위기는 오래전에 먼지가 되어 날아갔다. 교실에 남은 것은 바람에도 날리지 않는 무거운 쓰레기, 고철 비철의 합성 고물 덩어리들이다. 이것은 대부분 철이 들지 않은 존재들이다. 철없는 인간들. 언제나 그랬듯이 오늘도 영의 수업 시간은 철들지 않은 아이들이 여러 다양한 표정으로 수업 풍경을 지키고 있다.

자도 꿈 깨도 꿈일러니 지금이사 또한 꿈일레라

단단은 지금껏 살아온 교단의 역사를 고맙게 생각한다. 초지일관 첫 마음을 지키면서 살아온 삶을 사랑한다. 자랑스럽고 뿌듯하다. 고난과 시련이 많았으나 그것들에 굴하지 않고 자신을 현재 이곳까지 데려왔음을 대견스레 여긴다. 이 땅에 교사로 태어나 어떤 날에도 비관과 절망을 이불 삼지 않았음을 사뭇 자랑으로 삼는다. 일배충과 흑백교의 날 선 위협에도 권력자의 말을 잘 듣지 않는 기질을 몸바탕으로 가졌음을 조상께 감사드린다. 지존 무상의 절대자를 한 번도 만나지 못한 자신의 우주를 단단은 사랑한다. 변화의 물굽이를 어제도 오늘도 힘차게 틀어가는 젊은 칸을 단은 너무나 사랑한다. 시끌벅적 언제나 논란의 소용돌이가 몰아치는 칸국은 언제나 젊다. 활기차다. 변화무쌍하다. 그래, 꼽아보면 단이 해야 할 일이 많다. 새록새록 꿈꾸는 일들이 자꾸 만들어지는 것을 단은 고맙게 생각한다. 이러매 시조 공부의 보람이 한껏 빛을 발하리라. 정말 그렇다. 경험으로 깨달은 것이다. 시조를 알면 삶의 재미와 가치가 한껏 높아진다. 명심 또 명심. 힘을 모으자. 영차영차. 시조 나라를 만들어보자.

> 울어도 보고 웃어도 봤다 세상 속에서
> 아픔은 주름으로 남고 기쁨은 눈빛에 남았다
> 모쪼록 환한 햇살에 주름아 반짝여다오

영은 시름이 부쩍 깊어졌다. 대체 이런 교육을 누가 하라고 시켰는지? 아이들의 저 날뜀과 광분이 어디에 뿌리를 두고 있는지 궁금하다. 정신이 아득해진다. 모든 게 고통스럽고 혼란스럽다. 교실 속 자리가 어지럽다. 즐비해야 할 것이 늘비한 탓이다. 아이들은 몇몇 자리에 경성드뭇이 찌든 때처럼 엉겨 있다. 할 수만 있다면 학교를 뛰쳐나가고 싶다. 학교라는 게 차라리 혼자서 조용히 책을 읽는 것만 못하다는 생각이 들자, 영은 낭패감으로 얼굴이 발갛게 달아오른다. 두 볼에서 후끈후끈 열이 난다.

"책을 펴라, 펴란 말이야." 날카롭게 고래고함을 친다. 영은 책 읽는 게 가장 큰 공부라고 생각한다. 가장 열심인 공부는 혼자 책 읽는 것이라고 평소에 생각한다. 책은 죽는 날 아침까지 읽어야 한다고 영은 믿고 있다. 그러나 아이들은 간단없이 투하되는 소리 폭탄에 면역이 단단히 되어 있다. 섭섭하다. 아이들이 서운하고 야속하다. 속상하다. 놀라는 시늉조차 없다니. 아이들은 너무나 태연하다. 자기 할 짓을 다하고 있다. 이건 뭐 아이들로서는 '개인 독립 만세'를 목 놓아 외치는 중이다. 그렇지, 우리 칸국은 민주 공화국이니까.

"산산이 부서진 고함이여, 허공 중에 날아간 교육권이여, 찾다가 내가 죽을 자존감이여."

몇 마디 하소연에 반응이 없자 영은 그예 교과서를 읽어나간다. 그러나 교단 소리는 곧 아이들 소음에 묻혀버린다. 수업 시간인데도 이제 교실에 교사는 없다. 죄 아이들뿐이다. 영은 나이 많은 특별한 학생으로 곧장 변신한다. 이제 더는 학생 누구도 그녀에게 눈길을 주지 않는다. 교실은 온통 자기 일에 분주한 거대한 공장이 되고 만다.

하나로 강제하는 길은 독재로 가는 고속도로다. 조용함은 평화로 위장되고 집단 광기는 질서로 포장된다. 생명은 죽고 죽음은 사는 기묘한 광경이다. 이곳에서 가장 큰 죄는 권위에 불복종하는 것이다. 책상 위에 걸터앉아 덜렁대는 두

다리를 어쩌지 못하는 어린아이의 어두운 감정이 우리 사회를 매지구름처럼 뒤덮고 있다. 제힘으로 내려오지 못하는 다리 짧은 아이의 울부짖음이 들려온다. 영의 가슴은 찢어진다.

교육은 아이들을 키워 드넓은 세상의 품으로 내놓는 일이다. 그런데 이 좁은 공간에 가두어 이렇게 옹알이나 하도록 만들고 있으니, 모두가 열없고 어이없는 짓이다. 오늘의 학교는 이렇게 굴러간다. 아이들은 등교하기 싫어하고 교사들은 출근하기 힘들어한다. 흙탕물도 시간이 지나면 저절로 맑아지는데, 이곳은 도무지 그럴 기미를 보이지 않는다. 그러나 엄청난 소동이 지나간 뒤에 찾아오는 놀라운 적막강산을 전혀 구경할 기회조차 없는 것은 아니다. 그 순간은 지극히 짧고, 깜짝 정적에 속아버린 게 억울하다는 듯 아이들은 더욱 맹렬한 기세로 난리법석을 부린다.

몇 차례 경험이 있는 까닭에 영은 집중하는 분위기, 정적의 순간이 도리어 어색하고 낯설기만 하다. 교실 속에서 영은 어둠이 자기를 에워싸고 항복을 권유하는 듯한 느낌을 받을 때가 종종 있다. 그럴 때의 절망감이란 길을 잃고 우는 아이의 심정 이상이라고 그녀는 생각한다. 자신이 빛이 되거나 등불을 켜지 못한다면 영은 이곳을 벗어날 수가 없다. 오늘도 그녀는 작은 한 점의 불빛을 찾으려 고민하고 헤매고 아파한다. 과일의 씨앗처럼 눈에 보이지 않는 성장을 그녀는 꿈의 씨앗으로 또 갈무리한다.

> 한 번은 웃음으로 한 번은 호통으로
> 아이들 다스리기 장면 장면 힘겨워라
> 어쩌랴 넘치는 힘들이 교실을 떠다니네

저녁 무렵이다. 단단은 영과 함께 있다.

야트막한 산 위에 정자가 날렵하다. 바람은 거기서부터 향기가 되어 불어온다. 둘은 바람 향에 끌려 온 것이라고 믿는다. 단은 자칫 생각의 갈피를 놓칠 뻔했으나, 여기 바람의 정자가 생각을 맑게 씻어준다. 게다가 단단 옆에는 지금 영이 있다. 단은 적이 흐뭇하고 넉넉하다. 시상대에 올라선 기분이다. 영화 주인공이 된 기분이다. 벅찬 희열이 쉴 새 없이 그의 가슴 밑바닥에서 물결친다.

공기가 삽상한 참외 맛으로 바뀌어 있다. 바람만바람만 하고 뒤를 따르던 그녀가 어느새 단단의 팔짱을 끼고 있다. 분홍빛 노을은 손에 잡은 장미꽃처럼 색감이 번진다. 아름답고 숭고하다. 노을에 비친 그녀가 그렇다. 적어도 단단에게 영은 가장 황홀한 자연이다. 시시때때로 새롭고 놀라운 모습으로 황홀경을 벼락처럼 안겨다 주는 그런 존재.

단은 말을 아낀다. 이런 때는 말 없음이 더 많은 말을 한다는 것을 경험으로 알고 있다. 그는 지금 다른 욕심이 없다. 그저 그녀의 얼굴을 자꾸 들여다본다. 영의 그윽한 두 눈에 풍덩 빠져버리고 싶을 뿐. 둘은 지금 충분히 행복하다. 그녀의 행복해하는 모습이 단단의 심장을 뛰게 한다. 팔짱을 풀고 그녀를 돌려세운다. 슬며시 안는다. 힘을 준다. 가슴에 사무치도록 꼭 안는다. 그녀는 사뭇 한 마리 물고기이다. 가녀린 가슴을 할딱이며 떨고 있다. 물 밖에 나온 물고기처럼. 그녀는 숨이 가쁘다. 단도 숨이 가쁘다. 온몸이 가볍게 떨린다. 단단은 어부인 양 그녀를 껴안은 두 팔에 더욱 힘을 싣는다. 단은 진작부터 사람을 낚는 어부가 되고 싶었다.

가까이 더 가까이. 노을빛 붉음 속에 둘은 자연 풍경이 된다. 하나로 젖는다. 둘은 함께 산이 되고 노을이 되고 구름이 되고 물빛이 된다. 단은 거친 숨소리를 막느라 몸에 잔뜩 힘을 준다. 비명과도 같은 흥분이 두 팔 사이로 삐져나온다. 지금 단단이 안은 건 영이 아니다. 그것은 자연이다. 자연의 숨결이고 자연의 기운이다. 우주의 심장이다. 단단은 지금 한 여자가 아니라 우주를 안은 것이다. 영, 그녀는 욕망의 눈으로 바라볼 수 없는 천상의 자태를 지니고 있음에랴.

> 어쩌다 눈에 들어 한 번 본 이후로
> 그 사랑 어쩌지 못해 내 가슴에 들었네
> 밤쯤에 상사 바람이 꿈속으로 파고드네

스톡홀름 증후군이라는 게 있다. 독재자한테 억압당하면서 살다 보니 저절로 독재자를 사랑하게 되는 병이다. 지금의 칸국은 독재를 동경하는 이상한 노인들이 사는 나라이다. 그들은 민주주의를 귀찮아한다. 성가셔하고 골치 아픈 물건으로 여긴다. 말이 많으면 탈이 많다며 무조건 독재를 따라가는 이상한 사람들이 칸국의 사회 분위기를 만들어간다. 언론이 떠들어대는 대로 몰려가는 그들은 교활한 정치꾼이 길들이는 순한 개들이다. 그러나 자기 이익에 관계되는 일상의 공간에서는 표독하고 야비한 싸움꾼이 된다. 번들거리는 눈과 부지런한 몸놀림이 그들의 신체적 특징이다. 그들의 움직임은 육식 동물의 전형을 보여준다. 그들의 눈에 비친 똑똑하고 곧은 물파(진보파) 사람은 자기들을 조롱하는 얼간이라고 여긴다. 일배충과 흑백교 양호들은 뻔뻔하고 사납다. 몰염치하다. 그들은 막무가내로 힘을 과시하고 아랫사람의 숨통을 죄는 그런 지도자를 우러러받든다. 힘 있어 보이는 권력자를 존경한다. 철권을 휘두르는 독재자를 목숨 걸고 숭앙한다. 그들은 너무 급하게 떠나간 지난 왕조 시대를 못내 그리워하는 것이다. 사실 그들은 왕이 그립다. 그래, 독재자에게서 왕의 환영을 보는 것이다. 왕은 위엄 자체이며 거룩하다. 그들에게는 독재자가 왕인 것이다. 바보들. 짐승들. 그들은 노예의 피가 흐른다. 왕조 시대의 피가 흐른다. 이런 사람들이 많은 곳에서는 절로 작은 독재 사회가 빚어진다.

일배충과 흑백 양호들은 목표지향적이다. 이들에게 수단과 방법은 무어라도 좋다. 목표만 달성하면 그만이다. 남자 중심적이다. 그들에게 성차별과 성폭력은 일상생활이다. 습관적이다. 그들은 조폭의 세계를 동경한다. 자신들의 패거리 악덕 문화를 그들은 정의와 의리라는 달콤한 말로 포장한다. 무식하고 비열해도 좋다는 거다. 이기기만 하면 된다는 거다. 이들을 칸국에서는 '보수'라 이른다. 강자에게 아부하고 약자에게 군림하는 게 이들의 특징이다. 권위주의 인물이다. 그들의 눈에 비친 민주주의란 허약하고 병치레 잦은 아이와 닮았다. 그렇기 때문에 나라 전체를 민주주의로 다스리자는 건 그들 생각에 말도 안 되는 사치고 허영이다. 그들은 사실 민주주의를 좋아하지 않는다. 민주주의는 말도 많고 탈도 많고 추진 속도가 너무 늦다고 앵앵댄다. 민주주의는 원래 걸음걸이가 늦다는 것을 그들은 결코 알지 못한다.

생각할 줄 모르는 돼지머리를 지닌 존재에게 인간다운 삶이 보장되지 않는 것은 당연하다. 기대난망. 그들에게 민주주의를 기대하는 것은 하룻밤 달빛에 동해 바닷물이 몽땅 마르기를 기다리는 일보다 더 아득한 노릇이다. 단단은 눈을 감는다. 깊은 생각의 바다에 천천히 잠긴다.

전성시대 영자는 가고 옛 철수도 가고
자동차와 스마트폰이 번쩍번쩍 달려온다
사람은 주인 자리 내놓고 기계님께 굽실굽실

아름다운 풍경을 만나는 일은 은밀한 쾌락을 맛보는 것과 같다. 멋진 나무 한 그루가 내뿜는 진실의 에너지는 크고 강하다. 그것은 인간의 내면 깊이 잠들어 있는 야성적 본능이 꿈틀거리며 일어서는 일과 같은 것이다. 선남선녀의 만남이 이와 다르지 않다. 영과 단의 만남이 이와 같다.

마음을 다하면 아름다움과 만나게 된다. 좋은 사람을 만나게 된다. 이걸 아는 건 중요하지 않다. 겪으며 몸으로 느끼는 게 중요하다. 심안으로 보면 사물에는 정지된 움직임이 있음을 알게 된다. 이것은 자연의 속성 중에서 가장 알려지지 않은 부분이기도 하다. 남녀의 은밀한 연애 감정이 여기에 속한다. 이곳에서는 정지된 것도 진리요, 움직이는 것도 진리다. 멈춘 것도 아름답고 움직이는 것도 아름답다. 연애라는 황홀한 감정은 주변의 모든 것을 녹여 독특한 아름다움을 주조해 낸다.

단단은 영의 시시각각 변하는 다채로운 몸짓과 표정 속에서 지극한 아름다움을 읽는다. 그러한 쾌감을 감동과 전율로 맞는다. 그녀를 만날 때마다 그는 나이를 한 살씩 에누리한다. 연애 감정은 만년 청춘을 빚는다. 몸은 용암처럼 뜨겁고 마음은 나무처럼 일어서고 몸의 근육은 긴장을 잃고 함부로 풀려 사랑의 감정을 강물처럼 흘려보낸다. 자유롭다. 평화롭다. 그녀 덕에 그는 늘 젊다. 그녀는 이 사실을 알고 있을까? 자주 보아 심드렁해지는 순간이 올까? 단단은 일생을 두고 그녀가 생명수라고 믿어본다.

신비하고 몽환적인 분위기의 그녀를 보노라면 꿈틀거리며 배어 나오는 즐거운 세포들의 움직임을 말릴 수가 없다. 단은 몸이야 이미 제 몸이 아니다. 자연 상태 그대로 굴러가는 물 밑 자갈의 운명과 같은 것이라고 해야 할까? 그는 청소녀가 건네주는 생의 따뜻하고 환한 기운을 황홀한 심정으로 받아든다. 이것은 마치 과일과 같은 거라서 빛깔이 있고 형상이 있고 향기까지 풍기는 그런 것이다. 그녀가 있는 곳은 언제나 풍경화가 그려지는 곳이다. 그녀가 움직인다고 해서 그림 구도가 깨어지는 것은 아니다. 배치가 달라질 뿐, 기본적으로 풍경화의 성격이 흐트러지지 않는다. 왜냐하면 그녀 자신이 풍경이기 때문이다. 더구나 그녀가 공간의 중심에 서서 말랑말랑하고 행복한 시간을 끝없이 창조하기 때문이라고 그는 생각해 보는 것이다.

아름다움은 보통 정지된 것을 원한다. 그러나 사물은 한순간도 정지하지 않고 흐르고 변모한다. 변하지 않은 것은 생명이 없고 생명이 없는 것은 윤기 나는 아름다움을 빚어낼 수가 없기 때문이다. 자기 뜻을 좇아 유목민처럼 자유롭게 이동하는 삶은 아름답다. 이 같은 몇 개의 흐름이 현재의 틀을 깨고 미래로 나아가는 힘이다. 자연이야말로 이 힘의 원천이자 전형이다. 단단에게 영은 처음부터 자연이다. 모든 것을 품어주고 감싸주는 존재. 마주하는 것만으로 벅찬 감동이 밀려오는 그런 존재이다. 단에게는 영이 있어 세상이 다시 아름답다.

이제 막 학교에서 하루가 끝났어.

단과 영이 집에 가려고 하는데

갑자기 돌개바람이 불어.

시커먼 바람뭉치가

영을 재빨리 낚아채가는 거야.

"어 어 어"

단은 어쩔 줄 몰라 하며

발을 동동 굴렀지.

영은 자꾸자꾸 날아가

바다 건너 있는

흑백국 왕 앞에 떨어졌어.

돌개바람이

바로 흑백국의 군사였던 거지.

단을 잃고 영은 홀로 절벽에서 떨어진 꽃잎이 되었어.

영을 잃고 단은 홀로 절벽에서 떨어진 꽃잎이 되었어.

왕이 보니 자기가 찾던 하느님의 외동딸이 맞거든.

좋아서 입이 귀에 걸렸지.

크르릉 카르릉

짐승 소리를 내며 좋아해.

어서어서 왕비와 혼례 준비를 하라고

신하들에게 소리쳤지.

"온 나라에 방을 붙이고 혼례날을 국경일로 선포하라."

시조왕자
단단

5

영이 흑백왕에게 잡혀간 지 여러 달이 지났다. 단단은 영과의 약속대로 시조 공부에 매진한다. 분노를 억누르고 시조 수련에 집중하는 세월을 보낸다. 하루하루 시조를 단련한다. 단순한 공부가 아니라 이것은 투혼을 사르는 전투다. 영의 아리따운 얼굴이 단의 심장을 힘차게 뛰게 한다. 때로 초조함과 불안감이 엄습한다. 단전호흡을 한다. 그는 어린아이로 살려고 노력한다. 어린아이의 순진함과 단순함을 간직하려 애쓴다. 상당한 날 동안 그렇게 해 왔음을 자랑으로 여긴다. 백지장 종이가 보석이 될 때까지 그는 예술혼을 붙들고 있다. 시조는 다시 건져 꽃피워야 할 칸국의 운명 같은 것이라 믿으며.

"시조는 나의 애인." 단단은 주절거린다. 시조야말로 칸에서 노벨문학상을 받을 유일한 분야라고 믿는다. 그는 전 국민의 시조 놀이를 위해 자기의 모든 것을 바칠 각오가 되어 있다. 시조로 밥을 먹고, 시조로 잠을 자고, 시조로 술을 마시고, 시조로 놀고, 시조로 연애하고, 시조로 춤을 추고, 시조로 노래하고, 시조로 즐기는 사람들을 만나고 싶다. 일상을 시조로 수놓는 사람들이 주변에 차근차근 생겨나기를 고대하는 것이다. 열망이 깊으면 행동이 저절로 일어난다. 단은 매일 아침 하느님께 기도하며 두 주먹을 불끈 쥐고 외친다. "하느님 고맙습니다. 단, 너는 할 수 있어! 시조로 남칸, 북칸을 통일해 버려. 시조는 겨레의 꽃이야. 시조가 아리랑이야. 시조는 하늘나라의 노래야. 잃어버린 하늘 노래를 찾아 조국의 혈맥이 흐르도록 다리를 놔 주렴. 시조는 지구별 모두의 노래야. 단, 너는 할 수 있어. 시조에 살고 시조에 죽는 날들을 거침없이 이어가길 바라." 단은 하루를 마감하는 순간에도 시조를 읊조리며 잠자리에 든다.

> 어떻게 태어난데 시조 찾아 삼만 리
> 길은 멀고 험해도 끝내 이 길은 나의 길
> 평생에 고쳐 못 할 꿈은 오직 이것뿐

고개를 들어보니 시조를 향해 가는 가파른 계단 길이 펼쳐져 있다. 그동안 눈 뜨고 있어도 보지 못했던 길이다. 앞만 바라보며 달려온 길이니 후회는 없다. 일말의 안쓰러움도 안타까움도 없다. 그저 우직하게 여기까지 왔으니 다행이라는 생각뿐이다. 단은 가까스로 한숨을 억누른다. 누구랄 것도 없이 세월의 고갯길을 힘겹게 넘어가는 이웃의 모습들이 사진 영상처럼 또렷이 보이기 때문이다. 함께 부대끼며 희비애락의 쌍곡선을 그렸지만 이제는 그마저도 아지랑이처럼 멀리서 아른거릴 뿐이다. 아름답지만 만질 수도 느낄 수도 없다. 막연하지만 이제 혼자서 시조 배를 저어가는 수밖에 다른 수단이 남아 있지 않다. 시대의 어둠을 뚫고 쪽배를 몰아 바다에 닿고야 말리라는 셈속과 포부, 다시 가슴께가 뻐근해진다. 단은 혼돈과 빛이 범벅된 눈앞을 잠깐 훑어본다. '그래, 중요한 것은 속도가 아니라 방향이야.' 이 말을 여러 번 되뇐다. 출렁거리는 가슴을 단정하게 여민다. 시조라는 공감의 물결을 모든 이에게 선사해주고 싶다는 열망이 무지개처럼 피어오른다.

새로운 생에 대한 설렘과 기대. 단은 영을 떠올린다. 영은 늘 그의 편이다. 멀리서 응원을 보내준다. 어떤 일이 닥치더라도 내 편임을 전해준다. 그녀를 믿고 그녀에게 많이 기대는 자신을 발견하고는 화들짝 놀라기도 한다. 그만큼 이제 단은 그녀에게 빠져버린 것이다. 그녀에게는 긴장된 즐거움이 묻어난다. 몰입의 긴장도가 아슴아슴하게 황홀하다. 그녀 생각에 즐거운 기분이 온몸의 모세혈관을 타고 재빨리 한 바퀴 돈다. 나른하다. 숨결이 달콤해진다. 기분 좋은 위안이 그를 찾아온다. 다시 눈 위로 올라선 계단 길을 쳐다본다. 저 길이다. 단이 멈추지 않고 가야 할 곳은 바로 저곳이다. 갈 수밖에 없고, 가지 않으면 안 되고, 지금 여기까지 걸어온 길이다. 그러나 언제나 길은 걸은 만큼 다시 멀어진다. 길이 끝나는 순간 단의 숨결도 다할 것이다. 길이 단을 인도한다. 단이 길을 만든다. 길 위의 삶. 이것이 인생. 그렇지 않은가?

'놀자 놀자 놀자, 웃자 웃자 웃자.' 단단의 생활 구호다. 누군가가 지적했다. 기분 좋음은 '정서 자본'이라고. 즐거운 기분이 돈이라는 얘기다. 사람은 돈이 있어서 행복한 게 아니라 기분이 좋고 즐거워야 행복하다. 그래, 그는 분노 대신에 웃음을 택했다. 일배충과 흑백국을 향한 거친 분노는 오래 지니기가 곤란했다. 세상이 상전벽해가 되었는데 몇십 년이고 분노의 감정을 가지는 건 인생을 낭비하며 사는 것이라는 생각이 들었던 것이다. 단은 깊은 속생각을 어느 참에 바꾸었다. 분노를 버리고 대신에 그는 유쾌한 웃음을 얻었다. 호방하게 자주 웃는 것으로 세상이 치료될 수도 있다는 것을 깨달은 것이다. 단은 새로운 인물, 새로운 캐릭터로 거듭나려 한다. 날카롭고 야무진 활동가가 아니라, 상대를 무장해제하는 웃음 제조기가 되기로 한 것이다. 한갓진 꿈이 아니다. 시조의 꿈이 힘껏 도와줄 것이다. 그렇게 생각하자 기꺼이 세상은 그를 향해 웃을 준비가 되어 있는 것으로 보였다.

성공하는 것이 행복이 아니라 행복하게 사는 게 성공한 인생이다. 그래, 바로 이것이다. 자신의 어려움과 단점마저 긍정함으로써 삶의 즐거움을 찾아내는 거야. 그래, 웃으며 살자. 웃음으로 세상을 치료하자. 진지하게 말고 가볍게, 복잡하게 말고 단순하게, 무겁게 말고 해깝게,[3] 건강하되 건전하게 만은 말고 엄숙하게 말고 재미나게, 바람처럼 물처럼 살자는 자신과의 약속이다. 마음의 여유를 가진 사람은 스스로 웃을 줄 안다. 분노의 시대를 끝내고 즐거움의 시대를 맞이하자. 단의 새 출발 일성이다. 치열한 시조 수련이 단을 어느 결에 부드럽게 만들어간다. 진정한 성공이란 무얼까? 다른 이들의 삶마저 풍성하고 행복하게 하는 일에 열중하는 것이 아닐까?

사람들은 잘 노는 것만으로 지배 세력의 한 축을 허물어뜨릴 수 있다. 파괴와 격렬한 투쟁 없이도 새 세상이 얼마든지 건설될 수 있다. 사회적 약자들이 즐겁게 잘 노는 것으로 기득권 지배층은 열불이 나서 허둥대게 된다. 잘 노는 약자를 질투하고 부러워하고 공연히 화증을 벌컥 내고 한다. 잘 놀면 지배꾼들만의 리그에서 새로운 리그가 시작될 수도 있다. 가령 약자들의 잔치 한마당이 벌어진다. '매일져리그'가 떠들썩하게 열린다. 세상 속에서 매일 지기만 하지만, 해가 뜨면 바람처럼 다시 일어서는 사람들이다. 엄혹한 약육강식의 세계에서 숨죽이고 살던 보통 사람들이 한꺼번에 꿈틀대며 일어서는 꿈을 꾼다. 모두가 한목소리로 외친다. 놀자고. 우리 놀자고, 같이 놀자고, 우리도 놀자고, 우리도 잘 놀 수 있다고. 우리도 우리끼리 잘 먹고 잘 살 수 있다고. 노예근성에서 벗어난 이들은

---

3 '가볍게'를 뜻하는 사투리 표현이다.

안하무인의 기득권자들이 세상을 양껏 요리하던 그 거들먹거림을, 찌푸린 얼굴로 더는 보지 않아도 된다. 우리도 충분히 지금 행복하다고, 많이 즐겁다고, 이렇게 살맛이 난다고, 함께 소리 높여 외치는 것이다.

"미안해요, 안하무인의 권력자들이여. 마음 비뚤어진 인간들이여, 욕심 사나운 짐승들이여, 미안해요. 우리가 당신들보다 더 행복해서 미안해요. 많이 미안해요. 더 많이 웃어서 미안해요. 더 많이 즐거워서 미안해요. 그러나 이게 죄가 아니라는 걸 우리는 알아요. 슬퍼요. 이제야 알았기에 슬퍼요. 이렇게 살아야 한다는 걸 너무 늦게 알았다는 사실이 슬플 뿐이에요."

시대의 한가운데를 온몸으로 밀고 들어가서 통 크게 놀아버리는 것. 단이 품은 새 꿈이다. 지질하게 굴지 말고, 통 크게 놀아보자고. 남북통일의 큰마음을 가지자고. 지구별을 시조로 수놓자고. 모든 이가 시조로 놀고, 춤으로 놀고, 노래로 놀고, 붓으로 놀고, 검으로 놀고, 술잔으로 놀고, 신통방통 잘 놀아 보자고. 세상을 웃음꽃 피는 찬란한 꽃밭으로 만들어 보자고. 사람 간에 인정을 흐드러지게 피워보자고. 그러자고, 제발 그래 보자고. 단은 새삼 각오를 다진다.

또다시 단과 영은 하나가 되었다. 시조의 힘이다. 사랑의 힘이다. 단단은 칸국의 이름 없는 영웅이다. 그가 꿈을 꾼다. 새 세상을 만들려 한다. 최초의 후원자는 영의 몫이다. 단 한 사람의 성원으로 단은 영웅이 되었다. 단은 시조를 통해 세상을 바꾸고 싶어 한다. 시조는 칸국 전통의 정서를 담는 그릇이다. 모두가 시조에 웃고 시조에 울고, 시조를 갖고 놀기를 그는 진심으로 바란다. 온 사람이 시조의 매력에 홀려 시조 놀이로 희비애락을 그리며 일상을 소풍 나온 아이처럼 즐겁게 살아가기를 단은 고대한다. 오늘을 즐겨야 내일도 즐길 수 있다. 먼 곳에 가지 않고도 가장 큰 즐거움이 여기 있다는 걸 모두 알아주었으면 한다. 단의 꿈은 이런 것이다. 돈도 들지 않는 소박한 꿈, 작지만 울림이 있는 꿈이다. 쉽지 않겠지만 그는 이 일에 매달려 일생을 살아갈 것이다. 영과 단은 시조 덕분에 애인이 되었다. 뜨거운 불 가슴이 되었다. 매일 보고도 죽고 못 사는 뜨거운 정인이 되었다. 안 보고도 매일 만나보는 이심치심(以心治心)의 연인이 되었다.

철없이 흘러가는 건 시간만이 아니더라
때 없이 깜박이는 건 별빛만이 아니더라
보고파 무작정 그대 보고파도 내 탓만은 아니더라

잔뜩 찌푸린 하늘이 울음을 토할 듯하다. 울먹울먹. 아니나 다를까 금세 물방울이 떨어진다. 하나, 굴러 내린다. 둘, 굴러 내린다. 셋, 굴러 내린다. 이크크 셀 수 없다. 후드득후드득 쏟아진다. 비다. 물에 젖은 구슬이다. 한번 흘린 눈물은 이내 주체할 수 없는 흐느낌으로 바뀐다. 삽시간에 산천이 흥건하게 젖는다. 모두 하늘의 열락에 기꺼이 동조하는 눈치들이다. 운우지정의 놀라운 광경. 단과 영은 정자에 깊숙이 앉아 비 세상을 물끄러미 내다본다. 빗방울이 탄력 넘치는 공처럼 톡톡톡 튄다. 둘의 살품에도 열락의 물방울이 가쁘게 튀어 오른다.

부시다. 햇빛이 찾아왔다. 비가 그치고 산천은 푸름으로 물들었다. 세상은 더욱 영롱하게 빛난다. 단과 영은 팔짱을 끼고 걷는다. 천천히 서로의 존재감을 확인한다. 한 차례 눈을 맞춘다. 이제 둘은 남의 시선이야 벗어놓은 양말처럼 여기는 눈치다. 단은 한껏 기분이 좋아진다. 영의 꽃향기가 피부를 간질인다. 꼬물꼬물 행복감이 비안개처럼 피어오른다. 넓은 공터가 나타난다. 너럭바위가 하나 있다. 영이 앉는다. 단은 단소를 꺼낸다. 단소로 하는 검술 수련이다. 영은 그림처럼 고요하다. 단의 수련 동작을 지켜본다. 꽃 같은 미소가 두 볼에 가득하다.

　　단이 춤추듯이 움직인다. 흐르는 단소가 잠자리 날개 같고 호랑이 발톱 같다. 단이 취하는 동작은 취검에 나오는 것이다. 취검(醉劍)은 원래 경쾌하고 활달하고 호방한 검새[4]를 가리킨다. 무사가 충분한 자기 연마로 일검휘지(一劍揮之)[5]해서 탈속의 경지에 이른 것을 말함이다. 취검은 단이 검도 수련을 통해 도달하려는 곳이다. 검을 휘두르는 대로 정도에 딱딱 들어맞게 검선과 검속이 조절되는 것을 꿈꾼다. 취검은 검과 몸과 마음이 삼위일체, 물심일여 하나로 녹아들었을 때 가능한 검의 최고 경지이다. 취검에 이르면 검도는 검예(劍藝)가 된다. 독특한 규칙과 호흡법으로 그리고 남모르는 노력으로 단단은 이것을 이루고자 한다. 오매불망, 그의 꿈은 취검의 완성이다. 이것이 그의 이상향이다. 현실의 벽을 뛰어넘으려는 결심과 실천이 이런 꿈을 잉태한 것이다. 앞으로 심지 깊은 종요로움이 난관의 빗장을 푸는 결정적인 역할을 할 것이다. 굴욕과 자존 사이에서 감당하기 힘든 고통을 겪으며 살아가는 보통 사람들에게, 그는 어떤 방식으로 희망과 위로를 던질 것인가? 단은 교육이라는 외길을 계속 걸어갈 수 있을까? 시조놀이라는 새로운 시대 유희를 과연 꽃피워낼 수 있을까? 짧은 순간, 격랑의 한 시대가 단단의 눈앞에서 꿈틀거리며 지나간다.

　　그동안 단에게 결기가 은근히 서려 있었다. 그것이 그의 시야를 흐릿하게 만들거나 세계관을 좁다랗게 만드는 역할을 하기도 했다. 그의 분노는 사실 너무 오래 묵은 것이었다. 쉬 풀어내기 힘든 까닭에 그는 자꾸 좁은 틀에 자신을 가두었던 것이다. 나중에야 후회할 일이 되었지만 그때는 문제 될 게 없었다. 그러나

---

4 검술에서 공격과 방어의 기본 기술을 연결한 연속 동작. 검술의 품새.
5 일필휘지(一筆揮之)를 검술의 세계로 바꾸어서 표현.

어쨌든 불씨가 남아 큰불을 감추고 있다는 것을 알고 있어야 했다. 세상을 바꾸고 싶다는 패기와 열정이 있었으나 단은 그것을 드러내지 않았다. 사람들에게 들키지 않으려 했다. 주변 사람들은 도도히 흐르는 강물처럼 단의 가슴골을 적시는 분노의 기운을 알아채지 못했다. 그러는 사이 단은 천천히 외로운 섬이 되어 갔다. 그의 단단한 고집은 바위섬이 되었다. 그 섬에 외로이 그의 신념이 풀처럼 자라고 철학이 나무처럼 자랐다. 생존경쟁이라는 짐승의 법칙에 장악된 세상을 향해, 그러나 그는 교육이라는 무기를 들고 저항하는 일을 결코 멈추지 않았다. 때때로 단의 묵난화에 나타나는 날카로운 필세는 독재 세상을 향한 그의 심기가 표출된 것이리라.

남들을 들여다보며 불완전한 나를 알아가는 것. 이것이 인생

규칙은 깨라고 있는 것이다. 물론 지키라고 규칙이 만들어졌지만, 지키기만 한다면 역사가 발전하지 못할 것이다. 제자리걸음은 지루하다. 재미없다. 규칙을 깨뜨리는 몇 사람의 노력이 세상을 바꾸어간다. 엉뚱한 생각을 가진 사람들이 평온하던 역사의 물줄기를 느닷없이 요동치게 한다. 단은 시간을 거슬러 올라가 하늘의 시조를 가져온다. 시간을 거슬러야 새 역사가 만들어진다. 시간을 막으면 모두가 기억 상실증에 걸린다. 물결처럼 시간이 넘나들어야 역사가 되고 추억이 되고 전설이 되고 신화가 된다. 시간의 물살을 헤치며 동화가 만들어지고 소설이 지어지고 이야기가 빚어진다. 시간이 현재의 틀에 갇혀 있는 동안 시간은 흐르지 않는다. 흐르지 않는 시간은 이미 시간이 아니다. 그것은 화석화된 공간에 지나지 않는다. 시냇물처럼 흘러야 시간은 시간답다.

단은 시조를 통해 새 문을 열고자 한다. 유리창을 깨뜨리듯 와장창 소리 내어 규칙을 돌파할 때 신세계가 열린다. 새로운 세계가 눈을 뜬다. 일망무제의 빛으로 다른 곳을 볼 수 있게 된다. 서로 다른 곳에서도 모두가 같은 눈으로 한 곳만을 바라보고 거기에 묶여 있다는 것은 도약의 토대를 스스로 무너뜨리는 일이다. 그것은 터전을 없애고 씨 뿌리기를 그친 후 싹이 돋기를 바라는 어리석은 농부의 마음이다. 움직여야 한다. 몸을 놀려야 한다. 꿈을 다루며 땀을 흘려야 한다. 역사의 모든 시간은 언제고 깨어질 만큼만 적당히 견고하다. 시계가 한 번씩 고장 나는 것처럼 새 역사는 덜컥 한 번 멈추는 그 순간에 놀라운 도약을 보여준다.

좋으면 좋은 대로 나쁘면 나쁜 대로
네가 뛰면 나 달리고 네 걸으면 나 걷고
옆에서 숨결 맞추며 도란도란 이토록 살 것을

꽃에 취한 붉은 마음. 단의 가슴이다. 행복의 문은 웃으면 열리고 찡그리면 닫힌다. 열고 열고 또 열고 그 기쁨, 그 환호로 새 문을 열고 또 힘차게 달려가는 것, 이것이 멋진 인생이라고 단은 여긴다. 단순한 삶이 멋진 삶이다. 가장 단순한 것이 가장 아름다운 것이다. 단순하게 사는 것이 열정적인 삶이라고 믿는다. 있는 그대로를 열정의 도가니에 던져 넣고 가장 단순한 눈으로 세상을 바라보는 것 ―이것이 단이 연마하려 하는, 세상을 보는 눈이다. 어찌 보면 이것은 겸손하고 겸허한 시선이다. 자기를 높이려 하지 않는다. 자기 외의 세상을 용납하는 자의 넉넉함이 출렁거린다. 다채로운 삶의 모습을 있는 그대로 품어 안는 것이다. 이것이 단의 가슴이 지닌 단순함이요 넉넉함이다. 자신을 포장하여 고상하게 자신을 내세우지 않는 곳에 단의 매력이 있다. 언제나 낙천적인 눈으로 삶을 바라보는 태도가 영에게 전달되었다. 그녀가 그를 좋아하는 이유이다. 그렇다. 그의 가장 큰 매력은 단순함과 낙천, 그것이다. 단에게 있어서 단순함은 열정의 원천이고 낙천은 즐거움의 '샘밑'이다.

말로써 말들이 많을지니 잠자코 말 말고 말지라

단단은 말없이 살아가는 이 땅의 모두를 사랑한다. 그는 평범한 것의 숭고함과 위대함을 말하고 싶어한다. 이것이 그가 시조를 사랑하는 까닭이기도 하다. 우주는 특별한 것이 아니고 지극히 평범한 것들이 모여서 이루어진다는 것을 사람들에게 전하고 싶어한다. 알고 보면 평범한 것이 가장 위대한 것이다. 천지자연은 극히 평범하다. 예나 이제나 변함이 없다. 지루할 만치 옛 모습을 간직한다. 도드라짐도 없고 새로움도 없다. 그저 그렇게 묵묵하다. 평범하다. 지구별은 평범하다. 우주는 평범하다. 평범하기에 모든 것을 담는다. 그것이 위대함의 시작이다.

우주 자연을 말하는 것으로 평범 예찬의 서막이 오른다. 평범은 착함이다. 착함은 만물의 원형이다. 으뜸꼴이다. 평범은 태어난 적도 사라진 적도 없다. 평범은 속이 깊고 폭이 넓다. 평범은 자연이다. 스스로 그러하다. 그 속에 모든 것을 담는다. 평범은 자유이다. 스스로 말미암는다. 평범은 태고로부터 영겁까지 하나로 흐른다. 평범은 만물의 비롯됨이요 그 완성의 끝이다.

평범은 평등이다. 평범은 잘남과 못남을 가리지 아니한다. 평범은 흙이다. 그 위에서 모든 게 자란다. 평범은 몸집 큰 거인이다. 만물을 품에 안는다. 평범은 낙천이다. 하늘 뜻을 받든다. 평범은 가장 으뜸가는 개성이다. 평범은 간섭을 끊는다. 돌은 돌로, 새는 새로, 서로 이어지되 간섭하지 아니한다. 평범은 만물의 어머니다. 만물을 지키고 보살핀다. 평범은 다투지 아니한다. 평범은 세상을 읽되 말하지 않는다. 평범한 것들의 잘 어울림, 단단은 그것을 '평화(平和)'라고 이름 붙인다.

평범은 중용이다. 만물은 평범에서 나오고 평범으로 거두어진다. 중용은 만물을 낳고 만물을 수렴한다. 중용은 말이 없음을 나타낸다. 까닭에 평범은 소리 내지 아니한다. 평범은 물이다. 낮은 곳으로 흐른다. 평범은 착함이다. 우주적 기운 그대로이다. 평범은 참된 길이다. 거짓을 꾸미지 아니한다. 평범은 현재의 모습 그대로이며 현실 그 자체이다.

평범은 착함이요, 비범은 척함이다. 평범은 무신이요, 비범은 유신이다. 사람은 두 종류가 있다. 하나는 평범의 구조와 가치를 밝히는 사람이고, 또 하나는 평범의 구조와 가치를 파괴하는 사람이다. 전자를 좋은 사람이라 하고, 후자를 나쁜 사람이라 한다. 학문이란 평범의 정체를 밝히는 것이고, 종교는 평범의 가치를 밝히는 일이다. 평범은 내 몸의 연장이요 내 마음의 확장이다. 평범이 온 생명이다. 평범은 절대 '말' 밖에 있다. 산다는 것은 평범의 공간 속에서 자기 시간을 용케 붙드는 일이다.

단은 자신을 평범한 사람이라 여긴다. 영은 지체 없이 동의한다.

눈썹 위 네온 불빛이 꽃인 양 피네
달이 암만 밝아도 도시에는 도시 보는 이 없어
저 달아 마냥 오지를 마라 반길 이가 없구나

어둠이 순식간에 학교를 덮었다. 단단은 종종 지금 학교가 이토록 어두운 것은 빛이 없어서가 아니라 어둠이 제 역할을 하지 못해서일 거라는 생각을 했다. 짙은 어둠이 빛을 감싸고 억누를 때, 오히려 빛이 왕성한 제 생명력을 잉태하리라고 믿는 것이다. 단단은 가까운 곳에서 숨 쉬고 있는 청소녀가 있어 든든하다. 그녀 앞에서 그는 만년 소년이다. 떨리고 설레고 긴장되고 아프다. 그리고 기쁘고 애틋하고 슬프다. 온갖 감정이 계곡물처럼 그의 가슴속을 굽이쳐 돌아 흐른다. 교사, 학생, 학부모 모두가 잘 사는 학교를 만드는 게 그렇게도 어렵나 하는 생각이 들 때마다, 그는 오래 묵힌 앨범을 들추며 기억을 되살리듯이 그녀를 떠올리며 활력과 생기를 얻곤 했다.

빛은 처음에 어둠이었다. 어둠이 첩첩이 누리 가득 쌓이면 절로 어둠 기둥에서 한 줄기 빛이 솟구쳐 올라온다. 그것은 지축을 뒤흔드는 굉음과 함께 찾아왔는데, 그로써 세계는 빛과 어둠이 갈마들게 되었다고 단은 믿는다. 빛은 빛나지만 자세히 보면 빛 속에 또 빛을 켜켜이 쟁여놓고 있음이 보인다. 어둠이 또한 그런 것처럼. 어떤 사물이든지 자세히 살펴본다면 이 같은 광경이 무진장으로 발견되리라. 사람들은 이런 것을 두고, '다를 게 뭐 있나? 이거나 저거나 다 비슷하지 뭐.' 하며 얼버무린다. 빛은 어둠 속에 있을 때만이 진정 빛이 될 수 있다. 여기에 아주 중요한 세상의 비밀이 숨어 있다. 빛은 한순간 뿜어져 나오는 것이고 어둠은 장시간 안개처럼 스멀스멀 기어 다닌다고 보아야 옳다. 그래서 세상이라는 삶터는 항시 빛보다 어둠이 더 오래도록 머물러 있는 것이다.

주사야몽(晝思夜夢). 낮에 생각한 것이 밤에 꿈이 된다. 단은 창 밖 구름을 타고 잠깐 옛날로 돌아간다. 어린 시절이 아슴푸레 떠오른다. 아름답고 슬픈 감정이 복받친다. 눈물이 날 듯하다. 단은 푸르르 눈꺼풀을 떨며 현재와 마주 선다.

바람에 흔들리는 나뭇가지가 마치 시위를 떠난 화살촉 같다. 시리도록 푸른 잎사귀가 짐짓 눈을 찌른다. 아마도 플라타너스 엽록체가 체내 운동을 열심히 하나 보다. 없다. 단단은 고개를 주억거리며 놀란 눈으로 그녀를 찾는다. 없다. 조금 전까지 바로 옆에 있던 그녀가 사라졌다. 감쪽같이 없어졌다. 바람에 실려 갔나 구름 타고 흘렀나, 단단은 열심히 눈동자를 굴린다. 없다. 영 가뭇없이 사라졌다. 어디 갔을까? 잠시 한눈파는 사이에 영이 종작없이 사라졌다. 후회가 여름 소나기처럼 가슴에 빗발친다. 단은 영을 품에서 놓지 말았어야 했다. 단 한 순간도 그녀를 잊어서는 안 되는 것이었다. 단의 꿈이 일순 창백해진다. 아득하다. 그녀는 지금 멀리 흑백국에 있다.

> 있다는 생각만으로 행복을 주는 사람
> 보드라운 햇살로 일상을 채워주는 사람
> 오늘도 그 사람 향기가 되어 바람에 실려오네

사랑은 숨길 수가 없다. 마주 보는 꽃잎처럼 서로의 아름다움을 감탄한다. 빛을 토하며 감정이 오고 간다. 어떻게든 사랑은 흔적을 남긴다. 그녀도 그랬다. 휴대폰 알림판을 본다. "사랑해 바보야." 그녀가 오늘 자신의 프로필에 이렇게 달았다. "사랑해 바보야." 메아리처럼 가슴에 남아 자꾸 웅얼거린다. 묘한 느낌이다. 기분 좋은 울림이다. 사랑 노래가 숲 향기처럼 번져 나온다. 그러나 만날 수 없는 사이. 그녀는 흑백국 왕에게 볼모로 잡혀 있다. 단은 시조 공부에 매진한다. 울어도 소용없고 웃어도 소용없는 날들이 지나간다. 볼 수 없고 만날 수 없는 날들이 이어진다. 그 사이에 사랑의 농도가 점점 짙어간다. 혼자 있어도 사랑은 퇴적암처럼 쌓여가는 것이다. 그녀를 잊지 못하니 준 것 없어도 그녀는 늘 내 사랑이다. 그녀가 있다는 것만으로 그녀는 내 사랑으로 남는 것이다. 사랑이 과하면 허망해지고 사랑이 허하면 애달파진다. 떨어져 있어도 멀어지지 않으니 단과 영은 언제나 곁에 있는 것과 같다. 손을 잡을 수는 없어도 마음을 보듬을 수 있어 서로는 하루에도 몇 번을 전기처럼 짜릿하게 통한다. 몸 없이 하는 사랑, 가슴으로 하는 사랑, 오래가는 사랑이다. 단단의 유난한 사랑법이다. 영원한 사랑법이다. 먹구름 속에도 빛이 들어 있음을 단은 직감적으로 알고 있다.

시간은 움직이고 공간은 흘러간다. 모든 존재는 시간이거나 공간이다. 시간을 담는 그릇이 낱낱의 사물이리라. 하루하루를 잃어버리며 사는 사람들이 있다. 약자의 눈에 그렁그렁 고인 눈물은 사회 공동체의 관심과 사랑이 맞닿으면 꽃이 된다. 눈과 눈이 마주쳐서 사랑이 된다. 가슴과 가슴이 맞닿아서 사랑이 익는다. 따뜻한 응시는 상대가 제 말을 스스로 끄집어내게 하는 힘이 있다. 사람이나 사물을 오래 품노라면 그것은 절로 빛에 둘러싸여 특별한 존재로 두둥실 떠오른다. 중요한 것은 관심과 정성이다. 진심을 베푸는 것이다. 이것이 사물과의 관계를 가장 친밀하게 잘 맺어가는 방식이다. 응시는 대상과 즐겨 노는 흥겨운 잔치 같은 것이다. 자세히 들여다보면 사물은 저의 한숨, 노래, 운율, 정서를 한 올 한 올 풀쳐 보여준다. 영이 단단에게 가르쳐 준 것은 이런 것들이다. 그것은 사물과 관계를 맺어가는 방식이다. 끌림 혹은 만남의 미학이다. 영에 따르면 존재는 자기 무늬의 물결이 있으며, 그것이 그 사물의 고유한 운율이다. 사물의 운율을 읽어내야 그 사물의 참다운 가치가 드러난다고 말한다. 바로 이곳에 시조의 미학과 가치가 존재한다고 그녀가 단에게 들려준 바 있다.

이런들 봄 아니요 저런들 봄 아닐까마는

다만 당신 없이는 단 하루도 봄이 아니지

어쩌나 당신이 아니고서는 내게 봄날이 없네

진실을 전하는 방법은 무한하니 못내 걱정하거나 애탈 필요가 없다. 어떤 식으로든 걷다 보면 목적지에 도착하게 될 테니까. 모두가 입을 모아 행복했다고 말하면 좋겠지만 그것에 괘념치 말아야 한다. 왜냐하면 좋아하는 음식이 사람마다 요모조모 다른 것처럼 모두가 좋아하는 진실이란 없는 법이지. 값이 비싸다고 해서 다 좋은 것은 아닌 것과 같다. 낙천은 절대 긍정이다. 인생은 풀어야 할 숙제가 아니라 즐겨야 할 축제가 아닐까 보냐. 단단은 오늘도 시조의 오솔길을 영과 함께 걷는다.

황사 바람이 불어온다. 눈앞이 온통 부옇다. 매캐한 공장 연기를 마시는 것 같다. 길을 열고 가는 단의 발걸음이 자꾸 비척댄다. 걸음 떼기가 힘겹다. 그러나 힘들기는 하나 영 못 가는 것은 아니다. 허위허위 걸어간다. 단은 지금 힘겨운 발걸음을 하는 자체가 자신의 힘겨운 나날을 상징하는 것이라고 생각한다. 학교 교사는 학교 교사이기 이전에 국민의 교사이다. 교사는 선생님이다. 남을 가르치는 사람이다. 아이들을 가르치는 스승이다. 교사는 자존감 반듯한 선생님으로 대접받아야 옳다. 그러나 지금 학교는 배움터의 역할을 하지 못하고 있다. 교사의 존엄은 흔적 없이 사라졌다. 학교 현장에 긴 겨울이 지나가고 봄이 찾아오는 날은 언제쯤일까? 단단은 지나는 바람결에 나직이 물음을 던져 본다.

걷는다. 단단은 걷는다. 천천히 걷는다. 자신의 길을 발견한 사람은 천천히 걷는다. 바쁘지 않다. 그는 무한 경쟁의 마법에서 풀려난 사람이다. 행복하다. 그는 더 이상 경쟁하지 않는다. 제 길을 갈 뿐 비교하지 않는다. 남과 다투지 않는다. 가는 발걸음을 즐길 뿐, 거기에 이유나 목적이나 희망을 걸지 않는다. 오직 자신으로 존재할 뿐. 다른 어떤 이가 되려고 하지 않는다. 여기에는 잘남도 못남도 없다. 제 눈으로 세상을 보고 제 귀로 듣고 제 입으로 말하고 제 방식대로 살아가자고 단단은 깜냥대로 마음을 곧추 잡는다. 소동파 선생이 말했다. 고기를 먹지 않으면 육체가 야위지만 대나무를 하루라도 보지 않으면 정신이 수척해진다고. 대나무를 지극히 사랑한 동파. 지금 단에게 영은 말하자면 동파 선생의 대나무다. 하루라도 그녀를 보지 않으면 정신이 허기진다. 영은 파릇한 죽순이다. 단의 마음 밭에 푸르게 푸르게 살아 있다. 노상 시조 생각에 단은 가슴이 뭉클하다. 마음으로 시조를 지어야 한다. 마음 가는 대로 시조를 써야 한다. 시조의 틀에 제 가슴을 맞추는 어리석은 짓은 안 된다. 한 길로 걸어가면 마침내 신천지가 열리겠지. 단단은 꿈이 있다. 사람들이 시조를 말할 때 "단단 이전의 모든 것은 단단에게 흘러들어 갔고, 이후의 모든 것은 단단에게서 흘러나왔다."라고 말해 주면 좋겠다. 단은 그 자신이 시조계의 혼돈이며 빅뱅이며 빛이 되고 싶어 한다. 단은 믿는다. 노력하는 자에게 기회가 반드시 찾아온다고. 꿈은 씨앗이며 보람은 열매라는 사실을 그는 알고 있다.

그렇다 국민의 입을 막는 것은 강물을 막기보다 더 위험하다

시조 종장은 섬광처럼 찾아온 영감이 부푼 꽃망울로 맺히는 곳이다. 종장의 1, 2마디는 시조 운율의 급소다. 변주된 불협화음과 같다. 파격의 미학이다. 어긋남의 아름다움이다. 틀을 깨고 부수는 즐거움이다. 시조가 그래서 아름답다. 풍류의 미학이다. '멋'은 정녕 '엇'에서 나온다. '엇'은 '어긋남'이다. '어긋냄'이다.

'엇'은 한결같음을 깨뜨린다. '엇'은 세기와 방향을 바꾸는 바람이다. '엇'박자다. 부분을 파괴해서 더 큰 아름다움을 만들어낸다. 멋스러움이 '엇'에서 흘러넘친다. 줄 풍류가 따라온다.

'3.5', 시조는 이 부분에서 화장하지 않은 민얼굴을 보여준다. 진실의 참모습이다. 단 앞에서 영은 늘 화사한 미소를 짓는다. 시조에서 종장은 역동적인 에너지가 넘쳐난다. 시조는 칸국 전통의 민화와 통한다. 해학과 재치, 은근과 끈기가 숨어 있다. 민화는 기존 질서를 깨뜨리고 그것을 해체한다. 그곳에 웃음이 창조되고 새로운 영감이 찾아온다. 사물은 낱낱이 흩어지고 새로운 방식의 관계 맺음이 시도된다. 만물은 서로에게 가슴을 열고 일체를 숨김없이 보여준다. 만물이 평화를 노래한다. 시조가 평화를 노래한다. 평화는 자유다. 만물이 일체 자유롭기에 평화로운 것이다.

세련되게 섹시하게. 그래서 사회적 가치가 성공의 고속도로를 전속력으로 질주할 때, 영은 오히려 푸근한 미소와 여유로운 숨길을 단단에게 전해주었다. 단은 영을 통해 현존하는 지배 가치들의 황당함과 부도덕성을 정면으로 바라볼 수 있게 되었다. 난폭한 독재자, 위압적인 존재가 되기 위해 불철주야 자신을 날카롭게 벼리는 인간 군상들의 틈바구니에서 단단은 영을 만나고부터 시대 흐름에 섞이지 않는 특별한 존재로 살고 싶어 하던 오랜 소망을 이룬 것이다. 단단은 영을 사랑하고 영은 단단을 지금 뜨겁게 사랑한다. 이 사랑은 뜨겁게 불타오르는 사랑이 아니라 김이 조금씩 올라오는 물 같은 사랑이다. 오래가는 사랑이다. 물기가 많은 사랑이다. 함께 끓어오르는 사랑이다. 촉촉한 사랑이다. 맛있는 요리가 조리되는 그런 사랑이다.

그러니까 이 사랑은 서로 틈새 없이 밀착한 사랑이다. 맞물린 사랑이다. 그렇지만 김이 새나가는 것처럼 조금씩 서로 다르게 숨 쉬는 공간을 열어두고 있다. 정형시는 정해진 공식이 있다는 기존 틀을 깨야 한다. 짐작만 있고 실체가 분명하지 않은 것, 이것이 시조의 또 다른 매력이다. 사람을 매료시키는 힘이다. 그래서 실제의 작품이 모습을 드러낼 때만이 시조는 자기의 모든 아름다움을 남김없이 보여준다. 내재율 때문이다. 이론으로 존재하는 시조는 허상이다. 존재감이 없다. 영을 자꾸 만날수록 그녀의 총천연색 향기에 단단은 깊숙이 빠져든다. 이토록 장엄한 아름다움을 사람에게서 발견할 수 있어 단은 행복하다. 그는 영을 만날 때마다 순간의 황홀경에 곧잘 빠진다. 사는 게 재미있다. 기다리는 게 즐겁고 행복하다. 만나는 게 기쁘다. 설레고 두근두근 흥분이 높아진다. 심장박동이 빨라지고 숨이 가쁘다. 절로 춤가락이 자아지고 노래가 흘러나온다. 어느샌가 그에게 시조는 밥이고 술이고 애인이다.

시인은 한 장의 백지 위, 그 숨 막히는 사각의 링에서 매번 찰나와 싸운다

사람이 보이는 시조. 사람 냄새가 나는 시조. 그런 시조를 만나고 싶다. 시조는 여백이 많은 그림이다. 삶을 담은 음악이다. 모든 이가 시조를 즐겨 시심을 회복하고 아이의 순진한 눈빛과 몸짓으로 세상을 살아가기를 진심으로 그는 빈다. 영을 만나 어릴 때의 눈빛과 24시간 내내 설레던 첫사랑의 떨림을 다른 이들도 되찾기를 그는 진심으로 바란다. 자유 서정을 디딤돌로 하여 저마다 진실의 세계로 들어서기를 간절히 바란다. 진실해야 감동이 있고 기쁨이 있고 소통이 있고 웃음이 있다. 단단은 영을 사랑한다. 지극히 사랑한다. 단은 시조를 뜨겁게 사랑한다. 단과 영의 만남은 단단이 꿈에나 그리던 즐거운 인생 놀이판의 완성이

다. 단에게 시조는 무한대의 사랑 충전소이다. 영과의 사랑은 무량수의 행복 충전이다.

> 목련꽃 떨어져 길 위에 다시 피네
> 별 같고 달 같은 눈물 방울이 두 눈에 눈부셔라
> 해마다 가슴 가슴에 목련꽃 피고 지네

"생애 중 오늘이 나에게는 가장 젊은 날."

단의 흥얼거림이 공기 파도를 조용히 일으킨다.

만날 똑같은 것은 쉽게 질린다. 틀에 갇혀 지내는 것, 이거 미칠 노릇이 아닌가? 시조는 그 틀을 깬다. 부순다. 거부한다. 반발한다. 튄다. 그 어름에 새것이 나타난다. 단단에게 시조 놀이는 꿈이라는 안경을 쓰고 세상을 다르게 바라보는 일이다. 흑백 세상을 실제의 천연색으로 바꾸어 놓는 일이다. 그러나 느닷없는 시간의 행진에 희로애락은 속수무책이다. 감정의 파고가 쉴 새 없이 출렁거린다. 시조는 넘실거리는 바다와 같다. 흐른다. 넘나든다. 파도친다. 생은 고정되어 있지 않다. 까닭에 시조는 고정되어 있지 않다. 도식성을 거부한다. 생이 그러하듯 시조는 늘 새로움을 지향한다.

비가 내린다. 빗방울이 후드득후드득 떨어진다. 빗방울이 동그라미를 그리며 내려온다. 작은 동그라미를 그리며 내려온다. 내려오고 내려오고 내려오고. 동그라미 파문을 흔들면서 그리듯이 하강한다. 그러나 이 동그라미는 사실 올라가기 위해서 내려오는 중이다. 이건 누구도 잘 모르는 빗방울의 비밀이다. 몰라도 좋다. 단단은 눈앞에서 부서지는 빗방울 구슬을 하나하나 세듯이 바라본다.

시원한 기운이 등줄기를 타고 흘러내린다. 내려오는 빗방울에 이미 상승의 빗방울 이미지가 겹쳐져 있다. 밀고 당겨서 팽팽하다. 그래서 빗방울은 둥글다. 원심력과 구심력이 긴장된 힘으로 동그라미를 지탱하고 있다. 비는 둥글게 파문을 그리며 떨어진다. 약자에 대한 공감 능력을 일깨워주려는 듯이 빗방울이 하염없이 내려온다.

곳곳에 숨은 보석 같은 존재들이 얼마나 많을까? 푸나무[6]들이 빗속에 한층 생생하다. 지상의 생명들이 접신하듯이 새 에너지를 받아들인다. 변방에서 자신의 삶을 지키려는 노력이 가상하기만 하다. 빗방울은 둥근 세상을 꿈꾼다. 모난 세상을 다듬질한다. 빗방울은 하나하나 아름답다. 그 자체가 예술이다. 둥근 사랑의 마음이다. 단은 정자 마루에서 내린다. 밖으로 나간다. 주렴을 들치듯 빗줄기를 들친다. 빗속으로 들어간다. 비 세상이 열린다. 비를 맞으며 둥근 마음, 공감의 마음을 몸으로 느끼고 싶어서이다. 영은 그 옆에서 단에 맞추어 발걸음을 옮긴다. 두 사람은 빗속에서 함께 젖는다. 이제 단은 영을 뜨겁게 사랑하듯이 더욱 시조를 아끼고 사랑할 일만 남았다고, 달아나는 빗줄기에 다짐하듯 말을 전한다.

> 죽어도 아니 잊고 살아서 더 빛나는
> 보름달 둥근 사랑이 도란도란 흐르네
> 달빛은 옛이야기를 싣고 시조 향기를 또 전하네

어둠이 주춤거리며 뒷걸음친다. 약자를 사납게 물어뜯고 착취해온 어둠이

---

6 '풀과 나무'를 의미한다.

다. 맑은 새 바람이 한 줄기 지나간다. 길은 스스로 열며 나아가고 있다. 아무도 걷지 않던 길이다. 힘을 너무 주면 안 되니 어깨에 힘부터 빼야 한다. 지나친 긴장은 금물이다. 긴장하지 말고 편하게 즐겨야 한다. 누가 알아주지 않아도 내 방식대로 살아가는 것이다. 자기를 진정 사랑해야 세상을 사랑할 수 있다고 단은 믿는다. 자신을 깊이 사랑해야 웃으며 화끈하게 놀 수가 있다. 그렇다. 있는 자들에게, 횡포를 부리는 자들에게 최선의 복수는 자신이 잘 사는 것이다. 행복한 표정을 자주 지으면 된다. 그들보다 더 잘 놀면 된다. 더 웃고 더 즐거우면 된다. 단은 시조 놀이를 통해 그리되기를 꿈꾼다. 시조의 세계화. 지구별의 시조 보급. 옹근 꿈이다. 그러나 단은 시조를 신처럼 떠받들지는 않으려 한다. 사람이 시조를 위해 존재해서는 안 된다. 사람은 모든 가치의 으뜸 가치이다. 인내천(人乃天). 사람이 하늘이라는 말. 그러니 시조가 사람을 위해 존재해야 한다. 마치 종교가 그런 것처럼. 종교가 사람을 위해 존재해야 하는 것이다. 사람이 저마다 시조를 즐기면 되는 것이다.

사람은 3개의 눈으로 살아간다. 육안, 색안, 심안이다.

첫째는 육안(肉眼)이다. 있는 그대로의 눈이다. 야생의 눈이다. 직관이 살아 있는 눈이다. 자연과 교감하는 눈이다. 태어날 때 가진 눈이다. 이 눈은 일생을 두고 그 사람과 함께 한다.

둘째는 색안(色眼)이다. 제 눈이 아니고 남이 만들어준 눈이다. 있는 그대로를 보지 않고 색안경을 끼고 보는 눈이다. 보고 싶은 것만 보는 눈이다. 주로 정치, 경제, 사회 문화를 보는 눈이다. 전문가이거나 지배 이데올로기나 힘 있는 견해를 자기 것인 양 가져다 쓰는 가짜 눈이다. 이 눈은 종교나 지역감정 같은 게 대표적이다. 현실적으로 이 눈은 굉장히 중요한 구실을 한다. 왜냐하면 한 개인의 정치 사회적 견해가 이 눈으로 보고 듣고 말하는 것이기 때문이다. 그런데 이 것은 대부분 제 눈으로 세상을 보지 못하는 이들이 믿고 의지하며 보는 눈이다. 자기 스타일의 색안을 전 국민에게 보급하기 위해 주류 언론들은 기사 조작이나 방송 왜곡을 서슴지 않는다. 그들 언론사는 이것이 바로 권력이고 이것이 바로 여론이고 이것이 바로 나라를 움직이는 힘이라는 것을 잘 알고 있다. 한번 색안 을 만들고 나면 한 개인이 이걸 평생 바꾸기가 힘들다. 대부분의 사람들은 한 번 의 색안을 받아 그것을 끼고 일생을 살아간다. 부화한 오리 새끼가 첫눈에 만나 는 걸 무조건 어미라 여기는 것과 같다. 각인효과다. 어렵게 생각할 것 없다. 색 안은 세뇌로 만들어진 가짜 눈이다.

가시는 여름을 붙잡고서 같이 놀자 했습니다. 그냥 가데요

셋째는 심안(心眼)이다. 말 그대로 마음의 눈이다. 산은 산으로 물은 물로 보 는 눈이다. 심안은 색안을 벗고 오직 자기의 눈으로 보는 것이다. 여론몰이나 세 뇌 공작에 흔들리지 않는 눈이다. 자기 줏대로 세상을 보는 눈이다. 전문가나 권 력자에게 휘둘리지 않는 눈이다. 이 눈은 권력의 검은 속셈을 꿰뚫어보는 맑은 눈이다. 어린아이의 순진함이 있는 동심의 눈이다. 이 눈은 거짓 너머를 보는 깨 끗한 눈이다. 이 눈은 상식이 통하는 사회를 간절히 보고 싶어 하는 눈이다. 이 눈은 남북의 평화 통일을 꿈꾸는 눈이다.

사람은 눈빛으로 말한다. 표정은 속여도 눈빛은 속일 수 없다. 육안에는 눈빛 이 나타나지 않는다. 색안에는 그 사람만의 눈빛이 보인다. 색안은 욕망의 눈이 고 위선의 눈이다. 남이 씌워준 가짜 눈이라서 그렇다. 색안을 보면 그 사람이 보

인다. 인격이 보이고, 지식이 보이고, 생각이 보이고, 세계가 보인다. 색안을 꿰뚫어 보는 눈이 심안이다. 심안이 아니고서는 색안을 제대로 읽어낼 수 없다. 심안은 색안 너머를 본다. 심안의 중요성이 여기에 있다. 예술은 심안으로 하는 작업이다. 깨침으로 열어가는 신비의 세계이다. 심안을 키우면 몸과 마음이 말랑말랑해진다. 하나의 색안에 갇혀 거기에 머물러 있는 자는 몸과 마음이 딱딱하다. 시멘트처럼 차갑고 딱딱하다. 그러나 심안은 설렘과 긴장이 요동치는 눈이다. 적당한 긴장에 설렘을 간직할 수 있다면 인생이 즐겁다. 심안을 찾는 일은 술을 마시는 것과 같다. 술을 잘 마시고 나면 그날 하루가 알 수 없는 자신감으로 가득 찬다. 심안이 눈을 떠서 그렇다. 저도 모르게 심안을 찾은 것이다. 그는 깊은 내면을 바라보는 눈을 얻었다. 심안을 찾는 일은 자신만의 설렘을 만끽하는 크나큰 즐거움이다.

육안에서 색안을 거쳐 심안으로 가는 길은 멀고 험하다. 그 길에 재미와 긴장과 설렘이 일렁인다면 더없이 좋겠지만 대부분은 그렇지 않다. 그것은 모래를 매만져 유리알을 만드는 것과 같다. 모래는 유리의 원료가 맞다. 그러나 모래더미로 유리를 만드는 일은 결코 쉽지 않다. 심안이란 제 눈으로 모래사장을 보고 거기에 꼭꼭 숨어있는 유리를 찾아내고 그것을 유리알로 빚어내는 것이다. 신문과 방송도 심안으로 보아야지 흔들림이 없다. 그렇지 않고 색안으로만 보면 남의 인생을 사는 것이고 또 권위에 복종하는 못난 인간이 되고 말 뿐이다. 보이는 게 전부가 아니다. 그 속에 숨은 의미와 진실을 찾아야 한다. 심안에 눈을 뜰 때 인생은 예술이 된다. 아름답게 살 수 있고 젊게 살 수 있다. 진실하게 살 수 있다. 꿈을 가지고 자신감 있게 산다는 것이 심안이 우리에게 주는 가장 아름다운 열매가 아닐까?

심안은 인간이 알에서 깨어나는 것과 같다. 난생설화의 재생이다. 태양 신화의 회복이다. 알에서 깨어나다니? 인간이 포유류인데 어찌 알에서 깨어나나? 그럴 수 있다. 간절하면 그럴 수도 있다. 껍질을 깨는 아픔을 딛고 신세계로 나아가야 한다. 심안이 열린다. 새 생명의 탄생이다. 포유류가 조류로 전환되는 놀라운 발상, 이것이 심안이다. 심안은 창조의 원동력이다. 창조는 낯익은 것과의 이별이다. 전통과 관습을 거부하는 것이다. 알의 껍데기를 스스로 깨고 나오는 것이다. 심안은 인간을 포유류에서 조류가 되게 한다. 인간이 심안을 갖추게 되면 뜻이 더없이 깊어지고 시야가 하늘처럼 넓어진다. 심안은 인간을 예술가로 만드는 비술이다. 틀에 박힌 생각을 넘어서면 일망무제의 탁 트인 시선이 우리를 기다린다. 심안이 우리에게 주는 소중한 선물이 아닐 수 없다.

시조 놀이는 심안을 회복하는 지름길이다. 예술 시대를 열어가는 몸짓이다. 시조 놀이는 육안을 되찾고 심안으로 한 걸음 더 나아가자는 선언이다. 시조를 창작하면서 깨끗하고 아름다운 마음을 회복하자는 뜻이다. 정치 사회적 편견을 깨뜨리고 어지럽게 덧댄 군더더기 눈을 맑게 헹구자는 의미이다. 시조를 통해 인성을 바루자는 뜻이다. 인간이 인간답지 못할 때 온갖 사회적 질병이 찾아온다. 심안은 나쁜 병균을 찾아내고 그것을 박멸하고자 하는 도덕의 눈이다. 시조 공부는 심안을 찾고 심안을 가꾸어준다. 그렇게 믿는다. 이런 뜻에서 단단은 시조 놀이가 사람들의 인성 닦기와 역사 공부, 그리고 예술적인 삶에 놀라운 이바지를 할 수 있다고 보는 것이다.

시조 놀이는 사물의 진심을 알아가는 작업이다. 격물치지(格物致知)의 실천이다. 삶은 규격화, 정형화를 거부한다. 우리가 평소에 말을 하면서도 말로 다 전하지 못하는 속내가 남아 있다. 시조를 통해 진심을 주고받아야 한다. 진심이 통하면 사물은 거리를 좁히며 다가온다. 친숙한 얼굴로 곁에 온다. 이것은 이해가 아니라 공감이다. 공감은 이해를 넘어선 곳에 있다. 물심일여라 할까, 사물의 미세한 떨림을 감지하는 곳에 공감은 독특한 존재 가치가 있다. 시조 놀이는 공감을 깨쳐가는 가장 의미 있는 유희가 아닐까? 공감이 곧 사랑이다. 사랑의 감정을 회복하는 게 바로 공감 능력의 회복이다. 그리고 이것이 다름 아닌 인간성 회복이다. 그래서 단은 '공감이야말로 사랑의 방정식이 아닐까?' 하고 생각한다. 자신을 넘어 다른 존재가 되어보기도 하는 것, 이것이 예술이다. 사랑의 감정이입. 이것이 시조이다. 단의 비평에 영은 공감의 눈짓을 보낸다.

> 살다 보면 가끔 있지 싱거워 하품 또 하품
> 멋도 없고 맛도 없고 그렇고 그런 날 말이야
> 그런데 참 이상도 하지 지내보면 그런 날이 소중하고 아름다워

시조 놀이는 공감 능력의 활성화를 돕는다. 이해는 사물을 정리하고 공감은 사물에 활력을 준다. 그러니 주변을 잘 정돈하는 걸로는 충분하지 않다. 삶은 활력이 필요하다. 인간 세상에 유희와 예술이 존재하는 까닭이다. 시조의 창작은 이런 점에서 가치가 있다. 시인의 눈은 사물의 활기를 찾아낸다. 우주의 기운은 움직이고 이동하고 흐른다. 이것은 은밀히 숨겨진 채로 공감의 화살표가 움직이므로 처음부터 공감의 화살이 잘못 겨냥된 것은 과녁을 맞힐 수가 없다. 시인이 항시 눈을 날카롭게 벼리는 이유가 여기에 있다. 사람과 사물이 제물로 활기를 띠고 공간과 시간 속으로 녹아들어 하나가 되는 것이야말로 공감의 요체가 아닐까 보냐.

시조는 공감의 물결이다. 공감은 쉽게 말해 알아주는 것이다. 알아주는 것은 안아주는 것이고 사랑해주는 것이다. 그 출발점은 사물의 가치와 상태를 있는 그대로 바라봐 주는 것이다. 어찌 보면 이보다 더 쉬운 방법도 없다. 그러나 사람들이 대체로 공감에 실패하는 까닭은 자신의 이익에 따라 관점을 정하기 때문이다. 사람들의 의식이 순수함을 되찾는다면 공감의 종류와 방법은 훨씬 더 다채롭게 활성화가 될 것이다. 공감은 찰나에 완성되는 순간의 친밀함을 보여준다. 공명이 번져 나오는 동심원을 같이 거니는 것이다. 시조 놀이는 사람들에게 예술미와 따스한 인간미를 되찾게 하는 데 결정적인 도움을 줄 것이라고 믿는다.

시조가 시대의 문화적 욕구를 외면해서는 안 된다. 화석화된 형태를 고집하지 않아야 한다. 그래야 시조가 일상 속으로 파고 들어갈 수 있다. 우리 전통의 순장바둑은 시대의 요구를 물리치고 원형을 고집하다가 결국은 역사의 뒤안길로 사라졌다. 시조는 천 년을 견딘 칸국 문화의 명작이다. 명품은 시간을 견디며 탄생한다. 단단은 시조의 유연성과 탄력성에 많은 기대감을 얹어 놓는다. 물론 시조의 정형성이 감당할 수 있는 무게만큼이라는 걸 잊지 않는다.

규칙과 불규칙 속을 노니는 게 시조이며, 이것이 또한 삶의 진정한 모습이다. 시조의 우수성은 시대와 같이 호흡할 줄 알아서이다. 우리네 삶과 함께 흘러왔기 때문이다. 천 년의 세월 동안 숱한 사람들의 다양한 기호를 아낌없이 받아들였기 때문이다. 폐쇄 구조가 아니라 개방 체제였기에 가능한 일이었다. 그러나 21세기에 들어 시조는 사람들의 관심과 흥미를 끌지 못하고 있다. 세상으로부터 주목받는 일이 드물어졌다. 더구나 시조가 복잡해졌다. 대책 없이 길어졌다. 모양새가 깨끔하지 못하다. 자유시처럼 연과 행이 자유롭다. 형식이 낯설어졌다. 문제는 이게 좋은 쪽으로 변한 게 아니라 나쁜 쪽으로 변한 것 같다. 사람들이 몰라볼 정도로 형태가 파괴된 것이 유행이다. 자연히 시조 아닌 게 많아졌다. 시조가 아닌 걸 써놓고 시조라고 억지를 부리니 많은 사람이 콧방귀를 뀐다. 이런저런 이유로 사람들의 시조에 대한 인식이 아주 낮아졌다. 사람들이 시조를 외면하고 있다. 시조는 숫제 시인들, 너희끼리 놀아보라는 식이다. 관심과 사랑을 주지 않고 있다. 이런 전차로 지금 시조의 격이 크게 떨어져 있다. 칸국의 불행이다. 그러나 시조 속에는 여전히 오묘한 삶의 이치와 향기, 그리고 재미가 출렁거리고 있다. 사람들이 모르고 있을 뿐. 단은 이 점이 못내 안타깝다. 그래, 지금의 시조는 비유하면 상처받고 신음하는 용이다. 천변만화의 재주를 부리는 용이 시조라는 걸 사람들이 알지 못하고 있다. 슬픈 일이다.

현대 문학의 절정은 소설이다. 흑백국의 생활 문화가 그렇듯이 소설은 치열한 갈등과 투쟁으로 짜여 있다. 자아와 세계의 대립과 뒤틀림이 중심축이다. 소설 속에는 험난한 세상을 고통스럽게 살아가는 인간 군상들의 모습이 적나라하게 그려진다. 그러나 시는 소설과 달리 자아와 세계의 동일화 또는 화합을 갈망한다. 특히 3장으로 된 우리 시조는 궁극적인 화해의 길을 제시한다. 3태극 정신이 그려내는 시조 속 홍익인간은 조화와 화합을 지향한다. 시조는 대결을 지양하는 가장 아름다운 삶의 모습을 보여준다. 지구의 생명 평화가 앞으로 시조 놀이로 구현된다면 과장일까?

바람은 살랑살랑 마음은 싱숭생숭
이 좋은 꽃 계절을 시름에 보낼쏘냐
벗이여 신발을 벗어라 숲 천지에 들자꾸나

삼국사기를 들춰본다. 제4권이다. 최치원 선생의 난랑비 서문이 눈에 들어온다.

> "우리나라에 현묘한 도(道)가 있어 이를 풍류(風流)라 한다. (중략) 이는 삼교(三敎)를 포함하였으며 모든 민중과 접촉하여 이들을 교화하였다."

바람이 불어온다. 단은 앞장서서 걷기 시작한다. 넓은 이파리가 손을 흔들며 말을 걸어온다. 이파리는 빛에 흔들리며 다채로운 몸짓으로 말을 건넨다. 유월 뙤약볕에서 장미 꽃술의 넘치는 매력을 찾아낸다면 그날 하루는 행복하리라. 단과 영이 맞잡은 두 손에 평화로움과 지극한 즐거움이 출렁댄다. 생이 받는 빛의 양을 조금 조절할 필요가 있다. 넘치는 즐거움은 가끔 사람을 미혹에 빠뜨린다. 호흡 조절로 심신의 화평을 찾는 게 좋겠다. 둘은 너럭바위에 앉아 잠시 쉰다. 눈을 감는다. 그늘막이 두 몸을 감싼다. 지금 그들은 강한 행복감에 노출되어 있어 위험하다. 겸손이 필요하다. 단은 나직이 읊조린다.

눈부신 꽃을 얻으려면 겨울 들판을 지나야 하리

사랑이 손 기운으로 서로에게 전달되고 있다. 영혼을 휘젓는 그 무엇이 가슴 깊은 곳에서 올챙이 떼처럼 고물거리며 움직인다. 그녀와 함께 빚는 햇살 무늬 같은 행복감이다. 깊은 감정의 충만한 느낌이 고요한 호수 속에서 물안개처럼 번져온다. 그것은 천천히 몸속을 퍼져 영혼의 심연으로 전이된다. 사방팔방의 햇빛이 단과 영을 향해 집중적으로 달려온다. 젊은 햇빛이다. 햇빛이 꽃과 같다. 예쁘다. 환하다. 아리땁다. 셋은 함께 꽃이 된다. 그들은 빛으로 둘러싸인 커다란 꽃 편지가 된다. 그간의 사연이 그곳에서 자룽자룽 흘러나온다.

산기슭 오솔길이다. 단의 바지 무릎께에 뭔가 들러붙는다. 손으로 턴다. 안 떨어진다. 털수록 더욱 단단히 붙는다. 낚시 미늘 같다. 도깨비바늘이다. 찔린 부분이 따끔거린다. 시간이 갈수록 더 자주 더 깊이 찌른다. 정말 도깨비 같은 놈이다. 손바닥으로 털어도 제자리에 꼿꼿하다. 할 수 없다. 단은 길섶에 주저앉는다. 손가락 집게를 만들어 바늘을 하나하나 뽑는다. '뽁', '뽁' 도깨비바늘이 비명을 지르며 튕겨져 나온다. 질긴 녀석들이다. 세상사 험한 까닭은 사회 구석구석에 이런 도깨비바늘이 무더기무더기 무리를 짓고 있기 때문이리라.

학교 휴게실이다. 단단 앞에 양호가 불량스러운 자세로 앉아 있다. 양호는 자신의 해석에 흡족한 미소를 짓는다. 그는 잘 순치된 인간이다. 아니 지금 칸국의 지배자로 말을 갈아타는 중이다. 불량 사회는 그가 그리던 꿈의 사회이다. 불량이 많아야 해 먹을 게 자꾸자꾸 나오는 까닭이다. 많이 더럽고 썩고 냄새가 나야 제가 한 일이 드러나지 않기 때문이다. 이러므로 양호들은 힘껏 사회 전체를 오물투성이 쓰레기장 속으로 밀어 넣는다. 색안 수술이 전공인 힘파 신문 방송에서 들은 내용을 부풀려서 주변에 퍼다 나른다. 과장스레 권력자의 몸짓을 흉내 낸다. 그래야 폼 나게 살겠거니 해서다. 이런 전차로 칸국은 상식이 통하지 않는 더러운 사회가 되어 버렸다.

식민지도 이런 식민지가 없다. 아프리카 후진국만도 못한 일들이 자주 발생하다 보니 사람들의 감각이 무디어졌다. 대통령 선거에 여러 정부 기관이 개입해 부정을 저질러도, 가짜 운하 공사로 돈과 강물이 썩어간다고 해도 사람들은 그러려니 한다. 하루하루 내몰리는 생존 경쟁에 온 기력을 다 빼앗겨서 그렇다. 서민들은 정치 사회적 견해를 장만하기 위해 따로 들여야 할 힘도 없고 여유도 없고 그럴 마음도 없다. 소위 주류 신문이나 방송에서 떠들어대는 대로, 그것들이 선동하는 대로 따라가면 된다. 골치 아프게 뭘 따지고 역사가 어떻고 민주주의가 어떻고 식민지 잔재가 어떻고, 유신 독재가 부활하니 마니 더 이상 따지지 않는다. 정치는 잘나고 힘센 정치 전문가들, 너희들이 알아서 해라, 우린 몸을 움직여 꼬리칸 운명대로 먹고 살아야 하니까. 이들은 슬픔도 없다. 안타까움도 없다. 사람 관상을 보고도 제 눈을 믿지 않는다. 한눈에 인물의 간악함이 감지되는데도 애써 외면한다. 제 육안을 버린다. 냉큼 색안을 취한다. 독재에 중독되었다. 세뇌된 것이다. 칸국 사람들은 대개 이렇게 살아간다. 그러할 제 양호는 이제 또 새 길을 밟아 분주하게 자기 자리를 황금칸으로 마련할 채비에 바쁘다. 오늘도 설국열차는 달린다. 속도는 여전하다. 빠르다. 지구촌이 단일 문명권으로 완전히 통일될 때까지. 인류 문명이 흑백국 천하가 될 때까지.

단은 양호를 볼 때마다 속으로 나무란다. '양호, 이 인간 참 불량스럽네.' 아는지 모르는지 양호는 단 앞에서 비굴한 웃음을 흘리기 일쑤다. 따지고 보면 둘은 서로가 반면교사 노릇을 한다. 각자 얻을 게 많아서이다. 양호는 나라 망하는 걸 두려워하지 않는다. 나라가 망할 때 부스러지는 떡고물을 차라리 노린다. 일배든 독재자든 누가 집권하든지 상관없다. 자기만 잘 먹고 잘 살면 그만이다. 이런 인간들에게 '보수주의'라는 이름은 사치다. 뻔뻔한 거짓말이다. 대국민 사기극이다. 이들은 보수파가 아니다. '힘파'다. 힘파는 힘을 동경한다. 그것도 독재의 강한 힘을 더욱. 일배충들은 대체로 이런 저급한 생각들을 가지고 있다. 오죽하면 이름에 벌레 '충'자가 붙었을까. 일배국 독재 식민 치하에서도 양호들은 호의호식하며 일신의 영화를 누렸다. 이제 다시 양호들은 일배국에서 파견 나온 고정간첩이 되어 사회 곳곳에서 암약한다. 일배충들이다. 하루하루 칸인의 숨통을 조르며 민주주의를 파괴하고 있다. 방송을 하고 댓글을 달며 신문을 펴내어 독재 세상을 부지런히 만들고 있다.

일배충 세상이다. 친일파 전성시대다. 새 일배들은 칸의 국토를 난도질한다. 능욕하고 강간한다. 속전속결이다. 강물을 막고 끊고 생명들을 토막 낸다. 강바닥을 삽날로 마구 도려낸다. 강의 살점이 뭉텅뭉텅 떨어져 나온다. 모래 덩어리가 거멓게 몸을 뒤집는다. 허연 배를 내놓고 모래가 죽는다. 물이 죽는다. 강이 죽는다. 일상이 죽는다. 추억이 죽는다. 생명이 죽는다. 천지신명이 죽는다. 칸의 역사가 죽는다. 우리 부모님이 죽는다. 국토가 죽는다. 환경이 죽는다. 지구별이 죽는다. 일배충들이 떠들썩하게 웃으며 광고하던 로봇물고기는 지금 어디 갔을까? 로봇조차 강 속에서 죽은 게 아닐까?

던진다. 뿌린다. 강바닥은 돈의 무덤이다. 세금의 장례식장이다. 엄청난 액수의 나랏돈을 강물 속으로 쓰레기처럼 던져 넣는다. 돈다발 날것 그대로 던져 넣는다. 물속에서 돈이 썩는다. 돈의 독성이 시간에 엉겨 붙어 발암 물질이 된다. 시멘트 부식물이 발암 성분으로 변한다. 아름답던 칸의 강물은 서서히 독약이 된다. 갖은 목숨붙이들 속으로 방울뱀의 맹독처럼 물이 스며든다. 굉음과 포클레인 삽날에 천 년을 견딘 문화재가 무너진다. 천연기념물 보호 생물 수십 종이 행방불명이 된다. 죽었겠지. 물속 생명들이 진득한 '녹조라떼' 공격으로 숨구멍이 막힌다. 기가 막힌다. 숨이 막힌다. 천천히 죽어간다. 물 밖 생물도 죽는다. 나무가 죽고 풀이 죽고 개구리가 죽고 사람마저 곧 죽는다. 물은 이제 썩었다. 식수로 쓸 수가 없다. 일배충들은 정화를 아주 독하게 한다. 화학 약품을 독하게 풀어 물을 정수한다. 공업용수밖에 안 되는 물을 가정용으로 배급한다. 어쩔 수 없다. 먹고 살아야 하니까. 아니 먹고 죽어야 한다. 아니 아니다. 이 물은 먹어도 죽고 안 먹어도 죽는다. 먹으면 천천히 죽고 안 먹으면 빨리 죽는다. 지옥이 따로 있지 않다. 이게 바로 지옥이다. 지옥 풍경이다.

일배충들이 흑심으로 손댄 강은 손 탄 강이 아니라 속 탄 강이 되었다. 볼수록 속이 탄다. 애가 탄다. 가슴속이 활활 탄다. 화병이 날 듯하다. 어린 시절 그 금모래 은모래 백사장으로 다시 돌아갈 수 없다니, 흐르는 눈물이 앞을 가린다. 지금 강은 강이 아니라 숫제 웅덩이가 되었다. 강물은 정화 시설에 가두어둔 똥물보다 못하다. 악취가 나고 독성이 부유한다. 물이 죽었다. 흐를 줄을 모른다. 꽉 막힌 호수가 되었다. 칸의 큰 강들은 이제 시멘트로 만든 인공 어항이 되었다. 강이 아니라 거대한 물탱크다. 수중 생물의 무덤이다. 아아 어쩌랴. 낙동강은 칸칸이 길게 드러누운 우리 국토의 주검이다. 강의 시체다.

하느님 우리 부모님을 제발요 살려주세요 강을 살려주세요

양호처럼 오래 순치된 인간은 자진해서 이익이 붙는 쪽으로 몸을 굽힌다. 그래야 독재 권력의 난폭한 힘에서 벗어날 수 있기 때문이다. 게다가 요령을 가미하여 그 자신이 권력의 자리에 접근하는 방법을 찾아 움직인다. 그들은 겨레의 역사에서 때 없이 몰아치는 고난과 시련을 오불관언의 눈으로 지켜본다. 나라가 패망하든 남의 식민지가 되든지, 그건 자기와 아무 상관 없는 것이라고 믿는 것이다. 바보 같다. 잇몸이 무너지면 이가 무너지는 것을 모르다니. 현대 문명에서 역사와 일상이 하나로 연결되어 있다는 사실을 알지 못한 채. 사람이 곧 역사라는 것을 알지 못한 채. 바보같이, 정말 바보같이 말이다.

양호는 빠른 속도로 지배 권력과 난폭한 압제자의 힘에 대해 저항의 눈짓과 몸짓을 깨끗이 포기한다. 그러고는 사회를 지배하는 이런저런 난폭한 가치들이

자신의 소유가 되어 버렸다고 애써 믿는다. 그는 이른바 보수파가 된다. 허위의
식의 포장지에 싸여 그는 속 내용물을 정확하게 읽어내지 못한다. 양호는 이 모
든 게 세뇌 교육의 결과임을 알지 못한다. 그는 아마도 끝내 알고 싶어 하지 않을
것이다. 권력의 환한 미소를 바라보는 그에게 저항과 도전은 자기를 베는 칼이
됨을 잘 안다. 까닭에 그는 더욱더 충성스러운 권력의 노예 또는 이데올로기의
종이 되어간다. 물론 그는 그 자신의 정체성을 알아채지 못한다. 아니 알고도 모
른 체한다. 껍질을 깨고 알 밖으로 나오는 순간 참담한 현실과 맞닥뜨리는 일이
너무 고통스럽기 때문이다.

> 그대 환한 미소에 내 가슴이 무너져
> 낮이라도 밤이라도 그대만 눈에 보여
> 보고파 애끓는 심정이야 혹여 그대조차 다를까

양호는 침을 튀겨가며 제 이야기를 요리한다. 그는 자기 재주가 비상하다
고 여기며 한 번씩 자기만족의 약은 웃음을 짓는 센스까지 곁들인다. 말 내용은
불량스럽다. 아예 내놓고 껌을 질겅질겅 씹는다. 이것은 말이라기보다 탄산가
스 배출과 같다. 숨이 막힌다. 단은 속이 메스꺼움으로 요동친다. 독재 사회에서
는 신성한 존재나 성역화된 힘에 대하여 복종심이나 경외하는 마음을 가져야 산
다. 아니면 살아가기가 힘겹고 곤혹스럽다. 독재 주류에 도전하는 것은 곧장 사
회 죄악으로 연결되어 혹독한 박해와 탄압에 자기 스스로 몸을 맡기는 꼴이 된
다. 양호는 사회의 양지를 찾아 오늘도 정통 주류 신문을 호기롭게 들춘다. 이 신
문은 오래전부터 공짜로 받아보고 있다. 게다가 얼마 전 현금 10만 원 뇌물 봉투

까지 받았으니, 이건 신문을 봐도 이익이고 안 봐도 이익이다. 자칭 보수 1등 신문은 신문 발행 부수에 따른 광고 수주가 주된 수입원이다. 그래서 기어코 신문을 받아보라고 현금 봉투까지 수시로 돌리는 것이다. 신문의 사회 영향력을 높여 칸을 지배하는 밤의 권력으로 계속 남고자 하는 것이다. 또 엄청난 양의 발행 부수를 미끼로 하여 상품 광고를 많이 유치하고 거기서 광고비를 듬뿍 받아내자는 수작인 것이다. 오늘날 칸국에서 이것은 법망이 미치지 못하는 치외 법권 지대로 완전히 자리 잡았다.

권위주의 사회는 우상 숭배의 흐름이 있다. 사람들은 우상 숭배를 미신처럼 막 대하지만, 실제로 밑바닥에 흐르는 기본 정서는 우상 숭배이다. 가령 반공과 같은 게 그것이다. 도심 한복판에 빌딩보다도 더 크게 '반공'이라고 입간판을 단다. 그것만이 살길이므로 여기에 반대는 있을 수 없다. 이곳에서 반공은 절대 진리다. 건드릴 수 없는 성역이다. 반공 반대파는 저절로 공산당 빨갱이가 된다. 사탄이 되는 것이다. 이곳에는 특권 의식으로 어험스러워하는 독재자들이 꽤 많다. 아니 그들이 칸국을 좌지우지하며 이끌어가고 있다. 남칸의 모든 것은 그들 소유이다. 단은 일상에서 한 번씩 이걸 강하게 느낀다. 생활의 소소한 것들이 지배자들의 정치적 스펙트럼을 통과하면, 그것은 이내 먹잇감이 되고 마는 것을 보았다. 그들은 신문과 방송을 동원하여 국민 대중을 끊임없이 세뇌한다. 국민을 귀머거리요, 벙어리요, 장님으로 만들어버린다. 권력자, 지배자의 의중대로 듣고 싶은 것만 듣게 하고 보고 싶은 것만 보게 만들어 버린다. 칸국에는 세뇌의 힘이 강하게 작용한다. 권력자들에게 신문은 이악스러운 흑심을 펼치는 조작의 한마당이다. 그것은 이미 신문이 아니라 일보가 아니라 조작일보다. 방송에서 그것은 방송이 아니라 조작 정보로 권력을 만드는 틀이다.

양호들은 기사를 작성하는 게 아니다. 현실을 가공한다. 그들은 방송을 하는 게 아니다. 진실을 비틀고 바꾸고 빠뜨린다. 권력의 견제와 감시라는 본래의 기능과는 아예 벽을 쌓는다. 못 본 체한다. 교활하고 야비한 재주를 그들은 언론계의 일상으로 만들어버린다. 그들은 권력 게임의 간교한 기술자들이다. 독재 정치는 그들에게 가장 든든한 배경이다. 그들은 정치 지배 세력의 정체를 묻지도 따지지도 않는다. 그냥 충성한다. 정치 세력이 자신들의 이익과 권력을 보장해주기만 하면 된다. 식민지 시절에는 식민지 중간 관리층으로 살고 대중을 노예로 만들어 자기들 뜻대로 주무르면 되었다. 그들은 지금도 잘 세뇌된 노예 대중을 밀가루 반죽 삼아 원하는 대로 모양을 만들어낸다. 신문과 방송은 아주 열심히 지금도 독재 권력의 입맛에 맞게 여론을 노릇노릇 맛있게 구워낸다.

그렇다. 양호들에게 중요한 것은 오직 현실이다. 현재의 이익이다. 멋대로 휘둘러대는 권력의 달콤함이다. 그들은 권력의 과실을 어떻게 하면 정치꾼들과 함께 먹을까를 계산하는 속셈에 잔머리를 굴린다. 기사를 조작하고 사설을 동원하여 대중들에게 수시로 정치 혐오증을 안겨준다. 이것은 하나의 은밀한 작전이다. 자신들이 정치에 뿌리를 내려 그 열매를 독차지하는 공작을 수시로 해댄다. 가령 북칸에서 인간 어뢰가 물속으로 잠수해 와서 남칸 잠수함을 폭침시켰다고 신문 기사를 작성한다. 인간이 물고기처럼 폭탄을 등에 지고 와서 군함을 침몰시켰다고 해설한다. 희한하게도 사람들은 이걸 또 믿는다. 인간 물고기 폭탄을 신기하게 여기며 이참에 북칸을 침을 튀겨가며 욕을 해댄다.

백 년 세월 동안 빨갱이 사냥의 마술에 빠진 사람들에게는 무슨 이야기든 다 통용된다. 조작일보는 무엇이든지 기사를 작성할 수 있다. 자기들에게 유리한 대로 정보를 멋대로 가공한다. 유리한 게 없으면 만들고, 불리한 게 있으면 뺀다.

사실 이 정도면 이건 신문이 아니고 소설이다. 정치 소설이다. 그렇지만 언론 지배자가 믿는 구석이 있다. 대다수가 황당무계한 이 기사를 안 믿어도 좋다. 일반 대중이 현실 정치를 외면하고 혐오하게 하려는 일차 목적을 달성할 수만 있으면 된다. 왜냐하면 대중들의 지독한 정치 혐오증이야말로 자신들의 의도에 맞게 정치 지형을 마음대로 조작할 수 있는 기반이 되기 때문이다. 그들은 시민들이 정치에 환멸을 느끼고 외면하게끔 온갖 수단을 다 동원한다. 자기들에게 불리한 일이 발생하면 오징어처럼 먹물을 뿜어 그 상황을 볼 수 없도록 위장한다. 다른 기사로 물타기를 하거나 연막을 친다. 그들은 여론 조작의 황제답게, 밤의 대통령답게 사회 지배 가치의 정점에 드라큘라처럼 망토를 펄럭이며 서 있다.

정작은 인생이 중요하거든 사랑은 인생보다 턱없이 짧아

일배충 양호들이 기대는 정치 사회적 힘의 원천은 북칸의 존재이다. 북칸에 대한 증오심과 적대 의식이 혹시나 국민들에게서 떠날세라 그들은 노심초사한다. 북칸의 존재는 그들이 누리는 무한 권력의 가장 든든한 '빽'이다. 그들은 남북칸이 통일되는 것을 두려워한다. 드러내지는 않지만 그것을 꺼린다. 북칸은 존재 자체가 남칸에서 절대 권력을 휘두를 수 있는 도깨비 방망이 같은 것인데, 통일이 되면 이걸 사용할 수가 없기 때문이다. 그들에게 도깨비 방망이 없이 누리는 권력이란 얼마나 불편하고 불안하고 허망하고 허무하고 고통스럽고 곤혹스러울까?

그들은 북칸의 상징인 붉은색을 병적으로 싫어한다. 아니 싫어하는 척한다. 그리곤 빨간색을 자기들이 독점한다. 빨갱이, 레드 콤플렉스를 마구마구 퍼뜨린다. 정치적 반대파가 빨간색을 취하면 빨갱이들이라서 빨간색을 좋아한다고 즉각 공격한다. 대중들에게 그 틀을 간직할 것을 강요한다. 자기들의 반공 사상을 여러 경로를 통해 간단없이 주입한다. 남칸에서는 붉은 것을 '발강이', '빨강이', '빨갱이'로 지칭한다. 그리고 이것을 칸국 최대의 혐오 낱말로 사용한다. 빨갱이는 바로 북칸이기 때문이다. 북칸은 공산당 독재 국가이기 때문이다.

'빨갱이'는 '발강이'에서 나온 파생어이다. 별것 아니다. 그냥 '빨간 것'이라는 뜻이다. 북칸국이 탄생할 그 당시에 지구촌은 혁명 시대였는데, 그때 빨간색이 대세였다. 공산주의는 기존의 썩은 세상을 갈아엎자고 나온 사상이라서 그렇다. 당대의 추악한 자본주의를 붉게 붉게 무찌르자는 것이다. 그래, 혁명 사상이라서 붉다. 피를 흘리니 붉은 것이다. 붉은색 주창자들은 기존 질서를 부수고 뒤집어엎고 무너뜨리고, 그래서 기성 기득권의 세계와 치열하게 싸움판을 벌여야 했던 까닭이다. 피의 투쟁, 그렇다. 공산주의가 그때 그랬다. 그래서 공산주의 나라 북칸은 피의 상징, 투쟁의 상징, 빨간색으로 표현된다. 붉은색 혐오증은 남북 3년 전쟁을 거치면서 확정되었다. 그 이후에 남칸 지배자들이 북쪽의 혐오성을 부각시키기 위해 빨갱이를 지속적으로 관리하고 있다.

> 햇살에 몸을 맡겨 오늘도 즐거웁게
> 부신 맘 부신 눈으로 세상 좋이 살려는데
> 어디서 훈풍 불어와 가슴 먼저 설레는가

아프다. 많이 아프다. 단은 애가 타도록 가슴이 아프다. 반공이라는 도깨비 방망이로 승자 독식의 세상을 지속적으로 만들어가는 남칸의 지배자들이 단은 한없이 미운 것이다. 그래, 단은 시조 놀이로 남칸의 고질병을 치유하고자 꿈을 꾸는 것이다. 단은 시조 무사단을 만들어 빨갱이 무섬증과 건곤일척의 승부를 해보는 게 소원이다. 사람들 누구나가 시조를 즐기게 될 때, 그들이 바로 시조 무사단이다. 시조 무사단 이름은 '검동유(劍同遊)'이다. 검을 가지고 노는 것이다. 검이 시조다. 시조가 검이다. 시조가 세상을 지키는 검이다. 검동유가 바로 시조동유(時調同遊)이다. 시조의 부드러운 선율이 세상의 날 선 대립과 험한 표정을 따뜻하게 녹일 수 있도록 단은 자기의 정성과 능력을 바치려 한다. 시조 사랑과 영을 향한 뜨거운 마음이 조국에 바치는 사랑이라고 그는 굳게 믿는다.

"넘쳐나는 감정의 호수 위에 시조 배가 떠 있다. 욕설과 악다구니들, 너저분한 감정의 배설물로 호수는 오염되어 있다. 시대의 자유 서정이 무절제하게 쏟아진다. 우리는 시조의 존재 이유가 이런 곳에도 있음을 안다. 시조 감상이나 창작 활동을 통해 현대인들은 과잉 감정을 통제하고 삶의 호흡을 다스리는 한편, 바쁨 속에 여유를 즐길 수 있기 때문이다. 게다가 인간미의 성숙과 교양이라는 과실까지 덤으로 얻을 수 있으니 여북이나 좋으랴.

사람의 몸속에는 강이 있어 거기 내재율이 흐른다. 우리 겨레의 몸바탕에는 역사가 건네준 고유의 숨결이 있고 호흡법이 있고 걸음새가 있다. 옛 시조의 징검돌을 건너 현대시조의 길이 열렸다. 시조를 공유함으로써 우리는 겨레의 얼을 이어간다. 시조가 겨레의 내재율인 까닭이다. 현대시조가 무엇인가는 사람마다 생각이 다를 수 있다. 시조 양식의 고차원적인 탄력성과 융통성에 말미암는다. 그러나 우리가 시조를 진실로 사랑하고 귀히 여기는 것은 아름답고 숭고한 가치를 지향하는 마음에서 우러나오는 자연스러운 것이다. 또 이것은 생명의 뿌리를 찾아가는 거룩한 종교적 본능과도 같은 것이다. 정형의 양식은 아름답고 숭고할 뿐더러 시조에서 나타나는 정형 속의 자유로움, 곧 일탈과 파격의 몸짓은 삶의 무늬와 시대의 결을 중층적이고 섬세하게 보여준다고 하겠다.

시대는 늘 새롭다. 아니 새롭게 태어난다. 그리고 시조는 시대를 담는 그릇이며, 당대의 삶과 정서를 운율 깜냥대로 요리한다. '시(時) + 조(調) = 시조(時調)'라는 이름에서 보듯 시조는 시대성과 서정성의 결합체이다. 그래서 시조는 늘 새롭다. 시대가 새로운 만큼 내용도 새롭고 양식도 새롭다. 자꾸자꾸 새롭게 태어나는 게 시조의 운명이고 속성이다. 이것은 마치 우리네 삶이 시대의 풍속에 따라 색깔과 모양이 조금씩 달라지는 것과 같은 것이라고나 할까?

알고 보면 시조의 운율은 기계적인 자수율이 아니라 맺고 풀고 엉키고 휘늘어지고 에돌아 흐르는 소리 가락에서 만들어지는 것이다. 제 분수의 시조 가락에는 그 사람만의 몸짓과 걸음새, 그리고 호흡법이 묻어난다. 정형 속의 자유로움이 시조의 근본 원리라고 보면, 절제와 낭만은 우리 민족의 삶의 방식이며 숨결 같은 것이다. 삶은 가없는 유동성으로 출렁댄다. 시조는, 그리고 삶은 춤추듯이 휘돌아가는 계곡물과 같다. 직선이 아니라 곡선이 그 흐름이며, 불변성이 아니라 가변성이 그 성질이며, 비애가 아니라 낙천이 그 몸바탕이다."

단은 공부를 하다 말고 고개를 빼 들어 밖을 내다본다. 봄이 한창이다.

새싹은 땅속에서 애벌레가 태어나는 것처럼 은밀하게 몸을 움직인다. 생명과 교감을 나누는 일은 자신이 고양되고 충전되는 일이다. 그러나 교실과 복도, 그리고 교무실에서 자주 생명의 죽음과 조우해야 하는 단단의 일상은 생명력을 갉아먹는 일에 많은 시간을 소비한다. 단은 한숨을 쉰다. 맥이 빠진다. 단은 이것이 기우라고 여긴다. 그러나 어쩌겠는가. 그에게는 현실을 개조할 능력도 함께 할 동지도 배포도 있지 않은 것을. 그리고 또 안다. 꿈을 오래 품으면 그것이 부화하여 현실에서 새 생명을 얻는다는 것을. 달걀이 삼칠일 동안 부화 과정을 거쳐 새 생명을 얻듯이, 꿈이 생명을 얻는 일은 지난한 인고의 과정을 겪어야 할 터이다. 단단은 다시금 새봄의 탄생을 찬찬히 경탄의 눈으로 지켜본다. 얼었던 땅을 뚫고 생명이 기지개를 켜며 올라온다. 눈부시다. 날개가 없어도 새것은 이미 날것이 되었다. 날아오른다. 봄이 날아오른다. 봄의 생명들이 잦은걸음을 한다. 꽃들이 춤을 춘다. 누리에 시조의 운율이 해밝게 찰랑댄다.

빛보다 더 빠르게 생의 파동이 동심원을 그리며 그에게로 쏟아진다. 우주적 기운의 전율이다. 단은 깜짝 놀란다. 닫힌 교실에서 한참을 맛보지 못하던 떨림의 추억이다. 설렘의 현기증이다. 자주 설레는 사람은 행복하다. 설렘은 아름답고 애잔하다. 눈부신 율동이다. 생명의 기쁜 떨림이다. 작은 움직임에 집중하는 연습을 자주 하다 보면, 생명의 경이가 더욱 절실하게 가슴에 와 닿음을 느끼게 될까? 우주는 넓고 크지만 설렘의 세계는 거미줄처럼 또는 모세혈관처럼 삶의 곳곳에 더듬이를 대고 퍼져 나가 있다. 생의 기쁨은 발견하는 자의 몫이다. 애인을 찾은 사람은 행복하다.

생명은 하나이되 구체적인 형상은 제각각이다. 그래서 생명은 다 아름답다. 그런데 어쩌랴. 지금의 학교는 생명을 죽이고 죽음을 살리고 있으니. 어디서부터 잘못되었을까? 가늠할 길 없는 절망의 구렁텅이에서 단은 어제도 오늘도 허우적대고 있다. 교육이 이미 죽고서야 사회의 모든 긍정의 가치가 죽을 터. 학교가 죽었다. 그러면서 예의가 죽고 도덕이 죽고 참 생명이 죽었다. 그러나 단은 알고 있다. 생명은 꿈틀거리며 다시 일어선다는 것을. 희망의 숨소리를 귀를 쫑긋 세우고 듣는다. 저 멀리 하늘가에서 생명의 환호성이 들려온다. 햇살이 오롱조롱 붐비며 시냇물 소리를 낸다.

> 부글부글 속이 끓네 까맣게 속이 타네
> 존득존득 면을 삶아 검은 요리 만들어서
> 속 타고 애타는 마음을 녹여볼까 하노라

  어둠이 깊어지면 빛이 저절로 만들어진다. 빛은 생명이다. 에너지다. 모든 생명은 빛이다. 생명이 생명다움을 위협받을 때 생명은 황급히 제 빛을 뿜어낸다. 빛은 생명의 엑스터시다. 들숨과 날숨의 호흡은 우주의 운율이다. 단단은 종종 시인은 지구의 한 귀퉁이에서 생명을 키우는 일을 감당하는 부모의 역할을 수행하는 존재라는 생각과 더불어 우주는 커다란 한 편의 시조가 아닐까 생각한다. 그러니 시인이 많아질수록 지구는 생명의 기운으로 충일하리라고 믿는다. 순수한 사람, 어린아이들, 동물과 식물이 마음껏 기를 발산하는 환경이라야 지구는 다시금 생명의 별이 된다. 시조가 흐드러지게 피어나는 세상이라야 아름답다고 말할 수 있으리라. 시조 꽃밭에서, 그 속에서 한마음으로 살 때 칸국은 비로소 행복한 나라가 되리라.
  단은 종종 생각한다. 교사는 아이들의 살맛을 북돋워 주는 요리사라고. 이것저것 세상의 모든 재료를 식자재로 삼아 가장 영양가 높고 맛있는 음식을 만들어 아이들에게, 2세들에게 공급해주는 것이야말로 교사가 할 수 있는 가장 아름다운 일이라고 여기는 것이다. 그것은 지향점 없는 인생의 숱한 갈림길 위에 떠서, 깊은 눈길로 반짝이는 북극성이 되는 것과 같다고 못내 자부심도 가져보는 것이다.

단은 또 생각한다. 진정한 교육은 아이들에게 자연을 느끼게 하는 일이라고. 산과 강은 교과서가 되어 어린이들과 후손들을 무한 교양의 마당으로 이끌어간다. 자연은 마르지 않는 영양분의 샘터이며 온 생명이 활동하는 가장 너른 운동장이다. 푸른 하늘의 구름은 시시각각 모양을 바꾸어간다. 천 년 전의 어떤 구름이 지금 눈에 들어오는 이 구름인지도 모를 일이다. 자연은 생명들을 살찌우고 마음을 풍요롭게 북돋운다. 오늘 단의 이 생명은 물과 바람과 나무와 풀들이 보내는 기운을 받아 푸르게 빛나는 것이다.

단은 심호흡을 한다. 가슴속의 어두운 기운을 몰아낸다. 단소를 들고 가볍게 몸을 움직인다. 단소가 천천히 오른손에서 왼손으로 옮겨진다. 다시 왼손과 오른손이 단소를 갈마쥔다. 손에 땀이 조금씩 배어난다. 단의 조우관 머리카락이 마치 흐르는 구름무늬 같다. 단소 표면에 3태극 무늬가 펄럭인다. 멋스럽다. 일극, 이극, 삼극. 파랑, 빨강, 노랑. 삼색 조화가 아름답다. 단은 주문을 왼다. "단단청!" 주문과 함께 단소를 힘차게 내뻗는다. 단소 끝에서 물줄기가 소방 호스처럼 뿜어져 나온다. 아니, 이건 숫제 뒤집개질하는 강물의 흐름이다. 청룡의 비상이다.

단소를 거둔다. 호흡 조절을 한다. 단전에 힘을 모으고 지그시 눈을 감는다. 단은 다시 주문을 왼다. "단단 홍!" 주문과 함께 단소를 힘차게 내뻗는다. 단소 끝에서 벌건 불기둥이 솟구쳐 나온다. 단소가 불을 토하는 천마로 변신한다. 무수한 불길이 화염 방사기처럼 뿜어져 나온다. 단소를 들어 단은 일순 불길을 다스린다. 한 번의 주문이 더 남았다. "단단 황!". 이번에는 회오리바람이 강하게 몰아치며 단소 끝을 뒤흔든다. 일진광풍이다. 단소 끝에서 큰바람이 쏟아져 나온다. 바람을 거두어들인다. 언제 다시 올까 싶은 주옥같은 시간이 흘러갔다. 3태극 단소의 위력이 흡족한지 단단은 세 오리 머릿결을 한번 스윽 쓰다듬는다. 단은 미소를 씽긋 영에게 날린다. 영과 단은 마주 보고 웃는다. 시조 나라의 밑그림은 흑백국과 일배충을 이 땅에서 몰아내는 것으로 완성된다.

> 인이 있어 연을 만나니 인연이 소중하네
> 연 없는 인이 없고 인 없는 연이 없지
> 아무렴 내 안의 인을 닦아서 인연 더욱 빛내리

　삶 속에는 언제나 스승이 있다. 단은 시조 공부에 이제나저제나 열심이다. 그러나 한편 참스승을 간절히 찾고 있다. 곳곳을 배회한 끝에 단단은 해마루 선생을 만난다. 제주도 바닷바람이 가을볕에 잦아들던 어느 날이다. 단이 첫대바기에 대뜸 시조 운율의 급소를 들이쳤다. 삼예(三藝)선생은 미동조차 없다. 바람을 타는 구름의 몸짓이다. 일렁이되 한결같다. 선생의 눈빛에서 세한도의 갈필이 느껴진다. 소요유의 별천지가 문득 눈앞에 펼쳐진다. 몽롱하다. 단단은 무릎을 꿇는다. 예를 갖춘다.

　선생은 서예(書藝), 검예(劍藝), 문예(文藝)에 모두 뛰어나 삼예(三藝) 선생으로 불린다. 묻기와 답하기를 거쳐 시조 공부에 본격적으로 돌입한다. 둘은 환상의 궁합이다. 치열하기 그지없다. 풍류가 흐른다. 오동나무와 대나무 악기가 서로를 읽는다. 주고받는 가르침이 심금을 울리는 시나위 합주 같다. 시조로 해를 지우고 시조로 달을 띄운다. 단은 세월을 잊고 불철주야 시조 꽃을 피우기에 여념이 없다. 시조도를 깨치는 일에 골몰한다. 말줄임표로 요약, 이전의 긴긴 사연은 생략한다. 간간이 해마루 사부와 엮어간 묻기와 답하기가 그간의 과정을 소략히 보여줄 뿐이다.

단이 묻는다.

"시조는 정형시인가요? 시조의 정형은 무엇이며, 그 정형 구조의 비밀은 무엇인가요? 한 번 더 묻습니다. 시조의 정형성은 무엇입니까? 시조를 왜 정형시라고 하나요?"

해마루 사부가 대답한다.

"칸국 사람들은 시조가 정형시라고 알고 있지. 그건 다 알고 있어. 학창 시절에 그렇게 배웠던 거지. 그런데 단지 그것뿐이야. 학교에서 배웠다 이거지. 시조가 칸국 고유의 정형시라는 사실을 말이야. 그런데 사람들에게 막상 시조의 정형 구조를 말해보라고 하면 입을 닫아 버려. 이상한 일이야. 시조의 정형이 뭐지? 그게 뭔데 시조를 정형시라고 하는 거지? 시조를 어떻게 짓는 거지? 그러면 사람들이 우물쭈물해. 참 난감하다는 표정을 짓지. 대답할 말이 없나 봐. 공연히 열없어 하며 머리를 긁적이지. 머릿속에 시조 몇 편이 맴돌 뿐, 입으로 그저 '3, 4, 3, 4 / 3, 5, 4, 3' 이러고 말아. 눈치를 보니 자기도 모르는 거야. 그런데 이건 아무것도 아니야. 심지어는 시인도 몰라. 전문가조차 시조의 정형을 간명하게 짚어주는 뾰족한 수가 없어. 참 낭패가 아닐 수 없지. 기가 막혀. 정형시인데 정형을 모르다니, 이게 있을 수 있는 일이야? 웃기지. 한참 웃겨. 시조가 정형시라는데 정형이 없다니, 정형을 모르다니. 세상에 낭패도 이런 낭패가 없어. 외국인들이 우리 시조를 어떻게 보겠어? 참 나라 망신이지 나라 망신이야. 분명히 정형시인데 거기서 정해진 형식을 모르다니."

해마루 사부가 깊은숨을 내쉰다. 뜸을 들인다. 그러고는 시조 이야기를 조곤조곤 쏟아놓는다.

"시조는 말이야 무어라 할까? 규정할 수 없는 폭포수의 물방울 같은 것이 시조라고 할 수 있어. 물방울이 모여 폭포수가 되는데, 물방울 몇 개가 모여서 폭포수가 되는지는 알 수 없지. 물줄기의 세고 여림이 폭포수의 성격을 가늠한다 해도 물줄기 자체가 폭포수가 아닌 것처럼 시조도 그래. 시조의 기본 틀은 이런 것이라고 단정적으로 말하기가 곤란해. 아닌 게 아니라 정말 난감해. 시조에 비해 다른 나라의 정형시는 참 간단하지. 딱 정해진 형식 그대로 하는 거야. 정형이 눈에 보여. 그냥 공식 그대로야. 글자 수대로 규칙대로 그대로 짓지. 정형률이야. 가령 일배국의 하이쿠(俳句)처럼 17자로 지으라면 딱 그 글자 수대로 지어야 해. 짱국의 한시도 5언은 5자, 7언은 7자, 이런 식으로 정확해야. 흑백국의 정형시인 소네트 역시 그런 성격이지.

그런데 우리 시조는 달라. 딱 이렇게 한다는 게 없어. 그냥 폭포수 같고 물방울 같은 거야. 구름이 되기도 하고 물방울이 되기도 하는, 변화가 많은 생물이지. 맞아, 시조는 살아 움직이는 생물 같아. 실제 시조 작품을 가지고 이야기를 이어가 볼까? 자, 한 번 보자고. 점점 재미있어지니까 기대해도 좋아. 가령 이런 시조들이 있어.

「완전한 해탈」

— 김종

그림자처럼 흔들리던 대숲이 휘어진다
기다림은 연신 돋아나 이 지상을 덮는지
살포된 가루약처럼 내 신변은 외롭다
비밀한 하늘빛만 눈치 없이 트여서

쥐밤처럼 작아진 너 더는 감추지 못해
운명을 재넘는 이야기 등불처럼 내걸다
물소리 선명한 길이 물안개에 젖었네
발자국 패인 자리에 별무리를 쏟아부어
층층한 키를 접고서 산이 먼저 눕더라

「서울 1」

           – 서벌

내 오늘
서울에 와
만평 적막을 산다

안개처럼
가랑비처럼
흩고 막 뿌릴까 보다

바닥난
호주머니엔
주고 간 벗의 명함.

내 어느 날 그대 향한 바람이고 싶어라
울 넘어 물 넘어
뫼라도 불러 넘어

그 가슴
들이받고는
뼈 부러질 그런 바람

　위의 작품들이 모두 시조야. 지은이가 물론 시조 시인들이지. 또 요즘 지어졌으니까 현대시조야. 그런데 보다시피 들쭉날쭉, 뒤죽박죽이야. 정형 구조가 눈에 띄지 않아. 안 보여. 시조 정형을 잡을 수가 없어. 이걸 누구한테 시조라고 자랑할 수가 있지? 낭패도 이런 낭패가 없어. 이걸로 외국인들에게 이게 시조라고 할 수 있겠어? '시조는 정형시인데, 이렇게 쓰는 거야.'라고 도저히 알려줄 수가 없는 거야. 기가 막히지. 외국인들은 말할 것도 없어. 칸국 사람들조차 위 작품들을 시조로 인정할 것 같지 않아. 물어보면 열에 일여덟 명이 이건 시조가 아니라는 거야. 이게 어째서 시조인지 자기를 설득해 보라고 오히려 야단이야. 참 그건 그래. 안타깝고 난감한 일이지.

　그래도 유수의 칸국 학자들이 백 년 가까운 세월 동안 바탕을 다지고 탐구의 발걸음을 내디딘 이후에 시조의 정형 구조가 이론의 틀을 갖추어 빠른 속도로 자리를 잡게 되었지. 그에 따르면 시조의 정형은 자수율로 볼 때

(초장) 3, 4, 3, 4

(중장) 3, 4, 3, 4

(종장) 3, 5, 4, 3

의 형태로 대중들에게 알려졌지. 물론 여기서 숫자는 음절 수로 알려져 있고. 이것이 우리가 익히 아는 시조 정형의 기본 틀이지. 그런데 실제 시조 작품을 보면, 정형 구조를 흩뜨리는 것들이 심심찮게 등장해. 아니 사실은 시조의 기본 정형을 지킨 작품을 현대시조에서 찾을 수가 없어. 위에 적힌 대로의 글자 수를 가진 시조를 만나기가 어려워. 그건 말이지 하늘에서 별을 따는 것만큼이나 힘들어. 기가 막힌 일이지. 시조를 외국인한테 자랑하려는데, 자랑할 방법이 없는 거야. 참 딱하지. 그런데도 우리 시조계에서 그럭저럭 그냥 살아오고 버텨온 거야. 나도 젊을 때 그것이 늘 불만이었지. 시조 양식을 똑 부러지게 설명할 길이 없으니 얼마나 기가 막혀! 정형시를 가지고 정형의 구조를 속 시원하게 말할 수 없다니, 이런 낭패가 어디 있겠어?

이것이 시조를 여태 곤혹스레 만드는 공공연한 불편이며 언짢음이며 엉성함이지. 시조 정형을 가늠할 때마다, 낭패감이 먹구름처럼 몰려들어. 이 문제를 어떻게 풀어 가면 좋을까?"

단단은 신기한 이야기를 듣는 듯이 눈을 끔벅이며 해마루 사부의 입술을 바라본다. 시간이 속절없다. 스승은 단에게 아래 시 두 편을 가져와 읽게 한다. 단이 소리 내어 읽는다.

(가) 해와 하늘 빛이

　　문둥이는 서러워

　　보리밭에 달 뜨면

　　애기 하나 먹고

　　꽃처럼 붉은 울음을

　　밤새 울었다.

(나) 마루가 햇빛에 쪼여 찌익찍 소리를 낸다. 책상과 걸상과 화병. 그밖에 다른
　　세간들도 다 숨을 쉰다. 그리고 주인은 혼자 빈 궤짝처럼 따로 떨어져 앉아
　　있다.

　　(가)는 서정주의 '문둥이'라는 자유시이고, (나)는 김상옥의 '빈 궤짝'이라는
시조야.

　　'그런데 그래서 어쨌다는 거지요?'

　　단은 궁금증이 몸을 찔러대는 통에 사부에게 다그치듯이 묻는다.

　　"저것은 왜 시조이고, 이것은 왜 시조가 아닌가요?"

　　"시조 정형은 도대체 무엇인가요?"

　　갈피쯤에 사부가 천천히 입을 뗀다. 단은 침을 꼴깍 삼키고 귀를 쫑긋 세운
다. 한 번도 들어가 본 적이 없는 비밀의 문을 처음 열고 들어가는 기분이다. 단
은 지금 그 문 앞에 서 있다고 여긴다.

　　"시조 정형이 도대체 뭐지? 보통의 상식과 교양으로는 (가)작품이 시조이며,
(나)작품은 시조가 아니야. 이것의 구별 잣대는 말할 것도 없이 시조의 정형 양
식이야. 그런데 시조 정형이라 하면 우리가 보통 '3, 4, 3, 4'라고 하는 시조 공식

바로 그것이지. 시조 작품을 시조 작가나 관련자만이 알아보거나 즐길 수 있는 것이라면, 이는 애초부터 칸국의 시조 운명이 품고 있는 불행의 씨앗이 되고 마는 것이지. 시조를 국시(國詩)라 해놓고, 민족시라 해놓고 칸국의 모든 이가 자유롭게 즐기지 못한다면 시조가 절대 국시가 될 수 없는 거지. 국시 자격을 받을 수 없어. 현재의 태권도처럼 나라를 대표하는 것이 되려면, 일정 정도의 자격이 필요하다고 봐. 태권도는 칸국인 누구에게나 김치처럼 생활 속에 가까이 있었기 때문에 국기가 된 것이지.

시조가 국시가 되려면 사람들 누구나가 시조를 가지고 잘 놀 줄 알아야 해. 학교에서 아이들이 시조를 제대로 배워야 해. 그런데 지금 우리 사정은 어때? 학교에서 시조를 가르치지도, 배우지도 않지. 내가 어릴 때만 하더라도 우리는 학교에서 시조 공부를 열심히 했지. 우리 고유의 정형시라고 자랑스럽게 여기고 그랬어. 그런데 지금은 시조가 교과서에서 씨가 말라 버렸어. 일배국 식민지 시대보다 지금이 오히려 시조를 더 괄시하고 무시하고 천대하고 있어. 나라 전체가 얼이 빠진 거지. 얼빠진 민족이 되었어. 어느 틈엔가 민족은 죽고 개인은 사는 세태가 되어서 그래. 이것도 깊이 생각하면 흑백국의 농간인 것을 알게 되지. 민족의식을 죽이는 거지. 칸국에서 흑백교 신자들이 사회 지배 세력으로 군림하면서 이 일은 더욱 가속도가 붙어 일사천리로 진행된 거야. 어쨌든 시조가 죽었어. 시조 교육이 죽었어. 우리 식의 호흡과 몸짓과 걸음새가 죽은 거지. 낭만과 풍류가 죽은 거야.

상식의 눈으로 본다면, (나)가 자유시이며 (가)는 시조야. 시조의 정형 구조가 명확히 규명되지 않은 상태에서 우리가 시조를 가지고 국민 문학이라니, 국시(國詩)라니, 민족 전통 시가라니, 고유의 정형시라니 하는 것들은 다 속절없는 빈말이야. 여기에 시조 공부의 필요성이 숨어 있어. 그러니 단단은 시조 정형을 정리해서 보급하는 일에 온 정성과 노력을 기울여야 해."

단단은 눈빛을 한 번 반짝 돋운 후에 사부의 입술에 눈길을 단단히 꽂는다.

"여기를 잘 봐. (가)시는 시조의 정형 가락을 차용한 자유시야. 왠지 가락이 낯이 익고 편안하지 않나? (나)시는 시조야. 시조 정형에 변화를 주어 독창성을 돋우고 있지. 그래서 이게 시조처럼 안 보이는 거야. '아니 그럴 수가!' 그래, 이 말을 듣고 나면 누구나 깜짝 놀라지. 그런데 이게 바로 시조의 매력이야. 시조는 변신의 폭이 커. 정형의 틀이 신축성이 있어. 탄력이 좋은 거지. 여유와 능청이 살아 있다고 해야 할까? 아무튼 그런 거야. 시조는 단순히 글자 수를 맞추어가는 여느 정형시와는 차원이 달라. 정형의 틀을 깨고 자유로운 날갯짓으로 비상하는 운문 문학이랄까? 그래, 시조는 그런 거야. 음수율의 고정 잣대로 들여다보면 도무지 구조의 비밀을 발견할 수가 없는 거지. 정형의 틀 속에 자유의 날개가 감춰져 있어.

그래서 (가)는 시조라 해도 좋고 시조가 아니라 해도 좋은 거야. (나) 역시 시조라 해도 좋고 시조가 아니라 해도 좋지. 왜냐하면, 우리가 아직 시조의 정형성을 확인하지 않았기에 위의 작품들을 정리할 기준이 없어서 그래. 자, 그럼 첫 번째 질문으로 돌아가 볼까?

시조의 정형 구조가 뭐지? 정형성이 뭐지? 우리는 왜 시조를 정형시라고 말하지? 그리고 시조의 정해진 형식이 대관절 무엇이라는 거야? 왜 우리는 시조에 대해, 시조의 정형성에 대해 단정적으로 말할 수 없는 걸까? 자, 이제 시조 세계의 비밀의 문을 활짝 열고 들어가 보자고.

(나)에서 시조 정형을 한번 찾아볼까? 먼저 우리가 아는 대로 각 장을 4마디,

사계절로 나누어보면 다음과 같이 될 거야.

초장 -- 마루가 / 햇볕에 쪼여 / 찌익찍 / 소리를 낸다 /
중장 -- 책상과 / 걸상과 화병 / 그 밖에 다른 세간들도 / 다 숨을 쉰다 /
종장 -- 그리고 / 주인은 혼자 / 빈 궤짝처럼 / 따로 떨어져 앉아 있다 /

시조 정형 구조는 위에서 보듯이 각 장이 4마디, 곧 네 걸음(사계절)으로 되어 있음이 눈에 들어와. 곧 시조는 4마디(사계절) 정형시라고 말할 수 있지. 어려운 게 아니야. 한 걸음, 두 걸음, 세 걸음, 네 걸음, 이게 다야. 그냥 뭉뚱그려서 시조의 정형 구조를 일단 '네 걸음 삼행'이라고 말하면 돼. 시조 정형에 관한 자세한 공부는 나중에 다시 차근차근히 할 기회가 있으니 그때 본격적으로 공부하자고.

일단 시조는 '우리 고유의 정형시로서, 네 걸음 삼행시'라고 정의할 수 있지. 여기서 한 걸음의 보폭 안에는 보통 세 글자, 아니면 네 글자가 들어가. 왜 그러냐 하면 이게 우리 칸국의 호흡법인 거지. 보통 우리말에서는 낱말 하나가 두 글자 또는 세 글자잖아. 여기에 조사나 어미가 붙으면 세 글자, 네 글자가 되지. 또는 다섯 글자가 되는 거지. 우리말의 자연스러운 어문 규칙이야. 그래서 전래의 운율 분석에서 시조 음수율을 '3.4'조니 '4.4'조니 한 거야. 까닭에 '3, 4, 3, 4' 또는 '4, 3, 4, 3' 같은 걸 내세웠던 거지. 두 글자 또는 세 글자의 낱말에 조사나 어미가 붙으면 저절로 그게 세 글자, 네 글자가 되는 거야. 가령 '철수'라는 말을 일상에서 사용하면 이렇게 되지. '철수야 같이 놀자, 바둑아 너도 놀자.' 이런 거지. '나비야 청산 가자, 범나비 너도 가자.' 이러면 이게 바로 시조 운율인 거야. 시조의 초장이 완성된 거지. 자수율로 분석하면 '3, 4, 3, 4'가 되는 거야. 그런데 이렇게 하는 건 운율을 글자 수로 맞추어 그걸 틀에 가두어 놓은 것이야. 이러니 시조의 얼개하고 이게 안 맞는 거지. 그때부터 혼란과 무질서와 오해가 한여름 소나기처럼 쏟아지는 거지. 네 걸음(4마디)이 우리 칸 겨레의 자연스러운 발걸음이며 호흡법이라서 그런 줄 모르고, 그때는 그저 자수율을 맞추어야 정형시려니 하는 그런 생각이 바탕에 깔려 있었던 거야. 사실 이웃 일배국의 정형시는 글자 수를 기가 막히게 지키지. 자수가 틀리면 정형성이 깨진다고 보는 거지. 거기에는 예외가 없어. 아주 단호하지. 그야말로 그들은 규칙성을 죽기 살기로 지킨다고 할 수 있어. 교조적이고 권위적이지. 문화에 인위적이고 인공적인 기운이 강해. 2철학이야.

그러나 시조의 운율은 놀랍게도 내재율이야. 그냥 물처럼 흐르는 것이고 바람처럼 지나가는 것이지. 자연스러운 날숨, 들숨이야. 편안하고 단정하게 또는 출렁이고 흥청거리며 걸어가는 발걸음이지. 정형시이되 자로 잰 듯 정형의 틀에 무지막지하게 구속되는 게 아니야. 그래서 시조는 부정형 또는 무정형처럼 정형구조가 자유롭게 변환된다는 거지. 시조는 직선이 아니라 곡선이며, 기계가 아니라 생물이며, 평면이 아니라 입체이며, 닫힘이 아니라 열림이야. 열린 구조의 시조 장치를 그동안 굳이 정형의 틀에 가두어두려니, 자꾸 오류가 발생할 수밖에 없었을 테지.

멈추어 돌아보고 되짚어 또 보고
주춤주춤 가다 말다 발걸음이 무거워라
차라리 오지나 말지 왜 아프게 또 가나

시조는 3장 구조라는 것, 종장 첫 마디는 항상 3자 고정이라는 것, 천 년 가까운 세월 동안 꾸준히 이어져 왔다는 것, 그리고 지금도 시조가 지어지고 있다는 것, 현재 이것만이 공인된 사실이야. 핏줄기를 따라 도는 삶의 뜨거운 숨결이 역사의 어느 시점에서 시조 정형 구조를 완성했다고 보면 돼. 그래서 시조의 발생이 어느 시대, 어느 시절이라고 꼭 집어 말하기는 어려워. 그게 또 그리 중요한 것도 아니야. 시조는 우리 겨레 본디 삶의 호흡이고 몸짓인 거지. 우리 문화의 원형은 여성성이야. 여자는 몸의 중요성을 잘 알고 있어. 여자는 다달이 월경을 하고 몸을 가꾸고 차림을 매무시하고 수시로 얼굴을 매만지고 화장을 하고 치장을 새로 하고 그러지. 우리 겨레 정형시의 탄생은 이와 같은 거야. 시조 양식은 우리 고유문화의 몸인 거야. 시조의 정형 양식은 우리 삶 철학의 몸뚱이지. 시조는 민족의 유구한 삶 속에서 어느 순간 어느 결에 태어났던 거야. 여자가 자기 몸매를 돌보고 옷치장을 하며 화장을 하듯이 시조는 아득한 옛적에 고대가요를 거쳐 민요와 경기체가, 속요와 향가를 건너 자기를 끊임없이 매만지고 꾸미고 가꾸고 했던 거지. 천 년 세월을 품은 시조가 지금 우리 앞에 있어. 3태극의 몸짓으로 춤을 추고 있는 거야.

보면 삶은 늘 새로워. 어제와 오늘은 같으면서도 다르지. 삶이 바뀌면 시대가 달라지고, 또 시대가 바뀌면 삶의 모습이 달라져. 시조는 시대를 기록하는 붓이며 삶을 오롯이 담아내는 그릇이라고 할 수 있어. 시조라는 이름에 가려진 시조의 별칭들을 떠올려보면 시조의 문학적 위치와 성격이 한결 분명해지지. 단가(短歌), 신번(新翻), 신조(新調), 시여(詩餘), 삼행시(三行詩), 이것들은 시조(時調)의 다른 이름이야. 이런 까닭에 매 시조 작품은 시대 물결이 새롭게 일렁이는 푸른 바다가 되는 거지.

일찍이 가람 선생은 시조의 이런 특수한 정형성을 간파하고 시조를 정형 (定刑)이라 보지 않고, 정형(整形)이라고 정리했지. 시조를 짱국의 한시나 일배의 와카(和歌)와 같은 정형시(定型詩)가 아니라, 정형적(整形的)인 자유시(自由詩)라고 본 것이지. 이것은 놀라운 눈이고 대단한 발견이야. 그 시절에 없었던 전혀 새로운 마음이지. 이런 생각을 밑그림으로 하여 가람 선생은 당대의 시조 반대론자, 시조 박해자들의 억짓손으로부터 시조를 구출해 내었던 거야. 정말 용맹하고 지혜로운 분이지. 이렇게 해서 시조가 정형 속의 자유로움을 추구하는 현대 칸인의 성정에 알맞은 문학 양식으로 새롭게 탄생한 거야. 시조는 한마디로 자연미를 사랑한 우리 겨레의 마음이라고 할 수 있어. 가꾸지 않은 아름다움을 창조하는 거지. 시조 형식이 인공인데도 인공성을 한껏 덜어내어 자연스러움만 남기는 거지. 부분의 틀을 깨뜨려 전체의 멋스러움을 추구하는 거야. 3철학이 시조 미학의 밑바탕을 든든하게 받쳐주는 거지.

가람 선생의 시조를 한 번 볼까?

> 바람이 서늘도 하여 뜰 앞에 나섰더니
> 서산 머리에 하늘은 구름을 벗어나고
> 산뜻한 초사흘 달이 별 함께 나오더라
>
> 달은 넘어가고 별만 서로 반짝인다
> 저 별은 뉘 별이며 내 별 또 어느 게요
> 잠자코 호올로 서서 별을 헤어 보노라

선생의 '별'이라는 작품이야. 군더더기가 없이 맑고 깨끗해. 가곡으로도 만들어졌지. 눈에 들어오는 대로 율격을 분석해보면 걸림이 없이 유연하고 아주 자유로워. 우리에게 익숙한 자수율의 시선을 한번 따라가 볼까?

바람이 / 서늘도 하여 / 뜰 앞에 / 나섰더니 / (3, 5, 3, 4)
서산 머리에 / 하늘은 / 구름을 / 벗어나고 / (5, 3, 3, 4)
산뜻한 / 초사흘 달이 / 별 함께 / 나오더라 / (3, 5, 3, 4)

달은 / 넘어가고 / 별만 서로 / 반짝인다 /   (2, 4, 4, 4)
저 별은 / 뉘 별이며 / 내 별 또 / 어느 게요 / (3, 4, 3, 4)
잠자코 / 호올로 서서 / 별을 / 헤어 보노라 / (3, 5, 2, 5)

어때? 우리가 알고 있는 시조 공식과는 많이 동떨어져 있지? 초장(3, 4, 3, 4), 중장(3, 4, 3, 4), 종장(3, 5, 4, 3), 이게 우리한테 익숙한 시조 공식이잖아. 그런데 작품을 실제로 지을 때 보면, 이 규정이 너무 옹색한 거야. 꼭 막혀 있지. 숨이 답답해. 그러니까 시조 양식의 폐쇄성을 격하게 비난하는 사람들이 막 나타나는 거야. 우리도 사실 위 작품에다가 이 시조 공식을 대입해보면 도무지 안 맞는 거야. 참 난감하지. 이걸 어떻게 설명해야 할까? 나중에 자세히 일러주겠지만 지금은 그냥 용어만 한번 들어봐. 시조의 율격은 3태극에 바탕을 둔 3수율이 기본 율격이야. 그래서 3수율을 알아야 해. 3수율에서는 3이 기준이야. 그렇지만 여기 3수율 자리에는 1자에서부터 10자까지가 다 들어가. 그러고도 시조의 정형성이 무너지지 않아. 파격의 즐거움이 있어. 시조 율격인 3수율이 튼튼하게 다 받쳐주는 거야.

3수율은 그물로 치면 벼리 같은 거야. 그물코는 한 마디로 글자 수야. 음절 수. 시조 각 장(장은 4마디로 구성)에서 한 마디에 몇 글자가 들어가든지 관계없어. 율독이 자연스럽고 편안하기만 하다면 말이지. 글자 수에 상관없이 3수율이라는 벼리를 당기면 그물코가 죄다 시조 운율이라는 그물 안으로 다 들어오게 되어 있어. 자유자재야. 놀랍지? 이게 시조의 기준 율격인 3수율의 원리야. 3태극, 3철학에서 나온 거지. 그리고 시조에서 3수율은 동일한 반복이 아니라 차이의 반복이야. 3수율이 포괄하는 음절 수는 가변적이고 다양해. 그렇기 때문에 3수율은 가령 자수율처럼 일정한 글자 수의 동일한 반복이 아니라 변화무쌍한 글자 수의 반복이 차이를 두고 물결처럼 일어나는 거지. 이 점에서 시조는 자율적 정형시라고 해도 좋아. 자율(自律). 자신의 율동. 그래, 우리 민족의 내재율인 3수율은 타율이 아니야. 자율이야. 저절로 일어나는 율동이야. 신명이지. 생명의 리듬이야. 우리의 자연스러운 몸짓이지. 3철학이야. 여기서 꼭 명심할 것은 3장 구조나 3수율 원리 같은 시조의 정형성이 우리 민족의 정체성이라는 거야. 이걸 잊어선 안 돼. 시조는 칸국인 정체성의 본바탕이야. 우리의 모든 것이 시조에 담겨 있어. 까닭에 시조를 제대로 알면 우리 문화와 정신세계의 모든 것을 알게 된 것과 같아. 3철학을 깨치게 되는 거지.

사람은 누구나 삶의 천재들이야. 특히 우리 칸인들은 누구보다 자율적인 존재들이지. 남에게 조종당하는 걸 끔직도 싫어하지. 신명과 신바람의 존재들이야. 그런데 일배의 문화는 지극히 인위적이야. 형식적이고 강제적이지. 일배들이 식민지 시절에 심어놓은 것을 우리는 아직도 잘 간직하고 있어. 칸국의 지배 계층으로 군림하는 이들이 주로 일배충들이라서 그래. 우리의 학교 문화가 지금도 왜 인위적이고 억압적이고 강제적인지 그 까닭이 여기에 있어. 우리의 자율적인 신명과 흥취를 억누르는 것들의 정체는 일배 강제 문화야. 지금도 칸국은 사회 곳곳에 친일파 후예들이 독재의 그림자를 어둡게 드리우고 있어. 우리의 창조성과 신바람을 억누르며 인위적인 제도와 정책을 강제적으로 집행하면서 말이야. 살펴보면 우리 생활 속에도 3수율이 흐르고 있어. 노래와 몸짓과 춤과 놀이에 생동하게 살아있지. 그런데 날 선 제도와 정책과 관습이 인위적으로 우리를 자꾸 짓누르는 거야. 숨통을 조르는 거지. 이래서 우리 사회는 죽은 시인의 사회가 어느덧 되어버렸어. 신바람이 자꾸 죽어 나가는 거야. 풍류가 사라지고 있어. 나라에서 뭐든지 타율적으로 일률(一律)을 강제하니까 그런 거지. 3수율설명은 일단 이 정도로 할게. 뒤에 가서 더 자세히 설명을 해줄게. 여기서는 그냥 '아 3수율이라는 게 있구나.' 하는 정도만 알아두면 돼. 자꾸 보고 듣고 하다 보면 익숙해질 거야.

그런데 현대시조에서 특징적인 또 하나의 흐름이 있어. 그게 뭐냐 하면 시조의 장형화와 관계되는 건데 시조가 엄청 길어진 거야. 지금은 사람들이 시조를 짓는다 하면 너도나도 다 연작시조를 짓고 있어. 아니면 사설시조를 짓거나 무슨 옴니버스 시조를 짓거나 그러지. 시조 길이가 자꾸 늘어나. 시조 시인들이 이러는 거야. 일반인들은 알아보지도 못해. 그리고 보통 사람들이 시조를 놀이 삼아 지으려 할 땐, 시조 공식 그대로 '3, 4, 3, 4' 이러면서 짓지. 그런데 시조 전문가들은 그냥 길게 길게 10줄, 20줄씩 쓰니까 일반인들이 여기에 질려버려. 너무 길어서 읽기도 힘들고, 아니 바라보기조차 벅차. 보통 사람들이 볼 때, 이건 시조가 아닌 거야. 그러니 시조를 자꾸 외면하게 되지. 참 문제야 문제.

벚꽃을 봅니다 그도 나를 봅니다
별 같고 꼬마전구 같은 꽃송이들이
날갯짓 아롱거리며 봄 하늘에 퍼져갑니다

    삶을 진정성 있게 설득하려면 여백이 필요하고 침묵이 필요해. 시조의 존재 이유가 이런 곳에 있어. 그런데 3장으로 깔끔하게 정리된 정통 시조를 만나 보기가 여간 어렵지 않아. 공모전이나 신춘문예에 당선된 시조는 죄다 연작시조야. 시조가 길고 또 길고 그래. 말도 못해. 저것도 시조인가 싶을 정도야. 그러니 이제 진짜 시조를 찾아볼 길이 없어. 3줄로 짧게 쓰면 실력이 없다고 흉보는 세상이야. 명함도 못 내밀어. 시인 대접을 안 해주니 시조 시인들이 자꾸 길게 쓰는 거야. 3장 한 수에 그치지 않고 3수, 4수 막 길게 쓰는 거야. 어떤 건 분량을 자유시처럼 아예 길게 잡아 빼. 그걸로 형식 파괴를 대담하게 실험한다며 변명하기도 하지. 현대적 감각을 살리려면 행갈이와 연 묶음을 잘해야 한다는 거야. 그런데 알고 보면 그거 시조 작가들의 자격지심이야. 길게 써야 잘 쓴다고 대접해주니까 그런 거야. 시조를 줄 바꿔가면서 10줄, 20줄은 써야 실력 있다고 인정해준다는 거지. 참 웃기는 일이야. 시조를 쓰고 읽고 즐기면 되지, 누가 시인 아니랄까 봐, 그렇게 길게 적어서 시인 작가로 인정받는 일에 목숨을 거는지 몰라?

    이런 시조 장형화 흐름의 물꼬가 어디서 비롯됐을까? 현대시조의 아버지라는 가람 선생으로부터 비롯되었을까? 아마 그럴지도 모르지. 20세기 시조 부활의 출발선에서 선생은 시조 반대론자들의 눈을 의식해서인지 굳이 연작시조를 즐겨 창작했던 거야. 시조를 살려내려는 고육책이 그런 선택을 강요했겠지. 그래서 더 가슴이 아파. 가람 선생의 그 심정이 내심 이해가 가지. 그러나 여기서 비롯된 연작의 물결, 장형화의 흐름은 현대시조의 대세가 되었어. 길어진 시조가 지금 시조 문단을 지배하고 있어. 생산되는 시조 작품 대부분이 분량이 많고 엄청 길어. 거의 예외가 없어. 그런데 이게 장점보다는 단점이 훨씬 더 많아. 시조가 장형화, 형식 파괴의 길을 걸으며 많은 문제점이 물이끼처럼 돋아나고 있어. 시조의 위기가 찾아온 거야.

요새 시조는 한 수로 끝나는 게 거의 없어. 마치 고려가요처럼 1절, 2절, 3절, 4절~10절까지 마구마구 늘어져. 그런데 이렇게 하면 이게 더 이상 시조가 아니야. 이건 시조의 가치와 정체성을 파괴한 거야. 보면 깔끔하지도 않고 쓸데없는 말들이 많아. 시조의 정형을 다 깨뜨렸어. 감정의 군더더기가 눈 속의 얼음덩이처럼 여기저기 박혔어. 할 말은 많은데 쓸 말이 적은 거지. 이러면 시조가 사람들에게 감동을 줄 수 없어. 사람들이 좋아하지 않아. 시조를 즐길 수가 없게 되지. 자꾸 이러면 사람들은 시조를 점점 더 모르게 되고, 나중에는 시조를 아예 찾지도 않아. 사실은 지금 벌써 이렇게 되었어. 시조가 철저히 외면받고 있는 실정이야. 시조 시인은 비인기 종목의 스포츠 선수와도 같아. 아무도 몰라줘. 알아주는 이가 없어. '문학 한다'고 명함 내밀기가 쑥스러워. 그래도 자부심과 사명감을 가지고 시조를 쓰는 거지. 훌륭해. 그러나 어쨌든 오늘 이 시대는 시조의 격이 뚝 떨어졌다고 할 수 있어. 사회적으로 시조를 높이 평가해 주지 않고 있는 거야. 사람들 모두가 시조를 알로 내려다보고 있어. 하찮은 걸로 내던져 놓고 있지. 겨레의 꽃은 무슨? 손톱의 때만큼도 생각해 주지 않아. 시조를 높이 받들어주는 사람이 거의 없는 거지. 나라 전체가 그래. 정부에서부터 시조를 무시하고 홀대하고 있어. 이것 참 큰일이야. 민족의 정체성이 없어지고 있어. 이 생각만 하면 나는 눈앞이 캄캄해. 사람들이 시조를 무시하는데 시조가 어떻게 높아질 수 있어? 시조가 어떻게 생활 속으로 파고들 수가 있겠어? 참 고민이 많아. 이거 보통 일이 아니야.

3장 6구 45자 안팎의 정통 시조 창작은 지금 변두리 문학의 어설픈 몸짓이 되었어. 주변 문학으로 완전히 밀려나 버렸지. 시조는 지금 MB문학이야. MB가 뭔지 알지? MB—마스터베이션(masturbation). 자위행위. MB문학은 자위 문학이야. 그냥 시조 시인들 끼리끼리 노는 거지. 울적한 대로 마스터베이션이나 하는 거야. 우습게 되었어. 지금 시조가 설 자리가 없어. 시조 창작은 열에 여덟아홉이 신형의 장시조 계통이야. 현대시조 작가가 작품을 생산할라치면 연작시조를 쓰거나, 그도 아니면 사설시조 또는 변형된 양식의 시조 작품을 쓰는 게 당연시되고 있어. 그래, 진짜배기 시조는 오늘날 거의 품절 상태야. 시조의 정형 틀을 완전히 잃어버렸어. 참 마음이 아프지. 칸국의 진짜 시조 맛은 정(正)시조가 보여 주거든. 그런데 중언부언 말이 많아진 연작시조에 모두 마음이 가 있으니, 시조 창작이 어떻게 되겠어? 시조 맥을 이으려는 젊은이가 도무지 없어. 다 사라졌어. 다른 곳으로 갔어. 청년들은 시조 판을 거들떠보지도 않아. 아무 재미도 없고 대접도 못 받는데 누가 여기 매달리겠어? 명맥이 끊어졌어. 현대 칸국에서 시조는 벌써 한갓진 박물관 소장품이 되고 만 거지. 슬픈 일이야.

　　지금은 시조가 죽은 세상이야. 우리가 이런 세상을 살고 있어. 칸의 정신 문화가 죽은 거지. 얼빠진 채 살아가는 거라고 보면 돼. 이게 우리 현실이야. 시조가 없어진 만큼 우리 고유의 정신세계가 사라지고 있다고 보면 돼. 독특한 정신 문화가 지워지는 중이지. 절제와 낭만의 자유 서정이 죽어 버린 거야. 풍류 바람이 멈추었어. 자유시를 대하면서 생긴 경쟁 구조와 대립 의식이 현대시조를 이런 식으로 몰아간 잘못이 커. 시조 변혁의 물결이 크게 일어나야 하고말고. 단이 그걸 감당해야 해. 자랑스러운 기마 민족의 말 타는 자세를 잊지 않도록 시조 운김을 자꾸 타봐야 해. 이것은 우리 칸의 운명이 걸린 문제야. 겨레 전체의 숙제야. 명심 또 명심하길 바랄 뿐."

단이 수궁의 표정으로 눈빛을 한번 돋우며 사부에게 묻는다.

"그렇다면 시조의 3장 구조와 우리 전통 사상은 무엇이며 어떤 관계입니까?"

물 한 모금을 시원히 들이켠 후 해마루 스승이 물 흐르듯이 답변을 쏟아낸다. 한줄기 살랑바람이 불어온다. 상쾌하다. 사부의 말소리가 나비의 날갯짓으로 바람을 타고 흐른다.

"우리 문화를 구성하는 기본 원리는 3이라는 숫자와 관계가 깊어. 우리 겨레의 성수는 3이야. 칸 사람들은 3이라는 숫자를 제일 좋아해. 3을 신성시하지. 러키세븐이라는 말은 흑백국 종교 신화에서 나온 말이야. 흑백인들은 7을 좋아해. 우리와는 아무 상관이 없어. 지금 문화와 역사가 혼란에 빠져 숫자마저 헷갈려하지, 사람들은. 아니 사실은 이런 데 사람들이 별로 관심을 가지지 않아. 그냥 닥치는 대로 주류의 물결을 타고 흘러가는 게 일상이라고 믿는 게지. 일상 문화에 의심도 없고 질문도 없어. 현대 칸인들은 생존에 허덕이고 장시간 노동에 지치다 보니, 모든 것에 관심 부족, 의욕 부족, 사랑 부족이 되는 거야. 당연한 일이지. 시조에 대한 철저한 무관심도 어쩌면 당연한 거야. 우리 사회는 지금 지구별에서 1, 2위를 다툴 정도로 피로 사회가 되었고 위험 사회가 되었고 과로 사회가되었어. 정신 못 차릴 정도로 바쁘게 살고 힘들게 사는 거야. 이러니 사회 구조의 불평등 현실에 눈길을 줄 수 있겠어? 역사 왜곡이니 민주주의 수호니 문화 착오니 일배충 양성이니 하는 것들에 시선을 줄 수가 있겠어? 모두가 여유가 없어. 일상이 고통스러워. 하루하루 죽지 못하고 벼랑 끝에서 버둥대며 살아가는데 거기에 무슨 낭만이니 역사니 문화생활이니 민주화니 하는 게 발붙일 수 있겠어.

우리 무덤을 우리 자신이 파면서 사는 거지.

　넉넉한 마음과 여유 시간을 가지는 게 새 문화를 창조하는 비결이야. 아아 그런데 어쩌나? 물질은 넉넉해졌는데 정신이 한없이 가난해졌어. 우리 사회는 자본주의 열차에 실려 더 빠르게 더 긴박하게 달려가고 있는 것을. 사람과 사회가 다투어 더 험해지고 더 위험해지고 더 나빠지고 있는 것을. 단단은 이 문제를 어떻게 생각해? 이걸 해결할 수 있겠어? 무엇으로 해결하지? 어떻게 해결하지? 언제 해결하지? 답을 생각해 봐. 답이 나왔어. 빠르네. 잘했어. 맞아. 전 국민의 시조 놀이가 답이야. 멋있게 사는 거지. 줄 풍류를 타는 거야. 하루를 살아도 행복해야지. 방향 없이 부는 바람—풍류는 멋이야. 일상에 '엇'박자를 들여야 해. '엇'이 '멋'이 돼. '엇(어긋남, 어긋냄)'이 '멋'을 창조하거든. '멋'은 몸으로 체감하는 삶의 진미야. 멋은 맛이야. '멋'은 맛있는 삶을 만들어. 시조는 멋을 만들어내는 장치야. 규칙과 불규칙을 불규칙적으로 거닐며 삶을 예술로 만들지. 그래, 시조는 무한대의 행복 충전소야. 맞았어. 시조 놀이가 답이야. 시조를 바르게 알면 세계는 지금과는 전혀 다른 문명을 살 수 있어. 가능한 꿈이야. 지구 평화는 시조의 세계화가 해결책이야. 하루바삐 단이 시조 나라를 만들고 그 임금님이 되어야 해."

　단단은 눈빛을 반짝이며 해마루 사부의 말을 경청한다. 구구절절 마디마디에 시대의 아픔과 상처가 절절히 배어 있다. 조우관 머리카락 위에서 시조의 꿈이 오색 무지개처럼 몽글몽글 피어오른다. 해마루 스승이 다시 말을 실타래처럼 이어간다.

　"우리는 아득한 옛날에 태양족이었어. 태양을 받드는 선민의식을 가지고 있었지. 태양이 하늘이고 태양이 하느님이고 태양이 신이었지. 이 태양을 3이라는 숫자 상징으로 나타낸 게 바로 3재 사상이고 3태극 원리이고 3철학이야. 여기서 1이 곧 3이고, 3이 곧 1로 나타나. 왜냐하면 하나가 모든 것이고 모든 것이 곧 하나이기 때문이지. 3은 모든 것인 동시에 낱낱의 개체를 뜻해. 하나는 모든 것이고 모든 것은 또 하나 속에 들어 있어서 그래. 불교의 화엄경 원리와 같은 거야. 이것이 3재 철학의 원리야. 현대의 지식은 이분법 원리로 구성된 거야. 오늘날의 구조화된 사고 원리는 이분법적 사상의 틀을 갖고 있다고 말할 수 있지. 이분법은 깔끔하고 단정하게 보이지만 거기에는 조화와 역동성이 없어. 반목과 갈등, 변증법적 대립이 도드라질 뿐이지. 그래서 요즘에는 시대의 첨단 용어로 통합이니 통섭이니 융합이니 융복합이니 하는 말들이 자꾸 나오는 거야. 이분법의 틀을 깨자는 거지. 모난 생각을 둥근 생각으로 바꾸자는 이야기야. 사고의 확장과 진리의 형상을 동심원 또는 방사선 모양으로 표현하자는 거지. 마치 태양을 중심으로 태양계가 돌고 있는 것처럼 말이야. 우리가 옛날에 그랬던 것처럼. 현대 문명의 패러다임을 3수 철학으로 돌려놓자는 얘기야.

삼족오(三足烏) 알지? 저 멀리 고구려 시대에 삼족오 문양이 있었잖아. 단단도 본 적이 있겠지? 우리 주변에 아직도 삼족오가 살아 있어. 삼족오는 태양을 금오(金烏)로, 곧 까마귀로 표현한 거야. 그런데 바로 여기에 우리 겨레가 3을 신성 수로 받드는 의식이 투영되어 있어. 3은 음양의 역동적 조화를 꾀하는 민족 철학의 상징이야. 3은 완성과 안정을 뜻하지. 3이 작용하는 철학과 그렇지 않은 철학은 근본적인 차이가 있어. 3은 두 대립자의 조절자로 또는 중개자로 등장하지. 하나가 하늘이고 다른 하나가 땅이라면, 여기서 3이 등장하면 이 3을 사람으로 인식한 거야. 3수 철학은 사람 중심주의, 곧 인본주의가 깃드는 시공간이야. 칸국 전통 사상의 원리는 3태극 상징으로 나타나. 사람의 중요성을 살린 거지. 3철학은 인본주의(人本主義)의 정점이야. 그래서 우리는 음양의 변증법적 대립 관계나 투쟁 지향의 모순 관계를 원리의 중심에 놓지 않아. 우리 3태극은 언제나 인간이 가치의 중심이 되어 대립항의 조화와 균형을 돌보는 일을 으뜸 원리로 삼지. 3철학의 3은 2철학의 대립각 1과 2를 조화롭게 품어. 오늘날 남칸과 북칸이 소유한 증오감과 혐오 의식은 서양 흑백국에서 들여온 수입품들이야. 흑백국은 극한 이데올로기 충돌의 위험성을 잘 알고 있어서 오래전에 자국 내에서 빨갱이 싸움을 그만두었지. 매카시즘 광풍이라고 들어봤지? 빨갱이 사냥이야. 미국에서 그런 적이 있어. 그런데 우리 칸국은 이제껏 이걸 붙들고 늘어져. 죽고 못 살 정도로 이념 투쟁에 매달리고 있어. 일배충들 수작이지. 노상 나라가 흔들려. 불행도 이런 불행이 없어. 지금은 5천 년 역사상 우리 칸 민족 최대의 수난 시대야. 남북 간에 도무지 화해가 안 돼. 관용이 없어. 서로 포용이 안 되는 거야. 참 큰일이야. 흑백 양분법 때문이지. 2철학 때문이야.

아랫녘 눈얼음이 산기슭을 슬금 올라
개나리 쏟아놓고 눈꽃 바람 일구었네
어럽쇼 눈과 꽃이 만나 빛 부심이 더욱 요란타

아프리카에 르완다라고 있어. 조그만 나라인데 얼마 전에 종족끼리 증오 전쟁이 일어났어. 문제는 흑백국 점령 시대에 서양인들이 후투 족과 투치 족을 이간질하여 다스렸던 사실에 있어. 아주 교활하고 잔인한 식민 통치 전략이지. 그래, 20세기에 르완다가 흑백국의 족쇄에서 풀려나면서 바로 제노사이드(대량 학살) 피바람이 분 거야. 소위 인종 청소가 일어난 거지. 몇백만 명이 순식간에 죽었어. 서로 죽인 거지. 교대로 학살한 거야. 지옥도 이런 지옥이 없어. 후투와 투치는 서로를 악마, 사탄이라고 했어. 닥치는 대로 학살하고 짐승처럼 서로를 찢어 발겼어. 지옥과 같은 종족 전쟁의 원인 제공자는 과연 누굴까? 알 수 있겠지? 맞아, 흑백국이야. 르완다의 오랜 식민 지배자 서양인들이지. 흑백국의 무한 욕심과 그들의 단선적 2철학이 평화로운 아프리카 땅을 순식간에 지옥 땅으로 바꿔 놓은 거야.

훗날 르완다 학살 사태를 지구 관계자들이 조사하면서 밝혀낸 사실이 있어. 그게 뭐냐 하면…… 아주 무서워. 무서운 거야. 지금 우리 처지하고 비슷해. 그래서 더 무서워. 우리의 남북 전쟁 때랑 또 비슷해. 섬뜩해. 아주 무서워.

헤이트 스피치(hate speech)라는 게 있어. 우리말로 증오 표현, 혐오 주문, 증오 선동의 뜻이야. 특정한 범주의 인간들이 혐오와 증오를 끝없이 부추기는 것을 말해. 물론 여기에는 정치적 목적성이 또렷이 박혀 있지. 우리의 빨갱이 혐오증이나 지역 차별 혐오증이 여기에 해당한다고 할 수 있어. 누군가 헤이트 스피치를 이용하여 편견과 증오를 끊임없이 조장하는 거지. 사회 내부에 증오 심리가 들끓게 하는 거야. 히틀러가 증오 선동의 대상으로 유대인을 지목한 것이 바로 이런 것이지. 그때 유대인은 게르만족에게 사탄이고 빨갱이고 악마였어. 혐오와 증오에 선동된 독일인들이 유대인 600만 명을 짐승처럼 그냥 죽여 버린 거지. 당시 유대인 인구의 1/3이야. 이건 한 마디로 종교 광란이지. 인육의 생피를 마시는 악마의 사육제였어. 악마의 주술에 빠지면 사람들이 이렇게 되는 거야. 그때 독일인들은 평범하게 일상 속에서 자기 할 일을 성실하게 수행했을 뿐이야. 수용소를 짓고 운전을 하고 담배를 피우고 점심을 먹고 가택 수색을 하고 물을 마시고 학교를 방문하고 가스 스위치를 올리고. 그냥 그런 거야. 그런데 2차 서양 내전이 끝나고 증오의 주술에서 벗어나 보니, 자기들 몸이 피 칠갑이 되어 있음을 발견한 거야. 깜짝 놀랐지. 지금도 독일인들은 유대인들에게 사죄하고 사죄하고 또 사죄하고 있어. 참혹한 홀로코스트(대학살) 역사를 철저히 반성하는 거지. 사실 흑백국 역사에서 이런 반성이나 사죄를 한 경우가 거의 없어. 아주 드문 경우야. 같은 서양인들이니까 화해하는 게 아닐까 하는 생각도 들어.

르완다 학살 사태의 핵심 원인이 밝혀졌어. 헤이트 스피치(hate speech)의 무차별 사용이야. 국제 조사단이 정리한 사실이야. 나라 내부에 증오 심리를 마구 퍼뜨린 거지. 혐오를 부추기고 증오를 선동한 거야. 세뇌는 성공했고 결과는 끔찍했어. 악마의 주술에 마취된 짐승들이 인간 사냥을 잔인하게 벌인 거지. 상상을 초월한 정도의 끔찍한 일들이 벌어졌어. 대부분은 영화로 찍을 수 없는 잔혹한 장면들이야. 돌이켜보면 칸국의 남북 전쟁도 르완다 사태와 다를 바가 없었지. 큰 섬 사람들은 해방과 전쟁 어름에 무려 인구의 1/10이 몰살당했어. 죽은 사람만 3만 명이 넘어. 같은 배달족에게 말이지. 이념 전쟁이 불러온, 가증스러운 환상 범죄야. 국토 곳곳에 인간 사냥이 벌어졌어. 백의민족이 피투성이가 되어 짐승처럼 죽어갔어. 말로만 듣던 마녀 사냥이 진짜 이 땅에서 벌어진 거지. 식민 통치자 일배국이 다시 쳐들어온 것도 아닌데 말이야. 우리끼리 서로 죽이고 죽였어. 교대로 번갈아가며 죽였어. 좌는 우를 죽이고, 우는 좌를 죽이고 그랬어. 사람들이 짐승처럼 도살되었어. 참 눈물 나는 일이야. 가슴이 먹먹해. 2철학의 양분법 증오 심리가 가져온 우리 역사의 피눈물이지. 이 피눈물은 아직도 그칠 줄을 몰라. 남북 양쪽에서 흐르고 있어. 휴전선 철조망 아래에 가보면 핏물이 홍건히 고여 있는 거야. 보면 눈물이 나지. 시조 아리랑이 절로 나와.

오늘날 우리 사회는 증오 언어로 도배질이야. 일배충이 퍼뜨리는 혐오 표현과 증오 선동은 아주 지독해. 그건 말이 아니라 독약이야. 나라의 상수도에 독극

물을 집어넣는 것과 같아. 사람들은 날마다 물을 마시며 천천히 마비되고 의식이 죽어가는 거지. 지금 지역감정이라는 흑백 괴물이 칸국에서 난동을 부리고 있어. 빨갱이라는 헤이트 스피치(hate speech)와 함께 지역 차별 감정은 칸국의 쌍두 괴물이 되어버렸어. 칸국의 지배 세력이 혐오와 증오를 쉼 없이 퍼뜨리니까 그런 거야. 그래, 사회 전체에 혐오 의식의 난동이 폭풍처럼 일어나는 거지. 미친(美親) 일배충들이 오늘날 칸국의 헤게모니를 장악하고 있어. 그들이 바로 힘파야. 우리 사회를 썩게 하는, 무서울 만치 섬뜩한 증오 심리의 확산은 오직 여기에 그 까닭이 있어.

보다시피 지금 우리나라는 위험 사회야. 피로 사회야. 혐오 사회야. 과로 사회야. 증오 사회야. 잔인하고 엽기적인 사건 사고가 끊이질 않아. 도덕이 온통 무너졌어. 착함이 망가졌어. 사회 정의가 실종된 거야. 예의범절이 집을 나가버렸어. 우리의 상식이 힘파들에게 짓밟혀 의식불명 상태야. 우리가 가뜩이나 위험 사회인데, 끝 간 데 없이 위험 사회의 막장까지 치닫는 중이야. 히틀러의 유겐트 같은 청소년 사이버 전사까지 나타났어. 사회에 대한 실망과 분노와 좌절 때문에 생긴 거지. 나라 망조야. 나라 망조. 이것 참 큰일이야. 우리가 빨리 민주 국가가 되고 복지 국가가 되어야 하는 이유가 여기에 있어.

우리가 정신 차리지 않으면 맑고 아름답던 강이 훼손되고 썩어 망가진 것처럼 사람도 그럴 위험에 처할 수 있어. 일배충들은 아주 느린 속도이지만 천천히 자기 유전자를 바꾸어가고 있어. 우리 칸민족과는 다른 종족으로 변신 중이야. 돌연변이가 진행 중이지. 남칸 지배 계층의 면면을 살펴봐. 우리 칸국의 생김새와는 좀 다르지. 관상을 자세히 봐. 보면 금방 보여. 어딘지 모르게 얼굴에서 일배의 느낌이 강하게 풍겨. 일배의 돌연변이 존재야. 일배의 잡종이 탄생한 거야.

이름하여 일배충이야. 인간 같기도 하고 벌레 같기도 한 존재들이지. 일배충. 지금 칸국을 지배하는 괴물의 이름이야.

바람아 부는 바람아 명주바람아 시조 꽃에 날개를 달아다오

오늘의 남북 관계는 이(二)태극 원리로는 해결이 안 돼. 삼(三)태극 원리를 민족 운명의 중심에 놓아야 호전될 수 있어. 2태극 원리가 대립과 증오를 정당화하는 데 사용되고 있음을 주목해야 해. 흑백 2철학은 본디 우리 것이 아니야. 남북국 극한 대립은 서양 흑백국의 농간에 우리가 놀아나는 거야. 이 악마의 사술을 빨리 벗어던져야 해. 고유의 3태극 원리를 되찾아 겨레의 화해와 사람 중심주의를 이 땅에 심고 가꾸어나가야 해. 시조가 해야 할 일이 생겼어. 우리 시조가 감당해야 할 세계사적 사명이 생긴 거지. 우리한테까지 잘못 굴러온 세계 역사를 우리가 바로잡아야 해. 우리가 서양 흑백 대립 문명의 현실적인 최대 피해자이기도 하니까 더욱더 그래. 시조를 통해 남북국은 화해를 도모하고 평화 통일을 이룩하고 인성의 회복을 꾀할 수 있어. 이 땅에 시조 꽃이 흐드러지게 피어날 때 남북통일은 받아놓은 잔칫날처럼 기쁘게 다가올 것이야.

민족의 성수 3은 3이면서 또 1이야. 3은 모든 것이면서 단 하나의 것이기도 하지. 하늘은 하나이지만 또 모든 것이야. 태양은 하나이지만 모든 것이기도 하지. 그래서 1이 곧 3인 거야. 하여튼 3은 오묘해. 여기에는 첫째 하늘[天]이 있고, 둘째 땅[地]이 있고, 그리고 셋째 사람[人]이 있어. 천지인(天地人), 이것이 3재야. 3수야. 3태극이야. 이 3수가 우주 자연의 모든 것이지. 하늘이 있고 땅이 있고 사람이 있어. 그런데 천지 또는 양음[天地]의 역동적 조화가 사람[人]에게 달려 있

지. 여기서 다른 나라에는 없는 우리 식의 인간 중심주의가 홀로 우뚝해. 훈민정음의 창제 원리에도 3재 철학이 밑바탕 원리가 되지. 특히 모음 부분, 하늘(ㆍ) 땅(ㅡ) 사람(ㅣ)이 그것이야. 삼재의 결합과 풀림으로써 모음 글자가 다 만들어져. 현재 휴대폰의 문자판도 삼재 철학을 그대로 반영한 것이야. 이렇듯 우리 문화의 심층에는 3이라는 숫자 철학이 일관된 맥을 이어왔다고 보면 돼. 3태극 원리, 3철학이야. 이게 가락과 운율로 표현된 게 바로 3수율이지. 그래, 시조의 내재율은 3수율인 거야. 우리 겨레는 시조라는 문화 양식을 통해 '천지인 삼위일체'의 조화 속에서 살고자 했던 거야. 시조의 3장 그릇에 그 꿈을 담은 거지.

3철학은 세계의 본질을 순환 구조로 보는 거야. 일원적 역동성으로 파악하지. 세계는 끝없는 유동성으로 출렁거리고 있어. 이곳에서 존재는 느낌과 분위기야. 파동으로 떨고 있는 거지. 주체와 대상은 주객일체이며 물심동체야. 동사적 상태야. 입체적이고 역동적인 우주인 거지. 그래, 3태극 사람들은 음주 가무를 참 좋아해. 춤추고 노래하는 사람들, 자신을 스스로 즐기는 사람들, 다들 예술가들이야. 삶을 예술로 살아. 그들은 본신(本神)이야. 신이 되기를 즐겨. 신바람이 많아. 신명을 잘 지펴. 그래, 빙신(憑神)을 좋아하지. 신바람에 유난해. 이에 비해 흑백 양분법 혹은 2철학은 세계를 고정된 걸로 봐. 이곳에서 존재는 명사적 실체로 파악되는 거지. 존재는 입자야. 자기 자리가 딱 정해져 있어. 이곳에서는 주객이 분리되며 주체와 객체가 양분된 상태로 있지. 혼돈을 싫어하고 질서를 중시해. 신이 있고 법이 있어. 이 나라 사람들에게는 음주 가무를 구경하기가 힘들어. 제도와 정책에 합리적 이성이 노상 칼날 같은 빛이 번쩍거려.

삼족오(三足烏). 이것은 태양이라는 일원상 속에 3이라는 숫자를 배치한 거야. 1에서 3이 분화되는 과정을 드러내고 있지. 다리 셋을 가진 삼족오라는 상상

동물을 태양으로 삼은 거야. 이것은 1이 곧 3이라는 우주관을 반영한 것이라고 해석할 수 있어. 1은 3을 품고 있고 3은 1을 안고 있지. 이걸 그림으로 나타내면 3태극 문양이 돼. 우리 겨레는 1의 상징성으로 태양을 선택한 거지. 그러면 왜 태양을 신성시했냐 하면, 지금도 그렇지만 태양은 지구 에너지의 모든 것이란 걸 그때도 알았던 거지. 빛나는 태양은 하늘의 상징도 돼. 둥근 하늘, 둥근 태양, 이것이 결국 일원상으로 표현되었지. 3태극 일원상이 바로 하느님이야. 이것이 삼족오 태양의 탄생 과정이야. 어때? 태양의 상징으로서의 삼족오는 나중에 몇 개의 이름이 덧붙여졌다. 현조(玄鳥), 태양조(太陽鳥), 양조(陽鳥) 등으로 알려지다가 나중에는 이것이 주작(朱雀), 봉황(鳳凰)으로 변형을 이루게 돼. 그래, 현재의 봉황은 삼족오의 완성형이라고 말할 수 있지. 봉황은 곧 태양의 상징이야. 지금 칸국의 대통령은 봉황 휘장으로 상징 처리돼. 말하자면 대통령이 태양이라는 뜻이지. 우리 식으로 말하면 대통령은 태양왕이고 태양신이야. 이것은 우리의 오랜 3태극 문화 전통을 잇고 있는 것이라고 말할 수 있지.

우리나라에서 태양의 또 다른 상징이 하느님이야. 애국가에 나오는 그 하느님이 바로 이거야. 이 하느님은 흑백교의 유일신과는 아무 관계가 없어. 칸국 흑백교에서 자신들의 유일신을 우리 하느님으로 참칭하고 있는 거지. 이것은 명백히 문화 침탈 행위야. 사람들은 이제 '하느님과 하나님과 유일신과 간신과 하늘님과 한울님과 여호와'를 무진장 헷갈려 하지. 어떤 이는 우리 애국가의 하느님까지 흑백교의 신으로 만들어버려. 참 기가 막히는 일이야. 문화 식민지가 따로 없어.

지금의 3태극 문양은 삼족오의 또 다른 변형이야. 그러니까 3태극은 곧 태양이라는 거지. 삼(三) 태극은 하늘의 상징이야. 3태극은 일원상의 다른 표현이지.

앞에서 본 대로 1은 3이고 3이 곧 1이야. 그래서 한 사람의 생명 값은 우주 전체의 값과 같은 거지. 시조의 3장 구조는 이러한 세계관의 기초 위에 존재하는 거야. 시조가 곧 3태극이야. 시조가 바로 태양이야. 시조가 바로 하늘이야. 시조가 곧 하느님이야. 현재 짱국이나 일배국에서는 3태극, 또는 3태극의 흔적을 거의 찾아볼 수 없어. 2태극은 인공의 느낌이 강해. 조작하고 정리하는 인위적 문화 양식이야. 이에 비해 3태극은 인공의 느낌이 없어. 자연 그대로야. 자연성이 오롯해. 3태극 그대로가 자연의 모습이고 우주의 참모습이야. 3태극은 3차원의 현실 그대로를 상징 처리한 거야. 조화를 강조하는 거지. 대립과 충돌을 조절하는 거야. 3태극은 세모, 네모 세상을 동그라미 세상으로 바꾸는 힘이야. 겨레의 평화 통일과 지구의 평화를 위해서도 3태극 원리가 세계인에게 널리 알려져야 해. 그러려면 시조의 활성화와 현대화를 통해 시조의 세계화를 달성해야 해. 여기에 우리는 사명감과 자부심을 가져야 해. 시조는 겨레의 꽃을 넘어 세계의 꽃이 될 수 있어. 3의 노래. 태양의 노래. 하늘나라의 노래. 세계 평화의 노래. 3의 노래시. 얼마나 좋아. 시조는 또 사계절의 문학이야. 지구별의 70억 인구는 하나가 모두이고 모두가 하나야. 1이 3이고 3이 1인 거지. 지구별에 시조 나라를 하루바삐 만들어야 해.

노자 도덕경은 총 81장으로 이루어져 있지. 이것은 3철학이 반영된 거야. 3*3=9, 9*9=81인 거지. 변화의 상징인 용은 비늘 수가 81개야. 이것도 3수 철학, 3태극과 연관이 있지. 또 보면 우리 민족 경전인 '천부경'이 모두 81자로 구성되었는데, 이것 역시 3수 중심의 우주관과 밀접한 관련성을 가지는 거야. 천부경 81자는 19로의 바둑판 속 교차 공간에 한 자 한 자 81자가 오롯이 들어가서 그걸로 바둑판을 꽉 채워. 신기해. 이게 무슨 뜻이냐 하면, 바둑도 우리 3철학을 바탕에 둔다는 거지. 바둑을 구성하는 철학 원리는 흑백 양분법이나 2태극 원리가 아니라, 3태극이자 3철학이야. 그래, 바둑의 원리는 한 마디로 '조화'야.

노자 도덕경 제42편 '도화(道化)'에 보면

'道生一 一生二 二生三 三生萬物 萬物負陰而抱陽 沖氣而爲和(도생일 일생이 이생삼 삼생만물 만물부음이포양 충기이위화)

도(道)에서 하나가 생기고 하나에서 둘이 생기고 둘에서 셋이 생기고 셋에서 만물이 생긴다. 만물은 음을 짊어지고 양을 끌어안으며, 중용의 기운으로서 화합을 이룬다.'

만물은 1이고 변화의 계기 수는 3이야. 1은 2를 낳고 2는 3을 낳고 3은 만물을 낳지. 여기서 3은 만물을 낳는 원리인 동시에 만물 그 자체를 이르는 것이기도 해. 시조 3장 구조는 결국 우리 철학 사상의 상징적 표현이야. 이때 초장과 중장은 대칭의 아름다움으로 엮여 있는데, 여기서 하늘과 땅 혹은 양과 음을 대립 관계가 아니라 상보 관계로 보는 거지. 바로 이 지점에서 우리의 전통 사상은 흑백국의 이원론과 갈라져. 또 보면 시조 3장 구조의 마지막에 이르면 상보 관계의 매개자, 또는 조절자로 사람[人]이 등장해. 이것이 바로 우리 식 휴머니즘, 곧 인간 중심주의의 예술적 실현이야. 이렇게 볼 때 시조의 독특한 가치는 사유 방식의 독자성과 연결되어 있다고 볼 수 있지. 시조의 독자성이 곧 우리 문화의 독자성이야. 인간 존중 사상이 그것이야. 그리고 시조에서 종장 첫 마디가 반드시 3자라는 사실이 3태극 원리의 존재감을 한껏 드러낸다고 봐. 왜 그런지 문헌에 명기되지는 않았으나, 시조 종장 첫 마디는 무조건 3자를 지키는 거야. 불문율로 내려온 거지. 이런 게 바로 오랜 문화의 힘이야. 관습으로 유전자에 박혀 있다는 뜻이지. 이렇게 볼 때 시조의 3장 구조는 천 년 세월이 또다시 흐르더라도 반드시 지켜져야 옳은 거야. 종장 첫 마디 3자와 함께 말이지. 시조는 하늘나라의 노래야. 거기에는 아득한 신화가 들어 있어. 우리 겨레의 삶이 들어 있지. 역사가 들어 있고 몸짓이 들어 있고 숨결이 들어 있어. 시조는 태양의 노래야. 오늘날 자연파괴와 인간 파괴가 극성에 이른 지금, 태양을 달래주고 받들고 품어주고 우러르는 노력이 필요해. 지금 지구가 너무 망그러졌고 너무 뜨거워졌어.

길은 풍경 따라 시냇물처럼 흘러 흘러
세월은 가라 하고 두근댐은 있으라 했네
설레임 못 줄 양이면 되오는 청춘도 아니 반기리

설명을 계속할 게. 들어 봐." 해마루 사부가 숨 돌릴 새도 없이 가쁘게 몰아친다.

"2태극은 음양 이원론의 상징이고 3태극은 음양 일원론의 상징이야. 여기서 태극은 원리만 보여주고 현상이 없어. 개념만 있고 실제가 없어. 음양은 단지 태양이 있고 없음을 나타내지. 태양이 있으면 양, 태양이 없으면 음. 단지 이것뿐이야. 새로움이 없어. 창조가 없고 조화가 없어. 순환도 없어. 우주의 질서를, 그 원리를 보여줄 뿐이야. 눈에 보이는 실제 세계에 주목하지 않고 있어. 이치적이고 원리적이야. 관념적인 거지. 그러나 3태극에서는 인간에 시선을 집중함으로써 새로운 변화가 생겨나. 현실 세계를 바라보는 거지. 현재 중심적이고 인간 중심적이지. 이게 우리 칸국의 기본 철학이야. 그러니까 3태극이라야 실제 현상이 눈에 드러나. 3은 안정과 변화를 내포한 수리야. 솥발은 3개야. 안정과 변화를 잘 보여주지. 2는 안정 일변도야. 아니면 투쟁 일변도이거나. 그래서 3은 생성과 무한대의 큼을 보여주지. 3이 1(한)이야. 무량수로 크다는 거지.

　일원론과 이원론을 어렵게 생각할 건 없어. 이원 요소를 분리 독립적으로만 보면 이원론이고, 이원 요소를 '혼융일체'라고 보면 일원론이야. 아유, 어렵지? 더 쉽게 설명해 볼게. 차이와 차별을 구별하지 않고 동시에 적용하는 게 음양 이원론이야. 차이를 인정하되 그것을 차별하지 않는 게 음양 일원론이야. 왜, 더 어려워졌어? 미안해. 끝까지 잘 들어 봐. 음양 이원론은 날카롭고 합리적이며, 음양 일원론은 넉넉하고 수용적이야. 2는 고정이고 무변화고, 3은 조화와 창조 또는 순환이라서 그래. 칸국 사람들에게 홀수는 곧 3수야. 3이야말로 조화이며 안정이며 완성이지. 찻잔이나 기물 세트도 우리는 1, 3, 5, 7, 9, 이렇게 홀수로 사고팔고 세고 하지. 홀수를 좋아해. 3철학이야. 1(한)철학이야. 3태극 원리지. 물론 이웃 짱국은 찻잔 세트를 하나 사더라도 2, 4, 6, 8, 이렇게 짝수로 팔고 사. 이건 어쩔 수 없어. 일배도 그래. 근본이 달라서 그래. 철학이 다른 거지. 2철학과 3철학.

　음양 이태극은 이원론이야. 이원론은 당연히 2철학이지. 이때 2는 '0과 1'이거나 '1과 2'지. 이원론 2철학은 비유하면 기차 레일과 같아. 처음부터 나란히 목표를 향해 달려가지. 모롱이를 돌아들 때 멀리서 보면 레일이 하나로 붙은 것 같아. 화합이 반가워 달려가서 확인할 때가 있어. 그런데 가까이 가서 보면 기차 레일은 여전히 두 짝이야. 각각 외바퀴로 떨어져 있어. 두 짝은 여전히 평행선이야. 냉랭해. 사이가 떴어. 절대 합쳐지지 않아. 그들에게 합일이나 혼융 같은 건 없어. 대립 상태로 힘의 균형을 보이는 게 평화이고 화합이라고 보는 거지. 그러니까 이게 이원론이야. 2박자지. 2철학이야. 영락없어. 흑백 양분론이야. 그런데도 목표가 같으니까 그냥 같이 가는 거지. 두 개의 레일은 목표라는 도착점을 향해 변증법적으로 발전하며 달려가는 거야. 그들이 나눈, 진보와 보수라는 이분법 틀도 그런 거야. 신과 인간이 그렇고, 창조론과 진화론도 그런 거야. 그래, 2철학을 도형으로 표현하면 삼각형이야. 두 개의 레일이 하나의 목표를 향해 거침없이 질주하는 거지. 공격적이고 사나워. 삼각형은 때로 무기야. 사람을 살상하고 역사를 학살하는 무기. 그래, 맞아. 이 철길의 끝에는 전쟁이 기다리고 있어. 이것이 삼각형이 가는 길이야. 삼각형은 세 모서리가 날카로워. 실물 그대로가 흉기야. 음양 또는 흑백이 만든 첫 삼각형은 또 다른 삼각형을 거푸거푸 만들어내. 프랙털(fractal)[7] 원리지. 무기로서의 삼각형은 원래 자기를 무한 복제하는 속성이 있거든. 삼각형은 절대 만족을 몰라. 목표를 향해서 계속 달려가는 거지. 이 기차 심장부에는 영구동력장치가 들어 있어. 그것은 자본이거나 신이라는 이름으로 불리지. 오늘날 자본주의 현대 문명이 바로 이렇게 해서 흑백국에서 탄생할 수밖에 없었던 거야.

우리 3태극 원리는 그럼 뭘까? 당연히 3철학이지. 3수 철학이야. 3태극은 평행선을 만들지 않아. 하나의 역동적인 선상에 3개가 사이좋게 옹기종기 있어. 다투지 않고 셋이 정겨워. 고요하지만 활력이 넘쳐. 3태극 안에는 정중동의 움직임이 있어. 자기만족의 넉넉함이 있어. 역동적인 선상에서 3은 경계를 넘나들며 잔물져. 삼위일체인 거지. 일원상에는 동중정의 고요함이 출렁거려. 3태극은 매 순간을 영원으로 살아. 순간순간을 영원처럼 사는 거지. 낙천주의야. 자족적이지.

---

7 '부서진' 혹은 '조각'의 뜻. 임의의 한 부분이 항상 전체의 형태와 닮은 도형을 가리킴. 프랙털 원리는 자기 닮음의 무한 복제와 확산을 수학적으로 이론화함.

우주 진리의 정체를 낙천의 몸짓으로 읽은 거야. 따라서 3태극 철학에서는 삶에 달리 목표가 없고 과정에 충실해. 여성성이 도드라져. 이곳에서 진리는 여성성이야. 3태극은 하나의 선상에 있기 때문에 나와 너의 경계선이나 대립감이 없어. 3개의 태극이 하나의 원 안에 존재한다는 것은 어머니의 자궁이 생명을 품고 있는 것과 같아. 일원상, 하나의 원은 어머니의 몸이면서 동시에 온 생명의 몸이야. 그래서 3태극은 몸을 중시하는 거지. 몸이 생명이니까. 그래, 몸 자체가 삶의 목표야. 목표가 따로 없어. 몸을 건강하게 흥취 있게 놀리며 사는 게 목표야. 그냥 건강하게 사는 거지. 3태극 자식들, 온 생명이 건강하게 제 흥대로 제 운율대로 잘 살아가기를 빌 뿐이야. 거창한 다른 목표가 없어. 이게 어머니 마음이잖아. 그래, 3태극은 어머니 철학이지. 고요히 생명들을 다 살려. 집에서 요모조모 살림하면서 가족을 '다살림' 하는 것과 같아. 2태극과 흑백 양분론은 물론 아버지 철학이지. 법과 질서 좋아하고 전쟁 좋아하고 툭하면 행패 부리는 그런 아버지.

뛰는 듯 살아온 한 주가 새로워라
다리미 전기 밥을 배불리 먹은 후에
옷가지 펼쳐놓고서 뜨거운 정 나눈다

흑백 이원론, 2철학은 정형의 틀 안에 갇혀 있어. 그곳과 그 때를 떠날 수 없어. 시공간에 묶여버려. 저절로 교조적이지. 이곳에는 정형의 틀이 완강해. 권위주의 남성 문화가 만들어지지. 사회 곳곳에 독재자가 양산돼. 독재자는 대충 자본가, 권력자, 지식인, 전문가 들이야. 2철학은 남자의 철학이야. 전쟁의 철학이지. 죽임의 철학이야. 3철학은 여자의 철학이지. 춤의 철학이야. 살림의 철학이야. 비유하면 여자의 자궁은 3태극이 깃든 일원상이지. 보면 허리가 잘록하고 엉덩이가 복스러워서 여자는 걸으면서도 춤을 춰. 여자는 춤 그 자체야. 춤은 목표가 따로 없잖아. 표현하는 거지. 존재는 표현이야. 존재는 춤이야. 춤 자체가 목표야. 몸 자체가 목표야. 춤에서 중요한 것은 몸이지. 그래, 신명이며 흥취며 신바람이며 생동하는 기운이 몸으로 표현되는 거지. 춤추는 이는 춤추는 것 자체가 목표야. 춤을 통해 몸이 하나의 우주가 됨을 알아. 춤이 삶이야. 춤은 과정이지 결과가 아니거든. 삶이 춤이야. 2철학에서 삶은 군사 행진이야. 전쟁이지. 대립하고 충돌하고 경쟁하고 싸우는 거야. 하루하루가 전쟁터야. 사람들이 돈과 권력을 놓고 짐승처럼 싸워. 그곳은 여태 인간 세상이 아니야. 짐승 세상이야. 생존 경쟁이 살벌해. 강자 독식이야. 약자는 강자의 노리개야. 먹잇감이야. 끔찍해. 아주 끔찍해. 디지털 세상이야. 그러나 3철학에서 삶은 춤이야. 노는 거야. 잘 노는 거지. 매일 풍류 속에 살아. 3철학은 철저히 현재 중심적이야. 이곳에서는 과정 중심의 삶을 살아. 완전한 민주주의의 삶이지. 3철학에서는 이상향이 따로 없어. 지금 바로 여기가 이상향이야. 항상 현재 속에 살지. 그래, 이곳에서는 노상 낙천주의의 물결이 밀려가고 밀려오며 현재와 현실이 햇빛을 받아 반짝이는 거야.

2철학을 넘어 3철학으로! 지구 평화는 3철학에 달렸어. 지금의 2철학은 안 돼. 대립과 분열만 무성해. 2철학은 세계를 '나와 너' 또는 '나와 그것', 이렇게 딱 2분법으로 구분하지. 그러고는 주체와 객체니 하며 노상 싸우는 거야. 대립하고 투쟁하고 막 그러지. 이에 비해 3철학은 '나 - 너' 또는 '나 - 그것'이라는 이분법을 넘어서 있어. '나 - 너'가 아니라 3철학은 '나 - 너 - 우리' 삼위일체야. '나 - 그것'이 아니라 '나 - 그것 - 우리', 이렇게 3·1 정신이야. 3철학은 약칭 '나-너-울' 철학이야. '나-너-울' 3철학은 생명의 종교야. 3철학이 필요해. 2철학을 넘어서야 해. 극복해야 해. 3철학 정신은 조화와 중용이야. 생명의 철학이야. 3철학이 지구별의 종교가 되어야 해. 시조의 참다운 가치와 보람이 여기에 있어.

3철학에서 3은 곧 1이야. 그래서 3철학은 1철학이야. 1철학은 한 철학이지. 우리말 '한'은 '하나, 크다, 최고, 임금, 밝다, 유일……' 여러 좋은 뜻을 다 가지고 있어. 3철학은 곧 '한 철학'이야. '한 철학'은 우리 고유의 철학이지. 3태극, 곧 '한 철학'에서는 만물이 시작도 없고 끝도 없어. 우주는 영원해. 순환적이야. 무한 생성하며 창조적이야. 그래, 현재 상태 그대로가 영원한 거지. 매 순간 자꾸 바뀌니까 영원한 거야. 한 철학은 여성성의 가치를 으뜸으로 쳐. 여기서는 자연이 여성이고 여성이 자연이야. 자연은 스스로 낳고 스스로 번성하기 때문이지. 자연은 저절로 3태극을 품고 있어. 자연이 3태극이야. 여성은 3태극을 품고 있어. 여성이 3태극이야. 3태극은 일원상에서 춤을 춰. 일원상은 동그라미야. 동그라미는 춤을 형상화한 거야. 우주는 돌고 도는 거야. 인생도 돌고 돌고. 춤을 추는 거지. 그래, 우주는 3철학이야. 춤추는 무대가 세상이지. 현실을 산다는 것은 존재가 춤을 추는 것이라고 할 수 있어. 삶의 이중성과 양가성과 불확실성이 너울너울 춤추는 자장 공간이 바로 우리가 사는 세상이야. 삶이 그런 것처럼 무량수의 깊이와 넓이를 가진 우주 역시 역동적인 몸짓으로 가없이 춤을 추고 있어. 달리 할 일이 없어. 우주는 할 일이 딱히 없어. 목표가 없어. 그냥 춤을 추고 있을 뿐이지. 영원한 풍류놀이야. 까닭에 우주는 영원해. 시작도 끝도 없어. 이곳에서 시간과 공간은 바람이 되어 마냥 지나가고 돌아오고 하는 거야.

이에 비해 2철학, 흑백 양분법에서는 우주에 처음이 있고 끝이 있다고 봐. 여기에 저절로 창조가 있고 진화가 있고 마지막에 심판이 있는 거지. 2철학에서는 시간이 앞으로 직진만 하는 거야. 공간도 직진한다고 하지. 그래, 전체적으로 팽창하는 우주라고도 말하곤 해.

2철학이 체스라면 3철학은 바둑이야. 체스는 상대를 반드시 제거하거나 파괴해야만 이겨. 상하 계급 질서도 확고하고 승패는 싸움으로 일관해. 일상 속에 노상 전쟁이 벌어지는 거지. 그러나 바둑은 자신을 창조하면서 승부를 가르지. 그냥 혼자 노는 거야. 바둑 한 알 한 알은 계급이 없고 제각기 평등해. 바둑판은 상대를 죽이거나 파괴해서 이기는 게 아니야. 따로 또 같이 함께 살아. 여기에는 공존과 조화가 있어.

잔더위 물결치는 계곡물 위에 첫가을을 살포시 얹어 보아요

우리는 태양족이라 했지. 태양은 새의 알이기도 해. 잘 봐? 그렇게 생겼지. 태양은 새알이야. 그러니까 해는 새알이지. 태양이 해니까 그런 거야. 그래서 우리는 해마다 동짓날에 새알을 먹는 거야. 먹는 새알이 진짜 새알이야. 나이 한 살을 진짜로 먹는다는 뜻이지. 한 해 햇덩이를 입에 집어넣고 꿀꺽 삼키는 거지. 그래서 우리는 예부터 나이를 '먹는다'고 하는 거야. 새알, 햇덩이를 먹어야 나이가 한 살 더 올라가는 거지. 톺아보면 놀이나 예술에 정보가 가득 들어 있어. 문헌보다 더 오래된 정보야. 더 중요한 정보야. 이건 유전자가 관여하는 거라서 그래. 문화 유전자 밈이 작용하지. 춤과 노래 그리고 그림이나 놀이에 민족 문화의 원형이 들어 있는 거야. 3은 우리 문화의 가장 중요한 맥이야. 알심이지. 태양 숭배 사상의 원형이야. 여기서 3은 태양을 가리키는데, 놀랍게도 태양(3)은 한고비를 지나면 하늘이 아니라 인간(3)을 상징하는 걸로 돼. 극적 대반전이지. 아주 엄청난 인간 존중 문화의 원형이 여기에 들어 있어.

3수 문화는 우리 몸에도 국토에도 알알이 새겨져 있어. 칸국 전통 음악은

3분박의 특징을 가져. 3분박은 1박을 3등분한 거야. 우리나라에는 흔한 3태극을 짱국이나 일배국에서는 좀체 찾을 수가 없다고 했지. 참 신기한 노릇이야. 이런 방식으로 오래 비슷하나 세 나라가 다르게 살아왔다는 거지. 그러니 여기에 민족성의 중요한 특징이 담겨 있는 거지. 잘 봐. 3태극은 인간 중심 사상의 가장 현저한 표현이야. 한 걸음 더 나아가면 3태극 원리는 생명 존중의 가장 아름다운 사유 체계야. 왜냐하면 우리 옛 사상에 따르면 사람만이 사람이 아니라 살아 있는 모든 게 다 사람이었거든. '사람'은 '살아 있는 것' 또는 '살아가는 것'이라는 뜻이야. 여기서는 개미도 사람이고 미루나무도 사람이고 인간도 사람이고 지렁이도 사람이고 그래. 국조 단군의 '홍익인간'에서 인간은 모든 살아 있는 것을 뜻해. '널리 인간을 이롭게 하라.'는 말은 '온 생명을 널리 이롭게 하라. 만물을 사랑하라.'는 말이야. 또 '홍익인간'은 우리 칸 철학이 내세우는 가장 이상적인 인간을 뜻하기도 해. '홍익인간'은 '세상을 널리 이롭게 하는 인간'으로 '단군'과 같은 존재를 가리키지.

서양의 2철학은 빛을 두 가지로 나눈 철학이야. 빛을 입자와 파동으로 나눈 거지. 한쪽에서는 빛을 입자라 하고 다른 쪽에서는 빛을 파동이라 하고. 입자는 남성성이고, 파동은 여성성이지. 그래, 이 두 개가 치고받고 싸우는 거야. 서양 근대 문명이 이렇게 해서 탄생했어. 우리의 3철학은 빛을 입자와 파동 두 가지로 동시에 다 봤어. 이게 바로 3태극 원리야. 입자는 고정성으로 주체와 객체의 존재를 따로따로 만들어. 그런데 파동에는 주체가 없어. 주체가 따로 있을 수 없어. 모두가 다 주체인 거지. 사물 하나하나가 다 주체야. 당연히 여기에는 객체도 없어. 혼융일체고 삼위일체라서 그래. 이것을 한눈에 들어오도록 그림으로 나타낸 게 3태극 도형이야. 그래, 3태극 세상은 한없이 열린 세상이지. 역동성 속에서 끝없이 시공간이 새롭게 창조되니까 그런 거야.

2태극 중심 사상, 곧 2철학은 음양 이원론이야. 이것은 우주적 기운의 상징이라는 가치를 지닐 뿐. 여기에는 인간을 향한 따뜻한 시선이 결여되어 있어. 3태극 원리와는 달라. 시건방진 얘기겠지만 2태극은 차원이 좀 낮아. 수준이 매우 낮아. 격이 많이 떨어져. 왜냐하면 그곳에는 인간의 소중함이 빠져 있는 거지. 인간의 숨결과 호흡이 들어있지 않아. 그러니까 인간의 소중함과 생명의 고귀함이 그곳에는 없는 거야. 또 거기에는 현실과 실제가 없어. 그냥 원리와 관념만 보여줄 뿐이야. 있는 그대로의 실상에 전혀 주목하지 않는다는 얘기지. 그냥 이론만 냅다 파고들어 가는 거야. 이곳은 철저히 관념적이야. 그리고 실제의 현실은 대립과 갈등과 반목이 양 극단에서 격렬하게 충돌할 뿐이지.

3태극 원리라야 비로소 인간의 가치가 숭고하게 드러나. 3태극에서 중심점은 인간이야. 천과 지가 아닌 거지. 그에 비해 2태극에서 중심점은 음양 또는 이기야. 흑백이야. 천과 지라는 거지. 사람이 안 보여. 3태극의 3색인 빨강, 파랑, 노랑은 각각 하늘, 땅, 사람을 상징하는 색이야. 3태극 삼색 띠에서 가장 앞쪽으로 드러나는 색이 황색이지. 노랑은 사람이라고 했지? 사람의 중요성을 강조하는 거지. 그러기에 칸국에서 옛날 아이들이 배우던『동몽선습(童蒙先習)』은 '天地之間 萬物之衆 惟人最貴(천지지간 만물지중 유인최귀)'를 책의 첫 문장으로 삼았던 거야. '천지 만물 중에서 사람이 제일 귀하다'는 뜻이지.

음악 이야기를 해 볼까? 시조는 음악적 가락이 중요하니까 말이야. 능청스러운 운율이 없고서야 시조라 할 수 없지. 우리 전통 음악의 특징은 대부분의 장단이 3박 계통이야. 3태극 원리를 밑바탕에 두고 있다는 거지. 물론 이웃 나라 짱국 등은 2박 계통의 장단이 그들 음악의 중심에 놓여 있겠지? 단순한 추정이 아니라 이것은 실제 현상이야. 앞에서 본 것처럼 음양 이원론이 지배 사상인 곳에서는 음악의 중심 가락 역시 2박 계통일 것이라는 추측이 가능하며, 이것은 실제와도 정확히 부합해.

3태극 원리를 삶의 철학과 우주 철학으로 받아들인 우리 겨레는 음악 장단에서조차 이것을 내밀하게 끌어안고 있어. 당연히 3박 중심이야. 우리의 진양조, 중모리, 중중모리, 자진모리, 굿거리장단 등이 모두 3박 계통의 장단이고 리듬임은 더 말할 나위가 없겠지. 3수 철학, 3태극 원리는 숫자 3을 유난스레 챙겨. 한국 사람은 힘을 쓸 때도, 차례를 기다릴 때도, 시간을 잴 때도 3태극 원리를 실천하지. "하나, 둘, 셋 !" 이러면 다 돼. 놀랍지? 흥미롭지? 역사의 숨결은 끊어지지 않고 줄기차게 이어져 오는 거야. 오천 년 겨레의 얼이 우리 몸속에 흐르고 있는걸. 지금도 우리는 생활 곳곳에서 3태극을 오롯이 느끼곤 하지. 가령 시조가 3장 구조이기 때문에 현대인들은 시조는 몰라도 삼행시 가지고는 잘도 놀아. 사람들의 일상 속에서 시조는 죽었으되, 시조의 시대 변형인 삼행시는 너도나도 즐기는 거야. 이건 거의 국민적 오락거리가 되어 버렸어. 현재의 3행시 놀이도 따지고 보면 결국 3태극 원리의 전통을 이어받은 것이라고 할 수 있지. 시조 놀이의 신명을 지펴야 우리가 살아. 우리 운이 살아나. 춤과 노래, 놀이와 일상에 신바람이 돌고 흥취와 여유, 능청과 해학이 살아날 수 있어.

아픈 이를 치료하여 의원이라 하더니
갈수록 병이 많아 이름조차 병원으로
슬프다 병원에서 태어나 병원에서 죽는 인생

명심할 것은 시조는 우리 고유의 정형시라는 사실이야. 시조는 정형시야. 이 자긍심을 절대 놓쳐서는 안 돼. 시조 양식을 현대적으로 변형한다면서 시조 정형 구조를 함부로 뜯어고치는 작업은 이제 그만두었으면 좋겠어. 시조 양식의 정형성을 제대로 모르니까 함부로 뜯어고치는 거야. 가람 선생의 지적처럼 시조는 융통성 있는 음수율을 수용하고, 현대적인 생활 미감을 표현하되 반드시 3줄로 쓰는 게 좋아. 여기서 융통성 있는 음수율이 바로 우리 민족의 내재율인 '3수율'이야. 또 시조에서 숫자 3은 오천 년 겨레 역사가 건네주는 뜻깊은 약속이야. 시조를 통해 우리는 3의 의미를 늘 생각해야 해. 3은 조화와 통일, 그리고 화해야. 3을 품어야 남북통일이 열려. 세계 평화의 꿈이 오롯이 담겨. 꿈을 꾸고 싶으면 태양의 숫자 3을 씨앗으로 심어야 해. 지금 디지털 시대는 2철학의 시대야. 이분법 시대인 거지. 흑과 백이 노상 싸워. 남과 북이 싸우고. 돈과 인간이 싸우고 있어. 진보와 보수가 싸우고, 독재와 민주가 싸우고, 공산주의와 자본주의가 싸우고, 빨갱이와 파랭이가 싸우고, 창조론과 진화론이 싸워. 신과 인간이 싸우고, 종교와 도덕이 싸우고, 기계와 생명이 싸워. 0과 1 또는 1과 또 다른 1이 사회 한복판에서 대립과 긴장으로 늘 팽팽해. 여기서 삼라만상은 2진법 속에 있어. 글이나 그림, 상상의 세계조차 디지털 언어로 처리되지. 이원론 사회는 인간의 따스함이 결여되어 있어. 앞에서 한 번 얘기한 적이 있었지? 그래, 맞아. 오늘 우리 칸국에는 날이 갈수록 인정과 인간미가 메말라가고 인간성이 빠른 속도로 황폐해지고 있는 거야. 양 극단 이원론의 날카로운 대립 충돌이 그렇게 만들어가는 거지. 보수와 진보, 남칸과 북칸의 지독한 분단 대립도 우리 전통의 3태극 원리를 버리고, 흑백국의 흑백 양분론을 마냥 숭배하고 각각 외길로 추종해서 그런 거야. 이 틀을 빨리 깨뜨려야 해.

빛의 삼원색이 뭐지? 그래. 빨강, 파랑, 노랑이야. 빛의 삼원색이 하나하나 시조 3장 구조에서 초장, 중장, 종장이 되는 거야. 그래서 초장은 천(天)이며 빨강, 양의 기운이야. 중장은 지(地)이며 파랑, 음의 기운이야. 종장은 인(人)이며 노랑, 중(中)의 기운이야. 시조가 3장 구조일 수밖에 없는 까닭이 바로 여기에 있어. 알겠어, 그 뜻을? 시조는 빛의 노래야. 시조는 태양의 노래야. 시조는 하늘나라의 노래야. 시조는 3의 노래야. 시조는 '한 철학'의 노래야.

3태극은 말하자면 빛의 상징이야. 태양의 상징이지. 색깔로 치면 흰색이야. 어때? 백의민족이 떠오르지? 백의는 태양이야. 예부터 우리는 태양 민족이었던 거지. 흰색은 하늘과 관계 깊어. 하늘에서 내려온 색이고, 하늘로 올라가는 색이야. 빛이야. 상서로움을 상징하지. 그래, 예부터 우린 흰색을 좋아했어. 주몽 신화의 백록(白鹿), 박혁거세 신화의 백마(白馬), 김알지 신화의 백계(白鷄)가 다 흰빛이야. 경주 천마도의 천마(天馬) 역시 흰빛이야. 흰빛은 곧 상서로움이야. 신성함이지. 흰빛은 햇빛이야. 그런데 빛은 실제로는 색이 없어서 눈에 보이지 않아. 빛의 삼원색은 하나의 원리를 가리킬 뿐이야. 흰색이니까. 그래, 우리가 빛을 직접 볼 수는 없어. 그러나 또 우리는 빛을 통해 모든 것을 보는 거야. 빛이 없으면 아무것도 안 보여. 이 얼마나 오묘해? 있기도 없기도 한데 이것 때문에 다 보인다니? 이곳에 우리 고유의 '한 철학'이 탄생해. '한 철학'은 바로 빛의 사상, 빛의 예술, 빛의 미학이야. '한 철학' 원리를 가시적으로 담아낸 게 바로 3태극 원리인 거지. 그러니까 우리의 민족 철학인 '한 철학'은 다름 아니라 바로 3태극 원리인 거야. 3이 1이고 1이 3인 그것. 생명과 무생명의 경계선을 지운 곳. 모든 존재가 입자이면서 동시에 파동인 세계. 하나하나 모두가 주체로 살아가는 세상. 이것이 빛의 원리, 태양의 철학이야. 이것을 일컬어 '한 철학'이라고 하는 거지. '한 철학'

은 우리 칸국 고유의 철학이야. 우리 고유의 독특한 사상이야.

3철학이 '한 철학'이야. '한 철학'은 여러 이름이 있어. '3철학', '3·1 정신', '한 생각', '3·1철학'. '삼신 철학', '몸 철학'. 이게 다 3철학이야. 우리 문화의 독자성이 여기서 나오는 거야. 3철학이 우리 정신의 고향이지. 3철학은 1을 체(體)로 하고 3을 용(用)으로 하는 거야. 1은 3을 포함하고 3은 1로 돌아와. 만물이 하나고 하나가 만물이야. 존재가 곧 삼위일체야. 3철학에서 체(體)1은 몸이야. 사물은 제각기 몸을 갖고 있어. 존재 자체가 몸인 거지. 1이야. 체야. 몸이야. 따라서 1을 체로 한다는 것은 몸을 중심으로 한다는 거야. 몸이 제일 중하다는 거지. 그래, 3철학에서는 몸이 제일 중요해. 만물은 날마다 운동을 하고 놀이를 하고 춤을 추며 몸을 가꾸어야 해. 사람 역시 마찬가지야. 몸이 제일 중요해. 몸을 으뜸으로 쳐. 건강이 제일 중요해. 몸이 체(體)야. 1이야. 이때 마음은 3으로 나타나. 몸이 1일 때 마음은 3이야. 마음이 용(用)이지. 몸이 마음을 부리는 거야. 몸은 마음을 쓰는 그릇이야. 몸은 마음을 담는 그릇이야. 둥근 그릇. 삼태극의 그릇. 삼태극의 둥근 그릇 —이것이 몸이야. 우리 몸이야. 우리 몸이 이렇게 생겼어. 몸은 체(體)로 살고 마음은 용(用)으로 살아. 체는 중심이고 용은 쓰임이야. 생의 중심은 몸이야. 몸을 잘 써야 해. 몸이 흔들리면 다 흔들려. 세상이 무너져. 몸이 아프면 세상이 다 아파. 제 몸을 잘 챙겨야 해. 인생의 중심점은 몸이야. 3철학은 몸 철학이야. 맘(마음)은 몸의 다른 이름이야. 사실은 같은 거지.

칠판을 뒤에 두고 벅찬 꿈을 노래함이
어제가 오늘 같고 오늘이 어제 같아라
지금사 다시 가려면 더 못 가고 예 있으리

하루하루 건강하고 즐겁게 살 일이야. 오늘날 더욱 절실하게 몸의 중요성을 알아야 해. 무한 피로 사회를 살아가는 현시대에 3철학이 오히려 필요한 거야. 이건 시대의 요청이야. 늦었지만 이 부름은 정당한 거야. 역사의 명령으로 우리 앞에 다시 등장한 거지. 그러니 학교에서 아이들은 운동 반에 공부 반의 시간을 가져야 해. 아이들에게 집 밖에서 놀이 반, 운동 반의 시간을 챙겨줘야 해. 삶은 예술이야. 놀이가 예술이야. 운동이 예술이야. 사람은 누구나 1을 체(體)로 해서 3을 살아가는 거야. 몸이 삶의 기준이 되는 거지. 몸은 조상이 물려준 가장 생동한 보물이야. 문화유산의 가장 눈부신 결정체가 자신의 몸이야. 3철학은 몸 철학이야. 몸을 닦고 매만지고 돌보는 거야. 신라의 화랑들처럼, 고구려의 선비들처럼 살아야 하지. 이런 삶이 아름답고 행복한 삶이야. 삶은 운동이야. 움직이는 거지. 운동이 예술이야. 우리 겨레는 본디부터 천손들, 하늘나라 백성들이었어. 춤추며 일생을 너울너울 사는 거야. 시조 아리랑을 부르며 삶의 곡선을 밟아가는 거지. 건강하게 살면 돼. 즐겁게 살면 돼. 이게 3철학의 핵심이야. 3철학의 근본 정신이지. 명심해.

3철학으로 자기 몸을 가꾸어야 해. 살다 보면 몸이 3이고 마음이 1일 때가 있어. 마음이 체(體)가 될 때가 있지. 이때 몸은 용(用)이야. 마음이 본신(本神)이 되어 몸을 용(用)으로 부리는 거지. 그런데 사실은 우리 일상이라는 게 만날 이런 거야. 몸이 1이다가 마음이 1이다가, 자꾸자꾸 바뀌는 거야. 몸이 중요한 건지 마음이 더 중요한 건지 헷갈려. 삶은 바람 같은 거야. 흐름이지. 그래, 명확히 '삶이 이거다' 하고 잡을 수 없어. 삶은 예술이야. 규정할 수 없어. 바람이야. 잡을 수 없어. 3철학이 전해주는 인생의 비법이 있어. 그게 뭘까? 생각해 봐. 몸과 마음은 같은 거야. 몸에 마음이 깃들지, 마음에서 몸이 나오지 않아. 그래, 더 중요한 것은 몸이야. 그래, 3철학은 '몸 철학'이야. 세상에서 제일 중요한 것은 몸이야. 자기 몸이 제일 중요해. 단단도 이 생각을 정리했겠지? 단단은 똑똑하니까. 후훗, 생의 어떤 경우에도 흔들림 없이 제 몸으로, 한 생각으로 살아라. 언제나 중심을 잡고 살아라. '나-너-우리' 한울타리가 되어 더불어 살아라. —이게 3철학이 제시하는 삶의 원리야. 몸이 1일 때는 마음이 3이 되고, 마음이 1일 때는 몸이 3이 되어 살면 돼. 신과 같이 사는 거지. 신 나게 살아. 신명 나게 살아. 신바람으로 살면 돼. 어린애처럼 살아. 가수 '싸이'처럼 열심히 즐겁게 살기를 바랄 뿐. 다만 언제나 중심을 갖고 살 것. 중심을 잡고 살 것. 중심을 놓치지 말 것! 가다가 넘어지더라도 다시 일어서면 중심을 잡은 거야. 그렇게 살면 돼.

　3태극 모양을 자세히 봐. 하나의 원 안에서 빨강, 파랑, 노랑이 각각 똑같은 모습으로 똑같은 공간을 차지하고 있지. 커다란 하나의 원을 태양이라고 하면, 3태극은 빛의 3원색인 빨강, 파랑, 노랑을 드러내는 거야. 실제의 3차원 세계가 거기에 있어. 현실은 3차원 세계잖아. 우리는 현실 세계를 중시한다고 했지? 그렇지. 3태극 상징이 보여주는 건 실제적 현실이야. 세계의 실상을, 현실의 실제 모습을 도형으로 그려서 가시적으로 보여주는 게 3태극이야. 잘 봐. 여기서 전체의 원을 1이라고 생각해 봐. 하나, 1. 일원상이야. 세계를 커다란 하나로 보라는 거지. 그러면 3태극은 그림 자체가 천지인(天地人) 일체의 '한 철학' 원리를 한눈에 보여주는 것이 돼. '한 철학'은 나중에 동학에 들어가서 인내천(人乃川) 사상으로 나타나고, 3경(三敬) 사상으로 구체화되지. 3경(敬)사상은 경천(敬天), 경인(敬人), 경물(敬物)이야. '하늘을 공경하고, 사람을 공경하고, 물건을 공경하라.' 이게 3경 사상이야. '한 철학'을 종교화한 거지. '한 철학'을 구체적인 생활 지침으로 풀어놓은 거야. 우리 식 도덕의 실천이라 할까 뭐 그런 거야. 동학은 '한 철학'의 실천 종교라고 할 수 있지. 특히 여기서 주목할 것은 '경물(敬物)'이야. 선인들은 자본주의의 해악과 위험성을 이미 내다보고 있었던 거지. '물건을 공경하라.' 오늘날에 꼭 필요한 생각이 아닐까? 물건 공경이 곧 만물 사랑이야. 홍익인간의 실현인 거지.

시조는 부담 없이 누구나 어울릴 수 있는 즐거운 문학이다

다시 3태극 이야기로 돌아가 볼까? 빛을 색으로 나타내면 흰색이야. 빛의 삼원색을 모으면 흰색이 되는 거지. 그런데 이 흰색이 묘한 것이 눈으로 볼 수도 없고 느낄 수도 없는데, 모든 색의 출발이 여기에 있다는 거지. 여기서 모든 색이란 인간의 문화, 또는 문화 양식으로 해석하면 돼. 인류 문화의 시원이 바로 여기, 우리 민족의 '한 철학' 사상, 곧 3태극 원리라는 거지. 인류 문명의 출발 지점에 우리 민족이 지도자로 우뚝 서 있었다는 얘기야. 이건 굉장한 거야. 시조 양식의 근원을 추적해가다 보면 저절로 민족 문화의 얼과 만나게 돼. 우리는 '한 철학'을 만났어. 3태극 원리를 찾았어. 우리 고유의 하느님을 만난 거지. 우리 민족 철학의 원형 ―'한 철학'이 바로 하느님이야. 단단과 내가 여기까지 발자국을 찍으며 그 길을 함께 걸어왔잖아. 그렇지 않아?

중요하니까 다시 한 번 말할 게. '시조' 하면 자동으로 '3'이 튀어나와야 해. 시조는 3철학의 구체적 상징물이야. 시조의 바탕은 3태극 철학이야. 시조 3장은 우리 철학의 표면 구조야. 시조 3장의 존재가 우리 문화의 독자성을 또렷이 보여주는 거지. 그러니까 시조는 3줄로 적어야 해. 3철학을 확실하게 보여주는 거지. 장별 2행 배열이라도 3장이라는 게 시각적으로 드러나게 하는 게 좋아. 그리고 종장 첫 마디를 반드시 3자로 고정하는 것, 이것 역시 잊으면 안 돼. 3은 완전수야. 세계의 실상이지. 삶의 참모습이야. 진실의 민낯이야. 지구인들에게 3의 중요성을 알려줘야 해. 이래야 시조가 살아나. 이렇게 해야만 시조가 세계에 진출할 수 있어. 시조에 담긴 생명 철학을 널리 보급해야 해. 지구인들이 우리 시조의 맛과 멋과 철학을 즐기도록 해야 해. 3의 노래, 시조. 시조를 대하면서 3을 결코 잊지 마. 3을 알아야 전통의 계승에서 오는 참맛을 알고 시조 형식에 담긴 3의 의미를 깊이 새겨보는 보람이 있어. 백수 정완영 선생은 오늘의 시조 세계에서 어찌 보면 단군과 같은 존재야. 시조의 3수 철학을 굽질림 없이 실천한 큰 시인이지."

3이라는 숫자에 단단은 새삼 눈이 번쩍 뜨이는 느낌이다. 3은 태양수다. 그리고 3은 생명수다. 3은 천지인 조화의 수이다. 3은 완전수이다. 3은 1이다. 1은 한이다. '한 철학'. 3태극 원리가 '한 철학'이다. 사부의 한 마디 한 마디가 가슴 한복판에 꽂히듯 뛰어 들어온다. 사명감과 자부심이 자못 날개를 활짝 편다. 시조라는 민족 문화유산에 깃든 우리의 철학적 원리를 단이 영을 보듯이 황홀하게 쳐다본다. 전율이 감미롭다.

시조 운율의 철학적 바탕은 3수율 원리다. 이것은 '한 철학'의 단순미를 집대성한 것이다. 3수율의 모양새는 세련미가 없이 투박해 보인다. 그러나 지극히 자연스러운 것이다. 친근하고 편안하다. 자유분방하고 넉넉하다. 인위를 최대한 배제한 것이라서 그렇다. 자연미다. 인공을 한껏 덜어내고 자연을 일껏 들였다. 이것이 진정한 자연스러움이다. 시조는 미성숙해 보여도 웅숭깊은 큰마음을 품고 있다. 우주심(宇宙心)의 집이다. 꾸미지 않은 자연의 집이다. 시조는 한 우주를 온통 담아낸다. 단은 더욱 눈빛을 총명하게 모은다. 이제 지금까지의 시조 공부를 총정리하고 마무리하는 시간이다. 단단의 눈빛은 동해에 갓 떠오르는 태양을 닮아간다.

"문학은 시대를 반영하며, 특히 시조는 시대 흐름을 예민하게 반영하는 특성이 있지. 이 점에서 시조가 천 년 세월을 살아남은 거야. 그리고 또 오죽하면 이름조차 시조(時調)일까? 칸국 시조 본래의 모습이 정시조에 오롯이 남아 있어. 한번 볼까?

> 한산섬 달 밝은 밤에 수루에 혼자 앉아
> 큰 칼 옆에 차고 깊은 시름 하는 적에
> 어디서 일성호가는 남의 애를 끊나니
>
>   – 이순신

> 이화에 월백하고 은한이 삼경인 제
> 일지 춘심을 자규야 알랴마는
> 다정도 병인 양하여 잠 못 들어 하노라
>
>   – 이조년

「개화」
           – 이호우

> 꽃이 피네. 한 잎 한 잎
> 한 하늘이 열리고 있네
>
> 마침내 남은 한 잎이
> 마지막 떨고 있는 고비

바람도 햇볕도 숨을 죽이네
나도 가만 눈을 감네

겉으로 드러난 운율을 따져보면, 위의 세 작품은 제각각이야. 그런데 작품마다 시조의 정형 구조가 깨끗하게 들어가 있어. 잘 찾아봐. 앞에서 말한 적이 있는데, 시조의 정형성은 '4마디 3장, 3수율'이야. 이건 매우 중요한 것이니까 절대로 잊으면 안 돼. 4마디 3장, 3수율. 잊지 마. 3수율은 다음 기회에 본격적으로 설명해 줄게. 워낙 중요하니까 3수율 공부는 따로 시간을 내야 해. 3수율은 걸으면서 치마 끝에 살짝 보이는 외씨버선 같은 거야. 보는 이의 마음이 자꾸 흔들려. 보일 듯 말 듯해. 애가 터져. 그래, 애타게 아름다워. 3수율 원리를 제 눈으로 직접 목격하기가 쉽지 않거든. 3장, 3수율, 4마디 —시조 장르의 미학적 우월성이 여기에 있어. 생동감과 긴장감이 이곳에서 노상 출렁대지. 시조의 멋은 '엇'이야. '엇'에 있어. '엇'은 '어긋남'이지, 아니 '어긋냄'이야. 그래, '엇'에서 멋이 나오는 거지. 3수율 원리는 시조 그릇에 불규칙적으로 '엇'을 담아, 제물로 '멋'을 빚어내는 누룩과 같은 것이라고 할 수 있어. 3수율 덕에 시조는 술이 되고 춤이 되어 사람을 취하게 해.

위 작품의 정형 구조를 분석해보면 다음과 같아.

한산섬 / 달 밝은 밤에 / 수루에 / 혼자 앉아
큰 칼 / 옆에 차고 / 깊은 시름 / 하는 적에
어디서 / 일성호가는 / 남의 애를 / 끊나니

이화에 / 월백하고 / 은한이 / 삼경인 제

일지 / 춘심을 / 자규야 / 알랴마는

다정도 / 병인 양하여 / 잠 못 들어 / 하노라

꽃이 피네 / 한 잎 한 잎 / 한 하늘이 / 열리고 있네

마침내 / 남은 한 잎이 / 마지막 / 떨고 있는 고비

바람도 / 햇볕도 숨을 죽이네 / 나도 가만 / 눈을 감네"

'오라 그렇구나.' 이쯤 해서 단이 묻는다.

"시조 정형의 뜻을 이제야 알겠습니다. 사부님 덕분에 제 머릿속이 비 온 뒤의 하늘처럼 맑고 깨끗해졌습니다. 고맙습니다. 그런데 아까 설명 중에 얼핏 비추신 적이 있는 '시조 정형성에 감춰진 무한대의 창조성'이란 무엇입니까?'

해마루 사부가 물을 한 모금 들이켠다. 설명을 이어간다.

"자 단단, 초정 선생의 '빈 궤짝'이라는 시조 작품을 여기에 다시 옮겨볼까?

초장 -- 마루가 / 햇볕에 쪼여 / 찌익찍 / 소리를 낸다

중장 -- 책상과 / 걸상과 화병 / 그 밖에 다른 세간들도 / 다 숨을 쉰다

종장 -- 그리고 / 주인은 혼자 빈 궤짝처럼 / 따로 떨어져 / 앉아 있다

위 작품에서 정형률 또는 외재율로 알려진 시조의 운율을, 자수율의 시선으로 기록하면 다음과 같게 되지.

초장 -- 3, 5, 3, 5   (16자)

중장 -- 3, 5, 9, 5   (22자)

종장 -- 3, 10, 5, 9   (27자)

놀랍지? 글자 수가 너무 많아. 모두 65자야. 우리가 알고 있는 시조와는 많이 다르지. 3장 6구 45자 안팎. 기준선에서 무려 20자나 넘쳤어. 기가 막히지. 이걸 어떻게 설명할 거야? 이게 시조야, 자유시야? 그러니 이게 시조라면 시조인 것이고, 시조가 아니라면 또 시조가 아닌 거야. 여기서 우리가 발견하는 시조의 정형 원리는 자수율, 곧 글자 수와 별 상관이 없다는 점이야. 이게 중요한 거야. 결정적으로 중요한 거지. 시조에 대한 오해는 대체로 여기서 출발해. 명심할 것은 시조는 절대로 글자 수에 매인 게 아니야. 시조는 운율이야. 호흡이고 흐름이야. 몸짓이고 발걸음이지. 우주의 발걸음이고 자연의 순환이야. 들숨과 날숨의 조화야. 시조의 자연스러움은 호흡 구조와 발걸음에 매여 있는 거야. 앞에서 본 그대로, 시조는 '네 걸음 3행의 정형시'라고 말할 수 있지. 여기서 네 걸음은 제가 끔 봄, 여름, 가을, 겨울을 상징한다고 보면, 거기에 꽤 맵시 나는 철학 원리가 깃들어 있음을 알게 되지. 가령 시조 종장에서 처음 3은 봄이야. 감탄, 놀람 등의 봄의 숨결 위에 긴장의 서슬이 푸르지. 둘째 5는 여름이야. 초목이 풍성하고 만물이 넉넉해져 이완의 분위기가 흐뭇하지. 셋째 4는 가을이야. 알곡의 보람동이를 가을하지. 넷째 3은 겨울이야. 발걸음을 재촉하여 집으로 들지. 봄, 여름, 가을, 겨울 —네 걸음. 이게 시조야. 그래, 시조는 사계절의 문학이라 할 수 있어. 시조는 각 장이 사계절로 짜여 있어. 그래, 사계절의 문학이야. 명심해. 이게 우리 시조야.

우리 선조들의 느슨한 숫자 개념, 이를테면 여남은 개, 두어 시간, 대여섯 명 등속에 생각이 미친다면, 시조의 율격이 결코 글자 수를 맞추어가는 게 아님을 알게 되지. 시조의 정형성은 결코 자수율의 규율에 매인 것이 아니야. 시조의 내재율에는 칸국 고유의 느슨함과 여유로움, 능두고 흘러넘치는 넉넉함이 배어 있어. 이 마음이 곧 칸국 전통 철학의 원리이며, 삶의 이치인 거지. 이걸 먼저 분명히 알아야 해. 이것이 시조에서는 율격으로 나타나겠지? 이게 바로 시조의 3수율 원리야. '3수율'은 '3'이 기준이 되는 음수율이라는 뜻이야. 3수율은 우리 민족의 운율이야. 내재율이야. 삶의 호흡이고 몸짓이고 노래이고 춤이야. 오천 년 민족의 꿈을 모아, 삶을 담아 지금까지 줄기차게 이어지고 있지. 삶의 다양성은 3수율의 선율 위에서 가없이 찰랑거리고 있어. 3수율 원리는 백지장 위에서 끊어질 듯 이어지는 삶의 퍼지(fuzzy)[8] 이론이라고 할 수 있어.

시조는 자연이 아니야. 분명 인위지. 문화야. 문학이지. 시조는 다만 자연성을 담으려 애를 써. 인위의 최고 절정은 자연스러움이야. 시조는 자연스러워. 인공적인 면을 거부하고 자연으로 확장하려는 성향을 내재적으로 보여주는 거지. 보면 형식과 흐름이 막사발처럼 수더분해. 좌우 대칭도 아니고 비례 관계도 없어. 시조가 자연이 아니지만 자연에 가까워. 자연의 길을 걷는 거지. 자연성을 최대한 받아들여 소박하면서도 질리지 않는 아름다움을 추구하는 거야. 자연과 가장 가까운 문학, 이것이 시조의 위없는 매력이야. 그래, 시조는 운문의 으뜸이자 민족의 수호자며 자존심이지. 시조 양식은 헤아릴 수 없는 우리 역사의 증거들

---

8 '애매한' 또는 '불확실한'의 뜻. 사물을 흑이나 백 또는 참과 거짓으로 나누는 것이 아니라, 그 중간 존재를 수학적으로 파악하려고 하는 개념. 퍼지 이론은 초기에 구름의 모양이나 해안선의 굴곡 등에 적용되었으며, 이후에 인공 지능 컴퓨터 등에 적극적으로 적용됨.

을 간잔지런히 담고 있어. 곧 시조가 우리 칸의 마음인 거야. 삶과 역사의 모든 것이지. 그런 까닭에 시조 놀이는 현시대의 생명성을 한껏 퍼 올리는 피부 호흡의 체험인 거야.

　시조를 짓는다는 건 무얼까? 읊는 거지. 노래를 읊는 거야. 시조는 노래시야. 노래시를 읊는 것은 걷는 것과 비슷해. 사람마다 걸음새가 다 달라. 사정에 따라 같은 사람이라도 걸음걸이가 달라져. 또 걸음걸이도 종류가 많겠지? 똑같은 보폭으로만 걸으면 무슨 재미가 있을까? 혼자 갈 수도 있고, 둘이 대화를 나누며 갈 수도 있고, 또 여럿이 무리 지어 발걸음을 옮기는 일도 있겠지. 그래, 가령 가다가 하늘을 한 번 올려다보기도 하고, 길섶을 흐르는 개울물 소리에 귀를 기울이는가 하면, 살짝 굽어진 솔잎 가지에 눈을 맞추기도 하겠지. 물론 바쁘게 뛰다시피 걷는 경우도 있어. 그러기에 '3, 4'의 단정하고 안정적이던 걸음걸이가 상황에 따라 때로는 '2, 5'로, 심하게는 '3, 9'의 글자 수를 두 걸음 안에 냉큼 품어 안기도 하는 거지. 이런 이유로 시조 가락은 정형이면서 비정형 또는 부정형으로 풀려난다고 말하는 거야. 사람마다 시조 가락이 다 달라지는 이유이기도 하지. 그래, 시조는 그때그때 늘 새롭게 창조되는 거야. 시조는 항상 현재적이고 현대적이지. 다양성이 넘쳐나. 3수율 때문이야. 3장 구조 때문이야. 우리 칸국의 시조는 무한대의 신축성과 탄력성을 지닌, 세계 문학 역사에서 그 유례를 찾을 길 없는 독특한 정형시임을 자랑해. 그래, 다양성과 새로움을 찾으려는 노력이 줄기차게 이어지지. 우리의 민족성 그대로야. 창조성이 빼어나지. 단순 반복하는 것을 싫어해. 정형화를 고집하는 서양이나 일배국, 짱국과는 근본적으로 달라. 2철학과 3철학의 차이지. 2철학의 밑바탕이 시멘트라면 3철학의 밑바탕은 물이야. 고정성과 유동성의 차이지. 3철학을 가진 사람은 '예술'하는 사람이야. 삶을 예술로 살지. 시조는 삶을 예술로 만들어주는 맞춤한 우리 악기야. 정형시는 정형시로되, 틀에 갇히지 않는 자유로움이 있다는 게 우리 시조의 가장 큰 특징이고 매력이야. 3수율 때문이지. 3철학 때문이야.

시조는 운율의 자연성이 최대한 살아있어. 생긴 그대로야. 또 보면 3수율 원리 때문에 시조 형식이 극단의 넓이가 확보되는 거지. 한 마디에 1자에서 10자까지 다 들어갈 수 있는 거야. 운율이 자유로우니 변화가 많아. 그러니 시조마다 형식과 느낌이 조금씩 달라. 글자 수 42자 시조도 있고 63자 시조도 있는 거야. 이 넓이의 극한치를 만들어내는 게 바로 3수율 원리인 거지. 부분적인 불규칙을 포용하고 극단적인 불균형조차 품어 안고, 조화 속에서 더 큰 아름다움을 지향하는 넉넉한 마음, 이게 바로 3철학의 정신이야. 이게 바로 칸국인의 성정이지. '나-너-우리' 조화의 철학이야. '나-너-울' 함께 철학이야. 부드럽고 넉넉하고 자연스럽지. 그리고 창조적이야. 3태극 도형은 틀에 얽매이지 않고 고정된 틀을 깨는 파격을 상징화한 거라고 할 수 있어. 변화무쌍한 유동성을 보여주지. 삶의 현재적 모습을 있는 그대로 보여주는 거야. 우주 기운 그대로를 보여줘. 3철학의 정신이 오롯해. 그래서 시조를 가리켜 우리 칸의 얼이라고 하는 거야. 칸의 잃어버린 위대한 신화와 상고 시대 역사가 시조의 운율 속에 담겨 있어. 시조는 우리 삶의 모든 것이야. 칸 역사의 모든 것이야. 시조를 알고 즐기게 되면, 사람들은 저마다 풍류 주인으로 살게 돼.

널리 알려진 유명 시조들을 만나볼까? 한번 확인해 보자고.

동짓달 기나긴 밤을 한 허리를 베어 내여 (3, 5, 4, 4)
춘풍 이불 아래 서리서리 넣었다가 (2, 4, 4, 4)
어룬 님 오신 날 밤이여든 굽이굽이 펴리라 (3, 7, 4, 3)

– 황진이

165

거문고 대현 올려 한과 밖을 짚었으니 (3, 4, 4, 4)

얼음에 막힌 물 여울에서 우니는 듯 (3, 3, 4, 4)

어디서 연잎에 지는 빗소리는 이를 좇아 마초나니 (3, 9, 4, 4)

— 정철(松江)

청강에 비 듣는 소리 그 무엇이 우읍관데 (3, 5, 4, 4)

만산홍록이 휘두르며 웃는고야 (2, 3, 4, 4)

두어라 춘풍이 몇 날이리 우을대로 우어라 (3, 7, 4, 3)

— 효종(孝宗)

노래 삼긴 사람 시름도 하도 할사 (2, 4, 3, 4)

일러 다 못 일러 불러나 푸돗던가 (2, 4, 3, 4)

진실로 풀릴 것이면 나도 불러 보리라 (3, 5, 4, 3)

— 신흠

「부재(不在)」

— 박재삼

다 나가고 없는 뜰에

木蓮花가 피었네. (4, 4, 4, 3)

반쯤은 가지를 이승에

나머지는 저승에 (3, 6, 4, 3)

골고루 사람이 없는 데 따라
고이 여는 꽃이여 (3, 8, 4, 3)

「느티나무의 말」

−김상옥

바람 잔 푸른 이내 속을 느닷없이 나울치는 해일이라 불러다오 (3, 6, 8, 8)
저 멀리 뭉게구름 머흐는 날, 한 자락 드높은 차일이라 불러다오 (3, 8, 6, 8)
천 년도 한눈 깜짝할 사이, 우람히 나부끼는 구레나룻이라 불러다오 (3, 7, 7, 10)

잘 봐. 뒤죽박죽이지. 눈에 들어오는 그대로야. 일정함이 없어. 가지런하지 않고 들쭉날쭉해. 높이가 고르지 않지. 폭이 가지런하지 않아. 그런데 위의 작품들은 모두 시조야. 요모조모 따져보면 영락없이 시조인 게야. 삶이 양면적이고 이율배반적인 것처럼 시조가 우리 삶이랑 똑 닮아 있어. 잘 보면 시조 형식은 존재 자체가 삶의 이중성과 양가성, 애매모호함으로 흘러넘쳐. 사랑하고 슬퍼하고 미워하고 기뻐하고 조바심치고 안타까워하는 감정의 홍수가 시조 양식의 테두리에 출렁거려. 그런데 여기 문제가 있어. 이것도 시조고 저것도 시조라면, 도대체 시조 정형이 뭐야? 뭐가 시조라는 거지? 시조와 시조 아닌 걸 어떻게 구분하지? 도대체 시조가 뭐냐는 거야?

답은 아까 말했지. 시조 정형은 글자 수를 따지는 게 아니라고. 시조는 '3, 4, 3, 4' 하고 맞춰가는 글자 놀음이 아니야. 시조는 계곡물과 같은 하나의 흐름이며 자연스러운 발걸음과 같은 거야. 앞에서 보여줬지. 시조 형식을 '3수율 4마디 3장 구조'로 정리하면, 위의 작품들이 모두 시조의 정형성을 잘 지키고 있음을 알게 돼. 흐르는 계곡물과 같아, 시조는. 이게 시조의 황홀한 매력이야. 으뜸가는 장점이지. 시조 공식은 딱 정해진 게 없는 거야. '이거다'라는 게 없어. 흐름에 따라 주변 상황에 따라 물굽이와 물소리가 미묘하게 달라지는 것과 같아. 정확히 정해진 틀이 없어. 다른 나라에는 이런 게 없잖아? 있을 수가 없지. 정해진 형식을 갖추어 쓰는 게 정형시인데, 정확히 단정적으로 정형이 없다는 게 말이 되기나 할까?

일배국이나 짱국 또는 흑백국의 정형시에는 도저히 있을 수 없는 일이야. 그곳에서는 죽었다 깨어나도 이런 정형시가 나타날 수 없어. 그들의 정형성과 우리 것은 태생이 아예 달라. 달라도 너무 달라. 그들은 2철학이라서 그렇지. 융통성이 없어. 교조적이야. 권위주의야. 고지식한 남성성의 표본이지. 그건 또 실제적이고 현실적이지 못해. 남자처럼 말이야. 그러니까 새로운 창조가 없어. 원형의 틀을 우상 섬기듯 고집하는 거지. 이게 그들의 정형시야. 그들의 종교야. 우리와는 정말 다르지. 그들에게는 2박자의 삶 철학이 있어. 그곳의 삶은 행진곡풍이야. 2박자야. 목표를 정하고 곧장 앞으로 나가지. 남자들의 인생과 같아. 원시 수렵 시대의 기억을 안고 있어. 목표지향적이야. 그래, 그들은 경쟁과 전쟁을 좋아하는 거지. 이에 비해 우리는 3의 삶 철학을 갖고 있어. 3은, 3박자는 융통성이 많아. 흥취가 넘치고 상황 반응에 섬세하고 민감해. 느낌에 예민해. 실제적이고 현실적이야. 관념이나 이론을 싫어해. 그냥 몸으로 통짜배기로 느끼는 걸 좋아해. 그래, 맞아. 3철학은 여성성의 표본이야. 여기서는 삶이 그냥 춤과 노래야. 음주가무인 게지. 이것은 목표가 없어. 과정을 즐기는 거야. 민주주의지. 여성적이지. 가무의 출렁거림 속에 평화와 조화와 사랑이 있어. 참다운 민주주의야. 2철학은 정신(이성)을 중시하고 3철학은 몸(감성)을 중시하지. 3철학으로 살아야 행복하게 살 수 있어.

시조를 보면 새삼 그 깊이와 넓이에 놀라게 돼. 우리의 정형시인 시조에서는 글자 수를 늘리고 줄이는 게 얼마든지 가능한 거야. 3태극 사상은 고차원적인 탄력성과 융통성, 그리고 무한대의 창조성을 지니고 있지. 이런 까닭에 우리 시조 정형에는 무한대의 창조성이 보물섬처럼 감춰져 있다는 거야.

시조의 내재율은 3수율이야. 3수율이 시조 운율의 기준이지. 3수율이 시조의 율격이야. 3태극 원리를 나타낸 거지. 동시에 우리말의 어문 규칙을 적극적으로 반영한 거야. 시조의 정형성은 3수율을 기반으로 하여 3장 구조로 짜여 있으며, 각 장은 춘하추동 사계절을 반영한 4마디로 되어 있어. 여기서 한 마디는 물론 글자 수 3이 기준이야. 3을 기준으로 한 음수율. 이게 이름하여 '3수율'이야. 이걸 가지고 시조의 양식적 원형(modal archetype)을 정립할 수 있어. 해볼까? 시조의 율은 3수율이며, 짜임은 3장 구조로 되어 있으며, 각 장은 춘하추동 4마디를 갖고 있어. 시조 양식을 규정짓는 3수율, 3장, 4마디는 우리 민족의 무의식에 자리한 친숙하고 자연스러운 삶의 양식인 거야. 이것들은 우리 겨레의 호흡이며 미의식이며 몸짓이고 집단지성인 거지.

시조는 우리 겨레의 문화 양식이야. 문화가 인위임이 틀림없지만 우리는 인위에 자연을 슬쩍 들여서 인위와 자연의 조화를 만들어내지. 그래, 통일보다는 조화를 중시한 거야. 물론 일배는 일률적인 통제를 더 좋아하지. 인공성이 강해. 그러나 우리는 자연성을 최대한 살려. 시조 형식에서 이것의 철학적 발현이 바로 3수율의 원리야. 3수율의 원리는 조화의 원리요 자연의 원리지. 인위성을 한껏 배제한 것이야. 그러나 이것은 밋밋한 단순함이 아니라 우주 3철학을 받아들여 역동적이고 자기 생성적인 전체를 통합한 아름다움을 보여줘. 단순미 속에 굉장한 깊이와 넓이가 있어. 하나의 우주를 담아내는 거지. 인공의 구조물에 자연성을 이토록 많이 들여놓은 문화 양식이, 문학 양식이 세상에 다시없어. 이게 바로 시조의 위대함이야. 시조의 속성은 유연하고 탄력적이기 때문에 자주 보아도 질리지가 않아. 자연처럼 말이야. 늘 푸근하고 상큼하고 새롭지. 이와 대조적으로 일배국이 가진 정형성의 정교함과 통일성은 인위성의 극치라고 할 수 있어. 일배들은 강제적 통일을 좋아해. 일사불란한 걸 좋아하는 거지. 사실은 이런 게 바로 독재 문화의 뿌리야.

시조는 우리 겨레 정체성의 보고야. 우리 칸인의 숨결과 마음의 결이 그 안에 있어. 생활의 결을 온통 담아내는 거지. 역사의 결을 다 담아내는 거야. 3장 구조와 3수율 원리의 가치는 삶을 있는 그대로 오롯이 받아들이는 넉넉함이야. 그래, 시조 놀이를 하는 것은 즐겁고 놀랍고 보람차고 유익한 일이야. 지루한 일상을 빛나는 삶의 무늬로 수놓는 일이야, 단조로운 순간을 새 빛깔과 새 모습으로 빚어낼 수 있는 거지. 일상의 삶을 풍류와 운치로 채우는 거야. 우리 가슴속에 찰랑찰랑 즐거움이 넘치게 할 수 있는 거지.

아래 시조를 한 번 볼까? 이 작품이 시조 양식을 벗어났는지, 정형의 틀을 깨뜨렸는지 한 번 확인해 보자고. 이 작품은 과연 시조 형식을 제대로 지킨 걸까?

「구름의 말」

－홍성란

나는 먹구름이에요 지나가는 백운(白雲) 아니라
천둥 번개 한바탕 풀어 천지간에 터지는 봄꽃 봄꽃들
나는요 중중먹구름이에요 청산(靑山) 울리고 갈 소나기

```
        봄        여름        가을        겨울
```
(초장) 나는 / 먹구름이에요 / 지나가는 / 백운(白雲) 아니라   (2, 6, 4, 5)

```
          봄          여름          가을          겨울
```
(중장) 천둥 번개 / 한바탕 풀어 / 천지간에 터지는 / 봄꽃 봄꽃들   (4, 5, 7, 5)

```
          봄          여름            가을          겨울
```
(종장) 나는요 / 중중먹구름이에요 / 청산(靑山) 울리고 갈 / 소나기 (3, 8, 6, 3)

위에서 보듯 시조는 사계절의 문학이야. 각 장은 사계절의 마디를 가지고 있어. 그런 까닭에 시조에서 각 장은 저마다 독립적이고 완결적이지. 장에서 한 마디는 각각 한 계절을 상징한다고 보면 돼. 그러면 장은 당연히 4마디로 구성되지. 시조 한 장은 그대로가 춘하추동 한 판인 거야. 이 마디를 통상은 음보라고 말해. 아니 요즘은 음량이라고 부르더군. 어쨌든 시조 한 장은 4마디로 구성되어 있지. 그런데 가만히 살펴보면 이 마디가 반복의 규칙성을 가진 거야. 그러니까 시조의 율격, 시조의 운율이 상당 부분 여기에 달려 있는 거지.

우리에게 익숙한 자수율의 시선으로 위 작품의 율격을 기록하면 ( )에 적은 대로야. 보다시피 글자 수로 보면 초장은 자수가 '2, 6, 4, 5'이고, 중장은 '4, 5, 7, 5'이며, 종장은 '3, 8, 6, 3'이지. 모두 58자야. 우리가 알고 있는 시조 정형의 공식과는 많이 어긋나 있어. 3장 6구 45자 안팎이라는 시조 공식. 괴리된 이 둘을 연결해주는 시조 정형의 틀은 뭘까? 3장 구조와 장별 4마디(4음보) 구성 외에 또 '무엇'이 있을까? 지금 여기서는 이 '무엇'이 제일 중요해. 잘 들어. 왜냐하

면 위 시조는 3장 구조에 4음보(4음량, 4마디, 네 걸음) 율격을 잘 갖추고 있으니까 말이야. 여기서 '무엇'이 무어냐 하면 이게 바로 '3수율'이야. 3수율은 3태극 원리의 운율적 실현이지. 능청거리고 휘늘어지는 시조의 가락이 3수율에서 나오는 거야. 이 3수율이 우리 민족의 삶의 호흡이야. 몸짓이고 노래이고 춤인 거지. 시조 양식에서 3수율을 기본 운율로 잡으면 위의 작품은 시조 양식에 잘 들어맞는다는 게 보여. 장별 마디마다 시조 운율이 낭창거리는 아주 좋은 작품이야.

나는   /   먹구름이에요   /   지나가는   /   백운(白雲) 아니라
(3수율-2자)   (3수율-6자)   (3수율-4자)   (3수율-5자)

천둥 번개   /   한바탕 풀어   /   천지간에 터지는   /   봄꽃 봄꽃들
(3수율-4자)   (3수율-5자)   (3수율-7자)   (3수율-5자)

나는요   /   중중먹구름이에요   /   청산(靑山) 울리고 갈   /   소나기
(3수율-3자 고정)   (3수율-8자)   (3수율-6자)   (3수율-3자)

위 시조 작품의 경우 글자 수로 보면 융통성이 발휘되어 매우 불규칙적이지만, 3수율로 보면 매우 규칙적이야. 반복과 변화의 미적 쾌감이 있지. 정형시의 가장 큰 매력은 규칙성이 주는 쾌감이야. 이게 운율이고 율격이지. 시조에서 이것은 장마다 3수율이 기본이고, 또 춘하추동 네 걸음이 한 장에 깔려 있다는 거지. 그리고 3장 구조는 그 자체가 한없이 여유롭고 넉넉하고 창조적이야. 이것이 바로 시조가 우리에게 주는 미적 쾌감이고 즐거움이야. 시조 양식의 다채로

운 미학이 바로 이것이지. 그래서 다른 어떤 예술이나 놀이보다 시조는 균형과 활기, 일상성과 생의 약동이 도드라져. 왜냐고? 안정 속에서도 변화가 많으니까. 풍류가 살아 있는 거지. 시쳇말로 낭만이 흘러넘치는 거야.

시조의 운율은 3수율이기 때문에 여러 가지 변주가 가능해. 음절 수의 다양한 활용이 가능한 거야. 탄력적이고 신축적인 거지. 게다가 3장 구조가 전체의 흐름을 조절하고 아우르면 그 창조성이란 이루 말할 수 없어. 무궁무진해. 그래서 잘 만든 시조 작품에는 자연스러운 호흡과 유기적 긴장미가 넘치지. 이것은 특히 3수율이 가진 고(高) 탄력성 때문이야. 마치 바둑과 같아. 조붓한 19로의 바둑판이 바둑알 하나로 천변만화를 일으키잖아. 사람들이 숱하게 바둑을 두어도 똑같은 바둑판이 하나도 없어. 그냥 가로세로 19줄일 뿐인데 말이야. 시조도 이와 같은 거야. 바둑과 같아. 사람에 따라 똑같은 시조 판이 없어. 제각각이야. 독특해. 그리고 다양하고 풍성해. 개성미가 넘쳐. 시조 판에 운율이 깜냥대로 맛깔스럽게 찰랑거려. 그때그때 다르기도 하고 같기도 한, 고유한 예술미가 넘치는 거지.

시조는 우리 고유의 시야. 자부심을 가져야 해. 자, 이제 시조의 정형 구조를 이론적으로 한눈으로 확인해 볼까. 시조는 내재율인데 그 바탕이 3수율이라 했지? 이것을 바탕 삼아 시조 정형의 양식을 도식으로 만들어볼까? 이건 누구라도 만들 수 있는 거야. 어렵지 않아. 우리 삶의 철학인 3철학, 3태극 원리를 염두에 둔다면 말이야. 3장 구조를 포함하면 시조 형식은 다음과 같은 원판(原版)을 만들 수 있어. 아득한 옛날, 시조 정형의 최초 형태야.

	봄	여름	가을	겨울	
(초장)	3	3	3	3	- 하늘(天) / 양, 빨강
(중장)	3	3	3	3	- 땅(地) / 음, 파랑
(종장)	3	3	3	3	- 사람(人) / 중, 노랑

시조의 맨 처음 정형 양식은 이런 거야. 가장 기본이지. 이건 누구나 만들 수 있어. 다만 3철학을 분명히 알고 있어야 하지. 여기서 3은 글자 수가 아니야. 3수율의 기준을 가리키는 거지. 3수율의 기준점 3이 천변만화의 재주를 부리는 거야. 우리말의 어법에 맞게, 그리고 말의 재미와 어감과 뜻을 살려서 3수율이 자유롭게 춤을 추는 거지. 기본율 3은 2가 되고 4가 되고 5가 되고 심지어는 8이나 9가 되기도 해. 이게 바로 3수율의 원리, 3태극의 원리야. 생활이라는 것, 현실이라는 건 안정과 변화라는 양대 축으로 구성되지. 구체적인 생활 실감을 3수율에 적용하면 시조의 정형 구조가 아래와 같이 돼. 안정과 변화가 반복되는 거지.

	봄	여름	가을	겨울
(초장)	3	4	3	4
(중장)	3	4	3	4
(종장)	3	4	3	4

3 곁에 변화를 주니 4, 그 곁에 다시 변화가 찾아오니 3. 그러니까 위에처럼 '3, 4, 3, 4'가 되는 거야. 그런데 이렇게 하고 보니, 전체적으로 좀 맹해. 밋밋해. 재미가 없어. 지루해. 서정의 한 매듭을 탁 낚아채는 멋과 맛이 없는 거라. 단순

반복은 싫어. 의미가 없어. 보람이 없어. 가치도 없어. 도무지 흥이 안 나는 거야. 신명이 지피질 않아. 변화가 없고 감칠맛이 없어서 그래. 맛도 없고 멋도 없고 그저 맨송맨송해. 음주는 있는데 가무가 없는 격이야. 가무는 있는데 음주가 빠진 격이야. 이러면 우리나라 사람들은 견딜 수 없어 하지. 예술과 풍류를 즐기는 우리 선조들이 이걸 그냥 두고 볼 수가 없는 거지. 그래, 끝판인 종장에서 일대 변화를 주며 한번 휘감아 채는 거야. 우리 방식의 멋 부림을 넣었지. 이게 바로 시조 종장 부분 '3.5조'의 탄생이야. 3수율이 물결처럼 흐르다가 풍류가 무르익으며 이곳에서 탁하고 터지는 거지. 비유하면 용이 운무를 박차고 창공으로 훌쩍 솟구치는 것이라고 할까? 그래, 어쩌면 시조는 편편이 용비어천가인지도 몰라.

	봄	여름	가을	겨울	
(초장)	3	4	3	4	- 하늘(天) / 양, 빨강
(중장)	3	4	3	4	- 땅(地) / 음, 파랑
(종장)	3	5	4	3	- 사람(人) / 중, 노랑

그런데 이러고 보니, 이건 우리가 어디서 많이 보았지? 학교 다닐 때 배웠던 시조 공식이야. 그래, 맞아. 도남 조윤제 박사가 만들었다고 알려져 있지. 그런데 이 시조 정형의 틀이 어떤 과정을 거쳐 만들어졌을까? 나는 그것이 궁금해. 왜냐하면 도남 선생이 3수율을 전혀 언급하지 않았거든. 어쨌든 기준 3수율이 이렇게 다채롭게 변환되다니 놀랍지? 여기에 적용된 원리와 기술은 뭘까? 우리 민족의 삶의 철학을 알아야 하는 거지. 우리 생활의 원리와 현실의 실제 모습이 시조판에 고스란히 나타나. 안정과 변화라는 삶의 실제성과 역동성이 도술처럼 작

용하는 거지. 아니, 사실은 실생활의 현재가 시간의 붓으로 기록되는 거지. 여기서 시간은 인간을 상징하기도 해. 우리가 볼 때 세상만사는, 모든 사태는 지향점이 변화와 안정 둘 중 하나야. 이 중에서 무엇을 선택할 것인가는 상황을 주목하는 인간에게 달렸지. 한 마디로 3수율 법칙은 기준율에서 안정감을 얻은 후에 변화와 변주를 가미하여 생활의 미감과 변화감을 배가시켜나가는 삶의 법칙이야. 시조는 3의 중요성을 전해주려고 나타난 민족 문화라고 할 수 있어. 초장에서 첫 3수율은 당연히 자수가 3이야. 다음에는 변화 자수 4가 오고 그다음에 다시 변화 자수 3, 그 옆에 다시 자수 4가 오는 거야. 안정과 변화가 반복되는 거지. 우리의 일상이 그런 것처럼. 자, 그러면 초장은 '3, 4, 3, 4' 이렇게 자수율의 운율이 잡혀. 중장은 초장의 반복을 통해 구조의 안정을 찾는 거야. 그러니까 초장하고 율동 감의 구조가 '3, 4, 3, 4'로 똑같아. 시조의 운율은 내재율로서, 3수율의 지배를 받는다고 보면 돼. 3수율이라고 해서 꼭 세 글자가 고정되어 나타나는 게 아니야. 3은 기본일 뿐이지. 3은 천변만화를 간직한 신비의 수야. 태풍의 눈 같은 거지. 이곳은 고요하되 엄청난 긴장과 역동성을 간직하고 있어. 마치 3태극 문양이 그런 것처럼.

바다에 빠졌을 때 파도만 보면 삼류
그 너머 육지를 본다면 일류 인생이다
코앞의 성난 파도야 그저 물방울일 뿐

3수율을 기본율로 삼는 시조 양식은 거창하게 말하면 우주 탄생의 비술과 같은 거야. 스티븐 호킹이 말했지. 우주는 아주 작은 어긋남에서 탄생했다고. 틀에서 살짝 벗어난 데서 놀라운 창조가 일어나는 거야. 최초의 원자들이 제자리에서 등거리를 유지하고 균형을 잡고 있었으면 우주는 영원히 탄생하지 않았을지도 모른대. 그런데 작은 부분의 일순 불규칙 또는 힘의 불균형이 쏠림 현상을 만들어 우주 탄생의 빅뱅이 일어났다는 거지. 완벽한 질서가 작은 균열로 무너지면서 원자들이 서로 잡아당기고 뭉치고 해서 천변만화 끝에 수많은 별이 생겨나고 은하가 생기고 은하계가 탄생한 거래. 시조는 3수율이 기본이지만 여기에 인공적인 규칙성이나 기계적인 엄정성을 강요하지 않아. 시조 양식의 큰 틀은 끊임없이 새로운 우주를 탄생시킬 기반이 잡혀 있다는 뜻이지. 그래서 시조는 세계 어느 나라의 정형시보다 더 활기차고 역동적이고 신선하고 창조적이야. 기본 율격인 3수율과 3장 구조 때문에 그래. 한 판의 시조 마당에는 3이라는 기준율이 끊임없이 자장 속 원자들처럼 돌아가고 있어. 등거리를 얼추 유지하다가도 어느 순간에 원자끼리 새로운 모양으로 결합하듯이 몇 개의 시어가 결합하여 새로운 별과 새로운 별자리를 끝없이 만들어내곤 하지. 시조보다 더 역동적이고 창조적이고 탄력적인 정형시는 세계 어디에도 없어.

시조는 우리 문화의 고갱이 중의 고갱이야. 우리의 미는 단순미와 자연미야. 전통의 집과 옷이 다 그래. 자연미와 단순미. 시조도 그런 것이지. 시조의 3수율과 3장 양식은 단순하면서도 자연스러워. 인공의 억짓손이 안 보여. 작은 문화 그릇 하나에 3태극 원리와 '한 철학'을 온통 다 담아내고 있어. 바람과 같아. 변화무쌍해. 그래, 풍류(風流)야. 풍월(風月)이야. 바람에 달 가듯이 흐르는 거지. 풍월도(風月道)가 3철학이야. '한 철학'이지. 시조 형식은 단순함 속에 무한대의 깊이와 넓이를 갖고 있어. 여기에 우리 겨레의 모든 것이 다 담겨 있지. 융통성, 신명, 느물거림, 여백, 풍류, 흥청거림, 여유, 신바람, 낭만, 은근과 끈기, 새것에 대한 호기심, 인정, 홍익인간, 자연 친화, 해학, 낙천주의, 현재 중심, 창조성, 기운생동

―이 모든 것들이 시조 바다에 물고기처럼 퍼덕거리고 있어.

　시조는 공식이 있어. 정형시라서 그래. 이 공식이 우리 문화의 기본 틀이야. '3장 3수율 사계절 문학', 이게 시조 공식이야. 공식은 짧을수록 좋아. 노래하듯이 자꾸 부르면 돼. 한 번 따라 해 볼까. 같이 읊어보자고. 큰 소리로! '3, 4, 3, 4 / 3, 4, 3, 4 / 3, 5, 4, 3.'

　3수율이 어디서 나왔다고 했지? 이건 일부러 만든 게 아니야. 저절로 생겨난 거야. 우리 민족의 생활 미감이지. 우리 민족 전체의 삶의 호흡이야. 3수율은 일만 년 전 아득한 옛날부터 우리 겨레가 가지고 있었던 자연스러운 거지. 이모저모 생활 속에서 저절로 생긴 거야. 숨을 쉬고 말소리를 내고 몸짓을 하고 번호를 매기고 노래를 부르고 하다가 저절로 민족 전체의 양식으로 빚어진 거야. 누가 일부러 만든 게 아니야. 한 개인의 창조물이 아니라는 거지. 3수율은 한 마디로 우리 겨레의 경험적 미의식의 결정체야. 겨레 공통의 몸짓이고 호흡이고 운율인 거지. 3수율 원리는 무한대의 넓이와 깊이를 가지고 있어. 3태극 원리가 그런 것처럼 말이야. 그것은 언제나 현재 진행형이고 무한 생성적이야. 시대를 뛰어넘어 언제라도 최첨단이고 현대적이지. 지금도 우리 생활 속에서 3수율이 흐르고 있고 빚어지고 있어. 3수율의 흐름은 한 번도 멈춤 없이 칸민족 유사 이래 줄기차게 이어지고 있지. 3을 유난스레 챙기는 우리나라 사람들의 무의식 속에 3태극 원리가 깃들어 있는 거야. 3태극 원리가 운율로 돋아난 게 바로 시조의 내재율이지. 그게 '3수율'인 거야. 인공의 문화 양식에 가능한 한 자연성을 깊고 넓게 담으려는 노력이 3수율의 시조 형식을 빚어낸 거지. 시조의 자연미는 가히 독보적이야. 세계 문학 역사에 홀로 우뚝해. 여백의 미학이야. 시조 양식에는 우리 겨레의 삶의 참모습이 다 보여. 그렇고말고.

그래서 3수율은 시조 말고도 시나 동요 쪽에서 곳곳 드러나지. 몇 작품을 예로 들어볼까. 동요 중에 이런 게 있지.

> 나리 나리 / 개나리 / 입에 따다 / 물고요 (4, 3, 4, 3)
> 엄마 따라 / 종종종 / 봄나들이 / 갑니다 (4, 3, 4, 3)

잘 봐. 시조와 다를 바가 없지. 3수율이야. 그리고 시조와 같은 춘하추동 4마디야. 우리 거레의 가슴속에 3수율의 강물이 흐르고 있는 거지. 이 흐름은 단군 이래로 지금까지 그친 적 없이 이어지는 거야. 우리의 문학 작품이나 노랫말에는 3수율의 예가 정말 많아. 너무 많아서 일일이 보기를 들기가 힘들어. 가령 처음 보는데도 우리 시가 참 좋구나 싶으면, 그게 3수율로 쓰여 있는 거야. 3마디로 반복되나 4마디로 반복되나 하는 차이밖에 없어. 3마디로 운율이 짜여 있으면 그건 고려가요의 전통을 잇는 것이고, 4마디로 운율이 짜여 있으면 그건 시조의 전통을 잇는 것이지. 민족 문화란 그런 거야. 문화는 하루아침에 만들어지지도 않았고, 하루아침에 지워지지도 않아.

> 산토끼 / 토끼야 / 어디를 / 가느냐/ (3, 3, 3, 3)
> 깡충깡충 / 뛰면서 / 어디를 / 가느냐/ (4, 3, 3, 3)

이것 봐. 3수율이 눈에 보여. 토끼처럼 뛰어가고 있어. 3, 3, 3, 3 // 4, 3, 3, 3. 한 장(1행)의 율격 구조는 4마디로 되어 있어. 시조의 전통을 잇고 있는 거지. 위 노래에서 첫 줄은 3수율 기본 그대로야. 완벽해. 그런데 3수율이라고 해서 '3, 3, 3, 3' 이렇게만 하면 지루하고 재미없어. 그래, 살짝살짝 비트는 거지. 규칙과 파격의 반복적인 규칙성이랄까 뭐 그런 거야. 그러면 저절로 시조의 장이 율격으로 출렁거리게 되는 거지. '3, 4, 3, 4' 이렇게 말이야. 이런 걸 일러 무규칙의 규칙성이라고 할 수 있겠지? 그러기에 시조는 자율적 정형시라고도 할 수 있지. 3수율을 기본 운율로 가지는 자율적 정형시. 이게 바로 시조야. 시조는 3장의 형식 안에서 자유를 흐뭇이 누릴 수가 있는 거지. 3수율의 운율을 타고 풍류인들이 제 신명으로 노는 거지. 흥에 겨운 춤을 저마다의 몸짓으로 출 수가 있어. 시조는 자기 나름의 독특한 몸짓, 말투, 손짓을 다 표현할 수 있어. 시조는 붓으로 그리는 춤이야.

시조는 3수율이라는 민족의 내재율을 담고 있어. 이 3수율 때문에 시조 형식의 잠재적 가능성이 무궁무진하게 열리는 거야. 음절 수가 자주 교체되는 데서 오는 변화감을 느낄 수 있어. 규칙과 불규칙이 불규칙적으로 갈마드는 거야. 변화의 즐거움과 긴장미가 동심원을 그리며 하나로 놀아. 그래, 시조는 늘 새롭지. 작품마다 노상 새로워. 신선하고 개성적이지. 3수율 때문에 그런 거야. 3수율은 각자의 개성미를 싣고 흐르는 조각배야. 3태극 원리를 알아야 3수율 원리를 발견할 수 있어. 사실 우리나라 사람이라면 누구나 가슴속에 3태극 원리가 새겨져 있거든. 갓난애 엉덩이에 박힌 몽고반점처럼 또렷해. 문화라는 게 쉽게 만들어지고 쉽게 사라지고 하는 게 아니거든. 시간의 퇴적암이 문화인 거지. 생활의 퇴적물이 문화인 거야. 그래, 문화 속에는 그 민족의 역사가 있고 몸짓이 있고 노래가 있고 일상이 있고 운율이 있고 생활이 있는 거야.

가람 이병기 선생은 시조를 자율적 정형시라고 했어. 이때 정형은 '定型'이 아니고 '整形'이라는 거지. 가람은 시조를 '定型詩'가 아니고 '整形詩'라고 했어. 단은 그 뜻이 짐작돼? 또 노산 이은상 선생이라고 있지. 「가고파」로 유명한 그분 말이야. 선생의 많은 시조 작품이 노래로, 가곡으로 만들어져 국민들에게 지금도 큰 사랑을 받고 있잖아. 노산은 시조 형식의 탄력성을 백분 활용하여 빼어난 시조 작품을 많이 생산해내었지. 선생은 알게 모르게 3태극 원리, 3수율 원리를 적재적소에 넘실 바다처럼 잘 부린 거야. 그래, 노산 선생은 시조를 두고 '정형이 비정형(定型而非定型)'이라고 표현했지. 정형이 있으면서도 정형이 없다는 거지. 정형시는 정형신데 단순한 정형시가 아니라는 얘기지. 이게 뭐냐 하면 시조 내 재율인 3수율을 염두에 둔 거거든. 3태극의 창조성 원리를 에둘러 가리킨 거야. 그렇지만 가람 선생이나 노산 선생은 시조의 자유로운 정형성이 어디서 오는 것인지는 직접 언급하지 않아. 3수율을 지적하지 않았던 거지.

율격은 일차적으로 반복의 규칙성에서 나타나. 그런데 그것은 또 등가적 자질의 규칙성이라야 해. 그렇다면 이게 뭘까? 그래, 맞아. 바로 3수율이야. 시조의 율격은 정확히 말해 3수율 4마디야. 전해지는 옛시조 편편이 이 틀에서 벗어나는 게 없어. 다 그래. 한 작품도 예외가 없어. 3수율 네 걸음(마디)으로 되어 있어. 물론 기본적으로는 시조 마당에 3장 구조가 별자리 판으로 깔려 있지. 3수율의 규칙성, 4마디의 규칙성이 시조의 운율을 만들고 시조의 정형성을 만들었어. 물론 전해지는 옛시조는 띄어쓰기도 없고 줄 바꾸기도 없이 줄글 식으로 죽 달아서 적었지. 『청구영언』, 『해동가요』, 『가곡원류』 수록 작품들이 다 그래. 그렇다면 지금의 우리는 이것을 원문 그대로 읽을 수가 있을까? 어떨까? 읽을 수 있어. 왜냐고? 척 읽어보면 작품마다 3수율이 눈에 삼삼 귀에 쟁쟁 출렁거려. 장별로 춘하추동 4마디가 한눈에 다 들어와. 사계절이 또렷해. 3장 구조가 눈과 귀에 선명하지.

개화기 이후 현대시조 창작을 가리켜 어떤 사람이 말했어. "(시조 창작은) 소에게 바늘 구멍으로 들어가라고 요구하는 것과 다를 바가 없다." 이 사람은 누굴까? 현대시조가 동틀 무렵에 시조를 아주 강하게 부정했던 사람이야. 더 심한 말도 했어. '시조는 문예상 일대 감옥이다. 오히려 배격할 가치조차 없는 사(死) 문학, 부패 문학이 잠들어 누운 묘지다.' 섬뜩해. 지금 들어봐도 섬뜩해. 왜 이렇게까지 했을까? 아마도 못난 조선이 싫었던 게지. 병약한 조국을 혐오했던 거야. 이 사람은 누굴까? '국경의 밤'으로 유명한 시인. 놀랍게도 그는 김동환 선생이야. 파인은 3수율을 몰랐던 거지. 우리 겨레의 내재율인 3수율을 전혀 몰랐던 거야. 우리의 민족 철학인 3태극 원리에 도무지 눈과 귀를 꼭꼭 닫고 있었던 거지. 그러고도 정작 본인은 3수율 가락으로 주옥같은 시 작품들을 썼어. 그리고 말이야 안타깝게도 파인은 일배국을 우러러 그 힘을 부러워하다가 그만 친일 행위로 돌아서게 되지. 당대 지식인 중에서 힘파에 속한 인물이며 스스로 친일배, 일배파가 된 거야. 잘 알려진 파인의 시를 한 번 볼까. 이 작품에 3수율이 있나 없나 잘 살펴보기 바라.

산 너머 남촌에는 누가 살길래
해마다 봄바람이 남으로 오나

아 꽃 피는 사월이면 진달래 향기
밀 익는 오월이면 보리 내음새

어느 것 한 가진들 실어 안 오리
남쪽서 바람 불제 나는 좋데나

– 김동환의 「산 너머 남촌」 중에서

이걸 우리 민족의 내재율인 3수율로 뜯어보면 다음과 같아.

산 너머 / 남촌에는 / 누가 살길래 /   (3, 4, 5)
해마다 / 봄바람이 / 남으로 오나 /   (3, 4, 5)

아 꽃 피는 / 사월이면 / 진달래 향기 /   (4, 4, 5)
밀 익는 / 오월이면 / 보리 내음새 /   (3, 4, 5)

어느 것 / 한 가진들 / 실어 안 오리 /   (3, 4, 5)
남쪽서 / 바람 불제 / 나는 좋데나 /   (3, 4, 5)

　　잘 봐. 3수율이 바탕으로 깔려 있어. 파인은 자신도 모르게 3수율을 사용한 거야. 우리 겨레의 기본 운율이 3수율이라서 그래. 다만 이 작품은 3수율 바탕에 네 걸음이 아니고 세 걸음으로 표현되었어. 그래서 시조가 아닌 거지. 시조는 반드시 한 장이 춘하추동 네 걸음으로 표현되는 거야. 그래서 시조를 사계절의 문학이라고 부른다 했지? 자 그럼 세 걸음, 3마디는 뭐지? 뭘까? 잘 생각해 봐. 옛날 고전 시가에 이것과 비슷한 게 있었어. 그게 뭘까? 그래, 맞아. 고려가요야. 고려가요는 3수율, 세 걸음이야. 3마디지. 물론 3장 구조와는 전혀 상관없어. 네 걸음(4마디)은 사계절을 일컫는다고 했지. 그럼 3마디, 세 걸음은 뭘까? 시조의 네 걸음은 안정적이고 편안한 율격이야. 이에 비해 고려 가요의 세 걸음 율격은 약간 불안정해. 불안정한 만큼 긴장미와 역동성이 출렁이지. 그래서 고려가요의 3수율 세 걸음 양식은 현대시에도 많이 등장해. 아니 오히려 현대시에서는 안정적이며 시조 냄새가 너무 나는 4마디 방식보다는 불안정하고 역동적인 3마디 방식을 창작에 더 잦게 사용해. 이건 나중에 실제 시 작품들을 가지고 한 번 확인해 볼 게.

어때? 잘 들었어? 중요하니까 자꾸 말하는 거야. 시조 가락의 정형성은 우선 3수율에서 나와. 시조 형식을 지배하는 건 3태극 원리야. 시조가 3장 구조를 가진 까닭이 여기에 있어. 시조는 정형시(定型詩)야. 우리 민족 고유의 정형시. 세계 여러 정형시(定型詩) 중에서 우리 민족만이 가지고 있는 고유한 정형시. 그렇지. 맞아. 시조는 3수율, 춘하추동 네 걸음으로 움직이는 정형시야. 시조에는 자수의 엄정한 규칙성이 없어. 다만 3수율에 바탕을 둔 운율적 형식에 의해서 시조는 그 정형성이 확보되는 거야. 그렇기 때문에 시조의 정형성은 언제든지 자연스럽게 현대화될 수 있는 거지. 시대의 감수성에 들어맞는 언어 미학을 잘 벼리어 사람들에게 예술미와 감동을 선사할 수 있어. 시조가 3장 3수율 4마디의 정형시라는 점이 시조에게 무궁무진한 창조성을 부여해. 3수율을 보면, 기준 3을 가까이에서 지키려는 구심력과 기준 3에서 벗어나려는 원심력이 팽팽한 긴장감을 만드는 거야. 3수율은 자수로 따지면 3자가 기준이나 여기에는 1자에서 10자까지 변신이 가능해. 하나의 마디에 글자 1자도 되고 2자도 되고 3자도 되고 8자도 되고, 9자, 10자가 들어가도 돼. 보자기가 따로 없어. 시조 양식이 바로 우리의 전통 보자기야. 다 들어가. 우리나라 보자기는 무엇이든지 다 담아낼 수 있지? 시조도 그래. 시조의 3장 3수율은 보자기와 같은 거야. 무엇이든 다 담을 수 있어. 실은 우주가 다 담겨. 놀랍고 놀랍고 또 놀라운 일이야. 시조의 넉넉한 품새는 삼라만상을 온통 담고도 남음이 있어. 구호 한 번 외쳐볼까? 시조 만세~화이팅!

깊은 산 속 / 옹달샘 / 누가 와서 / 먹나요 /
새벽에 / 토끼가 / 눈 비비고 / 일어나 /
세수하러 / 왔다가 / 물만 먹고 / 가지요 /

퐁당퐁당 / 돌을 던지자 / 누나 몰래 / 돌을 던지자 /
냇물아 / 퍼져라 / 멀리멀리 / 퍼져라 /
건너편에 / 앉아서 / 나물을 / 씻는 /
우리 누나 / 손등을 / 간질여 / 주어라 /

푸른 하늘 / 은하수 / 하얀 쪽배에 /
계수나무 / 한 그루 / 토끼 한 마리 /
돛대도 / 아니 달고 / 삿대도 없이 /
가기도 / 잘도 간다 / 서쪽 나라로 /

산 위에서 / 부는 바람 / 시원한 바람
그 바람은 / 좋은 바람 / 고마운 바람
여름에 / 나무꾼이 / 나무를 할 때
이마에 / 흐른 땀을 / 씻어 준대요

동해물과 / 백두산이 / 마르고 닳도록
하느님이 / 보우하사 / 우리나라 만세
무궁화 / 삼천리 / 화려강산
대한 사람 / 대한으로 / 길이 보전하세

송아지/ 송아지/ 얼룩 송아지

엄마 소도/ 얼룩소/ 엄마 닮았네

봐. 모두 3수율이 내재율로 흐르고 있어. 위의 노랫말 속에도 시조와 같은 3수율의 물결이 출렁대고 있어. 물론 이것도 대부분이 세 걸음의 마디로 되어 있지. 4마디도 있기는 하지만. 4마디 방식이면 시조의 형식하고 똑같은 거야. 3장이 아니라는 것, 그리고 종장 첫 마디를 3자로 고정하지 않았다 뿐, 시조의 멋과 맛이 흐르고 있어. 이건 순전히 우리 민족의 내재율인 3수율 때문이야. 이 고유의 3수율을 잘 이용하면 자유시 분야에서도 칸국의 개성이 담뿍 묻어나는 현대시가 나올 수 있어. 사람들은 시조의 정형 양식과 율격을 보고 비현대적이니 비좁다느니 낡았다느니 하는 말들이 많은데, 그건 말이야 3수율의 원리를 그 사람들이 몰라서 그래. 3수율은 자수에 상당한 여유가 있고 굉장한 여백이 있어. 이름난 유명 시인들의 작품에는 3수율의 율동이 거의 들어가 있어. 시에서 우리다운 느낌이 뭉클해. 김소월, 박목월, 윤극영, 윤길중…….

현대시, 곧 자유시 가운데서 독자들에게 사랑받는 명품 시는 대체로 3수율의 운율로 짜여 있다는 거지. 구체적인 작품을 한번 만나볼까? '진달래꽃'에서 빗금(/) 부분이 3수율이고 각기 세 마디로 구성되어 있지. 다른 작품들은 단단이 개인적으로 확인해보기 바라.

나 보기가 / 역겨워 /

가실 때에는 /

말없이 / 고이 / 보내드리우리다

영변에/ 약산/

진달래꽃/

아름 따다/ 가실 길에/ 뿌리우리다

가시는/ 걸음걸음/

놓인 그 꽃을/

사뿐히/ 즈려밟고/ 가시옵소서

나 보기가/ 역겨워/

가실 때에는/

말없이/ 고이/ 보내드리우리다

– 김소월「진달래꽃」

내가 그의 이름을 불러 주기 전에는

그는 다만 하나의 몸짓에 지나지 않았다

내가 그의 이름을 불러주었을 때

그는 나에게로 와서 꽃이 되었다.

내가 그의 이름을 불러준 것처럼

나의 이 빛깔과 향기에 알맞은

누가 나의 이름을 불러다오

그에게로 가서 나도

그의 꽃이 되고 싶다

우리들은 모두
무엇이 되고 싶다
너는 나에게 나는 너에게
잊혀지지 않는 하나의 눈짓이 되고 싶다

-김춘수「꽃」

해야 솟아라. 해야 솟아라 말갛게 씻은 얼굴 고운 해야 솟아라.
산 넘어 산 넘어서 어둠을 살라먹고, 산 넘어서 밤새도록 어둠을 살라먹고,
이글이글 애띈 얼굴 고운 해야 솟아라.

달밤이 싫어, 달밤이 싫어, 눈물 같은 골짜기에 달밤이 싫어, 아무도 없는 뜰에
달밤이 나는 싫어.

-박두진의「해」중에서

강나루 건너서
밀밭 길을

구름에 달 가듯이
가는 나그네

길은 외줄기
남도 삼백 리

술 익는 마을마다
타는 저녁놀

구름에 달 가듯이

가는 나그네

—박목월「나그네」

애비는 종이었다. 밤이 깊어도 오지 않았다.

파뿌리같이 늙은 할머니와 대추꽃이 한 주 서 있을 뿐이었다.

(중략)

스물 세 햇 동안 나를 키운 건 팔할이 바람이다.

세상은 가도가도 부끄럽기만 하더라.

어떤 이는 내 눈에서 죄인을 읽고 가고

어떤 이는 내 입에서 천치를 읽고 가나

나는 아무것도 뉘우치진 않을란다.

찬란히 틔어오는 어느 아침에도

이마 우에 얹힌 시의 이슬에는

몇 방울의 피가 언제나 섞여 있어

볕이거나 그늘이거나 혓바닥을 늘어뜨린

병든 수캐마냥 헐떡거리며 나는 왔다.

—서정주「자화상」에서

죽는 날까지 하늘을 우러러

한 점 부끄럼이 없기를

잎새에 이는 바람에도

나는 괴로워했다

별을 노래하는 마음으로

모든 죽어가는 것을 사랑해야지

그리고 나한테 주어진 길을

걸어가야겠다.

오늘밤에도 별이 바람에 스치운다.

-윤동주 「서시」

자 위 시들 중에서 '서시'를 선택하여 3수율을 한번 찾아볼까.

죽는 날까지/ 하늘을/우러러/

한 점/ 부끄럼이/ 없기를/

잎새에 이는/ 바람에도/

나는 괴로워했다/

별을/ 노래하는/ 마음으로/

모든/ 죽어가는 것을/ 사랑해야지/

그리고 나한테/ 주어진 길을/

걸어가야겠다/

오늘밤에도/ 별이/ 바람에/ 스치운다.

'서시'에서 3행과 4행은 함께 묶어서 3수율로 표현되었지. 7행과 8행도 마찬가지야. 마지막으로 맨 끝 행 '오늘 밤에도 별이 바람에 스치운다'를 어떻게 처리하면 좋을까? 위에서 본 대로야. '오늘 밤에도'가 3수율 한 마디이고 '별이'가 또 3수율 한 마디이고 바람에'가 또 하나, '스치운다'가 또 하나의 3수율 한 마디야.

이것은 시조 장이 보여주는 네 걸음(4마디) 표현이지. 그래서 현대시를 자세히 보면 3수율이 기본에 깔려 있고 어떤 것들은 그 위에 다시 시조의 4마디를 집어넣기도 해. 3수율은 우리 시의 기본 운율이야. 그래서 그것은 시조이든 자유시이든 옛 노래이든 가리지 않고 나타나. 다시 한 번 말하지만 3수율의 규정성은 글자 수가 아니야. 단순한 자수율이 아닌 거지. 그래서 3수율이 실제로 실현될 때는 2자로 나타나기도 하고 3자, 4자로 나타나기도 해. 심지어는 8자, 9자로 나타나. 3수율은 우리 정신 문화의 핵심인 3태극 원리가 가락으로 실현되는 시공간에서 내재적으로 흐르고 있어. 까닭에 3수율은 결코 글자 수에 매인 게 아닌 거야. 3수율은 전체의 흐름이면서 호흡이고 걸음새이며 숨결이야. 이것은 개인의 것이면서 동시에 민족 공동체의 것이지. 오랜 옛날부터 숙성된 우리 문화인 거야. 칸 고유의 발효 문화야.

20세기에 현대 자유시가 들어오기 전에 우리에게도 시가 있었지. 이것이 무엇일까? 칸국 고유의 시. 이것은 '시조'라는 이름을 갖고 있지. 그래, 따지고 보면 시조는 시야. 시조는 우리 시야. 우리 고유의 시. 그래서 시조 짓는 이를 시인이라 하면 돼. 굳이 '시조 시인'이라고 할 필요가 없어. 자유시를 쓰는 쪽에서 이쪽을 반동가리 시인이라고 비난할 게 두려워? 그러면 시조 시인이라고 이름 붙여. 뭘 어렵게 살아? 그냥 살면 되지. 시인이라 해도 되고 시조 시인이라 해도 돼. 뭐가 어때서? 시인이면 되는 거지. 단 여기서 가장 중요한 게 하나 있어. 시조를 다룬다는 자긍심과 명예심이지. 언제 어디서나 시조 시인으로서 당당해야 한다는 거지. 공연히 시인이 부러워서 시인 호칭을 누리고 싶어서 그런다면, 시인이라는 자신의 이름 밑에 알게 모르게 자괴감과 열패감을 숨겨 둔 거지. 그러면 안돼. 만약 그렇다면 이 경우에는 시조에서 손을 떼고 스스로 문단을 떠나는 게 좋

아. 다른 데 가서 시인으로 살면 돼. 그리고 그냥 자유롭게 시조를 즐기는 사람으로 남으면 되지. 굳이 시조 문단에서 무슨 역할이나 활동을 할 필요가 전혀 없어.

아래 작품을 한 번 볼까?

> 우리 나는 길 지금은 구름 깊어
> 내 소리 높여 너를 찾아 부르나니
> 내 이제 소리를 높여 너를 찾아 부르나니
>
> —이은상 「새가 되어 배가 되어」 중에서

이 작품을 시조의 기본 율격인 3수율로 나누면 다음과 같아.

우리 / 나는 길 / 지금은 / 구름 깊어 /   (2, 3, 3, 4)
내 / 소리 높여 / 너를 찾아 / 부르나니 /   (1, 4, 4, 4)
내 이제 / 소리를 높여 / 너를 찾아 / 부르나니 /   (3, 5, 4, 4)

3장 12마디 41자야. 이 시조를 자수율로 기록하면 위의 ( )처럼 돼. 우리가 아는 시조 정형의 공식과는 많이 어긋나지. 말하기 쉬운 대로 사람들은 이걸 보고 파격이라고 해. 시조의 대가답게 말을 자유자재로 천의무봉으로 부려 썼다고 칭찬해. 그런데 이걸 3수율의 시선으로 들여다보면 이것은 결코 파격이 아니야. 시조는 오로지 흐름이야. 바람이고 춤이야. 멈춤과 풀림, 미동과 격동으로 춤을 추는 거지. 위 작품은 우리 민족의 내재율이자 시조의 율격인 3수율을 비켜가지 않았어. 운율이 잘 맞아. 소리 내어 읽어보면 아주 낭송이 자연스럽고 호흡이 편안해. 우리 운율에 맞는다는 거지. 초장 처음이 2자이고 중장 첫 마디가 놀랍게도 1자야. 그래도 전혀 어색하지 않아. 3수율에서는 한 마디를 1자로 쓰는 수도 있어. 이건 3수율 개념을 모르면 절대로 설명할 수 없는 우리말의 호흡이야. 우리 민족의 내재율을 모르고선, 이곳에서 시조의 정형성을 설명할 길이 뚝 끊어져 버리지. 중장의 첫 마디 '내'와 종장의 첫 마디 '내 이제'가 전혀 모순되거나 충돌을 일으키지 않아. 아주 편안해. 자연스러워. 3수율 때문에 그래. 이게 바로 시조의 자유로운 정형성 원리야. 신기하기 짝이 없는 3태극 원리지.

시조는 울림의 문학이야. 율(律)의 문학이지. 우리말은 감정과 느낌을 표현하기가 좋아. 그리고 소리의 울림이 좋아야 듣기 좋으니까 시조 한 편에는 의미에 앞서 울림을 우선으로 취할 정도야. 시에서 어쩌면 의미보다도 앞뒤 관계와 울림이 더 중요한 거지. 그래서 예전부터 칸 사람들 중에 시조의 울림과 형식적 정체성을 밝히려고 노력한 사람들이 많았겠지? 그들은 시조의 율격을 제각각 다르게 정리하고 그랬어. 제일 처음에는 글자 수를 가지고 시조의 운율 형식을 잡아보려고 했지. 실패했어. 따져보니 자수율로는 시조의 정형성이 안 잡히는 거야. 그다음에 나온 게 음보 또는 음보율이야. 구절마다 발음의 등장성을 따지는 건데, 처음에는 음보율에 대한 호응이 절대적이었어. 그렇지만 결국 이것도 시조의 운율성과 정형성을 확인하는 역할에 마땅치 않았어. 설명할 수 없는 부분이 자꾸 도드라져 나오는 거야. 그래서 최근에 나온 게 '음량률'이라는 건데, 음보율의 단점을 보완한 것이라 할 수 있지. 음보를 자세히 소음보, 평음보, 과음보, 셋으로 나누어서 실제의 시조 작품에 이것을 하나하나 발화를 통해 기계 부품처럼 끼워 맞추는 거지. 모라(mora)라고 하는 낯선 용어를 써가면서 시조 정형의 율격을 해부하는데, 해보니까 이게 또 잘 안 맞는 거야. 시조 장의 한 마디에

193

한 글자가 들어가도 되고 열 글자도 들어가도 되는데, 이걸 설명할 길이 없는 거야. 도무지 해설이 안 돼. 그래, 아직도 학계나 시조 문단에서는 시조의 정형적 율동감이 그 정체를 온전히 드러내지 않고 있지.

그리고 여기서 또 하나 지적할 게 있어. 우리 고유의 시조를 분석하는데 굳이 외국 이론으로 할 필요가 있나? 우리 가락과 우리 음률을 말이야. 이건 아니잖아. 우리의 철학과 우리의 문화 이론을 분명히 가지고서 시조라는 고유의 문화적 산물을 살펴봐야 옳지 않을까? 우리 문화의 텍스트를 왜 외국의 인식 틀에 집어넣고 해석해야 하는 거지? 이런 게 문화 종속이 아닌가? 문화 사대주의 말이야. 민족은 민족마다 고유한 문화의 원리가 있어. 독자성이 있지. 그래, 나라마다 문화가 다 다른 거야. 가령 아프리카 원시부족에게 베토벤의 '운명' 교향곡을 들려주면 어떨까? 감동할까? 실제로 그들에게 베토벤 음악을 들려줬더니 다 도망가더래. 후훗, 음악이 무섭고 소리가 시끄러워서 말이야. 우리 것은 우리 잣대로 재어야 바르게 이해할 수 있어. 우리에게는 우리 논리가 따로 있는 거야. 삶의 방식이 고유한 거야. 우리 문화의 독자성에 대한 이해가 앞서야 해. 그렇지 않으면 지금처럼 우리 문화를 낯설어하고 부끄러워하고, 저절로 우리 것은 무시하고 자꾸 외국 이론에 기대는 거야. 좀 심하게 말한다면, 현대시조는 옛시조와의 단절이 목표야. 내가 볼 때 그래. 못난 조상에게서 벗어나자. 세 줄짜리 정형시의 모양새가 부끄럽다는 거지. 천 년 세월에 변화도 없이 그 모양 그대로라는 거지. 초라하고 못나 보이는 거야. 그래서 자꾸 고치는 거지. 3줄로 쓰기 싫은 거야. 재미없고 코리타분해. 자꾸 형식 실험을 해. 현대적 세련미가 드러나도록 성형 수술을 하는 거지. 촌스러운 옛것을 감추고 싶어 해. 전통과 단절하려고 발버둥을 치는 거야. 그 바람에 시조 틀이 다 깨져 버렸어. 3줄짜리 정통 시조를 찾아보기가 어려워. 서양의 현대 서정시 이론으로 무장한 채, 정(正)시조를 가지고도 4줄, 5줄, 7줄, 8줄로 막 쓰니까 그런 거야.

　서양 문화는 높이 받들고 우리 것은 천대하는 게 칸의 현재적 비극이야. 지금의 시조 이론을 봐도 알 수 있어. 우리가 서양 논리에 너무 치우쳐 있어. 시론이 우리 것이 없어. 서양 시학에 완전히 오염되어 있어. 시조 작품을 들고 보면 모라와 음보, 음보율, 음량률, 이런 거 가지고는 설명이 제대로 안 돼. 그런데도 고집스럽게 이걸 고수해. 알다가도 모를 일이야. 사람들은 시조 양식의 정형성이 다 밝혀진 것처럼 명쾌한 척, 표정을 감추지. 속으로는 아마도 고개를 갸우뚱거릴 거야. 왜냐하면 현재 구축된 시조 정형 이론을 가지고 설명할 수 없는 부분들이 너무 많아서 그래. 작품을 하나하나 따져보면 이론적으로 설명이 안 되는 대목이 많거든. 그래도 사람들은 현재의 시조 이론을 계속 견지해. 왜냐하면 오늘날 이게 시조 이론의 정점이라서 그런 거지. 시조 양식의 정형성과 율격의 비밀을 밝힌 이론으로 현재 음량률이라는 최첨단 율격 단위를 언급하는 데까지 온 거야.

　그러나 우리 문화의 철학을 모르고 시조의 율동적 원형을 전혀 모르는 상태에서 억짓손으로 더듬어 가는데, 이게 들어맞을 턱이 있겠어? 시조 형식에 담긴 우리 문화의 요체를 찾지도 않은 상태에서, 시조의 정형 구조의 비밀을 발견할 수 있겠어? 절대 그럴 수 없는 거지. 시조라는 문화 그릇에 담긴 우리의 삶 철학을, 그 철학적 원리를 탐구할 때 시조 정형의 비밀이 풀어지거든. 그러니까 현재의 이론을 가지고 몇 작품은 분석이 우연히 되더라도 전체적으로는 안 되는 거지. 시조의 정형 구조, 양식의 유동성이나 율격의 규칙성을 도무지 틀 잡을 길이 없어. 아직도 학계나 문단에서는 시조 정형의 공식을 발표하지 못하고 있어. 정형 구조의 비밀을 알아내지 못하고 있어. 시조의 양식적 원형이나 운율적 특성을 세세히 모르고 있는 거지. 엄밀히 말한다면 시조 양식의 문화적 뿌리를 전혀 모르고 있는 거야. 시조에 깃들인 우리 철학을 건져 올리지 못한 거지. 시조 양식과 3태극 철학을 정립하지 못하고 있는 거야. 그러니 일반인들에게, 특히 외국인들에게 시조가 이런 것이라고 명쾌하게 설명해 줄 수가 없어. 시조는 이렇게 쓰는 거라고 알려줄 수 있겠어? 그럴 수 없지. 설명이 안 되는 거야. 정형시라고 하는데, 정형의 양식을 모르니 이걸 똑 부러지게 설명할 수 없는 거야. 그래, 지금도 시조의 정형성을 설명하려면 머리가 지끈지끈 아픈 거지. 우리 시조를 설명하면서 무슨 풋(foot)이니 모라(mora)니 이런 걸 막 동원하고 그래. 시조의 비밀을, 시조의 철학을, 그 정형성의 구조를 한 마디로 설명할 뾰족한 수가 없으니 답답하기도 할 거야. 시조를 겨레의 얼이니 꽃이니, 우리 문화의 정수니 하면서도 우리 겨레의 삶의 철학에 대한 이해가 전혀 없으니 그런 거야. 이건 물이 안 나오는 엉뚱한 곳에서 물을 길으려 땅을 파는 격이야. 그런데 거기서 물이 나올 턱이 없지. 우리 민족의 삶의 철학은 3태극 원리, 3수 철학이야. 여기에 마음이 닿으면 시조의 율과 정형성이, 그리고 시조 철학이 쉽게 해결될 것을 말이야.

더운 숨결 토하며 하루가 지나간다
대숲에 불어오는 눈 시린 파도 소리
귀 열어 시름 헹구면 불국이 또 멀어라

백수 정완영 선생은 '우리의 맥박 속에는 본질적으로 시조의 내재율이 흐르고 있다.'라고 지적한 바가 있어. 시조는 우리 민족의 모든 내재율이 담긴 그릇이라고 밝혔지. 그래, 선생은 생애를 두고 시조를 가능하면 3줄로 적기를 고집한 거야. 고유의 3장 철학, 3태극 원리가 시조로 구현되었다고 본 거지. 시조는 시각적으로 율격이 눈에 보이게 3행으로 쓰는 게 좋다고 했어. 왜냐하면 시조는 정형시니까 말이야. 그리고 백수 선생은 자신의 시조 창작 원칙을 일생을 두고 지켰어. 각 장을 한 줄씩 띄어 쓰거나 6행으로 쓰더라도 시각적으로는 3의 묶음이 바로 눈에 띄게 주의하면서 말이야. 그런데 선생의 이걸 가지고 비판하는 사람들이 있어. 있는 정도가 아니라 많아. 아니 요즘에는 시조 시인들 대부분이 그래. 3행 시조는 실험 정신이 부족하고 현대 감각에 동떨어진 거라고 공격해. 한 마디로 시조에서 3에 집착하는 건 낡은 사고 틀에 스스로 매달리는 것이고, 그것 자체가 시대착오라는 거야. 또 3장 3행 쓰기 방식은 시각을 중시하는 현대 문화와 어긋나는 구시대적 감각의 결정체라는 거지. 3행 3줄 쓰기 방식을 고집하면 현대 감각이 활발히 들어설 자리가 없다는 거야. 그래, 이것도 그럴듯한 이야기지. 일리가 있어. 하지만 그뿐이야. 받아들일 수 없어. 시조에서 3의 철학이 나타나지 않으면 그건 시조가 아니야. 시조는 케케묵은 것이 아니라 차라리 켜켜이 묵힌 발효 식품과 같은 거야. 시조는 깊은 맛이 우러나. 우리 입맛에 잘 맞아. 몸에 좋은 건강식품이야. 3의 노래, 시조. 3철학의 보고, 시조. 명심하고 또 명심할 것.

시조 양식은 우리 삶의 양식과 판박이야. 똑같아. 일정한 시공간 내에서 안정과 변화가 되풀이되지. 일상의 틀은 그 구속력이 대단해. 시조의 양식 틀도 마찬가지야. 변화의 폭은 좁고 양상은 복잡해. 삶은 살기 아니면 죽음이야. 죽음은 한 가지이나 살기는 다채로워. 시조도 마찬가지야. 시조 마당은 한 가지이나 율동의 전개 양상은 다양하고 복잡하고 다채로워. 정서의 양은 넘치는데 담을 그릇이 딱 정해져 있어. 그래서 시조 창작은 자기를 부단히 연마하고 닦는 과정이야. 인격 수양에 딱 좋아. 인성 교육에 시조 놀이만 한 게 없어. 시조 형식은 외면적으로나 내면적으로나 3태극 원리를 구현하는 시공간이야. 3의 노래. 이게 시조야. 시조는 우리 민족의 삶의 철학을 담는 그릇이야. 시조에서 3의 의미와 가치와 보람을 읽어내지 못한다면 그것은 시조가 아니야. 단단 알겠어? 이걸 잊어서는 안 돼. 이걸 알아야 시조가 세계의 노래가 될 수 있어. 지구인 모두에게 시조를 자랑할 수 있어. 시조를 명쾌하게 설명할 수 있어. 시조의 세계화 노력은 3의 철학을 전수하는 멋진 도전이야. 영을 잊지 않고 있듯이 언제나 이걸 명심 또 명심해. 시조는 3의 노래야. 자세한 설명은 뒤에 또 해 줄게. 잠깐 쉬자. 3분간 휴식."

해마루 사부가 잠시 눈을 들어 하늘을 우러른다. 흰 구름이 자유로운 몸짓으로 몽실몽실 피어 있다. 구름이 천천히 3수율로 흐른다. 사부의 말이 구름 따라 흘러간다.

"현대 자유시는 당연하게도 시각의 문학이야. 그들은 발화 단위에서 서정의 미학이 표현된다고 하지. 그래서 그들은 행갈이에 엄청난 공력을 쏟아 붓는 거야. 시각 중심의 문학인 거지. 이것은 흑백국 주도의 현대 문명이 시각 문명인 것과 정확히 일치하는 거야.

그러나 시조는 청각의 문학이야. 시조는 눈으로 보고 즐긴다기보다는 차라리 귀로 듣는 황홀한 음악이야. 현대시조에 와서도 이 성격은 바뀌지 않아. 시조는 민족 전통의 노래시야. 노래로 하는 시. 노래가 되는 시. 그래, 시조는 정확히 말해서 시각의 문학이 아니고 청각의 문학이지. 우리의 바늘귀를 서양은 바늘눈이라고 해. 그러니까 흑백국은 시각 중심의 남자 문명인 거고, 우리 칸은 청각 중심의 여자 문명인 거지. 여자는 소리에 민감해. 예민하고 섬세하지. '예쁘다'는 말을 언제나 듣고 싶어 하지. 반면에 남자는 언제나 예쁜 여자를 보고 싶어 해. 여자와 남자의 차이점이지. 그런데 보면 우리말은 대체로 여성성을 띄고 있어. 어감이 좋고 부드러워. 시에서 쓰는 말은 더욱더 그래. 시어는 어감이 중요해. 그러니 시조가 당연히 소리의 문학인 거지. 울림의 문학인 거야. 바로 이 점 때문에 시조는 운율 공부가 아주 중요해. 느낌이 좋아야 하거든.

이제 시조 운율의 마지막 공부야. 집중해서 잘 들어. 귀를 쫑긋 세우고 온몸으로 들어봐. 여기가 시조 공부에서 가장 중요한 대목이야.

시조는 시야. 우리 고유의 시야. 그런데 시는 운율이 있는 문학이지? 운문과 산문은 운율이 '있고 없고'에서 갈라져. 시는 율 문학이야. 운율 문학이지. 그러니까 시문학에서 운율 공부가 가장 중요한 거야. 운율은 '운+율'이야. '운'은 압운을 이르고, '율'은 율격을 이르지. 그러니까 운율은 '압운+율격'이야. 여기서 압운은 규칙적인 소리 반복이고, 율격은 반복의 양식이야. 쉽게 말해 같거나 비슷한 소리를 반복하면 운이 느껴지는 거지. 운은 흔히 '두운, 요운, 각운'이 있다고 하지. 행이나 연에서 맨 앞 글자를 맞추어 가면 두운, 맨 뒤 글자를 맞추어 가면 각운이지. 물론 요운은 가운데 허리를 같거나 비슷한 소리로 맞추어가는 거야. 시에 보면 이런 게 참 많잖아. 가령 시에서 '알 수 없어요.~~~알 수 없어요.~~~알 수 없어요' 이런 게 반복되잖아. 그러면 작품에 리듬감과 운이 저절로 담기게 돼. 이게 운이야. 리듬감이지. 시에서는 이게 생명과도 같아. 리듬감이나 운이 없으면 시가 아닌 거지.

자 이번에는 율격 설명이야. 잘 들어. 율격은 압운보다 더 어렵고 복잡해. 귀를 쫑긋 세워. 눈빛에 총기를 모으고. 준비됐지? 같이 들어가 볼까? 율격은 변화와 반복을 적절히 구사할 때 나타나. 율동감이 내용 의미와 잘 결합할 때 시의 표현 효과가 극대화되지. 운문은 언어를 다루는 거니까 말글을 사용하다 보면 일정한 반복이 따라와. 반복의 패턴이 생기는 거지. 이 반복의 패턴이 바로 율격이야. 반복의 패턴이 일정하면 거기서 율격이 생기는 거지. 반복의 양식(패턴)이 강약을 단위로 하면 '강약율'이라 하고, 고저를 단위로 하면 '고저율'이라 하지. 이런 식으로 반복 양식을 계속 따져 가면 시의 율격이 종류별로 다 나오게 되어 있어. 볼까? 반복 양식이 글자 수를 단위로 해서 일정하게 반복되면 이건 무엇이라고 할까? 그렇지. '자수율'이야. '음수율'이라고도 하지. 우리가 보통 3.4조(3자, 4자), 4.4조(4자, 4자)라고 할 때의 율격이야. 이게 우리 시 율격 중에서는 제일 유명해. 가장 널리 알려져 있지. 초장 '3, 4, 3, 4'/ 중장 '3, 4, 3, 4'/ 종장 '3, 5, 4, 3.' 이렇게 알려진 시조 공식은 사실상 자수율로 구성된 거야. 시조의 율격을 자수율로, 음수율로 규정한 거지. 가령 3.4조라면 '3자, 4자, 3자, 4자'가 규칙적으로 반복되어야 해. 그런데 실제로 시조 작품을 보면 그렇지 않잖아. 어떤 연구자가 수많은 시조 작품에서 자수율을 따져보니까 모두 300여 종의 자수율이 검출되더래. 하하 웃기지? 음수율이 종류만 해도 300개라니? 이래서 음수율을 시조 정형의 율격 원리라고 이름 붙일 수 있겠어? 당연히 그럴 수 없지. 알려진 시조 공식대로 지은 것은 전체 분량에서 5%도 미치지 못하더래. 그래, 결론이 났지. 아하, 시조의 율격은 자수율이 아니구나, 시조의 운율은 음수율이 아니구나. 이렇게 지금 판정이 나 버렸어.

다소곳한 순정은 겨울새처럼 가 버렸다
휴대폰 밤을 새고 날마다 전쟁 상태
아이가 날것 그대로 사춘기와 싸운다

율격을 반복의 구성단위에 따라 나누어보니 강약율, 음수율, 고저율, 장단율, 음보율, 구수율, 반구율, 의미율, 장단율 —이런 것들이 있는 거야. 이름을 그렇게 지은 거지. 강약율, 음수율, 음보율, 이렇게 지은 거지. 별거 아니야. 이 중에서 가령 구수율, 참 재미있는 용어야. 일정한 구가 패턴 식으로 계속 반복된다는 거지. 시조의 각 장은 2구씩 반복되지. 전체는 6구. 그래서 시조를 말할 때 '3장 6구 45자 안팎' 이러는 거야. 그래, 시조는 장별로 2구씩 반복되는 구수율을 갖고 있다고 보는 거지. 물론 반구율은 구수율의 절반 단위지. 의미율. 이것도 참 재미 있어. 시행 배열과 연의 짜임으로 서정성과 새로운 의미와 율격이 확보된다고 보는 거야. 그래, 지금 현대시조는 죄 여기 의미율에 매달려 있어. 3장 3행 쓰기 방식은 낡은 것이라고 내동댕이쳐 버렸지. 그래, 시조를 3줄로 쓰는 정통 시조는 거의 없어. 눈 씻고 찾아봐도 안 보여. 요즘은 시조를 보통 4줄, 5줄, 6줄, 7줄, 8줄, 이렇게 써. 연작시조를 쓴다면서 심하게는 15줄, 20줄, 25줄까지 쓰는 작품도 나타나. 그런데 이게 지금 대세가 되었어. 현대 자유시 이론에 시조가 파탄이 나고 있는 거지. 외국의 시 이론 때문에 우리 시조의 정형성이 결딴나 버렸어. 지금 우리나라에서 유명세 타는 시조 시인치고 의미율에 매달리지 않은 인물이 거의 없어. 우리 시조를 가지고 어떻게 해서든지 현대 서정시를 만들려고 하다 보니까, 난리도 이런 난리가 없는 거지. 가만히 잘 있는 시조를 왜 현대적으로, 서양식으로, 무단히, 막무가내로 서정시로 만들려고 안달복달하는지 모르겠어.

그러니까 현대시조가 요즘 다들 이래. 석 줄로 단정하게 적는 게 아니라 4줄, 5줄, 6줄, 7줄, 8줄, 9줄, 막 이래 적어. 3장을 나눌 때도 단정하게 이것을 장별로 1연으로 묶는 게 아니고 2연, 3연, 4연, 5연, 막 이래. 연 구분에 기준이 없어. 기준 잣대가 없어. 그러니 이제는 연마저 미친 연이야. 시조가 현대 서정시가 되어야 한다는 점에 나도 일부 동의해. 그러면 좋지. 안 좋은 게 뭐 있겠어. 좋은 거지. 시조가 현대 서정시가 되는 건데, 우리가 싫어할 까닭이 없지. 그러나 너무 무지막지하게 그러면 안 되는 거야. 행갈이와 연 가름을 통해 현대적 감수성에 호소하는 건 바람직해. 그럴 수도 있어. 그러나 이런 걸 가지고 또 형식 실험이니 전위적 작품이니, 현대 감각에 호소한 파격 양식이니 하며 시조 문단 내에서 서로 돌아가며 칭찬하는 걸 보는데, 너무 그러면 안 돼. 그러니까 또 지금 이게 대세가 되었잖아. 무엇이든 지나치면 안 돼. 과유불급이라는 좋은 말이 있잖아. 도식적 운율 양식을 거부하고 행갈이를 통해 의미 생산적 율동감을 생산하자. 참 좋지, 좋아. 그러나 이것이 지나치면 안 돼. 시조의 고향은 정시조임을 잊어서는 안 돼. 단시조가 정통 시조야. 시조는 3의 노래야. 3을 잊고서는, 3태극을 모르고서는 세계에 시조를 주장할 수가 없어. 설명할 수도 없고 자랑할 수가 없어.

　　형식 실험이 과하면 누가 시조에 정을 붙일 수 있겠어. 지금 일반인들은 대부분이 시조에 무관심해. 시조에 정을 안 주는 거지. 시인들이 정(正)시조 짓기에 앞장서야 해. 그래야 시조가 대중화되고 현대화되고 생활화되고 세계화되는 거야. 실험은 그만하면 됐어. 이제 더 이상의 실험은 필요하지 않아. 시조는 3수율과 3장 구조만 잘 활용하면, 현대적인 감각과 예술미를 뽐내는 작품을 얼마든지 빚어낼 수 있어. 세계 문학계를 호령할 수 있어. 어느 문학과도 당당히 겨룰 수가 있어. 시조는 3장 3행으로 쓰는 게 원칙이야. 앞에서 말했다시피 시조의 한 장은 '봄, 여름, 가을, 겨울'의 사계절이 채워져야 완성되는 거야. 그러니 줄을 바꾼다고 해서 한 장이 되는 건 아니야. 명심해야 해. 연을 다르게 묶는다고 해서 한 장이 따로 되는 건 아니거든. 시조의 생명은 장이야. 장을 살려야 해. 장은 한 장 그대로가 시조 한 판과 맞먹어. 오늘날 가뜩이나 환경이 오염되고 파괴된 탓에 우리나라의 사계절 날씨가 크게 흔들리고 있어. 봄, 여름, 가을, 겨울이 선명하지 않아. 이럴 때 시조가 더욱 필요해. 사람들에게 예전의 깨끗하고 아름다웠던 사계절을 돌려주는 거야. 새로 본대서 봄, 열매 맺는대서 여름, 갈아입는대서 가을, 겨우 살아간대서 겨울. 재미있잖아? 이걸 기억하게 하는 거야. 행복감에 젖도록 하는 거지. 지금이 바로 그런 때야. 시조 형식을 통해 자연을 한 번 더 생각하고 자연을 더욱 사랑하는 마음을 가꾸는 게 필요하다고 봐.

남자여 제 몸을 사랑하라 그러면 여자의 삶을 절로 알리라

시조 문단에서 오래전에 '음량률'이라는 걸 개발했다고 했지? 시조 양식의 율격과 정형 패턴을 고구하려는 눈물겨운 노력이 만든 발명품이 많아. 시조와 관련해서 참 실험도 많고 연구도 많고 용어도 많고 이론도 많아. 그러나 이 많은 것 중에 딱 하나 빠진 게 있어. 내가 볼 때 가장 중요한 게 빠진 거지. 우리 시조 양식에 나타나는 독특한 율격 '3수율', 이게 빠져 있어. 아무도 여기에 눈길조차 한 번도 주지 않은 거야. 우리 겨레의 철학 원리에 주목하지 않아서 그래. 겨레의 삶의 철학을 체계적으로 정립한 적이 없어서 그래. 유구한 역사에 걸쳐 대하처럼 흘러온 우리 삶의 철학을 간명하게 정리한 적이 없었던 거지. 시조 양식에 숨겨진 우리의 철학적 원리를 누구도 연구한 이가 없었던 거야.

단도직입으로 말할 게. 시조의 율격은 3수율이야, 3수율. 꼭 기억해. 앞에서 한 번 얘기한 적이 있었지. 오늘이 3수율 설명 마지막이야. 잘 들어. 3수율은 자수율과 비슷해. 하지만 자수율이 아니야. 3수율은 음수율과 비슷해. 하지만 음수율이 아니야. 자수율이나 음수율은 정형의 틀에 고정되어 있어. 글자 수에 단단

203

히 묶여 있지. 그러나 3수율은 가변적이고 유동적이야. 능수능란하고 신출귀몰하지. 우리 시조의 운율을 잘 살펴보면 거기 3수율이 내재율로 흐르는 게 보여. 3수율이라는 이름은 내가 지었어. 짓고 봐도 이름이 참 좋아. 3수율. 울림도 좋고 뜻도 좋고 느낌도 좋아. 이 3수율은 3이 중심이 되는 율격이야. 3태극이 물결치는 운율이야. 3철학이 깃들어 있는 가락이지. '3수율'은 '한 철학'의 가장 단순한 음악적 실현이라고 할 수 있어.

3수율에는 낯섦에서 오는 긴장감이 있어. 초장 4마디의 음절 수 배열이 '3, 4, 3, 4'가 될지 '2, 5, 3, 3'이 될지 아무도 몰라. 시조를 짓고 있는 자기 자신도 몰라. 그때그때 달라지는 거지. 어디로 튈지 모르는 긴장감이 시조 작품을 내내 팽팽하고 끈기 있고 영롱하게 만드는 거야. 시조 내재율은 그렇기 때문에 철저히 현대적인 감각이지. 고도로 세련된 감각이야. 전문 용어를 쓴다면 '낯설게 하기'의 전략이지. 여기에 시조 장르의 미학적 우월성이 돋보이는 거야. 그리고 우리 전통 미학에 대한 향수와 갈망을 시조의 틀에서 찾을 수가 있어. 시조 양식이라는 게 옛날 구닥다리가 아니라, 놀랍도록 현대적이라는 거. 자랑도 이런 자랑거리가 없어. 시조 미학은 언제나 새로워. 3수율 때문에 그래. 3장 구조 때문에 더욱 그래. 현대적이지. 이걸로 현대 감각을 한껏 담아낼 수 있어. 3장의 시조 양식을 우리에게 물려주신 조상님들께 우리는 큰절로 자주 인사드려야 해. 시조 창작의 문제는 이제 형식이 아니라 절대적으로 내용이야. 숱한 형식 실험은 이제 제발 그만둬. 시조는 애오라지 작품의 질적 수준으로 승부를 걸어야 해. 이게 오늘의 문단 시조가 가야 할, 단 하나의 바른길이야.

그러니까 '3수율' 개념은 자수율을 뛰어넘고 또 한편 자수율을 아우르는 거야. 율격이라는 것은 등가적 자질의 어떤 단위가 일정하게 반복되는 양식을 가지고 있을 때 발현되는 거라고 했지? 그런데 시조를 가만히 들여다보면 이게 보이는 거야. 한 마디에 하나씩 3수율이라는 등가적 자질이 들어있어. 그리고 이게 시조 장별로 춘하추동 하며 4번 반복돼. 그래서 이름 지었지. '3수율'. 그래, 맞아. 시조의 정형성은 3수율에 바탕을 둔 운율적 형식에 의해 규정되는 거야. 이름도 좀 좋아. '3수율'. 3태극의 몸짓. 우리 삶의 철학인 3수 철학, 3재 사상이 밑바탕에 깔려 있어. 시조는 우리의 철학 원리를 담고서 아득하게 천 년 이상의 세월을 이어온 거지. 우리 철학을 모르고서는 시조 정형의 틀을 제대로 이해할 수 없어. 우리 삶의 철학을 알지 못하고서는 시조 양식의 진정한 가치와 의미와 보람을 알아낼 수가 없어. 무한대의 탄력이 3수율의 몸짓에 출렁대지. 우리 민족의 내재율이 그곳에 흐르는 거야. 우리 겨레가 가진 신명, 긴장, 신바람, 흥취, 탄력, 너울거림, 풍류, 멋스러움, 여유, 절제, 은근, 끈기, 여백, 휘늘어짐, 넉넉함, 맺음, 풀림, 능청, 휘돌아듦, 해학, 잡아챔, 풍자, 낙천 ─ 이 모든 게 3수율 가락에 담겨 있어. 3수율이 우리 민족의 내재율이라서 그래.

시조는 마디마디 3수율이 반복되고 있어. 시조의 율격이 3수율이라는 거지. 그래서 살펴보면 자수는 맞는데 시조가 아닌 작품이 있고, 자수로는 넘쳐나는데 시조의 형식미를 잘 갖춘 시조가 있어. 이게 다 3수율 때문에 그런 거야. 3수율의 여유와 탄력 때문에 그래. 또 보면 시조에는 '역설의 미학'이라는 게 있어. 시조를 지을 때 형식에 매여서도 안 되고 형식에서 벗어나도 안 된다는 거지. 그런데 역설의 미학은 3수율 때문에 시조 판에 항상 생동감 넘치게 살아 있어. 이걸 알면 시조 양식의 비밀이 다 풀려. 3수율은 출렁이는 파동이야. 닫힌 게 아니라 열린 체계야. 소리로 공명하는 거지. 우리 겨레는 살면서 3수율을 가지고 삶의 양면성, 모호함, 이중성, 모순성을 하나로 녹였어. 삶의 실체는 2태극의 고정성이 아니라 3태극의 유동성이거든. 그래, 3태극은 시작도 없고 끝도 없는 미궁도(迷宮圖)와 같은 거지. 혼돈 속에 질서가 있고 질서 속에 혼돈이 있어. 어느 한쪽이 다른 쪽을 지배하거나 반대로 예속되지 않아. 모든 존재는 동시에 한꺼번에 같이 있는 거지. 이게 만물 평등의 원리이고 대화합의 원리야. 이것이 우주의 진리야. 무한 생성적인 조화의 우주 세계가 열리는 거야. 이것이 바로 3태극의 역동성 원리인 거지.

시조 형식의 철학적 원리는 3태극이며 운율은 3수율이야. 그렇기 때문에 시조를 두고 3.4조의 정형시니 뭐니 이러면 안 돼. 시조는 3수율의 정형시라고 해야 해. 3수율을 기준으로 하여 시조 정의를 내리면 어떻게 될까? '시조는 3장 3수율의 사계절 문학' 이렇게 하면 돼. 시조 양식이 장별로 춘하추동을 한 차례 순환하는 걸 잊지 않는다면 말이야. 그리고 또 하나, 3수율은 정형률이 아니라 내재율이야. 이게 기가 막힌 거지. 3수율 때문에 시조가 비좁은 공간에서도 자유로운 거야. 3수율 때문에 작가 특유의 개성미 넘치는 독특한 리듬을 만들어낼 수가 있어. 3수율은 규칙적이고 체계적인 율격이기보다는 제 나름대로 호흡의 자유로운 율격이야. 3수율은 규칙이면서도 규칙이 아닌 것 같아. 또 3수율은 규칙이 아니면서도 규칙인 것 같아. 참 재미있어. 정말 매력적이야. 이것은 마치 빛과 같아. 없는 것 같은데 있어. 있는 것 같은데도 없어. 직접 볼 수가 없는 거지. 빛은 직접 볼 수 없는데도 이것 때문에 우리가 만상을 다 볼 수 있는 거지. 시조에서 3수율이 그런 존재야. 빛과 같아. 노상 반짝이면서 시조 마당을 출렁대고 일렁대고 그래. 3태극의 물결인 거지.

시조가 정형시임에도 시조의 기준 율격인 3수율은 내재율이야. 3장 안에서 3수율로 출렁거리고 있는 거지. 내재율인 거야. 그렇기에 시조의 운율, 시조의 율격은 철저히 현대적인 감각을 자랑해. 사람마다 호흡과 몸짓과 걸음새가 조금씩 다르잖아. 3수율이야말로 개인의 개성 넘치는 독특한 운율을 펼쳐 보이는 데 적격이야. 그리고 3수율은 박제된 화석이 아니라 실제의 현실을 고스란히 보여주기에 알맞아. 3수율은 실제의 흐름이야. 현재의 참모습이지. 3차원이야. 언제나 살아 있어. 우리 일상이 언제라도 살아있듯 3수율이 우리 생활 속에 살아 있는 거야. 그래, 시조는 가장 현대적이고 가장 현재적인 문학 양식인 거지. 자유로움 속에 3수율이 오롯해. 시조 양식은 다른 어느 예술 양식보다 실제적이고 현실적이지. 이런 시조 형식을 두고 비현대적인 감각이네 도식적이네 고리타분하네 하면 정말 곤란해. 자유시보다 오히려 더 세련된 현대 감각을 뿜낼 수 있는 게 바로 시조야. 후훗, 놀랍지. 농담이 아니야. 정말 그래. 단단도 시조 놀이를 자꾸 하다 보면 이걸 느끼게 될 거야.

빛줄기 하나둘 처마 끝에 오롱조롱
내리고 또 쌓여서 햇덩이 될 때까지
빛이여 모든 이의 가슴속을 고루 비추소서

시조의 정형적 리듬은 3수율에서 나오는 거야. 물론 3수율을 이루는 필수적 자질은 음절이야. 3음절이 기준이지. 이게 율격적 긴장을 가져오는 거야. '3수율 원리'는 전통 리듬 안에 담긴 미적 잠재력을 잘 보여주고 있어. 율격의 다양성을 확보할 수 있는 최적의 틀거지가 바로 '3수율 원리'라고 할 수 있지. 그리고 3수율 4마디의 정교한 변형을 통해, 작품마다 고유한 율격이 새롭게 창조됨을 알아야 해. 이것은 민요나 동요가 보여주는 단순하고 소박한 리듬감과는 성격이 달라. 차원이 다른 거야. 기준 3이 있어 3수율이 무게 중심을 놓치지 않는 거지. 3수율로 계속 균형을 잡는 거지. 중심 3을 기준점으로 해서 3수율 가락은 매우 넓은 스펙트럼을 가져. 시조는 각 장이 짝수 마디(4마디)이면서도 홀수 마디(3마디, 5마디, 7마디) 같은 느낌을 자아내기도 해. 파격의 멋이 출렁거려.

시조는 형식 자체가 예술이야, 예술. '3수율 원리'가 지닌 탄력성과 유연성 때문에 그런 거지. 이게 참 묘한 거야. 정형이 없으면서도 있고, 있으면서도 없고, 정형성과 탈정형성의 사이를 감돌아드는 거지. 규칙과 불규칙을 불규칙적으로 거닐어. 규칙과 불규칙이 들쭉날쭉 왔다갔다해. 3수율이 퍼지 원리로 작동하는 거지. 제 신명대로 노니는 거야. 시조는 바람 같은 거야. 그래, 율격이 불안정하면서도 안정적이야. 다른 운문 문학에는 결단코 없는 자유로운 율동감이 발휘되니까 그런 거야. 이런 것은 우리가 실제 삶을 살아가면서 체험하는 몸의 기억들과 일치하는 거야. 사람은 저마다 제 삶의 무늬와 운율이 있잖아. 마찬가지로 시조 율격이 사람마다 고유한 개성미를 싣고 춤추듯이 흘러가는 거지. 3수율 원리와 3장 구성 방식이 율격의 독자성을 허용함으로써 매 시조 작품은 개성 창출의 새로운 길을 걸어갈 수가 있는 거야. 그래서 시조는 시대마다 사람마다 늘 새롭게 태어나는 거야.

시조 율격은, 시조 율격이야말로 가장 현대적인 리듬감을 자랑해. 왜냐하면 시조는 정녕코 경직된 리듬에 머물지 않고, 3수율 원리의 창조적인 힘을 다각도로 또 첨단적으로 구사할 수 있어서 그래. 시조의 율동감은 기계적 반복을 벗어나 있어. 3수율 원리에 따라 음절 수의 가변성이 폭넓은 진폭을 가지지. 까닭에 마디(음보)를 구성하는 음량이 아주 많을 수도 있고 아주 적을 수도 있지. 율격 내부에 미세한 결이 촘촘히 내포되어 있다고 할 수 있어. 그래, 3장 안에는 긴장과 이완이 팽팽하고 집중과 분산이 다채롭고 연속성과 불연속성이 물결치는 거야. 또 보면 시조는 장별로 각 4마디가 기저 율격인데, 이곳 마디(음보)에서는 음절 수가 자주 교체되는 데서 오는 변화감을 느낄 수가 있어. 마디 하나의 3수율 자체가 잠재적 운동성을 내장하고 있어서 그래. 그렇기 때문에 하나의 시조 작품은 음절 수가 45자 안팎에 그치는 게 아니라, 가령 37자에서부터 68자까지 가능한 거야. 사설시조가 아니라 정시조가 그렇다는 얘기야. 3수율 원리를 적절히 활용하면 내용이나 길이는 물론이고 독특한 율격적 미를 얼마든지 창조할 수 있어. 3수율의 규칙적 확장 속에서도 음량을 자유롭게 조절함으로써 고유한 리듬감과 미적 효과를 살릴 수가 있는 거지. 3수율은 반복적 리듬을 기능적으로 보여주는 게 아니야. 마디마다 음절 수를 다르게 취하여 그것들이 일정한 긴장 관계를 맺게 하지. 마디에 긴장미가 사뭇 팽팽해. 율격적 변형이 감당 못 할 정도로 심하게 일어나는 경우도 있어. 가슴 졸이게 위태롭고 아슬아슬한 것도 있어. 우리 삶도 그렇잖아. 살다 보면 어떤 날은 견딤조차 힘들고 고통스럽기만 하잖아.

3수율. 시조는 이 독특한 율격의 틀을 갖추고 있어서 천 년의 세월을 아롱다롱 엮어낸 거야. 시조 아리랑을 부르며 시름을 덜어낸 거지. 풍류 바람을 타고 너울너울 잘 놀았던 거지. 3수율은 용의 여의주처럼 천변만화를 불러와. 상황 변화에 민감하게 대응하지. 시대 감각과 미적 효과의 참신성이 얼마든지 가능해. 시조는 내재율이야. '3수율 원리'에 따른 거지. 3수율 원리가 시조를 정형률에서 건져냈어. 시조가 저절로 내재율이 되었어. 참 오묘해. 시조는 형식과 원리 그 자체가 바로 최첨단의 현대성일 거야.

시조는 음악과 문학의 통일체야. 지금도 그래. 시조는 노래시야. 그래, 시조에서는 율격 질서가 중요하지. 그런데 현대시조가 현대성과 서정성을 추구하면서부터 시조 양식에 변형이 자꾸 생겨나고 있어. 이것 참 보통 문제가 아니야. 현대 서정시의 시론을 차용한 거지. 시행 발화의 미학 원리를 들고 나와 시행 배열을 통하여 작품의 독자성과 현대성, 그리고 독특한 개성미를 지향하는 거지. 그런데 이게 한 줄기 미약한 흐름이 아니라 대세가 되어 콸콸 쏟아져 나와. 이게 정말 큰 문제야. 더욱 중요한 것은 이런 것이 새로운 율격이나 미의식을 창조하는 게 결코 아니라는 거야. 이건 실패야. 율격적 실험의 실패. 시조 현대화 과정에 있었던 성형 수술의 철저한 실패가 아닐까 해. 왜냐하면 시행 배열의 자유를 획득하여 시조가 지닌 형식적 구속은 얼핏 벗어났으나 이것이 더 높은 차원의 율격이나 리듬감이나 미의식을 고양한 것은 아니니까 말이야. 이런 행위는 시조 정형 양식이 지닌 높고 깊은 철학적 의미를 깨뜨리는 못난 짓이 아닐까? 난 그렇게 보고 있어. 또 이런 경향성은 외국 문예 이론을 무비판적으로 수용한 것이라는 비난을 피해갈 수 없어. 그리고 운문에서의 미적 가치는 내용도 내용이지만 그보다 중요한 것은 시 내용의 의미 자체가 형식으로 전화되고 구조화되었을 때 가장 또렷이 나타나는 거야. 운문에서 서정성을 빚어내는 요체는 가락이야. 운율이지. 그러니까 시조는 시조로 충분해. 시조 가락으로 충분한 거야. 시조는 시조 형식으로 충분해. 시조 운율로 충분한 거지. 시조를 현대 서정시로 보이게끔 꼼수를 부릴 필요가 전혀 없어. 시조는 시조라서 아름다워. 시조는 시조라서 가치가 있고, 시조는 시조라서 보람이 있는 거야. 의미가 있는 거고. 시조 원형을 잘 보존하는 것이 중요해. 그래야 시조 형식에 내재한 지극한 서정성과 첨단의 현대성을 보존할 수 있어. 이걸 알아야 해.

　음절 수로 노출되는 표면적 사실과 그것을 틀 잡는 율격의 원리를 알아야만 율격 공부가 비로소 완성되는 거야. 우리가 지금 확인하고 있는 대로 시조 운율을 지배하는 추상적 율격 모형은 바로 '3수율 원리'야. 우리의 민족 철학인 3철학, 3태극 원리에 주목해서 찾아낸 거지. 시조라는 민족 문화유산이 결국 우리 삶의 철학을 적극적으로 반영하고 있음이야. 시조는 자랑스러운 민족 문화야. 독특한 문화야. 고유한 문학이지. '3수율 원리'는 검의 손잡이야. 이걸 거머잡고 서야 비로소 시조 내부에서 소쿠라지는 질서와 무질서의 혼돈을 가라앉힐 수 있어. 삶이 그런 것처럼 규칙과 불규칙이 갈마들며, 변화와 안정이 퍼지 현상으로 끊임없이 노출돼. 이게 시조야. 삶의 역동성과 시조 형식의 역동성은 동일해. 삶이 시조고 시조가 곧 삶이야. 전통과 혁신의 문제가 노상 불거져. 삶도 그렇고 시조도 그래. 시조의 역동적이고 치밀한 정형 구조는 외부의 부당한 간섭과 구속에 저항하는, 인간의 치열한 삶의 자세와 얼개를 반영하고 있다고 해석하면 어떨까?

쉴 참으로 옛 시조 한 편을 구경해 볼까?

바람도 쉬어 넘는 고개 구름이라도 쉬어 넘는 고개
산(山)진이 수(水)진이 해동청 보라매 쉬어 넘는 고봉(高峰) 장성령 고개
그 너머 님이 왔다 하면 나는 아니 한 번도 쉬어 넘어가리라

작품의 정형성과 운율 구조를 단단이 한 번 분석해 볼까? 물론 마음속으로.

봄	여름	가을	겨울
(초장) 바람도 /	쉬어 넘는 고개 /	구름이라도 /	쉬어 넘는 고개 /
3수율(3자)	3수율(6자)	3수율(5자)	3수율(6자)

| 봄 | 여름 | 가을 | 겨울 |

(중장) 산(山)진이 수(水)진이 / 해동청 보라매 / 쉬어 넘는 / 고봉(高峰) 장성령 고개 /

3수율(6자)　　　3수율(6자)　3수율(4자)　　　3수율(7자)

| 봄 | 여름 | 가을 | 겨울 |

(종장) 그 너머 / 님이 왔다 하면 / 나는 아니 한 번도 / 쉬어 넘어가리라 /

3수율(고정3자)　　3수율(6자)　　　3수율(7자)　　　3수율(7자)

시조는 우리 마당 문화의 원형이야. 마당을 잘 봐. 시조가 보이지? 마당은 놀이 공간이며 생활 공간이며 사유의 공간이지. 시조가 그런 것처럼. 마당의 빈 곳은 바람이 지나가는 자리야. 풍류가 흐르는 길이지. 바람길이야. 마당은 집에 들인 자연이랄까, 인위성을 한껏 덜어낸 거야. 자연성이 넘놀아. 활력이 있고 여유가 있고 생기가 넘쳐. 마당은 자연이야. 마당은 여백이야. 삶의 여백이 넉넉하고 푸근해. 비워져 있기에 꽉 찬 곳이지. 3태극 원리가 그런 것처럼 말이야. 시조는 마당이고 마당이 시조야. 봐. 잘 봐. 단단, 저기를 봐. 기운생동의 자연이 우리 눈앞에 있어.

시조 율격 공부, 정형성 공부도 끝났어. 힘을 내. 여기가 시조 공부의 종착역이야. 마무리를 잘해야지. 이제 마지막 종장 부분만 남았어. 학창 시절에 시조 공부를 할 때마다 선생님이 강조하는 게 있었지. 뭐냐 하면 종장 첫 마디는 반드시 3자를 써야 한다는 거지. 이건 시험 문제에 꼭 나왔어. 중요하다고 강조 또 강조하고 그랬지. 생각나지? 왜 그랬을까? 종장 첫 마디는 왜 꼭 3자로 고정했을까? 놀라지 마. 여기에 시조의 엄청난 비밀이 숨어 있어. 시조는 우리 겨레의 독창적인 문화 양식이지? 그래, 여기에는 당연히 우리 겨레 문화의 정수가 들어 있겠지? 단단, 그래, 맞았어. 짐작한 그대로야. 3태극 원리, 3수 철학이야. 우리 선조들은 3철학을 절대 잊지 말라고, 시조 양식을 만든 거야. 그리고 천 년을 흘러오면서 3태극 원리가 희미해졌지만, 근본은 어느 곳에서나 흔적을 남기는 법이지. 시조가 3장 구조라는 것, 시조를 관통하는 율격이 3수율이라는 것, 그리고 종장 처음을 반드시 3자로 쓰라고 못 박은 것 —이것들이 바로 시조 양식에 새겨진 3태극 원리야. 특히 종장의 첫 마디를 3자로 고정한 것은 아득한 옛날부터 내려온 불문율이야. 단군 시대, 삼국 시대, 고려 시대, 조선 시대를 거쳐 지금도 종장 처음은 무조건 3자를 써야 해. 불문율이지. 말이 필요 없어. 전해 내려오는 수천 편의 시조 작품들이 다 그래. 후세인들도 그렇구나 하고 그냥 따르는 거지. 다른 수가 없어. 현대시조도 그렇게 쓰는 거야. 그래, 맞아. 세월이 첩첩이 쌓여 그대로 굳어져서 된 거지. 이게 문화야. 시조는 영락없이 우리 민족의 문화유산인 거지.

그렇다면 종장은 어째서 3수율의 틀을 벗어난 것처럼 보일까? 왜 그럴까? 종장은 초장과 중장에 비하면 뭔가 느낌이 좀 다르잖아. 기운이나 분위기도 다르고 율격도 다른 것 같고 말이야. 그게 뭘까? 그게 뭐지? 우선 둘째 마디의 3수율이 '글자 수 5자 이상'이라는 불문의 약속 때문일 거야. 옛시조 작품을 보면 대체로 이 부분에서 5자 또는 5자 이상으로 도약해. 그것도 바로 앞 받침대는 3자로 단단히 못 박아 놓고서 말이지. 와우, 그런데 말이야. 여기에 우리 겨레의 신명과 역동성이 숨어 있는 거야. 엄청난 기가 '3.5' 여기에 집중되어 있어. 이 부분에 눈이 오면 벌써 강한 기운과 역동성이 느껴지잖아? 엄청난 활력, 생기, 탄력 같은 것 말이야. '3.5' 다음은 당연히 '4.3'이겠지. 이걸 자세히 풀이하면 다음과 같아.

종장은 첫마디 3을 구름판으로 하여 솟구쳐 5로(5 이상으로) 날고 다시 곁에 4로 안정을 취한 후 가장 편안한 3으로 착지하는 거지. 그래서 종장은 자수 배열이 기본적으로 '3, 5, 4, 3'이야. 그러니 이것 역시도 시조의 정형 율격인 3수율의 지배를 받고 있는 거지. 둘째 마디 5는 실제 작품에서는 6자 7자까지 예사로 늘어나. 심지어는 10자도 있어. 그런데 이것 역시 3수율의 자장 안에 들어있어. 7자, 8자라도 그 부분을 앞뒤와 연결해서 소리 내어 읽어보면 자연스럽고 친숙하고 편안해. 우리말 호흡 그대로야. 우리 민족의 기본 율격인 3수율의 테두리 안에다 들어 있다는 거지. 시조 작품들을 아무거나 꺼내어서 확인해 봐. 3수율에 어긋나는 시조는 없어. 만약에 어긋난다면 그것은 시조가 아니야. 자유시인 거지. 아니면 글자 수만 기계처럼 맞춘 무생물 기계인 거지. 제대로 된 시조는 살아있는 생물이야. 시조는 가락이 살아 있어야 시조야. 3수율이 살아 있어야 하지. 종장에서, 특히 1, 2마디에서 휘감아 치는 가락의 반전 때문에 시조의 역동성이 한껏 생생하게 살아나. 그리고 한 장의 4마디는 4음보라고 할 게 아니라 4마디, 또는 네 걸음이라고 하는 게 좋아. 춘하추동 네 걸음 말이야. 시조는 장별로 3수율이 흐르는 사계절의 문학이야. 여기에 음보율이라는 개념을 집어넣으면 이것이 3수율과 충돌을 일으켜. 음보율이라는 용어는 이치에 맞지 않아. 모라 또는 음량률 개념도 마찬가지야. 이것들은 시조의 율동성을 이끄는 기본 3수율과 충돌하게 되니까 그런 거야.

종장 첫 마디를 3자로 고정시키는 것 ―이것이야말로 이웃 짱국에는 없는 특유의 핵심 장치라고 옛 자료가 기록하고 있어. 시조의 가장 큰 특징이 종장 첫 시작을 3자로 고정하는 것이라는 거지. 사실 이곳이 시조 전체의 눈이고 초점이야. 묘처이고 가장 특별한 지점이지. 시조에 깃들인 3의 철학을 가시적으로 보여주는 곳이지. 화룡점정이야. 아주 중요해. 시조에서 3철학의 정수가 이곳에서 환한 거야. 오죽하면 옛시조의 가곡 창 작품은 종장의 첫 마디에 해당하는 제4장을 반드시 3자로 고정시켜 노래하게 했을까? 가곡 창에서 종장 첫 3자를 제4장으로 별도로 독립시킨 거지. 이게 보면 엄청난 특별 대접이야. 달랑 3자를 한 장으로 독립시켜 별도의 대접을 한 거야. '시조는 3의 노래'가 틀림없어. 3태극의 노래지. 사계절을 담은 겨레의 노래. 그래, 시조는 사계절의 문학이야.

종장 첫 3자 —이 부분이 바로 시조의 눈이야. 시조가 태양의 노래라는 가장 확실한 증거지. 시조 형식의 역사적 뿌리가 이곳에 있어. 민족 철학의 근원이 담겨 있는 거지. 그러니까 이 부분이 시조를 시조답게 만드는 장르 표지 역할을 한다고 할 수 있는 거야. 종장 첫마디 3자에서 시조는 초장, 중장의 흐름의 연속성을 일시에 중단하고 다음 순간의 도약을 기다리게 돼. 종장 첫 3자는 앞의 모든 흐름이 자연스럽게 흘러드는 곳으로, 이곳에 이르러 시조 양식은 특유의 창조적 긴장감으로 출렁거리는 거야. 우리 시조의 속성인 절제, 긴장, 여백이 이곳에서 푸르게 숨을 쉬는 거지. 종장의 3.5조는 비상의 몸짓과 같아. 신명의 서슬로 한껏 잡아채어 일상을 벗어나는 거야.

시조를 잘 봐. 시조 앞에 서면 긴장감이 느껴지지 않나? 짜릿하고 황홀한 긴장감 말이야. 그렇지? 단단도 그랬겠지? 그래, 맞아. 시조는 첫눈에 형식에서 독특한 긴장감이 느껴져. 단아한 형식이 주는 긴장감이지. 자유시 앞에서는 이런 느낌이 없어. 시조 앞에 서면 호기심과 두려움, 망설임과 쾌감의 묘한 감정이 새록새록 돋아나. 시조의 형식 때문에 그런 거야. 그래서 시조와 만나면 가슴이 먹먹하기도 하고 애인을 만난 듯 가슴이 두근두근 설레는 거야. 긴장미와 우아미와 절제미를 함께 느끼는 거지. 시조는 그런 거야. '3장 3수율의 사계절 문학.' 어때? 이러면 되겠어. 시조의 정체는 이것으로 족해. 앞에서 한 번 정리한 적이 있었지. 시조의 정의는 이 한 줄로 충분해.

　시조는 어쩌면 신비로운 거울과 같아. 사람에 따라 환경에 따라 생각에 따라 거울에 비친 게 달라져. 시조라는 틀은 모든 걸 하나로 모아주지. 3수율이라는 민족의 내재율로 사물과 삶을 한곳에 쓸어안고 맞춤가락으로 노래하는 거야. 시조는 만감과 만상을 다 담을 수 있어. 도깨비 보자기야. 신비로운 거울이지. 시조는 들쭉날쭉하고 울퉁불퉁하고 오목조목하고 아리송해. 이것도 시조라 하고 저것도 시조라 하니, 얼핏 눈대중으로 보면 이것도 시조 아닌 것 같고 저것도 시조 아닌 것 같아. 3수율을 모르는 이가 보면 환장하겠지. 귀신 곡할 노릇이야. 뭐가 시조인지, 썩 내세우기가 쉽지 않아. 그래, 시조 같은 자유시가 있고 자유시 같은 시조가 눈에 뛰어 들어오는 거지. 시조 형식은 우리 겨레의 성정이나 삶처럼, 정형의 틀이 엄격하지 않고 느슨하고 넉넉해. 단순하고 소박해. 자연스럽기 그지없어. 창조적이고 역동적이야. 또 여성처럼 섬세하고 민감해. 그래, 작가 나름의 독특한 창조가 얼마든지 가능한 거지. 3장 구조와 3수율 원리로 말미암는 거야. 그래, 시조는 규칙 없는 규칙으로 제어되며 새로움 없는 새로움을 품어, 매력의 향기가 천 년 세월에 노상 뭉클한 거야.

　　얇은 사(紗) 하이얀 고깔은
　　고이 접어서 나빌레라.

　　파르라니 깎은 머리
　　박사(薄紗) 고깔에 감추오고,

　　두 볼에 흐르는 빛이
　　정작으로 고와서 서러워라.

빈 대(臺)에 황촉(黃燭)불이 말없이 녹는 밤에

오동(梧桐)잎 잎새마다 달이 지는데

소매는 길어서 하늘은 넓고

돌아설 듯 날아가며 사뿐히 접어 올린 외씨보선이여!

-조지훈 「승무」 중에서

예전부터 교과서에 자주 오르던 시야. 그래, 조지훈의 「승무」야. 위 시에는 어쩐지 시조 향기가 풍기는 것 같지 않아? 얼핏 보아도 시조의 가락과 발걸음이 배어 있지. 시의 분위기와 풍경이 친근하고 낯이 익어. 왜 그럴까? 단은 어떻게 생각하나? 그렇지 바로 그거야. 보면 1, 2, 3연은 그대로가 시조의 초장, 중장, 종장이야. 맞아 그렇지. 곧 시조의 정형 구조 그대로야. 각 장이 사계절, 4마디로 이루어져 있음이 또한 그래. 확인해 볼까?

(초장) --- 얇은 사(紗) / 하이얀 고깔은 /

　　　　　고이 접어서 / 나빌레라.

(중장) --- 파르라니 / 깎은 머리 /

　　　　　박사(薄紗) 고깔에 / 감추오고,

(종장) --- 두 볼에 / 흐르는 빛이 /

　　　　　정작으로 / 고와서 서러워라.

217

어때? 조지훈 선생이 이걸 시조로 썼으면 시조일 텐데, 자유시로 했기에 자유시가 되었을 따름이지. 눈에 똑똑히 보이지? 이건 우리 겨레의 보편 정서가 3수율로 표현된다는 거야. 3수율은 현대시에서도 저절로 나타난다는 뚜렷한 증거 자료야. 물론 여기서 3수율이 글자 수 3자를 이르는 게 아니라는 건 알겠지? 3수율은 우리 삶의 가락과 굽이의 음악적 흐름이야. 우리 고유의 호흡 구조라는 거지. 우리 민족의 내재율인 3수율은 그물코를 당기는 벼리 같은 거야. 장의 한 마디에 그물코가 2개(2자)든 10개(10자)든 3수율이라는 벼리를 잡아당기면, 이것들이 다 따라오게 되어 있어. 옛말에 '그물이 삼천 코라도 벼리가 으뜸'이라 했어. 3수율이라는 겨레의 내재율이 벼리 역할을 하는 거지. 어기영차 벼리를 당기기만 하면, 펄펄 뛰는 활력 넘치는 노래시가 시조 그물에 가득 올라와.

현대시조 작품은 예전부터 다양한 형태로 창작되고 있어. 이 중 어떤 것은 외형상 도저히 시조라고 보기 어려운 것들도 있지. 그런데 이게 좋은 건지 어떤지는 사람마다 평가가 다 달라. 보는 눈에 따라 천차만별이지. 그러나 이런 것이 시조 양식의 놀랄만한 너름새를 보여주는 증거라는 데는 견해가 일치하지. 일배나 짱국의 정형시가 기계적 잣대를 금과옥조로 지켜왔다면, 우리의 시조는 전통 보자기처럼 탄력성이 풍부한 말랑말랑한 정형의 틀을 가진 셈이야. 신축성은 역동성을 내장하고 있지. 스프링이 그런 것처럼 말이야. 시조 정형에는 폭발적인 활력이 깃들어 있어. 우리 칸인의 신명과 창조성이 이곳에 뿌리가 닿아 있다고 말할 수 있을 정도야.

단군 시대와 삼한 시대, 삼국 시대와 신라 남북국 시대, 고려 시대는 생기 넘치고 자유분방한, 소위 남녀상열지사의 풍속이 유명하지. 그 시절은 현대 감각이 물씬 풍기도록 진취적인 에너지가 넘쳐난 때야. 이것이 칸국 고유의 내재율의 흐름을 타고서 현시대 젊은이의 발랄한 개성미와 역동성과 탄력성으로 이어졌지. 이 모든 게 우리의 유난한 신명과 흥취, 그리고 넉넉함과 여유로움의 거대한 용광로에서 태어난 것이야. 지구촌을 깜짝 놀라게 한, 예전 칸국의 월드컵 응원 문화를 떠올려보면, 우리 문화의 역동적인 창조성 원리를 일시에 깨달음 직하지. 민족의 내재율인 3수율은 지금도 우리 몸속을 돌아 돌아 굽이쳐 흐르고 있어. 역동적인 춤이지. 이 기운으로 우리는 살아 있어. 기운생동이지. 오늘날 세계 각국에 퍼져 나가는 뜨거운 칸류 열풍이 그런 거야. 우리 현대 문화의 밑바탕에는 오천 년의 세월을 줄기차게 이어온 민족 철학이 깃들어 있어. 아득한 옛적의 3태극 정신이 지금도 신명 나게 우리 속에서 우리와 더불어 춤을 추고 있는 거지.

옛 기록을 몇 살펴보면, 우리의 신명과 신바람이 어디에 뿌리를 두고 있는지 알 수 있어. 시조가 왜 생겨났는지 짐작할 수 있지. 전해지는 바로는 우리가 음주 가무를 즐겼다는 내용이 뭉글뭉글 쏟아져. 저 유명한 『삼국지』위지동이전을 볼까? 거기 '부여조'에 이렇게 기록되어 있어. '정월에 하늘에 제사를 지낸다. 이때는 나라 안이 크게 모인다. 며칠씩 먹고 마시고 노래하고 춤춘다. 영고(迎鼓)라 이름 한다. 이때에 형벌을 중단하고 죄인들을 풀어준다.' 같은 책에서 '마한조'를 볼까. 이런 대목이 나와. 부여와 비슷해. '항상 오월에 파종을 하고 걸립을 하여 귀신에게 제사를 지내고 무리를 이루어 노래와 춤을 즐기고 술을 마신다. 밤낮으로 쉬지도 않고 춤을 추는 사람이 수천 명이었다.'

왜 우리가 남녀노소 없이 지금도 음주 가무를 즐기고, 특히 노래방을 그토록 좋아하는지 알겠지? 문화는 다 뿌리가 있는 거야. 음주 가무는 우리 고유의 삶의 방식이고 뿌리 깊은 문화인 거지.

시조에 깃든 우리의 철학적 원리는 무엇일까? '한 철학'이지, '한 철학'. 아주 중요한 거야. 잘 들어야 해. 나중에 쪽지 시험도 치를 거야. 명심하고 집중할 것."

단단의 가슴속은 아직도 어둑어둑하다. 시조를 알 것도 같고 모를 것도 같다. 너무 잦은 빛 부심에 놀란 듯하다. 사부의 눈빛이 형형하다. 흩어진 정신을 재빨리 수습한다. 긴장의 끈이 팽팽하다. 공부 자체가 새로운 창조다. 새삼 설레는 참에 삼예(三藝) 선생의 부싯돌처럼 빛나는 말소리가 쏟아져 들어온다. 빛의 소리다. 가슴속이 환하다. 다시금 빛의 잔치다.

"시조는 우리의 삶을 담고 있어. 삶에는 철학이 담겨 있지. 그래, 시조를 제대로 알려면 삶을 알아야 하고 철학을 알아야 하지. 지금부터 그 얘기를 잠깐 해볼게. 이건 중요하니까 새겨들어야 해. 철학과 삶은 하나야. 철학과 삶을 둘로 나누면 안 돼. 그러면 삶을 제대로 볼 수 없어. 삶을 철학 원리로 풀 수 있어야 해. 그래야 삶과 철학이 하나가 돼. 그러면 삶이 생생하게 보여. 있는 그대로가 다 보이는 거지. 삶과 예술은 하나야. 삶과 예술을 둘로 나누면 안 돼. 그러면 삶을 제대로 볼 수 없어. 삶을 예술 원리로 풀 수 있어야 해. 그래야 삶과 예술이 하나가 돼. 그러면 삶이 생생하게 보여. 있는 그대로가 다 보이는 거지. 우리 민족의 삶에는 우리의 고유한 철학 원리가 들어가 있어. 민족의 삶에는 고유한 철학 원리가 깃들어 있겠지? 삶이 곧 철학이니까 말이야. 우리 민족의 삶에는 독특한 예술 원리가 들어가 있겠지? 삶이 곧 예술이니까 말이야. 민족의 삶과 예술과 철학은 본질적으로 하나의 체계 속에 담겨 있어. 그래서 이것들을 하나의 큰 틀로 풀어낼 수 있는 거지. 그것을 단정하게 하나의 이론 틀로 정리할 수 있다면, 우리는 우리 민족 일체의 모든 것을 깔끔하게 설명할 수 있게 되지.

그런데 부끄럽게도 생활에서 우러난 삶의 철학이 없었어. 우리 철학이 없어.

민족 철학이 없어. 겨레 정신이 없어. 우리나라 정체성의 밑바탕이 없어. 지금도 없어. 우리의 생활 감각에 맞고 더불어 소통되는 그런 철학이 세워져 있지 않은 거야. 있는 것이라고는 죄다 외국산이야. 그러니까 철학이 우리 입맛과 몸짓과 호흡에 맞지 않아. 공연히 구차하고 서걱거리고 거북하고 억지스럽고 불편해. 뒤늦었지만 우리 철학을 찾아야 해. 지금도 늦지 않았어. 실제의 삶에서 현재 우러나고 또 유구한 역사로 줄기차게 이어져 온 우리 철학. 그것은 도대체 무엇일까? 어떤 것일까? 어떤 성격을 가지고 있을까? 칸국 문화의 원형은 무엇일까? 그것은 여성성일까, 남성성일까? 이것과 시조는 어떤 관계일까? 궁금하지? 궁금하면~ㅋㅋ 주의 깊게 들으면 돼. 별일 없어.

　우리 배달겨레의 정신의 원형은 무엇일까? 먼저 답을 하고 시작하지. 앞에서 한 번 들어본 적이 있을 거야. '한 철학'이 그것이지. 3태극 정신이야. 3철학이지. 하나이면서 모든 것이고 모든 것이면서 하나인 '한 철학'. 우리 민족 문화의 원형은 '한 철학'이야. 한은 1이면서 3이고, 한은 3이면서 1이야. '한'은 하나이면서 모든 것이지. '한'은 수렴과 발산으로 영원 회귀하는 우주적 기운의 상징이야. 우리의 시조 정신과 시조 미학의 원형이 여기 '한 철학'에 오롯이 담겨 있지.

　우리가 잘 아는 태극 이야기로 시작해볼까? 앞에서 한 얘기도 반복될 테니까 이해하기가 더 쉬울 거야. 우리 국기에 나타나는 태극 도형은 양과 음의 이(二) 태극이야. 청홍의 이원적 요소로 나타나지. 그런데 이(二) 태극의 원형은 삼(三) 태극이며, 우리의 쥘부채나 법고, 그리고 정문 사당 머리나 돌계단 난간 기둥에 3태극 문양이 남아 있어. 증거물이 수천 종에 이르지. 여름철 부채는 지금도 3태극 문양이 많아. 시조의 3장 형식은 3태극 원리를 상징하는 도구야. 1극은 2극을 낳고 2극은 3극을 낳고 3극은 모든 걸 낳지. 시조의 초장은 하늘이고 중장은 땅이고 종장은 사람이야. 여기서 종장이 제일 중요해. 왜냐하면 하늘과 땅을 잇고 중재하는 게 사람이거든. 시조 형식을 틀 잡는 것은 결국 3태극의 창조성 원리야. 여유와 변화, 탄력과 신축이지. 그런 까닭에 시조의 정형성은 일배국의 와카나 하이쿠처럼 날카롭지 않아. 일배국 와카는 '5, 7, 5, 7, 7'의 자수율을 정확히 지키지. 하이쿠 역시 '5, 7, 5'로 주어진 자수율(17자)을 절대로 벗어날 수가 없어. 그들의 정형성은 날 선 검처럼 비정하고 서슬 푸르러. 한 글자라도 규정에 맞지 않으면 단칼에 일도양단으로 내려칠 기세야. 겁나도록 무서워. 우리 시조는 이에 비해 푸근하고 넉넉해. 한 걸음 안에 들어갈 게 두 글자도 되고 세 글자도 되고 다섯 글자도 되고 아홉 글자도 되지. 이게 바로 3태극의 정신이야. 짐짓 넉넉하고 여유로운 품새지. 탄력적이고 조화롭고 창조적이야.

음양 이원론에서는 음과 양, 두 대응되는 짝이 있어서 대칭 또는 대립의 구조가 잘 드러나. 여기서는 우주 천지의 운행과 조화를 대응되는 짝으로 풀어가지. 여기서 중요한 건 대응되는 짝이 반드시 있어야 한다는 거야. 짝수란 거지. 2철학이야. 이곳에서는 홀수가 설 자리가 없어. 1이나 3이 설 자리가 없다는 거지. 그러니까 2철학에서는 탄력성이나 융통성이 발휘되기 어려워. 왜냐하면 이곳에는 균형과 조화를 하나의 통일된 새로운 존재로 드러내는 것이 아니라, 대립이나 대칭의 구조물로 직접 제시해야 하기 때문이지. '1 : 1' 대응 관계의 철학원리에서는 음과 양이 한 몸처럼 움직여야 하므로 융통성이 발휘되기 정말 어려워. 2철학은 카오스야. 만물이 생성되기 전의 혼돈 상태를 보여주지. 단지 그뿐이야. 3태극이라야 비로소 창조 원리가 실제 속에서 살아 움직이지. 음과 양은 단순한 극성이야. 두 극성에 1이 더해져야 새로운 게 나타나거든. 이런 점에서 3태극은 생명의 원리야. 조화와 창조의 원리지. 3태극이 바로 서야 세계 평화가 가능해. 지금의 2철학으로는 안 돼. 음양 이원론이나 흑백 양분법은 세계의 종교나 철학이 될 수 없어. 이걸로는 분란과 대립만 깊어져. 지금 지구촌의 사정이 꼭 이렇지 않아? 시조는 3태극의 상징물이야. 시조는 3철학의 표면 구조야. 3철학의 현신이지. 태양. 삼족오. 시조는 태양의 노래야. 이건 나중에 다시 또 말해줄게. 시조가 곧 태양이야. 하늘이야. 까닭에 시조를 노래하는 우리는 하늘 겨레, 천손들이지.

짱국 한시나 일배의 와카처럼 음양 이원론이 지배 원리로 작용하는 곳에서 정형의 틀이 지극히 엄격하고 교조적일 수밖에 없어. 인공미라서 그래. 자연미가 아니라서 그렇지. 그쪽에서는 인공의 절정이 아름다움의 절정이라고 생각하는 거지. 흑백 이원론이 지배하는 서양 흑백국도 마찬가지야. 그래서 그쪽은 정형성이 아주 엄격한 틀 속에 갇혀 있어. 정형의 틀에서 옴짝달싹 못해. 정해진 형식에 완강하게 묶여 있지. 2철학에서는 대칭이라는 짝수 개념이 중요하거든. 도무지 정형성을 깨뜨릴 수가 없어. 이러니 융통성과 여유가 드물 수밖에. 다만 인공성의 극단을 보여주지. 대칭과 비례는 원래 인공미에 가까워. 자연미는 대칭과 비례를 뛰어넘어. 2철학이 인공미를 강조한다면 3철학은 자연미를 중시하는 철학이야.

우리 칸국의 전통 사상은 3철학이야. 3재론 중심이기 때문에 융통성이 절로 발휘돼. 이원론에서 보는 1 : 1의 관계 짝을 맞추어야 한다는 부담이 없거나 그 존재감이 희미한 까닭이야. 말하자면 1과 2는 하늘과 땅처럼 또는 남자와 여자처럼 짝이 되어야 하나, 3은 자유로운 존재인 거지. 그래, 3수는 그 자체에 무한 창조의 비밀이 숨어 있어. 시조를 지배하는 원리는 천지인(天地人) 3철학, 삼재 사상이야. 우리 시조가 3장 구조인 까닭이 여기에 있지. 3은 창조의 낱낱 실체인 동시에 창조성 원리라고 보면 돼.

낙엽은 잃어버림을 간직한 만감의 눈물
한 잎 두 잎 떨어져 마음에 겨울 오면
설레며 바스러지는 꿈, 긴 하루가 더욱 아파라

　또 하나 여기서 생각해 볼 것은 시조의 종류에 관한 것이야. 흔히 시조를 평시조, 엇시조, 사설시조로 대분해. 가람 선생이 처음으로 이렇게 분류했어. 하지만 엇시조는 거의 없어. 없는 것과 마찬가지야. 여기서 평시조는 정형(定刑)이고 사설시조는 파형(破形)이야. 평시조라는 용어는 옛시조에서 붙인 명칭이야. 음악으로 분류해서 붙인 이름이지. 그래, 시조문학인 지금과는 안 맞아. 평시조는 그냥 시조라 하면 돼. 연시조, 사설시조와 구분하여 단(短)시조라 하면 더욱 뜻이 또렷하지. 사람들은 알고 있지. 단시조가 시조 원형, 곧 정통 시조라고 말이야. 그러나 단(短)시조는 연(連)시조와 대칭 용어일 뿐이야. 짧은 시조, 한 수로 끝나는 시조라는 뜻이 강하지. 까닭에 단시조라는 이름도 사실은 옳지 않아. 정시조(正時調)로 하면 어떨까 싶어. 정통 시조, 바른 시조라는 뜻이야. 정시조가 우리 시조의 원형이고 원판이니까 더욱 그래. 정시조에 3철학이 오롯한 거야. 현대판 한 줄 시조를 덧붙이면, 그러면 시조는 다음 3가지가 되는 거지. ―정시조, 사설시조, 한시조.
　사설시조는 이야기 식으로 길게 쓰는 거야. 할 말이 많을 때는 연작 정시조보다 차라리 사설시조를 고르는 게 좋아. 이건 속도가 빠르고 말글이 튀어. 흥취와 신명이 유난해. 말글의 춤이야. 삶이 너울거려. 말의 재미가 넘실거리지. 말글을 부리며 말처럼 타고 평원을 그냥 내달려. 그 옛날 기마민족의 피가 들끓는 거지. 사설시조는 모양새가 동이의 활이야. 시위를 힘껏 당겨 중장이 바람을 잔뜩 머금었어. 가운데가 부풀어. 팽팽해. 중장이 무량으로 길어져. 이게 사설시조야.

대평원을 호령하던 기마민족의 기개가 사설시조에 엿보이지. 사설시조에 대한 설명은 이걸 처음이자 마지막으로 삼을게. 3수율 원리만 꽉 붙들고 있으면 사설시조는 저절로 해결되니까 그런 거야. 요컨대 시조의 종류는 다음 3가지야. 정시조, 사설시조, 한시조. 명심해. 이건 전혀 새로운 이론이야. 앞으로 단단이 열심히 곳곳에 보급해야 할 거야.

시조 공부 전체를 이쯤해서 아퀴 지어 볼까?

우리 시조는 정형시야. 그런데 단순한 정형시가 아니라는 데 독특한 매력이 있지. 시조의 특별한 정형 구조는 사람들에게 혼란과 고통을 안겨주기도 하지만, 사실은 이게 사람을 끊임없이 매료시키는 거야. 붕어빵에 붕어가 없는 것처럼, 정형시에 정형이 들어 있지 않다는 거지. 이러니 시조 작법이 신출귀몰해질 수밖에. 사람마다 자기 호흡과 몸짓과 숨결과 색깔과 성정을 다 제각각 표현할 수가 있는 거야. 고유한 개성미와 역설의 진리가 시조 양식을 팽팽한 긴장감으로 살아있게 만들어. 산이 산이요, 물이 물이던 것이 일정 고빗사위를 지나면 산이 산이 아니요, 물이 물이 아니야. 이게 우리 방식의 변증법 원리인 거지. 삼태극 원리야. '한 철학' 이지. 흑백국의 변증론과는 다르게 우리 3태극 '한 철학' 은 대립을 전제 조건으로 삼지 않아. 하나[一, 天]는 다른 하나[二, 地]와 다르다고 여길 뿐, 충돌하거나 대립하는 걸로 보지 않기 때문이지. 이것은 자연과 인간을 대립 관계로 보느냐 상보 관계로 보느냐 하는 자연관과도 밀접한 관련성이 있어. 우리는 음과 양을 대립이 아니라 상보의 관계로 파악해. 여기에 우리 고유의 전통 사상이 찬란해. 대립과 투쟁의 철학을 배제하고 평화와 상생의 철학을 품어 안는 원리가 '3태극 철학' 에 오롯이 담겨 있지. 이 오묘한 뜻을 감득하고서야 비로소 시조를 안다고 할 수 있겠지. 시조를 안다는 것은 결국 우리나라 고유의 상생 원리, 자비의 사상, 홍익인간의 마음을 깨쳤다는 것과 일맥상통해. 그러나 성마른 이들은 내처 이런 질문을 던질 수도 있어. "시조가 정형시인데 정형 아닌 걸 왜 또 시조라고 하는 것이오?" 추사 김정희 선생이 이런 후세를 위해 친절하게 답변을 마련해 두었지. 참 고마운 일이야. 한 번 볼까?

> "寫蘭有法不可 無法亦不可(사란유법불가 무법역불가)
> 난초를 그리는 데 법이 있어서도 안 되고 법이 없어서도 안 된다."

여기에 난을 시조로 대신하면 이렇게 돼.

> "作時調 有法不可 無法亦不可(작시조 유법불가 무법역불가)
> 시조를 짓는 데 법에 매여서도 안 되고 법에 벗어나서도 안 된다."

시조 양식에 깃든 무한대의 창조성이 이곳에서 환하지. 여기서 법이 가리키는 것은 시조 율격의 원리인 3수율이야. 3수율은 3장 안에서 밀고 당기는 시조 가락의 모든 것이지. 3수율을 알아야 시조 양식의 비밀을 풀 수 있어. 시조 정형의 비밀을 푸는 열쇠가 바로 3수율인 거지. 시조의 정형성을 이것으로 단정하게 정리할 수 있어. 자 다음 시조를 한 번 볼까? 조선 시대 인조 임금(1595~1649)이 지은 시조야. 참 멋지잖아? 임금님이 시조를 다 쓰다니 말이야. 이 정도는 돼야 시조를 국민 문학이라고 하지 않겠어?

> 내라 그리거니 네라 아니 그릴런가
> 천리(千里) 만향(蠻鄕)에 얼마나 그리는고

사창(紗窓)의 슬피 우는 저 접동새야 불여귀(不如歸)라 말거라 내 안 둘 데 업새라

위 시조의 정형성을 살펴볼까. 우선 장마다 춘하추동 4마디를 나누고, 마디 마다 흐르는 3수율을 살펴보면 돼.

내라 / 그리거니 / 네라 아니 / 그릴런가   (2, 4, 4, 4)

천리(千里) / 만향(蠻鄕)에 / 얼마나 / 그리는고 (2, 3, 3, 4)

사창(紗窓)의 / 슬피 우는 저 접동새야 / 불여귀(不如歸)라 말거라 / 내 안 둘 데 업새라   (3, 9, 7, 7)

이 작품은 초장(2, 4, 4, 4,), 중장 (2, 3, 3, 4), 종장 (3, 9, 7, 7)의 자수를 가지고 있으며, 자수는 모두 52자야. 보통 시조보다 분량이 좀 길어. 음절 수가 좀 많은 거지. 여기서 잘 보면 특히 눈에 띄는 게 있어. 중장은 12자 구성인데 종장은 26자야. 한 작품에서 장의 글자 수가 무려 2배 이상 차이가 나. 이래도 되나? 이래도 시조가 되는 걸까? 시조라면 이 작품은 시조 정격에서 얼마만큼 벗어난 파격일까? 이런 게 엇시조라는 걸까? 놀랍게도 이건 정시조가 맞아. 시조 정형성에 잘 들어맞는 거지. 정격 시조가 틀림없어. 정통 시조야. 내재율인 3수율 원리로 접근하면 이 문제를 해결할 수 있어. 종장의 '3, 9, 7, 7', 이 4마디는 하나하나 3수율의 틀 안에 단정히 들어 있어. 3수율이 치열하게 서로 밀고 당기며 오히려 이곳에서 리듬감이 생동하게 살아나고 있어. 3수율의 테두리 안은 음절의 가변성 때문에 언제나 요동치며 출렁이지. 3수율의 원리는 비유하면 전통 창호지와 같아. 창호지는 3이라는 숫자야. 이게 밖과 안을 차단해 두되 햇빛과 바람과 안개를 통과시키

227

지. 3수율 한 마디에 1자부터 9자까지 다 들어가. 창호지가 다 받아주는 거야. 그러고도 끄떡없어. 3수율이 안 틀어져. 안 무너져. 3수율이 지닌 놀라운 함축성 때문이지. 유연성과 창조성 때문이야.

3수율 원리는 3철학에 바탕을 두고 있지. 3철학은 우리 문화의 원리야. 겨레의 삶의 철학이지. 음악, 미술, 건축, 시문이 다 이것을 밑받침으로 해서 솟아오른 거야. 가령 음악을 한번 볼까. 전통 악보에 정간보라고 있어. 우물 정(井)자, 악보 말이야. 본 적 있지. 이것도 바탕이 3철학이야. 보면 중심음이 가운데에 있어. 위와 아래로 다른 음이 놓여. 중심음이 기준이 되어 음의 스펙트럼을 확장시키는 거지. 잘 봐. 이게 3철학의 원리야. 3태극의 정신이지. 셋이면서 하나이고 하나이면서 셋인 거야. 시조의 율격 원리 3수율은 우리 음악의 정통성과 일치해. 기준 음절인 3이 중심음(中心音)인 셈이지. 3철학이야.

초장 첫 마디 '내라(2자)'와 종장 둘째 마디 '슬피 우는 저 접동새야(9자)'는 똑같이 한 마디야. 한 걸음이지. 하나의 3수율 단위야. 3수율의 틀 안에서 이처럼 시조 운율은 한껏 자유로워. 이 시조는 단시조야. 정시조야. 정격 시조가 맞아. 정통 시조야. 작품 전편에 시조 가락이 자연스러워. 호흡이 편안하고 발걸음이 안정적이야. 파격이나 변형, 일탈이 아닌 거지. 그런데 3수율을 알지 못하면 이런 작품을 이해하기가 힘들어. 곤혹스럽지. 3.4조니 4.4조니, 이런 것 가지고는 도무지 설명이 안 되는 거야. 종장이 너무 '파격적이네', '변형이네', '일탈했네', 뭐 이러고 말 수밖에 없어. 시조 형식에 깃들인 우리 민족의 철학적 원리를 알지 못할진대, 민족의 내재율인 3수율이 눈에 띌 리가 없지. 그래, 시조 바다에서 3수율이 오랫동안 보물섬처럼 숨어 있었던 거야. 그래, 그런 거지. 3태극 원리, 3의 철학, '한 철학'에 주목하지 않고서야 우리 겨레의 삶의 철학을 정녕코 안다고 할 수 없지. 3수율을 모르고서는 창조와 발전의 변화를 새롭게 만들어갈 수가 없어. '3철학'과 우리 문화유산의 창조적 계승이 불가능하게 되는 거지. 결론적으로 위 시조는 우리 민족의 내재율을 잘 살린 작품이야. 특히 종장 때문에 오히려 개성 미가 더욱 돋보인 아주 멋진 정시조라고 할 수 있지."

시조여 네 깊은 눈에서 나는 진한 그리움을 퍼올리네

저녁 물가 모래밭이다.

부드러운 불빛이 어머니의 손길처럼 찾아온다. 어두운 배경 속으로 스며드 는 빛은 그 자체가 상처를 치료하는 약이다. 아니, 환부를 도려내는 메스처럼 날 카롭게 빛은 대상을 파고든다. 하나의 빛은 무수히 많은 빛을 생산한다. 빛이 없 을 때는 빛과 어둠이 또렷이 갈라졌지만, 빛이 찾아들고는 빛은 수만 개의 독특 한 빛으로 분화된다.

빛이 사물을 다층적으로 조각하는 동안 빛은 조물주가 된다. 빛의 일렁임은 조물주의 눈길, 무수한 눈길이다. 작은 빛은 더 큰 빛을 빛나게 하고, 두터운 빛 은 옅은 빛을 따뜻하게 감싼다. 빛은 빛에 감싸여 형상의 변화를 가없이 선보인 다. 빛을 받는 동안 갓난아기의 볼록한 배처럼 모든 풍경이 평화롭다.

단은 영을 바라본다. 그의 오른쪽에 그림처럼 영이 앉아 있다. 흐뭇한 미소가 햇빛처럼 쏟아진다. 단은 그녀에게 불쑥 시조 한 수를 던진다.

일껏 태어나서 사람으로 살려는데
풍류는 어디 가고 한숨만 남았느냐
모처럼 당신을 만났으니 어리광을 부리네

해마루 사부가 마지막 고빗사위를 넘어가고 있다. 단단이 숨 가쁘게 뒤를 좇는다.

"시조는 초장, 중장, 종장의 3장으로 구성되며, 종장 첫 마디는 반드시 3자이며, 3수율을 내재율로 가지고 있어. 3수율은 보통 3.4조 또는 4.4조를 기본 율조로 삼지. 3장 6구를 통해 45자 안팎의 시정을 펼치는 게 시조야." 예전에는 시조를 가지고 이렇게 설명을 했지. 물론 여기서 '3수율'은 아무도 언급한 적이 없어. 내가 살짝 집어넣은 거야. 그러나 앞에서 우리가 확인한 것과 같이 시조는 기본 운율이 3수율이고 3장 구조로 되어 있으며, 각 장은 춘하추동 4마디로 완성되는 우리 고유의 정형시야. 시조의 이러한 구조적 특성에 대해 시조 배척자들은 함부로 비판의 화살을 겨누었지. 현대인의 복잡다기한 생활 모습을 담기에 시조의 그릇이 너무 협량하며 그것은 숨 쉴 공간도 없이 너무 답답한 틀에 묶여 있다고 나무랐지. 이것은 지금도 그래. 비판이 그치지 않아. 시조는 형틀에 갇힌 꼴이고 너무 답답하다는 거지. 시조 형식으로는 자유 시정을 주고 말고 할 게 없다는 거지. 시조는 토막 노래고 억지 노래지 그게 어떻게 시냐는 거지. 첨단 시대에 낡은 옛것이 웬 말이냐는 거야. 지금도 현대 자유시 쪽에서는 공공연히, 또 은밀하게 시조를 폄훼하고 천시하는 눈초리를 거두지 않고 있어.

그런데 문제는 말이야 여기에 기가 꺾이고 눌린 시인들이 너무 많다는 거야. 그런 사람들은 어디 가서 시조 시인이라고 하면 안 돼. 그래서 그런지 요즘 보면 공모전이나 신춘문예 시조 당선작들이 예외 없이 몽땅 시조의 본 모습을 잃어버렸어. 모두 길게 자유시처럼 써 놨어. 그런데 이건 시조가 아니잖아. 시조일 수가 없지. 시조의 형식을 지워버렸는데 어떻게 시조로 남아 있을 수가 있어. 정녕코 이건 시조가 아니야. 성형 수술에 실패한 아주 추악한 몰골들이야. 비좁은 시조 틀에서 그래도 자유를 찾아볼까 하고 마구 몸부림치다 보니까 그렇게 된 거야. 그래도 그렇지. 이건 시조가 아니야. 단연코 아닌 거지. 시조의 참다운 가치와 의미와 보람을 잃어버렸어. 시조를 무슨 이유로 왜 썼는지 자신도 몰라. 참 기가 막혀. 속상해. 안타까워. 있을 수 없는 일이 버젓이 일어난 거야. 그게 시조가 아니거든. 멋진 시조를 가지고 왜 그렇게 못나게 사는 거야. 그건 말이지, 시조를 가지고 자유시를 만드는 날림 공사야. 열등감의 조바심이지. 못난이 시조 시인들의 자격지심과 얼치기 정신이 그렇게 만든 거야. 그런데 더 놀라운 일은 시조를 이렇게 쓰는 게 대세가 되어 버린 거야. 이건 나라 망조야. 시조 망조야. 이건 마치 '시조'라고 쓰고 '자유시'라고 읽는 꼴이야. 숫자 3과 관계가 끊어지면 그건 시조가 아니야. '한 철학'의 흔적을 찾을 수 없으면 그건 시조가 아니야. 시조에서 3의 의미와 표지를 찾을 수 없다면 그것은 시조도 아니고 무엇도 아니고 아무것도 아닌 거야. 시조 본래의 정형성을 살려야 해. 3줄 시조 형식에 부끄러움이 아니라 자부심을 가져야 해.

그리고 시조는 창작되어야 시조야. 자꾸자꾸 노래처럼 지어야 해. 문예 밥을 먹고 사는 작가에게 작품 창작은 숨 쉬는 공기와도 같아. 샘물을 긷듯이 자꾸 길어 올려야 해. 생산되지 않으면 예술품은 없는 것과 마찬가지야. 그리고 무엇보다도 우리 겨레에게 시조는 3태극 철학의 상징 구조물임을 결코 잊어서는 안 돼. 전통 음악으로서의 시조를 문학으로 계승하려 했던 가람 선생의 높은 뜻은 훗날 시조를 넘어서는 시조 양식의 칸국시, 자신이 정립하려 한 현대시를 '삼행시'라고 명명한 초정 김상옥 선생으로 이어졌지. 초정 선생은 우리 시의 전통을 시조에서 찾으려고 많은 노력을 했지. 우리말을 사랑하는 마음이 남달랐어. 사람들이 우리말을 몰라주고 박대하는 것을 볼 때 시를 쓴다는 것이 슬프다고 했지.

선생에게 시조는 우리 시의 원형이야. 우리 현대시의 뿌리를 시조에서 찾으려고 애썼어. 그러다가 끝내 초정은 시조와 시의 경계선을 넘어버렸어. 애오라지 시인이고자 했던 거지. 선생은 김소월, 김영랑, 박목월, 서정주 같은 겨레의 사랑을 듬뿍 받는 유명 시인들이 사실은 작품의 바탕을 시조에 두고 있다고 지적한 바가 있어. 그리고 "작품을 쓴 시인들 본인이 자신의 작품 바탕이 시조라는 사실을 모르고 있다는 사실이 큰 비극"이라며 평생을 못내 안타까워했지. 시조 원리를 바탕으로 칸국 현대시의 전형을 만들려고 한 선생의 꿈도 뜬구름이 되고 말았어.

초정 선생이 밝힌 자유시의 시조 바탕 언급은 결국 시조의 내재율인 '3수율'을 얘기한 것이라고 보면 돼. 당연하게도 '3수율'은 아득한 옛날부터 내려온 우리 겨레의 고유한 호흡이고, 가락이고, 몸짓이니까 말이야. 시조의 참다운 가치를 몰라주는 당대의 문단과 사회 분위기에 아마도 초정 선생은 많이 애가 탔을 거야. 그 마음과 만나면 지금도 나는 가슴이 아파. 전율이 일어. 다행인지 불행인지 선생이 붙인 시의 이름 '3행시'라는 용어만은 널리 퍼졌어. 물론 3행시라는 이름 속에는 우리 고유의 독자적인 시의 전형을 빚어내겠다는 선생의 뜻이 강하게 들어갔지. 어쨌든 지금은 3행시가 우리나라 사람들이 즐기는 언어유희가 되었어. 어떻게 생각하면 초정 선생은 현대시조 개척자 중에서 시조에 담긴 3의 의미를 지적한 최초의 인물이라고도 할 수 있지. 시조와 3태극 원리가 불가분의 관계로 맺어져 있음을 선생은 어렴풋이나마 인식하고 있었던 게 혹여 아니었을까? 어쨌든 우리 시와 시조 대중화에 노심초사한 선생의 그 뜻을 오늘날 우리가 잘 이어받아야 해. 시조 놀이를 일상으로 즐기는 생활 문화가 하루빨리 뿌리를 내려야 하지. 삶의 고통과 힘겨움과 상처가 제때 치유되고, 일상의 소소한 몸짓이 빛나는 즐거움으로 채워질 수 있도록 우리 모두가 함께 노력하지 않으면 안 돼.

　시조의 정형성을 살려야 해. 시조는 첫 모습 그대로 천 년을 견뎌왔어. 역사가 오래된 것은 오히려 자랑이야. 흉이 될 수 없어. 시조에서 3을 살려야 해. 시조는 3의 문학이야. 3을 잊어서는 안 돼. 3줄짜리 시조가 진짜 시조야. 우리 정통 시조지. 시조는 3철학의 정수야. 고갱이야. 시조 틀에 담긴 3이라는 조화 수를 되살려야 해. 여기에 생각이 닿으면 시조가 문학에만 머무르지 않고 예술 철학 또는 생활 철학으로 곧장 승화됨을 알게 돼. 시조가 문학 세계를 넘어 우리 정신 문화의 샘터가 되는 거지. 오직 3을 가슴에 담아 시조를 알고 시조를 즐길 때, 시조가 예술이 되고 삶의 철학이 되고 고차원적인 '시조도(時調道)'가 된다니, 그 오묘한 조화가 두근두근 가슴을 뛰게 하지.

　배우고 때로 익히면 무엇이나 시조가 돼. 시조가 살아나. 그런데 조심할 것이 있어. 지금처럼 현대적으로 너무 멋 부리고 개성을 추구하다 보면 시조 틀에 새겨진 칸국 고유의 전통 사상이 손상되고 빛이 바래기 쉬워. 실제로 현실은 그렇게 흘러가고 있고 그게 대세가 되었어. 시조 형식이 안타깝게도 하루가 다르게 파괴되고 있어. 공연히 형식 실험이라며 이것저것 쑤석여. 시조의 정형성이 자꾸 훼손되고 있어. 시조의 성이 허물어지고 있는 거지. 다른 누구의 압력이나 박해가 아니라 순전히 우리 못난 후손들 때문에 시조가 빈사 상태에 빠져들고 있는 거야. 우리 겨레의 얼이 전반적으로 쭉정이만 남았어. 우리 문화가 알심은 빠진 채 껍데기만 붙어 있는 거지. 자유시를 부러워하며 그를 닮으려 애면글면 분주해. 참 큰일이야. 시조에 담긴 3태극 정신을 부활해야만 해. 고유의 민족 문화가 빈 껍질이 되고 정수가 깨어진 상태라면, 그렇게 계승되는 전통이 도대체 무슨 의미가 있어? 무슨 가치가 있는 거야?

지금도 시조의 정형성이나 형식의 문제로 고뇌하는 사람들이 많이 있어. 특히 시조에 목숨과도 같은 애정을 바치는 시조 시인들 중에 그런 사람들이 많아. 그들은 이런저런 형식 실험들을 끊임없이 시도하지. 말 그대로 실험들이야. 시와 시조의 관계를 알기 위해 몸부림쳐. 시조 정형의 양식이 과연 무엇일까 탐구하고 의심하면서, 또는 시조 형식의 견고함을 회의하면서 말이지. 신을 무조건 사랑하면서도 신의 존재를 끝끝내 의심하고 회의한 테레사 수녀처럼, 시조와 시조 형식을 종교처럼 지극히 받들면서도 그것을 의심하고 회의하는 사람들이 있는 거야. 슬프고도 아름다운 일이지. 그들은 말하지. 시조의 형식을 의식하거나 거기에 얽매이지 않을 때 진정으로 시조다운 시조의 창작이 가능하다고 말이야. 이 논리를 멋들어지게 활용할 때, 시조 작품에서 개성미 넘치는 수작이 나오고 역설의 미학이 탄생한다고 말이야. 그런데 중요한 것은 우리 몸속에 내재율로 흐르는 겨레의 3수율을 알아챘다면, 이것은 역설의 미학을 절로 터득한 것과 다름없어. 그리되면 흥얼거리는 모든 게 노래가 되고, 소리 내어 읽는 모든 게 시조가 되는 거지. 호흡은 노래가 되고 몸짓은 춤이 되는 거야. 민족의 운율을 잘 타고 잘 놀면 그게 오롯이 시조가 돼. 3수율의 흐름을 좋이 탈 줄 알면 시조는 저절로 탄생하는 거지.

자 몇 작품을 들어서 시조가 갖는 정형성, 곧 '구속을 견디는 자유로움'을 한번 확인해 볼까. 시조의 견고한 정형성이 오히려 여유와 자유를 넉넉히 품고 있음을 눈여겨보길 바라. 그런데 이건 애오라지 시조의 기본 운율이 3수율이란 걸 알아야만 진정 느낄 수 있는 거야. 3수율에 주목해서 아래 작품을 한번 보자고.

후회로구나
그냥 널 보내놓고는
후회로구나

명자꽃 혼자 벙글어
촉촉이 젖은 눈

다시는 오지 않을 밤
보내고는
후회로구나

－홍성란「명자꽃」

위 작품은 시조야. 현대 감각이 물씬 풍기는 현대시조야. 현대 문화는 곧 흑백국이 주도하는 문화야. 시각 문화가 승하지. 그래, 3장 구조를 가장 평범하고 일상적인 3행으로 처리한 게 아니고 3연 8행으로 새롭게 처리했어. 그럴 수도 있어. 현대 감각이 물씬 풍겨. 서정시로 손색이 없어. 행갈이에서도 연 묶음에서도 유의미한 시적 효과가 날카롭게 빛나. 좋아. 나무랄 게 없어. 훌륭해.

그러면 이제 이 작품의 시조로서의 형식적 정체성을 한번 볼까. 3장 6구 45자 안팎의 정형 구조에서 비추어보면 이 작품은 파격적이야. 상당한 일탈이지. 시조의 정체성을 흔들 만큼 일탈이 심해. 그런데 사실은 여기에 현대시조의 묘미가 있다고 하지. 그럴지도 몰라. 관점에 따라 평이 달라지니까. 어쨌든 이 작품이 왜 자유시가 아니고 시조인가에 대한 설명을 이론적으로 할 수 있어야 해. 만약 그럴 수 없다면 이 작품은 시조가 아닌 거야. 시조가 아니고 그냥 시인 거

지. 자유시, 현대 칸국시 말이야. 초정 선생이 앞 시대에 그랬던 것처럼 시조 창
작 태도가 일견 위태롭기도 해. 어느 고비에서 시조가 아닌 걸 시조라고 빚을 수
도 있으니까 말이야.

후회로구나 그냥 널 보내놓고는 후회로구나   (5, 3, 5, 5)

명자꽃 혼자 벙글어 촉촉이 젖은 눈   (3, 5, 3, 3)

다시는 오지 않을 밤 보내고는 후회로구나   (3, 5, 4, 5)

작품을 3장 3행으로 쓰면 위와 같아. 이것을 '3수율'로 분석해 볼까? 음보율
또는 음량률로 나누는 것이 아니라, 3수율로 나누는 거지. 3수율이 우리 민족의
호흡이고 걸음새고 몸짓이라서 그래. 여기서 3은 3태극 원리를 품고 있어.

후회로구나 / 그냥 널 / 보내놓고는 / 후회로구나 /   (5, 3, 5, 5 - 3수율, 4마디)

명자꽃 / 혼자 벙글어 / 촉촉이 / 젖은 눈 /   (3, 5, 3, 3 - 3수율, 4마디)

다시는 / 오지 않을 밤 / 보내고는 / 후회로구나 /   (3, 5, 4, 5 - 3수율, 4마디)

시조의 3수율 원리는 글자 수에 매인 게 아니라 했지? 우리 겨레 삶의 출발
이 원래 그랬어. 우리는 명사적 사고보다 동사적 사고에 능해. 아득한 단군 조선
때부터 지금까지 그래. 3수율 원리는 흐름이고 율동이야. 삶의 원리야. 몸짓이
고 호흡이지. 그러니까 위 작품은 시조가 맞아. 형식적으로도 시조 양식에서 벗
어나지 않고 있어. 마디마디 3수율을 잘 지키고 있지. 작품을 소리 내어 한 번 읽
어 봐. 읽어보면 호흡이 참 자연스럽잖아. 3수율 기본을 지켜서 그래. 3수율은 글

자 수 3을 기준으로 하되 한 마디에는 1자에서 시작하여 4자~9자까지 다 제어할 수 있어. 심지어는 10자까지 통제 가능해. 뒷장에 나오는 한시조 예시 작품을 통해 나중에 한번 확인해봐. 이건 세계의 정형시 학계나 관련 단체 사람들을 기절시키기에 딱 좋아. 정형시인데, 어떤 때는 그 자리에 2자가 들어가고 어떤 때는 10자가 들어가니, 정형시 상식을 가진 사람들 눈에는 이게 정형시가 아닌 거지. 그래서 일배국 학자 중에는 질시의 눈초리로 우리 시조가 정형시가 아니라고 지적하기도 해. 그들로서는 작품을 직접 보고도 못 믿겠지? 그러나 어떡해. 우리 시조가 그렇게 생겨 먹은 걸 말이야. 우리 삶이, 우리 인생이, 우리 역사가, 우리 문화가, 우리 현실이, 우리 민족이 실제로 그런 걸 어떻게 하나?

한 마디에 3자만 넣는 게 아니라 2자도 넣고 3자도 넣고 5자도 넣고 9자도 넣고 그러는데 어쩌겠어. 옛날부터 우리는 그렇게 살아오고 지금도 그렇게 살고 있는 걸. 이런 걸 문화라고 하지. 이게 바로 우리 문화야. 그러니 아득한 옛날에 시조 양식이 만들어져서 지금 전해온 거지. 현실의 실제 모습이 그런 걸 우리가 어떻게 하겠나? 3철학이 이런 걸 어떡해? 그러고 보면 시조 형식은 우리네 삶의 철저한 반영이고 현실의 적극적인 반영이고 사람살이의 완전한 반영인 거지. 시조의 운율인 '3수율'이 그 뚜렷한 증거물이야.

보면 칸국 곳곳에서 지금 시조 현대화 작업이 한창이야. 오래전부터 다들 열심히 하고 있지. 열의를 가지고 실천하는 사람들이 꽤 많아. 그런데 긴말 필요 없어. 시조를 현대에 살리는 길은 시조 본래의 모습으로 돌아가면 돼. 이것 하나면 다 해결돼. 3장 사계절 단시조로 돌아가면 돼. 정시조로 돌아가면 돼. 3태극 원리를 실천하면 돼. 우리 칸국의 명운을 위해서라도 2태극의 대립을 넘어 3태극의 화해로 가야 해. 조선 후기의 실학자들이 당대의 유교를 살리기 위해 어떻게 했지? 현실을 중시한다는 근본을 망각하고 번문욕례와 당리당략에 빠진 유교 정신을 구하려고 나선 실학자들이 어떻게 했지? 실사구시의 깃발을 높이 들고서 유교 본래의 길로 돌아가자고 부르짖었잖아. 실제로 유교는 공자님 생각이 그랬듯이 근본적으로 현실 중심주의, 인간 중심주의 사상인 거야. 그걸 되살리자는 거였잖아? 그 결과 조선 후기에 실용주의 사상이 당대를 대표하는 시대 정신이 된 거지.

우리도 시조를 향해 외쳐야 해. 한목소리로 뜻을 모아 소리쳐야 해. 시조 원래의 얼로 돌아가자고 말이야. 시조의 얼개와 얼을 되찾아야 해. 시조를 창작할 때 작품에 3철학이 반드시 드러나도록 해야 해. 일상의 시조 놀이에서 3태극의 의미와 가치를 새김질하는 게 굉장히 중요해. 남북칸의 대립과 분단을 깨뜨리고 화해와 통일로 가는 길이 거기서 첫걸음을 떼는 거야. 시조 놀이를 통해 사람들은 일상에서 즐거움을 찾게 되고, 그러면 사회 여러 곳에서 통일의 꿈이 천천히 익어갈 거야. 시조가 모든 이의 일상적 삶에 참기름처럼 고소하게 스며들 수 있게끔 우리가 정성과 노력을 다해야만 해.

아래 작품은 시조일까 아닐까? 단단이 한번 따져봐. 그리고 시조인지 아닌지 판정을 내려 봐. 시조처럼 썼어도 시조 양식이 아닌 것은 시조가 아닌 거야. 왜냐하면 시조는 정형시이니까 그렇지. 그렇다면 이 작품은 정체성이 뭘까? 그래, 맞았어. 그냥 시야. 자유시, 현대시. 현대 칸국시. 시조가 아니고 그냥 시라는 거지. 현대 서정시. 한 번 확인해 볼까?

눈길 미끄러우면 한 번 미끄러져 주자

엉덩방아 찧으니
닿을 듯 파란 하늘
웃으며
미끄러지자

살아 있는 좋은 날

—김OO「눈길」

'시조다 아니다'를 결정하는 것은 내용의 문제가 아니라 양식의 문제이고 형식의 문제인 거야. 작품「눈길」은 시조 양식을 따랐지만, 또 시조 양식을 깨뜨렸어. 파격을 넘어선 거야. 파격을 넘어선 것은 파괴라고 하지. 혹은 파탄. 이 작품에는 3이 안 보여. 3철학이 파괴되었어. 3태극 원리가 삭제되었어. 3장 구조가 다 날아갔어. 결론적으로 이 작품은 시조가 아니야. 시조 같은 시, 현대 자유시야. 시조를 이용한 서정시이지. 보면 이 작품은 우리 겨레의 운율인 3수율 원리를 잘 활용했어. 그래서 율동감과 리듬이 유려하게 살아 있어. 산뜻한 이미지 창출에도 성공했어. 그러나 이건 시조가 아니야. 이 작품은 훌륭한 현대 자유시라고 보면 돼.

현대 자유시가 삼라만상 모두를 시화하듯이 시조 역시 시화 대상을 가리지 말아야 해. 일상에 기반을 둔 생활 시조이든 고매하고 우아한 격조 시조이든 다 좋아. 가리고 따지고 할 필요가 없어. 뭐든 시조면 되는 거야. 남녀노소가 가리지 않고 다 좋아하면 돼. 그리고 즐거우면 되는 것이고. 시조를 장난감처럼 가지고 놀면 더 좋은 일이고. 시조가 생활필수품이 되어 집집마다 시조 작품이 하나씩 갖추어지면 한결 좋은 일이겠지. 아이들이 컴퓨터 게임보다 시조 놀이를 더 좋아하도록 하는 데서 시조 운동가의 꿈이 완성되겠지? 시조 창작은 왕성하게 활성화되어야 해. 지금보다 더 일상적으로 더 치열하게 생활 속에 녹아들어 가야 하지. '격조가 없으면 시조가 아니다' 하는 식의 시조 고품격론은 시조를 양반 사대부의 전유물로 생각하는 편향된 의식이 빚어낸 거야. 시조 표면에 덕지덕지 붙어 있는 고정 관념을 깨뜨려야 해. 민족 문화의 새로운 도약을 시조로부터 이끌어내야 해. 시조가 엄청난 인기를 끌며 세계에 진출할 때, 그때가 바로 우리 현대 문학의 진정한 봄날인 거야.

　우리 철학을 지구촌에 알리는 일에는 시조가 딱 적격이야. 이것이 우리 시조가 끌어안고 있는 역사적 사명이 아닐까? 시조는 대중을 향해 열려 있어야 하며, 시대를 향해서도 문을 활짝 열어 두어야 해. 이런 생각과 실천들이 씨줄과 날줄이 되어 우리 문화의 원단을 부시게 짤 거야. 또 이런 것이 일배충과 흑백국에 둘러싸여 질식 일보 직전에 있는 우리 정신 문화를 살리는 길이 될 것이야. 시조의 부활이 곧 우리 정신 문화의 부활이야. 시조의 활성화가 곧 우리 민족의 활성화야. 시조가 곧 우리 철학이야. 시조의 세계화가 세계 평화의 시작이야. 시조가 곧 우리 종교야. 이것은 애오라지 우리의 의지와 실천에 달렸어. 가능한 꿈이야. 불가능하지 않아. 할 수 있어. 우리 이것을 '시조의 꿈'이라고 이름 붙이면 어떨까? 꿈의 재료는 진작 마련되었고 이젠 우리가 그걸 맛있게 요리해서 지구별 사람들에게 나누어 주면 돼.

여자는 거울로 자기를 보고 남자는 남에게서 자기를 본다

여담 하나. 하버드대 칸국학연구소장인 데이비드 매캔(David R. McCann) 교수가 옛날부터 우리 시조의 매력에 홀딱 빠져버린 거라. 그래, 그가 우리 시조를 알리려 불철주야 세계로 뛰고 있지. 영어로 시조 쓰기 교육도 하고 우리 시조를 영어로 번역해서 지구촌에 소개하는 일을 하기도 하고. 참 고마운 사람이야. 우리가 엄두를 못 내는 일을 벽안(碧眼)의 외국인이 하고 있는 거지. 데이비드 매캔 교수는 시조의 어떤 매력에 빠졌을까? 나는 이것이 참 궁금해. 그는 일배국의 하이쿠도 경험했어. 하이쿠를 처음 접할 때는 깜짝 놀라는 전율을 얻었지만, 금방 싫증 나버린다고 했어. 너무 단순해서 상투어, 클리셰가 되는 거야. 지루한 자기 복제가 반복된다는 거지. 그에 비해 3장 구조를 가진 시조는 참으로 묘한 매력이 있다는 거야. 변화무쌍하다는 거지. 가까이 대할수록 매력이 새록새록 돋아난다는 거야. 3태극 철학의 무궁한 창조성을 그가 절실히 느껴보았음이 틀림없어. 그러면 그가 쓴 시조 한 편을 구경해 볼까? 물론 영어로 쓴 거야. 그는 영어와 우리말을 넘나들며 지금 시조를 쓰고 있어. 그의 존재는 마치 우리가 시조에 관해 아직도 할 일이 많이 있을 거라는 이야기를 조곤조곤 들려주는 것 같아.

하룻밤 안동 시내 골목술집 구경하고

머리가 뺑뺑 돌 때 밭둑길을 거닐다가

도야지 꿀꿀 소리야 이제 왔노 하노라

시조 제목은 '안동의 밤'이야. 어때? 돼지와 도야지. 종장 첫 마디 3자를 살리려고 '돼지'를 '도야지'로 바꾼 정성스러운 맘이 참 눈물겨워. 마음 씀씀이가 아름답지. 이런 사람에게 우리 3철학을 설명해 줘야 해. 그러면 세계 평화가 금방 다가와. 현대 문명 속의 인간성 회복이 훨씬 앞당겨져. 외국인에게도 시조는 이렇게 감응하는 거야. 맥켄 교수는 시조의 3장, 3수율의 정형성에 재미를 듬뿍 들인 것 같아. 능청스럽게 분위기조차 잘 잡아냈어."

단단은 저도 모르게 미소를 연이어 그려낸다. 감탄의 낯빛이다. 시조의 매력을 제대로 발견한 눈치다. 단은 적이 만족한 표정으로 해마루 사부를 바라본다. 존경의 눈빛이 햇살처럼 환하다. 단단이 이제 그동안의 시조 공부를 간추리며 혼자서 마지막을 정리해본다.

"시조의 형식적 정체성은 음수율 또는 자수율에 매이지 않는다. 자율적 정형시라고 할 만큼 유연하다. 딱딱하지 않다. 부드럽다. 신축성이 있고 탄력적이다. 이것은 순전히 우리말의 언어학적 구조에 말미암는다. 또 3장의 서사 구조가 시조 형식의 유연성에 결정적인 작용을 한다. 시조에서 3장의 구조는 그 자체가 하나의 큰 틀거지가 된다. 3장 구조는 시조 전체에 흐름을 부여하기 때문에 장별 곳곳에 나타나는 변칙과 파격을 시조 율동의 큰 흐름에 어긋나지 않게 튼튼히 잡아주는 역할을 한다. 시조의 형식적 유연성은 한 마디 한 마디 '3수율'에서 출발하며, 이것은 전체 3장 구조를 틀거지로 하여 더욱 적극적으로 발현된다. 시조가 3장 구조가 아니라면 시조 장르의 형식적 유연성이나 탄력성이 현저히 줄어들 것이라는 사실은 자명하다. 여기서도 결국 3철학이 위력을 발휘한다. 시조는 3이라는 겨레의 성수를 상징 처리한, 우리나라의 가장 위대한 문화유산이라고 말하고 싶다. 우리 고유의 3태극 정신을 구체화한 문화적 산물이 바로 시조가 아닐까 한다.

현대시조는 현대 문명의 특징 그대로 시각적 요소를 중시한다. 그래서 연과 행을 구분하고 행갈이를 하고 연을 나누고 한다. 시인의 창조적 개성과 미감을 시각적으로 드러내려는 노력을 다투어 쏟아 붓는다. 이런 까닭에 현대시조는 3줄로 기사하는 시조 작품보다는 6줄, 7줄, 심지어는 9줄, 10줄로 표현하는 시조 양식이 줄줄이 생산되고 있다. 석 줄의 단정한 시조 표현은 현대시조의 창작 편수에서 오늘날 극히 드문 형편이다. 그러나 시각적 요소를 강조하자면 오히려 시조는 각 장을 한 줄씩 묶어 따로 기술하여 석 줄로 표현함이 마땅하다. 왜냐하면 시조는 우리 겨레 3수 철학의 정수를 담아내는 그릇이니까 그런 거다. 시조에서 3행 기사 방식을 취하면, 숫자 3이 눈에 선명하게 들어온다. 시조에서 한눈에 보아 3의 철학이나 3의 의미를 찾아낼 수 없다면 그것은 시조가 아니다. 시조의 멋과 맛과 의미와 보람과 가치를 잃은 그것은 시조가 아니다. 그것은 그냥 현대시다. 자유시, 현대 서정시이다. 이게 나쁘다는 게 아니라 그냥 그렇다는 거다. 시조가 아니라는 거지. 이런 창작 행위가 우리 문화의 숲을 더욱 푸르고 아름답게 가꾸는 일에 이바지하는 바가 없지는 않을 것이다.

시조 3장에서 각 장은 4마디로 채워져야 한다. 이때 4마디는 각각 '봄, 여름, 가을, 겨울' 사계절의 차례 걸음이다. 예부터 우리나라만큼 사계절이 또렷하게 살아있는 나라가 달리 없었다. 자연환경과 계절감은 그 민족의 정서와 미의식에 강력한 영향력을 끼치는데, 이것이 예술 양식으로 구현된 것이 우리나라에서는 시조 각 장의 춘하추동 4마디 양식이다. 춘하추동의 사계절이 초장, 중장, 종장의 각 장마다 오롯이 담겨야 한다. 시조의 4마디 양식은 완벽한 자연주의를 표현하고 있다. 한 장에 사계절을 오롯이 담은 거다. 완벽한 자연주의다. 자연 친화주의다. 이걸 유식한 말로 표현하면 이렇게 된다. 한 나라의 고유한 정형시는 그 민족의 집단 무의식의 문화 패턴이다. 시조 양식에는 우리의 독특한 자연친화 사상이 또렷이 새겨져 있다. 시조는 초장 네 걸음, 중장 네 걸음, 종장 네 걸음의 호흡으로 나타난다. 그렇기 때문에 엄밀히 말한다면, 시조에서는 줄만 바꾼다고 해서 새로운 장이 탄생하는 게 아니다. 새로운 봄, 여름, 가을, 겨울을 담을 수 있어야 각 장은 완결 처리된다. 그러므로 시조는 장별로 독자적이고 독립적인 완결 구조로 되어 있으면서, 이것이 다시 3장 구조 전체의 흐름으로 흘러들어 유연성과 탄력성과 역동성을 만들어내는 것이다. 이른바 3장 구조의 삼위일체 양식이야말로 시조가 폭발적인 유연성과 탄력성과 창조성을 발현하는 기반이 된다. 시조의 정형 구조가 갖는 무한대의 역동성과 창조성이 여기서 빛난다."

단이 손을 멈춘다. 깔끔하게 정리를 끝냈다. 그러나 단단은 아직 만족할 수 없다. 갈무리해둔 해묵은 궁금증이 있다. 그것을 꺼내어 본다. 펼친다. 한시조다. 한시조는 무엇일까? 그것은 어떤 가치와 보람을 갖고 있을까? 한시조는 어떻게 쓰는 걸까? 단은 시조 공부 첫머리에 얼핏 맞닥뜨린 적 있는 한시조의 어제와 오늘 그리고 내일이 너무나 궁금하다. 단은 사부를 찾는다. 성급하게 손을 든다. 손을 들고 질문한다. 삼예 선생이 웃는다. 단이 단도직입으로 묻는다.

"사부님, 한시조가 무엇입니까?"

해마루 사부는 묵묵부답이다. 천천히 물 한 잔을 마신다. 하늘을 올려다본다. 한 조각 뭉게구름과 눈인사를 나눈다. 그리고 나서 또 한참이 흐른다. 드디어 사부가 입을 뗀다. 연꽃이 피어나듯 두꺼운 입술이 슬며시 벌어진다.

"아서라. 말아라. 한시조는 함부로 가르쳐 줄 수가 없구나. 한시조는 위험해. 이건 하늘나라의 무기야. 촌철살인의 무기지. 한시조는 우리 겨레 문학의 최종 병기야. 그래, 흑백국의 정체성을 먼저 공부하여라. 그런 후에 한시조를 가르쳐 주마. 한시조 안에는 창조와 파괴가 동시에 일어나는 가공할 위력이 숨어 있어. 그러니 먼저 흑백국 문명을 공부하여라. 그래야 한시조의 참뜻과 보람과 가치를 바르게 알 수 있어. 어떻게 해서든지 너 혼자의 힘으로 흑백국 문명을 일이관지로 꿰뚫어서 환히 공부하고 오너라. 그러면 옛날 과거 시험처럼 어느 날 내 앞에서 직접 시험을 치르고 합격한 연후에야 내가 한시조를 가르쳐 줄 수 있다. 내 말을 알아듣겠느냐? 명심하고 '열공'하기 바란다. 시험 날짜는 우리 민족 최대의 명절인 한가위 추석날이다. 음력으로 팔월 보름날이다. 그날 네가 흑백국 문명의 폐해와 우리 문화의 살림을 조상님 앞에서 낱낱이 고하는 것이야. 알겠느냐?"

약속한 시간이 다가오고 있다. 단단이 시조 수련에 몰두한 지 어느새 삼 년의 세월이 지나가고 있다. 시나브로 흑백교의 정체를 밝히고 흑백국의 문명을 정리하는 시간이 다가온다. 마침내 약속한 날이 왔다. 팔월 보름, 추석날 아침이다. 단은 해마루 사부의 명에 따라 찬물로 목욕재계를 한다. 한 점의 티끌이 없도록 몸과 마음을 정갈하게 씻는다. 이윽고 단단이 심기를 가다듬고 대청마루에 무릎을 꿇고 앉는다. 붓과 벼루는 준비되었다. 단은 단전 호흡을 한다. 천지신명 하느님께 기도를 올린다. 드디어 붓을 든다. 단단은 일필휘지로 써 내려가기 시작한다. 해마루 사부는 단단 앞에 가부좌를 틀고 앉아 고요히 묵선에 든다. 한 점 흐트러짐이 없다. 단단은 거침없이 붓을 휘두른다. 춤추며 흘러가는 계곡물의 움직임이다. 우쭐우쭐 두 어깨가 가늘게 흔들린다. 어찌 보면 분기탱천하는 분노에 치를 떠는 검술 같은 몸놀림이다. 취필이 아니라 정녕코 취검의 몸짓이다. 흑백국의 정체성이, 우리 겨레의 살림[9]이, 그 역사와 운명이 단단의 손길을 타고 일목요연하게 정리되고 있다.

단단은 첫 먹물을 듬뿍 찍은 후 애마 단일필(丹一筆)을 타고 흑백국으로 거침

---

9 '살림살이'와 '살리기(生)', 2개의 뜻을 동시에 담은 단어.

없이 뛰어든다.

"아득한 옛날 말이 없던 시절이 있었다. 하늘과 땅 사이는 오직 거무스레할 뿐 빛과 어둠이 하나로 엉겨 있었다.

항상 사람 사이에는 다툼이 있었다. '말'에 말미암음이다. '말'은 상징이고 추상이다. 말을 통해 말 이전의 상태로 돌아가는 일, 이것이 종교, 특히 흑백교의 기본 교리다. 이것은 가뭇한 태고를 향하면서 동시에 아슬한 미래를 지향하는 마음이다. 이 점에서 종교는 인간에게 거룩한 존재 의의를 가진다. 왜냐하면 인간의 이러한 지향이야말로 현재 속에 구현된 영원한 우주를 정복하는, 단 하나의 길이기 때문이다.

흑백국의 어떤 천재가 일찍이 이런 말을 남겼다. "신은 시간의 바깥에 존재한다." 흑백인들은 얼마 전에 자신의 병명을 알아냈고, 또 병을 고치는 중이다. 이를테면 양자역학, 불확정성 원리, 문화 상대주의, 에코 페미니즘, 불교학, 카오스 이론, 명상 수련 등이 그것들이다. 그러나 짐작하기에 그들은 끝끝내 흑백교의 병집에서 빠져나오기가 쉽지 않을 것이다. 이미 우주는, 우리가 사는 세상은 인간의 손을 떠났다. 앞으로 기계가 우주의 마지막 생물이 될 것이기 때문이다. 노벨상을 받은 어떤 과학자가 이런 말을 전하고 있다.

"과학의 발전은 이성의 승리다. 그러나 이성의 승리는 우리에게 슬픈 진리를 가르쳐 주었다."

생각하면 어찌 그는 다만 슬프기만 했을까? 그는 발가벗겨진 자신의 유일신을 보았다. 동화 속의 '벌거벗은 임금님'을 그는 실제로 만났던 것이다. 벌거벗은 임금은 자신이 벌거벗고 있다는 사실을 모르고 있었다. 오랜 세월 동안 아무도 그것을 지적하거나 일러주지 않았으니 그럴 만도 하긴 하다.

　흑백교는 '말'에 의해서 태어났다. 출생이 그런즉 이것은 유난히 말소리가 크다. 모든 것이 침묵 속에 잠겨 있을 때도 그는 홀로 소리를 끌고 다닌다. 마치 어둠 속의 한 오리의 빛과 같이. 이백 년 남짓한 이 땅의 흑백교 역사를 돌아보라. 그리고 현재 그들 흑백교 집단의 정치 사회적 위세와 권력 의지를 보라. 지금 흑백교 신앙인들이 이 땅의 기운과 문화의 틀을 쥐락펴락하고 있다. 눈을 돌려서 바다 건너 흑백인들이 살아온 많은 날을 추억해 보라. 흑백교는 그 생리상 필연적으로 말로써 흥할 것이요, 말로써 그 생명을 다할 것이다. 바다 건너에서 지금 흑백교가 쇠퇴의 길을 걷고 있다고는 하나, 그 여진이 어마어마하게 클 터 지구별에서 쉽게 기세가 꺾이지는 않을 것이다. 지금 칸국은 흑백교 말의 성찬이 오히려 푸짐하다. 쓰리고 애달프지만, 이것이 우리의 현실임을 인정한다.

　흑백교는 근원적으로 말로 세워진 종교이다. 허상이다. 실체가 없다. 인간이 말의 노예 상태에서 풀려나는 어느 날, 흑백교는 조용히 숨을 거둘 것이다. 절대 진리의 세계는 말이 끊어진 세계다. 욕심이 없는 세계다. 우주적 요소의 스스로 그러함[自然]이며, 스스로 말미암음[自由]이다. 절대 진리의 세계를 두고 단독 소유권을 주장하는 흑백교의 신앙인들은 인류 문명의 파괴자들이다."

　　그는 불덩이다 달아오른 횃불이다
　　시대의 마지막 양심 뜨거운 도덕이다
　　절대로 물러설 수 없다 그는 선생님이다

　단단은 먹물을 다시 한 번 듬뿍 묻힌다. 붓이 궤적을 그리며 힘차게 내달린다. 그러나 그의 눈빛은 한없이 맑다.

"새퉁스러우나 이런 질문을 던져 본다. 인간에게 종교란 무엇인가? 혹 '완전해지고자 하는 욕망의 산물이 종교가 아닐까? 흑백 종교의 탄생은 우주의 시공간을 지배하려는 인간 욕망의 역사적 음모다. 흑백 생각으로 무장한 인물들이 참 무섭다. 그림자를 두고 소유권을 주장하는 그들은 난폭자이다. 그들은 철저히 세속적인 얼굴을 하고 있다. 그들은 패배를 모른다. 유일신교는 힘이 세고 사납다.

그들은 말의 미망에 사로잡혀 세속의 그물에 걸려 있다. 그들은 성스러운 종교에 대해서 인간이 함부로 논해서는 안 된다고 경고한다. 그 서슬에 성역과 금기가 끊임없이 만들어진다. 신과 분리된 인간은 저절로 불가촉천민이 된다. 주님 앞에서는 생명 모두가 종이 되고 만다.

흑백 종교는 신과 인간을 절대적으로 구별한다. 정확하게 말하면, 이것은 구별된다고 간주하는 것이다. 진짜 이분법으로 이것이 딱 갈라지는지 어떤지는 사실 중요하지 않다. 정작 중요한 것은 그것이 가져오는 실질적 이익이며, 거대 담론과 절대 가설이 가지는 '이후(以後) 생산성'의 폭발이다.

과학의 진리와 종교의 진리가 적대적 모순을 첨예하게 드러내는 오늘에도 양자 모두가 사는 길을 흑백인들은 아주 손쉽게 찾아낸다. 종교와 과학은 같은 진리를 서로 다른 방법의 은유적 표현으로 나타낼 뿐이라고 그들은 말한다. 그리고 또 하나, 종교와 과학의 영역을 칼로 두부 자르듯이 이분법으로 딱 절단한다.

흑백 종교의 생각은 철저한 지배 논리다. 지금의 우리 칸국에서 초들어 말해서는 안 되는 두 개의 금기가 있다. 하나는 북칸을 찬양하는 것이고, 또 하나는 흑백교를 비판하는 것이다. 이것을 거칠게 정리하면 흑백 양분 논리가 우리 가슴과 머리를 갱무도리 없이 짓누르고 있다는 뜻이다. 작금의 칸국 사회는 흑백교 추종 세력이 지배 계층으로 자리 잡았다고 할 만하다. 해방 이후에 일배 식민지 시절의 친일파 신분을 세탁하는 일에 흑백교 신앙이 크게 도움을 주었다. 거기에 보태어 반공산주의, 곧 반공이 그들의 신분 세탁에 결정적인 공헌을 한다. 빨갱이라는 레드카드 한 장이면 자신들의 반대파는 버티는 힘을 잃어버리고, 끝내 역사의 지도에서 지워져야 했다. 8·15 광복 이후 오늘까지 칸국에서 반공의 위력은 유일신을 능가하는 것이다. 칸국 역사의 죄인 친일파는 다시 살아났다. 화려하게 부활했다. 그들은 반공과 지역 편 가르기를 무기로 삼아 칸국 지배 권력을 다시금 장악했다.

흑백 종교의 희망은 독재의 실현이다. 독재는 '성악설'을 뿌리로 한다. 흑백교에 따르면 인간은 원죄를 지닌 존재들이다. 인간 성악설의 출발이다. 이것은 인간의 역사를 투쟁의 역사로 끌고 들어간다. 첫째로 인간 성악설은 근대 이후 엄벌주의와 법률주의 전통을 만들어 부르주아 통치 국가를 만든다. 둘째로 자연 성악설은 고문과 실험을 통한 자연 길들이기와 자연 정복 사상으로 실현된다. 이 점에서 흑백교의 탄생은 우주를, 우주의 영원한 시간과 무한한 공간을 지배하려는 인간 욕망의 역사적 음모가 아닐까 하는 것이다.

흑백교는 유신론이다. 유일신을 믿는다. 그러나 이곳에서 절대자는 두 명이다. 하나는 '신'이요, 다른 하나는 '인간(흑백인)'이다. 이 두 절대자는 서로를 지켜주고 완전성을 상호 보장해 준다. 여기에 서양식 '인간 존중'의 비밀이 들어 있다. 인간은 오직 절대자 앞에서 평등하고 만물(인간 포함)에 대해서는 다투어 제왕이 되려 한다. 그리하여 인간 사회 집단 내부는 적자생존과 경쟁의 법칙이 살벌하게 작용한다. 이 원리가 제도화된 것이 바로 현대 자본주의이다. 오늘의 우리 사회는 얼마만큼이나 치열한 경쟁사회인가? 나라 전체가 약육강식의 먹이 사슬 구조로 꿰여 있다. 인간이 발명한 '말'이 일으킬 수 있는 가장 큰 분란, 이것이 흑백교 역사, 곧 흑백 문명이 우리에게 들려주는 가장 큰 교훈이다. 이를테면, 흑백교 신앙은 '말'의 혁명이다. 근대 과학은 그 '말'의 실천이다. 자본주의는 그 '말'의 생활화, 제도화인 것이다.

'태초에 말이 있었다', 여기서부터 인간의 역사는 폐쇄의 동굴에 갇혀버렸다. 독선과 아집과 투쟁의 시대가 본격적으로 열렸다. 무한 경쟁의 원리가 인류사를 지배하게 되었다. 오늘날 흑백 문명은 설국열차를 만들었고, 이것이 지구별을 캄캄한 오지까지 구석구석 일주하며 지금 사납게 질주한다. 세계가 하나의 문명으로 통일되어가고 있다. 슬픈 일이다. 지구 역사의 가장 큰 불행이다. 말에 대한 맹신. 이에 터하여 유일신 사상이 확립되고, 자연과학 탐구가 진지하게 시작된다. 이것이 '흑백국 유일신 독재 원리'가 내딛는 역사적 발걸음이다.

말(절대 언어, 지배 언어)은 투쟁의 처음이자 끝이다. 말은 세계정복의 출발점이다. 말의 정복은 세계정복의 완성이다. 흑백국의 말로 '말(word)'은 곧 '세계(world)'이다. 그들 문명의 바탕 무늬는 말의 속성을 그대로 연장한 것이다. 그것은 한없이 추상적이며 논리적이며 허구적이다. 이 같은 바탕 무늬에 덧입혀지는 것으로 이와는 전혀 대조적인 사상이나 삶의 양식이 시대의 파고를 타고 새롭게 나타나기도 한다. 가령 그것들은 허무주의, 반이성주의, 나체주의, 감각주의, 낭만주의, 초현실주의, 실존주의, 해체주의, 포스트모더니즘 따위의 이름을 걸고 등장한다. 지금도 그렇지만 결국 흑백국의 문화사에 명멸하는 양극단의 문화 양상이라는 것이 따지고 보면 '뫼비우스의 띠'처럼 하나의 폐곡선 위에서 작동할 따름이다.

그 뫼비우스의 띠는 '로고스(Logos)'라는 이름을 가지고 있다. 흔히들 흑백교
철학의 근본을 로고스라고 말한다. 그들 문명의 씨앗이 로고스라는 뜻이다. 이
로고스가 '말씀'의 화신으로 정리된 것이 종교이며, '논리', '이성'의 결정체로 정
리된 것이 과학이다. 실제로 '로고스'는 이 두 가지 뜻을 동시에 지니고 있다. 이
런 이유로 흑백국 문명에서 종교와 과학은 한 몸 한 뿌리인 것이다. 현대 문명,
그러니까 독재 문명의 씨앗이 흑백교적 세계관 속에 감추어져 있었던 것이다."

운동이 좋은 것이 운동하면 좋은 것이

몸도 내 것이요 마음도 내 것이 되어

땅 위에 드넓은 하늘 아래 나부터 우뚝한 것을

"말을 버리자. 기계주의 이성을 버리자. 흑백교의 '말씀 잔치'를 멈추자. 칸국
의 마음을 찾자. 칸국의 그리운 옛 얼굴을 만나자. 인간을 찾자. 생명을 되찾자.
다시 칸의 원래 마음, 낙천주의(樂天主義)의 새 물결을 이루자. 우주적 기운은 낙
천적이다. 자유는 낙천이다. 자연 또한 낙천이다. 만물은 낙천주의의 으뜸꼴이
다. 앎을 버려라. 욕심을 버려라. 기계를 버려라. 그러면 청송 주왕산, 이름 모를
계곡물에 몸 씻기며 제 속으로 꽉 들어찬 한 차돌, 낙천적으로 살아가는 돌멩이
의 삶의 길이 보인다.

'말'은 투쟁을 부르며, 승패를 가른다. 말은 칼이다. 말은 법이다. 말은 명령
이다. 말은 기계다. 아마도 이 기계는 우주의 종말이 올 때까지 무한경쟁의 고속
도로를 쉼 없이 달려가리라. 그러나 우리는 알고 있어야 한다. '말'에서 갖은 싸
움이 생겨났으며, 온갖 분별이 생겨났음을. 여기서 독재적 인간의 오만과 횡포

가 생겨났음을. 이 말(절대 언어, 지배 언어)이 곧 근대 문명의 역사적 개념인 '이성'이다. 이 둘은 한 몸 한 뿌리이다. 이제 '말'의 허울, '이성'의 허울을 우리 손으로 찢어버려야 한다. 후천 개벽의 새 물결이 필요하다. 새 나라를 만들자. 새 문명을 만들자. 칸국의 새봄을 맞이하자. 행복한 시조 나라를 만들자. 우리 몸에 자연스러운 옷과 신발이 필요하다. 절대 유일 언어는 흑백 생각을 낳는다. 흑백 양분법은 무한 경쟁의 원리다. 증오와 혐오를 퍼뜨리는 사상이다. 아프리카를 보라. 남미를 보라. 우리나라를 보라.

사람들이여, 각자의 마음속에 세워놓은 우상을 깨뜨리자. 고정 관념을 깨뜨리자. 마음 놓고 깨뜨리자. 정답을 잃어버리는 두려움과 아픔을 뼛속 깊이 절감해 보라. 거기에는 자연히 우주의 길과 삶의 길이 보일지니. 사람들이여, 말이 없던 시절, 우주의 고향으로 되돌아가자. 인간을 찾자. 생명다움을 되찾자. 지구를 살리자. 시조를 꽃피우자.

자기 몸으로 하늘의 명을 살리는 게 느낌이다. 느낌은 느낌이다. 아는 것도 없고 모르는 것도 없다. 우리 철학은 그냥, 느낌 그대로이다. 느낌은 '그냥 철학'이다. '왜'냐고 묻지 아니한다. 자세히 속내를 캐지 않는다. 그러고도 대상을 안다. 대상, 즉 만물은 그의 몸의 연장이다. 그 마음의 자연이다. 그 몸의 자유이다. 우주적 기운의 원천이다.

옛날 옛적 갓날 갓적에 가뭇한 시공간이 끝없이 펼쳐져 있었다. 스스로 말미암고[自由] 스스로 그러한 대로[自然]. 만물은 같은 시공간에서 존재한다. 한꺼번에 통째로 있다. 이런 까닭에 만물은 평등하다. 차이가 있으므로 평등하다. 시간과 공간은 분리되지 아니한다. 모든 절대화, 모든 우상화는 인간의, 인간에 의한, 인간을 위한 절대화다. 절대화 의도를 가진 인간은 절대화된다. 말하자면, 완전한 자기와 불완전한 자기와의 분리이다. 이것의 틀 잡음, 이를 세간에서는 종교라 이른다.

그러면 칸국의 성경은 무엇이던가? 답은 간단하다. 이 땅에는 성경이 없다. 우리 역사에는 유일신 절대자가 존재한 적이 없던 까닭이다. 곧 말을 믿지 않았는데 성경이 웬 말이며, 존재와 가치의 분리가 없었는데 어찌 유일신(神)을 알았을까? 우리 칸국은 말을 버리고 뜻을 버리고 다만 생명의 우주적 기운만을 남겨 두었다. 어제오늘의 칸국 역사를 살펴보라. 우리에게는 성경이 없다. 마법의 말씀이 없다. 주기도문이 없다. 절대 언어가 없다. 독재자를 두지 않았다. 귀신을 섬기지 아니하였다. 칸국 귀신은 우리 이웃이다. 친근하게도 우리와 함께 산다. 너도 귀신, 나도 귀신, 죽은 조상도 귀신, 칸국의 신은 우리 몸과 분리되지 않는다. 칸국 귀신은 우리 마음과 분리되지 않는다. 종교를 권력화하지 않는다. 사람과 자연을 다 같이 귀하게 여긴다. 종교라는 틀보다 진실한 마음가짐을 더 중히 여긴다.

칸국인은 신을 발밑에 깐다. 외간 것에 결코 굴복하지 아니한다. 우리 칸국인은 정말, 말을 잘 안 듣는 종족이다. 허깨비와 똥폼에 결코 눌리지 아니한다. 몸이 느껴야 움직인다. 마음이 통해야 신명지게 일을 한다. 산 절로, 수 절로의 자연인이다. 말로써 말이 많으면 말 말아버리는 겨레이다. 밸이 틀어지면 북두칠성처럼 앵돌아진다. 사시장철 참나무로 있지 아니한다. 모두가 활화산처럼 터지는 순간이 있다.

우리 전통의 성경 원리는 무엇이냐? 우리가 물려받은 이 몸과 이 마음이 칸국의 성경이다. 사람다운 사람이 우리의 성경이다. 어린이들이 움직이는 성경책이다. 너와 나의 생활의 느낌이 우리 성경이다. 전해오는 옛말이 성경이다. 지금 떠도는 말말이 성경이다."

부엌부엌 두부전골 팽팽 도는 팽이버섯

오늘도 아내는 시계보다 재빠른데

아침볕 저 먼저 달려오네 냉큼 수저를 잡네

"낙천주의 —이것이 칸의 하느님이다. 이것이 칸의 전통사상이요, 우리의 본래 얼굴이다. 우리 조상이 걸어온 길이다. 예부터 이 땅의 만물은 자족적이었다. 스스로 만족함이 자족이다. 분수껏 사는 게 자족이다. 자족은 낙천이다. 낙천은 자족의 마음이다. 하늘 뜻 그대로가 자족이다. 하늘의 명을 받드는 게 낙천이다. 참됨이 자족이요 착함이 낙천이다. 칸국의 마음은 자족의 우주이다. 마음의 칸국은 낙천의 흐름이다. 자연과 사람은 둘이 아니라 하나이다. 사람과 사람은 분별없이 하나이다. 생명과 생명은 끊어짐 없이 하나이다. 생명과 무생명은 경계 없이 하나이다.

스스로 말미암고 스스로 그러하면 말 그대로 만물은 낙천이다. 이 낙천의 우주가 칸의 마음에 들어오면 눈물로 재창조된다. 칸의 눈물은 나보다 못나고 고통스럽게 사는 사람들(만물)을 생각하는 마음속에 있다. 외틀어진 만물들이 눈물 짓게 하는 것이다. 낙천과 눈물은 우리 칸국인에게 한 뿌리 한 몸이다. 울다가도 웃고, 웃다가도 눈물 뿌리는, 칸국의 얼굴은 지금도 옛 모습 그대로이다. 낙천과 눈물은 우리 삶의 원동력이다. 눈물 고개 넘어가는 시원한 바람이다. 우리 몸은 조상의 문화유산 중 가장 빛나는 것이다. 몸이야말로 보물이다. 식구는 우리 몸의 연장이요, 우리 마음의 연속이다. 이러므로 우리 몸은 가장 뿌리 깊고 생동한 보물이다. 자기 몸을 소중히 여기는 마음, 이것이 우리의 성경 원리이고, 이의 복원이 생명의 살림이다.

느낌은 사람 사이[人間]의 힘의 원천이다. 느낌은 '관계성'의 출발이다. 느낌은 낙천과 눈물의 몸뚱이다. 이 몸은 눈물의 뿌리, 낙천의 밑바탕이다. 말하지 않고도 우주적 기운으로 밝히 아는 것, 이것이 칸 진리의 한 가람이다. 이 느낌은 직관이다. 하늘 마음이며, 궁휼의 몸이다. 생명의 모음이다.

대동 세상은 말 없음의 세계이다. 분별없음의 살림터이다. 인위의 간섭이 물러난 땅이다. 이 땅의 모든 기회주의자여 독재자들이여, 제발 덕분에 빈다. 간섭의 더듬이를 끊어버려다오. 배달겨레는 원래 이성과 물리력에, 권력에 복종하는 게 아니라, '느낌'으로 관계를 읽었다. 관계 속에서 살았다. 이성, 민주, 제도, 법률, 과학, 합리는 흑백 미인과 일배의 생활방식이다. 우리 삶의 틀이 아니다. 저들 사회구조의 틀거지이다. 우리 것을 찾아야 한다. 참됨을 되살려야 한다. 역사의 잃어버린 고리를 찾아 다시 맺어야 한다. 조급함을 버리고 느릿한 황소걸음을 다시 배워야 한다. 아득한 시조 나라를 되찾아야 한다.

몸의 직관, 다시 말해 몸의 느낌은 항상 현재적이다. 현재를 통해 과거와 미래를 꿰뚫어 본다. 이것이 동시적으로 만물을 이해하는 우리 성경의 원리다. 칸인의 몸바탕은 낙천이다. 낙천은 고요한 마음이다. 정중동(靜中動)의 움직임이다. 냇가 세모래밭은 낙천이다. 씨암탉의 홰치는 소리는 낙천이다. 그런즉 낙천은 게으른 마음이다. 느럭대는 몸이다. 이 게으름은 노는 일이다. 낙천은 일손 놓고 쉬는 것이다. 이미 다 이루어져 있는데 무얼 얻으려 애면글면할까? 게으름에 몸을 맡기고 자족하는 게 낙천이다. 낙천은 무위다. 만물을 평등하게 대하는 게 무위다. 낙천이 무위에서 조금이라도 비켜날 양이면 그것은 눈물이 된다.

낙천의 눈물은 현재 중심의 만물평등사상이다. 만물의 존재는 동시적이다. 동시적이기에 만물상은 다양하다. 이 다양성의 속성이 바로 평등이다. 평등은 자유이며 자연이다. 말(앎, 인식, 지식, 도덕, 법규, 기계, 학문, 인간, 관념, 생각)은 여기서 끊어진다. 인간이 독재성을 끊을 때 우주는 자유스럽게 풀려난다. 인간이 오만함을 버릴 때, 우주는 대자연 상태로 되돌아온다. 이 같은 생각의 틀은 인간 사회라는 단위 자연계에도 그대로 적용된다. 이를테면 사회 집단의 조직 속에서 우두머리급 되는 인간들이 그 자신의 오만함과 독재성을 끊어버릴 때, 그 사회 집단의 구성원들은 사람스러움을 한껏 누리리라. 저마다 행복감을 찾아 하나하나 사람다운 삶을 누리리라. 독재자 한 사람만 마음을 바꾸면 일상생활이 다 좋게 되는 것을, 사람들 누구나 행복하게 살 수 있음을! 가엾고 가엾어라. 독재 중심의 세상살이여.

그렇다. 우리 식으로 숨을 쉬자. 그 방식을 찾아야 한다. 외간 것의 중독을 끊어야 한다. 권력의 유혹을 끊어라. 사람들이여, 버리고 버리고 또 버려라. 갖은 욕심 다 비우고 오롯이 '인정'으로만 남아라. 오롯이 '인심'으로만 말을 하라.

낙천과 눈물이 하나로 이어질 때, 그것을 일러 '인정(人情)'이라 한다. 곧 인정은 낙천의 눈물이요, 눈물의 낙천이다. 우리 몸의 느낌이 인정이다. 인정은 순수 인식의 결정체이다. 몸의 느낌은 곧 무공해 지식이다. 인정은 인간 긍정론의 원리이다. 몸의 느낌은 전통의 성선설이다. 우리의 전통 사상은 인정이다. 몸의 느낌. 이것이 칸국의 성경 원리이다. 인정(人情)은 만물의 다스림(다살림)이다. 우리의 낙천과 눈물은 생명 모두를 살리는 '다살림'의 철학이다. 우리의 다살림 철학이 '홍익인간' 네 글자에 빛난다. 지구별의 으뜸 가르침은 온 생명이 마음 놓고 살아가자는 홍익인간에 있다. 우리의 홍익인간은 지구의 온 생명을 구할 영웅이 아닐까 보냐."

한 걸음 또 한 걸음 고빗길 조심조심
평생의 꿈이 어지러울까 어르고 달래는데
저 저 저 세월만 독불장군인가 혼자 뛰어서 가네

"말은 인간의 손으로 태어났다. 말은 인간에 의한, 인간을 위한, 인간의 도구이다. 말은 우주 정복의 수단이다. 말은 세계 제패의 무기이다. 말의 숭배는 자연 정복의 사상이다. 그러나 말은 말일 뿐. 말은 인간이 아니다. 말은 기계다. 이 말의 지배자를 우리는 독재자라 이른다. 독재자의 지배자를 우리는 '말'이라 이름 짓는다. 이 둘의 상호 작용으로 기계의 독재화, 독재의 기계화가 촉진된다. 이 두 절대자는 서로를 보살피며 서로를 격려한다. 이런 까닭에 모든 기계는 독재자다. 모든 독재자는 기계이다. 기계 위에는 기계뿐 사람이 없다. 기계 알로는 기계뿐 사람이 없다. 이것을 이름하여 '기계 문명'이라 한다. 독재 위에는 독재뿐 사람이 안 보인다. 독재 알로는 독재뿐 사람이 안 보인다. 이것을 일러 '독재 문화'라 한다. 기계문화, 기계문명을 함께 일컬어 '독재 세상'이라 말한다. '말'의 힘으로 살이 오르는 자들은 '사람'이 아니다. 그들은 '인류'라고 불린다. '말'의 힘으로 살이 내리는 자들은 '사람'이 아니다. 그들은 '만물'이라 불린다. 인류는 독재자를 이름이요, 만물은 참 생명을 이름이다."

너도 병 나도 병 세상이 병 천지라
치료 약도 없고 의사도 소용없는 시대의 불치병
어쩌랴 눈빛 맑게 닦아 하늘 천연색 제가 볼 밖에

"모든 진리는 인간의 진리다. 인간에 의한, 인간을 위한, 인간의 진리다. 절대

257

진리는 절대 인간의 진리다. 우주의 자연은 자유 그대로인데 인간은 진리를 말한다. 우주의 자유는 자연 그대로인데, 인간은 진리를 말한다. 아는 자 말하지 않고, 말하는 자 알지 못한다. '내 말이 빛이요 소금이요 생명이라.' 말은 독재자다. 말의 맹신은 독재자의 독재화다. 말은 만물을 찍어내는 거푸집이다. 말은 만물의 독재자다. 말은 앎이다. 말은 생각이다. 말은 지식이다. 말은 논리다. 말은 관념이다. 말은 인식이다. 말은 우상이다. 말은 실체 없는 허깨비다. 말은 기호다. 말은 말이다.

진리(眞理)란 무엇인가? 진리는 흑백국의 말법이다. 그들 식으로 진리를 풀어보자. 진리는 진(眞)의 리(理)다. 진만도 아니고 리만도 아니고 진의 리가 진리다. 따라서 진리는 진리다. 여기서 진(眞)은 만물, 즉 사물이다. 여기서 리(理)는 이치, 혹은 움직이는 길, 또는 생장소멸의 과정을 이른다. 이 사물은 자생적이지 않다. 이 사물은 신(神)의 피조물이기 때문이다. 그러기에 진은 사물이면서 사물 자체가 아니다. 동시에 신이면서 신 자체가 아니다. 리 역시 신이면서 신 자체가 아니다. 동시에 사물이면서 사물 자체가 아니다. 이 둘의 결합 관계는 무한대로 발산한다. 미분과 적분이 발견되고 과학이 따라오고 사태마다 정답이 우상화된다. 기계론적 인과율은 반드시 정답을 찾아내고야 만다. 왜냐하면 진의 리의 진은 단독의 유일 절대자인 까닭이다. 진의 리의 리는 단독의 절대자인 까닭이다. 그러므로 진리는 진리이다. '여호와'는 신이 아니다. '나는 나'의 뜻을 가진 하나의 말소리일 뿐. 절대 진리는 오직 하나, 정답이다. 그 정답은 유일신 흑백 '하나'님이다.

이제 우리 식으로 '진리'를 풀어보자. 진리는 '참[眞]'의 '원리[理]'이다. 곧, 참의 길 '참길'이다. '참'은 무슨 뜻이던가? '참'은 꽉 참이다. 본래의 것만을 지닌 것을, '참'이라 한다. 삽살개도 차돌멩이도, '참'을 가지고 있다. 이 '참'이 본신(本神)이고 불성(佛性)이고 자성(自性)이다. 하늘의 명이 오롯이 담긴 것을 '참'이라 한다. 쉽게 말해 참은 앎(지식, 인식, 말)이 없다는 뜻이다. 이러고 보면 '참'에서 가장 멀리 떨어진 존재가 바로 인간이다. 모든 말은 거짓이요, 모든 앎도 거짓이다. 인간이 욕심을 버릴 때 우주는 자족의 창조자로 돌아온다. 우주의 절대 진리는 인간의 말에 매인 것이 아니다. 참은 착함이다. 따라서 진리는 '착한 이론'이다. 착한 매미, 착한 강아지풀, 착한 한결이, 착한 시조, 착한 피라미…….

참은 평등한 만물, 자유의 자연이다. 욕심 없음이며, 말 없음이다. 앎이 없음이며, 지식이 없음이다. 무식한 그대로이다. 우주적 대기운의 느낌 그 자체이다. 하늘 뜻이 꽉 차면 만물은 평등하다. 참은 인간의 오만 없음, 독재 없음, 욕심 없음이다. '길'은 무슨 뜻이던가? 천명에 어긋남이 없음 ―이것이 길(道)이다. 길은 거짓 꾸밈이 없는 것이다. 길은 진짜의 진짜를 말함이다. 길은 진짜의 발걸음이면서 동시에 진짜 그대로이다. 진짜는 하늘 뜻 그대로 '착함'이다. 착함은 참이다. 참은 현재적이라서, 현재와 과거와 미래는 분리되지 아니한다. 착함은 현재 속에 있다. 현재는 언제나 살아 있으매, 착함은 곧 낙천이다. 이러므로 참은 낙천이다. 낙천은 현재적이다. 또한 현재는 언제나 살아 있으매, 낙천은 곧 눈물이다. 이를테면 진리는 '참의 꼭 들어맞음'이다. 진리는 거짓꼴이 아니다. 참이 길이고 길이 참이다. 참은 낙천이고 길은 눈물이다. '참길'은 인간의 오만과 욕심의 바깥에 존재한다. 진리는 인간의 독재를 거부한다. 말을 버리고 뜻을 얻어야 비로소 '참길'이 열린다.

참길은 아름답다. 참길은 원래의 알음, 곧 무공해 지식, 몸의 느낌이다. 착한 만물은 아름답다. 참은 스스로 세상에 나와 낙천의 길을 걷는다. 우주 만물의 참

길은 부딪음이 없는 길이다. 참길은 다투지 아니하는 길이다. 참길은 명령과 복종이 없는 길이다. 참길은 대립과 갈등이 없는 길이다. 참길은 한없이 넓은 길이며 구부러진 생의 길이다. 참길은 갈래 많으나, 자족의 길이다. 진리는 참꼴의 참길이다. 참길이 진리이다. 있는 그대로의 만물의 모습이 참길이다. 진리의 오솔길은 깨끗하다. 다정하고 아름답다. 구름 아래 바람 부는 길에 만물이 평등의 얼굴로 웃고 있다.

유일 신앙은 무지의 학문이다. 인간은 아무것도 모르며, 신만이 모든 걸 알고 있다고 한다. 이것은 언뜻 겸손의 표현이되 동시에 이단을 향한 적의의 칼날을 품고 있다. 이 '절대자' 가설에서 흑백 양분법이 탄생한다. 모든 것이 흑 아니면 백이라는 양분법. 이것은 유일신 신앙이 아닌 일체의 것은 깡그리 미신이라고 믿게 한다. 우주 법칙과 세상사에 반드시 정답이 있다고 믿게 한다.

이런 말이 전해진다. '절제 없는 정의는 타락이다.' 아니 말이 아니라 몸으로 느낀 것이겠지. 허깨비를 대갈통 위에 얹고 발가벗은 채 세상을 운전하는 기계—이것을 일러 세간에서는 독재자라 한다. 유일신은 독재자다. 독재자는 유일신이다. 유일신 신앙인은 독재자를 우러른다. 독재자가 그의 유일한 우상이다. 그역시 독재자가 된다. 그는 독재자의 무한 권력을 흠모한다. 독재자의 무한 권력이 그를 기쁘게 한다. 그의 일상은 신의 빛으로 둘러싸인다. 그는 범사에 감사하며 쉬지 않고 신에게 기도를 바친다.

흑백 생각은 모순이 거주하는 집이다. 앞뒤가 맞지 않음이다. 왜냐하면 말이 끊어진 절대 진리의 세계를 꿈꾸면서도 말을 절대시한 것이 그 첫째 까닭이요, 전혀 엉뚱한 듯하나 주제스러운 기계 문명을 가져왔음이 그 둘째 까닭이다. 지금의 기계 문명은 만물에 대한 인간의 독재화 생각이 혹 현실화된 세상이 아닐까?

흑백 생각은 유일신을 우상화하는 기묘한 방법인데, 여기서 유일신은 믿는 자의, 또는 소유하는 자의 소유물이 된다. 이것은 인간을 우상화하는 사고방식이기도 한데, 이러므로 인간은 우주 만물의 주인이며 지배자로 공인받는다. 흑백교 인간은 오직 하나의 우상만을 경배한다. 인간과 신이라는 두 우상은 서로를 완전한 우상으로 만들어주고 지켜준다. 흑백국에서 탄생한 유일신 사상과 인간 존중의 비밀이 여기에 들어 있다.

오늘의 칸국은 일배국으로부터 해방된 이후 여태 식민지 사회이다. 남북 전쟁은 지금도 진행 중이다. 이 땅에 식민의 역사와 전쟁의 역사를 이어가고 있는 사제와 권력 지배자는 크게 반성하고 새로 태어나야 한다. 흑백교 추종자들은 목소리를 낮추고, 사회 지배 계급들은 일배국 군도를 풀어 던져라. 유령의 탈을 벗어라. 그대들도 원래는 순수 칸국 사람이었다. 그대들 어깨 위 빠닥빠닥한 군살을 빼라. 외간 것으로 살찐 이 땅 독재자들은 이제 그 살을 버리고 칸의 뼈대만 남겨 이 땅에 새살림을 차려야 한다. 특히 일배충들은 외간 것들의 '빽'만 믿고, 우리 동포의 얼굴에서 웃음살을 걷은 죄를 뼈아프게 사죄해야 한다."

사랑 참 좋구나 가문 날 단비 같은
이별 참 아파라 봄날 우박 같은
그대여 헤어짐 없이 내 가슴에 살고지고

"흑백국에서는 정신과 육체를 분리하여 종교를 탄생시킨다. 이것은 관념의 조작으로 태어난 것인 만큼 곧장 인간 정신의 지배자가 된다. 인간이라는 전체성으로부터 영적 부분만을 따로 떼 내어 그것을 절대화하니, 이것이 곧 흑백 종교에서 말하는 신적 개념의 기반이 되는 것이다. 피와 살과 뼈로 이루어진 인간의 육체는 그들의 종교 세계가 경멸해 마지않는 변화하는 실체로 고정된다. 그러므로 육체와 더불어 시간 속에 놓여 시시각각으로 변화하는 인간 사회와 자연 세계 역시 흑백교의 눈에는 내던져 버리고 싶은 욕된 세계로 취급된다. 여자들은 섹스 대상으로만 가치를 인정받는다. 여자들은 조악한 정신을 지닌 육체적 존재로 낙인 찍혀, 천 년의 세월 동안 고통과 불행 속에 내던져진 짐승 같은 삶을 견뎌왔던 것이다. 마녀 사냥이라는 전대미문의 광기 어린 잔혹 행위는 흑백교 문명의 1차원적 단순 사고가 불러일으키는 환상 범죄의 성격을 지니고 있다."

　　기름을 잔뜩 먹고 호기로이 차를 모네
　　주머니 가난해도 내 차 이미 배부르니
　　어디든 차 가는 곳이면 나도 따라가리라

　"흑백 생각은 인간 자신을 주체로 하여 그것과 분리되어 있는 모든 대상물을 인간이 이용하는 수단적 존재로 혹은 목적물로 바라본다. 내부 응시라는 통찰력이 그곳에는 근본적으로 결여되어 있다. 인간과 분리된 신 역시도 인간의 애용물이다. 흑백교를 신앙하는 자들은 그게 아니라고 펄쩍 뛰겠지만, 역사를 보는 눈을 조금이라도 틔우고 있는 이에게 이 장면은 너무도 분명하게 목격된다. 불관용과 배타적 독선 사고로 무장한 흑백교 문명인들이 아메리카 인디언들과 자신의 여자들을, 그리고 유일신을 불신앙하는 아프리카나 아시아나 사모아 섬 기타의 종교 이단자들에게 어떤 태도와 어떤 행위로 대해 왔는가를 생각해 보라.
　자연의 존재만 하더라도 그렇다. 흑백국에서는 창조주인 신이 인간을 위해 자연을 선물한 것으로 본다. 그들의 자연은 인간의 지배와 관리 아래 있으며, 그 자연은 인간의 목적에 봉사하는 수단적 존재이다. 자연을 이용 가능한 목적물로 보는 사상과 태도에서 흑백국의 과학은 다른 문명권과 차별되는 독특한 과학 혁명의 파도를 타게 된다. 이것은 자연을 여성으로 취급하고 그 비밀을 고문을 통해 함부로 자백받으려 하는 흑백인 남성에 의해 시작된 일이다. 자연을 인간과 분리 단절된 채 신성이 박탈된 물질적 존재로 확정 판단하는 임무에 그들의 흑백 양분법 생각이 커다란 공헌을 한다. 그러므로 종교 교리 역시 인간들에 의해 왜곡되고 일그러진 모습으로 변형되어 욕망에 빠진 인간들에게 공급되었다고 보면 틀림없다. 결국 흑백 사상은 사물을 인간과 분리 단절하여 그것들을 철저히 이용하고, 활용하고, 지배하고, 정복하고, 숭배하고, 찬양하고, 배반하는 길을 걸어왔다고 할 수 있다. 이곳에는 인간의 따스한 시선이 애초부터 결여되어 있다. 사회 제도와 법규에는 인간의 체온이 한 톨도 남아 있지 않다. 이곳 사회는 사람 냄새가 전혀 나지 않아야 멋진 법이 되고 멋진 제도가 되고 멋진 지식이 되는 까닭이다.

이제 이러한 흑백 세상이 칸국을 집어삼켰다. 지구 전체를 삼켰다. 지구촌 문명 시대이다. 칸 땅은 지구에 마지막 남은 흑백 이념의 지옥 같은 싸움터다. 이곳에는 증오와 대립이 날밤을 새운다. 칸반도는 역사의 무덤이다. 이곳 남칸의 일상은 이제 흑백국과 조금도 다르지 않다. 기계 세상이다. 독재 세상이다. 생존 경쟁의 정글이다. 지금은 칸국이 흑백국의 원형을 오히려 더 잘 보존하고 있다. 주변 문화의 경직화 현상 때문이다. 얼치기 벼락부자가 대대손손 대재벌을 따라 하는 꼴이다. 양분법의 분리와 대립. 남북의 단절과 대립으로 이 땅은 몸서리친다. 편 가르기 지역주의는 흑백 양분법의 사생아이다. 이것은 권력 독점을 노리는 자가 정교하게 만들어서 퍼뜨린 후레자식이다. 공산주의와 자본주의라는 지독한 이념 대결이 지구 역사상 유일하게 여기 칸반도 한 곳에 남아 있다. 지금도 날카롭게 진행 중이다.

이 땅은 흑백 정신의 가장 위험한 실험실이 되고 말았다. 남과 북이 서로에게 원수가 되고 사탄이 되었다. 남은 북에게, 북은 남에게 존재 자체가 악의 근원으로 심판받는다. 바다 건너 흑백인들은 이게 신기해서 남칸이나 북칸에 여행을 오면 남북 휴전선이나 최전방을 즐겨 찾아 관광한다. 이 조그만 동쪽의 황색 나라가 민족이 쪼개져서 수십 년 동안 피 터지게 싸우는 게 신기한 거다. 사실은 남북 분단이 자기들이 싸질러놓은 역사의 똥이라는 걸 모르진 않을 텐데, 그들은 시치미를 뚝 뗀다. 이념 대결. 이데올로기 맹종. 서양 흑백인들의 눈에는 아시아 누렁이들이 자기들끼리 색깔 논쟁을 하는 것 자체가 한 편의 코미디로 보일 것이다. 낯빛이 똑같이 누런 것들이 상대방을 보고 '빨간색이다, 파란색이다' 하며, 칼 들고 총 들고 치고받고 욕지거리하며 싸우는 게 신기한 거다. 그들 눈에는 남칸에서조차 빨갱이다, 파랭이다 하면서 지역을 갈라 패거리로 죽고 죽이며 협잡질하는 게 얼마나 웃기는 일일까? 흑백 양인들은 황인종의 비루함을 여기서 직접 목격하고는 낄낄댄다. 참을 수 없어 절로 터져 나오는 비웃음을 기관총 연발 사격으로 날리기도 한다. 아아 슬프다. 모든 칸인이 이것만은 알아야 한다. 남북 통일은 세계 역사가 우리에게 부여한 사명이다. 남북통일은 우리 민족이 함께 풀어야 할 지금 가장 중요한 숙제이다. 꿈에서도 우리 조상님들이 한목소리로 외치고 있다. 통일하라고. 남북 통일하라고. 하루바삐 통일하라고. 평화 통일하라고. 결단코 전쟁 없이 평화로 통일하라고.

집착은 소외를 낳는다. 흑백 생각은 집착을 부른다. 집착은 소외를 낳고 소외는 다시 집착을 부른다. 현대 문명에서 소외가 태어난다. 남북 분단에서 소외가 심화된다. 자본 독재주의에서 소외가 악화된다. 어쩔 수 없다. 세계의 블랙홀이다. 빠져든다. 그러나 살려고 몸부림친다. 칸인은 흑백 생각에 매달린다. 헤어날 길 없는 심연이 그를 빨아들인다. 때로는 불신지옥의 공포감에 영혼이 전율한다. 종교 광신자가 양산된다. 좀비 같은 것들이 쏟아진다. 오늘날 칸인들이 환상과 현실 사이를 오가며 미친 듯이 살아가고 있음을 본다. 아아 슬픈 일이다."

後회 없이 살아라 거침없이 살아라
시간은 하냥 달리고 세월은 뛰어가네
외줄기 바람결인가 홀로 가는 인생길

"현대의 자연과학자들 중 일부는 아마도 최고의 권위를 지닌 최후의 종말론자일 것이다. 자연 파괴의 현장을 그들은 생생하게 전달한다. 그들은 우주 파멸의 증거를 과학적으로 낱낱이 분석하여 여기저기에 발표한다. 게다가 환경운동가들은 자연환경의 무분별한 파괴 행위가 인류의 종말을 불러올 것이라고 소리 높여 경고한다. 그러나 세월은 흘러가고 자연 파괴와 생명 파괴는 그 마지막 순간을 맞이하기 위하여 잠시도 쉴 줄을 모르고 길을 이어가고 있다. 갈 데까지 가야만이 이 문제는 어떤 형태로든 해결이 될 것이다. 거대한 기계구조에 붙어 있는 인간의 목소리는 너무나 작고 미약하다. 그래, 기계가 굴러가는 끝머리까지 가보자. 이 세상은 나만 잘 살다가 죽으면 그만이니까. 조상이 물려준 산과 강과 바다를 파괴하고 더럽히고 후세에는 남겨둘 건더기도 없이 당대의 우리끼리 다 털어먹고 살다 가면 될 것이 아닌가? 자본주의 정신은 이런 방식의 철저한 소비욕과 소유 욕망으로 뭉쳐져 있다. 지독한 이기주의 정신이 시대를 지배한다. 이기적이지 않고서는 살아남을 수 없는 세상이 되어 버렸다.

현대판 승자독식의 원리는 선에 대한 악의 승리가 어떤 경로를 거치는가를 보여준다. 모든 역사적이고 물질적인 자료들은 건강부회의 논리로 동원된다. 흑백국의 역사에서 근대 이후로 증오는 사랑이며, 파괴는 창조이며, 종교는 과학이고 과학은 종교였다. 이로부터 사회는 수단과 방법이 승한 패덕 철학이 지배 사상이 된다. 미국의 프래그머티즘은 실용 가치, 목적 달성주의의 결정판이다. 흑백국의 역사는 배반의 논리로 굴러가는 반역의 역사이다. 종교와 반종교, 과학과 반과학, 유신론과 무신론, 정신주의와 물질주의, 유물론자와 유신론자는 간극 없이 하나로 붙어 있다.

현대는 삶 자체가 싸움의 연속이다. 사람들은 짐승처럼 싸우고 짐승처럼 뜯어먹는다. 지저분하게 싸우고 컴컴하게 싸운다. 사람들에게서 빛나는 야성은 제거되었다. 노예의 심장이 이식되었다. 빛이 사라졌다. 주인 정신이 없어졌다. 자유가 사라졌다. 자유는 야성을 먹고 자라는데, 야성이 없어졌다. 사람들은 이익과 불안과 공포로 길들여지는 가축이 된다. 싱싱하고 푸릇한 야성이 빠른 속도로 메말라간다. 야성은 달빛과 함께 사라졌다. 칸국 고유의 영혼은 이제 전설이 되었다. 건강한 생명성이 자취를 감추었다. 외부의 강압적인 힘들에 누구도 저항하지 않는다. 그저 홀로 견디며 살아낼 뿐이다. 시스템에서 쫓겨나지 않기를 바라며 비굴하게 목숨을 구걸하며 연명한다. 그 옛날 절대 권력과 맞짱을 뜨던 도도한 기개는 사람들에게서 도무지 찾을 길이 없다.

아아 이 노릇을 어찌하나? 천지신명이시여, 하느님이여, 굽어살피소서. 우리를 도와주소서. 하느님이 보우하사 시조 나라를 열어주소서. 무궁화 삼천리에 시조 나라를 베푸소서. 지구별에 시조 나라를 펼쳐주소서. 비옵니다. 비옵니다. 간절히 비옵니다. 일편단심 간절히 비옵니다. 시조 나라 열어지이다. 열어지이

다. 열어지이다. 시조 나라 열어지이다. 하느님이 보우하사 우리나라 만세~시조 나라 만세~."

단단이 멈춘다. 손길을 멎는다. 끝났다. 붓을 놓는다. 단일필이 숨 가쁘다. 애마가 벼루에 가만히 몸을 기댄다. 사부의 눈빛에 흐뭇한 미소가 떠돈다. 처음부터 끝까지 사부는 놓치지 않고 단일필의 궤적을 쫓아갔던 것이다. 그만하면 됐다는 거다. 세계의 빅브라더, 흑백국의 정체를 제대로 알아냈음에 만족한 거다. 시조 나라의 간절함을 읽었음에 감동한 거다. 스승의 합격 판정에 단단은 몸 둘 바를 모른다. '아아 고비를 넘었구나.' 단단은 저도 모르게 큰 한숨을 쉰다.

해마루 사부가 물 한 잔을 시원히 들이켠다. 보기만 해도 시원하다. 저 목젖을 타고 넘어가는 물처럼 남북의 왕래가 자유로워진다면 얼마나 좋을까? 그게 바로 평화 통일인 것을. 단단은 공연스레 목이 멘다. 사부의 말소리에 잔뜩 신명이 실려 있다.

"한시조는 말이야, 딱 한 줄이야. 한 줄로 쓰는 시조야. 태양의 노래지. 한 줄이되 아주 밝아. 햇빛과 같아. 빠르게 한빛으로 와서 온 누리를 밝히지. 더덜없이 딱 한 줄이야. 짧지, 아주 짧아. 한 마디면 족해. 만물이 한 줄에 다 들어가. 만감이 한 줄에 다 담겨. 극서정시라고 할 수 있어. 거짓말 좀 보태면 세계는 한시조에 들어가기 위해 존재하는 거야. 한시조는 우리 칸국 문학의 비밀 병기지. 최첨단 시대에 그 위력이 잘 발휘돼. 왜냐하면 단 한 줄이니까. 한 줄로 쓰니까 다들 좋아해. 부담이 없잖아. 짧아서 그래. 짧으니까 사람들이 쉽게 접근할 수 있잖아. 이게 가장 큰 장점이야. 장점이면서 매력이지. 전광석화처럼 빠르게 치고 나갈 수 있어. 시국사든 생활사든 가리지 않고 시화가 가능해. 금방 그 자리서 해 먹는 자연식품 같은 것이지. 한시조는 말글을 공기놀이처럼 가지고 놀면 돼. 놀기에 좋아. 혼자 놀아도 좋고 여럿이 놀아도 좋아. 어떤 환경에서도 한시조 놀이는 안성맞춤이야. 말은 짧아도 여운은 길지. 시조에서 장은 원래 음악적 구분이야. 장은 음곡의 단위야. 연이나 행과는 달라. 아무런 연관이 없어. 하나의 장은 하나의 의미 완성체야. 그리고 음악적 완결이야. 하나의 노래로 충분하다는 거지. 시조에서 하나의 장은 저마다 완결성, 독립성을 지니고 있잖아.

요즘 사람들이 바쁘지. 이것저것 간섭할 것도 많고. 신경 쓸 것도 많고. 하여튼 바빠. 바빠도 많이 바빠. 그래서 그런지 한시조가 참 좋아. 잘하면 이게 시대의 총아가 될 수 있어. 사람들은 누구나 자기표현의 욕구가 있거든. 노래나 연주나 그림이나 글로 자기를 표현하기 좋아하거든. 그러지 않고서는 맘이 답답하니까 표현하는 거야. 한시조는 낭만적이고 멋스러워. 딱 한 줄로 자기를 표현할 수 있으니 좀 좋아. 술 한 잔을 하더라도 한시조를 끼고 하면 그게 멋진 거야. 술잔을 앞에 놓고 시를 짓는다? 얼마나 멋진 일이야. 옛사람의 풍류가 여기에 있지. 건강한 삶이야.

멋을 알고 풍류를 즐기는 사람이 많을수록 그 사회는 건강한 거야. 사람들이 시조를 마음대로 가지고 놀아야 해. 어린애들이 장난감을 가지고 놀듯이 말이지. 그러자면 한시조가 적격이야. 우선 짧잖아. 짧아서 좋은 거야. 부담이 없는 거지. 아무나 도전할 수 있고 언제라도 도전할 수 있어. 게다가 시조는 칸국의 독특한 말글놀이야. 그래서 한시조 놀이를 하면 자부심이 더 커지지. 말글은 생활 필수품이야. 물이나 공기 같은 거지. 아무리 써도 부담이 없어. 돈이 들지 않아. 공짜야. 쓰면 쓸수록 솟아나는 화수분 같은 게 바로 말글이야. 말글은 많이 쓸수록 오히려 좋아. 좋은 작품이 생산되어 나오니까 사람들의 삶에 도움이 더 되지.

나중에 보면 알겠지만 한시조는 우리 칸국 시조의 첫 출발점이며 또 마지막 도 달점이야.

한시조는 시조 종장과 형식이 똑같아. 한시조는 딱 네 걸음으로 완성돼. 네 걸음은 봄, 여름, 가을, 겨울을 각각 상징하는 거야. 춘하추동 사계절이지. 우리 칸국은 예로부터 사계절이 뚜렷해. 사계절이 뚜렷하다는 건 변화가 많다는 뜻이 기도 해. 그래, 우리 칸인들은 변화에 능동적이고 도전적이지. 순간을 창조적으로 사는 거야. 그래, 우리 민족은 창조 역량이 매우 뛰어나. 세계 최우수 수준이야. 사계절의 변화를 속속 겪으며 살아가는 민족은 지구로부터 복 받은 거야. 이런 나라가 그리 많지 않아. 우리는 복 받았어. 춘하추동을 한 줄에 담아내면 어떨까? 이런 생각에서 탄생한 게 한시조야. 그래서 시조를 사계절 문학이라고 하는 거지.

한시조 4마디는 춘하추동의 발걸음이야. 글자 수 '3, 5, 4, 3'은 편의상 공식으로 만든 거지. 매달릴 필요가 없어. 앞에서 시조 공부할 때 자세히 설명했지? 3수율의 내재율 원리를 반드시 기억해. 그러니 시조를 쓰면서 자수에 매달리면 절대 안 돼. 글자 수에 매이는 순간 시조가 죽어. 호흡이 죽고 율동이 죽고 신바람이 죽어. 생명성이 사라지는 거지. 융통성이 없어지는 거야. 우리 겨레의 유난한 신명과 창조성이 죽는 거지. 시조의 다리 근육은 탄력적이고 신축적이야. 말랑말랑해. 이 점 명심하고 또 명심 또 명심할 것.

한시조는 역사적 뿌리가 아주 멀리까지 뻗어 있어. 우선 저기 가락국 건국 신화인 「구지가」에 닿아 있지. 「구지가」는 칸국에서 현전하는 가장 오래된 집단 무요야. 주술성을 지닌 노동요로서 김수로 왕의 강림을 기원하고 있는 노래지.

龜何龜何 首其現也 若不現也 燔灼而喫也 (구하구하 수기현야 약불현야 번작이끽야)

거북아 머리를 내어라 아니면 구워 먹으리 (3, 6, 3, 5)

「구지가(龜旨歌)」

위 노래를 3수율, 4마디로 분석하면 아래와 같아.

봄　　　　여름　　　　가을　　　겨울

거북아 / 머리를 내어라 / 아니면 / 구워 먹으리 (3, 6, 3, 5)

어때? 3수율이 보이나? 여기서 첫 마디는 무조건 3자 고정이야. 우리 고유의 3수 철학, 3철학을 보여주는 거지. 시조를 통해 3태극 원리를 실현하는 거야.

뿌리가 또 있어. 「공무도하가」를 볼까. 이 노래는 현전하는 것 중 가장 오래된 개인 서정시로 알려져 있지. 앞 단계 집단 가요에서 개인 서정시로 넘어가는 단계의 노래로 알려져 있어. 작가와 연대가 뚜렷한 게 특징이야. 이 노래는 고조선이 시대적 배경이고, 우리 민족의 전통적 정서인 한(恨)을 바탕으로 한 노래로 평가받고 있지. 살펴보면 「공무도하가」 역시 '한시조'의 뿌리 역할을 해.

公無渡河　公竟渡河 (공무도하 공경도하)

임이여 물을 건너지 마오

墮河而死　當奈公何 (타하이사 당내공하)

가신 임을 어이할꼬 (3, 7, 4, 4)

「공무도하가(公無渡河歌)」

이것도 3수율, 4마디로 나누어볼까.

봄   여름   가을   겨울
임이여 / 물을 건너지 마오 / 가신 임을 / 어이할꼬 (3, 7, 4, 4)

　시조는 '조선인의 손으로 인류의 운율계에 제출한 일시형(一詩形)'이다. 일찍이 최남선 선생이 시조의 값어치를 이토록 알싸하게 표현했어. 참 깔끔한 정리지. 그래, 시조는 우리 고유의 시야. 우리 운율의 노래야. 시대 환경에 따라 서정의 물결이 조금씩 달라져. 물결은, 호흡은 잔잔하기만 한 게 아니야. 변화무쌍하지. 격류로 흐르고 탁류로 흐르다가 고요히 맴돌아 들고 소쿠라지며 물보라 천지를 만들기도 하지. 시조가 시대의 한복판에서 다채로운 삶의 모습을 시시각각 건져 올리기 때문이야. 시조(時調)는 '시(時)+조(調)'라서 시대성과 서정성을 조화롭게 결합하는 데 묘미가 있지. 이러니 시조가 항상 현재 진행형일 수밖에 없어. 시조의 영원한 생명성은 여기에 있지. 시조는 항상 현대적이야. 현재적이야. 시조는 언제나 살아 있어. 우리 겨레와 운명공동체인 게지. 우리가 숨 쉬며 사는 한 시조는 우리와 함께 사는 거야. 시조는 우리의 숨결, 우리의 호흡이거든. 우리가 춤을 추는 한, 시조는 우리 것이야. 우리가 노래를 부르고 신바람을 일으키는 한, 시조는 우리와 함께하는 거지. 시조는 우리의 춤, 우리의 노래, 우리의 신바람이거든. 칸의 얼 전부가 시조로 표현된다고 보면 돼. 살펴보면 시조 아닌 게 없어. 저기 돌아가는 선풍기도 시조야. 흘러가는 흰 구름도 시조야. 저기 봐. 자전거 페달 굴림도 시조야. 자동차 미등의 불빛도 시조야. 주차장에 그어진 선도 시조야. 잘 보면 시조 아닌 게 없어. 우리 생활 전부가 곧 시조야. 봄, 여름, 가을, 겨울. 춘

하추동 사계절 속에 3수율이 리듬을 타고 있어. 지금도 생활 현장에서 시조가 빚어지고 있어. 삶과 역사가 흘러가고 있는 거야.

한시조는 아득한 고대부터 존재한 거야. 그걸 오늘날 발견한 거지. 있던 걸 발견한 거야. 재발견이지. 창조의 새 목숨을 얻었어. 한시조는 현대시조의 재발견이야. 지금 시대 상황에 맞아떨어지는 거야. 한시조는 현대시조의 최첨단 양식이라고 할 수 있어. 단 한 줄로 표현되니 최첨단이지. 한시조는 현재의 삶과 시대의 결을 가장 압축적이고 가장 흥미로운 방식으로 녹여내고자 해. 한시조는 정시조의 종장 표현 하나만으로 시조 문학의 완결성을 지향해. 어찌 생각하면 그것은 현대 예술이 지향하는 단순미의 결정체라 할 만한 것이지. 요즘 하는 말로 극서정시 계통이라고 말할 수 있어. 긴장과 탄력, 절제와 함축이 외줄 위에 낭자할수록 좋아. 현대인의 삶이 외줄 타기처럼 아슬아슬하잖아. 한시조가 그걸 잘 보여줄 거야.

한시조에서 춘하추동(3, 5, 4, 3)에 포착된 세계 외의 나머지는 그럼 무얼까? 3장 정시조의 초장과 중장에 해당한다고 보면 돼. 초장과 중장은 당연히 눈에 보이지 않지. 안 쓰고 빼버렸으니까. 이를테면 우주의 기운생동과 삼라만상이 고스란히 초장과 중장이 되는 셈이야. 초장은 하늘이고 중장은 땅이야. 그래, 한시조에서 초장과 중장은 언제든 마련되어 있지. 맞았어. 그렇지. 세계는 한시조 '3, 5, 4, 3'으로 표현된 세계와 표현되지 않은 세계로 정확히 이분화가 돼. 웃기지만 이건 맞는 말이야. 잘 생각해 봐. 그렇지? 세계가 한시조에 들어가기 위해 존재한다고 자부심을 가져도 좋아. 어때? 이 말이 가슴으로 들어오나? 새겨둬야 할 것이야.

춘하추동, 네 걸음으로 단박에 빚어지는 시조 —이게 바로 한시조야. 한시조의 현장성은 현대인의 빠른 삶의 호흡을 여과 없이 보여줄 수 있어. 3장 시조에서 시조의 종장은 칸국인의 호흡, 즉 시적 걸음의 마무리 단계야. 실제로 시조 종장을 낭송해 보면, 딱 네 걸음의 호흡으로 운율이 흐르는 것을 실감할 수 있어. 봄 - 여름 - 가을 - 겨울. 자유시에는 이런 호흡법이 없지. 발걸음을 옮겨가면서 자유시를 낭송해 보면 알게 돼. 호흡이 뚝뚝 끊어지고 심기가 흐려지며 맘결이 어지럽게 막혀 버리지. 우리 생래의 호흡법이 아니라서 그런 거야. 자유시와 시조가 구별되는 지점이 바로 이곳이라고 할 수 있지. 자유시 중에서 칸국인에게 사랑받는 명품 시는 대부분 시조의 운율과 가락을 가지고 있음을 확인하는 일은 즐겁고말고. 이런 걸 발견할 때마다 뿌듯한 전율이 섬광처럼 번쩍 일어나지. 살맛이 나. 옳다구나 싶어. 신바람이 막 솟구쳐.

> 눈 내리는 소리 은밀한 봄소식
> 한 움큼 기쁨을 안고 매화송이 벙그네
> 겨우내 함께 있어준 뜨거운 정인(情人)이여

알다시피 시조는 정형시야. 정해진 형식이 있으니 더 재미있어. 정형이 없는 자유시보다 훨씬 재미나지. 틀에 맞춰가는 재미가 쏠쏠해. 이런 게 바로 정형시의 문화 생산성이야. 판에 박아서 같은 걸 찍어낸다는 뜻이지. 그런데 이게 재미있어. 끊을 수 없는 매력이야. 중독이지. 퀴즈와도 같아. 사람들로 하여금 모험심과 도전 정신과 성취 욕구를 자극하기 때문이지. 정형시는 재미있는 수수께끼놀이와 비슷해. 수수께끼를 대하면 막 풀고 싶어 하는 마음이 들잖아. 시조도 그래. 시조는 접근성과 친밀성이 뛰어나고 창조성과 생산성이 매우 높지. 곁에 있으면 자꾸만 손이 가는 땅콩 같아. 정형시는 누구든지 쉽게 손을 대게 되어 있지.

일배국의 정형시 하이쿠의 성공은 이런 요소가 강하게 작용했던 거야. 정형시의 위력이자 매력인 거지. 세상이 온통 일배충 흑백국 천지임에도 지금 우리 곁에 시조가 있다는 건 얼마나 큰 위로이며 자랑이며 희망이냐? 생각하면 시조라는 선물을 우리에게 물려준 선인들의 마음 씀이 눈물 나게 고맙고 고마울 따름이지.

칸국 시가 문학의 특성으로 흔히 여유로운 시 형식을 꼽지. 시조가 대표적이야. 물론 다른 것도 마찬가지지만. 형식적 질서가 느슨하니 변화를 주기가 쉬울뿐더러 시대가 변하면 다양한 양식으로 변모할 수 있는 장점이 있어. 우리 칸 민족의 빼어난 예술적 감수성은 여유 넘치는 시 형식에 그 빛을 한껏 담고 있다고 말할 수 있지. 아득한 옛날부터 지금까지 정형시에서조차 글자 수를 엄격하게 맞춘다든지 하는 구차스러운 흔적이 보이지 않아. 이것은 시조에 있어 그 유난함이 도드라져. 다른 나라에는 없는 우리 칸국의 독특함이야. 그러니 단단. 세계를 향해 시조를 마음껏 자랑하고 가슴 벅찬 자부심을 가져도 돼.

시조는 항시 현재 진행형이야. 생긴 게 그렇게 생겨 먹었어. 까닭에 시조는 정형성은 지키되 시대가 변하면 꼴을 살짝 변모시킬 수 있어. 지금은 속도 시대야. 뭐든지 빨라. 그래, 한시조가 필요한 시대지. 우리 삶이 '3, 5, 4, 3' 외줄 위에 팽팽해. 바쁘고 위태위태해. 삶이 언제 무너질지 몰라. 이럴 때 한시조로 치유하고 한시조로 스트레스 풀고 한시조로 통쾌함을 맛보는 게 필요하지. 단은 시조를 애인으로 삼기 바라. 그녀를 늘 품에 안고 살아. 영이 달아나지 않도록 말이야. 한시조가 흐드러지게 피어나는 날을 함께 기다려보자고. 그때의 설레는 희열을 영과 함께 맛보기 바라. 한 줄의 꽉 참을, 그 벅찬 설렘을 칸국 사람 모두가, 아니 지구인 모두가 하루바삐 함께 누릴 수 있기를 나 역시 두 손 모아 빌고말고.

「가을 詩篇」

         – 홍성란

사랑도 몸 무거우면 이별을 낳으리니

이별도 길이 멀면 그리움을 낳으리 그리움 깊어지면 눈물에 뭉개지리 뭉개져 시고 떫은 미움을 낳고 원망을 낳고 낳아서는 애인 떨어져 나가듯 사랑도 새 물감 드니,

콧날에 문드러져도 원수같이 붉은 사랑!

캬 어때? 멋지지 않나? 서정을 유연하게 엮어가는 날렵한 솜씨가 돋보여. 무르익은 시 정신이 넘실대는 좋은 작품이야. 사랑하면 보인다더니 내 눈에는 여기서 유독 한 줄짜리 표현이 눈에 띄네. '사랑도 몸 무거우면 이별을 낳으리니' 그리고 '콧날에 문드러져도 원수같이 붉은 사랑!' 한시조의 정형성과 단순미를 맛보는 즐거움이 여기서 함초롬히 피어나. 참 좋아. 얼쑤 좋구나.

한시조 '3, 5, 4, 3'은 정확히 네 걸음 호흡이야. 직접 지어보면 알아. '3, 5, 4, 3' 정형은 춘하추동의 사계절 한 판이지.

정형시는 밝고 튼튼해. 생기발랄한 기운으로 충만하지. 정형시는 마치 경기 규칙이 잘 만들어진 스포츠 같은 거야. 규칙을 알아야 재미있고 규칙이 있어서 재미있는 거야. 규칙을 모르면 재미없어. 규칙이 없으면 경기를 해도 뭘 어떻게 할지를 몰라. 하는 이도 보는 이도 영 신이 나지 않지. 정형시는 규칙이 있다는 게 오히려 매력이야. 그래서 정형시가 사람들에게 재미를 주는 거지. 알고 보면

정형시가 자유시보다 훨씬 흥미로워. 정형시는 긴장감 넘치는 게임과 같은 거야. 그러니 칸국인에게 시조는 마르지 않는 즐거움의 샘터야. 재미의 원천이지. 창조성의 밑뿌리야. 그래, 시조는 우리에게 흔들리지 않는 뿌리 깊은 나무가 되지. 샘이 깊은 물이 돼. 시조는 우리 겨레의 생활 역사와 영원히 그 운명을 함께할 것이야. 시조의 꿈은 정녕코 시들지 않아. 날이 갈수록 오히려 싱싱하게 살아나지. 삶이 팍팍하고 시대가 어려울수록 더 빛이 나지. 하소연하거나 성풀이하거나 털어놓고 싶은 감정이 앞으로 점점 더 많아지겠지. 사람들은 재미없는 세상에서도 재미나게 살고 싶어 하거든. 우리 인간들이란 존재는 그런 거야. 날이 갈수록 생존경쟁에 내몰려 일상이 더욱더 황폐해지고 치열해지겠지. 이때 필요한 것이 뭐냐? 바로 시조야. 삶의 옹이들을 시조로 풀고 시조로 거두어들이고 시조로 맺어야 해. 그래야 사람들이 살 수 있어. 숨을 쉴 수 있어. 잘 살 수 있어. 행복하게 살 수 있어. 그걸 믿어야 해. 시조의 꿈은 개인의 꿈이면서 바로 우리 민족 전체의 꿈이라는 것을. 겨레의 집단 무의식이 몇 천 년 동안 시조에 옹골차게 녹아들어 있음을.

잠시 시선을 돌려 일배국을 한번 볼까? 다른 것과 비교하면 한시조의 정체성이 더욱 또렷해지니까 말이야. 일배국 고유의 정형시는 하이쿠야. 그런데 이게 어느 날 갑자기 하늘에서 뚝 떨어진 것은 아니겠지? 하이쿠 앞 시대에 와카라는 게 있었어. 물론 지금도 있지만. 어쨌든 와카는 '5, 7, 5, 7, 7'의 형식을 가졌지. 여기서 뒤의 '7, 7'을 떼어 내고 간출하게 새로 다듬은 게 바로 하이쿠야. 사무라이 막부 정권을 관통해오며 와카와 하이쿠는 근대의 징검돌을 차례 걸음으로 하나둘 놓게 돼. 하이쿠의 완성자 바쇼(芭蕉, 1644~1694)의 손을 거친 후 메이지 시대에 이르러 하이쿠는 다시 마사오카 시키(正岡子規, 1857~1902)를 만나게 되지. 마사오카 시키(正岡子規)는 우리로 치면 가람 선생과 같은 존재야. 가람이 옛 시조를 혁신하여 현대시조의 주춧돌을 놓았듯이, 그는 전통의 하이쿠를 현대적으로 변용해 내었지. 그의 열정과 노력으로 새롭게 점화된 하이쿠는 벚꽃처럼 화려한 자태로 일배 현대 문학의 대표 주자로 우뚝 섰어. 지금 이것은 전 지구에 수출되고 있지. 지구인들이 하이쿠 축제를 즐기고 있는 거야. 위성 방송으로 생중계를 해 가면서 말이야. 세계의 유명 인사들이 하이쿠 매력에 푹 빠져 있어. 참 부럽지 부러워. 지금의 우리로서는 언감생심이야. 일배국 하이쿠의 진화 역사는 우리 시조의 현대화 작업에 뜸김을 주는 바가 적지 않아.

와카는 단카(短歌)라 하여 보통 두 줄로 표기하는데, 한 줄에는 '5, 7, 5' 장구(長句, 조쿠)를 쓰고, 다른 줄에는 '7, 7' 단구(短句, 단쿠)를 쓰지. 하이쿠는 두 줄 표현 중에서 위의 단 한 줄을 선택하여 특화한 것이야. 원래 와카에서 아랫부분의 '7, 7' 단구는 주장이나 설명이 들어가. 그런데 이걸 빼 버리고 위의 '5, 7, 5'(17자)만 단정하게 남겨둔 게 하이쿠가 되었어. 아주 짧아졌지. 딱 17자로 시가 되는 거야. 그래서 세계인들이 하이쿠를 17자의 언어 마술이니 언어 연금술이니 하며 칭찬 일색으로 부르는 거야.

하이쿠는 반드시 계절을 나타내는 시어, 곧 계어(季語)가 들어가는 게 특징이라고 하지. 이게 하이쿠의 개성과 신비성을 더하고 있어. 그런데 알고 보면 계어라는 게 무슨 '마법의 돌' 같은 게 아니라, 17자 자구 속에 자연물을 등장시킨다는 뜻이 강한 거야. 이를테면 이런 것이지. 마사오카 시키(正岡子規)의 하이쿠 작품을 한번 볼까.

'인력거 타고 숲으로 기어간다 매미 떼 울고' (5, 7, 5)

다음은 유명한 바쇼의 작품이야.

'부모님 생각 간절히 이는구나 꿩 우는 소리' (5, 7, 5)

또 얼마 전에 출간된 일배국 여류 작가 마유즈미 마도카(黛まどか)의 우리 칸국 기행 하이쿠 몇 편을 한번 볼까?

기찻길 침목 침묵 속에 걸으며 바람만 이네 (5, 7, 5)

할아버지의 따스한 인정으로 강물 데우다 (5, 7, 5)

탁 펼쳐 놓은 지도책에 감도는 은하수 정취 (5, 7, 5)

이런 정도야. 계어라는 게 결국은 17자 속에 반드시 자연물 또는 자연을 나타내는 표현이 들어간다는 거지. 이걸 가지고 하이쿠 속에 내재된 우주의 신비니 자연법칙이니 하며 아주 거창하게 신성화하고 있지. 허장성세야. 과대포장이라는 거지.

계어가 꼭 들어가야 한다는 말로 하이쿠의 규칙성과 신비성을 강조하려는 거야. 실제로는 그렇지 않다는 거지. 틀은 깨져야 새로움이 탄생하는 법이야. 지금까지 생산된 수많은 하이쿠 작품을 일별해 보면, 앞서 말한 계어의 신비성이라는 게 하나의 환상임을 알게 돼.

자, 이번에는 '5, 7, 5, 7, 7'의 정형 구조인 일배국의 와카(和歌) 작품을 한 번 볼까?

동풍 불거든 맑은 향기 뿜어라 매화꽃이여 (5, 7, 5)
네 주인 없다 하여 봄소식 잊지 마라 (7, 7)

이게 와카야. 31자 정형시야. 잘 보면 이런 데서 간단한 공정을 거쳐 하이쿠가 곧장 탄생하게 되어 있어. 글자 수만 맞추어 주면 되는 거지. 쉬워, 아주 쉬워. 앞부분 '5, 7, 5'(17자)만 떼어 독립시키니 이게 하이쿠가 된 거야. 우리로 치면 3장 시조에서 현대판 한시조가 탄생하는 것과 같지. 와카가 3장 정시조라면 하이쿠는 한시조에 해당하지. 한시조의 필요성은 여기서도 확보된다고 봐. 긴 것도 효용성이 있지만 짧은 것도 그 가치가 있지. 아니 어쩌면 부담이 덜한 짧은 시를 지금 사람들은 더 좋아할 수 있어. 그러니 일배국에서 하이쿠가 저토록 번창하는 거겠지. 우리도 삼행 시조를 가지고 놀기가 부담스럽다면 한 줄짜리 시조를 생활 예술로 만들 필요가 있어. 한 줄 시조 놀이가 필요한 거지.

자, 위의 와카를 가지고 하이쿠를 한번 만들어 볼까? 볼 것도 없어. 그냥 답이 딱 나오잖아. 앞의 것 17자만 취하면 돼. 그러면 하이쿠 작품은 군티 없이 딱 아래 작품이지. 이건 누구라도 만들 수가 있는 거야. 하등 신기할 것도 경탄할 것도 없지. 글자 수만 맞추면 돼.

동풍 불거든 맑은 향기 뿜어라 매화꽃이여 (5, 7, 5)

이게 바로 하이쿠야. 와카와 하이쿠의 상관관계가 이런 거지. 와카는 좀 길고 하이쿠는 짧아. 그런데 한 줄짜리 정형시 하이쿠가 오히려 세계인의 주목을 받고 있어. 놀라운 일이야. 짧아서 그럴 거야. 정형시의 오락성과 생산성에 주목해야 해. 지금 하이쿠의 폭발적인 성장 속도를 가늠해볼 때, 시조라는 이름을 '삼행시'라고 고쳐 부른 초정 선생의 치열한 뜻이 어느 정도 이해가 돼. 시조의 현대화 작업에 최강의 돌파구를 찾으려 했던 것이지. 초정 선생은 직접 발명한 삼행시를 우리의 고유한 시로, 말하자면 칸국 현대시의 전형으로 만들려고 했던 거야. 그러나 이건 별 소득 없이 끝났어. 지금 삼행시는 사람들에게 전혀 다른 의미로 사용되는 중이지. 즐거운 오락거리로 삼행시가 날마다 잘 소비되고 있기는 해. 하지만 삼행시와 시조가 같은 의미망으로 잘 연결되지를 않아. 안타까운 일이지. 현실적으로 삼행시와 시조는 전혀 다른 것이야. 그래서일까, 삼행시의 오락 홍수 속에서도 시조를 사랑하는 이들은 가슴이 짠한 거지.

　일배국은 하이쿠 사랑이 정말 대단해. 굉장한 자부심을 가지고 있지. 영국이 셰익스피어를 사랑하는 이상으로 일배들은 하이쿠를 사랑하고 거기에 자긍심을 갖고 있어. 그들은 새해에 일왕이 신년 덕담을 하이쿠로 직접 지어서 국민들에게 전한다고 해. 참 부럽지 부러워. 우리도 대통령이 새해 첫날에 시조를 지어 발표하면 좋겠어. 그러면 너도나도 시조 쓴다고 야단법석, 경향 각지에 시조 바람이 불겠지. 후훗, 언젠가는 이런 날이 오지 않겠어? 시조 부활의 날이 조만간 활짝 꽃을 피운다면 말이야.

　지금 우리의 현실은 어때? 사람들은 시조가 있는 줄도 몰라. 아직도 시조가 있나 하는 표정이야. 눈이 동그래져. 조선 시대에 시조가 끝난 줄 알아. 시조가 죽었다는 거지. 대뜸 사망 선고를 내려. 참 가당치도 않지. 그 정도는 아니라 해도 시조를 숫제 골동품 취급해. '시조가 지금 왜 필요하지? 다들 이런 표정들이야. 시조 공부를 한다고 하면 살짝 미친 사람 취급해. 왜 아무도 몰라주는 그런 걸 공부하느냐고. 재미도 없고 곰팡내 나는 걸 왜 붙들고 있느냐고 나무라지. 가까이 있는 사람이 더 그래. 참 서글프고 안타깝지. 속상하기도 하고. 참 기가 막혀. 눈물이 날 지경이야. 사람들은 시조가 다들 어디 처박혀 있는 줄도 모르고 있어. 시조에 전혀 관심이 없는 거지. 시조 알기를 우습게 알아. 아니 그것도 아니야. 푸대접이 아니라 숫제 무대접이야. 시조에 대한 자긍심을 열에 아홉은 전혀 갖고 있지 않아. 보통 사람들은 '시조가 뭐지?' 이러면서 그냥 무관심으로 일관해. 맥이 풀리고 기운이 쏙 빠져. 이게 우리나라의 현실이야. 받아들이기 힘든 아픔이지만 어쩔 수 없어. 그런데 놀랍게도 어느 한 곳에서는 시조의 꿈이 오히려 더 포실하게 자라는 것 같아. 그래, 이런 황폐하고 구차한 현실이 꼭 나쁘지만은 않은 것이라고 위로해 보기도 하지. 놀라운 반전이 우리를 기다린다 생각하면 가슴이 벌렁벌렁 뛰어. 나도 일로일생(一路一生)이야 —시조라는 한 길로 쭈욱 가는 거지 뭐.

즈믄 해 밟고 오는 사무랑의 눈빛인가
햇살이 몸을 뒤채 칼끝에 꽃이 피고
너와 나 꿈들을 엮어 검동유로 흐른다

놀이가 없는 일상을 생각할 수 있을까? 시조를 예술로 봐도 좋고 놀이로 봐도 좋아. 물론 수양과 깨달음의 도구로 볼 수도 있지. 다 좋아. 그런데 시조를 놀이로 볼 때, 사람들이 오해하는 게 있어. 우리 전통문화 시조를 너무 유치하고 낯간지러운 걸로 욕보이는 게 아니냐는 거지. 아니야. 그건 절대 그렇지 않아. 그건 오해야. 놀이와 노동은 서로 갈마들며 개인의 삶을 풍요롭고 윤택하게 만들지. 놀이에 대한 선입견을 버려야 해. 시조는 즐거운 놀이야. 즐거운 놀이가 바로 옛 사람들의 풍류야. 시조가 풍류의 몸바탕이 될 때 시조가 새 생명력을 얻는 거야. 고단한 현대 도시 문명에서 사람들은 시조 놀이를 통해 즐거움을 얻고 삶을 위무 받을 수 있어.

놀이를 통해 사람들은 삶의 재미와 질을 향상해 나가는 거야. 놀이라는 게 인간의 삶에서 부차적이고 비생산적이라는 편견은 버리는 게 좋아. 놀이는 새로운 창조이며 여유로운 삶의 향기야. 놀이가 곧 예술이지. 예술이 별거 아니야. 잘 노는 게 예술이야. 말의 무게에 눌릴 필요가 없어. 예술은 그냥 멋있게 사는 게 예술이야. 그래서 시조는 놀이도 되고 예술도 되는 거야. 시조를 너무 문학이라는 틀에만 가두면 안 돼. 자유롭게 뛰놀도록 활동 공간을 열어줘야 해. 시조가 한바다의 파도처럼 출렁거리면서 놀이와 예술의 경계를 넘나들어야 해. 일상 속에서 즐길 수 있어야 해. 그래야 시조가 삶 속으로 들어와. 세상 속으로 자맥질해 들어갈 수 있어. 그때라야 시조가 모든 사람에게 환영받을 수 있는 거지. 이렇게 하면 시조가 살아나. 이것이 시조 현대화 작업의 바른길이 아닐까? 단단 생각은 어때?

일배국에서 하이쿠 동호인은 몇백만 명이야. 또 바다 건너 흑백국에도 하이쿠가 수출되어 유명 대학에 관련 학과가 속속 개설되고 있지. 미국에는 초등학교 교과서에 하이쿠가 실려 있어. 하이쿠 짓기 고교 백일장도 열리고 그래. 또 세계 저명인사들의 하이쿠 짓기가 유행이기도 하고. 동양의 시가 지구촌 사람들의 호기심을 자극하며 해외 토픽으로 전파를 타고 있지. 같은 정형시를 가진 우리로선 그저 부러울 뿐이야. 한시조 '3, 5, 4, 3'의 세계화 —제발 그런 날이 오기를 나도 학수고대하지. 정형시의 멋과 맛과 아름다움은 무궁무진해. 구속과 자유의 담금질 속에 시조가 탄생하는 거야. 햇볕과 바람과 천둥과 번개 속에 야생 열매가 익어가듯이 말이야. 한시조 '3, 5, 4, 3'은 우리 현대 문학의 대표 선수야. 이 것의 활성화야말로 시조 세계화의 진정한 출발점이 되겠지? 짧으니까 사람들이 부담 없이 다가올 거야. 시조가 세계인들로부터 열렬히 환영받는 야무진 꿈을 한번 꿔 보자고. 한 줄 속에 봄, 여름, 가을, 겨울을 담아 세계로 수출해 보자고. 단단 어때? 한시조의 단 네 걸음으로 세계를 한번 정복해 보는 거야.

풍경이 풍경 소리에 저물어가네 산사의 푸른 저녁이여

시조 정형의 틀은 더없이 아름다워. 3장 3수율 4마디의 시조 정형은 눈살같 이 하얀, 겨레의 순박하고 단정한 몸가짐을 똑 닮았어. 여기에 천 년의 문화 향기 가 떠돌아. 근대 이전의 전통 시조는 창이자 노래였으며, 또 그것은『청구영언』 등속의 문헌에 띄어쓰기도 없고 장의 구별도 없이 오직 줄글 쓰기로 기록되어 있었지. 현재 전해지는 5,000여 수의 시조 작품을 요모조모 뜯어보면, 옛 시조 양 식조차 현대시조와 마찬가지로 천차만별로 다양하다는 게 금방 눈에 들어와. 요 즘 사람들의 상식을 여지없이 무너뜨릴 만큼 옛 시조 양식은 변화무쌍하고 다채 로워. 처음 보는 사람들은 다들 깜짝 놀라지. 틀에 박힌 답답한 모습이 절대 아닌 거야. 시조 공식 일변도가 아니라는 말이지. 작품마다 시조의 유연성과 탄력성 이 보기 좋게 출렁거려. 정형의 틀이 있되 그 진폭이 어찌나 넓은지 어떤 것은 현 대 자유시보다 더 한결 자유롭게 보일 지경이야. 허헛, 자유시보다 정형시가 더 자유로운 시라니, 이게 웃기는 말이기는 하지. 그런데 이게 진짜거든. 재미있는 일이야. 시조의 열린 구조가 이 정도라는 얘기지. 단은 이것을 받아들일 수 있겠 지? 우리 민족의 운율인 3수율을 안다면 말이야."

단은 미소를 띠며 해마루 사부를 존경의 눈길로 치어다본다.

삼예 선생이 싱긋 웃음 띤 얼굴로 화답한다.

"시조는 정형시야. 정형시는 공식이 있지. 시조에도 공식이 있어. 그러나 시조는 정형은 정형이되 자유로운 정형이야. '자유로운 정형.' 이거 완전히 웃기는 말이지? 공식이 자유롭다니, 이게 무슨 말이야? 애써 정해진 걸 자꾸 모습을 바꾸면 그게 공식으로 남아 있나? 그런데 놀랍게도 시조는 된다는 거지. 이게 바로 시조야. 시조의 매력이야. 시조는 삶을 그대로 오롯이 담아내지. 현실의 삶에는 커다란 기쁨 속에도 잔 슬픔이 부스러기처럼 박혀 있는 것처럼 말이야. 정형 속의 자유로움. 이게 시조의 틀이고 공식이야.

막혀 있으면서도 트여 있고, 닫혀 있으면서도 열려 있고, 엄격하면서도 부드럽고, 째이면서도 여유롭고, 눈물 나면서도 짐짓 웃는 —시조는 삶의 진솔한 모습을 있는 그대로 표현하는 우리 대표 문학이야. 삶의 현장은 모순과 대립이 늘 휘돌아들지. 이것들이 상호 침투하고 포용하면서 극적인 조화를 이루며 흘러가는 게 세상이고 인생인 게지. 그래, 생(生)은 늘 팽팽한 긴장으로 터질 듯해. 상호 이질적인 것들조차 시조의 몸짓을 만나는 순간, 화해의 기운이 너울거리며 피어오르지. 대립과 갈등이 자동문 열리듯 시조 안에서 조화롭게 풀려나는 거야. 이게 바로 시조의 힘이고 정형시의 위력이지.

정형의 틀에 넣고 자기 생각과 감정을 주조할 때 우리는 삶의 새로운 차원에 느껴워지는 거야. 여기에 우리 시조의 놀라운 매력이 빛을 발하지. 시조 놀이를 하면 마음이 깨끗하고 평화로워져. 즐겁기까지 해. 마음의 상처가 치유되고 몸의 아픔이 눅여지지. 시조와 함께하는 마음이 건강한 삶을 보장해 준다고 믿어. 대립과 모순의 통일, 갈등과 긴장의 해소 —이것은 우리 삶의 지향점이야. 동시에 시조의 지향점이기도 하지. 그래, 시조의 문학 정신은 '조화(調和, Harmony)'이며, 이것은 '정형 속의 자유로움'을 통해 실현돼. 구속과 자유의 담금질 속에 삶이 아름다워지는 것처럼, 시조 역시 그렇다는 얘기지.

예부터 이야기는 거짓말이고 노래는 참이라고 했어. 시조는 노래야. 노래시야. 시 노래야. 시조 속에는 참마음이 들어있어. 현대시조의 다채로운 형식 실험의 배경은 시조라는 물건이 원래 그렇게 생겨먹은 것이라서 그렇다고 먼저 말하고 싶어. 시조는 그때그때 시대의 물결을 타고 흘러가는 현재형의 문학 양식인 까닭이지. 그래서 시조 양식에 대한 여러 의견이 충돌을 일으킬 수 있고, 또 작품 창작이 실제로 다종다양하게 나타나는 거야. 이런 이유로 시조 현대화 작업은 복잡하게 얽히며 늘 지지부진이지. 이건 당연히 그런 것이니 부정적으로 볼 것만은 아니야."

단단의 눈빛을 받아 해마루 사부가 같이 빛을 낸다. 오가는 눈길 속에 시조의 꿈이 영롱하다. 한시조 공부의 마지막 순간이 다가왔다. 해마루 사부의 큰 키가 단단의 두 눈에 벅차다.

"시조는 태양의 노래야. 시조는 입자이면서 파동이야. 빛이 그런 것처럼. 시조를 그냥 봐서 뭐해? 가지고 놀아야지. 빛을 보려면 사물을 봐야지. 빛은 그 자신은 안 보이잖아. 시조도 그래. 시조 작품을 통해 우리는 태양 빛을 보게 되는 거지. 자연과 친밀해지는 거야. 그리고 시조는 사람들에게 재미와 휴식을 제공해야 해. 자연이 우리에게 그러하듯이 말이야. 삶의 질을 높이는 일에 일조해야 하지. 한시조를 어떻게 쓰는지 한 번 알아볼까. 이건 생애 처음 털어놓는 시조 비술이야. 한시조는 하늘나라의 일급비밀이었어. 내가 천신만고 끝에 알아냈지.

죽을 고비도 숱하게 넘겼어. 이게 하늘나라의 노래라고 해서 영롱하고 아름답기만 한 건 아니야. 촌철살인의 무기가 돼. 특히 한시조는 상황에 따라 그 자체가 무기야. 필살기야. 그때의 한시조를 일러 '활시조'라고 해. '활시조'는 우리 겨레 문화의 최종 병기라고 할 수 있지.

단도직입적으로 한시조를 짓는 법은 시조 종장의 그것과 같아. 왜냐하면 초장이나 중장과 달리 종장은 처음에서 끝까지 통사적으로 완결된 구조를 지니고 있기 때문이야. 율격의 측면에서도 종장은 우리 삶의 내재율을 가장 극적으로 잘 표현하고 있기 때문이지. 그래, 한시조가 필요한 거지. 3장 중에서 종장 부분이 율격적 변화가 가장 다채로워. 또 보면 시조 3장의 천지인 구성 방식에서 종장은 인(人)에 해당해. 초장은 하늘의 영역이고 중장은 땅의 영역이지. 그리고 종장은 사람의 영역이야. 하늘과 땅을 매개하는 사람이라는 존재, 곧 종장의 의의는 인본주의를 실현하는 장치인 거지. 종장은 우리 방식의 인본주의 원리를 담아내는 공간이야. 인본주의라고 하니까 거창하지? 괜히 어렵게 느껴지나? 그런데 그렇게 생각할 필요가 없어. 하늘이 귀하고 땅이 귀하다 해도, 결국 세상에서 가장 귀한 것은 사람이야. 생명이지. 이런 눈으로 종장을 보면, 바라보기만 해도 부수적으로 얻는 게 아주 많아. 이게 바로 우리 방식의 인도주의 실천인 거지. 천지 변화와 조화를 사람이 자기 방식대로 엮어가고 해석하고 조율한다는 게 시조 종장의 매력이야. 인간의 주인 정신을 선언하는 거야. 이게 바로 한시조의 매력인 거지.

시조는 운율의 노래야. 리듬을 타야 시조가 시조답지. 그러나 여기에 무슨 음악적 재능이 필요한 게 아냐. 그냥 자신의 평소 호흡법을 100% 반영하면 돼. 그래, 시조의 운율은 글자 수로 나타나는 게 아니라 자연스러운 호흡이 만들어내는 내재율이란 걸 잊지 않으면 되는 거야. 깊고 푸른 바다에 고래가 몸을 뒤치듯이, 기운생동하는 삶의 흐름을 네 걸음의 사계절 순환 속에 자연스레 담을 것! 이게 한시조의 창작 원리야. 내용의 혁신과 형식의 창조성이 결합할 때 한시조가 탄생하는 거지. 현대 시대의 감수성은 반응 속도가 날파람이야. 빠르지. 만감의 응축은 딱 한 줄로 충분하지 않을까?

봄, 여름, 가을, 겨울 = 4마디 사계절의 문학 = 한시조

한시조는 사계절의 발걸음으로 짓는 농사야. 정형시지. '하나, 둘, 셋, 넷'에서 첫걸음은 봄이야. 둘째 걸음은 여름이지. 셋째 걸음은 가을이고, 마지막 넷째 걸음은 겨울이야. 사계절을 담고 있는 거지. 한시조는 딱 한 줄, 네 걸음이야. 한시조가 한 줄에 완성되는 거지. 한시조 한 편에는 사계절의 순환이 고스란히 들어 있어. 한시조가 말 그대로 사계절의 문학인 거지.

시조는 정형시이되 우리 민족성처럼 융통성이 많아. 시조의 율격은 엄격하게 자수를 따지는 방식이 아니라 ―자수를 따지는 것은 일배국 정형시의 영향과 간섭이야― 흐름과 굽이와 풀림과 맺음의 다채로운 변주가 빚어내는 삶의 숨결이지. 정형 속에 자유로운 날갯짓이 들어 있어. 그래서 시조 속에는 규칙적인 기계음이 아니라 정형적 비정형인 자연음이 담겨 있지. 그곳에는 울퉁불퉁한 계곡물 소리가 들리며 댓잎에 서걱대는 바람결이 보여. 정형시에서 정형의 구조와 규칙은 매우 예민한 문제야. 내재율과 정형률의 구별 기준은 흑백국의 잣대로 만든 것이야. 이 잣대를 버려야 온전한 우리 시를 얻을 수 있지.

한시조의 기본형은 '3, 5, 4, 3'이야. 그러나 시조의 열린 구조는 천편일률의 딱딱함을 배제해. 상황과 분위기에 따른 다양한 변주를 낳지. 3수율, 4마디의 자연스러운 발걸음이 시조의 기본 운율이야. '봄, 여름, 가을, 겨울' 사계절의 움직

임. 시조 가락은 겉으로는 정형률, 외형률처럼 보이나, 실제적으로는 내재율이 야. 3수율이지. 우리 겨레의 자연스러운 호흡법이라서 그래. 그런 까닭에 한시조의 기본형인 '3, 5, 4, 3'은 마치 수학 방정식처럼 수많은 문제작을 생산하게 돼. 가령 '3, 5, 4, 3'의 기본형은 '3, 6, 4, 4'를 거쳐 '3, 7, 5, 3'으로 굽이친 후 '3, 8, 4, 5'로, 심하게는 '3, 9, 3, 4', '3, 9, 4, 4'로까지 확장을 거듭해. 그러니까 한시조의 기본형 '3, 5, 4, 3'은 복제품을 양산하는 거푸집이 아니라, 도약과 확산, 그리고 심화를 도와주는 탄력 넘치는 구름판이라고 할 수 있는 거지. 단 이때 첫 마디는 반드시 3자로 고정됨을 잊어서는 안 돼. 3수 철학인 거지. 3태극 철학 말이야. 시조 놀이를 하는 이는 정형의 구름판을 딛고 자기 서정의 세계로 도약하면 돼. 그곳에서 자기만의 무늬를 수놓고 그림을 그리면 돼. 시조를 즐기는 이들은 삶이 결코 지루하거나 심심하지 않아. 일상의 자연스러운 호흡이 시조를 가없이 빚어내기 때문이지.

> 풋심이 소쿠라져 마구 뛰는 조랑말
> 철부지 작은 몸짓에 놀란 가슴이 고들고들
> 어른이 파랗게 질려 사춘기를 앓는다

문제가 하나 있어. 한시조에서 제목을 처리하는 방법 또는 제목을 달 것인가 말 것인가 하는 문제야. 결론적으로 말하면 제목은 달지 않는 게 좋아. 제목을 달면 무게 중심이 흐트러지지. 한 줄의 미학이 파괴되는 거야. 제목을 위에 붙이든 작품 아래에 붙이든 결과는 매한가지지. 배보다 배꼽이 더 크게 되는 거야. 꼴불견이지. 기존의 한 줄짜리 시조 작품을 보면 꼭 제목을 달아 놨어. 물론 지은이는 자기 생각과 취향대로 작품 위에 또는 아래에 제목을 달 수 있지. 그건 말릴 수 없어. 그러나 제목을 위에 다는 것은 기존 창작 방식을 여과 없이 그대로 따라 하는 경우야. 관습에 넋이 붙잡힌 경우라고 할 수 있지. 제목을 작품 아래에 붙이는 것은 지은이의 순전한 취향과 판단인데, 시 내용을 온전히 보호하고자 하는 작가의 배려가 엿보인다고 해석할 수 있지.

그런데 한시조를 실제 지어보면 알아. 제목을 달지 않으면 안 되는 경우가 여름날 우박 내리듯 아주 드물어. 그때는 도리가 없지. 이 경우에는 제목을 달되, 작품 아랫부분에 달아서 작품을 완성하는 게 좋아. 단, 이것은 제목이 없으면 작품이 완결 처리가 되지 않을 경우에만 극히 제한적으로 사용하는 게 좋아. 그런데 놀랍게도 이런 일은 평생에 한 번도 많아. 무슨 말인지 알겠어? 평생에 한 번도 많다고 했지. 한시조에는 제목을 절대 붙이지 말란 얘기지. 한 줄이든 세 줄이든 어쨌거나 시조는 완결의 미학을 지향해야 하는 거야. 그리고 작품마다 제목을 달고 지은이를 밝히는 게 너무 소유 의식에 치우친 듯해서 살짝 못마땅한 거지.

늙지 마 풍류로 살아 그럼 죽으면 죽었지 안 늙어

현대에 들어 수많은 시조 변형이 있었고 형식 실험이 있었지. 그중에 으뜸은 단연 '한시조'의 발명이야. 아니 정확히는 발명이 아니고 재발견이지. 왜냐하면 한시조는 옛날부터 있었는데, 이것을 새로운 눈으로 찾아냈으니까 말이야. 한시조는 절제와 함축의 꽃이야. 이름 그대로지. 한시조. 딱 한 줄로 신천지를 보여줄 수 있으니까. 현대는 속도 문명이야. 뭐든지 빠르지. 그래, 우리가 느리게 살면서도 일차적으로는 반응속도가 빨라야 해. 그래야 살아남을 수 있어. 한시조는 짧

289

아서 좋아. 마치 화살 같지. 시위를 떠나 곧장 과녁으로 날아가는 화살, 일발필중 (一發必中), 이게 한시조야. 그러니까 별명이 '활시조'지. 이 한시조는 남자한테 더 잘 맞아. 단수 정시조는 춤추는 듯한 너울거림이 있어. 여성적이지. 시조는 알고 보면 여성성의 문학이야. 그러나 한시조는 딱 한 줄이야. 사냥 도구 같아. 창 같고 칼 같아. 남자에게는 활과 화살이 본래 있잖아. 태생적으로 받은 몸의 연장 말이야. 그래, 한시조는 남자들에게 잘 어울려. 남자들이 너나없이 시조를, 특히 한시조를 즐겨야 시조 나라가 완성되는 거야. 한시조는 현대 예술의 최고봉으로 손색이 없어. 속도 문명에 기민하게 반응하는 놀이문화의 정점이야. 품위 있고 의젓하고 또 재미있고 즐거운 놀이 문화의 가장 높은 곳에 한시조가 자리 잡고 있어. 이 점에서 한시조는 문학 현대화의 최첨단 양식이지. 싱싱한 생활미를 순간의 예술미로 포착하는 예술의 정점에 한시조가 존재해. 현대시가 도달하고자 하는 미래에 한시조가 미리 가 있는 거라고 할 수 있지.

한시조 '3, 5, 4, 3'은 아래 5개의 모형으로 정리할 수 있어. 이름은 앞쪽 두 걸음만 따서 지었지. 사계를 다 적으면 복잡해지니까 봄과 여름만으로 간략하게 만든 거야. 한시조에서 봄에 해당하는 첫걸음은 반드시 3자야. 앞에서 공부한 3태극의 원리에서 본 적 있지. 이곳에 인간 존중의 정신이 철저히 반영되어 있어. 한시조를 활과 화살에 비유한다면 봄에 해당하는 첫걸음은 화살촉이야. 화살촉은 단단하지. 그래서 첫걸음은 3자로 단단하게 고정되어 있는 거야. 첫걸음에 3자를 지키지 않으면 그 시조는 화살촉이 없는 화살이야. 화살촉이 없는 거라면 그건 이미 화살이 아니지. 세상을 긴장시킬 수 없어. 벅찬 감동의 파괴력이 없어. 낭만적 멋스러움이 빠져버린 거야. 그렇게 되면 그건 시조가 아니야. 문예물이 아니야. 예술이 아닌 거지. 결정적으로는 거기에 3태극 원리가 없잖아. 거기에는 시조라는 이름을 붙여서는 안 돼.

그런데 한시조 이름이 왜 한시조일까? 궁금해? 생각해 봐. 잘 생각하면 답이 보여. 우리가 이때까지 공부한 내용 중에 답이 들어 있어. '한 철학' 때문에 그래. 우리 고유의 '한 철학'을 명쾌히 담은 시조라서 한시조야. '한 철학'은 3철학이잖아. 3태극 원리, 3수 철학 말이야. 그리고 '한'은 여러 가지 좋은 뜻을 많이 가지고 있어. '하나, 밝다, 크다, 공명정대하다, 임금, 최고, 모든 것, 유일' 이런 여러 가지 뜻이 있어. 게다가 한(1)은 곧 한(3)이야. 천지자연과 사람이 하나라는 거지. 말하자면 '한'은 물아일여(物我一如)를 집약한 거지. 그래서 한 줄 시조 이름이 한시조인 거야. 물론 다른 이름도 많이 있어. 단장시조, 절장시조, 한 줄 시조, 외시조, 외줄시조, 홑시조 —이렇게 많아. 그런데 시조에 3철학을 고스란히 담은 명칭으로 '한시조'가 좋아. 한 줄로 쓰니까 또 한시조인 거지. 우리 민족 고유의 생활 철학, '한 철학'. 앞에서 자세히 설명한 적이 있었지? 그래, '한 철학'을 가장 명쾌하게 짚어낸 이름이 바로 '한시조'인 거지. '한시조'는 태양 그 자체야. 햇빛이지. 그래, '한시조'는 태양의 노래야. 춘하추동을 한 줄에 드러내는 사계절의 노래야. '한시조'라는 이름은 하늘나라에서 지은 거야. 내가 처음으로 한시조를 하늘에서 가져올 때 이름이 그렇게 붙여져 있었던 거지. 한시조 —울림도 좋고 뜻도 좋아. 단단은 어때? 이름이 마음에 드나? 자꾸 부르다 보면 정들고 익숙해질 거야. 첫 느낌도 괜찮지 않았나? 아직도 기억하겠지? 이태 전에 한시조와 처음으로 대면하던 순간을? 자 그래, '한시조'를 자주 읊조려봐. 마음이 편안해질 거야. 우리 거라서 그래. 한시조가 원래 우리 것이라서 그래. 본디 하늘 민족 우리 것이라서 그런 거야.

'한시조'는 어떤 종류가 있을까? 어떻게 정리하면 좋을까? 그런데 여기서 유형 정리가 왜 필요하지? '한시조'가 단 한 줄로 지어진다 해도, 이를 단정하게 정리하지 않으면 어수선하고 구저분해. 평미리치듯 일목요연해야 사람들이 알아먹기 편해. 한시조를 사람들에게 퍼뜨리려면 이론적인 정리도 필요하니까 말이야. 그래서 그런 거야. 깔끔히 유형별로 정리하면 '한시조'가 한눈에 쏙 들어와. 아래를 보라고. 정리가 아주 잘되어 있잖아? '한시조'는 모두 5개의 유형을 가지고 있어. 그러니까 모든 '한시조'는 다음 5개 중의 한 개인 거지. '한시조'의 모든 것이 깨끔하게 잘 정리되었지. 보기가 좀 좋아? 내가 봐도 이건 아주 예술이야. 푸하하하.

한시조 ---- 3.5형, 3.6형, 3.7형, 3.8형, 3.9형

(1) 3.5형
3,5, □, □ 유형이다.

봉분에 절을 올린다 어머니 편안하시죠

아득히 날리는 낙엽 수채화 물감이 가득 번지네

나에겐 스승이 많다 산 강 바다 그리고 아이들

부럽다 이웃 일배는 수많은 신(神)이 다 살아 있는 걸

바닷속 멸치의 꿈이 냄비 안에서 졸고 있네 먼바다의 그리움 안고

노래 삼긴 사람 시름도 하도 할사

일러 다 못 일러 불러나 푸돗던가

진실로 풀릴 것이면 나도 불러 보리라 (3, 5, 4, 3)

-신흠

이화에 월백하고 은한이 삼경인 제

일지춘심을 자규야 알랴마는

다정도 병인 양하여 잠 못 들어 하노라 (3, 5, 4, 3)

-이조년

늙었다 물러가자 마음과 의논하니

이 님을 버리고 어디메로 가잔 말고

마음아 너란 있거라 몸만 물러가리라 (3, 5, 2, 5)

-송순

(2) 3.6형

3, 6, □, □ 유형이다.

조약돌 하나를 주웠다 잃었던 어린 꿈 하나를 본다

호박이 제 무거운 몸을 넝쿨에 가만 기대네 가을의 현을 울리네

실없는 풀벌레 장난에 돌부처님이 웃는다 "너도 부처야"

부럽다 허물 벗은 매미 오늘 하루 신선이네

날개가 나붓나붓하다 푸르게 인사하는 그녀

님 보신 달 보고 님 뵈온 듯 반기노라
님도 너를 보고 날 본 듯 반기는가
차라리 저 달이 되어서 비최여나 보리라 (3, 6, 4, 3)

-이원익(梧里)

청산도 절로절로 녹수도 절로절로
산절로 수절로 산수간에 나도 절로
이 중에 절로 자란 몸이 늙기도 절로절로 (3, 6, 3, 4)

-김인후

수양산 바라보며 이제를 한하노라
주려 죽을진들 채미도 하는 것가
비록에 푸새엣 것인들 그 뉘 따에 났더니 (3, 6, 4, 3)

-성삼문

(3) 3.7형

3, 7, ㅁ, ㅁ 유형이다.

차차차 차차차차차차차 온통 차들뿐이다

풀대가 정강이를 찌르네 불효를 나무라네

니체는 신이 죽었다 하고 신은 니체가 죽었다 한다

장미가 가시로 콕 찌른다 하늘이 다시 파랗게 놀란다

병들어 신음하는 차에게 돈을 먹였다 거짓말같이 말처럼 잘도 달린다

늙지 말려이고 다시 젊어 보렷더니
靑春이 날 속이니 白髮이 거의로다
이따금 꽃밭을 지날 때면 罪 지은 듯하여라 (3, 7, 4, 3)

―우탁

동짓달 기나긴 밤을 한 허리를 베어내여
춘풍 이불 아래 서리서리 넣었다가
어룬 님 오신 날 밤이여든 굽이굽이 펴리라 (3, 7, 4, 3)

―황진이

청강에 비 듣는 소리 그 무엇이 우읍관데
만산 홍록이 휘두르며 웃는고야
두어라 춘풍이 몇 날이리 우을대로 우어라 (3, 7, 4, 3)

―효종(孝宗)

(4) 3.8형

3, 8, □, □ 유형이다.

사람아 더불어 숲이 되어라 나란히 하늘을 우러르며

둘 셋 넷, 엘리베이터 안에서 사람들이 절로 키재기하네

인간이 우주의 주인이라면 정녕코 우주는 얼마만 한 낭비랴

시계가 한 번씩 쉬면 어떨까 하품도 하고 졸기도 하고

아이가 어른보다 오래 살지 왜냐면 아이는 잘 웃으니까

높으나 높은 남게 날 권하여 올려 두고
이보오 벗님네야 흔드지나 말았으면
떨어져 죽기는 섧지 아녀도 님 못 볼까 하노라 (3, 8, 4, 3)

                                                                    —이양원(1533~1592)

古松 奇石 두 사이에 어엿불슨 져 두견(杜鵑)아
봄 꼿치 불근 것도 오히려 多事커든
엇지타 가을 닙히 또 불거서 松石 우음 밧느니 (3, 8, 4, 3)

                                                                    —안민영(『해동가요』 편찬자)

「부재(不在)」

　　　　　　박재삼

다 나가고 없는 뜰에
木蓮花가 피었네.

반쯤은 가지를 이승에
나머지는 저승에

골고루 사람이 없는 데 따라
고이 여는 꽃이여 (3, 8, 4, 3)

(5) 3.9 형

3, 9, ㅁ, ㅁ 유형이다.

겨울이 뒤뜰 가을에게 말하네 "이제 다 놓고 그만 가"

봄비여 그대 마음속 칸칸마다 눈부신 장식이구나

맙소사 100대 민족문화상징에 시조가 빠지다니

개미야 개미 같은 것들아 못난 우리랑 살아줘서 정말 고마워

보고파 사뭇 떨리는 숨결 너머 메뚜기 날개 같은 저녁볕이 어룽더룽

거문고 대현 올려 한과 밖을 짚었으니

얼음에 막힌 물 여울에서 우니는 듯

어디서 연잎에 지는 빗소리는 이를 좇아 마초나니 (3, 9, 4, 4)

-정철(松江)

글 닑어라 아희들아 글 닑어 남 주던냐

孝悌 忠信 네 것이오 富貴榮華도 네 것 실다

우리는 아희적 글 덜 닑은 탓사로 이 模樣 되여스라 (3,10,3,4)

-김이익(金履翼, 1743~1830)

우레같이 소리 난 님을 번개같이 번쩍 만나

비같이 오락개락 구름같이 헤어지니

흉중에 바람 같은 한숨이 나서 안개 피듯 하여라 (3, 9, 4, 3)

-무명 씨

한시조가 환하다. 말판이 부시다. 한시조 공부가 끝났다. 단단의 볼에 즐거움이 피어오른다. 삼예 선생도 흐뭇하다. 단은 한시조에게 완전히 매료되었다. 단에게는 영을 처음 만났을 때와 같은 설렘과 기쁨이 찾아왔다. 판을 치우고 정리하는 참에 해마루 사부가 한시조의 장점 몇 개를 더 얹어준다. 한시조는 운자를 맞추어 창작할 수가 있다는 게 특히 인상적이다. 그리고 보니 정말 그렇다. 여기서 운자는 첫 마디에 오는 고정 3자를 가리킨다. 가령 '별빛도'를 운자로 해 보자. 이런 것을 주변 이웃들과 재미 삼아, 놀이 삼아 하면, 일상이 한결 풍요롭고 즐거울 것 같다.

별빛도 – 갈 곳을 잃고 그대 눈 속으로 빠져들어라

별빛도 – 달빛도 없는 밤에 나는 지금 그대와 눈을 맞추고

　한편 지금 창작되는 현대시조 중에서 '한시조' 성격이 강한 것들이 제법 많다고 한다. 아래 시조와 같은 것은 종장만 떼어 독립시키면 그게 바로 한시조가 된다나? 이 경우에는 사실 초장과 중장의 존재가 오히려 거추장스럽게 보일 지경이다. 잘 보면 종장을 시인이 일부러 멀찍이 한 줄 떼어놓아서, 한시조 느낌이 더욱 강하다. 초장, 중장을 무시하고 종장만 따로 읽어보면 정말로 이게 바로 한시조가 아닐까 싶다.

그래도 나는 쓰네 손가락을 구부려
떠나는 노래들을 부르고 불러 모아

저무는 가내공업 같은 내 영혼의 한 줄 시
　　　　　　　－이달균 「저무는 가내공업 같은 내 영혼의 한 줄 시」

'저무는 가내공업 같은 내 영혼의 한 줄 시.'

　정말 그렇지. 봐. 한시조 한 편이야. 위의 작품을 이렇게 한 줄 시조로 표현하고 보면, 사랑을 잃고 또 연인에게 외면당하는 이 시대 시조의 가엾은 운명이 오히려 이 한 줄에서 더욱 눈부심을 알 수 있어."

단단은 시조를 익히는 틈틈이 이웃 나라 일배국도 공부를 해야 했어.

왜냐하면 영이 끌려가면서 쪽지를 남겼는데

일배마저 잘 알아야 자기를 구할 수 있다고 말했거든.

알고 보면 일배국과 흑백국이 비슷하다는 거야.

둘은 한 편이면서 사생결단 싸우기도 한대.

놀랍지? 일배국은 단단이 잘 알고 있지.

일배는 옛날에 칸국을 종으로 부려 먹은 적이 있었거든

그래, 일배들 손아귀에서 풀려나고도

칸국에는 일배 추종자들이 많이 생겨났어.

일배의 폭력적인 힘을 부러워하고 동경하는 거지.

그러나 그들은 악질 매국노들이야.

욕심 때문에 나라를 팔아먹는 거지.

그래, 맞아. 지금도 그들은 매국노야.

칸 사람들은 그런 자들을 일배충이라고 해.

일배국을 추종하는 친일배를

숫제 벌레라고 보는 거지.

실제로 그들은 벌레 같은 존재들이야. 사람답지 못해.

어둡고 축축한 곳을 몰래 기어 다녀.

그래서 이름이 일배충이야.

일배에 충성한다고 충이고 벌레라서 충(蟲)이야.

일배국보다 알고 보면 일배충이 더 나쁜 놈들이야.

왜냐하면 일배충들은 한 사람들이거든.

민족 배반자들이지만 말이야.

일배충을 퇴치하려면

일배의 습성을 훤하게 알아야 하겠지.

영의 말은 정말 틀린 게 하나도 없어.

단단은 일배국과 일배충을

또 열심히 공부하기 시작했어.

영을 하루바삐 만날 생각에

단은 날마다 가슴 설레지.

하루 이틀 공부가 쌓여가며

단단은 더욱 단단한 한인이 되어가는 거지.

차츰차츰

시조왕자의 풍모를

늠름히 갖추어 갔지.

시조왕자

단단

6

날을 잡았다. 해마루 사부가 단단에게 일배국을 단단히 일러준다. 밤낮없이
공부하는 단. 그 모습이 기특한지 사부는 연신 흐뭇한 미소를 흘린다. 얼마만 한
시간이 흘렀는지 모른다. 단은 칸국이 일배국의 식민지 노릇을 하던 시절의 고
통과 설움이 절박하게 다가옴을 느꼈다. 새삼 그때의 신산스러움에 단의 가슴은
한없이 느꺼워진다. 단단은 혹독한 담금질 끝에 칸국의 시조왕자로 거듭나는 중
이다. 시조 나라가 눈앞에 보인다. 영의 환한 미소가 단단의 가슴속에서 기쁨의
무늬를 그리며 물결친다.

해마루 사부가 일배국 공부의 첫발을 뗀다. 단단이 뒤를 따른다. 갈 길이
멀다.

자, 섬나라 일배국을 꼬불꼬불 찾아가 볼까?

"인간은 자연 속에서 살지. 자연과 관계하며 살아. 문화와 문명은 이 속에서
만들어지지. 모든 건 인간이 자연과 대면하면서 이루어지는 거야. 자연을 보는
눈이 자연관이야. 이것은 역사관, 인간관, 예술관, 종교관, 사회관, 남녀관, 인생
관 등으로 번져 나가지. 사회는 인간이 인공적으로 만든 자연환경이라고 할 수
있어. 이런 뜻에서도 인간은 결코 자연을 떠나 존재할 수 없지. 각 민족이 처한

독특한 자연환경은 인간의 정신세계에 그대로 반영돼. 일배국의 자연조건과 사회 조건은 문자 기록을 중시하게 만들었지. 그래서 일배들은 틈만 나면 메모를 하고 사진을 찍고 기록으로 남기고 하는 거야. 예측 불허의 험난한 사회 환경과 자연환경 탓에 그렇게 해서 살아남은 거지. 이곳에서는 지도자의 명령에 무조건 복종하는 권위주의 문화가 대세야. 목숨을 부지하려면 지배 질서에 순종할 수밖에 없으니까 말이야. 참 이상한 일이지? 중세 봉건 시대는 오직 일배국과 흑백국만이 그 역사적 과정을 거쳐. 보면 흑백국 역사에 기사 제도가 있고 일배국에는 사무라이 제도가 있는 거야. 봉건 제도의 핵심 요소는 알다시피 계약 관계야. 오늘의 민주 제도가 사회적, 집단적 계약 관계이듯, 중세 봉건 제도는 세부적이고 광범위한 개인적인 계약 관계지. 그런데 봉건 제도는 봉토와 가신이라는 두 축으로 형성돼. 이것은 계약 관계에 의한 충성과 복종이라는 현대 관료제도의 발판이 되지.

약자는 강자로부터 안전보장을 희망하고 강자는 약자를 보호한다는 게 봉건 체제의 핵심이야. 이것은 먹이 사슬로 연쇄되어 있는 동물의 세계와 유사성을 가지지. 최하층의 농민은 노동하는 동물 혹은 일하는 기계로 취급받아. 특히 흑백교에서는 종교 교리와 교회 예배를 통해 예속 농민들에게 천 년 세월 동안 확고한 계급의식을 주입시켰어. 오늘날 흑백국과 일배국이 가진 놀라운 질서 의식은 이 같은 집단주의 훈련에 깊은 뿌리를 두고 있지. 게다가 근대를 거치며 엄격한 법치주의에 순치되는 과정을 겪으며 숫제 유전인자로 박혀 버렸어. 까닭에 절대자에 대한 복종의 체질화는 일배 정신과 흑백 정신의 공통 특성이야. 여기서 절대자란, 신을 포함하여 정치권력 문화권력 지식권력 등을 통칭하는 것이지. 우리 칸국도 지금은 이와 같아서 권력자나 지식인이나 전문가나 유명인

사나 신문 방송의 방향 지시등을 곧이곧대로 믿고 그냥 따르는 경향이 많아. 들
쥐 떼 근성이 생긴 거지. 상급자의 부당한 지시에 맞서지 못하고 굴복하는 게 대
부분이야. 참 문제가 많지, 많아. 목구멍이 포도청인데 어쩌겠어. 그래도 이건 아
니야. 사람마다 존엄을 되찾아야 해. 시조가 그것을 가능하게 해 줄 거야. 그렇게
믿어야 해. 내가 단단을 믿는 것처럼, 단단이 영을 믿는 것처럼 말이야.

가슴 가슴에는 저마다의 강이 흐르고
흐르는 강물마다 저마다의 운율이 있다
어쩌랴 내 가슴 배를 띄워 날마다 그대에게 가는 것을

놀라운 이야기를 하나 들려주지. 현대판 일배 사회는 철저히 흑백국을 추종
해서 만든 거야. 일배국의 근대화는 흑백국의 완전한 모방과 이식을 통해서 그
최초의 뜻을 얻지. 일배의 흑백화 변신 과정은 흑백교 기원 후 1856년의 메이지
유신이 그 출발점이야. 그때 일배들은 자신들의 유일신을 제작하기 위해 왕정으
로 냉큼 복귀하지. 부럽기만 한 흑백국의 신이한 능력이 일차적으로 유일신의
맹목적 신앙심에서 나오는 것이라고 그들은 해석한 거야. 유신 신앙인들은 일왕
을 신성시하는 작업에 바로 착수하지. 그래, 일왕은 일배국의 유일신으로 거듭
나게 돼. 일배국에서도 신이 다스리는 왕정 시대가 열린 거지. 이것은 일배국의
역사에서 장장 700년에 걸친, 사무라이 일당 독재가 막을 내리는 역사적 순간이
기도 해.

그런데 메이지 유신의 주축 세력은 새로운 지식인에 인도받은 사무라이들이
야. 그리고 이들이 나중에 군국주의 일배 제국을 만들어 가지. 따라서 왕정복고

라고는 하지만 사무라이가 여전히 중심인물인 거지. 그러니까 이것도 사무라이 중심 국가임이 틀림없어. 물론 메이지유신 이전에도 일배국 열도에서는 영주들이 군웅할거 형세로 짜여, 크고 작은 전쟁과 반란, 그리고 음모와 배신이 이어진 바가 있었지. 메이지유신은 명백한 군사 쿠데타야.

일배의 19세기 메이지유신은 본질적으로 쿠데타야. 사정이 이러니 근대 일배국은 군국주의의 길을 걸을 수밖에 없었어. 존재감도 없이 수백 년을 한곳에 박혀 있던 허수아비 일배 왕이 일왕으로 곧장 승격되지. 유일신으로 신격화된 거야. 그는 흑백교의 신처럼 곧장 일배 사회를 지배하는 절대자가 되지. 일왕이 살아 있는 신으로 숭배되었어. 군국주의 세력이 그렇게 꾸민 거지. 이게 유명한 일배국의 존왕양이(尊王攘夷) 운동이야.

잘 생각해 봐. 이건 혹 흑백 종교를 모방한 게 아닐까? 유일신의 존재가 가지는 가공할 위력을 재빨리 간파한 일배인의 모방 정신을 이것이 잘 보여주고 있다고 생각해. 일배국은 바다 건너 흑백의 문물 중 흑백교만 제외하고, 나머지 모든 것을 자기 나라에 수입하고 이식해. 물론 종교는 자기들 것으로 따로 만들었지. 일왕 숭배교가 그것이야. 신도 사상을 거느리고 일왕을 유일신으로 하는 일배식 유신 종교가 생겨난 거지.

그래서 일배들은 지금도 고유의 자기 색깔을 잃지 않고 있지. 이것의 밑바탕은 사무라이 정신이며 여기에 황민의 자손이라는 선민의식이 덧입혀져서 더 단단해진 거야. 일배국의 사무라이 정신은 무인 집권 시대인 12세기에서부터 비롯돼. 그런데 1856년의 메이지 쿠데타를 통해 이것이 일배국의 정통 교리로 확정된 거야. 칼잡이와 총잡이들의 장기 집권이 일배국에서 근 700년간 이어져. 현재 일배 국민들의 철저한 지배 복종의 심리와 집단주의 정신은 여기에 뿌리를 내리고 있지. 힘 앞의 굴복과 겉과 속이 다른 일배인의 두 얼굴은 이곳에서 만들어진 거야.

사무라이 정신은 무사도라고 하지. 일배국의 가신 제도를 대표하는 거야. 일배국의 가신 제도는 주인과 노예를 철저히 구분해. 영주는 신적 존재고 사무라이는 그의 충실한 종인 거지. 사(土)―이것을 우리는 '선비'로 읽는데, 일배들은 이것을 '사무라이'로 읽어. 우리가 논리의 힘, 혹은 체면이나 대의명분을 중시하는 데 비해, 저들 일배는 힘의 논리 또는 질서와 폭력을 숭상한다는 뜻이 들어 있는 거지. 사무라이 가신은 제 몸과 생명과 마음의 모든 것을 그의 주인에게 바쳐. 주인이 곧 주님이며, 주님이 곧 그에게는 절대 신이야. 그는 신을 위해서라면 죽음도 불사하지. 메이지 왕이 죽었을 때, 할복자살로 그의 뒤를 따른 사무라이들이 몇 명 있었겠지? 실제로 그랬어. 그들은 일배 사회에서 지금까지 영웅적인 인물로 기림을 받고 있지.

웃어라 미소는 미모를 낳고 웃음은 인생을 살찌운다

일배국의 일왕 숭배 사상은 한 마디로 유일신 종교야. 흑백교의 변형된 양식인 거지. 일배가 오랫동안 철저히 흑백국을 추종하고 모방하면서도 자신들의 일배 정신을 고스란히 지킬 수 있는 원동력이 바로 여기에 있어. 일배국과 달리 지금 우리는 전통 사상이 마구잡이로 망가지고 일그러지고 무너지고 깎이고 섞이고 꺾이고 혼란에 빠지고 지저분해졌어. 엉망진창이지. 칸 정신의 원형을 잃어버린 거야. 일배는 19세기 문명 충돌의 와중에 약삭빠르고 영리했어. 일왕 유일신 사상은 소위 개화기 시절에 일배의 지배 세력들이 사회 통합의 구심점으로 제작했는데 성공적이었지. 힘 있는 새 일배국을 만들고 싶어 했던 그들은 전통적으로 내려오던 방만한 신도 체계를 통합하지. 신사와 신도 사상을 일왕 숭배 국가의 신성한 통괄 구조 속으로 편입하는 조치를 즉각 취한 거야.

19세기에 새 일배국 만들기가 착착 진행되었어. 지식인의 인도를 받은 일배 지배 계층은 흑백국의 근대 교육을 도입하면서 학교마다 일왕 숭배의식을 강제적으로 시행했어. 모든 국가 의식과 사회 행사에 일왕 예배를 의식 절차로 넣었어. 가령 학교에 일왕 사진을 붙여 놓고 모두가 예배를 드리게 한 거지. 당시 정치 지배 세력들이 대중들에게 재빨리 유일신 사상을 주입한 거야. 이것의 사회 통합 능력과 국론 통일의 위력은 놀랄 만한 것이었지. 이후 국가 차원에서 흑백국 문화 이식은 정부 주도로 일사불란하게 진행되지. 이게 메이지 유신이야.

힘의 논리에 의한 폭력 제일주의, 그리고 과도한 정신주의와 지배 복종의 집단주의, 그리고 정복주의 전통이 새 일배국의 정치 사회 문화가 되었어. 군사대국화를 다시 부르짖는 현재의 일배 집단은 일왕 숭배의 유일 신앙을 무기로 하여 언제라도 군국주의 망령을 되살려낼 조짐을 보이고 있음을 눈여겨봐야 해.

빗방울 하나 내려온다 또 하나 내려온다
조분조분 꽃소식 전하려 구름이 황홀하다
저 새야 그만 날개 접고서 빗소리 들으려무나

일배국 전통의 천조대신(天照大神)은 태양신이야. 태양신 숭배는 인류 종교의 공통 기원이지. 어느 민족이나 다 있어. 태양신은 남자 중심주의를 반영한 거야. 일배국 남자가 갖는 여자에 대한 지배권은 아주 철저하기로 정평이 나 있지. 따지고 보면 흑백교도 태양신 숭배 사상이야. 철저한 남자 중심주의지. 동서고금 없이 신화 체계에서 태양은 남자이며 달은 여자로 나타나. 일배 전통에서 남자 중심주의는 결국 힘과 폭력의 숭상을 상징해. 봉건 시대에 농노에 대해 영주와 사무라이가 가졌던 권한은 거의 절대적이었지. 흑백국의 중세 시절도 일배국의 경우와 다르지 않았어. 여러 자료를 통해 이 사실은 또렷이 확인할 수 있지.

일배들은 흑백국이 그러했듯이 여자를 남자의 종속물로 또는 노예로 취급했어. 그곳에서는 여자가 시집을 가면 자기 성을 버리고 남자 성으로 바꾸지. 여자는 남자의 종이며 재산으로 귀속되기 때문이야. 남자는 신이고 여자는 인간이라는 거지. 여자에 대한 지속적인 억압과 지독한 지배 복종 관계는 현대에 들어 각종 도전에 직면하게 돼. 근대의 깨인 여성에게 남자는, 또 남자 중심주의는 깨뜨려야 할 벽이며 물리쳐야 할 적들이었어. 남녀 차별이 혹독했던 흑백국에서 지구 역사에서 가장 먼저 페미니즘이 탄생한 것은 당연한 거지. 그때 여성해방론자들에게 남자는 동반자가 아니라 타도해야 할 적들이었지.

일배는 문화적 뿌리가 흑백국과 같아. 놀라울 정도야. 어쩌면 일배는 처음부터 흑백국이 아니었나 싶어. 지리적 여건과 정신 문화의 토양이 비슷해. 힘의 구도로 짜인 약육강식의 현실, 과도한 정신주의 또는 종교적 열광, 철저한 지배와 복종의 남녀 관계, 유일 신앙이 북돋운 세계 정복의 야욕, 이교도와 이민족에게 저지른 잔혹하고 야만적인 살상 행위, 정치와 종교의 결합 구조, 권위주의 성격의 해양 문화, 과학 기술에 대한 예찬, 자본주의를 이상향으로 여기는 경제 동물들, 정신일도 하사불성으로 상징되는 신념의 마력, 식민지 획득을 위한 제국주의 전쟁 —이 모든 것에서 일배국은 흑백국과 놀랍도록 일치해. 그래, 19세기 일배 사회에 흑백국의 새로운 문물이 한껏 이식되어 그것들이 활갯짓하며 돌아다닐 때에도 일배국 대중들은 별스러운 거부감이나 저항감을 보이지 않았던 거지.

19세기와 20세기 초에 흑백국 따라잡기를 달성한 일배국은 어느 순간에 그들 자신이 스스로 흑백국의 위력을 갖추었음에 자부심을 느껴. 일배들은 그쯤에서 독선적인 오류에 붙잡히고 말았어. '탈아론(脫亞論)'을 부르짖은 거야. 일배 자신들은 미개한 황인종의 틀을 벗어던지겠다는 거지. 아시아의 테두리를 깨고 나가겠다는 거야. 자존심 상해서 자신들은 못난 아시아 안 하겠다는 선언이지. 흑백 세력이 당시의 아시아를 미개한 지역, 또는 문명에 눈뜨지 못한 세계의 변방으로 규정했으니까 그런 거야. 일배는 정말 아시아로부터의 탈출을 꿈꾸었어. 거대한 짱국이 서양 제국에게 얻어터지고 뜯어 먹히는 것을 똑똑히 두 눈으로 보았겠지. 그런데 이것이 나중에는 일배국이 아시아의 맹주를 자처하는 배반의 논리로 사용되기도 했어. 흑백 세력의 아시아 침략에 대항하여 아시아가 일배국을 중심으로 해서 대동아 평화를 지켜야 한다는 구실로 이용되었지.

위로부터의 지시와 명령 구조에 복종하는 게 일배의 전통이야. 그들은 힘센 자의 지시에 군소리 없이 따르지. 지금 칸국의 독재 문화가 그들 전통을 이어받은 거야. 일배국에서는 단선적인 지배 복종의 훈련 과정이 수백 년 동안 이루어졌던 거야. 그곳에는 언제나 힘의 논리가 지배하는 생활양식이 체질화되어 있어. 지금 칸국 사회에 이것이 많이 이식되어 있지. 곳곳에 일배충들이 많아서 그래. 얼마 전의 후쿠시마 원전 사고와 예전에 있었던 고베 대지진의 참사 당시에 보여준 일배들의 일사불란한 질서 의식은 그들의 지난 역사를 되돌아보게 하지. 피해 당사자들조차 감정 없는 동물들처럼 혹은 잘 길든 가축들처럼 침착하게 참사를 겪어내는 것을 실황 중계로 보며 혹 경탄하는 사람들이 있겠으나, 이것은 인간의 자연스러운 성정을 잃어버린 집단주의의 한 단면을 보는 것과 같은 섬뜩한 느낌이 들어.

혹백인과 마찬가지로 일배들이 보여주는 놀라운 질서 의식, 특히 남이 보든 말든 교통 신호를 철저히 준수하는 그 태도는 상황과는 무관하게 정해진 규칙과 법률을 지키는 엄벌주의, 권위주의 문화 전통의 연장이 아닐까 하는 의구심이 들기도 해. 버스를 기다리며, 식당에서 음식을 주문하며, 혹은 우체국이나 관공서에서 마냥 줄을 서서 차례를 지키는 흑백국의 전통과 일배국의 그것은 닮은꼴이야. 18세기 이래로 정착된 혹독하고 엄격한 법률주의와 합리적 통제주의가 흑백인을 규칙을 잘 지키는 유치원생들로 만들어 놓은 것과 같이 일배국 역시 그 점에서 마찬가지가 아닐까 하는 생각이 들기도 하지. 절대로 남에게 피해를 주지 말자는 사고방식을 뒤집으면, 국가의 보호를 철저히 받으며 남에게서 절대로 피해를 보지 않겠다는 생각이 들어 있는 것이지.

> 웃으며 살자 하니 웃음이 따라오고
> 찌푸려 살자 하니 한숨이 따라온다
> 두어라 눈물도 인생 웃음도 인생이려니

일배와 흑백국은 해양 문화가 뿌리야. 바다를 뿌리로 삼고 가지를 뻗어 나왔어. 역사를 일별할 때 해양성 문화는 투쟁주의가 바닥에 깔려 있지. 일반적으로 농경 문화는 정착 사회 속에서 닫힌 세계관을 낳아. 이와 반대로 해양 문화는 열린 세계관을 낳지. 그런데 해양 문화의 '열린' 세계관은 많은 경우 정복과 투쟁을 부채질하는 쪽으로 발달해.

근대 이후의 흑백인들이 그 자신들의 빛나는 조상으로 떠받드는 그리스인은 너무나 분명한 해양 민족이야. 중세 시대 로마 가톨릭 제국이 지중해 문화를 창조했고, 르네상스 이후의 근대 시대는 대서양 문화를 만들어냈지. 그 뿌리는 해양성이야. 그래, 해양 문화는 '열린 세계'를 지향하지. 분리와 투쟁을 생활 원리의 중심축으로 삼아. 이렇게 출발해서 오늘날 자본의 신자유주의 시대가 활짝 열린 거야. 지구촌은 언제부턴가 이익과 자본 앞에 발가벗긴 채 약탈당하고 있지. 강자의 현실 인식에는 언제나 힘의 논리가 바닥에 깔려 있어. 그런데 이것이 형이상학의 방향으로 갈 때는 '보편 원리'와 '객관적 법칙'으로 나타나. 그래서 언뜻 보아 이것들이 상당히 고상한 것처럼 보이지. 사실 속내는 잔인한 짐승의 법칙 그대로야.

해양인들은 지리적 여건상 두 마음을 품을 수 있어. 땅에 붙박여 사는 것이 여의치 않으면, 그들은 언제라도 배를 타고 바깥 세계로 진출하지. 오랜 옛날부터 그들의 신세계 진출은 무역 통상이 아니면 침략과 정복이라는 두 가지 형태로 나타났어. 그런 역사를 거쳐 오늘날 지구는 약육강식이 처절하게 벌어지는 무한 경쟁의 정글이 되고 말았지. 지구촌은 그들에게 첫눈에 띈 이래로 여태 신세계야. 오백 년이 넘도록 계속 신세계야. 신세계가 되면서 지구는 큰일이야. 망했어. 일상을 전쟁터에서 살아가는 무자비한 폭력 세상이 활짝 열린 거지.

중요하니까 한 번 더 얘기할게. 메이지유신 시대를 전후하여 일배국의 지식인들은 흑백국 문명의 가공할 위력이 어디서 나오나 주목했어. 알고 보니 '정치와 종교'의 강한 결합에 있는 거야. 이 생각을 현실로 만든 게 '신도 황민 신앙'이지. 일배국 재래의 태양신 '천조대신'이 뜨겁게 부활하게 돼. 전지전능한 유일신으로 말이야. 이 절대자는 우주 창조의 신이며 일배국 일왕은 이 신의 자리를 직통으로 승계한 신 자신으로 믿어졌지. 그리고 일배족은 유일신의 선택받은 적자가 되었어. 다른 이민족은 유일신의 피조물이되 그들은 적자가 아니라 서자가 되었지. 자신들의 종교 교리에 따라 일배족은 신의 선민이 되었어. 그 피와 땀,

생명과 재산 모두를 창조주이자 지배자인 유일신의 것으로 바치게 했던 거야.

군국주의 시대에 흑백국의 것을 모방하여 제작된 '신도 사상'은 사이비 흑백교라고 할 수 있어. 흑백교의 원형이 유태교이듯 그것은 일배식으로 변형된 유태교야. 흑백교 성립 이후에 유럽에서 유태교는 곧장 버림받지. 그것처럼 일배국에서도 흑백교는 차용 직후 폐기처분이 돼. 그래, 일배국에는 지금도 흑백교 세력이 전무하다시피 해. 도무지 교회가 없고 신자가 통 없어.

일배국은 19세기에 재빨리 서양 유일신의 위력을 간파하고 변신을 꾀했던 거지. 일배는 놀랍게도 일왕의 이름으로, 유일신의 이름으로 세계 정복의 발걸음을 재촉했어. 일배족은 정복한 이교도들을 통치하고 교화하는 것으로 세계 평화를 실현한다고 믿었던 거지. 그에 따라 모든 전쟁은 성전이라는 이름으로 미화 찬양되며, 종교 정신에 마취된 인간이 저지를 수 있는 야만적 폭력과 광신적인 살상 행위가 잇따랐음은 말할 것도 없지.

일배 식민지 시절에 우리 민족이 겪었던 참혹한 일들을 오늘의 우리는 제대로 알고 있기라도 할까? 마루타로 알려진 인간 생체 실험이 있었지. 차마 끔찍해서 말로 다하지 못하는 그런 악마적 행위야. 정신대와 일배국군 위안부 문제는 어떻고? 그때 일배 독재 정권은 칸국의 역사와 문화를 말살하고 왜곡 조작하는 일에 광분했어. 산 사람을 원심 분리기에 넣어 인체를 갈기갈기 분해하거나, 경비행기 한 대에 몸을 무기로 삼고 돌격하는 '가미카제 특공대'의 신앙심은 도대체 무엇이며, 칸국 의병을 체포하여 중인환시(衆人環視) 속에 산채로 가마솥에 넣어 쪄 죽여 그것을 구경할 것을 강요하는 악마성은 어디에 뿌리를 두고 있을까?

일배 독재 정부는 우리 민족의 정기를 끊으려고 독립군 소탕에서부터 일배국군 위안부 강제 동원까지, 또 일배식 이름을 쓰도록 강요하고 우리말 사용을 금지했으며, 조선 왕실 파괴와 단군 죽이기 등 온갖 악행을 저질렀어. 이 외에도 상징적인 차원의 민족 말살 정책도 저질렀는데, 대표적인 게 백두대간 등의 우리 국토의 명당에 쇠말뚝을 박거나 잠금 돌(돌침)을 놓아 민족 정기를 끊으려 했지. 가령 남원의 덕음산과 지리산 연결 부분에 잠금 돌 6개를 찔러 놓았어. 우리 국토 전체에서 이곳은 신체의 목에 해당하는데, 여기에 잠금 돌을 박아 넣고 우리 국토와 민족의 목을 조여 숨을 못 쉬도록 한 거야. 이 잠금 돌은 돌침이라고도 하는데, 몇 해 전에 칸국에서 실제로 발견이 되었지.

어쨌건 유일 신앙은 일배족을 하나로 똘똘 뭉치게 했어. 그들이 저지르는 모든 것들은 신의 이름으로 정당시되고 고무되고 찬양되었지. 전쟁은 예외 없이 성전이며, 교육과 언론은 갈데없이 성스러운 국가사업이며, 교육자는 정통 교리를 전수하는 성직자이며, 신민의 도리는 유일신을 경배하고 그 절대 권위에 복종하는 것이 되었지. 이 같은 일배의 악풍은 우리나라에서 아직까지 이어지고 있어. 지금 칸국에서 일배충들이 운영하는 매국노 신문 방송이 그 증거물이야. 이들은 여론을 전달하는 게 아니라 실제를 왜곡하고 조작하여 언론의 이름으로 거짓말과 세뇌 공작을 일삼지. 그들은 무한 이익과 무한 권력을 끝없이 추구할 뿐이야. 그들에게 민족이나 역사, 남북 평화통일, 그런 건 꿈에도 없어. 그들은 보수주의자가 아니야. 보수파가 아니야. 그들에게 이런 이름을 붙여주는 것조차 알게 모르게 매국 행위에 일조하는 것이 돼.

독재 정권에 동조 중인 주류 신문들은 특권과 반칙의 세상을 만들고 한없이 그걸 즐기고 있어. 저 악명 높은 친일파 이완용도 지금의 사회 환경이라면 절대로 매국노 역적이 되지 않았을 거야. 언론들이 거짓말로 여론을 조작하고 사람들을 으르고 속이니까 말이야. 도리어 신문 방송이 이완용이 한 행적을 찬양하고 고무할 거야. 전쟁 없이 일배국과 평화로운 조약을 체결한 민족의 영웅이라고 치켜세우면서 말이야. 전쟁을 막아서 칸국의 숱한 생명을 구한 민족의 영웅이라고 사탕발림을 해 대겠지? 그러면 우매한 국민들은 신문 방송이 떠드는 대로 속아 넘어가고 말이야. 이완용 만세―만세 제창을 하겠지. 후훗, 웃기지. 언론이 이렇게 중요한 거야. '동조중' 신문이 없던 때라서 이완용은 칸국 역사 최대의 매국노 역적이 되었다고 할 수 있어. 이완용은 시대를 잘못 타고난 거지. 이완용이 억울해서 아마 지금 지옥에서 대성통곡할 거야. 시대를 잘못 타고났다고 징징대면서 말이지. 자신은 친일배 힘과 언론의 도움을 전혀 받지 못했다고 신경질을 마구 부리면서 말이야.

> 아무도 알지 못해 누구도 알지 못해
> 구르고 넘어지고 깨어지고 엎어지고
> 나 홀로 고빗사위를 넘는다 날빛은 부시고

　근대의 일배국은 흑백국의 유일신 사상을 그대로 전수받은 거야. 옛날부터 모방과 날조에 조예가 깊은 일배들이잖아. 유일신 제작의 시기가 많이 늦었으며 그 제작 과정이 눈에 띄게 인위적이라는 사실만 차이가 날 뿐, 일배국과 흑백국의 유일신 사상은 같은 성격, 같은 목적을 지니고 있다고 봐. 일배국의 힘을 동경한 나머지 또는 일배국의 위세에 눌려 식민지 시절에 칸국의 많은 지식인들이 친일파로 돌아섰지. 그들은 사대주의 정신병자라고나 할까? 힘 있는 쪽으로 따라가는 해바라기들이야. 그래서 이름이 힘파야. 이들은 결코 보수파가 아니야. 이들 대부분이 8·15 광복 이후에는 친미파가 되지. 그들은 해방 정국에서 반공에

315

목숨을 걸어. '공산주의를 반대한다.' 이게 반공이야. 그래야 살 수 있으니까. 미군정이 지배하는 시대에 살아남으려면 반공을 외칠 수밖에 없었어. 그들은 친일파라는 신분을, 그 빨간색을 빠르게 세탁해야 했거든. 안 그러면 살 수가 없으니까. 참 운도 좋지. 그때 '반공'이라는 최신 세척제가 눈에 띈 거야. 외제 수입품이지. 미국 제품이야. 세척력이 아주 강력해. 신분 세탁에 이것보다 더 좋은 세제가 없어. '반공'이라는 양잿물, 이걸로 한번 세탁을 하면 빨간색 친일파 신분이 깨끗이 세탁돼. 양잿물이 얼마나 강한지 빨간 옷조차 하얗게 돼. 놀라운 일이지. 친일매국노들이 '반공'이라는 양잿물 때문에 신분 세탁에 성공한 거야. 이로써 칸국은 다시 한 번 친일파가 득세하게 돼. 아아, 슬프지만 칸국의 불행한 현대사가 이렇게 흘러온 거야. 춘원 이광수 선생이 1916년에 '매일신보'에 실은 당대 조선인의 묘사를 한번 볼까?

'조선인은 눈동자가 풀렸고 입은 벌어졌으며 팔다리는 늘어졌고 가슴은 새가슴에 걸음걸이에 기력이 보이지 않고 안색은 누렇다. 조선인의 용모에는 쇠퇴, 궁색, 천함이 찍혀 있다.'

자, 여기서 문제 하나. 위의 춘원은 과연 친일파가 되었을까 어땠을까? 동포를 이런 눈으로 보는 사람이라면 그는 틀림없이 다음 둘 중 하나로 변신하지. 첫째 일배국의 열렬 추종자가 되든지, 둘째 흑백교의 맹렬 신앙인이 되든지. 그 이유는 뭘까? 힘에 대한 동경 때문이지. 힘 있는 나라, 힘 있는 사람이 되고 싶은 거지. 실제로 역사는 그렇게 진행되었어. 이들은 보수주의가 아니야. 결코. 우리 사회를 가르는 '보수와 진보'라는 이분법은 잘못된 거야. 일단 명칭이 잘못 붙여졌어. 지금 무엇을 지켜서 보수고 무엇을 앞서나가서 진보라는 거야? 보수와 진보라는 용어는 사용하면 안 돼. 틀렸어. 칸의 실정에 전혀 맞지 않아. 남칸에서 보수 세력은 힘을 동경하는 세력들이야. 독재를 찬양하는 사람들이야. '나만 잘 살자 주의'야. 그래서 이들은 폭력과 권력을 지극히 사랑하지. 이들은 이름을 '힘파'라고 하면 돼. 이에 비해 이른바 진보 세력은 사회적 약자에게 온정적이야. '다 함께 잘 살자 주의'야. 그래서 이들은 '물파'라고 이름 붙이면 돼. 물은 낮은 곳으로 흐르지. 물파는 힘없는 자들을 따스한 시선으로 봐. 물방울이 모여 바다로 가는 거지. 복지의 눈길로 사회 구석구석을 봐. 이들은 물의 속성을 가지고 있어. 그래서 이름이 '물파'야.

자 이제부터 칸국 사회를 진보와 보수로 가르지 말고 힘파와 물파로 가려보자고. 그러면 사람들이 힘파와 물파의 틀 속에 다 들어가. 연습 삼아 문제를 한번 풀어볼까? 일배 시절 친일파는 힘파일까, 물파일까? 답이 나왔지. 그들은 힘파야. 이들을 가리켜 보수라고 칭하는 건 사치야. 거짓말이야. 아니면 무언가를 숨기려는 속임수인 거지. 이들이 지키려는 게 뭔데 보수파라는 거지? 권력, 특권, 반칙, 잇속? 이런 걸 잘 지키면 보수라고 하나? 선진 외국과 비교하면 답이 나오지. 이들은 결코 보수파가 아니야. 복지 세상으로 가는 길을 치열하게 방해하는 기득권 힘파들이지. 문제 또 하나 내 볼게. 일배 시절 독립운동가들은 그럼 무얼까? 보수야 진보야? 헷갈려? 무어? 힘파라고? 잘 생각해 봐. 이들은 힘과 권력을 동경한 게 아니야. 권력과 폭력을 지향한 게 아니야. 이들은 겨레의 눈물과 상처를 닦아주려고 한 거야. 겨레의 자주권을 회복하려고 강하게 투쟁한 거야. 이들은 물파야. 물방울을 모아 바다로 가려 했어. 독립 국가를 만들려 투쟁했지. 이들의 꿈은 진보가 아니야. 일배 식민지의 쇠사슬을 끊어버리려고 자신의 한목숨을 독립의 제단에 바친 거야. 그래, 이들은 물파야.

보수와 진보의 구분은 사회 진화론이나 사회 발전론의 관점에서 들여다본 거야. 이 시선에 따르면 모든 사회는 발전적으로 진보하거나 제자리걸음으로 보수하거나, 둘 중 하나라는 거지. 이건 서양 흑백국이 만든 기준이야. 사람 중심이 아니라 사회 계층 중심으로 이분화한 거지. 사람이 중심이 되어야 한다면, 보수와 진보라는 용어를 버려야 해. 이 기준으로 따지면 나는 보수도 아니고 진보도 아니야. 애매해. 나도 나를 모르겠어. 사람들은 대부분 자신이 보수라고 생각하지. 진보 계열은 속도가 빠르니까 자신이 거기 못 따라간다고 지레 겁을 먹고 물러서서 그래. 그러니 현대인들은 대개 속절없이 '보수'파가 되는 거야. 특히 오늘의 우리 칸국이 이러하지. 칸국에서 보수와 진보 구분은 힘파가 함부로 휘두르는 무기와 같아.

사람은 저마다 예술가야 삶의 천재들이지

용어를 바로잡아야 해. 정명(正名)이 필요해. 보수와 진보는 흑백국에서 수입한 용어야. 우리 실정에 맞지 않아. 우리 용어로 바꿔야 해. 이런 게 문화 혁명이야. 진정한 정신 혁명이지. 힘파와 물파. 얼마나 좋아? 순우리말이고. 게다가 사람들의 사회적 성향이 이 틀 안에 쏙쏙 들어와. 주변 이웃의 인물평을 이 기준으로 할 수 있지. 자신의 직장 상사는 힘파일까, 물파일까? 힘파, 물파로 구분하면 다 들어맞아. 보수파냐 진보파냐, 이렇게 가릴 것이 아니야. 이렇게는 구분이 안 돼. 공자의 정명론은 참 멋진 이론이야. 사물이나 현상에 이름을 제대로 붙여야 해. 그래야 그것들이 제값, 제자리를 찾을 수 있어. '보수, 진보'가 아니라 '힘파, 물파'로 구분하면 다 돼. 안 되는 게 없어. 그리고 구분이 정확해. 나는 당연히 물파야. 단단도 물파겠지. 사회적 약자들을 따스한 시선으로 바라보잖아. 그럼 물파야. 동포를 얕보거나 경멸하거나 무시하잖아. 그럼 그는 영락없이 힘파야. 그들을 보수파라는 건 속임수야. 권력을 좇는 이들은 힘파야. 힘깨나 쓰고 갑질하기 좋아하는 자들은 힘파야. 그들은 여자와 약자를 무시하고 함부로 억눌러. 그들은 보수파가 아니야. 그냥 힘파야. 그들은 동물의 세계에서 벗어나지 못한 존재들이야. 힘을 동경하지. 폭력을 사랑하지. 권력을 너무나 좋아해. 그것도 독재 권력을 말이야. 그래, 그들은 갈데없이 힘파야.

지금 칸국의 집권 세력은 뭘까? 보수파라고? 아니야. 그들은 보수파가 아니야. 이념 전쟁을 자꾸 일으켜서 남칸 내에서 남남 분단까지 조성하는 그들은 권력의 광적인 추종자들이야. 그들은 힘파일 뿐이야. 힘을 동경하고 폭력을 숭상하는 힘파. 독재를 우러러 받드는 힘파. 결단코 그들은 보수파가 아니야. 그들이 지키고자 하는 가치는 권력 하나밖에 없어. 다른 건 아무것도 없어. 민족이나 역사, 그리고 평화통일이나 국민 복지 따위는 불행하게도 그들 가슴에 전혀 담겨 있지 않아. 학생들이 배우는 국사 교과서에 친일 행위를 찬양하는 내용을 슬그머니 끼워 넣어. 그리고 자료를 가짜로 끼워 넣거나 조작하는 일도 예사로 저질러. 이들이 만든 국사 교과서를 오죽하면 일배국에서 쌍수를 들고 환영할까? 일배국을 고마워하고 친일배들을 미화하는 내용으로 꾸며져 있으니까 그런 거야.

힘파는 대체로 친일의 족보를 가지고 있어. 그렇기 때문에 그들은 이념 전쟁과 역사 전쟁에 야차같이 매달리는 거야. 자기들 족보를 세탁하려고 말이야. 반대파들은 다 빨갱이로 둔갑시켜 제거하려고 말이야. 자기들의 추하고 비겁하고 악랄한 과거가 드러나지 않게 하려고 죽기 살기로 비판 세력은 무조건 빨갱이네, '종북'이네, 좌파네 하고 몰아치면서 이데올로기 전쟁에 광분하는 거지. 세계의 다른 나라는 생활 정치 쪽으로 발걸음을 옮겨갔는데, 우리 칸국은 여태껏 낡은 이념에 갇혀 이데올로기 전쟁을 잔인하게 치르고 있어. 이런 불행이 다시없어. 우리 민족에게 너무나 커다란 재앙이야. 생활 정치 쪽에 전념하면 우리나라가 세계 1등 국가가 되는 것은 문제가 없을 텐데 말이야. 우리 국민의 능력과 자질이 그렇다는 얘기야. 이런 걸 잘 살려야 하는데, 집권 여당이 주도하는 정치권에서는 주야장천 허깨비 놀음이나 하고 있으니 기가 막힐 뿐이야. 지금도 그래. 힘파들의 꿈은 완전 독재 국가의 건설이야. 그 모델이 과거 군국주의 일배국이지. 아니 아니 또 하나가 있네. 이게 좀 더 직접적이고 영향력이 큰 거야. 뭐냐하면 1930년대에 일배들이 짱국을 침략하여 만주 지방을 점령하고 그곳에 괴뢰 정부를 만들었는데, 나라 이름이 만주국이야. 오래전부터 칸국 힘파의 소망은 자신들이 모든 헤게모니를 장악하는 독재 국가의 건설이야. 이 꿈은 과거 군국주의 일배국과 독재 국가 만주국에 또렷이 새겨져 있는 거지. 지금도 칸국 힘파들은 이상적인 국가 모델을 여기서 찾고 있어. 일배 식민지 시절을 거친 역사의 기억이 이런 악몽을 꾸게 했지. 친일파 계통의 인사들로 하여금 말이야. 그러니 일배 강점기가 없었다면 지금의 남북 분단이 어디 있겠으며, 빨갱이니 '종북'이니 친북이니 좌파니 하는 이념 전쟁 따위가 어찌 있을 수가 있겠어? 그런데 왜 그들을 가리켜 보수파라고 하는 거야? 이건 이름을 바꿔야 마땅해. 그들은 힘파야, 힘파. 폭력을 동경하는 국가주의자. 힘파야. 잊지 마.

내가 진정 바다를 사랑하는 까닭은
물마루 굽이치는 웅숭깊은 가르침
언제나 깨어 있으라 바다의 그 눈빛 때문이지

기출 문제 하나 내볼까? 히틀러는 보수파야, 진보파야? 헷갈려? 많이 헷갈려? 어려울 거 없어. 질문이 잘못된 거야. 그래서 어려웠던 거지. 자 문제를 다시 내볼게. 히틀러는 힘파야, 물파야? 답이 딱 나오지. 그래, 맞아. 히틀러는 힘파야. 물파가 아니라 힘파! 독재자는 보수파일까, 진보파일까? 답이 없어. 독재자는 힘파야. 그에게는 힘이 최고야. 권력이 최고인 거지. 그는 갈데없는 힘파야. 칸국에서 지금 보수파라 일컬어지는 축들은 힘파들이야. 부정과 부패, 비리와 반칙의 온상인 그들에게 '보수파'라는 타이틀이 가당키나 하나? 그들이 무엇을 지킨다고 보수파냐? '보수'는 무엇을 지킨다는 거잖아? 권력, 이익, 특권의식, 반칙, 지역감정, 빨갱이 이분법 —이런 걸 지키는 게 보수야? 우리 사회를 근본부터 갉아먹고 뒤흔드는 세력들이 어째서 '보수'라는 걸까? 그들은 매국노 부패 세력일 뿐이야. 일배충들과 아베수컷연합회가 정녕 보수파인가? 친일 매국노 잔당들이 어째서 이 땅의 가치를 내로라하며 지키는 보수파가 되었을까? 이건 아니거든. 많이 잘못됐어. 한참 잘못됐어. 지역감정을 공공연하게 조장하고 조작하고, 툭하면 반공 감정을 흉기로 휘두르는 힘파들에게 보수파의 월계관을 씌워주다니? 외국 사람들이 비웃을 일이야. 그 땅에는 보수가 다 죽었나 하면서 말이지. 이건 정말 말도 안 되는 거야. 이건 마치 조폭들이 자신을 보수파라고 하는 것과 같아. 국민들을 상대로 자기들이 보수라고 뻥을 치는 거지. 이건 역사를 속이는 짓이야. 친일파 신분을 세탁하는 짓이야. 힘파들은 힘파 언론을 동원해서 국민들을 상대로 이따위 말도 안 되는 장난질을 일삼는 거지. 그러면서 여태 칸국의 헤게모니를 아주 강력하게 장악하고 있어. 왜냐하면 그들 모두는 한 패거리, 한통속으로 똘똘 뭉쳐진 힘파들이니까 말이지.

아이는 학교 가고 집안은 적막강산
바람만 넘나들며 눈인사하고 가는구나
사십객 한량 팔자가 이만하면 어떠리

　　일배의 군사 독재 문화와 흑백의 기계 문화가 지금 우리 사회를 지배하고 있
어. 칸국 사회에서 나타난 독재성의 정체는 바로 이것이야. 일배 정신과 흑백 정
신의 결합은 오랜 독재 전통을 만들고 그것을 유지해 왔지. 칸국을 쥐락펴락하
는 지배자들은 무소불위의 절대 권력이 필요할 뿐, 그것을 획득하는 방법이나
수단은 중요하지 않지. 아니 오히려 그들은 빨갱이 사냥처럼 원시적이고 강렬한
것을 좋아해. 빨갱이 사냥이 그들에게는 도깨비 방망이야. 만파식적이라 해도
좋아. 비판을 방어하고 자신들의 비리와 부패와 무능을 덮는 걸로 빨갱이 사냥
만 한 게 없거든. 현대 칸국의 모든 비극은 여기서 출발해. 일배충 떨거지들은 한
마디로 매국노 역적들이야. 그들은 일신의 부귀영달에 자신의 전부를 걸어. 그
들에게 역사니 민족이니 국민이니 하는 것들은 닭똥, 쥐똥보다도 더 하찮은 것
들이지. 그들은 보수파가 아니야. 힘파야. 지금 우리는 3·1정신을 살려야 해. 항
일 독립 정신이 간절해. 더 이상 일배충에 속아선 안 돼. 3철학을 찾아야 해. 3·1
정신을 찾아야 해. 3·1철학을 되살려야 해. 그래야 우리가 살아. 독립 국가로 살
수 있어. 비로소 진정한 독립국이 되는 거야. 잊지 마. 일배충들을 물리쳐야 해.
우스꽝스럽지만 지금 우리에게 꼭 필요한 건 치열한 항일 정신이야. 독립 정신
이야. 독립 만세를 향한 뜨거운 마음이야. 믿기지 않겠지만 이것이 바로 21세기
를 살아가는 우리 칸의 현재 운명이고 처지야. 미친(美親) 일배충들의 관상을 잘
봐. 우리와는 전혀 다르지. 그들은 능히 한 입으로 두말을 해. 오만불손, 방약무
인, 교언영색, 후안무치가 그들의 민얼굴이야. 잘 봐. 사람을 잘 보라고. 자기 육

안을 믿어야 해. 신문, 방송이 전해주는 색안은 믿지 마. 자신을 믿어야 자신감이 생겨. 자신감이 바로 독립 정신이야. 항일 독립정신. 잊지 마. 잊어선 안 돼. 오늘처럼 해밝은 이 세상에서 우리가 지금 일배충들의 독재 치하에서 살고 있다는 걸. 잊지 마. 결코 잊지 마. 정녕코 잊어선 안 돼.

옛날에 일배국은 세계정복이라는 성전을 치른 적이 있어. 그때 그들이 보여준 신앙심은 우리를 전율케 했지. 그들은 '신도 황민교'를 믿어야 죄를 용서받는다고 믿었어. 자신의 몸과 재산과 생명은 다 유일신 일배국 일왕의 것이며, 성당, 신사는 일왕의 몸이며, 천지자연이 일체 신의 것으로 귀속된다고 믿은 거지. 일배들은 '신도 황민교'를 식민 지배를 받던 칸국 겨레에게도 주입하기 위해 치밀한 계획을 짰어. 학교 등지에서 난폭한 힘으로 지속적인 교리 문답을 베풀며 신사 참배를 강요했지. 학교 수업이나 모든 공적 업무에는 반드시 일왕에게 예배를 드리는 것으로 시작했어. 흑백교에서 하듯 '황국 신민의 서사'를 주기도문으로 외우게 하고, 유일신에 대한 충성과 맹목적인 믿음을 강제했지.

일배 독재자들은 총칼과 제도적 폭력을 앞세워 일배식 이름을 쓰도록 강요하여 끝내 칸인의 절멸을 기도했어. 나라 전체를 군기가 바짝 든 군사 국가, 병영 국가로 만들었어. 모든 게 군대 방식으로 운영되었지. 모든 게 일배 유일신의 이름으로 신성시되고 정당시 되었어. 당시 벌어지는 전쟁과 싸움은 성전이며, 악마적 살해 행위는 성업으로 기림을 받고, 학교 교육과 사회 교육은 교리문답식의 종교 교육이 되었지. 교과서와 신문 방송은 저절로 성경이고 복음이 되었어. 그런 까닭에 교직과 언론은 성직이며 그 종사자는 갈데없이 성직자가 된 거야. 사회 구석구석에는 무지하고 터무니없는 야만과 공포가 횡행했어. 칸국 사회는 일배국이 남겨준 이러한 유풍을 문화유산 보존 차원에서 잘 지켜왔어. 일배국과 옛 칸국의 교배 잡종으로 태어난 게 현대의 칸국이라고 할 수 있을 정도야. 사회 구석구석을 잘 살펴봐. 지금은 다시 일배충들이 제 세상인 듯 설쳐대는 세상이야. 참 기가 막히지.

현재의 남북 분단은 일배 식민지가 그 뿌리야. 안 할 말로 일배의 식민지 시대가 없었다면 우리가 남북으로 분단될 일이 없었던 거지. 세계 대전쟁에 패한 직후 패전국 일배가 동서로 분단되어야 할 것을, 애꿎게도 우리가 당한 거지. 칸반도라는 지리적 위치가 대륙과 바다를 동시에 바라보는 군사요충지라서 그렇기도 했어. 소련과 미국이라는 공산주의와 자본주의의 극한 대립이 첫걸음을 떼던 예민한 시기라서 그런 것도 있지. 흑백국의 극한 대립 역사의 소용돌이 속에 우리가 휘감겨 들어갔어. 참 어찌 생각하면 지독하게 재수가 없었던 거야. 우리 겨레의 불행한 운명이지. 잘되려고 그러겠지 하며 위안으로 삼는 수밖에 없어. 지금도 가슴이 쓰리고 아리지만 말이야. 잘 봐. 두 눈을 크게 뜨고 보아. 우리는 아직도 일배 식민지 상태 그대로야. 칸반도가 남칸과 북칸으로 갈라져 있는 게 결정적인 증거지. 왜 우리 국토에 삼팔선이 생겼는지, 휴전선이 생겼는지 생각해보면 자명한 일이야. 우리 사회의 지배층은 여전히 일배국과 일배충들이야. 그리고 흑백국과 흑백교가 그 오른편에 있지.

그대와 먹고 싶었네 지글지글 삼겹살 뜨거운 사랑

현재 칸국에서 많은 사람이 오해하는 말이 하나 있어. '하느님'이라는 말이 그것인데, 이제는 아주 대놓고 '하느님'을 흑백교의 유일신으로 사용해. 정말 그래도 될까? 흑백교의 신을 하느님으로 꼭 불러야 할까? 애국가의 '하느님'은 흑백교의 그 유일신일까? 그런데 우리 고유의 하느님은 유일신이며 전지전능한 존재였던가? 혹백교의 절대 신인 여호와, 야훼의 이름을 굳이 왜 '하느님' 혹은 '하나님'으로 이름 지어야만 했을까?

우리 민족에게 '하느님'은 아주 오래된 옛날부터 전해져 오고 있어. '하느님'은 단군 신화에 최초로 기록되어 전해지지. 여기에 주요 대목을 옮겨볼까.

"고기(古記)에 이런 이야기가 있다. 옛날에 환인 —제석을 이른다— 의 서자 환웅이 천하에 자주 뜻을 두고 인간 세상을 탐내어 구하였다. 아버지는 아들의 뜻을 알고 삼위 태백을 내려다보매, 인간 세계를 널리 이롭게 할 만하였다. 이에 천, 부, 인 세 개를 주어 내려가서 이곳을 다스리게 하였다.

환웅은 무리 삼천 명을 거느리고 태백의 산꼭대기에 있는 신단수 아래로 내려와 이를 신시(神市)라 일렀다. 이분이 환웅천왕이다. 풍백, 우사, 운사를 거느리고 곡식, 수명, 질병, 형벌, 선악 등을 주관하면서, 인간의 삼백예순 가지나 되는 일을 맡아 인간 세계를 다스리고 가르쳤다.

때마침 곰 한 마리와 범 한 마리가 같은 굴에서 살았는데, 늘 신웅에게 사람 되기를 빌었다. 이때 신이 신령한 쑥 한 모숨과 마늘 스무 개를 주면서 말하였다.

'너희들이 이것을 먹고 백일 동안 햇빛을 보지 않는다면, 곧 사람의 모습을 얻게 될 것이다.'

곰과 범은 이것을 얻어서 먹었다. 삼칠일 동안 몸을 삼가자 곰은 여자의 몸이 되었다. 그러나 범은 능히 몸을 삼가지 못했으므로 사람의 몸을 얻지 못하였다. 웅녀는 자기와 혼인할 사람이 없었으므로 항상 단수 밑에서 아이 배기를 빌었다. 환웅은 이에 임시로 변하여 그와 결혼해 주었더니, 웅녀는 임신하여 아들을 낳아 이름을 단군이라 하였다.

단군왕검은 평양성에 도읍을 정하고 비로소 조선이라 일컬었다. (하략)"

잘 봐. 신화에 하느님이 보이지. 단군 신화가 꾸며지기 이전에 이미 '하느님'이란 존재가 원형 칸인의 가슴에 자리 잡고 있었다는 얘기야.

흑백교 신화는 신성하고 성결하고 권위가 있으며 그것은 경건한 종교의 원천이 되고, 우리 고유의 신화는 믿지 못할 황당무계한 옛날이야기로 재단해버리는 것은 대단히 잘못된 생각이야. 여기에는 우리의 시선이 아니라 다른 누군가의 시선이 느껴져. 자신을 멸시하고서야 남에게 존중받기가 어렵지. 신화는 어느 민족이고 할 것 없이 신성성이 생명이야. 거룩함을 잃고서야 신화가 아닌 거지. 모든 신화는 민족 신화야. 신화는 민족의 꿈이고 자부심이야. 한 사람의 꿈이 아니라 민족이 다 함께 꾸는 신성한 꿈이지. 민족의 자긍심을 높여주는 신성한 이야기라는 거지. 그 민족이 알아주지 않으면 민족 신화는 신화로서 가치가 없어. 제 민족이 챙겨주지 않으면 신화는 아무 보람도 없고 의미도 없는 거야.

그런데 지금 우리 신화는 왜 이리 천대받을까? 단군 이야기가 사람들에게 외면당하고 있는 이유가 뭘까? 오늘날 학교에서조차 단군 신화의 내용을 바르게 알고 있는 아이들이 드물어. 기가 막히지. 대명천지 독립 국가에서 있을 수 없는 일이야. 없는 신화도 그럴싸하게 만들어서 숭배 찬양하는 판에 우리는 있는 것조차 제대로 알리지도 못하고 있지. 한심해. 칸국의 지도자들이 정신없는 인간이라서 그래. 우리 사회의 제일 두꺼운 지배층이 일배충들이라서 더욱 그래. 사회 전반적으로 흑백교 추종자가 셀 수 없이 많아서 더 그렇지.

우리 고유의 조상 숭배 전통을 출발 지점으로까지 밀고 올라가면 그 꼭대기에 단군이 있어. 안 할 말로 세계 어느 민족보다도 조상 숭배의 전통이 강한 우리가 단군 신화를 천대하고 그 내용과 정신을 제대로 알지 못하고 있는 오늘의 형편은 민족 주체성이 죄 망가져 버린 참혹한 역사의 현장이라고 말하지 않을 수 없어. 단군이 무시되고 외면당하는 까닭은 우선 근대 역사의 출발 지점에서 찾을 수 있어. 일배 제국주의의 식민 통치를 받은 것이 그것이지. 단군 신화를 현대적으로 해석한 최초의 집단은 일배국 지식인들이었어. 그들은 식민 통치의 전략상 단군 신화를 폄훼하고 모욕을 주고 고의적으로 왜곡했던 거야.

가령 이런 거야. 『삼국유사』에 번연히 『고기(古記)』라는 문헌이 적혀 있어. 그러면 그들 총독부 지식인들은 이를 책명이 아니라 단순한 낱말, 즉 '옛 기록' 혹은 '옛날에 기록되어 전하기를'이라는 식으로 해석해. 이런 게 정말 중요하거든. 둘의 중대한 차이점을 볼 수 있어야 해. 조선총독부는 수년에 걸쳐 칸국의 상고사와 단군에 관련된 서적 수 만점을 수거하여 폐기 처분하거나 혹은 변조했어. 값싸게 사들이거나 강제로 빼앗아 불태워버렸지. 물론 필요한 것은 조작의 자료로 남겨두는 걸 잊지 않았어.

19세기에 우리 겨레는 미친 역사의 풍랑 한복판에서 이리저리 휘둘렸지. 그때 오천 년 역사에서 처음으로 자생 종교를 만들었어. 이게 '동학(東學)'이야. 동학은 흑백국 제국주의와 서학이라는 거친 물결이 우리 땅을 뒤덮을 때, 외방으로부터 나라와 겨레를 지키겠다는 각오로 만들어진 거야. 칸국 역사 최초의 자생적인 종교야. 이런 일이 이전에는 없었지. 그 후 국권 침탈에 즈음하여 민족 종교가 속속 만들어졌어. 그 중 대표적인 것이 단군 관련 종교야. 일배 조선총독부가 이걸 그냥 두고 볼 리가 없겠지. 당시 우리 아동들이 서당에서 배우던 『동몽선습』은 단군 이야기로부터 편찬되어 있었어. 그런 이유로 이 교재는 일배 독재 당국으로부터 불온 서적으로 찍혀 금서 목록이 되었겠지. 가르칠 수도 배울 수도 없게 한 거야. 고려 말 이암 선생(1927~1364)이 쓴 『단군세기』와 같은 책도 총독부에서 다 빼앗아 갔지. 1만 8천여 권에 이르는 귀한 책들을 함부로 불태우고 숨기고 위조하고 그랬던 거야. 칸의 자존심을 박탈하려 민족 역사서를 위서라고 부정해 왔고, 또 일배들이 자신의 식민지 역사관을 심으려고 그랬던 거지. 이렇게 해서 우리가 지금 민족의 정체성을 가맣게 잊고 단군을 슷제 내다 버리게 된 거야.

바람비 몰아쳐 와도 지구는 여직 튼튼해 그렇다마다

명당에 쇠말뚝을 박아 민족의 혈맥을 끊으며 아편 파이프 흡입 장치를 가게에 설치하여 우리 겨레를 아편 중독자로 만들려 했어. 또 일배 천민들이 놀던 화투를 풀어 겨레의 얼을 흐리게 했지. 식민지 시절 내내 교활하고 야비하고 잔혹한 민족 말살 정책이 이어져. 그 가운데 단군 말살 운동이 가장 중요한 축이었지. 일배 군부 독재자들의 감시를 피할 요량으로 단군교는 훗날 '대종교'라는 이름으로 고쳐 중건하게 돼. 그러나 일배 독재자들은 민족의 뿌리를 아예 캐내어 고사시키려고 작정했어. 일배 경찰과 군인을 동원하여 전국의 단군 사당을 죄다 파괴하고 불을 질러버리는 만행을 저질렀지. 그러나 단군의 흔적이 일부 남아 있어. 바로 대웅전이야. 이 대웅전은 인도에는 없는 거야. 우리가 만들었지. 대웅(大雄)이 누군지 잘 생각해 봐. 어쨌건 민족의 수난 시대를 맞아 단군도 박해와 탄압을 많이 받았어. 단군상과 관련해서 지금은 일배국 대신 흑백교가 이 흐름을 이어받고 있다고 할 수 있어.

황해도 구월산에 '삼성사(三聖祠)'라는 사당이 있었어. 아주 유명한 곳이지. 예부터 이곳에서 국조 단군을 기리는 의식을 행해왔어. 삼성사는 조상을 숭배하는 겨레의 심성을 가장 또렷이 보여주는 신성한 장소였지. 삼성은 '환인, 환웅,

단군'을 가리키지. 20세기 초기까지 이곳에서는 해마다 봄과 가을에 제물을 바쳐 제사를 올리곤 했어. 조선왕조실록에도 '단군' 에 관한 기록이 여러 군데 들어있지. 조선 시대에 이미 단군을 국조로 인정했다는 거지. 환인(한인), 환웅(한웅), 단군이라는 삼성(三聖)은 '하늘, 땅, 사람' 이라는 우리 고유의 삼신(三神) 일체 사상을 보여주는 거야. 숫자 3은 단군 신화를 일관해서 나타나. 시조가 그런 것처럼 말이지. 겨레의 철학 원리는 삼재 사상이야. 3철학이야. 삼(三)태극 원리지. 삼위일체 삼신 사상 말이야. 시조 공부에서 들은 적 있지? 3은 우리 민족의 성수야. 성스러운 숫자 3. 숫자3은 칸국 문화의 정수야. 단군 신화는 3철학의 집대성이야. 민족 철학의 샘밑이지.

하늘과 땅과 사람의 조화가 중요해. 천지인 삼위일체의 철학 원리는 우리의 자연관이며 역사관이며 인간관이야. 3철학이야. 생명 지킴이인 삼신할미의 뿌리가 여기야. 사람은 누구나 생명의 창조자가 되지. 우리는 누구나 삼신할미인 셈이야. 살아 있는 모든 것이 삼신할미의 현신이라는 뜻이야. 한 사람의 목숨 값은 우주의 무게와 같은 거지. 사람이 곧 하늘이야. 이런 점에서 사람이 사람을 사랑한다는 건, 사람이 하늘을 사랑하는 것과 같은 거야. 동학의 인내천(人乃天) 사상이 이것을 잘 보여주지.

삼성사가 일배국 경찰의 손에 불 질러진 후에 대종교의 창시자 나철 선생은 유언 시를 남기고 자결해. 이후 대종교 신봉자는 어떻게 되었겠어? 항일 무장 혁명 세력에 대거 참여했겠지? 한 연구에 따르면 일배 식민지 시대 항일 무장 혁명 세력 중 상당수가 대종교 신봉자였다고 해. 어쨌든 이때 단군은 죽었어. 단군은 광복 후에 흑백교 추종자들에게 또 한 번 죽임을 당하지. 그래, 이 땅에서 단군이 완전히 죽어버린 거지. 3철학이 사라진 거야. 5·16 군사 쿠데타 이후에 단기

(단군 기원) 대신 서기(서양 기원)를 쓰면서 단군이 우리 역사에서 삭제되었어. 단군은 이제 우리 일상 속에서 완전히 지워졌지. 홍익인간이 없어졌어.

우리 겨레에게 신(神)이란 무엇일까? 결론부터 말하면 신은 '땅'이야. 신은 우리말로 '밑'이라고 해. '밑'은 '밑'의 고어이며 원말이지. '조국'을 일러 순우리말로 '밑나라'라고 해. 이걸 단군 신화의 내용으로 한번 짚어볼까? 하늘에 있던 환웅이 땅에 내려오면서 '환웅천왕'으로 표기돼. '천왕'이 붙은 것은 그가 원래 '하늘 임금'이라는 사실을 강조하려는 의도지. 하늘 임금이 누구야? 그렇지, 하느님이야. 그런데 환웅이 신단수에 내려오면 환웅이 '신웅'으로 바뀌지. 환웅이 신이라는 거지. 그러다가 신웅은 단군 신화 끝에 이르러 '신'이라는 말로 나타나.

알다시피 환웅은 웅녀와 결혼해. 웅녀 '금'은 땅이야. 환웅은 하늘이고 웅녀는 땅이야. 그러니까 하늘과 땅이 결합하여 '단군'을 낳는 거지. 단군은 땅 임금이라는 뜻이야. 그런 후에 환웅은 웅녀와 함께 흔적도 없이 사라져. 이게 무슨 말이냐 하면, '신'은 하늘과 땅, 곧 자연이라는 거지. 우리의 국토 그 자체가 바로 신이라는 얘기야. 동학에서 말하는 '천지부모설'이 바로 이거야. 자연 천지가 우리를 낳았고, 그러니까 자연이 뭇 생명의 부모님이라는 얘기지. 단군신화가 탄생한 이후에 우리는 땅을 믿으며 역사 시대와 인간 생활을 엮어 왔던 거야. 현재 중심주의와 낙천주의 그리고 자연친화 정신 ―이것이 우리 겨레의 전통 사상이야. 이걸 단군 신화가 오롯이 담아내고 있는 거지. 3철학이야.

내 가는 길 후회 없다 그럭저럭 반평생을
가다가 힘 부치면 산새 물새 덕을 입어
넘침도 모자람도 없이 남은 길을 가리라

단군은 박달 임금이야. 붉달. 배달. 박달과 배달은 같은 말이야. 둘 다 '밝은 땅, 아침 땅'을 뜻해. 신라 시대의 화랑도나 풍류도 역시 이것과 관련되어 있지.

아사달과 조선과 단군은 같은 의미로 연결되어 있어. 신화의 세계, 주술의 세계는 원래 동어반복으로 표현돼. 신성한 권위를 반복을 통해 강조하며 또 거기에는 역사의 소실을 방지하려는 의도가 숨어 있어. 강조도 하면서 소실되지 않게끔 동어반복으로 표현하는 거야. 결국 단군왕검이라는 말도 이런 거야. '단군'과 '왕검'은 뜻이 같아. '땅 임금'이라는 뜻이지. 아사달은 '아사 + 달'이며 '아사'는 '아시, 애시' 곧 처음이라는 뜻이야. 놀랍게도 일배어로 '아사'는 '아침'이야. '달'은 '응달, 양달, 산달'에서 보듯 '땅'의 뜻이지. 그러니까 '아사달'은 '아침 땅'이지. '밝은 땅'의 뜻이야.

'조선'은 '조신(朝神)' 또는 '쥬신'과 연관성을 지니며, 여기서 '신(神)'은 '땅'을 가리키지. 그러니까 '조선'은 곧 '아침 땅'이야. 웅녀로 나타나는 곰녀 역시 '땅'이라는 뜻이지. 일배어로 신(神)을 '가미'라고 하는데, 이것은 우리말의 '굼' 또는 '곰'과 연관성을 갖고 있어. 칸국의 한 학자에 따르면 고대 일배의 왕실 조상은 칸국인이라는 거야. 그 증거로 그는 일배국에서 왕실이나 사당에서 사용하는 신성하고 위엄 있는 용어 대부분이 우리 배달말에 어원이 닿아 있음을 지적했어.

단군은 '밝은 땅 임금, 처음 땅 임금, 아침 땅 임금'이야. 그러니까 단군은 '땅 임금'이지. 우리 민족은 단군 신화 시대에 인간의 시대를 활짝 꽃피운 거야. 여담 하나. '선 본다'의 '선'은 단군을 이어받은 거야. 단군의 단(檀)은 반절음 표기로 '시전절(時戰切)', 즉 'ㅅ, ㄴ' '선'으로 나타나거든. 그래서 단군은 단인인데, 단인은 '선인(仙人)'으로도 나타나지. 삼국사기에는 단군을 '선인 왕검'으로 표기하고 있어. 그러니까 '선 본다'는 말은 우리 칸국인의 원형을 본다는 뜻이야. '사람이 곧 하늘'인데 그걸 본다는 거지. 놀랍게도 사람이 곧 신이라는 얘기야. 사람은 '인신(人神)'이며, 그것을 고유어로 '선'이라 한 거지. 그러니까 '선 본다'는 말은 우리 방식의 철저한 인간 성선설을 반영한 거야.

고유의 '신선도' 사상은 환웅과 웅녀와 단군을 하나로 보는 일이야. 곧 자연과 인간의 조화를 꾀하는 사상이지. 하늘(天), 땅(地), 사람(人)이라는 삼위일체 사상을 잘 보여주는 게 단군신화야. 여기에는 신과 인간의 구별이 없어. 생명과 무생명의 구별도 없어. 자연과 인간의 구별도 안 보여. 최치원 선생이 '난랑비서문'에서 '국유현묘지도'를 이르는데, 그게 바로 '신선도 사상'이야. 신선 사상 역시 삼(三)태극 원리를 잘 보여주지.

우리 삶의 역사에는 절대자가 없었어. 전지전능한 신이 없었던 거지. 유일신이 존재하지 않은 거야. 저마다의 사상과 정신이 제 빛깔과 모양으로 시대를 빛냈지. 단군 신화가 확정된 이후에도 다양한 주술적 신앙이 독특한 가치를 지니며 지속되어 왔던 거야. 유불선의 조화로운 세계가 산신제, 풍어제, 동제 등의 다양한 형태로 전승되어 왔던 거지. 그런데 우리 정신의 화풍하고 순조로운 흐름은 여기까지야. 20세기에 흑백교가 난폭하게 끼어들면서 우리의 종교 정신과 철학 원리가 빠른 속도로 왜곡되고 훼손되고 굴절되었던 거지. 흑백교의 신을 하느님이라는 용어로 참칭하면서부터 이 흐름은 본격화되었어. 지금은 우리가 하느님을 흑백교에 거의 빼앗겨버렸지. 하느님은 차용 정도가 아니라 흑백교가 아예 빼앗아 간 거야. 하느님의 원말이 '하늘님'이란 것에 사람들은 좀체 주목하지 않아. 하느님은 그냥 '하늘+님'이야. 하늘을 존칭 접미사를 붙여 표현한 거지. 'ㄹ탈락 현상'으로 하느님이 되었지. 이건 '아들님'이 '아드님' 되는 과정과 똑같은 거야.

그런데 이 하느님을 이제는 흑백교의 신으로 인정하는 사회 분위기가 대세야. 참 뼈아픈 현실이지. 하느님을 빼앗겨 버렸어. 이름 도용을 중지해달라는 법률 청원을 넣어도 소용없었어. 현재 우리 사회의 지배 세력들이 일배충들과 함께 흑백교 신봉자들이야. 하느님은 이제 우리 것이 아니야. 슬프지만 그래. 먼 훗날 이것은 아마도 하느님 약탈 사건으로 기록될 거야.

눈 열린 낮에는 도깨비냐 안 보여
귀 닫은 밤에는 소리 더욱 요란하다
잠 때만 나타날 양이면 꿈은 꿔서 무엇하리

칸국 최초의 근대 교육은 미국 흑백교 재단의 배재 학당에서 시작돼. 이 배재 학당이 우리나라 최초의 근대 학교야. 아니 현대 학교의 기원이지. 이 학교의 규칙 제15항에 보면, 일요일에는 일체 다른 일을 금하였어. 오직 교회 출석과 예배뿐. 배재 학당은 처음 몇 해 동안 학생들에게 일요일에는 무조건 교회 예배를 강제했지. 일요일은 주일이라는 거지. 사실은 교육도 선교의 일환이었지. 흑백교 전파가 제일 목적이야. 교회 참석 여부를 일일이 확인하고 그에 상응하는 조치를 취했어. 거짓말하는 조선 학생들이 많이 나타났겠지.

미국은 흑백교를 이 땅에 가져올 때 고심을 많이 했겠지? 선교 전략 말이야. 우리 땅에서 프랑스 선교사들이 당한 '병인사옥' 같은 참패를 당하지 않으려고 말이야. 그래서 교육과 의료 행위의 간판을 눈에 잘 띄게 아주 높이 단 거야. 당시 흑백교 학교에서는 흑백교 경전, 찬송가, 영어 등이 필수 과목이었어. 이밖에 다른 교과목들도 종교 교리와 연관되어 있었지. 거기에는 은근하고 요란한 선전들이 숨어 있었어. 예를 들면 미국은 세계 제일의 부자 나라요, 그곳에서는 다들 예수 신을 믿기 때문에 잘 먹고 잘 살게 되었고 그래서 그곳에는 악한 것이라고는 도무지 찾아볼 길이 없다는 뭐 그런 것들 말이야. 믿거나 말거나.

그런데 지난 역사를 살펴보니까 아니잖아. 흑백국의 종교는 제국주의 세력의 길잡이 역할을 했지. 종교 전파를 목적으로 아예 대놓고 아시아나 남미 아메리카 그리고 아프리카 진출에 앞장을 섰던 게지. 결국은 지구별 거의 전부가 몽땅 흑백국의 식민지가 되어버렸잖아. 이게 실제 역사인 걸 부정할 수 없어. 그런데 놀라운 일은 그 당시 다른 나라도 그랬지만, 흑백교 계통의 인사 중에 민족의 지도자가 다량 배출된 거야. 특히 우리나라에서 여성 선각자의 대부분은 흑백교의 세례를 받은 인물들이지. 그런데 이 같은 흑백 종교 전파는 사실은 흑백교의 사회 구조와 정신 문화를 나라 전체에 깊숙이 부드럽게 침투시키는 일과 같은 것이기도 했어.

단군(檀君)은 우리 겨레의 기원이야. 고구려 사람들은 고주몽과 함께 단군을 시조로 받들었지. 주몽은 하늘의 아들이라서 높을 고(高)자를 성으로 하여 고주몽이라고 했어. 삼국유사 왕력에는 '고구려 제1동명왕은 단군의 아들'이라고 기록되어 있어. 또 고려의 대몽 항쟁 시기에는 강화도 마리산(摩尼山, 마니산)에 단군 사당을 만들었지. 단군을 이민족 항쟁과 민족 일체감의 구심점으로 삼았던 거야. 정통 역사 서적에서 민족사의 기술을 단군 조선의 역사에서부터 기술한 것은 조선 왕조 초기인 15세기부터야. 이후 조선 왕조 500년은 역사의 첫머리를 언제나 단군 조선으로 시작하였지. 특히 민족의 주체성과 정체성 확립에 열정을 기울이던 실학 융성기에는 단군의 연구 기록이 아주 풍성해져. 그러다가 무장한 일배국 제국주의가 침략하는 19세기 말과 20세기 초에는 국조 단군을 종조로 받드는 종교가 창시되기까지 했지.

　그러나 일배 독재자들은 칸국의 역사와 정신을 왜곡하고 오염시키는 일에 갖은 수단과 방법을 다 동원해. 단군 죽이기에 나선 거지. 단군 말살 운동이 곧 칸의 정신 죽이기의 처음이자 끝이라고 판단한 거지. 칸국 내에 설치된 일배국의 군사 독재 정권, 곧 조선 총독부는 단군 사냥에 전력을 기울여. 일배국 학자 시라토리(白鳥)는 이미 서기 1894년에 「단군고」를 쓰는데, 물론 그 내용의 중심은 단군은 귀신 나부랭이며 미개 족속의 황당무계한 이야기라는 거지. 이후 일배 독재 정권에 의한 단군 죽이기 운동은 더욱더 노골화되고 혹독해지는데, 그들은 단군과 조선상고사 부분을 왜곡하고 삭제하고 뒤틀어. 일배들은 칸 민족의 존엄과 구심점을 박멸하기 위해 지식과 무력을 총동원하지. 칸인을 술꾼과 화투꾼, 그리고 아편쟁이로 만들기 위해 광분했어.

　조선 총독부 산하 기관으로 '조선사편수회'가 있었어. 이것은 칸국의 역사 위조 기관이었지. 여기서 일한 바 있는 몇몇 칸국 역사학자들이 해방 이후 우리나라에서 큰 역사학자로 행세를 하지. 우리나라 식민지 사관의 깊은 뿌리가 바로 여기야. 이들은 당시에 일배국 역사학자들의 조수 노릇을 했지. 그들의 역사관을 그대로 전수받은 실증주의 역사학자 그룹이야. 과학주의, 객관주의, 증거주의를 간판으로 내건 이들 역사 실증주의자들은 해방 후 친일적 성향의 관변 학자들이 되었지. 이들은 칸인들의 역사의식을 일배 식민지 상태의 그것과 동일하게 유지하는 일에 제도적, 물리적 힘을 총동원했어. 요즘 들어 뉴라이트라는 이름을 달고 이들이 또 나타났어. 일배충들이지. 죽지도 않아. 바퀴벌레 같은 존재들이야. 지금은 또다시 일배 독재 시대, 일배충 세상이 되었다는 뜻이야. 사정이 이렇다 보니 처음 일배 독재자들의 손에 의해 억울하게 죽임을 당한 단군은 여태까지 복권되지 않고 있어. 안타깝지. 속상해. 단군이 없으니 나라에 정체성이 없어. 겨레 얼이 희미해.

> 흙에서 먹을 게 나고 흙으로 돌아가고
> 산다는 게 푼푼이 땅에서 놀며 춤추는 일
> 아무렴 꽃 시절이 다시 와도 흙을 아니 떠나리라

　흑백국의 근대화 과정에서 나타난 민족주의 경향은 히틀러의 나치즘에서 절정을 이루었지. 그때의 민족 또는 민족주의는 공격적인 국수주의, 바로 그것이지. 그러나 우리의 경우 민족 또는 민족주의 개념이 국수주의라 매도당한다 하더라도 이것은 방어적 국수주의의 성격을 지닌 것이야. 강대국의 이념 투쟁과 전쟁에 끼여 살면서 자국의 안전과 평화를 보장할 길이 막막하므로 민족주의를 방어막으로 삼았던 거지. 단지 살려고, 살아남으려고 말이야. 남을 침략하거나 식민지를 만들기 위해서가 아니라 순전히 민족의 자주독립을 지키겠다는 소박한 염원을 담고서 말이지. 반공 힘파들은 민족주의를 낡은 것으로 마구 매도해. 막 욕을 하고 핍박을 해. 민족주의 경향성이 미국에 도전하고 반대하는 흐름으로 비추어지니까 그런 거야.
　남북은 지금 양 극단의 흑백 이데올로기로 분단된 상태야. 남북은 적대적 대립 상황을 백 년 가까이 자꾸만 키워 왔지. 이래서 오천 년 역사를 줄기차게 이어온 배달 가족 한겨레가 분단 상황 백 년 만에 원수가 되어버렸어. 이제는 서로가 세계에서 제일가는 증오의 대상이자 불구대천의 원수가 되었어. 굶주리며 죽어가는 북칸 동포를 돕기 위한 성금 행위도 정부의 제재와 통제에 따라야 해. 경제

공동체로 조성된 개성 공단이 파탄이 나도 일반인들은 먼 산불 보듯이 해야 하지. 남북 대립 관계에서 모든 것은 정부에서 하자는 대로 할 수밖에 없어. 왜냐하면 통일이나 안보와 관련되는 것은 죄 정부의 몫이니까 그런 거야. 민간인 입장에서는 할 수 있는 게 없어. 까딱 잘못하면 이적 행위야. 국가보안법에 다 걸려. 간첩이 되는 거지. 그러니 통일의 기초 단계인 물적 교류나 인적 교류를 일반인들은 꿈도 꿀 수 없어. 국가 안보와 통일 관련 문제는 정부와 정치인과 권력층이 모든 걸 장악하고 있어. 우리나라에선 지금도 반공이 힘이 제일 세. 이 땅에서 반공은 하느님보다 높아. 하여튼 지금 그래.

북녘 사람과 남녘 사람은 어릴 적부터 지배 권력의 조종에 따라 살고 있어. 길들여진 존재로 살아가고 있지. 한 형제가 아니라 원수가 되어 미워하고 증오하도록 부추김을 당하며 살아오고 있어. 기아에 허덕이며 죽어 가는 북한 동포 살리기 운동도 민족적인 차원이 아니라, 추상적이고 보편적인 외국 이데올로기라 할 수 있는 휴머니즘의 차원으로 처리돼. 정치 경제적 의미를 박탈한 채 순수 인간적인 의무만을 강조하는 흑백국의 휴머니즘 차원에서 북쪽 원조 계획이 진행된다는 사실에 우리는 참담하고 부끄러운 심정을 가눌 수 없어. 민족이라는 이름을 버리고 인류라는 허울을 덮어쓰고 민주주의를 부르짖는 우리는 지금 누굴까? 권력자의 생각과 통제에 놀아나는 일반인들은 꼭두각시에 지나지 않아. 제 몸과 제 마음을 한껏 어쩌지 못하는 꼭두각시야. 남북간 문을 열라고 하면 문을 열고, 남북 문을 닫으라 하면 닫아 버려야 하지. 남북통일의 문제는 오직 정치권력층의 독점물이야. 슬픈 일이지. 안타까워. 정치권력의 전횡으로 이 땅에는 통일의 봄바람이 막혀버렸어. 동토의 찬바람이 사람들의 가슴을 얼어붙게 했지. 남한 사람들은 누구도 통일에 대해 쉬 말하지 않아. '우리의 소원은 통일'이라는 노래도 잊어버렸어. 학교에서 가르치지 않아. 남북이 분단된 현실도 까맣게 잊어버렸어. 전쟁이 잠시 쉬고 있는 휴전 상태임도 잊어버렸어. 만성이 된 거지. 분단도 만성, 적대감도 만성. 여하튼 통일 문제는 남칸 사람들에게는 하나도 안 중요한 거야. 뜬구름 같은 거지. 아무도 통일을 얘기하지 않아. 일상에서 완전히 사라져 버린 거지. 사람들은 생존 경쟁에서 밀려나지 않기 위해, 전쟁하는 마음으로 하루하루를 살아갈 뿐이야. 가슴이 아파. 이와 반대로 북칸은 주민 누구나가 '통일 통일 통일' 하며 앵무새처럼 '통일' 노래를 부르지. 참 웃기는 일이야. 남칸, 북칸이 통일에 대한 시각이 이다지도 정반대일까. 그런데 알고 보면 남칸이나 북칸이나 방법은 전혀 달라도 목적은 같아. 정권의 권력 장악과 그것의 안정적인 유지 전략인 거지. 서로는 상대방을 적극적이고도 교묘하게 이용하며 권력을 독재적으로 장악하고 있는 거야.

8·15 광복 이후 그려진 칸의 권력 지도로 볼 때 민족주의는 바람 앞의 등불인 양 까막거리고 있어. 등불이 꺼지기 일보 직전이야. 그 대신에 신자유주의와 세계주의라는 새 불길이 기세 좋게 타오르고 있지. 흑백국이 주도하는 지구촌 최신 역사를 돌아볼 때, 욕심 많은 제국주의 세력들에게 민족주의 또는 민족주의자는 처리하기 귀찮은 해충 같은 존재가 아니었을까? 서양 흑백인들이 민주주의 또는 자본주의라는 깃발을 내걸고 비서양의 민족주의와 토종 문화를 하나하나 침탈하고 정복해 갔지. 아프리카나 남미 그리고 아시아, 기타 이름도 모를 작은 섬나라에서조차 민족 간에 분쟁과 살육 전쟁이 벌어지도록 만들었어. 민족 내부에 인종 청소와 같은 악마적인 살육전이 일어났던 거지. 아프리카 르완다 사태가 그런 거야. 현대의 분쟁 역사를 찾아 확인해보면 참 소름이 끼쳐. 오랜 식민 지배의 여진으로 또는 공산주의와 자본주의라는 대립 축의 적대 관계 때문에

세계가 오랫동안 공포에 떨었어. 지금도 지구별 곳곳에서 과거 흑백인들이 만들어놓은 격렬한 대립 축 때문에 살육의 공포와 야만이 진행되고 있지. 생각해 봐. 세계 정부를 자처하는 미국이 다른 나라의 민족주의자를 사랑할 까닭이 없겠지. 미국은 민족주의자를 당연히 싫어하지. 대신에 세계주의와 미국화를 부르짖는 독재자에게는 전폭적인 지원을 아끼지 않을 거야. 이게 지구촌의 역사야. 실제 역사는 그렇게 전개되었고 지금도 진행 중이야.

우리가 지금 그 설움과 고통을 뼈저리게 느끼고 있어. 아시아나 남미나 아프리카 등에서 친 미국적인 독재자는 흑백교 세계주의 문화인들로부터 귀여움을 독차지하지. 미국이 친미 독재 국가에는 물심양면으로 철저히 뒷배를 봐 주는 거야. 그래서 흑백교로 통일된 지구 폴리스 시대에 민족은 죽고 세계는 사는 거지. 이게 현재 지구촌의 살림 모양이야. 자본은 살고 인간은 죽는 거지. 흑백교 세력은 점점 더 분명하게 세계의 운명을 쥐락펴락해. 비흑백교 문명권은 자연과 인간 모두를 하루가 다르게 흑백교 문명으로 탈바꿈해가고 있어. '바꿔, 바꿔, 모두 다 바꿔, 영어로 다 바꿔. 흑백교 식으로 다 바꿔.' 그래야 살겠거니 해서야. 바야흐로 지구인 모두가 불러야 하는 공식 노래가 바람결에 실려 와. 그런데 깊은 원시림에서 화전농과 사냥 채집으로 수백 년을 살아온 사람들에게 왜 유일신 종교가 필요할까? 민족마다 자기 방식의 자연 교감 방식이 있는데, 왜 어떤 것은 미개하다는 평을 들어야 하지? 인류는 시대마다 또 민족마다 받드는 신이 각기 다르면 안 되나? 먹는 음식이 지금처럼 제각각 다르면 안 되나? 구체적인 생활이 다른 것처럼 종교 활동도 다 다르게 살면 안 되나? 왜 종교가 하나로 통일되어야 하는 거지? 왜 세상 모든 이의 살림살이가 똑같아야 하는 거지?

샌드위치 빵을 사라기 성난 얼굴로 갔지

되올 때는 칭찬 생각에 호기롭게 집에 왔어

참 웬걸 마누라 또 불호령이다 "아니, 빵도 제대로 못 사?"

칸국 식민지 관리 본부인 조선 총독부는 10년간의 사료 위조 작업 끝에 30여 권에 이르는 방대한 분량의 '조선사'의 편찬을 완료했어. 그런데 여기에는 단군 조선의 역사가 단 한 줄도 없어. 자료가 턱없이 부족하고 객관적 신빙성이 없어서 그랬다는 거야. 기록이 있더라도 조야해서 채택할 수가 없대. 철저한 과학주의, 객관적 실증주의의 역사관으로 밀고 나온 거지. 안 할 말로 단군과 단군 조선의 실체를 증명하려면, 증거를 내놓아 보란 얘기야. 증거 없으면 입 다물고 가만 있으라는 소리지. 그 이전에 칸의 고대 역사 관련 서적과 자료 수만 점을 일배 독재자들이 죄 모아서 불태우고 폐기처분을 하고 그랬어. 그러고는 실증주의로 역사 연구하자는 거지. 참 기가 막혀. 억장이 무너져. 그런데 이것이 꼭 일배국 학자들만의 주장이 아니야. 문제는 해방 이후의 우리나라 주요 역사학자들의 견해가 실증 사관에서 더 강경일변도라는 거지. 지금도 칸국 역사학계에서는 이 문제로 갑론을박의 치열한 싸움판이 벌어지고 있어.

일배 제국주의자들은 '인종학'이라는 흑백국 과학을 동원해서 민족 말살 정책을 집요하게 밀고 갔어. 조선의 마지막 임금인 영친왕을 일배 왕족 출신의 여자와 혼인케 했지. 그것도 불임 판정을 받은 여자를 데려온 거야. 실제로 조선 왕실은 이래서 대가 뚝 끊겨 버렸어. 더 이상 임금이 없는 거야. 왕조가 없어진 거지. 나라가 없어졌는데 웬 임금? 또 궁궐에는 실제로 각종 동물들을 수입해 들여서 신성한 대궐을 동물원으로 개조했어. 조선의 왕을 동물들과 동급으로 처리하여 구경거리로 만들겠다는 고약한 발상이지. 그리고 왕릉을 개조하고 축소하는 등의 방법으로 칸국 왕조의 신성과 권위를 야금야금 파괴해 들어갔어. 이렇게 해서 칸국은 임금과 백성, 지배 계층과 서민층이 완전히 차단되었지. 게다가 알게 모르게 이간질을 일삼아 갈라진 두 계층이 서로 원망하고, 무시하고, 모욕하고, 싸우도록 부추겼어.

조선의 최고 권력자인 임금은 곧장 임금 노동 또는 임금 노동자라는 용어로 전환되었어. 칸국의 임금을 값싸고 비천한 존재라는 인식이 들게 했지. 또 칸국은 곧장 이씨 조선으로 광고되어 다른 성씨의 사람들이 왕조를 욕하도록 만들었어. 일배국 독재자들은 야비하고 교활한 방법으로 대부분의 백성들로 하여금 자신의 임금과 왕조의 위엄과 역사적 뿌리를 무시하고 경멸하고 욕하게 만들었던 거야. 세계 역사상 가장 빠른 속도로 왕조 시대 임금이 흔적도 없이 사라진 나라가 바로 우리나라야. 이렇게 해서 칸국의 오랜 역사와 정신 문화는 하나둘 허물어지고, 파괴되고, 훼손되고, 왜곡되고, 사라져갔어.

일배충들은 칸국은 열등하며 일배는 우월하다는 노예적 인식을 가지고 있어. 이것이 해방 이후에는 칸국은 열등하며 미국은 우월하다는 종놈 근성으로 다시 바뀌지. 그런데 이런 민족의 열등의식, 달리 말해 사대주의 생각은 사실 자생적인 것이 아니야. 이런 것은 오늘의 칸국 사회를 선도하는 지식인과 지배 엘리트 계층이 주도면밀하게 전파한 결과야. 마치 지금의 양호도와 동호도를 가르는 지역주의 망령과 같은 거지. 우리의 고질적인 흑백 문명 사대병은 칸국 사회의 지배 계층에 의해 퍼뜨려진 몹쓸 전염병이야. 뼛속까지 미친(美親), 친일(親日) 매국노들이 퍼뜨린 병이지. 친일배들은 해방 이후에 자신들의 신분을 세탁해야 할 필요가 뼈에 사무쳤지. 친일이 죄가 되지 않도록 하는 일에 목숨을 걸었어. 그때 새롭게 만들어진 게 친미고 친흑백교야. 친일파들이 살기 위해서 그랬던 거지. 아니면 자신들이 죽으니까 그래. 해방 공간에 설 곳이 없으니까 말이야. 오늘날 다시 그들이 살아났어. 흑백교와 일배충이라는 이름으로.

세모래 쓸려가는 낙동강아 아아 물고기도 세상을 뜨는구나

지금까지 칸국 사회의 지배 세력은 여전히 일배충과 그들의 떨거지들이야. 그들은 언론을 장악하고 더러운 권력을 휘두르는 일에 전력투구하지. 반공이라는 흉기를 휘두르면서 말이야. 그들은 빨갱이를 이용하여 달콤한 권력의 맛과 향기를 즐겨. 북칸이라는 존재가 그들로서는 너무 너무 고마운 거야. 북칸이 없으면 권력을 잡을 수가 없어. 잡아도 누릴 수가 없어. 누려도 유지할 수가 없어. 유지해도 향유할 수가 없어. 친일분자라는 신분 세탁도 안 되는 거지. 참 보면 운수도 좋아, 일배충들은 말이야. 조선 시대 권력자들에게는 북칸이라는 절대적인 적이 없었지. 그래, 그들은 권력 장악 정도가 약했어. 권력의 기반이 약했지. 그래서 남인, 북인, 노론, 소론이 너 한 번 나 한번 하며 차례로 돌아가면서 국정을 좌지우지했던 거지. 어느 쪽이나 절대 권력을 절대적으로 잡을 수가 없었던 거야. 그러나 지금 남북국 분단 시대에는 권력을 장악하기가 정말 쉬워. 이쪽에서는 빨갱이라는 주문만 외면 만사형통이야. 반공이라는 핵무기를 상대할 적수가 여기는 없어. 핵무기 앞에 적수가 있겠어? 그리고 저쪽 북칸에서는 미 제국주의와 남칸을 비난하고 공격하면 정권이 유지되고 안전해. 신기한 일이지? 이보다 더 견고하고 안성맞춤인 권력 체제가 세상에 또 어디 있을까? 역사상 있기나 했을까? 남북의 지배 권력은 적대적 상호의존 관계의 모델이야. 그러고선 자신에

게 주어진 무한 권력을 남용하지. 쉽게 말해 자기들끼리 남북 내부에서 서로가
독재를 열심히 한다는 거지.

> 비바람에 시달려 자동차가 아프다
> 몸살이 났는지 우울한 얼굴빛
> 애마여 내 너를 어여삐 여겨 새 기름을 붓노라

우리 전통의 하느님은 단군 하느님이야. 애국가에 당당히 적혀 있는 그 하느
님이지. 옥황상제 하느님이야. 한인(환인) 하느님이지. 한웅(환웅) 하느님이야. 하
늘님 하느님이지. 이 하느님이 진짜 우리 하느님이야. 이 신은 전지전능하지도
유일하지도 않아. 그저 그렇고 그런 신이야. 우리가 슬플 때는 위로해주고 기쁠
때는 그 기쁨을 두 배로 늘려주고, 가뭄이나 홍수로 속이 탈 때는 그저 무심한 하
느님으로 대접받는 그런 신이지. 우리 하느님은 사실 좀 만만해. 엄마 같아. 할아
버지 같아. 투정을 잘 받아주니까 그런 거야. 우리는 하느님을 가지고 놀기도 해.
우리가 하느님한테 약 받았을 때는 도로 말장난으로 되갚아도 되는 그런 물렁물
렁한 신이 우리 하느님이야. 단군 하느님은 부처님과 함께 우리하고 농담 따먹
기도 하는 그런 한량없는 자비심을 가진, 약간은 신답지 못한 그런 신이야. 저 이
스라엘의 여호와처럼 잔뜩 위엄으로 눈알을 부라리거나 분노와 저주의 언사를
함부로 퍼부어 대는, 그리고 너무도 쉽게 공격성과 잔혹성을 드러내 보이는 그
런 신이 아닐뿐더러 코끝에다 노상 '사랑'을 달고 다니는 코쟁이 신도 아니야.

아라비아어로 신은 '알라'야. 보통 '알라신'이라 말하지. 동어 반복의 표현이
야. 왜냐하면 '알라'는 유일한 신일뿐더러 그에 적당한 번역어가 우리말에 없어.

343

그래서 우리는 알라를 '알라신'이라고 부르지. 알고 보면 '알라신'은 하얀 백고무신과도 같이 '신 신'의 뜻이야. 같은 말을 막 겹쳐 쓴 거지. 우리는 이것을 단독의 이 유일신을 결코 '하느님' 혹은 '하나님'이라고 번역하지 않아. 이슬람교의 신이라서 그런 거지.

영어로 '신'을 '갇'이라 해. '갇'은 '알라'처럼 유일 단독 신이야. 유일신이지. 그런데 흑백교의 '갇'은 우리말로 하느님 혹은 하나님으로 번역 통용해. 유럽 유태교의 최고 유일신 '갇'을 같은 일신교인 이슬람교와 균형 감각에 맞게 표현한다면 어떻게 될까? 지금처럼 '하느님'이 아니라 동어 반복의 표현인 '갇신'이 될게 틀림없어. 이슬람교의 '알라신' 표현은 우리 귀에 전혀 어색하지 않으나, 흑백교에서의 '갇신'이라는 용어는 너무 불편하고 어색해. 신성 모독의 표현으로까지 느껴지는 건 무슨 까닭일까? 고정 관념은 대체로 세뇌의 결과물이야.

'하느님' —5000년의 역사적 전통을 자랑하는 하느님. 현재 남칸에서는 흑백교 세력의 위세에 눌려 '하느님'이라는 용어를 우리 하느님으로 사용할 수가 없어. 하느님을 참칭하지 말라고 하면, 하느님이 원래 자기들 것이라고 억지 주장을 해. 이제 '하느님'은 흑백교의 유일신 '갇신'을 가리키게 되었어. 참 기가 막히지. 주객전도야. 문화재 약탈이야. 전통문화를 뺏긴 거지. 하느님을 찾아와야 해. 우리 정신 문화에 새 생명을 불어넣어야 해. 빼앗긴 하느님을 되찾아야 해. 증오 사상과 흑백 논리에 빼앗겨버린 칸국 마음의 원형을 찾아야 하지. 우리나라 사람들은 말에 예민해. 지금 하느님이 그 하느님인 줄로만 알아. 왜냐하면 하느님이란 말이 아주 좋거든. 어감이 좋거든. 느낌이 좋아. 따스하고 포근하고. 하느님 세상, 시조 나라가 희망의 등대가 되어줄 수 있을까?

남북칸은 수십 년에 걸쳐 적대적 상호 의존 관계를 이어왔어. 흑백국과 일배국의 속셈대로 된 거지. 이들은 우리의 남북통일을 싫어해. 그러거나 말거나 언젠가는 통일이 되겠지. 그 희망으로 살자고. 시조 나라가 그걸 앞당기는 거지. 남북간을 하나 되게 하는 구심점은 단군 외에는 없어. 하느님 말고는 안 돼. 시조말고는 안 되는 거야. 지금까지 북쪽은 북쪽대로 철저히 흑백 문명화의 길을 걸어왔고, 남쪽은 남쪽대로 철저히 흑백 문명화의 길을 걸어왔어. 그런데 양쪽이 제각기 고수하는 흑백 정신은 양극단의 흑백 논리, 곧 대립과 증오의 구도를 하고 있어. 그러니까 어느 한쪽의 흡수 통합이라든가 강제적 통일은 생각지도 못해. 그건 바로 민족 살육 전쟁을 불러올 뿐이야. 이런 것은 실제 전면전까지 가지 않더라도 많은 문제점을 노출하지. 그렇다고 상호 체제를 인정하는 방식으로의 통일은 꿈꾸기조차 어려워. 연방제 통일국가론이 가장 현실적인 방책이기는 하나, 이것도 현실성이 없기는 마찬가지야. 왜냐하면 그동안 남과 북은 정권 담당층에서 시종일관 서로를 악마의 제국, 괴뢰 도당이라고 국민들을 세뇌시켜 왔잖아. 또 권력자들은 통일이라는 실제 제사의 이익보다는 권력이라는 현재의 제삿밥에 미혹되어 있기 때문에 남북통일은 단순한 구호놀이에 그치고 있어. 양쪽 다 지배 계층에서는 남북통일을 말로만 하자고 떠들고 있지. 실제 속은 안 그럴 거야. 하나를 보면 열을 알지. 현대사를 조금만 공부해보면 절로 알게 돼. 통일—참 풀기 어려운, 그러나 꼭 풀어야 할 우리 민족의 가장 중요한 숙제야.

독일이 통일되기 이전에 서독에서는 동서 상호 방문이 자유로웠어. 동독과 서독은 서로 텔레비전 시청이 가능했던 거야. 학교에서는 동독 교과서를 참고 자료로 삼아 수업을 할 수 있었지. 우리의 교육 현장이나 사회 형편과는 하늘과 땅 차이야. 우리는 지금도 서로가 원수이고 악마이고 적국인데 말이야. 지금의 남북을 이어주는 연결 고리는 애오라지 '단군' 외에는 없어. 단군 사상은 홍익인간 정신이야. 나를 살리고 남을 이롭게 하는 게 홍익인간이지. 만물을 사랑으로 대하는 게 홍익인간이야. 이 '홍익인간'의 정신은 70억 인류의 종교가 될 수 있어. 도덕적인 삶의 절대 지침이 될 수도 있어. 우리의 고유한 '홍익인간' 사상에 자긍심과 사명감을 가져도 좋아."

> 깊은 속말이 막혀 불통으로 흐르나니
> 서로서로 말을 내놓고 뜻이 이루어지게
> 사람아 말길을 쾌히 열어 진심을 통하자꾸나

일배국 정리가 끝났다. 해마루 사부가 미소를 보인다. 스스로 흡족한가 보다. 단으로서도 만족스럽다. 사부의 깔끔한 설명이 머리와 가슴에 미끄러지듯 쏙쏙 들어왔기 때문이다. 공부 시간이 턱없이 부족했으나 시간의 공백을 메워준 건, 날카롭고 폭넓은 사부의 전달력과 단단의 놀랄 만한 집중력이었다. 단단은 일배국 공부에서 남북의 연결 고리로 단군을 알았으며 또 남북 교류의 문화 활동으로 시조만 한 게 없음을 발견한 것이 가장 큰 소득이다.

이러구러 시간은 흐른다. 드디어 시조 공부의 마지막 단계에 도달했다. 흐르는 구슬땀을 훔칠 새도 없이 나는 듯이 달려온 시간이다. 단단은 시조왕자의 품격을 의젓이 갖추어 가고 있다. 단이 길을 나선다. 시조가 숲 속 계단 앞에서 단을 기다리고 있다. 영이다.

> 어제도 무사하고 오늘도 편안하면
> 모레는 따분하고 내일은 재미없지
> 무심히 흐르는 구름은 혹 내 맘과 다르리

　단단은 고요히 묵상에 빠진다. 칸국은 지금도 전쟁이 끝나지 않았다. 남북 전쟁 외에도 흑백교와 일배와의 전쟁이 백 년 가까이 계속 이어지고 있다. 그런데 이것이 백 년 전쟁이 될지 이백 년 전쟁이 될지 지금은 알 수 없다. 어쨌든 전쟁은 그치지 않았다. 남북 전쟁 이후로 지금 남북칸은 휴전 상태이다. 휴전이 70년 이상 길어지다 보니까, 사람들은 사실상 전쟁이 끝난 걸로 알고 있다. 그게 아닌데 말이다. 오천 년 칸 역사상 가장 불행한 시대가 지금이다. 빨갱이, 파랭이 이분법이 사람들의 의식을 점령했다. 사람들이 단세포 아메바가 되었다. 칸인의 드센 자긍심은 추풍낙엽처럼 흩어졌다. 양치기 노인네의 거짓말에 칸 사회가 속절없이 농락당하고 있다. 늑대가 나타났다고, 빨갱이가 나타났다고. 사람들은 '동조중' 신문과 방송을 보고 수시로 빨갱이 사냥에 적극 동조 중이다. 아아, 단의 긴 한숨이 어깨너머로 새어나온다. 한 줄기 바람이 단단의 조우관에 휘파람 소리를 얹어 놓고 바쁘게 떠나간다.

　현재는 영원으로 들어가는 문이다. 입구에서 망설이지 말자. 그냥 들어가면 된다. 현재가 모든 걸 결정한다. 지금 아름다우면 되는 것이다. 현재 즐거우면 되는 것이다. 여기서 잘 놀면 되는 것이다. 미래는 그 다음이다. 먼저 현재를 통해 영원으로 빠져들어야 한다. 영이 단의 곁에 있듯이 영원이 여기 있음을 느껴야 한다. 단은 열에 들떠 외치고 싶어 하는 자신을 조용히 타이른다. 적극적으로 한다고 의욕이 성공으로 이어지는 건 아니라고. 과격함이 무례함으로 오해받거나 사람들의 경계 본능을 일깨운다면 실패할 확률이 높아진다. 편안하게 생각하고 주변에 아무도 없다고 생각해야 한다. 간절히 이룰 것도 성공할 것도 없다고 여기는 태도가 더 필요할지도 모른다. 지금 단은 채움에서 비움으로 삶의 철학을 급히 이동하는 게 좋지 않을까 하고 생각 중이다.

단은 눈을 들어 하늘을 본다. 조각구름이 흘러간다. 구름은 건조하고 팍팍하다. 손으로 잡으면 으스러지고 입김을 불면 먼지처럼 흩어질 것 같다. 윤기가 없고 물기가 말랐다. 생명의 본질은 부드러움이고 촉촉함인데, 지금 이 구름은 부드럽지도 촉촉하지도 않다. 알고 보면 생명은 죽음으로 생명을 완성한다. 죽음은 죽음으로 끝나는 것이 아니라, 같은 뿌리를 가진 다른 생명을 낳는 원초적인 힘으로 작용한다. 역설적으로 죽음은 가장 원시적인 생명이다. 까닭에 큰 틀에서 보면 죽음도 생명이다. 그러나 사람은 한 뼘의 시공간에서 왈각달각 부대끼며 일평생을 저무느라 참 생명의 느낌을 맛보기가 어렵다. 용케 잡아냈다 하더라도 그것이 지구에 초록의 숨결을 불어넣는 데는 너무나 미약한 힘을 미칠 뿐이다. 단단은 이 생각에 붙들려 마음이 짠하고 아프다. 알기는 알겠는데 달리 실천할 방도가 없으니 답답하기 그지없다.

단은 또 생각한다. 교육은 찰나의 예술이라고. 삶의 순간이 그렇듯 교육 행위도 다시 돌아오지 않는, 다시 똑같을 수 없는 순간들로 채워져 있다. 학교에서 한 시간의 수업은 모두에게 한 시간의 인생이다. 수업 장면들이 신들린 듯 춤을 추며 영혼이 평화를 노래할 때, 정서가 한껏 고무되어 가장 아름다운 인간성이 각자의 내면에 안개꽃처럼 피어오를 때, 그때의 놀라움과 감격은 더할 수 없이 큰 것이다. 그러나 그것은 헛된 꿈이다. 품을 수 없는 사랑이다. 몽유병 환자의 중얼거림이다. 넘어지기 직전 마지막 비틀거림으로 용케 버티는 취객의 허무한 몸놀림이다. 지금 학교에서는 아무도 수업을 찰나의 예술로 인정해주지 않는다. 심지어 수업을 같이하는 아이들조차. 수업 중에 누구도 꿈을 말하지 않는다.

수업은 연극이라고 한다. 드라마라고 한다. 한 시간의 수업은 잘 짜인 수업 설계 모형대로 움직여야 한다고 말한다. 수업은 연출이고 연극이라 말한다. 여기에 묶이면 계획되지 않은 것은 교실 현장에서 가르칠 수가 없다. 마치 공개 수업처럼 미리 공개된 것만 공개적으로 가르칠 수가 있다. 다른 것은 재료조차 꺼낼 수 없다. 이러므로 수업 시간에 돌발 상황은 있을 수 없다. 창의적 문제 해결 기회가 원천적으로 봉쇄된다. 이런 날들이 이어지면서 학교에서 창의성의 샘물은 자작자작 말라버리고 교사와 학생들은 딱딱한 틀거지에 갇혀 심신이 시멘트처럼 굳어져 간다. 교사가 수업 지도안을 정부와 학교 관리자 계급에 결재를 맡지 않고 가르치면 이를 문제 삼아 징계를 내릴 수도 있다. 까닭에 학교에서는 애초에 계획하여 허락받지 않은 것은 가르칠 수도 배울 수도 없는 것이다. 사람마다 시야가 좁아지고 옹알이만 늘어난다. 학교에서 호연지기가 사라졌다. 남북통일의 꿈이 사라졌다.

교정 곳곳은 빗장이 걸려있다. 감정의 소통이 막혀 있다. 공감으로 가는 징검돌이 보이지 않는다. 경쟁 교육의 싯누런 흙탕물뿐이다. 사람들을 집어삼킨 채 소용돌이치며 흘러간다. 학교에서 감성 교육은 추방되었고 인성 교육은 말라버렸다. 오직 경쟁 위주의 지식 교육이 넘실넘실 기세등등하다. 욕망의 비곗덩어리가 제 세상인 양 활갯짓이다. 감성 교육이 인성 교육의 고갱이라는 사실에 누구도 주목하지 않는다. 일상에서 생생하게 느끼는 실감들이 쓰레기처럼 버려지고 있다. 관계를 맺고 교감하고 배려하고 알아주고 챙겨주는 감수성은 폐허의 성터가 되었다. 장수도 병졸도 백성도 없는 황량한 성터. 감수성. 오래전부터 학교는 감수성을 버렸다. 학교는 배움터가 아니다. 거기에는 생존 경쟁의 벽을 넘어서야 인간 생활이 보장된다는 세속의 진실이 구호처럼 나부낄 뿐이다. 그러나 문화는 생존이 아니라 생활인 것을 왜 알지 못할까? 생존을 넘어서야 생활의 길이 열리는 것을 학교는 알지 못한다. 비밀의 문이다. 열어보고 싶은 비밀의 문이다. 그 문은 지금 잠겨 있다. 이 문을 누가 어떻게 열 것인가?

바람이 화가로구나 명경지수 물결치며 흐르는 그림

　홀가분한 감정을 누려본 게 언제 적일까? 폭탄 더미처럼 위험한 작업 시간 속에서 단단은 수업 외의 잡무에 사람들의 열정과 능력이 녹아들어 가는 것을 안타깝게 지켜보고 있다. 세상에, 교사에게 제일 쉬운 게 아이들 가르치는 일이라니. 이것은 시대의 축복일까 저주일까? 동료 교사들은 이구동성으로 수업하러 들어가는 시간이 제일 편안하다고 말한다. 잡무에서 해방되어 한 인간으로서 온전해지고 또 잠시나마 자연 바람을 쐬는 자투리 시간이 주어지니까 말이다. 사람 만나는 것을 좋아하더라도 지금은 교사 노릇을 하기가 진심 고통스럽다. 학교에서 하루 보내기가 여간 힘들지 않다. 바쁘고 바쁘고 또 바쁘다. 옆을 돌아볼 틈이 없다. 처리해야 할 잡무가 음식 쓰레기처럼 쌓여만 간다. 이런 곳에서 하물며 교실 수업마저 재미도 없고 보람도 없고 가치도 없다면 교사의 설 자리는 어디일까? 보람을 저당 잡힌 채 단순한 호구지책이 교사들의 눈앞을 인도한다. 물레방아 물처럼 쉼 없이 쏟아지는 행정 업무에 교사의 하루가 피곤함에 절어 핏빛 노을로 저문다. 막노동의 일감들이 교사를 천근만근의 무게로 짓누른다. 지금의 단단 일행은 그 덫에 걸려 있다. 칸국에 있는 대부분의 학교가 이렇다. 몇 해 전부터 학교 분위기는 무서운 기세로 극한 경쟁을 조장하는 회오리바람 속에 빠져 있다. 교사와 아이들은 우리 사회가 그런 것처럼 학교 안에서 바쁘고 바쁘고 또 바쁘다. 조장된 식민지 사회다. 정신없이 쏟아지는 급박한 일들은 식민지 틀에서 벗어나지 못하게끔 특수 제작된 덫이다. 이것이 독재 사회의 공식이다. 이리하여 서서히 사람들은 지배자의 노예가 되어 가고 있다. 전혀 알지 못한 채로.

> 학교는 어디 가고 괴물이 남았는가
> 공부도 잡아먹고 호기심도 잡아먹고
> 마지막 남은 거라곤 흉물의 시멘트 더미뿐

단은 위험이 가득한 이곳에서 폭탄처럼 아슬아슬한 시간을 견딘다.

단단은 방학을 기다린다. 학교에서 홀가분하게 놓이게 될 날을 그려본다. 별 인 양 가슴에 꼭 안는다. 조금만 더 조금만 더. 단단은 자꾸만 흐너지는 자신이 안쓰럽다. 그는 애오라지 이영을 버팀목으로 하여 위험한 시간을 용케 견디고 있다. 내키지 않는 학교 통계를 거짓으로 작성할 때면, 매 순간 심장을 갉아 먹는 참담함이 급습한다. 그러나 엄연한 현실 앞에서, 시공간의 장벽 앞에서 어쩔 도 리가 없다. 시간은 흘러가고 삶은 쓸려간다. 그래, 갈 데까지 가보는 거다. 중도 포기란 없다. 누구에게 하소연하며 기댈 수도 없고 그렇다고 스스로 용감하게 헤쳐 나오기도 모호한 그런 곳에 단단은 매번 출발선인 듯 그 자리에 서 있을 뿐 이다. 죽어서야 끝나는 무한 질주의 이 시대를 누군가 동강 내 주면 좋으련만, 단 은 생각만 있고 그 자신이 실행자이며 종결자가 될 각오를 차마 품지 못한다. 누 구나 그러리라 여기며. 어쩌면 단단의 이런 경향성은 이기적이고 무책임한 것인 지도 모른다. 아니면 터무니없는 몽상일지도 모른다. 어쨌든 현실은 늘 폭발하 기 일보 직전의 압력 밥솥과 같다. 김은 나고 물은 끓고 압력은 높아가고 김새야 할 곳은 김샌다고 꽉 막아놓고 있으니, 여차하면 학교에서 대폭발의 참사가 일어나는 것은 그야말로 시간문제다.

　교사는 어린 생명을 지켜내는 존재이고, 그를 키우고 북돋우는 존재이다. 단단은 그렇게 생각한다. 교육은 우주의 기운과 푸른 생명을 키우는 일이다. 다른 외부의 억압적인 힘들로부터 아이들을 지켜내는 일이 교사의 가장 막중한 일이라고 그는 생각한다. 그러나 현실은 그런 일이 가능하지 않도록 설계되어 있다. 어쩌면 이것이 교사 신분으로는 넘을 수 없는 벽이다. 얼마 전 단단은 사회적으로 명망 높은 탄탄한 한 기업이 네티즌의 줄기찬 공격으로 공중 분해되는 걸 지켜보았다. 소비자들의 끈질긴 제품 불매 운동 끝에 회사가 자진 폐업한 것이다. 처음 보는 놀라운 광경이다. 그때 단은 머릿속으로 '지금의 학교 교육 풍토를 불매 운동으로 종식시킬 수가 없을까' 하는 엉뚱한 생각을 했다. 소비자 중심 교육이라는데, 왜 학교는 이렇게도 무너지지 않을까? 속속들이 뿌리까지 썩었는데 말이다. 교육은 붕괴되었는데 학교는 멀쩡하다. 학교는 붕괴되었는데 교육은 멀쩡하다. 웃기는 일이다. 스승과 제자는 없는데 학교는 있다. 생각수록 기가 막히고 애가 탄다. 칸의 학교는 학교 본래의 기능을 상당 부분 잃어버렸다. 배움터라는 이름이 부끄럽다.

　즐거움이 넘쳐야 할 학교는 버거움과 역겨움으로 채워져 있다. 교육이 없어졌다. 사람이 보이지 않는다. 학교가 사라졌다. 배움의 기쁨이 없어졌다. 가르치는 즐거움이 삭제되었다. 교정에는 의무와 역할만 잡초처럼 가득하다. 교사나 아이들이나 힘들고 고통스럽기는 매한가지다. 학교의 하루가 얼마나 지루하고 버겁기만 한지? 상식을 배반하는 일들은 왜 그리 자주 일어나는지. 학교가 지금 사랑을 잃고 비틀거리고 있다. 국민의 사랑을 잃고 신뢰를 잃고 혼돈의 늪에 빠져 허우적거리고 있다. 갈 길을 몰라 비척거리고 있다. 혼자 걷지 못하고 쓰러져 있다. 죽은 듯 자빠져 있다. 슬프고 참담하다. 감당할 수 없는 삶의 무게로 고단한 현실이 산사태에 담벼락 무너지듯 덮쳐온다. 단단은 이 상황과 마주 서는 게 힘겹지만, 그래도 끝까지 학교에서 삶의 시선을 떼지 않는다. 괴물이 되어가는 학교를 보고 단의 피 끓는 정열이 오히려 뜨겁게 도지는 것이다. 견디기 힘들 만큼 벅차면 단단은 영을 찾는다. 그녀의 위로를 받는다. 아니 영은 단의 곁을 떠난 적이 없다. 함께 지내며 그에게 격려와 위무를 가없이 보내고 있다.

단단은 교사로서 학교가 붕괴되는 꿈을 꾼다. 우스꽝스럽지만 지금의 학교가 무너져야 그 터전에 새로운 교육이 설계되리라 생각하는 것이다. 현실의 덫에 빠진 단단은 꿈꾸는 파랑새가 되고 싶어 한다. 감춰둔 날개를 편다. 바람을 타고 오른다. 한없이 높이 날아본다. 아득히 내려다본다. 높이 나는 새는 자유롭다. 자유보다 더 큰 권력이 있을까? 즐거운 공상이 꼬리를 물고 이어진다.

> 배움을 앞에 두고 가르침을 뒤에 두고
> 앞 정과 뒤 정을 병풍처럼 두르고서
> 예뻐라 스승과 제자가 보람 꽃을 함께 피우네

길은 흐르는 듯 이어진다. 단은 문득 걸음을 멈춘다. 길가 냇물에 몸을 맡기고 떠가는 오리를 본다. 두 마리다. 아니 세 마리다. 나란한 흐름이다. 어깨동무가 정겹다. 단은 생각한다. '지금 나는 저 오리보다 행복할까?' 지구는 인간이 정복했는지 몰라도 행복하기로야 나무나 풀 그리고 작은 생명들이 한결 더 행복할지도 모를 일이다. 부딪히고 깨어지고 넘어지고 끝내 이겨내고 깨부수어야 하는 일상의 작업들이, 기존의 생활 방식이라는 이유로 보호받는 일은 너무 야만

적이다. 날것 그대로가 아름답다고 자연스럽다고 하지만, 인간은 자연을 벗어나서 문화를 일구어 온 존재이다. 문화는 자연의 섭식 방식을 맛깔스럽게 또 세련되게 포장하였지만, 밑바탕에는 여전히 자연의 적자생존 투쟁 방식이 깔려 있는 것이다. 옳고 그른 것을 판단해서 그른 것을 행하지 않는 게 최소한의 민주 시민 의식이며, 이것을 계발 고양하기 위해 교육이 존재한다고 믿는 단단의 생각은 교단에 처음 선 이래로 변함이 없다. 날이 갈수록 흠집 없이 이 생각은 오히려 온전하다. 좋은 일이 아닐 수 없다. 칭찬받을 일이다. 자화자찬은 가장 훌륭한 칭찬이다. 자기 긍정의 샘터이다. 옹고집의 찬란한 결실. 단단은 눈빛을 모아 가을 하늘을 우러른다.

저 물 위를 떠 노는 오리만큼 인간이 자유롭지 않다면 교육이란 재미없는 것이다. 의미 없는 것이고 가치 없는 것이다. 자유롭지 않고 자연스럽지 않다면, 인간의 모든 행위는 도덕과 법률의 지배를 받을 수밖에 없다. 그러면 사는 게 재미없다. 즐겁지 않다. 행복할 수가 없다. 단단은 다시 길을 재촉한다. 오리는 저만치 흘러가고 단 역시 흘러간다. 시간의 물살이 길 위에 금박지처럼 번쩍거린다. 길이 없다면 만들어서 가리라. 단단의 입매에 다부진 결기가 홈을 판다. 공부하리라. 책을 읽고 스스로 공부하는 자가 생활의 달인이다. 독서인은 깊이가 있고 내공이 세다. 왜 그럴까? 아무에게도 기대지 않고 애오라지 책으로 독학하는 만큼 끈기와 고집, 그리고 집중력과 장악력이 뛰어나기 때문이리라.

시나브로 오후의 햇살이 엷어진다. 학교라는 조직에 녹아들지 않고 외따로 보낸 시간이 길어서일까, 단단은 생활이 피곤하다. 시간 시간이 보람의 열매를 맺지 못한다. 안타깝다. 하릴없이 시간만 죽는다. 남는 게 없는 삶이다. 이럴수록 단단은 글이 쓰고 싶다. 피곤할 바에야 글을 쓰면서 무너지고 싶은 것이다. 무지개처럼 다양한 빛깔의 글을 쓰겠다는 것이다. 이 결심이 천행으로 영을 만나는 결정적 계기가 되었다. 우여곡절 끝에 시조와 만난 것이다. 영을 만나기 전에는 여자들이 다 그렇고 그런 존재로 보였다. 여자라서 신비롭고 예쁘지만 별스러운 매력은 없는 그런 존재들 말이다. 그러나 단이 이제는 달라졌다. 영을 알고부터 세상이 환해졌다. 생활이 밝아졌다. 사계절 만날 봄날이다. 가슴이 두근대고 콧노래가 노상 붐빈다. 즐거운 날들이다. 하루 내내 행복감이 물결친다. 사는 재미가 솔솔 나고 순간순간 기쁨이 피어난다. 단단은 영을 좀 더 일찍 만나지 못한 것을 후회하지 않는다. 지금이라도 그녀를 만난 걸 큰 복이라 여긴다.

안 보면 보고 싶고 보고 나면 그리워라
날마다 마음 담아 그대에게 보내나니
철마다 꽃 피는 사연을 글로 알게 함이라

세상은 빛의 알갱이로 구성되어 있다. 빛이 있음으로 어둠이 있고 어둠과 구별해서 세상이 그 모습을 드러내게 된다. 빛이 있어 세상은 빛난다. 빛나지 않는 것이라고 해서 다 어둠인 것은 아니다. 신세계는 새 빛으로 열리는 곳이다. 그러나 그것은 말처럼 간단하지가 않다. 사람이 살면서 새롭게 의미를 찾아내는 곳이 바로 그의 신세계이다. 신세계는 새 문화의 창조 공간이다. 겉은 멀쩡해도 속이 깜깜하게 닫힌 사람들이 너무 많다. 자기 세계를 발견하지 못한 사람들은 불행하다. 어둠 상자 속 같은 세상을 살아가야 하기 때문이다.

그러나 캄캄한 밤하늘이라고 해서 빛이 전혀 없는 것은 아니다. 몇 개의 색이 섬세하게 퍼져 만들어지는 빛의 무지갯빛이 밤의 어둠이다. 어둠은 무지개와 통한다. 어둠은 무지갯빛으로 열린다. 풍류는 바람과 물이다. 한 곳에 머물지 않고 흐른다. 흘러 흘러 형태를 바꾸어간다. 다채로운 일상이 풍류이다. 시시각각 달라지는 하루가 낭만이다.

풍경 속으로 길이 나 있다. 단은 영과 어깨를 나란히 한다. 둘은 손을 잡고 있다. 심장 박동처럼 길은 멈추지 않는다. 멈추면 길이 아니지. 길게 뻗어 있다. 하긴 길어서 길이다. 길기 때문에 길이다. 짧으면 길이 아니지. 또 너무 곧아도 길이 아니다. 굽이굽이 돌아가되 끝이 보이지 않아야 길이다. 길은 풍경을 배경으로 한다. 아니 풍경이 길을 품고 있다. 풍경은 지켜보고 길은 흘러간다. 움직이는 유일한 것, 길이다. 그래, 풍경 속에 홀로 도드라져서 길이다. 자연을 자연스레 가르며 인공의 발자국을 찍으니 그게 길이다. 길은 풍경을 따라가고 풍경은 길에서 비롯된다. 실은 시작도 없고 끝도 없는 곳에서 길은 처음부터 있었다.

누군가 첫발을 디딘 이후로 길은 풍경으로 둔갑한다. 나서지 않은 자에게 길은 풍경에 지나지 않는다. 길은 그 위를 딛는 자에게 진정한 풍경을 선사한다. 멀리서 보는 풍경은 풍경이 아니라 바람이다. 지나가는 바람, 짧게 스쳐 가는 바람이다. 단은 길 위에서 꿈을 꾼다. 나는 시조왕자다. 시조 나라의 임금이 되고 싶다마다. 영을 왕비로 하여 그녀의 사랑 속에서 영원을 살겠노라고. 칸국 사람들이 옛날처럼 다시금 시조 아리랑을 부르기를 고대한다. 단단은 가슴속에서 선언문을 수시로 다듬는다.

'시조 나라는 3태극기를 국기로 삼겠노라. 오늘로 빨강, 파랑의 날 선 대립을 그만두겠노라. 노랑, 빨강, 파랑의 3태극기가 지구별에 물결치도록 하겠노라. 흑백 양분법을 세계 법률의 목록에서 영구히 삭제하겠노라. 조화와 평화의 3을 시조 나라의 애국가로 부르겠노라.'

낭만과 풍류와 인정이 아침 햇빛처럼 풍성하게 온 누리를 적시기를 단단은 희망한다. 꿈꾸는 시인, 단단은 늠름한 시조왕자다.

길 위로 바람이 지나간다. 사람의 자취가 없어도 바람은 길 위에 있다. 바람이 먼저다. 바람은 생명을 안고 온다. 움츠러진 자연의 맥을 시원히 틔우며 온다. 바람은 누구보다도 생명의 바람을 잘 알고 있다. 잘 살고 싶다는 바람. 자유로워지고 싶다는 바람. 행복해지고 싶다는 바람. 바람은 쉼 없이 불어온다. 이 바람은 생명의 숨길이다. 사랑의 숨결이다. 바람은 희망을 안고 길을 따라 걷는다. 달린다. 흐른다. 바람의 길이 지평선을 그으며 아득히 굽이를 튼다. 시조왕자 단단의 바람도 곡선을 따라 아득히 흐른다. 단은 바람이 부는 한, 자신의 바람을 놓지 않으리라 결심한다. 시조왕자는 아스라이 흘러가는 길이 물길 같다고 여기며, 지는 노을에 몸을 맡긴다. 영이 그 곁을 황홀히 물들이고 있다.

힐레벌떡 시계 보며 엄마가 달려가고
가방에 붙은 껌처럼 아이가 질질 끌려가네
맙소사 젊은 이 나라가 아침부터 피를 흘리네

옛날의 인정은 사라졌다. '김치'를 연발하며 사진을 찍던 때와 '치즈'의 그것이 자리바꿈을 하고 있다. 빠른 변화가 사회의 발전으로 광고되는 시대를 살고 있다. 나무를 땔감으로 살던 시대에서 가스를 땔감으로 삼는 시대로 변화되어온 것을 보면, 이 말이 틀린 것은 아니다. 삶의 방식이 바뀌어 사람 살이가 변했다 뿐. 그러나 인간이 어떤 방식으로든 살아간다는 점에서 삶의 소중한 가치는 조금도 떨어지지 않는다. 아니 이럴수록 오히려 참살이가 더 귀하다.

영원은 시간이 아니다. 시간도 없고 빛도 없고 소리도 없고 에너지도 없는 곳. 그곳이 영원이다. 그렇다면 이 세상에는 영원이란 게 없다. 존재하지 않는다. 세상에는 오직 영원 비슷한 것이 있을 뿐이다. 예술이 그것이다. 종교가 그것이다. 사진과 그림과 음악과 문학과 춤이 다 그러하다. 종교와 함께 이것은 영원을 모방하는 틀이다. 이것들은 영원이 아니다. 진짜 영원성이 없다. 가짜다. 진짜와 비슷할 뿐. 진짜 영원은 존재하지 않는다. 역설적이지만 존재하지 않기 때문에 영원인 것이다. 어쩌면 영원은 순간적으로 창조되며 빠르게 사라지는 모든 것이다. 그래서 영원은 처음부터 존재하지 않는 것이 된다. 현대 물리학자들이 뒤늦게 찾아낸 반물질의 존재처럼, 그것은 생각의 모조품일지도 모른다.

영원은 무의 존재다. 그러므로 가장 아름다운 것은 지금 존재하는 것들이다. 찰나의 아름다움이 가장 아름답다. 찰나의 생명이 영원한 생명이다. 영원한 아름다움은 없다. 찰나의 아름다움이 있을 뿐이다. 영원한 생명은 없다. 찰나의 생명이 있을 뿐이다. 사물은 순간에 존재하고 이윽고 사라지므로 아름답다. 만약 어떤 아름다움이 지속적이며 영원하다면 그것은 아름답지 않다. 아름다움은 결국 유한해서 아름답다. 유한한 아름다움이 값없이 소중하고 지극히 아름다운 것이다. 인간은 유한한 생명을 가진 존재이므로 아름답다. 생명은 다 아름답다. 그러나 무한 생명은 아름답지 않다. 영생은 귀하지 않고 아름답지 않다. 신은 영생이다. 그러므로 신은 아름답지 않다. 무한 생명은 생명이 아니다. 그러므로 신은 생명이 아니다. 생명 아닌 것은 생명보다 아름답지 않다. 존재는 슬픔을 갖고 있어야 아름답다. 생명은 슬픔을 가진다. 슬픔은 생명을 아름답게 장식하는 보석이다. 슬픔이 있어야 아름답다. 유한해서 아름답고 슬퍼서 아름다운 게 인생이다. 시조왕자는 생각의 매무새를 마지막까지 여민다. 저 멀리 노을이 발갛게 타오른다. 곁에는 영이 따스하게 반짝인다.

> 햇살이 생글생글 나무순이 벙글벙글
> 꽃 사태 보고지고 흥 타령이 절로 나네
> 정말로 그런 줄을 알아 하늘은 더욱 높아지네

작은 소리는 들리지 않는다. 소리가 아니라 그것은 몸부림이다. 그래서 들리지 않는다. 이건 보아야 한다. 찾아가서 보아야 한다. 잘 보면 소리가 보인다. 관음의 귀가 필요하다. 사회에서 소외된 자의 목소리는 낮고 가냘프다. 알아채기가 어렵다. 미세한 몸짓은 눈에 잘 띄지 않는다. 시조왕자 단단은 자신이 이런 소리를 듣지 못할까 두렵다. 아이들은 눈앞에서 장난치면서 웃고 있지만 돌아서서 혹 우는지도 모른다. 지금의 학교는 전쟁터와 같은 게 아니라 실제로 전쟁터다. 잠시 한눈팔거나 졸면 바로 주검이 되어 자리에서 치워지는 살벌한 전쟁터다. 사회 전체가 불지옥의 전쟁터인데, 미리 이를 겪어야 한다며 학교가 한 발 두발 지옥의 불구덩이 쪽으로 가까이 다가가고 있다. 학교 자체가 괴물이 되었다. 사회가 괴물이 되었다. 한쪽 눈밖에 없는 외눈박이 괴물이다. 붉은 눈, 혈안 괴물이다. 학교는 사람들을 윽박지르고 구슬려 더 강력하고 화력 좋은 무기들을 구입하라고 독촉한다. 나라 전체가 이 일에 벌건 눈으로 매달린다. 혈안 나라. 괴물천지다.

사람들은 기계가 되었다. 에너지 중독에 빠져 있다. 전기력, 핵력, 수력, 화력, 권력에 매몰된다. 사회가 온통 벌건 눈, 혈안 일색이다. 집집마다 군비 지출이 곧 교육력 향상과 밀접한 관련을 맺는다. 물과 물고기처럼 군비와 군사력은 겹

359

쳐 있다. 전쟁을 그쳐야 학교가 산다. 이 난폭한 전쟁을 그만두어야 사람이 사람답게 산다. 교육이 살아야 나라가 산다. 우리 교육을 해야 한다. 시조왕자는 오직 그 생각뿐이다. 어떡하면 그 세월을 앞당길 수 있을까? 영이 잠시 곁을 비웠을 때도 단은 그 생각에 골몰한다. 차라리 단은 조선 시대, 아니 그 이전의 신라 때나 고려 때 교육이 옳았다고 여긴다. 지금 그 시간으로 그곳으로 다시 돌아갈 수 없다. 게다가 우리는 지금 딴 곳으로 너무 멀리까지 왔다.

이제 시조왕자 단단은 엿을 찾아 흑백궁으로 갔어.

그런데 궁궐 앞에 웬사람들이 줄을 길게 섰어.

물어보니 자신들은 시인이라는 거야.

흑백왕이 하느님의 외동딸을 빼앗아 왕비로 들였는데

이 왕비가 시인들을 위해 잔치를 열어달라고 했다는 거야.

오늘이 바로 시인 잔치 마지막 날이래.

단단은 얼른 시인들 행렬에 끼어 섰어.

재주껏 시와 노래를 펼치는 자리라는 거야.

단단은 맨 뒷줄에 가서 붙었어.

미소 짓는 얼굴로

자신 있다는 표정으로

하긴 그래

이날을 위해 단단은

시조 공부를 꼬박 삼 년 동안 했으니까 오죽하겠어.

사람들이 또 말하기를

누구든지 시와 노래로 왕비를 웃게 하면

흑백왕이 그의 소원을 들어준다는 거야.

참 좋지 좋아.

단단은 의미심장한 미소를 지었지.

시조왕자

단단

7

모든 것은 결국 사라진다는 슬픔이 길게 꼬리를 남긴다. 저녁노을이 불타고 있다. 아름다운 것은 어처구니없도록 짧은 시간에 존재한다. 영원은 가뭇없이 떠나버린다. 사라졌기에 영원으로 남는다. 지극한 즐거움은 더없이 짧다. 그 뒤로 지독한 슬픔이 따라온다. 어쩌면 둘은 간극 없이 붙어 있다. 마치 단단과 영의 뜨거운 마음이 그러하듯.

시간이 활활 타서 저녁놀이 된다. 하늘이 불붙는다. 불완전 연소다. 하늘은 그을음을 남기는데 붉은빛이 그것을 숨긴다. 민낯을 숨기는 여자의 화장술처럼 자연은 떠나가면서 더 아름다운 풍경으로 사람을 현혹한다. 변화의 몸짓을 방해받지 않고 자연은 사전 조치를 취하는 걸 잊지 않는다. 이래서 여자나 자연이나 할 것 없이 변신은 무죄이다. 변화하는 것만이 새 생명을 얻는다. 한결같다는 것은 죽어 있다는 뜻이기도 한 것을. 변함없는 모습은 안정적이긴 하나 젊지는 않다. 물론 건강하지도 않고. 시간이 연소를 마치면 잿빛 하늘이 찾아온다. 잿빛 하늘은 머무는 시간이 짧다. 잿빛은 곧 종작없이 사라지고 밤의 까만 기운이 만상을 지배한다. 그러나 어둠의 장막 안을 잘 벗겨보면 커커이 다른 색깔, 다른 모양이 김처럼 서려 있음을 알게 된다. 그래도 어쨌든 시간은 다시 불로 보내져 풀무질과 함께 새롭게 태어난다. 이게 아침에 틔우는 먼동이다. 먼동과 극동은 아무런 관계가 없다. 그러나 이곳 극동에도 먼동은 잊지 않고 찾아온다.

넘치는 허무를 이기려면 고요가 필요하다. 격렬한 움직임이 끝나고 고요함이 밤하늘의 별처럼 문득 찾아온다. 이것이 진정한 외로움이다. 사람의 실체는 외로움이다. 움직이는 고요. 외로움 속에서 슬픔이 부얼부얼 저녁 비처럼 내린다. 비우고 비우고 또 비우고 비우고 또또 비우고 비우고 비워라. 단단은 자신을 에워싸는 어둠을 응시한다. 내공이 깊지 않으면 즐거움의 끝자락에서 치명적인 내상을 입는다. 단단은 영과 눈을 맞추며 어둠과 천천히 한몸이 된다. 미쳐야 미친다. 미쳐야 본질에 닿는다. 단의 손이 영의 손에 닿는다. 영의 손을 잡으며 단단은 미침의 뜻을 생각한다. 미쳐야 미침에 도달한다. 미치도록 미쳐야 한다. 사랑도 진정 미쳐야 사랑에 미칠 수 있다. 단단의 미친 사랑이 영의 손끝에 오래 머문다.

겨울 추위 가신 뜰에 꽃눈이 감실감실
어디 어디 피었나 눈부신 꽃 잔치에
불청객 꽃샘바람이 싸늘한 눈초리를 보낸다

어린아이에게는 온 세상이 놀이터다. 잘 놀면 행복하다. 맛있는 음식을 먹은 사람은 그 음식을 다시 찾게 된다. 즐거운 기억이란 그런 것이다. 맛있는 음식 같은 것, 그래서 즐거움이 마구마구 흘러나오는 신비의 꿀단지 같은 것이 사랑이다. 즐거운 체험 하나로 우리는 석 달 열흘을 안 먹고도 산다. 값싼 이미지든 아니든 개의치 않는다. 맛있으면 그만이다. 즐거우면 됐다. 과장하면서 튕겨가면서 갈 데까지 한 번 가보는 거다. 그 달콤한 수작이 영양가 만점의 보약이 된다. 그 힘으로 사람들은 오늘을 잊고 다시 내일을 사는 것이다. 시조 놀이에 답이 있다.

단단은 신비주의 대신 싸구려 이미지를 옷으로 걸친다. 친근한 표정이 좋다. 시조 속에 안주하지 않을 것이다. 문화의 시대이다. 문화의 알맹이는 숨이다. 생기다. 이게 없으면 사람이 죽는다. 문화의 속살은 바람이다. 신바람이다. 신명이다. 이게 있어야 사람이 산다. 즐겁게 산다. 시조 놀이는 가장 맞춤한 우리 시대 문화의 틀이 아닐까?

뇌를 세탁한다. 세뇌. 이것이 광고의 지령이다. 권력의 명령이다. 아이스크림 같은 한철 장사도 광고에 주야로 노출되면 중독되어 일 년 내내 먹게 된다. 이게 바로 광고다. 세뇌의 힘이다. 자꾸 노출되면 그렇게 된다. 삼인성호(三人成虎) — 세 명이 합심하면 없는 호랑이도 만들어 낼 수 있다. 삼인성호의 삼인이 지금의 칸국 언론계를 장악하고 있는 '동조중' 신문이 아닐까? 이들이 계속해서 똑같은 말로 기사를 퍼뜨리면 없는 괴물이 만들어진다. 하얀 것도 자꾸 되풀이해서 빨간 걸로 신문과 방송에 내면 종내 빨간 걸로 되고 만다. 삼인성호가 이런 것이다. 좋은 것도 언론 권력이 밤낮으로 까대면 국민들이 나중에는 정말 그렇다고 믿게 된다. 세뇌의 힘이다. 사람들은 로봇이 된다. 조건반사의 개가 된다. 파블로프의 개다.

세뇌의 힘은 강하다. 뇌를 꺼내 원하는 색깔로 세탁했으니 그럴 수밖에 없다. 처음에 믿지 못하던 사람들도 하나둘 신문 기사를 믿게 된다. 텔레비전만 보는 노인네들은 당연지사 '동조중' 신문에 옛날부터 초지일관 동조 중이다. 제 눈을 버리고 색안을 가져다 쓰는 것이다. 권력을 숭앙하는 옛적부터 내려오던 노예질 버릇 그대로이다. 외눈박이 혈안 괴물을 만드는 일에 힘파들이 힘을 쓴다. 꽤나 열심이다.

어느 사회나 소수 집단의 처지는 곤궁하다. 주류 사회에 진입할 수 없어 변방을 떠돈다. 칸국 사회의 배타성은 세계적이다. 여기에 불을 질러 더욱 활활 타오르게 만든 게 있다. 배타성의 결정판은 지역 차별 감정이다. 칸국의 주류 집단은 남남 분열을 끊임없이 획책한다. 그래야 권력이 더욱 확실해지고 오래 유지되고 사철 내내 달콤한 맛을 내기 때문이다.

세뇌의 힘은 지속적이고 집요하다. 천천히 스며들어 결국 사회 전체를 뒤흔든다. 아이스크림의 장점과 매력을 상시로 내보내기를 수천 번 ―사람들은 안개에 젖는 나무처럼 세뇌에 흠뻑 젖어든다. 가령 동네 가게 '아이스케키'는 망하고 대기업 아이스크림이 사철 식품으로 등장하는 것이다. 이것은 옛날 '아이스케키' 공장 사람들이 게을러서나 불량해서 사업이 쓰러진 게 아니다. 그놈의 광고 때문에, 지속적인 한 줄 광고 노래 때문에 망한 것이다. 세뇌가 사람들을 바꾼다. 광고의 힘은 세뇌 작용의 힘이다. 현대는 광고의 시대, 세뇌의 시대임을 누가 부정할 수 있을까? 칸국은 외국 흑백국을 베끼되, 그냥 허우대만 베낀다. 겉치레만 수입한다. 무게만 잡는다. 실속이 없다. 가짜다. 속속들이 빈티 나는 가짜다. 교육도 그렇고 종교도 그렇고 정치도 그렇다. 손대는 것마다 알맹이는 없고 죄 껍데기뿐이다. 내용물은 없는데 과대 포장에 목숨을 건다.

세뇌가 필요하다면 세뇌해도 좋다. 단 그것은 삶을 바람직한 쪽으로 옮겨놓아야 한다는 걸 전제로 해야 한다. 뇌를 꺼내어 깨끗이 씻는다. 세뇌. 욕망에 절은 일상의 땟자국은 그때그때 빨아내는 게 좋다. 따스하고 시끌벅적한 시조 잔치를 수시로 베푸는 것도 좋은 세뇌 방법이다. 이것은 혼자도 좋고 여럿이 어울려도 좋다.

치열하기가 겨워 담담히 살고지고
담담 살기가 벅차 치사하게 살기도 하네
이것이 내 모습일진대 누가 입을 대리오

뒤로 가는 나라에서 교사 노릇을 한다는 건 곤혹스러운 일이다. 뒤로 가는 나라라니? 후진국이라는 뜻이다. 뒤처져서 따라온다는 뜻이 아니라 아예 작심하고 뒤로 가는 나라가 지금 이곳이다. 후진국도 이런 후진국이 없다. 아프리카 신생 국가만도 못하다. 혼란과 공포의 기억이 사회를 뒤덮고 있다. 사람들은 살기 위해 먹는 게 아니라 먹기 위해 살고, 잘 살기 위해 사는 게 아니라 죽지 않기 위해 살며, 살다 살다 어처구니없어서 죽으며, 죽자꾸나 하고 살면 진짜 죽어버리는 그런 삶을 살아가고 있다. 사는 게 사는 게 아니고, 웃는 게 웃는 게 아닌 인생들이 사회 한복판에서 거대한 흐름으로 꽈배기처럼 꼬여있다. 사는 게 아니라 숫제 살아남는 것이 목표가 된다. 이럴 때는 다른 게 없다. 유쾌한 웃음이 치료제다. 벼랑 끝에 몰린 사람들에게 내미는 구원의 손길은 이것이라야 한다. 여기서는 생의 즐거움을 돌려주는 일, 웃음을 되찾아 주는 일이 가장 중요하다. 잘 놀면 된다. 재미있게 살면 된다.

뛰어라, 지구가 웃을 때까지. 달려라, 이웃이 웃을 때까지. 술자리에서는 병권을 잡으면 끝이다. 술병을 차지한 자가 '갑'이다. 권력자다. 최고 요직이다. 그러나 놀랍게도 병권을 장악한 자 위에 누군가가 있다. 바로 대권을 잡은 자다. 대화를 주도한다는 대권. 대권은 시조 놀이가 으뜸이다. 일상사를 시조로 짓고 시조로 풀고, 시조로 살고 시조로 죽고. 시조에 웃고 시조에 울고.

삶의 세 기둥 —의미와 가치와 보람. 그런데 이것도 결국은 즐거움을 종착역으로 삼아야 한다. 즐겁지 않다면 이것들이 다 무엇이란 말인가? 의미는 찾았으

367

되 즐거움을 잃었다면 이는 껍데기를 붙들고 세월을 보낸 것과 진배없다. 이보다 더 억울한 삶도 없다. 즐거움이 불러일으키는 공명을 꿈꾼다. 아름다운 꿈이다. 단은 그런 세상을 바란다. 신바람이 회오리처럼 몰아쳐서 일상의 눅진한 찌꺼기들을 남김없이 쓸어가기를 진실로 바라는 것이다. 정치적이고 이념적인 것들을 가차 없이 몰아가기를 바라는 것이다. 신바람은 기계 천지, 인간 세상을 넘어선 곳에 있다. 신바람은 자유를 찾는 생명의 몸부림이다. 콧김이 뜨거워지는 생기의 돌출인 것이다.

사회적이고 정치적인 것을 넘어 생명의 고유한 영역을 넉넉하게 가꾸어 나간다. 이게 신바람 운동이다. 시조왕자 단단은 날마다 꿈을 매만진다. 시조 나라를 만드는 꿈이다. 신바람 운동이다. 이것은 어쩌면 세상을 좋게 긍정적으로 살아가는 한 방식이라고 하겠다. 이것은 삶의 넓고 큰 영역에서 즐거움과 오롯이 만나는 것이다. 즐거움의 다채로운 맛을 풍성히 보지 못하고 죽는다면 그만큼 어리석은 삶도 없다 하겠다. 시조 놀이가 주는 즐거움은 쾌락의 종류만큼이나 다양하다. 타버리면 끝이 나는 그런 것이 아니라 가슴속에 아련하게 맺힌 것처럼 다시 끌어당기는 아쉬움 같은 것들이 있어야 아름다움이 비로소 완성된다. 시조 놀이가 그것을 보장해주리라고 단은 믿는다. 천천히 사는 삶이 아름답다. 아름다움은 여유로움과 결합되어야 진정 예술이 된다.

사랑이라는 것은 혼자서 만들 수 없는 것이다. 너와 내가 만나 사랑이 된다. 궁극적으로 내가 있음으로써 사랑은 완성된다. 사랑이 있음으로써 세상은 생명력을 품는다. 사랑은 우주의 생명력이다. 마르지 않는 생명의 샘터이다. 사랑을 찾아 사람들이 떠돈다. 일생을 바람처럼 떠돌고 역사의 강을 흘러간다. 누대를 이어오면서도 사랑이 소모되어 고갈되는 법이 없다. 시간과 공간이 운우지정을 나눈다. 수시로 몸을 합쳐 우주의 생기를 끊임없이 공급한다. 숨기척 속에 생기가 고양된다. 사물과 사물, 사람과 사물, 사람과 사람이 관계를 맺는다. 관계의 고랑과 이랑 사이로 사랑이 흐른다. 숨 줄기가 돌고 돌아 생명이 파릇하게 윤기를 돋운다.

사랑은 풍경 속을 지나가는 바람 같은 것이다. 눈에 보이지 않으나 사실은 바람이 지나가고 있는 것이다. 가벼운 흔들림, 미세한 움직임이 존재의 머리맡에서 일어선다. 사랑의 감정은 바람이다. 우주 기운의 원천이다. 사랑하지 않고 어찌 살까? 사랑을 맛보기 위해 사람들은 고난의 행군을 마다하는 것이다. 사랑이 곧 즐거움이다.

풋잠이 든다. 단단은 꿈을 꾼다. 풋잠 속에 옹골찬 꿈이 들어 있다. 꿈속에서 또 꿈을 꾼다. 한바탕 흐드러진 꿈을, 시조 나라의 꿈을.

고조선의 단군 사상이, 고구려의 무인 정신이, 신라의 화랑정신이, 조선의 선비 정신이, 동학의 삼경(三敬) 사상 ─경천(敬天, 하늘을 공경함), 경인(敬人, 사람을 공경함), 경물(敬物, 물건을 공경함)─ 이 칸국 사회의 한복판에서 힘차게 일어서며 부활하는 꿈을, 온 생명이 마음 놓고 사는 꿈을 흐드러지게 한바탕 꾸어본다.

오늘처럼 시조가 술술 써지는 날이면
게다가 밤비가 종작없이 날리는 봄날이더면
붓일랑 꽃잎을 쓸어 슬픈 꿈을 마저 술로 채우리

지역주의를 일파만파 부르짖어 득을 보려는 쪽이 있다. 물론 손해 보는 쪽도 있다. 그렇다면 이 지역주의는 어느 쪽에서 끄집어내고 써 먹을까? 당연히 지역 감정을 들먹여 득을 보는 쪽이 자꾸 지역감정을 쑤석일 것이다. 이쪽은 알다시

369

피 양호들 권력 쪽이다. 동호도는 지역주의를 건드리면 건드릴수록 손해를 보는 쪽이다. 따라서 동호도는 지역주의 유발자가 결코 아니다. 동호도는 지역주의 왕따 전략의 희생물이다. 지역주의 괴물의 난동은 역사가 제법 되었다. 지금부터 반세기 전에 힘파의 우두머리 무수발이 촉발한 동호 민주화 항쟁이 괴물을 잉태한 결정적인 씨앗이 되었다는 점은 분명하다. 당시 전국이 계엄령 상태였으나 유독 동호도에만 최정예 부대를 투입하여 주민을 자극하고 학살한 것이 수상하다. 이것은 어쩌면 지역감정의 반사 이익까지 노린, 장기적인 안목의 전략이었을 수도 있다. 당시 쿠데타를 일으킨 무수발 측에서는 동호의 정치 지도자를 제거해야만 하는 현실적 판단도 작용했을 것이다. 그래, 한 치의 틈새도 없이 동호 민주화 항쟁이 터져 나올 수밖에 없었던 것이다. 이때의 동호도는 철저히 고립된 섬이었다. 신문, 방송이 외면한 지옥이었다. 피의 학살이 자행되는 홀로코스트 현장이었다. 언론 보도는 계엄령 상태에서 철두철미하게 통제되었다. 사람들은 동호도 울타리에 꼼짝없이 갇혀 특수부대 군인들의 총칼에 피비린내 나는 지옥도를 신음조차 내지 못하며 강제로 그려야 했다. 동호 민주화 항쟁을 피로 씻으며 무수발 군부가 정권을 장악했다.

다시 군부 독재 치하가 되었다. 이 속에서 동호 비하와 따돌림은 노골적이고 또 은밀하게 몇십 년을 지속해 왔다. 정권의 출생이 그러했으니 양호도 중심 권력은 여기에 목숨을 걸어야 했다. 그들은 언론과 권력 기관과 관련 단체를 총동원하여 지역감정을 부추기는 일에 하나가 되어 나섰다. 그들의 교활하고 악랄한 지역주의 선동은 성공했다. 동호 항쟁 반세기가 지난 오늘에 와서는 더욱 성공이다. 완전한 성공이다. 대성공이다. 동호도는 칸국에서 왕따의 섬이 되었고, 양호도와 힘파 인물들은 동호도를 빨갱이라고 생각한다. 이제 양호도에서는 선거에서 당 하나 보고 찍는다. 양호도 당만 찍는다. 저쪽 동호도가 먼저 지역당 투표했다고 우기면서 말이다. 양호도에서는 '양호 천국 불신 지옥' 이 한 마디에 양호도 당으로 몰표가 쏟아진다. 다른 이유는 없다. 양호인들에게 동호도는 갈 곳 없는 빨갱이라서 그렇다. 이곳서 동호도에 동조하는 사람들은 덩달아 빨갱이로 낙인 찍힌다. 양호도 사람들은 말한다. "니 동호도가?", "와 동호도 편 드노?", "니 빨갱이가?" 이건 아주 고통스럽고 비참한 코미디다. 힘파 정치꾼이 부추기고 이에 '동조중' 신문들이 끊임없이 확대재생산하며 세뇌 교육을 해 왔다. 증오 심리의 선동이다. 혐오감의 부추김이다. 지금에 이르러서는 칸 국민들 대다수가 동호도 찍어내기 계략에 휩쓸리고 말았다. 교육의 힘이다. 세뇌 교육의 위력이다. 지역 찍어내기 불가사리 괴물은 이렇게 탄생했다.

> 자작나무 속살에 번뇌가 아롱진다
> 첩첩이 쌓인 연(練)을 불길로 토해내며
> 잔 시름 사려 밟고서 굽을 치는 천마(天馬)여

일배충. 이들은 하늘을 날 때 오른쪽 날개만 쓴다. 왼쪽 날개는 없다. 잘라냈다. 그러니까 날 수가 없다. 제자리걸음이다. 붙박이로 뱅뱅 돌 수밖에. 저절로 벌레가 된다. 벌레 충(蟲). 이게 일배충이다. 세월이 지나 칸국에 새로운 괴물이 등장했다. 지역감정이라는 괴물. 괴물을 조종하는 보이지 않는 손이 있다. 국가기관에 잠입한 일배충들이 괴물에게 먹이를 주며 음으로 양으로 기르고 있다는 의혹도 가끔 제기된다. 그래서 이 괴물은 어떻게도 잡을 수 없다는 소문이 팽배하다. 나라가 감싸고 정부 권력 기관이 이 괴물을 키우고 있다는 소문까지 흉흉

하다. 단은 이런 정도의 유언비어가 떠도는 이 나라의 현실이 너무도 괴롭다. 슬프고 참담하다. 지금 이 시간에도 흑백 일배충들이 사회 구석구석에서 붉은색 눈, 혈안을 껌벅이며 악의적으로 지역감정을 조장하고 있음을 본다. 멋모르는 젊은이들까지 재미로 풍자로, 스트레스 해소책으로 여기에 동참한다. 참담하고 참담하고 또 참담하고 참담한 일이다. 나라가 조각조각 쪼개졌다. 사람 사이는 흑백 이념의 칼날만 서슬 푸르게 번득인다. 오래전부터 사람들은 짐승처럼 생각하고 짐승처럼 살아간다. 피도 눈물도 교양도 예의도 양심도 찾지 않는다. 이익이 이끄는 대로 지배자의 손짓에 따라 움직일 뿐이다. 아아, 나라가 이래고서야. 나라의 정체성이 없어졌다. 이것도 나라일까? 지금 이것은 누구의 나라일까? 제2의 일배국일까? 제3의 흑백국일까? 단군의 나라는 어디로 갔을까? 3의 나라, 하느님의 나라는 어딜 가면 찾을까? 질문은 많아도 답은 없다. 사람들은 잦은 풍설에 모래알처럼 잘게 쪼개어져 서로 다른 나라를 살아가고 있다.

내 눈에 당신만 보여요 당신도 그런가요, 날마다 궁금합니다

가장 평범한 곳에서 가장 특별한 존재를 만나는 곳이 학교다. 적어도 예전에는 그랬다. 아이들은 하나하나 목련꽃 같았고 진달래 같았다. 지극히 평범한 것들이 어우러져 화음을 빚으니, 그것은 장엄한 오케스트라의 연주가 안겨주는 감동을 몰고 왔다. 단단이 자연 학교에서 맛본 감정의 다발들은 꽃다발보다 아름답고 찬란한 것이었다. 그 기억이 너무도 강렬하여 이후의 에피소드들은 기억의 저편 너머로 대부분 사라졌다. 사라진 것에 대한 애틋한 마음이 지금 그의 마음을 더욱 뜨겁게 일으켜 세운다.

　참을 길 없는 속상함과 오갈 데 없는 분노가 몸의 일부를 바늘처럼 찌른다. 시원하게 폭포수처럼 속내를 틔워줄 무언가가 없을까? 요즈막에 나온 것들은 죄 자극적이고 감각적인 것밖에 없다. 춤이나 노래가 그런 쪽이다. 막막한 두려움과 현실을 벗어날 수 없다는 공포 속에서 절규하며 외침으로써 생의 안전판을 만들어나가는 고통 어린 삶의 모습이 이렇게 나타나는 것이리라. 시대가 요구하는 삶의 모습은 전쟁이다. 죽느냐 죽이느냐 하는 정글의 법칙이 내부 규율자로 감시의 눈알을 번득인다. 절망과 공포감을 분리수거하려는 노력이 기괴한 춤과 노래, 그리고 영화와 소설에 열광하는 시대 정신을 빚어내는 중이라 해석해도 좋다. 그것은 삶을 향한 마지막 한 방울의 의지다. 착취와 소외와 배신감에 상처받은 인간들이 그것을 치유하기 위해 억눌림과 분노를 밖으로 과도하게 표출하는 것이다. 단단은 시조 놀이가 갖는 치유성에 또 한 번 주목한다.

　살다 보면 누구나 그리움이라는 불치의 병을 앓는다. 보잘것없는 개인이 만남을 통해 위대한 존재로 거듭날 수 있다. 모든 만남은 소중하다. 모든 사랑은 소중하다. 위대한 만남은 더욱 소중하다. 위대한 사랑은 더없이 소중하다. 개인의 삶은 사회적 만남을 통해 문명으로 진화한다. 모든 낡은 것들은 만남을 통해 새로워진다. 이 세상에 시조 놀이가 필요한 까닭이다. 시조 놀이는 새 문명 창조의 첫걸음이 될 수 있다. 새 문화를 꽃피운다. 신천지를 연다. 새로운 세상과의 만남이다. 새 감정을 일군다.

　도구를 사용하지 않고 순전히 자기 몸으로 작품을 만들어나가는 게 진정 아름다운 인생이다. 거기에 만족하지 못한 사람들은 예술가가 된다. 도구를 사용하여 자신을 표현한다. 감정과 정서와 미감을 드러낸다. 자연과 교감하는 신이한 경험을 영감으로 풀어내는 게 예술이다. 예술은 인간의 가장 의미 있고 가치 있는 숨쉬기 방법이다. 호흡이 아름답다. 우주의 들숨 날숨과 합치하려 애쓰는 게 예술이다. 행복한 인생은 그 자체가 예술이다. 잘 노는 삶은 그대로가 예술이다. 자기 몸을 제대로 부리는 게 예술이다. 시조로 노는 삶은 예술의 극치를 보여준다.

스스로 만족하는 삶이 예술이다. 삶을 예술로. 이것이 단이 내세우는 생활 철학이다. 도전하는 삶이 아름답다. 그냥 사는 게 아니라 아름답게 사는 것, 의미 있고 가치 있게 사는 것이 중요하다고 단은 오래전에 생각을 정리해 두었다. 그래, 애면글면 나름대로 열심히 살고 있다고 자부한다. 도전 없는 삶은 재미가 없다. 단은 우선 검의 세계를 만난 것을 매우 다행스럽다 여긴다. 검 모를 때의 세상과 검의 세상을 검이 갈라놓는다. 그에게 검은 정의의 파수꾼이다. 잠 없는 머리맡에서 역사를 지키며 날 선 어둠과 대결하는 것. 이것이 검이 가는 길이라고 그는 믿는다.

단은 심검(心劍)을 품고 간다. 검이 자기를 이끌고 간다고 믿는다. 검은 자존심이다. 칸 민족의 잃어버린 신화와 기개가 검신에서 소쿠라진다. 검을 들면 든든하다. 검의 손잡이가 몸 전체를 안온하게 다스린다. 검은 검이라서 검은띠에게 더 잘 어울린다. 블랙 벨트의 힘. 단은 유단자이다. 그는 자신이 자랑스럽다. 그는 정의를 안다. 지킬 수 있다. 자신을 보호할 수 있으며 보존할 수 있다. 검은 빛 부신 자태와 날카로운 서슬로 어둠을 제압한다. 그래서 검이 곧 빛이다. 긴장이 풀어진 뭉툭한 세상을 뾰족하게 긴장시킨다. 검이 등장하면 사회와 인간과 역사가 긴장한다. 단에게 시조는 검이다. 한 자루의 칼이다. 이것으로 세상을 총기 있게 가다듬는다.

교사 있고 스승 없고 학생 있고 제자 없고
수업 있고 가르침 없고 교실 있고 배움 없네
슬프다 우리 교육이 어쩌다 이 지경까지 왔을까

단이 걷는 길은 자유라는 이름을 가지고 있다. 시조는 자유다. 만나지 않았으니 헤어짐이 없다. 애탐도 없고 서글픔도 없다. 다만 흘러간다. 시간의 강물 위에 몸을 맡기며 유유히 흘러가는 것이다. 아니 지나가는 것이다. 다시 만나지 못할 길을 걸어가는 것이다. 아쉬움도 후회도 없다. 미련도 원망도 없다. 흘러감을 즐긴다. 흐르지 않고서는 그의 존재가 없다. 무심이 그 존재의 뿌리다. 그러나 그 무심은 뿌리를 가지고 있다. 조금씩 자라며 위로 솟아오른다. 지향한다. 더 큰 자유를 찾는다. 오직 자유 말고는 원하는 것이 없다. 자유야말로 낭만의 끝이다. 인성이 도달하는 종착역이다. 예술의 극점이다. 가장 거룩한 공간이며 가장 빛나는 시간이다.

물방울을 들여다본다. 거기에 온 우주가 담겨 있다. 가까이 다가가지 않으면 결코 만날 수 없는 세계가 그곳에 있다. 몸을 기울이는 기꺼운 수고로움과 먼저 그곳에 가닿는 마음의 더듬이가 있어야 한다. 태어나면 누구나 있는 이 더듬이는 사용하지 않으면 퇴화되어 없어지고 만다. 단은 생각한다. 학교 교육이란 자신의 더듬이를 찾아서 가다듬는 일이라고. 그러나 세상이 먼저 있고서 물방울이 있고, 이것이 유연하고 투명하여 세상을 담아낼 수 있다고 여기는 것이다. '천상천하 유아독존'이 아니라 '천상천하 세상독존'이라고 단은 생각한다. 세상이라는 생태계가 건강성을 유지하려면 하나하나의 생명체가 제각각의 역할을 다해야 한다고 믿는다.

단은 세상을 건강히 만드는 일에 자신을 던지고 싶어 한다. 시조를 쓰고 시조를 보급하는 일이 그것이다. 시조가 최종적으로 가야 할 길은 인간성 회복이다. 기계 문명, 자본 중심의 독재 세상에서 제일 시급한 것은 인간성을 푸르게 회복하는 일이다. 인간성이 피폐해지고서야 인간이 인간답게 살 수가 없기 때문이다. 시조의 시대적 사명이 여기에 있다. 한 편의 시조가 지어질 때마다 단은 조물주의 심정이 느껍다. 이전에 없던 새로운 것에 전율한다. 환호의 순간. 창조의 짜릿한 그 쾌감이라니. 시조 놀이를 통한 세계 평화의 꿈. 물방울이 주로 눈물이 되어 사라지고 마는 것이라지만, 언제 한번은 함께 만나 대동단결의 자세로 얼싸안고 바다가 되는 꿈을 꾸기도 한다. 그때 세상에는 위대한 인도주의가 나타난다. 사랑의 위대함이 폭풍처럼 몰아치는 것이다. 뜨거운 인류애가 심장을 쾅쾅 울리는 것이다. 두근거리는 설렘이 아름답다고 여길 것이다. 눈물을 흘리도록 일상이 기쁘다는 사실에 목이 멜 것이다. 여한은 풀어지고 자유의 공기가 우리의 몸을 싣고 하늘 높이 비상할 것이다. 느꺼움에 운김이 절로 달아오르기도 하리라.

운동은 장수의 비밀이야 하루를 짧게 하고 인생을 길게 만들지

시조는 곡선이다. 자유는 곡선이다. 곡선은 돌아가는 길이다. 여유로운 길이다. 막히면 돌아가고 넘치면 넘어가는 길이다. 자연은 곡선으로 이어져 있다. 끝없이 움직이고 호흡을 고요히 유지하기 위해서는 곡선이 제격이다. 직선은 막히면 물러서거나 부서진다. 자신을 웅숭깊이 바라보지 않는다. 대뜸 치고 나가고 단박에 가속도를 낸다. 가는 길에 여유가 없다. 서두른다. 급하다. 직선은 혼

자 가는 길이다. 천천히 걷는 길은 생각하며 걷는 길이다. 느리게 걸어야 세상이 보인다. 제대로 보인다. 곡선은 함께 가는 길이다. 곡선은 사랑이다. 오래 보아야 보인다. 자세히 보아야 보인다. 곡선이 주는 혜택이다. 머물러야 제대로 본다. 호흡을 잠시 멈추어야 아름다움이 흔들리지 않는다.

그러나 직선은 속도를 중시한다. 머무름을 거부한다. 직선의 길 위에 아름다움은 존재하지 않는다. 현대 교육은 빠른 직선이다. 빠른 성과를 요구한다. 현대 문명은 빠른 직선이다. 직선의 길 위에서 과속을 서슴지 않는다. 과속은 신호를 지킬 수 없게 만든다. 과속은 신호등을 바라보지 못하게 눈을 방해한다. 과속은 자연에 주는 눈길을 빼앗아 버린다. 과속은 오직 한 길만을 보게 한다. 고속도로로 갈 것을 강제한다. 진정한 교육은 삶이 곡선임을 가르치는 일이다. 단은 곡선의 슬기로움과 아름다움을 믿는다. 곡선 길은 형형색색의 색동옷이 만물을 감싸고 있음을 보여준다. 그러나 직선 길은 시커멓게 포장된 아스팔트 길을 무미건조하게 보여준다.

쾌속질주는 직선의 꿈이다. 직선 길의 로망이다. 포장된 길은 우선 땅속의 생명을 죽인 연후에야 만들어진다. 단은 그것을 알고 있다. 그러므로 모든 포장길은 그 자신이 이미 죽은 길이다. 죽임으로 만든 길이다. 죽음으로 가는 길이다. 그것은 생명체의 주검이 길게 누운 땅이다. 곡선 길은 생명의 길이다. 그 자신이 먼저 생명이다. 따뜻한 길이다. 길 위에 길 아래 온 생명이 꿈틀대며 살아 있다. 이것이 삶의 길이다. 생명의 길이며 온 목숨의 길이다. 교육이란, 곡선이 곡선에게 곡선을 가르치는 일이라고 단은 믿는다.

삶은 곡선이다. 예술은 곡선이다. 곡선으로 사는 삶이다. 곡선은 자연의 길이다. 생명의 길이며 나눔의 길이다. 베푸는 길이며 돌아보는 길이다. 역동적인 길이며 아름다운 길이다. 운김으로 춤추는 길이며, 호흡이 꿈틀대며 신바람으로 불어오는 길이다. 색동옷을 걸친 자연의 길이다. 저마다의 개성이 살아 숨 쉬는 길이다. 시간에 따라 다른 모습을 보여주는 살아있는 길이다. 그곳의 시간은 살아 움직인다. 시간이 곧 풍경이다. 곡선은 공간과 시간이 하나 되는 모습을 보여준다. 가장 큰 곡선은 끝내 구부러지며 생명들을 포근히 보듬어주는 지구별이다. 곡선은 우리가 느리게 살아야 하는 이유를 가르쳐준다. 느린 삶이 아름다운 삶임을 확인하는 공간이다. 그곳에서 우리는 해짐과 해뜸을 본다. 곡선은 자연과 벗하여 인간의 아름다움을 목격하는 공간이다. 곡선은 공간이면서 시간이고 문명이면서 문화이다. 곡선은 삶이면서 예술이고 인생이면서 자연이다. 흔들리는 색들이 생명의 아우성을 들려준다. 아 곡선 위에서 모든 것은 살아 있다.

우연을 가장한 필연이란 게 있을까? 우주는 우연히 존재한 것일까, 필연적으로 존재하는 것일까? 우연을 적분하면 필연이 되고 필연을 미분하면 우연이 된다. 그러므로 모든 우연은 이미 필연이며 모든 필연은 우연을 전제로 하는 것이다. 단은 영과의 만남을 돌이켜본다. 그녀와 나는 어떤 인연으로 만난 것일까? 그녀를 만나기 전의 인연은 다 어디로 사라졌을까? 조물주의 배려이든 누군가의 셈속이든 그녀와 단은 만났다. 어쨌든 그들은 이미 서로를 환하게 밝혀주는 존재가 된 것을. 달과 별처럼 가까이 있어 서로를 빛나게 만드는 그런 존재 말이다. 단에게 영은 그냥 어떤 여자가 아니라 특별한 존재감으로 다가온 새로운 우주이다. 마찬가지로 영에게 단은 단순한 한 남자가 아닌 것이다. 둘은 서로 통하여 더욱 빛나는 존재가 된다. 그렇게 되어 감을 서로가 느끼고 있다. 기분 좋은 울림이 자기장처럼 퍼져 나감을 서로 즐기고 있다.

마음속에 담은 생각이 사물의 모습을 달리 보게 한다. 이것이 심안이다. 유심히 살피지 않으면 보이지 않던 모양새도, 마음의 생각을 담아 읽으면 그 모습이 선명하게 나타나게 된다. 마음을 잘 매만져 밝고 아름답게, 소중하고 귀한 걸로 만드는 게 공부가 아닐까 하고 단은 생각한다. 하나의 꼴 없는 형상이 의미 있는 형상으로 빚어질 때는 이미 마음의 그림을 통한 사물의 주조가 있은 연후의 일이다. 마음의 눈으로 읽는 것이다. 심안을 갖추는 일, 이것이 교육의 요체가 되어야 할 것이다. 사물은 눈에 보이는 게 아니라 엄밀히 말하면 마음의 거울에 보이는 것이다. 마음의 거울을 닦는 게 바로 인격 수양이다. 이것이 진정한 공부다. 평생 공부다.

껍질 속에 담긴 알맹이를 읽어낼 수 있는 능력이야말로 내공의 정수이다. 단은 이런 생각으로 영을 한번 슬쩍 바라본다. 그녀의 눈시울이 가볍게 떨고 있다. 공감의 표시다. 그렇게 둘은 또 하나가 된다. 몸이 통하면 연애고 마음이 통해야 진정 사랑이다. 사랑 끝에 연애의 달콤 살벌함이 따르기도 하지만 연애 끝에 사랑 열매가 열리는 경우는 대개 기대하기 어렵다. 껍질 속 안을 보는 것, 안과 만나 소통하는 것이 사랑의 본질이다. 그렇다면 사랑과 교육과 예술은 본디 같은 것이다. 서로 같은 곳을 바라본다는 것만으로도 충분히 셋은 같다.

> 수돗물 틀어놓고 안경알을 씻는다
> 가슴속 티끌까지 바다로 흘러간다
> 맑아서 좋은 것들은 젖은 후에 더욱 환해지는 것을

단은 여자를 좋아한다. 여자를 사랑한다. 영을 좋아한다. 단은 여성적 가치를 높게 평가한다. 단은 여성적 가치가 세상의 기준이 될 때, 세상은 비로소 다사롭고 부드러워지며 살만해진다고 말하곤 한다. 영과 단은 정자 마루에 앉아 여자와 남자에 관해 얘기를 나눈다. 주로 단단이 말을 하고 영은 듣는 편이다.

시조 한 편이 소설책 한 권의 여유를 얻을 때 삶은 아름답다. 풍요로워진다.

"여자는 말이야 평생을 호르몬으로 산대. 에스트로겐이라는 물질의 영향 아래 있다지. 개미가 그런 것처럼 사람도 호르몬으로 살지. 특히 여자한테 호르몬은 거의 생명과 같은 거야. 호르몬으로 사는 존재가 여자들이야. 여자들은 특별해. 대화를 통해 쾌감을 느끼는 뇌를 가지고 있지. 말하는 걸 좋아한다는 거야. 입이 두 개라서 그렇다는 우스갯말도 있어. 그런데 말을 해도 혼자 할 수 없잖아. 상대가 있어야지. 그렇지 그래서 여자에게 관계는 중요해. 대화가 곧 관계 맺음이지. 그렇기 때문에 여자는 대화를 즐기고 관계 맺는 걸 좋아하는 거야. 관계의 꽃이 바로 대화인 거지. 대화를 하면 여자에게는 에스트로겐이 마구마구 분비돼. 이러면 즐겁고 기쁘거든. 그래, 에스트로겐 때문에 여자들은 끊임없이 이야기하는 것을 좋아해. 수다 꽃을 피우는 거지.

놀랍게도 여자는 대화만으로도 성적인 쾌감을 느껴. 여자는 귀가 즐거우면 행복해하지. 귀를 중시하는 존재가 여자야. 귀는 소리를 듣지. 청각 예술의 문이 귀야. 여자는 그래. 소리에 예민하지. 빈말로도 예쁘다고 하면 여자는 좋아하는 거야. 감성적 존재이지. 이에 비해 남자는 눈을 중시해. 그러니 남자에게 여자는 예뻐야 하지. 예쁘지 않으면 감흥이 없는 거야. 그래, 남자는 눈이 즐거울 때 성적인 쾌감을 느껴. 현대 문명은 남자들 위주로 되어 있어. 시각이 승해. 남자에게는 눈이 중요해. 현대 문명은 남자 중심 문명이야. 시각 중심 문명은 인간이 이성적 존재라는 뜻이 강하게 들어가 있지.

여자에게도 물론 눈이 중요해. 시각이 중요한 거지. 그러나 여자의 시선은 자기를 봐. 남은 안 보고 자기만 보는 거지. 그래, 자꾸 거울을 보고 틈틈이 화장을 하는 거야. 자기 생각이나 자기 느낌에 빠져 사는 거지. 이에 비해 남자는 자기 눈으로 자기를 보는 게 아니라 다른 이를 봐. 특히 여자를 잘 보지. 남자는 매일 여자를 보면서 야릇한 상상을 해. 프로이트라는 흑백인이 이것을 과장스레 온 세상에 폭로해 버렸어. ㅋㅋ 아무튼 여자들은 호르몬의 존재들이야. 때 없이 도파민과 옥시토신이라는 물질이 분비된대. 독특한 호르몬 체계를 갖고 있지. 남자들이 이걸 어떻게 다 알겠어? 이 미묘하고 미세하고 복잡하고 섬세한 것을 말이야. 이걸 어찌 다 알아? 그러니까 남자들이 평소 여자한테 당하는 거야. 눈치 없다고, 분위기를 모른다고, 무슨 느낌을 받을 줄도 모른다고, 나한테 뭐 달라진 게 없느냐고, 향수를 바꾸었는데 모르겠느냐고, 이모저모 노상 타박을 당하는 거지. 이건 어쩔 수 없어. 호르몬 분비 때문이야. 절대로 남자가 죽을 때까지 이건 알 수 없는 거지. 그냥 같이 살아가는 수밖에 없어. 사랑하는 마음만 놓치지 않으면 돼. 남자는 여자를 이해하려 말고 그냥 안아주면 돼. 이게 다야.

대화는 민주주의의 상징이야. 여자들은 유난스레 대화를 즐기지? 그런데 대화라는 게 따지고 보면 과정을 즐기는 거잖아. 대화 결과가 뭐지? 결과는 없을 수도 있어. 대화는 과정이니까. 그래, 결과는 기대하지 않지. 말하자면 여자는 삶에서 과정을 중요하게 여긴다는 거지. 이게 남자와의 차이점이야. 남자들은 후딱 결과를 봐야 해. 여자 위에 올라가서 사정하면서 몸을 부르르 한 번 떨어야 해. 결과를 꼭 봐야 하지. 남자들이란 그런 거야. 과정을 즐기기보다 결과에 집착해. 그런데 여자들은 결과보다는 과정을 더욱 중히 여기지. 여기서 남녀 관계가 어우렁더우렁 재미있어지는 거야. 밀고 당기고 얽히고설키고 칡덩굴, 등나무 줄기처럼 꼬이고 그러는 거지. 이게 아주 복잡해. 재미있어. 끝이 없는 문제풀이와 같아. 답은 없는데 문제는 계속 나오는 거야. 그래서 남녀 간의 사랑 이야기는 한도 끝도 없이 빚어지는 거지. 시대가 따로 없어. 남녀의 오묘한 관계는 끝날 줄을 모르는 역사와 같은 거고, 재미로야 영화와 같은 거지.

대화를 즐기는 여자들은 한마디로 과정 중심주의 인물이야. 절차 민주주의를 실천하는 존재들이지. 민주주의 시스템은 여자들한테 알맞아. 남자들은 민주주의가 잘 안 돼. 독재에 익숙해. 독재에 잘 기울어져. 왜냐하면 남자는 과정보다 결과를 중시하거든. 민주주의가 뭐야? 결과보다는 과정을 중시하는 시스템이잖아. 그러니까 민주주의는 여자의 시선과 여자의 마음으로 해야 옳아. 그러면 저절로 세상이 참된 민주주의가 되고 복지 국가가 되는 거야. 여자의 관계 중심 구조야말로 민주주의의 가장 훌륭한 모델이지. 여성적인 가치의 실현이 민주 가치의 완성이야. 여자는 이야기에 열중하고 이야기를 통해 관계를 만들어 나가는 선수들이지. 여자들은 사람 사는 이야기에 마음을 늘 열어두고 있어. 그래서 여자들은 텔레비전 드라마를 즐겨 보는 거야. 여자는 마음이 따스하고 관계에 민감하지. 진보와 보수의 기준으로 나누면, 여자는 진보도 아니고 보수도 아니야. 여자는 물파야. 모든 걸 끌어안고 넉넉해지는 물파. 상대와의 관계를 읽고 끝내 하나 되어 바다로 흘러드는 물 같은 존재. 이게 여자야. 여자의 속성이지. 그렇지, 맞아. 당연하게도 시조는 여성적이지.

남자도 물론 호르몬이 있어. 테스토스테론이라는 호르몬의 지배를 받지. 이것은 남자를 목표를 향해 뛰어가는 존재로 만들어. 그래, 남자는 목표지향적이야. 생각보다 행동이 빠르다는 뜻이지. 관계에 덜 민감해. 남자들은 독립적이야. 그래, 혼자서도 게임을 하고 영화를 보고 술을 마시지. 물론 남자에게도 여자에게도 그 반대의 호르몬이 일정량 분비돼. 나이가 적당히 들면 남자는 여성화를, 그리고 여자는 남성화를 지향하게 되지. 어쩔 수 없어. 안 그러고 싶어도 안 돼. 호르몬 분비가 저절로 그렇게 만드는 거지. 그래서 남자가 나이를 먹으면 목표 지향성에서 관계 지향성으로 변하게 돼. 한 마디로 여자처럼 변한다는 거지. 관계에 예민해지고 민감해지지. 감정의 기복이 심하게 되고 잘 삐쳐. 사춘기 소년이 되고 말아. 이게 다 사실은 호르몬 작용이야. 여기에 인체의 신비가 숨어 있는 거지. 이게 인생이야. 그래, 나이가 들수록 남자는 가정적이고 아기자기한 성격을 갖게 되는 거지. 이건 가정의 평화를 위해 좋은 일이야. 그러나 이때가 되면 여자들은 집 밖으로 슬슬 나돌게 돼. 이쯤 해서 남자와 여자가 성 역할을 바꾸게 되는 거지. 이래서 세상은 공평한 거야. 남자가 평생을 남자로 살다가 생애 마지막 날들을 여자로 살아보는 거지. 또 여자는 여자로 살다가 마지막은 남자로 한 번 살아보는 거지. 이것이 인생이야. 참 오묘해. 이건 조물주의 아주 섬세한 배려야. 이 정도면 사람의 일생이란, 그 자체가 예술인 거지, 예술.

사람은 오감으로 살아. 시각, 청각, 촉각, 미각, 후각. 여기에 여자는 하나의 감각을 더 가지고 있대. 육감이야. 여자는 상대의 손짓 하나 눈길 하나에도 미묘한 반응을 해. 관계의 동물이야. 관계 맺음에 예민하지. 여자의 자아 존중감은 타인과의 밀접한 관계를 유지할 수 있는 능력에서 나오는 거야. 물론 남자는 그 반대로 타인으로부터의 독립성 유지가 초점이지. 혼자 있고 싶은 거지. 동굴 속에 가끔 홀로 지내는 걸 좋아해. 남자들은 그래. 여자는 사회적 존재야. 남자보다 훨씬 더. 그래서 여자들에게 관계의 의미는 특별하지. 상식과는 달리 사실은 여자들이 남자들보다 사회성이 더 좋고 더 높아. 관계에 민감해. 그러므로 여자들이 현실에 밝고 남자들은 공상에 자주 놀아. 결국 지금의 민주주의에 더 잘 어울리는 존재들이 여자들인 거야. 민주주의가 딴 게 아니야. 관계와 협력이지. 여자들의 생활은 관계와 협력의 자장 안에 있어. 이에 비해 남자는 경쟁과 투쟁을 구호로 내걸지. 지금 세상은 남자 세상이야. 다윈이 만들었고 마르크스가 수정한 흑백국 세상은 남자 중심 사회야.

남자들은 대체로 보수적이야. 노는 방법이 어른이 되어서도 어릴 때와 별반 다르지 않아. 도구를 들고 노는 것을 좋아하지. 목표지향적이고 결과중심적이기 때문이야. 잘 보면 남자들의 손에는 늘 무엇인가가 들려 있어. 하다못해 담배나 술잔이라도. 살림 도구 빼고는 도구가 대부분 남자들의 것이야. 연장이라는 이름. 그래, 남자는 연장이 있는 존재지. 남자는 도구를 잘 챙겨. 도구를 좋아해. 연장을 좋아해. 남자들을 잘 봐. 남자는 차를 굉장히 소중하게 여기거든. 여자들보다 열 배 이상 더 그래. 남자의 차에 대한 생각은 여자들이 생각하는 이상이야. 왜냐하면 남자들은 차를 그냥 차로 보는 게 아니야. 노상 갖고 다니는 차야말로 자기를 표현하고 자기를 드러내는 상징적 도구로 보는 거지. 남자에게 차는 자기를 가장 직접적으로 보여주는 사회적 신분증이야. 남자에게 도구나 놀이를 빼면 그의 삶은 무의미해져. 남자들은 틈나는 대로 나가서 놀아야 해. 남자들은 도구 또는 놀이를 통해 사회적 지위를 확인하고 메마른 감성을 촉촉하게 채워나가기 때문이야. 이게 없으면 남자들은 더욱더 건조하고 메마른 존재가 되어버려. 그래서 남자는 동호회 활동도 하고 산에도 가고 술도 마시고 그러는 거야. 그렇기 때문에 여자가 지혜롭다면 남자를 한 번씩 자유롭게 풀어줄 필요가 있는 거지.

남자에게는 사회적 지위가 도구가 되기도 해. 그래서 남자들은 기를 쓰고 출세를 하려고 하지. 한 마디로 폼 나게 살고 싶다 이거야. 남자들은 남보다 빨리 더 높은 계급을 차지하려고 이전투구 진흙 곤죽 속으로 거침없이 뛰어들어. 수컷의 본능이야. 그런데 이 경우 잘못되는 경우가 너무도 많아. 못난 수컷, 못난 인간의 본능이 나타나는 거지. 그게 무엇이냐 하면 남을 억압하거나 자기를 과시하는 도구로 신분이나 계급을 사용한다는 거지. 선하게 안 쓰고 악하게 쓰는 게 문제인 거야. 그들은, 특히 양호도 남자들은 자기의 계급을 나쁜 쪽으로 적극적으로 활용해. 그들은 지위와 계급이 주는 특별 권력의 달콤함을 한껏 즐기지. 독재자 노릇을 하는 거야. 이들이 시쳇말로 작은 조직에서 '갑(甲)질'하는 인간들이야. '억울하면 너도 출세해.' 이마에 써 붙이고 다니면서 상대를 약 올리면서 갖은 노략질을 다 하지. 참 나쁜 인간이야. 이런 게 삶터를 지옥으로 만드는 악인이지, 악인.

계급이 도구라면, 남자들의 욕망이 도구에 농축되어 있음이 틀림없어. 남자들의 도구는 그의 삶을 상징하니까. 그래, 남자에게는 직업 역시 하나의 도구야. 연장이야. 무릇 남자를 알려면 그가 들고 있는 도구에 주목하면 돼. 결국 직업은 남자의 상징이야. 그의 분신이지. 그래서 남자들은 한사코 명함을 만드는 거야. 그가 어떤 사람인지는 그가 어떤 직업을 가지고 있는가를 보면 대충 답이 나오는 거니까. 여기에 신비의 요소를 추가하자면 운동이나 취미 활동이 필수적으로 끼어들지. 남자는 이런 존재야. 뻔해. 여자들보다 훨씬 단순해. 일차원적이지. 동물적이야.

남자는 결과 중심이야. 결과에 대한 집착이 강하지. 남자들이 각종 게임에 몰두하고 도박에 빠져드는 게 그래서야. 남자들은 줄기차게 게임에 매달리고 도구에 집착해. 이건 남자의 속성이야. 그렇게 생겨먹었어. 그렇기 때문에 이들 남자에게 시조라는 도구가 쥐어졌을 때 그 사회적 영향력은 심대할 거야. 시조 열풍이 한번 몰아치면 우리 사회는 걷잡을 수 없는 문화 혁명의 파도를 타게 되겠지? 남자가 시조에 주목해 줘야 하는데, 이 시대의 남자들은 죄다 다른 곳을 쳐다보고 있으니 참 가슴이 아프지. 시조 놀이가 삶을 재미나고 흥미롭게 그리고 가치 있게 만들어 준다는 믿음을 가지는 게 중요해. 사람들에게, 아니 남자들에게 이게 잘 전달되어야 할 텐데 걱정이야. 남자들이 술만 마시고 컴퓨터와 휴대폰만 만지작거리고 있으니 참 문제야 문제. 지구별 모든 남자들이 시조를 자신의 연장처럼 마구마구 즐겁게 사용할 날을 학수고대할 뿐이지."

앞길은 멀고멀고 시름은 깊고깊고
햇살은 옅고옅고 눈물은 나고나고
맞추어 회오리 바람 속 한생이 휘청휘청

수영 황제 마이클 펠프스가 말한다. "전 오늘이 무슨 요일인지도 몰라요. 날짜도 모르고요. 전 그냥 수영만 해요." 어떤가, 이건? 자연 그대로이다. 생짜 날것이다. 피라미나 참새의 생활과 무엇이 다를까? 자유로운 생명의 극한치를 보여준다. 최고의 경지에 도달한 인간은 이와 같다. 존재 자신이 자연이 된다. 경계를 내려놓는다. 그는 인간의 자리를 고집하지 않는다. 함께 사는 것으로 서로 간섭하지 않는다. 찔레꽃은 찔레꽃으로 살고 논병아리는 논병아리로 산다.

피카소가 말한다. "나는 말로는 다 말하지 못하지만 그림으로는 무엇이든 다 말할 수 있다. 그리고 나의 그림은 세상을 바꾸기 위한 무기이다." 단단은 그림 대신 시조를 넣어 말을 다듬어본다. "나는 말로는 말을 다 못하지만 시조로는 무엇이든 다 말할 수 있다. 그리고 나의 시조는 세상을 바꾸기 위한 무기이다." 신바람이 필요한 시점이다. 단은 시조에서 그것을 구하려 한다. 행복한 시조 나라를 만들려 한다. 칸국 공동체의 신명에 뜨겁게 쏟아낼 무언가가 필요하다. 녹여서 하나로 만드는 거대한 용광로, 그것이 시조라고 단은 생각하는 것이다. 칸국의 기념비적인 예술 작품은 앞으로 시조에서 나올 거라고 단은 굳게 믿는다. 단에게 시조는 이미 밥이고 생명이고 사랑이고 술이고 연애고 열정이다. 삶의 재미와 의미를 다 함께 좇는 즐거움이 시조 바다에 넘실거린다.

> 나이라는 숫자놀음 생각 없이 먹게 되면
> 뱃살 찌고 힘 빠지고 흥이야 있고 없고
> 저 홀로 시드는 노을이 되어 잠깐만 붉다만다

지치면 진다. 몸이 따라가지 못해서. 미치면 이긴다. 마음 가는 곳이 고향이라서. 자신이 가는 길을 아는 자는 이미 미친 것이다. 지치지 않고 가는 길을 발견한 것이다. 내 길을 내 몸으로 내 맘으로 가야 지치지 않는다. 사랑하는 이와 함께 가야 지치지 않는다. 쉬엄쉬엄 걸어야 지치지 않는다. 길가 풍경을 보면서 천천히 걸어야 지치지 않는다. 이것이 참다운 인생이 아닐까 보냐.

단의 가슴에는 언제고 영이 있다. 마치 심장이 뛰는 것처럼 단에게 영은 함께 있다. 그래도 둘 사이에 조심스레 깃드는 게 있다. 그리움이다. 그것은 끝내 가닿지 못하는 영혼의 허기짐이다. 가다가 숭고한 아름다움이 물안개처럼 피어난다. 단이 그녀와 같이 보낸 시간은 동백처럼 송이째 떨어진다. 시간 그대로가 꽃송이가 된다. 세월이 아름답게 채색되는 것이다. 가슴이 아슴아슴 환해진다. 객쩍은 본능이라 해도 좋다. 단은 행복하다.

가장 아름다운 순간에 미련 없이 모든 걸 던지는 삶을 살고 싶다는 소망이 단의 가슴 밑바닥에서 다시금 차오른다. 격물치지의 순정을 떠올린다. 오직 하나됨의 뜨거운 그 무엇을 단은 사랑한다. 잘 노는 게 가장 아름다운 삶이라고 생각한다. 그런 삶이 행복하고 가치 있다고 여긴다. 진지함과 묵직함으로 무장한 사회의 편견을 그는 깨고 싶어 한다. 단단은 가벼움과 열심을 버무려 최상의 비빔밥을 만들고 싶어 한다. 단은 잘 놀고 싶을 뿐이다. 단지 그것이다. 잘 노는 게 잘사는 것이다. 잘 노는 게 기존 질서에 대한 도전이다. 혁명이다. 잘 노는 게 사랑이다. 잘 노는 게 성공이다. 잘 노는 게 행복이다. 잘 노는 게 멋진 삶이다. 세상을 웃게 하자. 웃음으로 가득 찬 동심이 평화로운 세상을 만든다. 그러면 좋은 일들이 번갈아가며 찾아들 것이다. 악순환이 그치고 선순환이 이어질 것이다. 머릿속에서 세계의 평화가 문득 한 송이 꽃으로 피어난다. 세계일화(世界一花). 단에게 영은 눈부신 꽃이다. 마르지 않는 샘터이다. 분출하는 화산이다.

사람들은 비슷한 수준의 사람들에게 종종 대결 의식을 드러낸다. 아예 수준차가 나 버리면 강자에게 굽실거리고 아양을 떨고 무릎을 꿇는다. 그러나 단은 강해 보이려 애쓰지 않는다. 세상 평판에 귀를 솔깃해하지 않는다. 단단은 도덕적 우월함이라는 높다란 사다리를 걷어치운다. 차라리 낮은 곳으로 하강을 선택한다. 그런데 이게 나중에 절묘한 생존 전략으로 자리 잡는다. 낮은 곳이 다다른 곳은 결국 바다였던 것이다. 경쟁과 성공이라는 글씨를 그는 머릿속 지우개로 깨끗이 지워버렸다. 막춤이라도 좋고 막 노래라도 좋다. 몸으로 마음으로 사람들이 제 신명을 스스로 지펴내야 한다. 그래서 시조 놀이가 사람들의 아픔과 시름을 풀어내는 해방의 공간이 되어야 한다고 단단은 생각한다. 이 시대에 시조를 사랑하는 일은 역설적으로 굉장한 자부심의 드러냄이 아닐까? 단은 시조가 피폐해진 시대에 시조를 열렬히 사랑하고 그 자신이 시조왕자로 거듭나려 한다. 해쓱한 시조에 피를 돌게 하고 웃음기를 머금게 하는 일에 신명을 바치려 한다. 그래, 날마다 만년 청소녀 영에게 단단은 가슴에서 솟구쳐 나오는 사랑의 불화살을 마구 던진다. 이 사랑을 막을 자는 지금 어디에도 없으리라.

단은 예술과 운동이 팍팍한 인생을 구원할 것이라고 믿는다. 예술과 운동의 공통점은 뭘까? 감성이 작동하고 낭만이 움직인다는 것. 그렇구나. 풍류가 보약보다 좋다. 그리고 보니 단단의 생활은 소소한 것들이 죄 낭만의 꼬리표를 달고 있다. 그에게는 술 마시는 것도 예술이고 노래 부르는 것도 운동이다. 그래, 안주가 없는 술자리라도 그는 개의치 않는다. 한 잔은 술이요 그다음 잔은 안주이기 때문에. 그냥 통술로 부어도 괜찮다는 이야기다. 술 한 잔에 이 세상이 선계가 된다면 그런 세상은 정말 살만하다. 아름다운 세상인 게지. 시조 놀이 한 번에 즐거움이 물결치면 세상이 그 아니 좋은가 말이다. 공감의 물결을 타고 여럿이 함께 놀아야 한다. 같이 어우러져 춤추는 한 마리 고래가 되어본다. 푸른 바다를 헤치며 즐겁게 노는 꿈을 단은 무시로 꾼다.

시조는 때로 천장을 뚫고 날아오르는 별들처럼 소리치는 함성이 되어야 한다. 한 편의 시조는 잘 다듬어진 노래여야 한다. 찰랑거리며 흘러가는 시냇물 같은 것이라야 한다. 단은 숨결을 고르며 바람을 찾아 시선을 이동한다. 결정적인 싸구려 말꾸러기[10]가 가끔은 그의 힘이다. 가벼운 말장난으로 주변 공기를 웃음의 파동이 흐르게 만드는 일이 즐겁다. 스스로 낮은 자가 되자. 일상에서 재미를 찾자. 단단의 단단한 결심이다. 물방울 하나로 바다가 되자는 꿈이다. 일체를 받

---

10 본래 뜻은 '잔말이 많은 사람'이지만 여기서는 '특정한 장면과 상황들을 언어유희로 다루기를 즐기는 사람'이라는 의미로 사용했다.

아들이고 수용하자는 뜻이다. 분노를 눅이고 넉넉해지자는 다짐이다. 순수함과 자유와 진실의 위대함을 실천하는 사람이 되고자 한다. 시조의 정체는 바다이다. 춤추는 바다. 자유가 물결치는 바다. 그 바다가 되고자 한다. 그 바다로 가고자 한다. 시조라는 넓고 푸른 바다로.

가자 내 사랑 영이여, 함께 가자. 시조라는 대웅전에서 누구라도 산화공덕의 희열을 맛보게 하자. 칸의 국악은 조율을 할 때 백이면 백, 다 조금씩 다르게 조율을 한다. 너무 똑같으면 재미가 없다고 일부러 조율을 제각각 다르게 낸다. 그리고 악기를 만드는 장인들도 가령 대금 구멍을 일부러 조금씩 다르게 뚫는다. 그래야 똑같지 않은 다른 음이 나오기 때문이다. 알고 보면 이 세상에 똑같은 것은 하나도 없는 것이다. 우주 천지의 진실한 모습 그대로가 가장 귀하다. 시조도 이와 같다. 시조의 정형 양식은 그저 하나의 틀이다. 그 하나로 모든 것을 규율하고 조정하고 강제하지 않는다. 조금씩 다르게 조율하는 국악의 전통과 일치하는 것이다. 이것이 살아 있는 우주적 기운을 제대로 구현하는 길이기도 하다.

시조는 자유시의 무절제한 감성의 배설을 허용하지 않는다. 다른 나라의 정형시가 보여주는 날 선 엄격함이 시조에는 없다. 참 생명은 고정된 틀 속에 갇히지 않는다. 이 점에서 시조는 철두철미한 생명의 문학이다. 시조의 틀에 담는 것은 살아 있는 감성이고 살아 있는 물상이다. 환한 웃음의 생명이다. 자유로운 영혼이다. 살아 숨 쉬는 우주의 기운이다. 그러므로 시조 안에서는 날것 그대로가 춤을 춘다. 시조는 즐겁고 재미있고 역동적이다. 그곳에 살아 꿈틀대는 원초적 운율이 흐른다. 시조 안에는 저마다 개성의 꽃이 활짝 핀다. 그러나 지금 쏟아지는 시조들은 원래의 시조가 아니다. 거짓과 위선의 노래다. 생명의 노래가 아니다. 활력의 노래가 아니다. 겨레 꽃이 아니다. 사람들 모두가 알아야 한다. 믿어야 한다. 시조는 지구별 최고의 노래다. 다시 태어나야 한다. 삶의 예술로 거듭나야 한다. 남녀노소 누구나 시조를 가지고 놀아야 한다. 우리 사회에 살림의 철학이 활짝 꽃피어나야 한다. 사람은 저마다 홍익인간이 되어야 한다.

공식의 낡은 틀을 벗어야 한다. 시조의 3장 틀거지는 무궁무진한 재주를 부린다. 여기에 일상에서 갓 건져 올린 파릇한 생기를 담아야 한다. 역사의 푸른 혈맥을 틔워야 한다. 그 속에서 우주의 기운이 상통하여야 한다. 단은 그렇게 믿는다. 시조는 위대함을 스스로 원하지 않는다. 자랑하지도 않는다. 다만 시조로써 세계 문학의 새로운 길을 제시하고자 한다. 시조의 꽃다운 미소와 유연하고 탄력적인 몸매가, 그리고 그 속에 들어찬 속 깊은 생명 철학이 머지않아 70억 지구인들을 유혹할 것이다. 단은 그렇게 믿는다. 그러기에 시조왕자는 오늘도 꿈을 꾸는 것이다.

재래시장 못 갈레라 사람 많고 물건 많아
눈길 족족 구경이요 발길 톡톡 또 구경이라
황홀경 천지 유람 끝에 한 토막 고등어자반이 겨우 건져지더라

인생 도처 수련장. 단단은 시조 수련에 열심이다. 틈틈이 시조 삼매에 들려 한다. 절제하고 자제하여 그 지극함으로 고요의 경지를 맛보려 한다. 문명의 요란함을 털고 시끄러움을 덜어 모든 게 제자리를 잡도록 돋우려 한다. 있을 건 있고 없을 건 없도록 부추기려 한다. 단은 이런 것이 자신의 일이라고 여긴다. 진정한 움직임은 고요 속에서 빛난다. 찰나의 고요함이 언제나 종장 첫 마디 3자에서 함초롬히 피어난다. 종장에서 처음 3자는 태곳적의 고요함이다. 모든 움직임

이 멈춘 이 순간, 만물은 터질 듯이 긴장한다. 이때의 고요함은 태풍의 눈이다. 숨을 꼴깍이며 다음 순간을 기다린다. 울퉁불퉁한 긴장감으로 사위가 빠르게 팽팽해진다. 바로 그 순간 고요를 뚫고 폭발하듯이 터져 나오는 다섯 글자의 솟구침. 그것은 소리이면서 빛이다. 빛이면서 소리이다. 시조는 우리 스타일로 세계의 보편성에 도달하려는 가장 매혹적인 몸짓이다. 춤이다. 노래 춤이다. 춤 노래다. 누대 전통의 독특한 가무 문화가 문학적으로 완결된 것이 바로 시조가 아닐까 보냐.

종장의 둘째 마디 다섯 글자는 첫걸음을 이어받으며 반전을 준비한다. 첫마디 3은 기꺼이 도약의 발사대가 된다. 시조의 재치와 재미가 한꺼번에 소쿠라지는 곳이 바로 이 부분이다. 이럴 때의 이것은 단순한 소리가 아니다. 단순한 빛이 아니다. 그것은 섬광과도 같은 빛이 순식간에 우주의 저 끝에서 굉음과 함께 나타난 것이다. 집중을 기다리는 고요함이 천천히 빛을 빚어낸다. 첫 3자가 디딤돌이 된다. 도약의 발사대다. 기다림이 간절해질 때, 빠른 걸음으로 내달리는 신속한 움직임이 등장한다. 도약의 그 순간, 감동이 쏟아지고 절규가 일렁이며 환호가 물결친다. 소리는 빛이다. 에너지다. 우주의 기운이 여기 모여 들끓는다. 고요 속에 태풍이 몰아친다. 한 편의 시조가 탄생했다. 새 우주가 열렸다.

꿈틀거리는 먹선에 화선지가 춤을 춘다
이리 가면 매화꽃 저리 가면 난초 향기
모처럼 대장군 되어 붓을 타고 달린다

인생이 뭔가 하고 번쩍 보여주는 순간을 자주 만들고 싶다. 단은 시조를 그런 마음으로 바라본다. 사진처럼 보배로운 찰나를 남기고 싶다. 순간의 광휘를 삶의 정수로 남기는 게 시조라고, 예술이라고 생각하는 것이다. 예술은 사람의 마음을 훔치는 일이다. 마치 연애가 그런 것처럼. 연애에 빠지듯 사람들은 감동에 쉬 빠진다. 연애는 감동에 빠지는 것이고 예술 또한 그런 것이다. 예술과 사랑은 근원이 하나이다. 그러므로 사랑하면 누구나 예술을 알게 된다. 예술가가 된다. 이미 예술가인 사람은 누군가를 사랑하는 것이다. 아니면 무언가를 깊이 사랑하는 것이다. 시인은 사랑을 하고 있는 사람이다. 소설가는 사랑에 빠진 사람이다. 미술가는 사랑을 아는 사람이다. 음악가는 사랑에 홀린 사람이다. 사랑은 밥보다 푸짐하고 과일보다 달콤하다.

사랑을 얻었다고 여기는 단의 가슴에 한 번씩 황홀경이 찾아온다. 세계가 시조를 높이 헹가래를 치고 찬탄하도록 시조왕자는 온몸 바치리라 다짐한다. 시조가 지구별 사람들에게 이민자나 난입자가 아니라 고귀한 신분의 왕자로 인정받기를 가슴 가득 바람으로 담는다. 생존 경쟁에 지쳐 시커멓게 타버린 세계인의 심장을 뛰게 하고 싶다. 멈춰진 삶의 여정에 다시 피가 돌게 하고 생기를 불어넣고 싶은 것이다. 단은 그 일을 하려고 한다. 영과 함께 시조 나라를 만들고 싶은 것이다. 시조가 단이요, 단이 곧 시조가 되기를 그는 간절히 꿈꾼다. 단은 지구촌의 생명 회복, 생기 왕성을 애타게 외친다.

단은 그러나 시조를 위해 살지 않는다. 그건 너무 작다. 그는 멋진 삶을 위해 시조를 요리한다. 맛있게 요리해서 먹는다. 즐긴다. 남들에게 나누어준다. 세계인에게 맛있는 요리를 함께 먹자고 권한다. 시조를 지고지순의 순정을 바치는 존재로 떠받드는 것은 그가 원하는 것이 아니다. 시조와 함께 놀고 시조와 함께 살고 시조와 어깨동무하며 밤낮없이 노는 것을 원할 뿐이다. 이럴 때 시조는 사랑스러운 영이 되는 것이다. 단이 생각할 때 잘 노는 게 잘 사는 인생이다. 맛있게 먹는 게 잘 사는 인생이다. 달게 잘 자는 게 잘 사는 인생이다. 그 길을 가고자 하는 것이다. 단은 자신을 둘러싼 외부 세계에 대한 반응을 즉각적으로 시조로 드러내려 한다.

"인생은 대단치 않지만 저마다 존재하는 이유가 있다. 그래, 일상을 잔치로 만들자꾸나."

벗어나고 싶었지만 좀체 벗어날 수 없던 일상의 덫, 달리고 싶었지만 달릴 수 없었던 반복되는 생활 속에서 사람들은 가슴에 무거운 닻을 내리고 살아간다. 이 닻을 속 시원히 끌어내어 풀어주는 게 치유다. 사람들이 제 나름의 예술과 운동으로 쾌락의 극점을 찍도록 도와주고 싶다. 예술은 별거 아니다. 재미나게 사는 게 예술이다. 잘 노는 게 예술이다. 사람은 누구나 자기 삶의 예술적 천재들이다. 운동은 우선 제 몸을 사랑하는 것이다. 제 몸의 소중함을 알아채는 것이 운동의 출발점이다. 몸은 여성성이고 정신은 남성성이다. 여성의 삶을 사는 게 일상의 운동이다. 몸 전체로 세상과 소통하고 쾌락과 슬픔의 감성을 공유하는 것이 바로 운동이다. 운동은 무(武)다. 몸과 체력과 호흡을 가다듬어야 한다. 문(文)은 무늬다. 남성성이다. 실체 없는 껍데기다. 일렁이는 형식이다. 여성성의 사회, 몸이 건강한 사회를 꿈꾼다. 시조왕자 단단의 생각은 이러하다. 이것은 단이 시대의 어둠 속에서 빛으로 간직하고 있는 옹근 꿈이다.

이제 세상은 이성에서 감성으로 도도하게 그 흐름을 옮기고 있다. 삶의 도약, 그렇다. 감성은 도약을 가능케 한다. 시조는 감성을 담는 틀이다. 일상의 탈출을 수많은 사람이 고대하고 있다. 전쟁과도 같은 삶에 지쳤다. 부활의 무대가 필요하다. 재충전의 마당이 간절하다. 신명진 판이 종요롭다. 단의 생각이 이곳에 미쳤다. 단의 가슴은 아파트 화단의 라일락꽃처럼 들뜬다. 가슴이 두방망이질함을

어쩌지 못한다. 세계와 겨룰 수 있다는 자신감이 솟구친다. 이렇게 살면 되겠구
나 하는 활로를 얼핏 엿본 것이다. 그래, 갈 데까지 가 보는 거야. 인생 뭐 별것 있
나. 열심히 즐기며 살면 되는 거지. 빈 곳을 빛으로 채워 넣고 사는 거지 뭘. 이렇
게 중얼거리며 그는 계단을 천천히 오른다.

> 도서관 서가에서 글 동냥을 하는데
> 책갈피 갈피마다 샘물처럼 즐거움이 솟고
> 어여쁜 지혜 아가씨가 애인인 양 깜짝 나타나네

놀이가 사라졌다. 자연 놀이가 사라졌다. 사람들이 잘 놀아야 하는데 놀지를
못한다. 그러니 사는 게 사는 게 아니다. 잘 살 수가 없다. 살아도 사는 게 아니다.
할 수 없이 산다. 살아도 즐겁지가 않다. 사는 게 아니라 그냥 살아진다. 알지 못
할 무기력이 하루를 지배한다. 이게 현대 생활이다. 아이들도 어른들도 꿈을 잃
고 욕망의 전쟁터로 내몰린다. 놀이가 없어 삶이 삭막하다. 놀이라야 휴대폰이
나 컴퓨터로 하는 기계 놀이라서 더욱 삭막하다. 사회 전체가 정글 속의 정글이
되고 말았다. 정치꾼과 장사꾼들은 자신의 이익을 극대화하려 나라를 정글의 왕
국으로 끌고 들어가는 일에 불철주야 열심이다. 자기 이익에 혈안인 인간들이
사회의 주도세력이라니 서글프기 짝이 없다. 사람이 자연과 단절되고 자연은 멀
리서 일렁이는 아지랑이가 되었다. 역사는 배경으로 존재하지 실체가 없는 허깨
비가 되었다. 이것이 지금 칸국 사회다. 단단은 삼태극 단소 파사검을 풀고 모래
밭에 몸을 눕힌다. 별빛이 눈에 쏟아져 들어온다. 오랜만에 우러르는 별밭이다.
별들이 단의 가슴을 가득 빛으로 채운다. 별빛 잔치다. 그는 가만 눈을 감는다.
사위가 적요에 빠진다.

거듭되는 고통의 비수를 다 피하지 못하고 결국 사람들은 쓰러져간다. 거목이 쓰러지듯 칸국의 사회가 허물어지고 말았다. 도덕과 염치가 사라졌다. 예절이 흐너졌다. 아름다웠던 일상은 먼지가 되고 검부러기가 되고 깃털이 되어 광풍에 쫓겨 저 멀리 날아갔다. '시조 꽃이 흐드러지게 피면 달라질까?' 단의 가슴은 새로운 세계에 대한 갈망으로 뜨겁다. 시조에 살고 시조에 죽는 인생은 세상을 구원할까 어떨까 싶다. 그는 영과 맺었던 약속을 떠올린다. 지구별에 시조 나라를 만들자는 약속. 영원한 약속. 영원한 그 약속.

시조를 짓는 것은 자연으로 돌아가는 일이다. 자연을 되찾는 일이다. 신기하고 말랑말랑하고 발칙한 상상이 삶을 구원할 것이다. 단은 그렇게 믿는다. 가슴에서 내려놓지 못하는 말을 간직하고 사는 사람은 행복하다. 백석의 연인으로 산 기생이 있었다. 자야 김영한이다. 훗날 자신이 모은 재산 천억 원을 법정 스님에게 시주했다. 인터뷰 중에 '천억이 아깝지 않으냐'는 질문이 나왔다. 그녀의 대답은 이렇다. "천억은 그 사람의 시 한 줄도 못하오." 백석의 대표작인 '나와 나타샤와 흰 당나귀'는 백석이 애인 자야를 위해 쓴 시라고 알려져 있다. 시인 백석이 집안의 반대에도 불구하고 사랑했던 연인, 기생 자야. 그녀를 위해 썼던 함박눈 같은 시 한 편. 그리고 자야는 평생을 이 한 줄의 시에 의지해 살았다 한다. 자야 김영한은 인터뷰에서 "백석의 시는 나에게 쓸쓸한 적막을 시들지 않게 하는 맑고 신선한 생명의 원천수였다."라고 고백한다. 단은 자야 이야기를 영으로부터 전해 듣고 깊은 감동을 받았다. 단이 백석이라면 영은 자야다. 아니 어쩌면 그 반대인지도 모른다. 단이 자야이고 영이 백석인 두 사람. 둘을 하나로 묶는 것은 사랑이고 시조이며 시조 사랑이다.

밤하늘의 별과 달은 오랜 이야기를 구절구절 전해준다. 밤하늘은 생명붙이들의 뜨거운 삶의 현장이다. 진화의 전시장이다. 날마다 일어나는 소소한 이야기는 전설이 되고 동화가 되고 신화가 된다. 인류의 위대한 이야기들은 별의 들숨과 달의 날숨으로 하나둘 태어난 것이다. 지금도 별과 달은 지구를 바라보며 조곤조곤 이야기를 들려주지만 아무도 거기에 귀를 기울여주지 않는다. 별님 따로 사람 따로 달님 따로 도시 따로. 인간은 문명을 건설하고 자연은 문명에 생기를 불어넣는다. 그러나 인간의 욕심은 가로거칠 것 없이 확장되어 이제는 문명의 힘으로 자연을 거칠게 다루려 한다. 우악스러운 억짓손으로 자연의 멱살을 잡고 마구 흔들어댄다. 가진 것을 다 내놓으라고 협박하는 날건달을 닮았다. 인간의 욕심과 어리석음이 어찌 여기까지 왔을까? 시조왕자 단단은 생각할 때마다 늘어나는 한숨을 이겨낼 방도가 없다. 깊은 한숨은 그에게 뇌의 주름을 하나둘 지워간다. 사람들의 의식이 몽롱하여 이제 옳고 그름도, 좋고 싫음도 쉬 가르지 못하는 지경까지 이르렀다. 어떻게 고칠까? 사람들의 이 깊고 무겁고 어두운 고질병을.

두 개의 물이 만나서 하나의 흐름을 만들듯이 서로 다른 두 사람이 하나로 합쳐지며 이야기는 새롭게 시작된다. 두 개의 강이 하나 되어 흐르듯. 고래실 같은 단의 가슴에도 쉬 섞여들지 못하는 물줄기가 있으니 그가 바로 양호이다. 그것은 개인에 그치는 것이 아니기에 그를 양호들이라고 하는 게 맞겠다. 양호들은 그릇이 작고 일그러져 시대의 진면목을 담을 수가 없다. 양호들은 자신의 이익을 좇아 꿈틀거리다 보니 저절로 일배충이 되고 말았을 테지만.

단단이 대궐로 들어가 보니 영이 흑백국 임금 옆에 앉아 있어.

시인 잔치 마지막 날이야.

단단은 영을 보자 좋아서 어쩔 줄을 몰라.

그래도 어쩌겠어. 참아야지.

시간이 필요한 거지.

단단의 차례가 왔어.

단단이 시조를 소개했지.

멋지게 했어.

거침없고 매끄럽게 시조를 노래했어.

그랬더니 난리가 났어.

박수갈채가 쏟아지는 거야.

한 사람의 고함 소리에

사람들 눈이 일시에 휘둥그레졌어.

"왕비님이 웃는다."

모두 왕비를 보았어.

웃는 거야. 왕비가 활짝 웃고 있는 거야.

사람들은 탄성을 질렀어.

왜냐하면 왕비가 웃었거든.

왕비는 삼 년 동안 한 번도 웃은 적이 없어.

그런데 지금 대궐에 웃음꽃이 활짝 핀 거야.

단단을 보고 왕비가 웃는 거야.

왕비가 웃으니 좀 좋아.

흑백왕도 좋아서 어쩔 줄을 몰라.

그래, 그는 단단에게 소원한 가지를 말하라 했어.

단소를 불고 싶다고 그랬지.

왕은 쾌히 그러라고 했어.

단은 허리춤에서 단소를 꺼내 불기 시작했지.

누구도 들어본 적 없는 영롱한 노래가

삼색 구름을 타고 흘러나오는 거야.

노래가 포근하고 향기로워.

사람들 모두가 행복한 표정들이야.

시조 가락은 햇빛을 타고 우쭐우쭐 춤을 추고

왕비는 빛나는 웃음기를 얼굴 가득히 머금고 있어.

흑백왕은 단이 춤추며 단소 부는 게 재미있게 보였나 봐.

왕비가 저렇게 꽃처럼 활짝 웃으니 아주 좋아해.

그래, 왕이 자기도 한번 해보고 싶은 거야.

왕이 단에게 말했어.

"너, 나랑 자리 바꾸자."

시조왕자

단단

8

　모래가 쌓여 사막이 되고 물방울이 모여 구름이 된다. 작고 하찮은 것이 일생이 되고 역사가 된다. 단단은 새 교육과 시조 나라 건설이라는 큰 꿈을 갖고 있다. 우공이산의 높은 산이다. 어려움이 있겠지만 불가능은 없다고 생각한다. 단은 현시대의 불만족과 피폐함이 앞날의 희망을 더 힘껏 열어 주리라고 믿는다. 그렇게 생각하면 마음이 좋이 놓이고 불편하지 않다. 시조왕자는 자신이 다만 모래 한 알에 지나지 않는다는 생각을 하지 않는다. 만약 그렇다면 그가 할 일은 아무것도 없게 된다. 단은 자존감에 몸을 떨며 희망을 되새김질한다. 시조 나라를 세우리라. 새 교육을 펼치리라. 인정이 꽃피도록 하리라. 널리 세상을 이롭게 하리라. 그는 마른 입술을 적시며 신세계의 그림을 머릿속으로 그려본다. 꿈이다. 이것은 꿈이다. 정녕 꿈을 꾸는 것이다. 꿈이 있어 행복하고 꿈을 찾아가기에 활기가 있다. 아마도 꿈을 잃어버린다면 사람은 모든 것을 잃을 것이다. 활력과 생기와 열정은 모두 그곳에서 샘터 나오는 것이므로. 3철학 교육, 염치 있는 교육, 국적 있는 교육 ―단이 가지는 새 교육의 지표다. 시조왕자는 꿈을 꾼다. 그에게 꿈은 모든 것이다. 꿈은 단의 생명 줄이다. 그에게 청소녀 영이 그런 존재인 것처럼.

단단이 시조 보따리를 여러 사람 앞에서 풀어놓는다. 시인 잔치 마지막 날의 마지막 발표다. 언제 왔는지 단단의 머리 위에 삼색 구름이 떠 있다. 빨강 노랑 파랑. 햇빛이 쏟아진다. 드디어 단단의 시조 보따리가 열렸다.

"시조왕자 단단입니다. 반갑습니다. 나는 시조 나라에서 왔습니다. 시조 나라에서 시조는 태양의 노래입니다. 하늘의 노래이지요. 3의 노래이며 평화의 노래입니다. 시조 이야기를 펼쳐보겠습니다. 이후로 시조는 지구별 모든 이의 친구가 될 것입니다. 가슴을 활짝 열고 시조 나라를 받아들이기 바랍니다.

삶은 천연 소금과 같습니다. 울퉁불퉁하고 울긋불긋하고 뒤죽박죽입니다. 정해진 꼴이 없지요. 그래서 다채롭고 의미 있고 변화무쌍합니다. 염화나트륨만으로 만들어진 인공 소금은 맛이 있을까요? 사람들의 생활 미감은 다른 환경, 다른 가치관 위에서 꽃을 피웁니다. 삶의 여정에서 만나는 소재나 주제를 해석하는 방식도 천차만별이지요. 누구는 시를 쓰고 누구는 그림을 그립니다.

바야흐로 자유시가 백화제방으로 피어나는 봄날 천지입니다. 시조는 그 한 귀퉁이에서 언 가슴을 조금 녹이고 있을 뿐, 시조는 지금 꽃이 되지 못하고 있습니다. 노래가 되지 못하고 기쁨이 되지 못하고 있습니다. 어찌 된 까닭일까요?

천 년 세월이 훌쩍 지나 옛시조는 현대시조가 되었습니다. 10구체 향가에서 움이 튼 시조 정형은 고려 말에 정제된 모습으로 첫선을 보입니다. 3장으로 이루어진 칸 겨레의 오랜 삶의 숨결 —각 장이 상징하는 바는 천지인(天地人) 삼재— 은 시문 속에 섞여들며 기품 있는 문학의 틀로 다시 태어났습니다.

칸국에서 시조의 현대화를 부르짖은 지 오래입니다. 1920년대 가람과 노산 선생이 시조 부흥 운동의 깃발을 높이 치켜든 이후로, 시조는 잰걸음으로 현대화의 길을 걸어왔습니다. 요즈막에는 고갯길이 너무 가팔라서 그런지 발걸음이 점차 느려지면서 시조의 현대화 작업이 지지부진하지요. 시조가 일상의 텃밭에 튼실하게 뿌리 내리면 좋으련만, 우리 기대와는 달리 오히려 현대인들에게서 빠른 속도로 멀어지는 느낌이 듭니다. 아무도 시조를 찾지 않습니다.

문명의 속도에 치여 삶의 여백을 잃어버린 현대인들에게, 그러나 시조는 여전히 따스한 눈길로 차 한 잔을 권합니다.

> 비닐 따로 플라스틱, 유리병 옆에 스티로폼
> 나란히 키 재기 하며 베란다에 옹기종기
> 몸짓은 극히 작으나 지구 사랑 참 예쁘구나

> '서 있는 나무보다는 걸어 다니는 나무가, 걸어 다니는 나무보다는 날아다니는 나무가 더 예술적이다'

– 김종

'예술이란 무엇인가?'라는 질문에 이보다 더 멋진 대답이 있을까요? 비유의 도저한 날카로움을 보십시오. 정곡을 찔렀습니다. 아름답기까지 합니다. 적실한 묘사가 마치 활짝 핀 벚꽃처럼 아름답고 날아가는 화살만큼 경쾌하군요. 온몸이 쩌릿쩌릿합니다.

'날아다니는 나무'라니! 과히 예술 창작의 원리 선언이라 할 만합니다. 시조 작품도 최소한 걸어 다니는 나무 정도는 만들어 내야, '아, 저만하면 시조를 좀 빚어내는구나.' 하는 소리를 들을 것 같습니다. 옛 시조가 서 있는 나무였다면 현대시조는 걸어다니는 나무, 또는 날아다니는 나무에 가깝다고 할 수 있겠지요?

시조 작품을 몇 편 들여다볼까요? 첫눈에 대칭의 얼거리가 시선에 들어옵니다. 시조는 형식 구조상 초장, 중장이 대칭이며, 초장, 중장을 엮으면 그것이 다시 종장과 대칭을 이루는 구조입니다. 시조는 3장 구조 한 얼개로 완결성을 지니죠.

아래 작품을 볼까요?

「나무야」
                    ― 강기주

사계의 눈높이에
순응하는 너였기에
세상의 벗이 되어
사랑의 가지를 엮는가
천 년 전 바람을 타고
그대 옆에 서고 싶다

이 작품에서 초장, 중장, 종장은 각각 2행씩으로 나뉘어 있습니다. 구별 배행의 현대시조 양식이지요. 1, 2행의 초장과 3, 4행의 중장이 대칭 구조로 엮어져 있음이 한눈에 들어옵니다. '사계의 눈높이에 / 순응하는 너'와 '세상의 벗이 되어 / 사랑의 가지를 엮는' 것이 한 꿰미로 이어집니다.

초장과 중장은 한데 합쳐 다시금 종장과 어깨를 나란히 합니다. 이것 역시 대칭 구조이며 맞춤한 대구인 거죠. 1 : 1의 맞섬 또는 대칭의 울림입니다. '순응함으로써 세상의 벗이 되어 / 사랑의 가지를 엮는 그대'(초장/중장)에게 강기주 시인은 '천 년 전 바람을 타고 / 그대 옆에 서고 싶다'(종장)고 고백하고 있습니다. 초장과 중장이 하나로 엮어져 음(陰)을 이루고, 종장이 독자적으로 양(陽)이 되어서 '1+1=3'이라는 우주 창조의 새로운 공간을 엿보게 합니다. 시조의 3장 구조는 3태극 창조 원리의 표상이라고 할 수 있는 거죠.

다음 시조를 볼까요.

「도시의 달밤」
　　　　　－ 정석준

빌딩 숲 피뢰침에
혀가 찔린 살찐 달빛

은빛 피 뚝뚝 떨어져
온 도시가 창백하다

마지막
남은 불빛도
어둠 깊이 침몰한다

도시의 얼굴이 창백합니다. 은빛 피가 뚝뚝 떨어집니다. 도시의 밤을 환하게 밝힌 수은등은 화살처럼 쏟아지는 달빛에 깊은 상처를 입습니다. 이어서 살찐 보름달이 수은등의 공격으로 피투성이가 됩니다. 공격 주체가 바뀐 것이죠. 달의 혀에서 피가 뚝뚝 떨어지는데, 바로 그 순간 달빛은 바로 수은등 자신임이 밝혀집니다(3행 : 은빛 피 뚝뚝 떨어져-).

달의 몰락은 곧 전설의 몰락입니다. 서사 장치의 붕괴인 거죠. 상처 입은 혀를 주목하세요. 달의 몰락을 짐짓 문명의 몰락으로 뒤집어놓는 시선이 날카롭습니다. 자연과 인간에 대한 깊은 통찰이 엿보입니다. 내면적 깊은 진실을 투명하게 드러내고 있습니다. 창백한 도시와 살찐 달빛은 인드라망의 구슬이 되어 서로를 비추어줍니다. 상대에게서 자기의 참모습을 발견하는 것이죠. 결과적으로 문명과 자연의 승부는 1 : 1입니다. 승자도 없고 패자도 없습니다. 이 작품은 형식과 내용, 양자에 걸쳐 대칭의 울림과 대구의 조화를 잘 살려냈습니다.

문명의 불빛과 자연의 달빛이 끊임없이 투쟁하는 자리에 도시 문명이 존재한다는 사실을 여과 없이 그대로 묘파해낸 시인의 솜씨가 놀랍습니다. 도시 문명은 투쟁의 문명이며 피투성이 문명이라는 사실을 3장의 완결 구조에 단정히 정리해 두었습니다. 작품 전편에 시선의 깊이와 넓이와 높이가 무르녹아 있습니다.

정석준 시인은 불의 이미지, 빛의 이미지를 이용하여 얼음같이 차가운 도시 문명의 비정함을 역설적으로 드러내려 시도했고, 시인의 의도는 단수로 완결 처리한 이 작품에서 일정한 미학적 성취를 이루었습니다. 형식에서나 내용에서나 이 작품은 완결성의 얼개를 깨끗하게 보여준 수작입니다.

시조의 완결성은 창호지처럼 햇빛과 바람을 받아들입니다. 안개와 바람마저 통과시키는 전통 한지의 은은함 —닫힌 듯 열려 있는 형식 미학은 시조 문학의 으뜸가는 매력이 아닐 수 없습니다.

아래 작품에서 대칭의 아름다움을 본격적으로 만나볼까요?

「감나무」

－ 김재황

거친 주름을 세며 무겁게 누리는 수명
돌담을 끼고 서서 시름의 그늘이더니
밤이면 가슴에 얹힌 근심 떨어지는 소리

돌아가는 마음으로 불을 켜는 노란 영혼
쟁반에 슬픔을 담아 착함의 믿음이더니
이 가을 뜨거운 정을 가지마다 매달았다

어느 늦가을입니다. 햇살은 맑고 다정하고 사랑스럽습니다. '감나무'가 눈에 들어오고 탐스러운 알알이 가슴에 스르르 무너지듯 안깁니다. 시인은 뜨거운 가슴으로 생명을 품에 안습니다. 그리고 신열 끝에 새 생명을 잉태하여 세상으로 내보냅니다.

초장에 감나무의 외양을 표현하고 있습니다. '거친 주름을 세며 / 무겁게 누리는 수명.' 중장에는 한 걸음 더 깊이 감나무 속으로 걸어 들어가 보는군요. 그 결과 중장의 시구를 얻었습니다. '돌담을 끼고 서서 시름의 그늘이더니.' 이쯤에서 커다란 감정의 부피가 이미 가슴의 한계 영역을 멀찌감치 벗어나 버렸음을 알 수 있습니다.

초장과 중장의 연결 고리는 대구이며 대칭입니다. 여기에 조화와 균형이 있습니다. 그것은 정확히 1 : 1의 비례 관계입니다. 경(景)에서 점차 정(情)으로, 정중동의 조용한 발걸음이 눈에 들어옵니다. 그리고 마지막 종장 표현 －밤이면 가슴에 얹힌 근심 떨어지는 소리— 은 온전히 정(情)으로 그린 그림입니다. 바퀴살이 바퀴통으로 몰려들 듯 초장과 중장은 종장의 정점을 향해 발걸음을 부지런히 옮깁니다.

'이 가을 뜨거운 정을'— 이곳이 이 작품의 화룡점정입니다. 가을 찬 서리에 온몸을 맡긴 감이 뜨거운 정으로 거듭났습니다. 변신인 거죠. 극적인 변신. 놀랍습니다. 시각적 심상이 촉각적 심상으로 전환되면서 감나무 먼 그림이 따뜻하게 온기를 전하며 인정의 꽃으로 활짝 피어납니다. 쟁반에 담긴 슬픔이 하늘에 걸린 기쁨으로 다시 태어난 것입니다.

첫째 편 3행을 다시 볼까요. '밤이면 가슴에 얹힌 근심 떨어지는 소리.' 나무에 감이 알알이 탐스럽게 달렸으나, 시인의 가슴에는 감 톨이 수시로 떨어집니다. 연민의 마음이고 사랑의 마음입니다. 눈물 젖은 눈으로 바라본 시인의 가슴엔 감 떨어지는 소리가 들립니다. 우주의 탄생과 소멸이 눈에 보이고 귀에 들어옵니다. 이윽고 '툭~' 하고 근심이 한 알 떨어집니다. 시인의 가슴 밭에 찬란하게 부서집니다. 우주의 무게가 순간 빛으로 가득 들어찹니다. 황홀경의 순간입니다.

초장과 중장을 하나의 연결체로 볼 때 그 존재감이나 무게감은 종장의 그것과 대체로 일치합니다. 위 시조 둘째 편에서도 이 관계가 한눈에 들어옵니다. 종장을 주목해 볼까요. '이 가을 뜨거운 정을 가지마다 매달았다.' 앞선 초장과 중장을 연결해서 하나로 합체할 때라야 이 정도의 존재감과 무게감이 나올 수 있습니다. 따라서 이것 역시 기본적으로는 1 : 1의 대칭 관계라고 할 수 있는 거죠. 이 점에서 시조는 3장의 기본 구조를 가지지만, 본질적으로 그것은 음양의 관계처럼 1 : 1의 대칭 구조가 보조 장치로 엮어져 있다고 말할 수도 있습니다. 그리되면 시조의 얼개가 한층 정갈해집니다.

무릇 대칭은 아름답습니다. 시조의 형식 미학이 이에서 빛나는 거죠. 시조는 비록 3장의 구성으로 묶여 있으나, 실질적으로는 두 개의 대응되는 짝이라는 신묘한 틀을 내재적으로 갖추고 있습니다. 그래, 시조의 창조성 원리는 음과 양이라는 이원론적 세계가 3이라는 창조의 계기수를 만나 전혀 새로운 별천지를 만들어내는 것이라고 말할 수 있습니다. 음양, 또는 흑백 이원론은 세계 구성의 공통 원리입니다. '1+1', 곧 '陰+陽'은 우주 생성의 원리입니다. 그런데 여기서 파생되는 3은 실제의 모든 것입니다. 따라서 3은 낱낱의 만물인 동시에 만물의 창조 원리입니다. 시조와 3은 떼려야 뗄 수 없는 관계입니다. 2가 안정과 대립이라면 3은 변화와 조화를 상징합니다. 3은 우주적 기운 그 자체입니다. 역동성. 카오스와 코스모스의 혼융. 카오스모스. 이게 3이고 이게 시조입니다. 우주의 기운과 삼라만상이 시조 형식을 통해 3으로 수렴됩니다. 나중에 알게 되겠지만 3이 곧 1입니다. 3이 곧 사람입니다. 1이 곧 사람입니다. 하나는 모든 것이고 모든 것은 하나입니다.

시인은 삶의 향기를 요리하는 사람입니다. 시인의 손끝에서 삶은 더욱 향기로워지고, 자연은 한결 풍성해집니다. 우수마발의 구지레한 삶조차 시인의 손길이 닿으면 꽃송이가 되지요. 존재의 즉시성. 시인은 말합니다. '모든 것은 지금 존재하며, 지금이 가장 아름다운 순간'이라고……

화순 운주사(雲住寺)에 가면 특별한 바위가 있습니다. 둥근 원판의 바윗돌이죠. 거기 별자리가 새겨져 있습니다. 예부터 운명을 관장한다는 별, 북두칠성입니다. 낱낱의 별들은 유난한 의미가 없습니다. 그러나 7개의 별을 별자리로 보는 순간, 북두칠성은 신이한 위력을 발휘하게 되죠. 별은 하늘이 만들었지만, 별자리는 사람이 창조한 것입니다. 별은 별이고 자연은 자연(自然)이지요. 스스로 말미암고[自由] 스스로 그러한[自然]. 그러나 자연을 해석하고 별자리를 만드는 건 오롯이 인간의 몫입니다. 여기서 문화와 문명이 탄생합니다.

인간과 자연의 교집합, 그 어름에 예술이 탄생하고 종교가 출현합니다. 생각해 보면, 예술은 종교의 미적 표현이 아닐까 합니다. 예술 행위는 일정하게 자기 구원과 연결되며, 예술가에게 예술은 곧 그의 종교인 것입니다. 까닭에 문학인에게 문학은 그의 종교이며, 치열한 시인에게 시는 종교 또는 종교 이상의 것입니다.

별[시어]은 숱하게 많습니다. 어느 별을 가져다가 어디에 배치할 것인가? 창작이란, 무량 별에 질서를 주어 별자리를 만들어내는 작업입니다. 3장이라는 정형의 반듯한 별자리 판 —우리에게는 이게 노다지 같은 보물이 아닐 수 없습니다— 을 우리에게 물려준 조상님께 큰절 올려야 해요.

우주에는 별들이 바닷가 모래알보다 더 많습니다. 시인은 머리 위 반짝이는 별들을 가슴에 들입니다. 누구나 별을 바라볼 수 있지만, 그 별을 엮어 별자리를 창조하는 자가 시인입니다. 그가 창조하는 별자리는 새로운 세상입니다. 이전에 없던 놀라움이고 새로운 아름다움입니다. 수고로운 작업 끝에 삶은 더욱 빛나고 별자리는 한결 더 신비롭습니다.

다음 시조의 별자리를 한번 살펴볼까요.

「족보(族譜)」

– 최상근

설렌다 붓과 먹으로만 반만년을 이은 책
거미줄처럼 씨줄과 날줄로 엮이어진
한 올도 끊어짐 없이 어떻게도 묶었다

묵묵히 영과 육을 떠안고 산 세월
닥종이 껍질보다 더 질긴 고집들
오늘도 생몰의 장이 탑과 같이 쌓인다

뉘라서 우리 보고 시기 질투 하였든가
이보다 더한 뿌리 지구 상에 또 있을까
씨앗이 보고 커가는 족적 하나 남기다

위의 별자리 이름은 '족보'입니다. 별자리 판을 수놓은 별[시어]들이 많습니다. 중요한 것들을 몇 개 간추려 볼까요. 먼저 연작시조 제1편은 '설렌다', '붓과 먹', '반만년', '거미줄', '씨줄·날줄', '한 올', '묶었다' 등이 눈에 띕니다. 제2편은 '묵묵히', '영과 육', '세월', '닥종이 껍질', '고집들', '생몰의 장', '탑' 등이 빛나는군요. 제3편은 앞에 비해 소략합니다. '뿌리', '지구', '씨앗', '족적' 등이 별자리 판에 초대되었습니다.

작품 첫머리에 대뜸 '설렌다'고 썼습니다. 설레는 감정을 '설렌다'라고 썼을 뿐입니다. 짧게 치고 빠지니 박진감이 넘칩니다. '설렌다' —대개의 경우 고요하고 스멀스멀한 이 감정의 물결이 여기에서는 힘차게 폭포수처럼 뛰어내립니다. 족보와 대면하는 경이로움은 이 한 마디로 족합니다. 반만년의 역사를 품에 안은 닥종이 껍질을 이보다 더 사랑할 수 없습니다. 고집불통의 끈기와 집념으로 생물의 장이 탑으로 우뚝 솟아오릅니다. 어둠에 묻히기 십상인 작은 역사의 핏줄기가 족보를 통해 환히 열리는 걸 지켜보는 환희로움이 작품 바다에 출렁거립니다.

별자리 '족보'의 중심 별은 '설렌다'입니다. 시 전체에서 이게 가장 중심이며 가장 빛납니다. '설렌다'를 가만히 되뇌어 보세요. 시어 '설렌다' 앞에 서면 누구나 가슴 설레게 됩니다. 말은 전염성이 강합니다. 감염 주술이라는 게 있지요. 시어가 아름다울 수밖에 없는 이유입니다.

여기서 시인은 에둘러 말하지 않습니다. 직설적으로 고백합니다. 너를 좋아한다고, 사랑한다고, 경애의 마음을 바친다고……. 최 시인은 단도직입으로 말합니다. 족보에 대한 사랑과 존경, 그리고 자긍심이 별 밭 가득 환합니다.

족보 앞에서 가슴이 설레는 시인. 그는 천생 칸국인이며, 역사의 숨결을 이어가는 생활인입니다. 최상근 시인은 '설렌다' 하나만으로 '족보'를 더없이 찬란한 별자리로 만들었습니다. 이를테면 '설렌다'는 이 작품의 북극성입니다. 거기에 비해 다른 것은 죄 잔별들입니다. 강가의 조약돌 같은 것들이지요. 그러고도 별자리 '족보'는 의미 있으며 충분히 아름답습니다. 잔별 때문에 북극성이 더욱 빛나며 북극성 때문에 잔별들이 의미와 깊이를 얻었기 때문입니다.

창조의 눈동자가 번득입니다. 찰나의 포착! 책 속에서 탑이 솟아오릅니다. 족보를 탑으로 치환하여, 생물의 역사를 온전히 담아낸 것이 이 작품의 또 다른 미덕입니다. 시인의 사물을 보는 눈매가 서늘하군요.

　1편의 중심 별이 '설렌다'라면, 2편의 그것은 '탑'입니다. 그렇다면 3편은? 여기서 우리는 북극성을 찾을 수 있을까요? 얼핏 보아 없습니다. 눈 씻고 다시 봐도 없습니다. 결론적으로 3편은 사족에 가깝습니다. 군것입니다. 3이라는 숫자에 너무 경도된 나머지 절로 군더더기가 붙은 것이지요. 사물이 제대로 서 있기 위해서 2라는 숫자는 불안했던가요?

　숫자 3의 의미를 잠깐 캐볼까요. 일상이라는 광산입니다. 솥발은 3개이며, 카메라 발 역시 3개입니다. 여기서 발 4개는 얼마나 우스꽝스러운가요? 그것은 단조롭고 평범하고 지루하기까지 합니다. 2는 또 어떨까요? 2는 존재감이 없습니다. 현실적으로 존재하지 않는 거죠. 2는 하나의 원리이고 법칙일 뿐입니다. 그에 비해 솥발 3개, 카메라 발 3개는 얼마나 예술적인가요? 마치 시조의 3장 형식미가 그런 것처럼 말입니다. 이것은 예술적이면서 동시에 실제적입니다. 우리의 삶 또한 그러한 것임을!

　최 시인이 2편으로 작품을 깔끔히 마무리하지 않고, 왜 굳이 제3편을 덧붙였는지 짐작이 가지 않는 바가 아닙니다. 한국인에게 3이라는 수는 아주 친근합니다. 우리 겨레에게 3은 신성한 수이며, 완전한 수이며, 가장 아름다운 수입니다. 3철학, 3태극 원리의 중심입니다. 3은 역동적이면서 천변만화의 조화를 품고 있는 수이기도 합니다. 이 사실은 우리 생활 곳곳에 지금도 편린으로 남아 있습니다.

　그래도 위 작품 제3편에서 가외로 얻는 게 있습니다. 시조 형식이 3이라는 성수(聖數)와 진하게 엮여 있다는 사실 —3장의 형식 구조, 종장 첫 마디는 3자 고정, 3수율의 운율— 이 그것입니다. 사족의 느낌이 드는 제3편의 존재가 역설적으로 시조 정형의 비밀을 은근히 달빛처럼 비추어 줍니다.

아래 작품에서 각각의 형식을 비교해 보기 바랍니다.

(1) 「사랑 편지」

　　　　　　　　　　　－ 유선

눈부신 백지 위에 해 지면 별이 뜬다

길 따라 마음 따라 갈피마다 한풀인데

행여나 가슴 다칠까 망설이는 봉투여

(2) 「화개동 편지」

　　　　　　　　　　－ 강기주

별 밤이 물소리 따라

따라 흐른 밤이면

산중엔 소쩍새

외골방엔 님의 새가

님의 별

더듬어 내며

어둠 속에 젖고 있다

(3) 「독도」

　　　　　　　　　　　　－ 조주환

푸른 유리컵 같은 저 동해의 자궁을 열고

몇 조각 뼈로 태어난 백두의 핏줄 독도가 산다

수줍은 태초의 햇살이

맨 처음 닿는 곳

해협 밖 미친 바람이 제 뿌리를 흔들 때는

시퍼런 힘줄을 떠는 겨울 바다의 등뼈

결연히 창검을 세운다

그 실존의 한 끝에서

백두대간을 따라 혈육들이 잠든 밤

거친 풍랑에 꺼질 듯 깜박이다

가끔은 고독에 깎이며

소금 꽃을 꺾어 문다

어때요? 위 작품들은 모두 시조입니다. 무언지 모르게 첫눈에 꽤 자유롭지요. 우선 가락이 다채롭습니다. 진양조장단에 휘모리장단까지. 또 보면 외양도 들쭉날쭉합니다. 통일성이 없습니다. 고르지 않아 함께 엮어내기가 난감합니다. 정형의 대패를 가지고 민듯하게 밀어버릴 수가 없습니다. 규정성이 없습니다. 한마디로 무규정성에 묶여 있습니다. 위의 작품들은 형식 장치로 볼 때, 시쳇말로 작품 간에 호환성이 없습니다.

그런데 자세히 보세요. 얼추 통일성이 엿보입니다. 질서가 있고 조화가 숨을 쉽니다. 낯익음 속에 새로운 표정이 들어 있습니다. 부조화 속에 절제된 미의식이 살아 있습니다. 민족의 내재율인 3수율이 흐릅니다. 사계절의 발걸음이 담겨 있습니다. 전통의 시조 형식은 자동판매기가 결코 아닙니다. 시조의 정형성은 동일물 산출의 거푸집이 아닙니다. 저 희랍 프로크루스테스의 침대는 더더욱 아닙니다. 다리가 길다고 자르지 않으며, 짧다고 해서 엿가락처럼 잡아 늘이지 않습니다. 시조는 고도의 탄력성과 신축성을 가진, 일종의 찰흙판이라고 말할 수 있습니다.

그래서 시조는 정형의 틀임에도 능굴능신(能屈能伸)의 자유로움을 누립니다. 우리 겨레 본래의 성정 그대로입니다. 절제를 사랑하되 거기에 얽매이지 않습니다. 풍류를 사랑하되 난잡하지 않습니다. 생래적으로 배달겨레는 틀에 갇히는 것을 싫어합니다. 구속을 미워하고 간섭을 싫어합니다. 그러고 보면 시조는 무정형의 정형이 틀림없겠지요. 이게 시조의 치명적인 매력입니다.

우리 겨레 역사에 시조 탄생은 필연입니다. 민족 문화는 그 민족의 생활 풍토에서 자생하는 법이지요. 오늘도 시조 향기는 천 년의 세월을 안고 문화의 꽃을 열심히 피우고 있습니다. 긴장과 이완, 움직임과 그침, 경(景)과 정(情), 놀이와 예술, 풍류와 절제, 압축과 펼침 —모순의 공존으로 말미암아 시조 세계는 오히려 팽팽한 긴장의 끈을 언제든 바싹 잡아챕니다. 이 때문에 삶은 재미와 의미와 가치와 보람과 아름다움을 더해갑니다.

홍익인간(弘益人間)! 우리나라의 건국이념입니다. 널리 사람을 이롭게 한다는 뜻입니다. 살아있는 뭇 생명들이 다 '사람'입니다. 살아 있기 때문에 사람이고 살아가기 때문에 사람입니다. 땅강아지도 사람이고 두더지도 사람이고 벚꽃 나무도 사람이고 버들개지도 사람입니다. 살아 있는 모든 게 다 사람입니다. 이런 마음이 곧 종교의 마음이며 문학, 특히 시의 마음이 아닐까요? 홍익인간은 우리 시인들의 꿈의 나침반입니다. 홍익인간은 뭇 생명들이 서로 더운 숨결 나누며 살아가자는 꿈의 표현입니다. 삶의 거룩함을 세상에 선포하는 구호입니다. 이것은 자비의 마음을 실천하라는 종교 경전입니다. 이것은 지구 환경 보호와 생명 존중을 위한, 지구별 역사상 가장 깔끔하고 멋스러운 지침이 아닐 수 없습니다.

시인은 생명은 물론 사물에조차 따스한 온기를 전합니다. 온갖 물상과 대화를 나누며 그들의 깊은 속을 들여다보고 어루만지고 다독이며 함께 감정을 나눕니다. 비유한다면, 시 작품은 편편이 한 그루 나무처럼 그것은 뭇 생명의 이산화탄소를 빨아들이고 산소를 내놓습니다.

다음 작품에 깃들인 생명 사상을 들여다볼까요?

「나무」

– 강경주

땅의 맥박과 하늘의 숨소리
두근두근 흐르는 은밀한 수액
손끝이 쩌릿쩌릿한 아, 영원한 기도여

우리 전통의 삼신할미는 천지인(天地人) 3태극을 인격화한 것입니다. '땅의 맥박과 하늘의 숨소리'가 나무 둥치에서 들립니다. 시인의 눈길로 나무가 새로 태어났습니다. 까마득한 날에 하늘과 땅의 결합으로 뭇 생명이 태어나듯, 지금 이 순간 시인에게서 나무가 새로 태어났습니다. 살아있는 모든 게 사람이되, 진정으로 사람다운 사람이 사람입니다. 그의 이름은 시인입니다. 최초의 사람다운 사람, 그가 임금입니다. 단군은 이 땅 최초의 시인이었습니다.

하늘 기운과 땅 기운이 모여들어 두근두근 은밀한 수액으로 흐르고, 나무는 고마운 마음에 하늘에 영원한 기도를 올립니다. 바람에 흔들리는 나무는 생명의 환희로움에 감격하여 손끝이 쩌릿쩌릿합니다. 홍익인간이 가슴 두근거리는 수액으로 흐릅니다. 이걸 읽어내는 시인의 마음이 살갑군요. 초장이 보여주는 내재율의 파격적 표현—땅의 맥박과 하늘의 숨소리—은 시인이 덤으로 주는 선물입니다. 3수율의 멋입니다. 시조는 감정의 굴곡에 너울대는 율동의 자연스러운 흐름이며, 만물에 굽이쳐가는 아리랑 가락이기 때문입니다.

　　다음 시를 볼까요.

　　　「네 이놈, 토충(土蟲), 8」
　　　　　　　　　　　　－ 낙동강 255 (서태수)

　　　너, 토충 아니더냐
　　　약재상엔 웬일이냐
　　　살아 흉물이던 너가
　　　죽어 인술(仁術) 베푸니
　　　조물의 속 깊은 뜻이 여기에 있었구나

　　　그대, 오공(蜈蚣)선생 그 한 몸 다 바쳐서
　　　날 궂어 쑤시는 몸, 허리 아파 누운 사람
　　　뼛속에 편작이 되어 깊은 시름 더는구나

　　시적 대상(토충)에 인격을 부여하여 그의 살신성인을 기리고 있군요. 흉물스러운 모습의 오공 선생이 편작의 효험으로 되살아나 인술을 베풀고 있다 하였습니다. 초장 첫머리에 대화체를 넣어 생동감을 불러일으킨 점이 주목할 만합니다. 생활 감각의 핍진함이 묻어납니다. 상황 묘사라고나 할까요, 오래 낯이 익은 오공 선생을 약재상에서 만나는 장면이 봄 햇살처럼 환하고 정겹습니다.

죽은 토충이 약재상에서 오공 선생으로 살아났네요. 생살여탈권이 시인의 손에 오롯이 주어진 셈입니다. 과거 살아있는 지네를 만났을 때 느꼈던 소름 돋는 징그러움이 여기서는 반가움이 대신하고 있습니다. 관계 역전입니다. 놀라운 변신술입니다. 변신술의 주체가 토충이 아니라, 시인 자신이라는 사실에 주목할 필요가 있습니다. 시적 대상(토충)에 자아를 투사하여 기대와 희망을 극대화하고 있는 것입니다.

모르긴 해도 오공 선생 살아생전에 시인은 지네의 흉물스러운 외양에서 일찍이 그의 인품을 읽어냈으리라 여겨집니다. 시인은 짐짓 호통(네 이놈 토충)치면서 그의 불행(죽음)을 떨쳐버리려 합니다. 마치 '운수 좋은 날'의 김첨지처럼 말이죠. 오공 선생의 불행(죽음)이 시인에게는 행운이 되고, 토충의 행운(살아있음)이 시인에게는 한때 불행이었죠. 상황적 아이러니 속에 삶의 깊은 진리가 메아리칩니다. 시인은 변덕스러운 세태인정을 적실하게 잡아내었습니다. 그러고 보면 삶은 모순의 공존으로 굽이치는 강줄기가 아니던가요?

홍익인간의 내재적 가치는 '살림[生]'입니다. '다살림'입니다. 홍익인간은 삼라만상에 생명의 온기를 전합니다. 이 작품에 구현된 홍익인간은 만물이 서로에게 생명을 주고 생명을 받는, 인과의 연으로 맺어져 있음을 새삼 환기시킵니다. 홍익인간에서 다스림은 곧 '다살림'입니다. 이곳에서 조물주의 삼라만상 다스림은 '다살림'으로 실현됩니다. 지극한 생명 존중 사상이지요. 그런 까닭에 홍익인간을 통하여 만물은 생명을 새로 얻고, 온 생명은 서로 이어져 영생을 누립니다.

우리 칸겨레 5천 년의 역사가 평화의 역사, 생명 존중의 역사로 일매지게 내려온 것은 홍익인간에 힘입음이 실로 크다고 하지 않을 수 없습니다. 홍익인간(弘益人間)은 지구촌 전체의 생명 평화를 위해 우리 민족이 오래전에 마련해 둔 것입니다. 능히 세계의 종교가 될 만합니다.

> 하루가 가고 또 하루가 온다 밝음이 쌓여
> 꽃이 되고 돈이 되고 사랑이 되고 밥이 된다
> 날마다 시간의 금맥을 캐며 한생을 밝히리라

언어 예술에서 언어는 때로 경배의 대상이 됩니다. 그러나 대개의 경우 언어는 생활필수품, 그 이상도 그 이하도 아닙니다.

'문학'이라는 말 속에는 계몽주의의 매서운 눈초리가 들어 있습니다. 문학은 넓은 범주의 근대 인간학이라 규정된 바 있습니다. 흑백국의 근대 문학 작품들을 일별해 보세요. 세계의 고전으로 등재된 모모한 문학 작품들은 19세기의 경제학, 수학, 통계학, 물리학, 사회학 등에 비견할 만한 '인간학'의 놀라운 성과물들입니다. 근대 계몽주의 시대에 문학은 예술에 앞서 학문이었으며, 좀 더 정확하게는 인간학이었습니다. 특히 서사문학의 결정판인 소설이 그런 대접을 받았던 것이죠. 어쨌거나 시대의 명령에 따라 문학은 계몽의 도구로 봉사했던 것입니다.

한편 문학은 때로 예술적 순결주의를 외투로 걸치기도 합니다. 그런데 이것은 계몽주의와 짝을 이루어 야누스의 두 얼굴을 만듭니다. 유미주의니 탐미주의니 하는 것들이 그것입니다. 근대와 현대 문학의 사조 변화를 추적해 보면, 얼핏 그 모습이 또렷이 눈에 들어오기도 할 것입니다. 순수문학이니 참여문학이니 하는 논쟁이 그런 성격의 것입니다. 이것은 마치 대중 사회의 인적 구성을 보수파와 진보파로 가르는 일과 일맥상통합니다. 잘못된 것이지요.

용어 문제로 시선을 돌려볼까요? '문학'이라는 말, 어떤가요? 상당히 고상하고 우아한 분위기를 풍깁니다. 문학이라는 용어를 '미술'이나 '음악'과 같이 평이하고 자연스러운 이름으로 바꾸면 어떨까 싶습니다. 문학을 '미술'이나 '음악'과 격을 맞춘다면 '시문(詩文)'이라는 용어가 적당할 듯합니다. 어떻습니까? 시문. 이것은 아주 옛날부터 우리가 본래 쓰던 이름이지요. 현재의 '문학'이라는 용어에는 계몽주의 냄새가 너무 진하게 배어 있으며, 시류를 반영하여 상업적 낙인까지 너무 선명하게 찍혀 있습니다. '문학'을 버리고 '시문'으로! 더 멋스러움을 담으려면 '문예(文藝)'로. '시문예술(詩文藝術)'을 줄여 '문예'라 하지요. 어떤가요? 이전보다 훨씬 더 경쾌하고 역사적이며, 보다 더 생활적이며 예술적이지 않은가요?

시인은 천하의 기미를 누구보다 먼저 알아채는 사람입니다. 낙엽 하나로 천하에 가을이 왔음을 발견합니다. 작은 기미에도 섬세하게 반응하고 예민하게 움직입니다. 찰나의 포착! 그는 가장 빨리 일어나 가장 늦게 잠듭니다. 잠에서조차 꿈을 꾸며 기미의 끈을 놓지 않습니다. 팽팽한 긴장감이 거문고 줄 같습니다. 툭 건드리면 노래가 쏟아집니다. 까닭에 그는 늘 젊고 언제나 청춘입니다. 신로심불로(身老心不老)의 마음으로 살아가는 것입니다.

시조 시인은 여기에 보태어 가락을 타야 합니다. 이른바 3수율이라는 것입니다. 우리 고유의 아리랑 가락을 씨줄 날줄로 엮을 줄 알아야 합니다. 3장 12마디에 글자를 억지로 구겨 넣는다고 해서 시조가 되는 게 아니란 걸 잘 알고 있어야 합니다. 중요한 것은 흐름이며, 세상의 기미가 끊어지지 않고 연결되는 것을 지켜보는 일입니다. 그런 까닭에 그는 늘 눈매를 날카롭게 벼리고 가슴을 따스하게 데워둡니다. 시인은 꽃잎에 떨어지는 바람 소리를 보고 세상의 기미를 언제라도 들을 줄 압니다.

자유시가 마음대로 양껏 먹는 청량음료라면, 시조는 분위기 잡으며 마시는 차 한 잔입니다. 자유시가 갓 건져 올린 싱싱한 생활미를 노래할 때, 시조는 절제된 몸짓과 발걸음으로 자연과 인간을 돌아봅니다. 자유시가 바람이라면 시조는 그 바람에 실려 흐르는 향기입니다. 외국인의 눈으로 볼 때 시조는 칸국 문화의 몇 안 되는 매력 덩어리임이 틀림없습니다. 시조의 멋은 동양화의 여백이며, 차 한 잔의 여유입니다.

모쪼록 시인들이 따뜻한 차 한 잔을 우리 이웃에게 나누어주는 일이 지속되기를 바랍니다. 작품 창작은 제 가슴에 꽃을 피우는 일입니다. 인정의 문학을 활짝 꽃피우는 일에 세상 사람들 모두의 동참을 바랍니다. 지구별 모든 이가 시조 놀이에 흠뻑 빠진다면 얼마나 좋을까요? 그곳이 바로 별천지가 아닐까요? 시조는 태양의 노래입니다. 지구 평화의 노래입니다. 지구별 사람들이여, 감히 바라건대 시조 나라를 우리 함께 만들어갑시다."

단단의 발표가 끝났다. 환호성이 쏟아진다. 사람들의 박수갈채가 한빛으로 터져 나온다. 모두가 감동의 도가니에 꼼짝없이 쓸려 들어갔다. 영은 조용한 미소를 조금씩 일구더니 단단의 시조 발표가 끝나자 기다렸다는 듯이 활짝 목련꽃처럼 웃는다.

왕비가 웃어, 자꾸 웃는 거야.

흑백왕은 좋아서

덩실덩실 춤을 춰.

왕은 신이 났어. 왕비가 자꾸 웃어주니

신나는 거지. 3년 만에 웃으니 이루 말할 수 없이 좋아.

자기 때문에 그런 줄 알고 신이 나는 거야.

그런데 말이야.

왕비가 웃는 게, 사실은

시조왕자 단단 때문인 줄은 꿈에도 모르겠지.

임금 자리가 비었네.

단단은 냉큼 임금 자리에 앉았어.

영과 단은 마주보며 슬며시 웃음을 나누며

한참을 그러고 있어.

그러다가 영이 눈을 찡긋하면서 이러는 거야.

"시조는 삼 년 동안 뭣하러 배웠어요?"

이 말에 단단이 눈치를 챘어.

단소를 꺼내 들었지.

한 시조를 부르는 거야.

"빛이여 모든 이의 가슴속에 3태극을 밝히소서."

한 시조 소리에
춤추던 흑백왕이 그만 풀썩 주저앉아.
쓰러진 거야.
빛살을 받고 쓰러진 거지.
무수한 빛살이
'활시조'에서 일시에 뿜어져 나온 거야.
부신 빛이 폭풍처럼 지나갔어.
가만히 보니
흑백왕 있던 곳에서
무엇이 꿈틀꿈틀해.
보니까 큰 쥐 한 마리가 있어.
다들 깜짝 놀랐지.
흑백왕이 놀랍게도 쥐새끼였던 거야.

단단이 가만히 보니
일전에 풀숲에서 살려 두었던 그 괴물인 거야.
그날 이후로
일배충들을 모아 그동안 왕 노릇을 했던 거지.

꿈틀거리던
쥐의 움직임이 멈추었어.
죽은 거야.
무수한 빛살에 박혀
고슴도치가 된 채 죽은 거지.
하느님이 그랬어.

사람들은 놀라운 광경에 넋이 나갔어.
웅성웅성
눈길과 소리와 몸짓이 뒤엉켰어.
시조왕자가 자리에서 벌떡 일어섰어.
영도 따라 일어났지.

"하늘의 뜻을 받들어 이제 이곳에
시조 나라를 선포하노라."

사람들은 귀를 열고 눈길을 모았어.
우렁찬 만세 소리가 뒤를 따랐지.

"시조왕자님 만세, 시조 나라 만세"
"우리 임금님 만세. 이영 왕비님 만세"

시조왕자

단단

9

　빨간 해가 밤으로 가는 길을 재촉한다. 어둠과 밝음이 손을 맞잡고 추는 황홀한 춤 같은 풍경이 눈앞에 펼쳐진다. 이것은 누구의 명령도 없이 저절로 이루어지는 하늘의 뜻이다. 단은 생각한다. 모든 게 이렇듯 순리대로 흘러가면 얼마나 좋을까 하고. 그러나 이런 생각이 부질없다는 것을 안다. 인간은 자연에서 태어나 다시 자연으로 돌아갈 때까지 갖은 노력으로 자신의 운명을 개척하며 살아간다. 인간은 자연이 주는 생체 시계를 거부하고 인공의 시계를 잔뜩 만들고 거기에 맞추어 산다. 주렁주렁 도구를 만들어 자신의 발목을 묶는 것을 문명의 발달로 여기는 일들이 얼마나 많은가? 불편하고 고통스러운 자연과의 기억을 끊어버리고, 인공의 신대륙을 발견하고자 애를 쓰는 인간들이란 얼마나 가당찮은 존재들인가? 단은 이런 생각을 하며 곁에 앉은 영의 얼굴을 사랑스레 바라본다. 자연이 주는 거룩한 아름다움이 그녀의 눈가에 내려앉았다. 그는 영을 찬찬히 바라보는 것만으로도 가슴이 두근두근 뛰고 도전의 용기가 새로 불끈 돈다. 둘만이 있는 기회가 자주 오지 않음을 애타게 반추할 뿐. 미련을 남기고 고즈넉이 둘을 감싸며 빨간 해가 어둠 속으로 사라진다. 그와 그녀만이 어둠 속에 잠긴 빛이 되어 그림으로 남는다. 새 아침이 고요히 잉태되는 시간이다. 어둠이 어둠과 몸을 포갠다. 하나가 된다. 숙성된 어둠이 곧 새 빛으로 탄생하리라. 태양을 기다려야 하리. 마치 지금 사람 세상이 그러한 것처럼.

좌 빌딩 우 빌딩의 도시에서 살아가는 삶이란 얼마나 팍팍한가. 욕망은 엘리베이터를 타고 무시로 오르내린다. 사람들이 어깨동무를 하며 신바람을 타고 구름처럼 달려가는 낭만이 도시에는 도시 보이지 않는다. 도시는 언제부턴가 사람 사는 것 같지 않다. 사람 냄새가 나지 않는다. 도시에 멋스러움이 없다. 인정이 사라졌다. 정겨움을 찾을 길 없다. 도시의 주인은 사람이 아니다. 도시의 주인은 돈이다. 욕망이다. 어지럽고 복잡하고 각박하고 천박한 세상이다.

> 홍매화 붉어 붉어 겨울이 뜨겁구나
> 개나리 노란 정에 봄볕이 다사로워
> 정녕코 이 좋은 시간들을 사진 속에 담는다 찰칵

쉬어가는 길에 접어들었다. 길은 노상 걷기만 하는 게 아니다. 때로는 길을 접어 이불처럼 덮고 포근히 누워버릴 수도 있다. 길은 끝이 없으므로, 길은 길을 부르고 길이 길을 만든다. 사람은 길을 통해 사람과 문명을 만나고 자연은 길을 통해 사람을 만난다. 만나는 복으로야 길만 한 게 어디 있을까. 길은 흘러간다. 흘러가는 게 길뿐이랴마는. 일단 길은 흘러간다. 하늘 위로 구름이 흐르듯 길은 땅 위를 흐른다. 길은 흐르는 구름 같은 것이다. 그래, 길 위에서 취중몽유로 살고 싶은 때가 가끔은 있다. 그럴 때면 무작정 길을 나서는 게 좋다. 그때의 길은 신천지로 가는 자동차다. 새 길을 보고서야 새 세상이 열린다. 길은 길에게만 길을 연다. 길은 사실 사람에게는 속살을 좀체 보여주지 않는다. 사람이 스스로 길이 될 때, 길은 비로소 사람에게 전부를 보여준다.

　　길은 제물로 흘러갈 뿐 자신을 알아 달라고 보채지 않는다. 사랑해 달라고 다그치지 않는다. 무심한 낯빛으로 길손을 맞을 뿐, 하소연도 투정도 하지 않는다. 길은 언제나 정직하다. 정직할뿐더러 솔직하다. 단단은 생각의 갈피를 가지런히 챙긴다. 길 위에서 생각하는 게 훨씬 역동적이라서 그는 자주 길 위에 자기 생각을 펼쳐놓는다. 꽃을 보며 꽃 같은 인생을 생각하고, 잠자리를 보고 잠자리 같은 하루를 생각하는 것이다. 함부로 놓인 돌멩이를 보고 제자리에서 말없이 역할을 다하는, 어찌 보면 노예같이 착하디착한 이웃들을 떠올린다. 잔디밭 가운데를 가로지르는 돌계단 길을 걸으며, 양쪽으로 펼쳐지는 잔디의 물결을 헤치며, 쉼 없이 출렁이는 생각의 파도를 겹겹이 가르며 걸어간다.

　　단단은 예나 이제나 시조 공부에 전심전력한다. 숫돌에 몸을 가는 정도의 수련을 거쳐 열락의 바다에 닿는다. 심신은 거미줄처럼 하나로 이어져 있고, 공존의 물결이 세상의 바닥 깊숙한 곳에 물결치고 있다. 혼자 사는 것이 아니라 세상은 서로 이어져 얼키설키 나누며 살아가는 것이다. 시조 수련은 힘겹지만 또 언제나 재미있다. 힘든 만큼 보람과 재미와 즐거움이 커진다. 시조 창작의 공식이 있는 듯하고 없는 듯해서 더욱 재미있다고 단은 여긴다.

　　미친 세상을 치유하는 건 시조 놀이가 제격이다. 놀이를 통해 몸과 마음을 건강하게 가꾸어야 한다. 지금 세상은 미쳐 있다. 나라 전체가 성공이라는 열병에 걸려 신음하고 있다. 흑백국 주도의 문명 세상은 칸국에 와서야 가장 성공적으로 미쳐가고 있다. 자본의 덫에 걸려 지구인들이 성공이라는 욕망에 전 존재를 던져 넣고 좀비 같은 삶을 허우적대며 살아간다. 고통스럽지만 살 수도 죽을 수도 없는 기괴한 운명이다. 무지막지한 운명의 힘이 지구촌의 생명을 굴리고 있다. 세상은 혼돈 속에서 막무가내로 돌아간다. 탈출은 봉쇄되었다. 지구 역사에서 빠져나올 수 없다. 무한경쟁의 시스템에서 빠져나오면 죽는다. 안에 갇혀 있어도 죽는다. 딜레마다. 이러고도 살아간다. 신기하다. 영화 설국열차의 풍경 그대로다.

왜 모든 나라에 똑같은 스타벅스를 만들어야 하나? 왜 모든 인간 종족이 똑같이 흑백교 유일신을 믿어야 하나? 왜 일주일에 5일이나 6일씩 죽기 살기로 일을 해야 살 수 있나? 적게 일하고 적게 벌면 불행할까? 왜 나날을 모든 이들이 바쁘게 살아야 할까? 민족마다 다른 방식으로 신에게 제물과 기도를 올리는 게 왜 종교가 아니라 미신이 되어야 하나? 이제 다른 방식의 행복과 다른 식의 풍요로움을 말할 때가 되지 않았나? 세계의 자본 전략에 놀아나지 않는 독특하고 개성적인 인간이 되면 어떨까? 이틀 일하고 닷새를 노는 일주일의 생활 방식은 어떨까?

묵은 정 뒤에 두고 이별을 앞에 두니
하늘은 먹구름 잔뜩 몰아와 검으락누르락
이윽고 빗줄기 눈물이 되어 하염없이 내리네

정신의 노폐물이 악취가 나도록 쌓여간다. 피와 고름이 흥건하다. 도시 전체가 쓰레기 더미다. 한순간의 쾌락보다는 일상적인 안정감이 더 중요하다는 걸단은 알았다. 현실이야말로 가장 진정성 있는 실체라는 깨침이 들었다. 현실보다 더 진실에 가까운 것은 없다. 현실보다 더 진정성 있는 진리는 없다. 현실의 실체를 똑바로 바라보아야 한다. 사람들이 넘어지고 허둥대고 허물어지는 모습을 속절없이 보다가 문득 건져 올린 생각의 고갱이다. 울퉁불퉁한 생각의 조각들이 하나둘 뇌의 주름에 깊이 새겨진다. 지극히 고매한 이상주의 깃발이 단의 가슴께에서 조용히 나부낀다. 그래, 이것이 바로 단이다. 단단의 힘이다. 단의 맑고 순정한 영혼이다. 현실에 적응한다는 핑계로 단은 자신의 이상을 접지 않는다. 꿈을 현실과 타협하지 않는다. 값싼 승부에 생을 걸지 않는다. 애오라지 스스로 빛을 만들고 자신이 길을 열어 그 길로 우직하게 걸어가는 꿈을 꾼다. 이것이 그가 가는 인생길이다. 그는 자신을 위하되 자신만을 위하지 않으며, 그는 행복을 꿈꾸되 혼자만의 행복을 꿈꾸지 않는다. 다 함께 천천히 흔들리면서 끝까지 웃으면서 가는 게 그의 유쾌한 꿈이다.

단단은 걷는다. 걷는 것 말고 또 할 것이 남아 있지도 않다. 길을 가다가 죽는 것, 이게 도사가 아닌가? 길을 따라가다 보면 언덕배기를 오르기도 하고, 심하게는 가팔막 길을 힘겹게 올라가는 자신을 발견하고 소스라치게 놀라기도 한다. 이 모든 길의 추억이 갈피갈피 모여 살아온 이력을 작성하려니 한다. 단단은 눈을 지그시 감고 지나왔던 길을 되짚어 본다. 길이 끝 간 데 없이 멀리까지 뻗어 있다.

길은 시간과 함께 낡아가고 시간과 함께 새로워진다. 길은 시간의 구속을 피할 길이 없다. 존재하는 모든 것은 시간의 틀 속에 담겨 있다. 동시에 존재물은 모두 일정한 공간물이다. 시간과 공간은 분리되지 않은 일체의 한 유기물인 것이다. 아인슈타인이 공언한 것과 같이 세상은 흘러가고 굴러가고 이어지고 있다. 시간도 흘러가고 공간도 흘러가는 것이다. 지금의 이런 유기체의 관계 맺음은 안드로메다 우주와도 어떻게든 연결되는 것이라고 단단은 생각해 보는 것이다. 빛보다 빠른 양자 얽힘이 있다. 우주는 입자이면서 파동인 무수한 양자 얽힘의 거대한 숲이라는데. 까닭에 우주는 있으면서도 없는 유무 연속체라는데.

돈 안 내고 차 닦으니 기분이 좀 좋아
자동으로 쓱싹쓱싹 유리창이 번쩍번쩍
그러나 이 좋은 세상에 상 고물차가 웬일

석가모니는 우주적 관점으로 세상을 봄으로써 인류의 새 기원을 열었다. 문제 해결이 반드시 당대에 정해진 문제에만 해당하는 것이 아니란 걸 그는 진작 알고 있었던 것이다. 선각자는 자신의 심신을 우주의 본질에 맞출 줄 아는 사람이다. 운율의 출렁거림을 타고 놀 줄 아는 사람이다. 이런 인물은 탄생 가능성이 극히 회박하므로 선각은 있지만, 뒤를 받치는 인물이 좀체 나타나지 않는다. 그래서 선각자는 종교를 개종하고는 빛으로 슬그머니 자신의 존재를 감춘다. 그럴 수밖에 없는 정황을 사람들은 잘 모른다. 후대인들은 그 빛을 찾아 눈은 새로 떴으나 사물의 실체를 바르게 볼 수 없는 악습을 반복한다. 그런 까닭에 추종자들은 종교라는 조형물을 만들어 자신들의 신앙을 증명하는 도구로 삼고자 한다. 인류의 위대한 스승들은 대체로 이런 길을 걸어 자신의 존재 증명을 이어갔다. 공통의 같은 길을 발견한 것은 아니지만, 그들은 가는 곳이 저절로 비슷해진다. 후대에 어떤 위대한 인물이 나타나더라도 큰 틀은 여기서 벗어나지 않을 거라고 단단은 제 고요한 마음을 열어 속을 들여다본다.

먼저 지나쳐버린 길 위에 더 많은 고요와 더 많은 침묵이 쌓이는 수가 있다. 사람들의 악다구니와 고함 소리가 길을 만들며 줄기차게 맴돌다가 지친 나머지 침묵의 꽃으로 피어나는 것이다. 텅 빈 길에서 단단은 사람들의 발자취와 몸놀림을 추상해 본다. 그것은 역사를 재구하는 즐거움을 주며 동시에 새 세상을 열기 위한 준비 작업이라는 보람을 안긴다. 길섶에는 천 년 전에 돌담을 쌓던 촌부의 황톳빛 얼굴이 햇빛과 함께 부서진다. 아이 손을 잡고 친정 나들이를 가는 새 색시의 아리따운 치마 결이 보인다. 시간은 역사가 되고 공간은 전설이 된다. 시 간과 공간이 틈새 없이 맞물릴 때 바른 역사가 기록되는 것이다.

지금 존재하는 모든 것은 역사의 기록물이며 역사의 관찰자이다. 지금 길을 보고 있는 자, 길을 걷고 있는 자, 길 위에 존재하는 모두는 역사의 주인공이며 역사 자체이다. 민중이 사람살이의 날개와 숨결을 모은 것이라면, 길은 한 톨의 모래와 흙먼지를 모은 것이다. 아아 길은 과거를 흘러 지금에 이어졌고, 이 길은 다시 길을 밟아 미래로 갈 것이다. 사람은 역사에 살고 모든 것은 결국 역사를 떠 난다. 사람에게 죄를 지으면 살 수 있어도 역사에 죄를 지으면 살 수 없다는 말은 맞는 말이다. 이것은 엄혹한 시대를 살아본 사람이 죽음을 겪으며 기록으로 남 긴 진실의 표지석이다.

바람 불어 참꽃 피고 그 꽃 보려고
오르락내리락 작은 즐거움을 벗 삼네
켜켜이 쌓인 바람에 눈웃음이 피고 지고

나무숲이 자연이라면 그곳으로 발걸음을 옮기고 있는 사람도 자연이요, 그 를 지켜보는 산비둘기도 자연이다. 몸에 지닌 금목걸이도 자연이요, 휴대폰도 결국은 자연이다. 단단은 그런 생각에 골똘하다. 길은 언제나 생명력이 왕성하 다. 특히 비 오는 길은 생기가 넘친다. 작은 목숨들이 비에 젖으며 생명을 전달받 는다. 길은 배터리 같은 존재라고나 할까. 햇빛이 양극이라면 비는 음극이다. 햇 빛과 물이 만나 생명은 생명다움으로 목숨을 받는다. 평소에 떨어져 있던 생명들이 햇빛을 받으며 하나가 되며 또 비를 맞으며 하나가 된다. 생명의 생명, 생명 중의 생명, 이것이 하늘과 땅이다. 그 사이에 생명이 산다. 그 사이로 길이 나 있다. 너무 큰 길이라서 그 길은 굽어 있다. 처음이 없고 끝이 없다. 끝없는 길을 알 수 없는 생명들이 꼬물거리며 기어가고 흘러간다. 언젠가 길 위에서 생명은 생명을 마감한다. 길은 길로 이어져 끝이 없으므로 한 생명체에게 죽음은 끝이 아니다. 죽어야 사므로 좋은 죽음은 좋은 생명의 탄생을 가져온다. 잘 죽어야 잘 산 것이다. 잘 죽는 연습은 따로 필요치 않다. 살아서 종요로운 것들은 죽음으로까지 꼬리를 대고 이어진다. 이런 까닭에 삶과 죽음이 하나인 것이다. 종교에서 말하는 생사관은 틀림없는 진리라고 단단은 고개를 주억거리며 동의를 보낸다.

길 위의 것들은 날개가 없다. 날개가 있으면 길을 잃어버리기 십상이다. 지구 생명의 역사가 그것을 일러준다. 까닭에 대부분은 길을 잃을 염려 때문에 스스로 돋는 날개를 물어뜯는다. 날개를 지운다. 꺾는다. 이렇게 해서 날개가 없어진 것이다. 그러나 문득 날고 싶은 순간이 한 번씩 찾아온다. 그럴 때 그들은 잃어버린 전설을 생각하곤 목이 멘다. 정체성을 망각한 아픔에 작은 몸이 떨린다. 그러나 어쩔 수 없다고 마음을 고쳐먹는다. '길을 잃을까 봐 날개를 포기하다니.' 어설픈 생각 한 토막이 날개를 앗아가 버렸다. 길 위의 것들은 지금의 생활에 잘 적응했지만, 그러나 애석하게도 날개를 잃어버린 것이다. 날개 없는 하루하루가 고통스럽지 않지만 그래도 날개가 있는 것과 없는 것은 금메달과 동메달 차이보다도 더 크다.

단단은 생각의 꼬리를 잇대어본다. 이 꼬리들이 성공적으로 이어지면 날개가 돋을 것이다. 사용하지 않는 날개는 날개로서의 용도로 다시 사용하지 못한다. 그렇더라도 그것은 전설과 신화로 남을 것이다. 그러면 용감하고 아름답고 화려했던 옛 기억이 장래의 일에 큰 용기와 자신감을 불어넣어 줄 것이다. 어쨌든 사람들은 지금 날개가 없다. 날개를 잃어버렸다. 날개가 없는 삶은 길 위에서 꼬불꼬불 아슬아슬 펼쳐진다. 나는 재미가 없으니 기는 재미라도 있어야 한다며, 생명들은 오늘도 아귀다툼의 길 위에서 각자도생의 지옥도를 그린다. 아름답고 슬프다. 단단 역시 그러하니 뭐라고 더 넋두리하기가 꺼려진다.

자 그러면 오늘은 이만. 단단은 길 위에 자리를 펴고 눕는다. 자리라야 길을 조금씩 떼어내 붙여 만든 것이다. 포근하다기보다 차라리 무겁다. 자리를 덮고 누우니 하늘이 자장가를 불러주는 느낌이다. 땅과 하늘이 하나가 되어 한 생명을 마지막까지 덮어주고 살려주고 있는 것이다. 자 이제 시조왕자는 눈을 붙인다. 잠이 멀리서 안개꽃처럼 피어난다. 단은 뒹굴며 잠결에 영과 논다. 영을 껴안는다. 달콤함과 고단함 속으로 스르르 미끄러진다. 잠은 속삭인다. 나는 너를 믿는다. 너는 나를 믿어라, 속삭인다.

시름을 안주 삼아 평상에 올라보니
꽃그늘에 달이 차고 바람은 맴도는데
괜찮다 다 잘 될 거야 달래주는 봄바람

자유시가 육식이라면 시조는 채식이다. 시조는 자비를 담는 그릇이다. 태양의 마음이다. 자타불이의 마음을 담는다. 단단은 시조 놀이에 몸과 마음을 다 쓰고 죽겠다는 입찬소리를 가끔 해댄다. 그럴 때 그는 순진한 어린애와 다르지 않다. 그의 표정과 동작에는 동화적 장난기가 묻어난다. 그는 이승을 살면서 동화 세계를 노니는 듯 밝고 환하다. 동심은 투명하다. 속이 다 들여다보인다. 동심 속에는 시간이 있다. 놀랍게도 그것은 과거의 시간이 아니다. 미래의 시간이다. 새로운 세계를 꿈꾸는 눈빛이다. 아득한 옛적을 그리는 맑고 초롱초롱한 눈빛이다. 그것은 지나버린 과거가 아니라 미래를 보고 싶어하는 마음이다. 동심은 신천지를 향하는 꿈이다. 그곳으로 내쳐 가는 시들지 않는 열정이다. 단은 순수한 열정이 소멸하면 그의 목숨도 다할 것이라는 걸 안다. 단의 목숨 줄은 열정이다. 영을 향한 열정이다. 그의 행복감은 영을 향한 불타는 사랑으로부터 조금씩 선물로 받는 것이 전부다.

도서관이다. 앞자리에 앉은 그녀가 발끝을 톡 찬다. 단은 꼼짝하지 않는다. 또 한 번 톡 찬다. 심심한가 보다. 그러고 보니 아까부터 그녀는 책을 읽지 않고 있었다. 책이 아니라 단을 읽고 있었던 것이다. 그녀의 눈길이 이마에 하얗게 부서지는 걸 알면서도 단은 짐짓 쓰기에만 몰두한다. 단은 눈을 들지 않는다. 아까부터 시조가 퍼덕이는 꽁치처럼 생각의 유자망에 걸려 줄줄이 낚여온다. 은빛 세상이다. 시조 바다에서 잘 놀고 있다. 단에게 흐뭇한 미소가 파도처럼 출렁인다. 그런 단에게 영은 약이 올랐나 보다. 발끝을 건드리는 시간이 갈수록 짧아진다. 같이 바람 쐬러 가자는 말이다. 그러나 단은 내심 '지금 여기 황금 어장인데, 속도감 있게 잘 낚고 있는데……. 에라 모르겠다. 계속 해보자.' 이러고서 단은 시조 삼매경을 멈추지 않는다.

영은 애가 탄다. 속이 끓는다. 화난 표정이 역력하다. '참을 수 없어.' 단의 자리로 불쑥 넘어온다. 컴퓨터 자판을 피아노 치듯 두드린다. 소리 대신 오타가 까맣게 쏟아진다. 단의 복잡한 속생각이 까마귀 떼처럼 흩어진다. 몰입의 순간에 이런 훼방이라니. 에공, 조금만 참지. 그러나 어느새 단은 그녀를 따라 나선다. 그녀는 나비 같다. 단은 뒤를 따른다. 밖은 이미 어둠살이 조금씩 내리고 있다. 단은 그동안 읽고 쓰기에 몰두하느라 그녀를 보지 못하고 시간도 보지 못하고 만 것이다. 시간을 잊고 사는 건 좋은 일이지만, 그녀를 잠시라도 잊었다는 건 도무지 말이 안 되는 사건이다. 단은 언 가슴을 쓸어내린다. 애초에 그녀는 단의 역사이며 시간이며 공간이며 우주였음을 그가 잠깐 놓쳤음을 부끄러워한다. 이런 날이 앞서 몇 번 반복되면서 요즘 들어 그녀의 간섭이 부쩍 잦아졌음을 상기한다.

그녀가 걸음을 멈춘다. 단에게 다가온다. 단은 그저 그녀를 물끄러미 본다. 그냥 보고만 있다. 글쓰기에 몰입할 때와는 다른 기쁨과 즐거움이 찾아온다. 무한 에너지가 쏟아진다. 영은 단의 무한동력 장치이다. 사랑의 배터리다. 맞다. 그녀는 단에게 세상을 살아가는 근원적인 힘 같은 것이다. 세월의 한 모퉁이에서 그녀를 만나 서로를 물들이며 지내오는 동안 단은 많이 행복했다. 그는 그녀를 만나는 게 아니라 그녀의 마음과 만난 것이다. 그녀를 직접 대할 수 없더라도 그녀의 마음과 만나서 대화를 아낌없이 나누며, 단단은 그녀와 함께하는 순간을 언제나 아름답게 채색하고 있었음을 말하고 싶었다. 그러나 지금 단 앞에 있는 그녀의 표정은 이제껏 본 적이 없는 묘한 슬픔을 띤 것이다.

대형 꽃시계와 호숫가 미루나무가 동시에 눈에 들어온다. 그녀를 기준으로 그것들은 왼쪽과 오른쪽에 나란히 서 있다. 시계가 환하게 살아 있고 미루나무는 한결 푸르게 생생하다. 그녀의 낯빛이 그제야 생기를 머금고 피어난다. 슬픔을 넘어 발랄한 기운이 그녀의 온몸에서 생명의 기운처럼 퍼져온다. 향기가 금세 주변을 감싼다. 요즘 학교 아이들 때문에 마음고생이 심한 그녀이다. 학교가 오직 실적, 실적, 실적 하면서 성과 경쟁을 끝없이 부추기는 바람에 아이들은 아이들대로 교사는 교사들대로 힘들어하며 서로가 겉돌고 있다. 아무리 좋은 대책을 정부에서 내놓으면 뭣하나. 학교 현장에 오는 순간, 그것은 끓는 물에 넣어지는 아이스크림 같은 것이 되고 마는 것을. 구체성, 현장성이 결여된 교육 대책은 항상 일거리만 잔뜩 만들어주고는 저는 제 갈 길로 떠난다. 다른 일거리를 메아리처럼 데려올 심산으로, 아주 빠른 속도로 뒷배 없이 홀쩍 떠나버리고 만다. 대다수의 교사는 그만 일의 늪에 빠져 허우적거린다.

지금 학교의 문제점은 속도에서 나온다. 교사와 아이들이 학교에서 너무너무 바쁘다. 미친 듯이 바쁘게 산다. 이게 제일 큰 문제다. 그런데 문제를 푼답시고 정부에서는 문제를 또 낸다. 웃기는 일이다. 한심한 일이다. 이러니 학교가 자꾸 문제투성이가 되어간다. 문제투성이 문제는 쾌속선으로 달아나는데, 해결책은 쪽배 저어 쫓아가는 격이다. 문제는 많은데 사실상의 해답은 하나도 없다. 해결책이라고 제시한 걸 막상 시행해보면, 없던 문제가 새로 불거지면서 일거리만 더 잔뜩 쌓인다. 일을 너무 떠들썩하게 벌이는 통에 밑에 쟁여있던 먼지 나부랭이가 한꺼번에 일어나서 더 그렇다. 꼭꼭 숨겨두고 닫아 두었던 학교의 해묵은 문제들이, 새 바람 때문에 다시 일어나서 교사와 아이들의 가슴속을 더욱 복잡하고 어둡게 잠가버리는 것이다.

> 있을 곳에 있으면 모두가 꽃인데
> 없어야 할 곳에 있으면 꽃이라도 꽃이 아닌 것이
> 사람도 제자리 찾아 모두 꽃이 되게 하소서

어둠살이 천천히 그들 발밑으로 기어들어온다. 어둠의 파도가 발끝을 적시려 한다. 그녀의 어깨가 가늘게 흔들리더니 이내 고요한 밤의 적막에 몸이 잠겨

들었다. 얼굴은 물론 그녀의 마음마저 보이지 않게 되었다. 슬픈 일이다. 단단은
갑자기 힘이 빠진다. 요즈막의 일들과 겹쳐지면서 어질러진 필통 속처럼 갑자기
가슴속이 헝클어지기 시작했다. 얼마나 시간이 흘렀을까? 눈을 뜨나 눈을 감으
나 똑같다. 눈에 들어오는 것은 아무것도 없다. 이윽고 그의 가슴속에 작은 빛이
찾아왔다. 그녀가 단의 두 손을 살그니 잡은 것이다. 어지러웠던 생각의 갈피들
이 화들짝 달아나고야 만다. 그렇다. 진작 느꼈지만 이것이 그녀의 위력이자 매
력이다. 그는 그녀를 보며 산다. 그녀의 힘으로 산다. 단단은 이것은 바꿀 수 없
는 제 삶의 법칙이라 여긴다. 어둠 속에서 두 사람은 더욱 빛나는 가슴을 가지게
된다. 둘은 평소와 다름없이 서로가 빛을 던져주는 사이가 된다. 어둠 속에서 두
사람은 빛의 실루엣으로 환하다.

　잠자는 운율을 깨워 생을 춤추게 하리라. 사람들로 하여금 즐거움의 파도를
타게 하리라. 시조에 대한 뜨거운 열망을 그는 그렇게 압축했다. 시조에 대한 놀
라운 동경이 단의 눈빛에 오롯하다. 사람들이여, 잠자는 생의 운율을 깨워라. 시
조로 노래하고 시조로 춤을 추고 시조로 밥을 먹고 시조로 술을 마셔라.

　　남자는 여자 좋아하고 여자는 남자 좋아하고
　　이대로가 꽃밭이요 반대로는 너덜겅인데
　　세상사 이런 줄 알아 남녀가 진작 반반이네

　권력층이 독재자 계통일수록 지배 세력의 힘은 무한대로 발산되고 권력의
반칙은 더없이 달콤하다. 일배충들은 독재자를 집중적으로 지원한다. 그들은 독
재자를 사랑한다. 미친 듯이 사랑한다. 독재자가 없는 세상은 살아가기가 불안

하고 불편해서다. 자신들의 반칙과 특권이 통하지 않기 때문이다. 까닭에 독재자가 현재 없으면 조작질을 해서라도 기어코 독재자를 만들어낸다. 독재자가 현재 있으면 그 힘을 확장하고 배가하는 일에 모든 수단과 능력을 동원한다. 일배충들에게 독재는 곧 무한대의 이익과 절대 권력의 즐거움을 보장하는 제도적 장치이기 때문이다. 그들에게 일배국 식민지 시절의 기억은 중요하지 않다. 그들은 오직 현재의 이익에 목을 맨다. 해가 떠도 독재, 해가 져도 독재, 그들은 독재를 노래한다. 한때 칸국의 지배자였던 이웃 나라 일배는 그들에게 우상과 같은 존재이다. 군국주의 일배야말로 자신들이 꿈꾸는 독재 나라의 원형이기 때문이다. 매국노 일배충들은 믿는다. 독재는 아름답다고, 권력은 홀로 강력할수록 더욱 달콤하다고.

> 바람이야 어제 것 햇빛도 어제 햇빛
> 매일을 어김없이 자연에서 새 힘을 얻노라니
> 자연아 내가 죽고서도 영원히 빛나거라

　　남칸과 북칸은 딱 절단되었다. 이분법으로 정확히 갈라졌다. 북칸국은 빨갱이 도깨비를 신앙한다. 남칸국은 북칸국이 빨갱이라고 생각한다. 남칸 파랑이들은 북칸 빨갱이들을 잡아먹고 산다. 물론 북칸은 남칸과는 정반대 방식으로 살고 있다. 흑백국의 민주주의라는 것이 더덜없이 국민의 수준에 맞는 정치인과 정부를 가지게 된다. 이건 거의 수학 공식과 같다. 투입과 산출이 정확하다. 흑백인들이 처음부터 그렇게 만들었던 것이다. 수학을 믿고 과학을 받들어 데모크라시를 제작한 것이다. 까닭에, 이것은 곧 민주주의는 내용물을 가장 정직하게 생산한다. 국민 수준만큼의 정부와 대통령을 갖게 된다. 흑백 일베충들이 세뇌 교육을 끝없이 해대는 이유가 여기에 있다. 그러기에 시민 한 명 한 명이 제대로 깨치지 않으면 진정한 민주주의는 불가능하다. 사람마다 심안에 눈떠야 한다. 자기 육안을 믿어야 한다. 색안을 벗어던져야 한다. 노예 근성의 국민 의식을 가지고는 민주주의를 즐기기가 어렵다. 지도자가 강하게 누르지 않으면 조직이 흐트러지기 십상이고, 독재적으로 누르면 조직이 안정적이나 개인의 자유가 압살당한다. 어렵다. 참 어렵다. 민주주의가 꽃피도록 하려면 국민들에게 사회 교육 기관에서 인성 교육을 해야 한다. 신문 방송 등이 교육자 역할을 잘해야 한다. 이것 외에는 답이 없다. 시조 놀이가 절대적으로 필요한 까닭이다.

아이들의 인성 교육은 부모와 학교가 담당하며, 어른들의 인성 교육은 신문 방송이 담당한다. 그런데 결정적으로 중요한 교육 기관은 학교가 아니라 언론이다. 신문과 방송이 제대로 된 역할을 못하면 어떤 사회이든지 민주주의는 쓰레기통으로 들어가게 된다. 통제되는 신문 방송이 있는 사회는 공산 국가와 똑같다. 분명한 독재 국가다. 독재가 꽃을 피운다. 장미꽃처럼 보이지만 쓰레기통에 들어간 그것은 쓰레기다. 부정과 부패, 반칙과 특권은 쓰레기 오염 물질이다. 언론의 바른 역할은 권력의 감시와 견제이다. 여론의 환기와 공명이다. 그런데 지금 우리 칸국에선 가장 정상적이고 가장 상식적이고 가장 양심적인 사람이 비주류에 있다. 주류 지배층은 대체로 비정상적이고 몰상식적이고 비양심적인 깡패 같은 사람들이다. 이들 힘파들이 연합 세력을 형성하여 칸국을 구석구석 물샐 틈 없이 지배하고 있다. 배운 것 없는 저소득층이 자칭 보수파가 되어 부자 정당을 지지하고 사랑하는 것은 단언컨대 세뇌된 결과이다. 아니면 조상 때로부터 노예 노릇을 하던 버릇이 유전자에 박혀있다는 말 외에 이것을 달리 설명할 길이 없다.

국민은 권력의 기반이다. 민주공화국에서 모든 권력은 국민에게서 나온다. 유권자는 투표 행위로서 지지 세력에게 무한대의 힘을 제공한다. 투표가 중요하다. 투표는 총알보다 강하다. 그러나 보석을 흉기로 인식하고 흉기를 보석으로 인식하는 유권자의 수준에 때로 경악할 뿐이다. 이런 경우 민주주의는 사치다. 허영이다. 그들에게는 귀족 왕조 사회가 제격이다. 그들은 민주주의가 국민 스스로 자각해서 얻는 지난한 과정이라는 걸 알지 못한다. 그저 힘 있는 자를 향해 무한 충성의 경례를 바칠 뿐이다. 이런 까닭에 힘파들의 노략질로 칸국이 갈수록 피폐해지고 있다. 힘파가 불법을 저지르고 비도덕적인 짓을 하더라도 그 추종자들은 다시 선거권을 무기로 하여 무한 신뢰와 지지를 보낸다. 이러므로 정치권 힘파의 횡포와 국정 농단이 그칠 줄을 모른다.

인생의 프로가 될 것인가 인생의 포로가 될 것인가, 눈을 크게 뜨라

오늘의 칸인들은 절망과 희망을 동시에 끌어안고 있다. 희망은 모순의 변증법을 단순화한 것이다. 흑백국을 추종하는 양호들은 말한다. 세상은 노력하는 만큼 결과가 주어진다고. 그러니 희망과 꿈을 안고서 미래를 향해 나아가자고 주문한다. 과거를 돌아보지 말고 현재에 집중하라고 노래한다. 그들은 결코 이룰 수 없는 희망을 황홀한 포장과 광고로 선동한다. 실제로는 현실의 절망과 내일의 희망이 사회 한복판에서 충돌할 수밖에 없다. 해결되지 못하는 모순이 켜켜이 쌓이면서 사회 체증이 일어난다. 피돌기가 멈춰 버린다. 나라가 앞으로 나아가지 못한다. 막혀 있다. 전체적으로 사회 발전이 지지부진이다. 아니 오히려 역방향으로 사회가 흘러간다. 거꾸로 가는 이상한 나라가 된다. 남칸은 지금 도

덕 상실의 시대를 살고 있다. 돈과 권력이 인간성을 황폐화하고 있다. 아이들에게 예의와 도덕과 염치를 가르치기가 부끄럽다. 민족의 정체성과 정의와 상식을 말할 수 없게 되었다. 유전무죄 무전유죄의 세상이 되었다. 유권무죄 무권유죄의 반칙 사회가 되었다. 모순은 사회 갈등 속에 시한폭탄이 되어 곳곳에 도사리고 있다. 부글부글 끓고 있다. 시시각각 이 모순은 사회 불만과 불안과 혼란을 끊임없이 유발하고 구체적인 현상으로 실체를 보여준다. 사회적으로 끔찍한 사건 사고가 끝없이 이어진다.

양호들이 즐겨 인용하는 흑백교의 신앙 고백이 있다. "신을 믿는 인간과 믿지 않는 인간 사이의 간격은 인간과 동물 사이의 그것보다도 더 크다(셸러)." 이것이 무엇을 의미할까? 한 마디로 흑백교를 큰 소리로 선전하는 것이다.

양호들이 열광하는 독재, 국가지상주의는 가령 이런 것이다. "진리는 전체이며 국가는 개인이 자기의 자유를 향유하는 현실이다. 국가 안에서만 인간은 이성적 존재일 수 있으며, 인간으로서 살아가는 것 자체가 모두 국가의 덕택이다. 인간이 가지는 모든 가치는 국가를 통해서만 가질 수 있는 것이다(헤겔)." 여기서 바로 나치즘이 튀어나와도 전혀 이상할 것이 없다. 여기서 공산주의나 독재자가 튀어나와도 전혀 이상할 것이 없다. 단은 흑백국의 과도한 신앙 체계가 더없이 두렵다.

독재 사회는 개인이나 집단에 경계선 없는 출렁거림을 허용하지 않는다. 선명한 흑백 양분법으로 모든 걸 재단한다. 세상은 빨간색 아니면 좋은 색이다. 이 중간의 색은 없는 거다. 남칸에서 민주주의 반대말은 공산주의다. 그게 아닌데도 무조건 그렇다. 흑백 양분법 세상이다. 독재 세상이다. 외눈박이 괴물 세상이다. 지금 칸국의 '갑을 사회'는 중용을 잃어버린 극단주의 전성시대의 난맥상을 보여준다. 그런데도 최상위 먹이사슬인 슈퍼 갑들은 이 시대를 다원주의가 도래한 시대라고 거짓말을 퍼뜨린다. 현미경으로 들여다보면 일상적 삶의 전 분야가 상품으로 포장되어 사실상 자본 권력의 독재가 모세혈관처럼 미세하게 스며들어 있다. 얼핏 가치 다원주의처럼 보이는 이것이 실은 독재 문명의 정밀화 현상이다. 극단주의의 생활화 또는 평준화. 철저한 양극화 사회. 이것이 지금 자본의 원리 또는 다양화 원리라고 말해지는 것의 실체라고 단은 생각한다.

인생에 사계절이 있다면 지금은 갈 봄 여름 겨울. 어딜까

흑백국의 어떤 자가 일찍이 '신은 죽었다'고 큰소리로 부르짖었다. 그가 밝힌 죽음의 동기가 음미할 만하다. 어떤 유일신이 단 하나의 전지전능권을 장악함으로써 다른 모든 신이 죽었다고 그는 밝힌다. 누구는 이것을 해석하기를, 그 억지와 궤변이 가소로워서 껄껄 웃다가 신들이 죽었다고 말한다. 그러나 어쨌든 그 이후로 신은 죽었다. 신이 딱 한 명인지, 백 명인지 수천 명인지는 알 수 없지만, 오늘날 세계 곳곳에 넘쳐나는 자연 재앙과 인공 재앙을 보면 신이 아무래도 죽은 게 틀림없어 보인다. 지금은 하늘마저 닫힌 절박한 시대다.

또 어떤 이는 '생명에 대한 사랑'이라는 윤리를 가지고 흑백국의 문명을 더 키우려 했다. 그러나 기계음의 굉음에 묻혀 지금 그는 흔적도 없이 사라졌다. 실제로 자연 속에서 원시인처럼 살았던 지식인이 그 외에도 많았다. 끊임없이 유토피아를 그려내는 과학자와 정치가들은 시대의 예언자이며 권력자이다. 현대인들은 지체부자유의 어린애와 다를 바가 없다. 그는 무엇 하나 제힘으로 제 손으로 하는 게 없다. 지식인 점쟁이, 곧 미래학자들은 사람들의 생각을 대신해 주

고 권력자와 엘리트는 사람들에게 할 일을 일러준다. 출근하지 않고 혹은 등교하지 않고 안방에서 업무를 보고 공부를 하는 미래 사회는 정녕 바람직한 삶의 모습이며 자유와 행복이 넘쳐나는 파라다이스인가? 아마 아닐 것이다. 또 그것이 가능해지려면 저절로 중앙집중식 권력 체계가 필요하다. 빅브라더, 곧 독재가 탄생할 수밖에 없다. 단은 이런 현실이 두려운 것이다. 단은 시조 놀이를 하며 혼자서 가끔 성풀이를 해본다.

단은 눈을 감는다. 칸국의 비참한 현실이 또렷이 다가온다. 조국의 신음이 바늘 끝이 되어 온몸을 찔러온다. 빨갱이라는 도깨비가 또 목덜미를 짓누른다. 꿈의 날개가 맥없이 접힌다. 꿈은 사라지고 아픈 현실만 남는다. 도망갈 수도 없고 다가갈 수도 없다. 단은 진퇴유곡에 빠진다. 깊고 어두운 잠 속에 혼곤히 빠져든다. 눈이 저절로 감겨온다. 몸에서 힘이 일제히 빠져나간다. 빈 자루처럼 단은 털썩 주저앉는다. 쓰러진다. 길게 눕는다. 단의 눈가에 한 방울 눈물이 맺힌다.

사랑이 묘한 것이 시계 침 같은 것이
가다가 멈추다가 기다리다 포개다가
한순간 쉴 틈도 없이 밀고 당기고 하여라

서양 선진국과 칸국을 비교하면 눈에 들어오는 차이점이 딱 하나 있다. 칸인 한 명 한 명의 자질과 능력은 어떤 나라보다 탁월하나, 지도층은 전혀 그렇지 못하다. 이건 어렵지 않게 금방 알 수 있다. 국민 한 사람 한 사람은 가히 세계 최고의 수준이다. 자질과 역량이 뛰어나다. 올림픽이고 디지털 세상이고 기능올림픽이고 간에 도전하는 분야마다 칸국은 세계 최고 수준을 자랑한다. 정말 그렇다. 칸인의 열정과 능력과 정신력은 지구촌 곳곳에서 그 이름을 널리 떨치고 있다. 밤낮없이 일하는 부지런함, 은근과 끈기로 새 경지를 개척하는 놀랄만한 적응력, 빼어난 손재주, 창의적인 사고와 순발력, 신바람을 불러일으키는 역동적인 에너지 창고 ―칸 민족은 세계 어느 인종과도 당당히 맞설 수 있는 개인적 역량이 빼어난 민족이다. 그런데 이렇게 우수한 인적 자원들이 지도층을 제대로 만나지 못해 노상 대중이 오합지졸이 되거나 집단적으로 증오 다툼에 떠밀리고 민족 분열 책동에 함부로 놀아난다. 학교에서 우선 그런 모습이 연출된다. 똑똑하고 창의적인 칸의 아이들을 학교에서 옹알이나 하는 교육을 시켜 주저앉혀 버린다. 일률적인 통제와 독재적 사고로 아이들을 국제무대의 바보로 만들어 버린다. 호연지기를 길러주는 대신 좁은 교실 속에서 살벌한 계급놀이나 하도록 제도적으로 통제하고 만다.

섬이 되었다. 남칸은 지금 섬이다. 섬나라다. 북칸의 존재 때문에 섬이 되었다. 대륙으로부터 떨어져 나간 섬이 되고 말았다. 삼면에 바닷물이 출렁거리고 대륙으로 가는 길은 막혔다. 끊겼다. 북칸 때문에 원천적으로 봉쇄되었다. 세계로 통하는 길이 끊겼졌다. 제물로 섬이 되고 말았다. 엄밀히 말해 남칸은 지금 반도 국가가 아니다. 갈데없는 섬나라다. 그러나 이상한 섬나라다. 일배국처럼 섬나라이되, 4면 전부가 바다가 아니라 국토의 3면만이 바다인 괴상한 나라이다. 그래, 기가 막혀 있다. 대륙의 흐름이 끊겨 있다. 큰 인물이 나올 수 없는 풍토이다. 칸 사람들은 대륙형 호연지기를 진작에 잃어버렸다. 세계를 호흡하지 못하고 있다. 대륙으로 뻗어 나가는 광활한 경제 영토를 잃어버렸다. 남칸이라는 좁은 섬에 갇혀 그저 옹알이만 하는 것이다. 아프다. 온 겨레가 아프다. 신음한다. 정신의 성장이 멈추었다. 민족의 역사가 제자리걸음을 하고 있다. 칸국은 지금

446

뒤로 가는 나라가 되었다. 국민을 국가라 선언하며 지역 분파주의를 없애자고 호소하는 칸의 바보가 또 출현할세라, 남칸의 지배 계층은 언제나 노심초사한다. 신문과 방송을 총동원해서 불철주야 감시 중이다.

가수는 팬 힘으로 살고 시인은 펜 힘으로 산다

칸국의 지배층들은 예전부터 집단적으로 도덕 불감증에 걸려 있다. 이런 인물이 어떻게 지도층이 되었을까 하고 의심이 가는 자들이 한두 명이 아니다. 남칸 최고의 명문 대학을 나오고 최고의 국가 기관에서 일하고 높은 득표율로 국회의원에 당선되고, 그러나 이런 인물들이 정치 마당의 고비에서 보여주는 언행을 볼라치면 치가 떨린다. 오만불손하고 파렴치하다. 인물들 상당수가 불의하고 사악하고 교활하고 무식하다. 후안무치, 안하무인이 그들의 진짜 모습이다. 왜 이럴까? 힘파라서 그럴까? 아니 그게 아니다. 교육이 안 되어서다. 교육이 안 되어서 그렇다. 인간 공부를 한 적이 없기 때문이다. 지도자 공부를 한 적이 없기 때문이다. 개인적으로 남칸 땅에서 출세와 성공만을 노려왔기 때문이다. 높은 자리, 좋은 자리를 차지하려 했을 뿐, 그들은 지도자로서 지녀야 할 자질이나 역량은 배운 적이 전혀 없다. 게다가 친일 매국노들이 대를 이어 부와 권력을 독점해왔기 때문이다. 실제로 그들이 현실에서 보고 배운 게 친일파들의 득세 현황이었던 것이다. 자신들이 어떻게 살아야 할지를 현대 칸국의 역사를 보고 깨친 것이다. 권력형 범죄가 홍수처럼 쏟아진다. 반칙과 부패가 넘쳐난다. 그래, 여기서 칸국 사람들의 양심과 도덕과 예의와 염치가 왕창 무너졌다.

까닭에 가장 중요한 것은 교육이다. 교육이 제대로 되어야 친일 매국노를 제대로 가려내고 제대로 심판할 수 있기 때문이다. 교육을 근본적으로 고치지 않고서는 칸국의 불행과 고통은 절대로 끝나지 않을 것이다. 물론 여기서 말하는 교육은 학교 교육만이 아니다. 사회 교육이 더 중요하다. 이 땅에서 언론과 방송이 너무나 중요한 역할을 한다. 그러나 남칸의 독재 권력과 이에 동조 중인 신문과 방송은 누구도 제어할 수 없는 제1권력의 괴물이 되어버렸다. 이들은 공생 관계의 두 괴물이다. 칸국의 현재적 비극 드라마는 대부분 여기서 집필되고 있다. 권력의 견제와 감시라는 언론 본연의 역할을 내동댕이치고, 언론은 권력 게임의 간교한 기술자가 되었다. 언론 협객은 사라지고 양아치와 깡패만 득시글거린다. 이게 칸국 언론의 현주소이다. 신문 방송이 죄다 괴물이 되어버린 것이다. 거대한 몸짓의 우파 괴물, 자칭 보수주의의 몸통이 바로 이것이다.

> 때맞춰 사월이면 돋아나는 봄풀들이
> 올해는 웬일인가 눈꽃을 이고지고
> 사람들 빠른 재우침에 푸나무도 몽롱해라

　백 년 넘게 수난의 근대 역사를 살아오는 동안 칸인들은 저마다 각자도생의 지식과 기술과 처세를 익혀왔다. 각자 알아서 살길을 찾아야 했으므로 어쩌면 이것은 당연한 노릇이다. 세월이 흐르며 개인적 성공에 집착하는 전문가와 지식인이 양산되었다. 수단과 방법을 가리지 않고 성공에 매달리는 인물들이 쏟아졌다. 이들이 어느덧 칸국의 사회 분위기를 쥐락펴락 지배하게 되었다. 그 결과는 참혹하다. 우리가 지금 느끼고 있는 바 그대로이다. 나라 전체에 권력가는 넘쳐나지만 믿음직하고 친밀한 정치인은 드물고, 돈 많은 경제인은 손꼽을 수 없게 많으나 존경받는 재력가는 드물다. 학교 교육은 나라의 정체성과 역사와 민족의식 함양에 도무지 무관심하다. 선진국과 달리 우리의 사회 구조는 이렇게 기형적으로 형성되었다.

전기는 정부 쪽 관련 인사들이 다 쓰고 끊어먹고 뇌물 먹고 탈내고 하면서, 국민들한테 오직 전기 절약하라고 난리법석을 떤다. 수출 위주의 경제 성장 정책을 이어가려고 매번 대기업과 공장 기업체에 공용 전기를 헐값으로 팡팡 쓰도록 제도를 만든다. 이러니 경제 단체는 정부 지원에 전적으로 매달려 자체의 발전 시설을 갖추는 일에 전혀 돈을 투자하지 않는다. 이런 사정을 알 길 없는 애꿎은 국민들만 생고생의 한가운데 던져진다. 정부는 눈알을 부라리며 막무가내 전기 절약만 외친다. 여름철에 30도를 훌쩍 넘는 찜통더위에도 학교는 에어컨을 틀어주지 않는다. 교실 안이 푹푹 찐다. 아이들이 계란처럼 삶긴다. 그런데도 학교에서는 무조건 참으라 한다. 에어컨을 끝내 안 틀어준다. 교사나 아이들은 그냥 참고 지낸다. 정부 시책을 따른다. 불더위 시간만 지나가기를 기다린다. 교사와 아이들은 땀투성이 범벅이 되어 몽롱한 얼굴로 교실에서 죽은 목숨처럼 하루를 보낸다.

예부터 백성이 하늘이라고 했다. 민심이 천심이라 했다. 여기서 천심과 하늘은 다른 게 아니라 지금의 투표권을 가리킨 것이다. 투표하는 대로 한 세상이 떡하니 만들어지는 것이다. 투표 결과에 따라 살아갈 수밖에 없다. 아아 사람들이여, 투표 전 세계와 투표 후 세계는 천국과 지옥처럼 전혀 다름을 명심하라. 우리 시대의 합법적인 혁명은 오직 이것뿐. 세뇌의 틀을 깨뜨려라. 색안을 벗어 던져라. 사람 관상을 보라. 눈여겨보라. 사람이 보인다. 나쁜 사람, 좋은 사람. 사람이 보인다. 사람의 진심이 보인다. 사람을 보라. 오직 사람을 보라. 사람이 역사다.

사람이 정치다. 사람이 예술이다. 심안을 찾아라. 그리하여 인생의 주인이 되자. 역사의 주인이 되자. 이 나라의 주인이 되자. 세상의 주인이 되자. 이 세상은 누구의 세상도 아니요, 바로 나의 세상이요, 내 세상이다. 이걸 믿어야 한다. 세상을 내 세상으로 만들어야 한다. 누가 뭐래도 이 세상은 내 세상이요, 내가 살아갈 세상이요, 내가 살아가는 세상이다. 사람들이여, 인생의 주인이 되자. 세상의 주인이 되자. 투표의 힘이 이 꿈을 이루어줄 것이다.

> 오늘처럼 시조가 술술 써지는 날이면
> 게다가 밤비가 종작없이 날리는 봄날이더면
> 붓일랑 꽃잎을 쓸어 슬픈 꿈을 마저 술로 채우리

말이 지배하는 시대를 말법 시대라 한다. 말법 시대는 말이 만물을 다스린다. 말은 독재자다. 말은 만물을 재단한다. 말은 인간이 발명한 최초의 기계 장치다. 말은 모든 기계의 기계다. 말이 갖는 원초적 본능은 기계성이다. 산은 산이요, 물은 물이다. 그런즉 말은 말이다. 말은 생명이 아니다. 말은 진리가 아니다. 말은 관념이다. 말을 버리고 뜻을 찾아야 한다. 그것도 애오라지 자기 몸으로 찾을 일이다. 몸을 놀리는 즐거움 속에 삶의 진실이 날개를 편다. 잘 놀고 잘 놀고 또 잘 놀아야 한다. 잘 노는 게 잘 사는 것이다. 그렇게 믿는다. 시조 놀이 — 시조왕자가 제시하는 행복한 세상을 만드는 놀이판이다.

지금 세상에 말이 들끓고 있다. 뿌리 없는 말, 뒤틀린 말, 속이는 말, 을러대는 말, 감추는 말이 있는가 하면, 말을 위한 말, 말로만 끝나는 말, 말하지 말아야 할 말, 말썽만 일구는 말, 말도 안 되는 말들이 떠다닌다. 말은 세계로 들어가는 문이다. 까닭에 말이 바로 서야 모든 사물이 제 빛과 제 소리를 낸다.

지금은 흑백 세상이다. 일배들 세상이다. 침략국 일배는 흑백국과 벌인 태평양 전쟁에서 리틀보이 원자폭탄으로 흠씬 두들겨 맞고 패전국이 되었다. 그 바람에 칸국은 일배국 식민의 세월에서 놓여났다. 그러나 해방된 지 백 년을 바라보면서 지금 세상은 일배충이 다시 득세하고 있다. 단단은 이런 사정이 도무지 이해가 가지 않는다. 이해할 수 없고 분해서 눈물이 그렁그렁 맺힐 지경이다. 예전에 그랬듯이 일배충 무리가 흉측하고 간교한 술책으로 사람들을 농락한다. 그들은 참을 죽이고 가짜를 살리는 일에 골몰한다. 일배라는 이름 끝에 충(蟲)이라 이름 붙인 대중의 예지력이 신기하다. 딱 들어맞는다. 일배충들은 역사를 조작하고 실상을 왜곡하여 숨 쉬는 것, 심장이 뛰는 것을 제외하고는 일상의 모든 것을 정치적으로 조작하고 전략적으로 승부를 건다. 이런 일을 반복적으로 당하면서 사람들의 순박한 삶은 날이 갈수록 고통스럽게 변질된다.

제 편의 힘을 키워라 역사는 펜의 기록이 아니라 편의 기록일지니

해방 이후 초기 선거에서 대부분의 국민이 초등학교조차 졸업하지 않은 학력임에도 국민의 정치의식은 지금보다 훨씬 더 날카로웠고 더 정확했다. 색안은 있지 않고 대신 육안이 살아 있어서 그랬다. 요즘에는 기사 날조 신문과 방송들이 마구잡이로 세뇌 작업을 해대는 통에 고등학교, 대학교 교육을 받고도 사람들의 정치 사회 의식은 여름철 웅덩이의 더러운 물처럼 탁하고 멍청한 상태에 머물러 있다. 언론의 조작질에 생각 없이 놀아나는 탓이다. 자신의 육안을 버리고 색안으로 보기 때문이다. 제 눈으로 세상을 보는 게 아니라 '동조중' 독재 사

회가 끼워준 색안경으로 세상을 읽고 해석하기 때문이다. 누군가가 일찍이 말했다. '생각하는 백성이라야 산다'고. '민주 시민의 깨어 있는 의식이 바른 세상을 만든다'고. '(독재 세상이면) 하다못해 담벼락에 대고 욕이라도 하라'고. 암만 제도 교육 많이 받으면 뭣하나? 신문 방송 조작 보도에 뇌가 세척되는 것을. 저마다 염소 머리를 하고서 기존 권력의 충실한 종이 되는 것을. 옛날 농부들이나 아낙네만도 못한 총기로 세상을 살아가는 이들이 부지기수다. 자신의 육안과 심안을 믿지 못하고 모두가 동조 중인 색안을 신뢰하는 까닭이다. 서글프고 안타까운 일이다. 이러므로 사회 정의가 병이 났다. 고질병에 걸렸다. 의식 불명인 채로 가쁜 숨을 몰아쉰다. 지역 차별 괴물이 시도 때도 없이 나타나 난동을 부린다. 아무래도 지금 칸국은 뼛속 깊이 병든 세상이 틀림없다.

> 가슴은 부풀고 미소가 향기처럼 번져
> 즐거운 맘이 오롱조롱 붐비면
> 만물이 푸지게 춤을 추네 만세를 부르며

지구 문명이 그렇듯이 칸국은 지금 독재 국가가 되었다. 일배충 독재 국가다. 지금 우리에게는 3·1정신이 필요하다. 3·1정신이 3철학이다. 항일 정신이 그립다. 독립 정신이 사무치게 그립다. 3·1철학을 알아야 한다. 3철학이 간절하다. 지금은 다시 항일 독립운동이 필요한 시점이다. 일배충과 흑백교가 우리 칸국을 지배하고 있다. 속속들이 지배하고 있다. 3태극 정신을 억누르고 간섭하고 뒤틀고 있다. 항일 독립군의 어머니 남자현 여사(1872~1933)가 남긴 옥중 유언이 오늘에 더욱 새롭다. "사람이 죽고 사는 것이 먹는 데 있는 것이 아니고 정신에 있다.

독립은 정신으로 이루어지느니라."

옛날 개화기 시절을 본다. 그때 나라를 일배국에 빼앗긴 칸국의 민족주의 엘리트들은 강한 칸국인을 만드는 데 주력한다. 1905년 러일전쟁에서 세계의 예상을 뒤엎고 일배국이 승리를 거두었다. 당시 윤치호는 그 충격을 일기장에 이렇게 적고 있다. "황인종의 한 사람으로서 나는 일배국을 사랑하고 존경한다." 그가 훗날 친일파가 되지 않을 수 없는 까닭이 여기에 있다. 그는 원조 힘파다. 이들 힘파가 현재 칸국 보수파의 뿌리가 된다. 이곳에서는 당연히 친일파들이 그 중심 세력이다. 여기에 반공파와 일배충과 친미파와 흑백교인들이 힘을 합치니 칸국 힘파가 보다시피 무시무시한 괴물이 되어버린 것이다. 해방 이후 지금까지 남칸은 힘파 전성시대를 계속 누리고 있다. 힘파는 결코 보수파가 아니다. 민족주의 성향도 아니다. 그들은 애오라지 권력과 이익에 목숨을 건다. 나라 팔아먹는 일도 그들은 서슴지 않는다. 권력의 노예, 미친 친일 매국노 세력들이다. 그들에게 민족 따위는 없다. 그들은 보수주의자가 아니다. 그들은 이기적 유전자를 지닌 욕망의 노예들일 뿐이다.

> 인을 쌓아 과를 이루니 인과응보가 그것이요
> 인은 본래 내 것이고 연은 내 밖의 것이라
> 인연은 바람 같은 것 돌고 돌아 또 만나리

사람은 떠나고 차는 온다. 젊어서 떠난 사람이 기계가 되어 돌아왔다. 생명은 가고 기계가 찾아왔다. 이것이 현대 문명의 모습이 아닐는지. 인정이 떠난 자리를 욕망이 채웠다. 현대의 비극이다. 참사람은 드물어가고, 사람답지 않은 사람이 점점 더 살기 좋은 세상으로 변해가는 것일까? 사람이 사람으로 살기가 어려우니 지금 세상은 사람 세상인가 기계 세상인가? 밤은 아침을 찾으러 길을 나선다. 아니 마중하러 가는 것이리라. 도시의 찬란한 밤은 기계가 주인공이다. 사람은 노예가 되어 기계를 떠받든다. 인류의 슬픈 자화상이다. 이제 사람은 기계 없는 세상으로 돌아가는 꿈을 꾸지만, 기계는 기계 없는 세상으로 돌아가려 하지 않는다. 기계 세상이 되고 말았는데 기계야 무엇이 아쉬울까? 그저 주인공으로 혜택을 누리기만 하면 될 것을. 책임질 일도 없고 고달플 까닭도 없고 섭섭해할 건더기도 없다. 기계는 기계니까. 삶이 우리를 속일지라도 우리는 살아야 한다. 심란한 세상에 한 줄기 위로가 찾아온다. 시조 놀이가 있다. 사람들이 웃는다. 손뼉을 친다. 떠들썩하다. 우주를 뒤흔들 대담한 생각을 만나고 싶다. 지금 세상은 2로서는 안 된다. 3이라야 한다. '한 철학'이 그립다. '한 생각'이 그립구나. '3철학'이 몹시도 그립구나.

　　세상은 두 종류가 있다. 미네랄 세상과 니미럴 세상이 그것이다. 아득한 옛날 시조 나라에 한 시인이 있어, 그것을 이렇게 기록하고 있다.

　　"시조 나라 미네랄은 흙의 마음으로 세계를 살아가고 흑백국 니미럴은 바닷물의 마음으로 세계를 살아간다. 흙의 마음은 농경 민족의 마음이요, 바닷물의 마음은 해양 민족의 마음이다. 시조 나라에 있는 물은 맑고 향기로운 민물이요, 흑백국의 물은 거친 파도에 휩싸이는 짠물이다. 그러므로 물로 말한다면 시조 나라의 물은 산천경개를 끼고 고요히 흐르는 포괄적이며 내성적인 물이고, 흑백국의 그것은 용솟음치며 뒤집개질하는 배타적이고 외향적인 물이다. 흑백국에도 흙이 있으나 거기에 있는 흙은 유목민들이 하늘의 별을 올려다보며 가축을 몰고 지나가는 하나의 도로에 지나지 않는다. 시조 나라의 흙은 온갖 생명이 저마다의 활력으로 노래 부르는 생명의 공간이다. 시조 나라의 흙은 자연과 인간이 하나 되어 생명을 나누는 역동적인 공간이고, 흑백국의 그것은 천상 세계를 꿈꾸는 자가 딛고 서는 발판이 되는 고정불변의 고체인 셈이다.

시조 나라가 파악하는 실제 세계는 살아 움직이는 활력으로 가득 찬, 곧 끊임없이 변화하는 모습으로 그려진다. 그러나 흑백국이 붙잡은 실제의 모습은 시간성을 박탈하여 불변의 고정된 실체로 처리된다. 시조 나라에서는 인간과 자연이 유기적으로 연결되어 있다. 다 같은 자연인데도 흑백국에서는 인간과 자연이 분리되어 있다. 자연을 보는 눈은 그대로 인간을 보는 눈으로 이어지고, 그것은 연속적으로 사회를 보는 눈, 종교를 보는 분, 여자를 보는 눈, 삶을 보는 눈으로 이어진다. 전체성을 헤집어서 분할하면 그 조각난 부분들은 사실상 무변화, 무생명성의 활력 없음으로 고정된다. 전체성을 해체하여 죽은 부분들로 세계를 조립하는 흑백 문명은 사실상 역동성과는 전혀 관계가 없는 문명사적 특징을 지닌다. 사정이 이런데도 인류 문명의 역사에서 발전과 진보의 활기찬 역동성을 지금의 흑백 문명이 몽땅 차지하고 있는 것처럼 보이는 까닭은 무엇일까? 생각해볼 때, 흑백 문명의 역동성이라는 것이 다른 게 아니라 분할하여 죽은 것들끼리 부딪히면서 내는 소리이거나 깨지고 변형되는 모습에 지나지 않는 것이다. 그것은 결국 조각난 부분적 실체들이 근대 역사의 한복판에서 제일 권력을 쟁취하기 위해 다투어 싸우느라고 흘리는 땀과 피와 눈물 속에서 태어난 괴물의 형상인 것이 아닌가?

밤에는 고추바람 낮에는 산들바람

밤낮이 돌고 돌아 하루가 사계절이네

아무렴 덥네 춥네 해도 봄이라서 다 좋지

기계는 서로를 받들어주고 위한다. 하물며 지금은 사람조차 기계를 받들고 위함에랴. 오늘 세상은 기계가 갑이고 사람이 을이다. 갑을 주식회사의 사회적 지위가 바뀐 것이다. 기계는 생명을 부여받고 생명은 기계를 주입한다. 터미네이터 세상이다. 미네랄 세상이 아니고 니미럴 세상인 거다. 좋다. 니미럴 세상. 욕설로 푸는 세상이다. 기계 인간이 점점 늘어난다. 세뇌된 인간이 점점 늘어만 간다. 니미럴 세상이 자꾸 가까워진다. 기분이 아주 니미럴이다. 잠시 되뇌어본다. 니미럴 니미럴 니미럴. 이런 니미럴 세상. 니미럴이 풍부한 세상. 참 설익은 돈가스 같은 세상이구나. 시큼한 니미럴이 오래전부터 사회 곳곳에서 그득그득 생산되고 있다. 이런 니미! 예향에 취하던 그 시절이 그립구나. 돌아갈 수 없는 그곳이 마치 꿈속 같구나.

미네랄은 도덕으로 살고 니미럴은 법으로 산다. 조화와 상생을 세계 경영의 원리로 삼는 미네랄과는 달리 니미럴은 분리와 투쟁을 세계의 법칙으로 내세운다. 분리의 철학은 극한의 지식과 이데올로기를 만들어내고 그것을 절대적 진리로 신봉하는 인간들을 만든다. 그들은 나머지 반쪽에 대한 증오와 적대 의식을 적나라하게 드러낸다. 분리된 대상들은 조화를 꾀하는 상보적인 존재가 아니라 대척되고 타기 되어야 하는 적으로 규정된다. 따라서 니미럴 세상이 밝혀내고 정리한 상호 모순 개념들, 이를테면 선과 악, 남자와 여자, 주관과 객관, 정신과 물질, 신과 인간, 육체와 정신, 무신론과 유신론, 자본주의와 공산주의, 인간과 자연 등은 조화와 균형 감각으로 파악되는 것이 아니라 대립과 투쟁, 배척과 증오, 억압과 반발로 나타날 수밖에 없다. 분리된 대상을 절대시하는 니미럴 사고는 곧 신과 인간을 절대적으로 분리하는 종교적 신앙 심리에서 유추된 것인데, 이것이 가지는 파괴적 창조력은 놀랄 만한 것이다.

미네랄은 3철학이고 니미럴은 2철학이다. 오늘날 니미럴 문명이 지구촌의 살림 모형을 장악하고 있다. 2철학이 세상을 지배하고 있다. 전체를 쪼개어 낱낱이 분석하고 실험하고 관찰하고 재조립하는 과정을 겪으며, 니미럴 세상은 기계 세상의 제조 능력을 보여준다. 극히 정밀하게 세분되고 전문화된 여러 지식 분야가 극한의 세계에까지 발을 들이밀어 탐구하고, 개조하고, 창조하는 일을 감당해나가고 있는 니미럴 문명은 인간의 도덕의식이나 지혜와는 완전히 분리된 객관적 지식이 사회를 이끌어 가는 이상한 문명이다. 그 사회의 지배자는 사람이 아니라, 더구나 도덕이나 정치 윤리가 아니라, 물질적 이익과 지식과 이데올로기이다. 니미럴 문화가 인간 중심주의에 기초를 두고 발전해 왔다는 말은 다른 뜻으로 해석할 것이 아니라, 그 인간 중심주의라는 게 신 중심주의의 분리 대립 개념이라고 보면 틀림이 없다. 이 점에서 미네랄의 인본주의와 니미럴의 인본주의는 근본적으로 다른 것이다. 미네랄의 사유 방식이 가지고 있는 기본 개념은 조화와 균형 감각이요, 니미럴의 그것은 분리와 극단의 감각이라 할 때, 이제 지구인들이 둘 중에서 어떤 가치, 어떤 개념을 취하여 앞으로의 세상을 살아가야 할 것인가 하는 선택의 자리에 서 있는 셈이다.

사람과 사랑은 애인처럼 꼭 붙어 있지요
한 사람 오면 한 사랑 오고 한 사람 가면 한 사랑 가고
한평생 사랑 사랑 사랑 사람이 곧 사랑이래요

니미럴의 신은 인간과 절대적으로 분리된 존재이며, 그 신은 또한 신적 개념 중에 가장 극단의 형태인 전지전능한 유일신이라는 사실이 니미럴 사유의 기본 원리를 잘 보여준다. 니미럴의 학문은 또 무엇인가? 하나의 현상을 전체로부터 단절하여 그것을 조각조각 분석하고 해체하고 조작하는 작업이다. 니미럴의 지식 논리에 따르면 전체를 보는 통찰과 지혜를 잃어버리는 대신 국소적으로 정밀하게 분석하는 기법이 발달할 수밖에 없다. 그래서 그런지 버나드 쇼(Bernard Shaw)와 같은 이가 공언하였듯이 자기 시대의 모든 철학적 문제를 해결하였다고 큰소리치는 작자들이 니미럴 역사에는 밤하늘의 별처럼 자주 출몰한다. 말단의 가지를 붙들고 나무 전체를 알아냈다고 난리 부르스를 추는 꼴이다.

그런데 놀라운 일은 새로 돋아나는 가지마다 이렇게 극단적으로 달려들어 주위 환경이나 전체와의 관계성을 단절한 채 정밀하게 측정하고 실험하고 분석하는 통에 정말로 나무라는 실체를 미네랄의 통찰형 사고보다 더욱 깊이 자세하게 그리고 정확하게 알아낸다는 사실이다. 대상을 발가벗기고 토막을 내어 이모저모 확실하고 정확한 지식으로 분석해 내어 그것을 상품으로, 정보화의 무기로, 공격용 폭탄으로 이용한다. 한 시대의 구체적 현실을 살아가는 다른 문명권의 사람들로서는 니미럴의 공격적 지배력 앞에 무릎을 꿇는 것 외에 달리 남아 있는 선택권이 없다. 이렇게 해서 지구촌의 현대 문화는 니미럴의 그것으로 점차 통일되어 간다.

미네랄 사유가 변화의 개념에 충실했지만, 니미럴 사유는 불변의 관념에 집중한다. 여기에서 두 세계의 자연관이 명확히 갈라지는데, 유기체적 자연관과 기계론적 자연관이 그것이다. 또한 미네랄이 관계 맺음과 상황 변화에 민감한 반면에 니미럴은 불변의 진리와 확실성의 실체에 매달린다. 미네랄의 힘은 우주 자연 전체에 골고루 퍼져 나가는 곡선의 흐름이고, 니미럴의 힘은 단절되어 분리 독립된 한 방향으로 집중되는 직선의 흐름이다.

미네랄의 시간관념은 시작도 끝도 없는 동그라미 모양으로 상징화할 수 있는 데 비해, 니미럴의 시간관념은 우주 자연의 출발과 종점이 분명한 직선 모형으로 상징화할 수 있다. 그래서 미네랄에서는 동그라미의 궤적을 따라서 변화하는 것만이 존재하며 끊임없는 변화야말로 불변의 실체라고 해석되는 데 비해, 니미럴의 그것은 불변의 실체가 있어서 이것이 확실한 진리의 모형이 된다고 믿는다. 여기서 미네랄의 신개념은 다원적이고 다충적인 다신주의 경향이나, 니미럴의 신개념은 확실성의 모형인 유일신의 형상으로 나타나는 것이다.

미네랄의 정신은 실제적이고 전체적이고 실용적인 일에 관심을 쏟으나, 니미럴의 정신은 관념적이고 부분적이고 추상적인 일에 전력을 질주하며 살아왔다고 말할 수 있다. 그리하여 미네랄 세계에서는 자연스럽게 진행되는 변화가 우주 자연과 인간 사회를 움직여 온 데 비해, 니미럴 세계에서는 인위적으로 변화를 조작하는 진보와 진화라는 개념적 지식이 우주 자연과 인간 사회를 역동적인 변화 속으로 몰아넣어 왔다고 정리할 수 있다.

미네랄의 상징 세계에서 시간은 뱀으로 형상화하고, 그 뱀은 이내 변화무쌍한 조화를 부리는 용으로 한 단계 도약한다. 여기에는 시간관념을 곧 변화로 보는, 달리 말해 변화 그 자체를 실제의 모습으로 직시한 우주 자연의 진리를 통찰하는 인간의 지혜가 깃들어 있다. 시조 나라에서 구렁이는 무병장수를 돌보아주는 집안의 지킴이 노릇을 한다. 뱀은 시간이며 변화의 상징인 까닭이다. 여기서 시간은 실존의 양식이 아니라 추상적으로 만들어진 관념으로 본다. 왜냐하면 시간관념이 우선적으로 존재하여 여기에 맞추어 변화가 드러나는 것이 아니라, 변화가 있음으로써 시간관념이 저절로 생겨난다고 믿는 것이다.

니미럴의 상징 세계에서도 시간은 꼬리를 물고 돌아가는 뱀으로 상징된다. 이 뱀은 모든 변화가 단절되는 무(無)시간성의 세계인 천상, 천국을 갈망하는 흑백교의 탄생으로 말미암아 타락한 악마, 사악한 생명으로 단죄된다. 왜냐하면 니미럴 종교에서는 시간성을 박탈한 곳이 바로 불멸의 영혼들이 거주하는 천국의 세계가 되기 때문이다. 좀 더 정확하게는 흑백교는 인간 정신과 시간의 정복자가 되려는 욕망으로 태어났기 때문이다. 물론 니미럴 근대 과학은 종교의 지배 영역인 인간 정신과 시간 외에 그것과 정확히 단절되어 양분된 채 남겨져 있던 물질과 공간을 지배하고 정복하려고 새로 태어났음은 말할 나위가 없겠다.

한 걸음 더 나아가 용의 개념과 가까운 니미럴의 드래곤은 '공룡(恐龍)'이라 이름 붙여도 좋을 만큼 무섭고 사악한 존재로 상징 의미가 주어진다. 중생대의 공룡보다 이게 진정 공룡에 가깝다. 미네랄의 용이 긍정적인 의미에서 변화를 상징화하고 있는 데 비해 니미럴의 공룡(드래곤)은 극히 부정적인 의미에서 변화를 상징하고 있는 셈이다. 왜냐하면 니미럴에서는 불변의 실체만이 절대 진리의 대명사가 되는데, 드래곤은 고정되지 않고 쉼 없이 변화하는 현실 세계를 지배한다고 보는 까닭에 사탄 또는 악마적 존재가 되는 것이다. 그 유명한 '드라큘라'는 '더 썬 오브 드래곤', 곧 '드래곤의 아들'이라는 뜻으로 지은 소설 속 이름이다. 흑백국의 관용적 표현으로 'The god of this world'가 있는데, 그 뜻은 '사탄'이다. 물론 천상의 저곳을 지배하는 신은 전지전능한 유일신이라는 사실을 확인하는 일은 새삼스럽다. 그리고 사탄의 어원은 '적대하는 자, 반대하는 자'의 뜻에 지나지 않는다는 사실도 알고 있을 필요가 있겠다.

살아 움직이는 실제 세계와는 관계성을 단절한 채 저 멀리 추상적으로 존재하는 불변의 진리 또는 고정되어 있는 확실성의 실체를 제작하고 그것을 찬양하고 숭배하는 흑백인들의 오랜 습성을 확인한다. 뫼비우스의 띠를 한 바퀴 돌아서 이제 다시 불변의 진리에 지친 자들이 파괴적이고 충동적이고 도전적인 유행 풍조를 만들어 그것을 자본의 힘으로 전 세계에 퍼뜨리고 있다. 시인의 눈으로 나는 이를 기록하며 새로운 문명 세상을 꿈꾸며 그려보노라."

마음은 무의 공간이다 영원의 집이다 시시각각 무게를 비워낸다

예술은 무수한 담금질 끝에 얻은 보석 같은 열매다. 예술은 사람을 살아있게 한다. 그러나 시조를 예술의 틀 안에 가둬 둔다면 시조 대중화는 불가능하다. 시조를 열린 세상에 풀어놓아야 한다. 바람처럼 공기처럼 자유롭게 풀어놓아야 한다. 그래야 시조가 산다. 흥이 살아난다. 신명이 도지고 풍류가 넘쳐난다. 재미와 즐거움이 흥성댄다. 그래야 삶이 풍요로워지고 다채로워진다. 세상이 아름다워진다. 놀이는 일상의 삶과는 다른 세계를 가진다. 그래서 놀이는 삶을 중층적으로 채색하는 수단이 된다. 놀이는 강박적이고 팍팍한 현실로부터 사람을 잠시나마 놓여나게 한다. 비약의 힘으로 새로운 세계를 찾아가게 한다. 놀이의 쓸모 있음은 놀이의 쓸모없음에서 나온다.

일상에서 놀이를 찾으면 행복하다. 일 속에서 놀이를 발견하면 행복하다. 그가 가장 진화된 인간이다. 놀이는 인간에게 아득한 자연성을 돌려준다. 자유를 돌려준다. 문명에 짓눌러진 인간성을 되찾아 준다. 놀이는 물질과 제도의 저항을 헤치고 자유를 찾아가는 삶의 여정이다. 놀이는 시시때때로 커다란 감동이고 즐거움이다. 지금 시조 놀이가 우리 손에 쥐어져 있다. 어떻게 할까?

놀이로서의 시조는 전문가의 세계와는 상당한 정도의 거리를 두고 있다. 시조 시인들은 시조를 자신의 일상 속으로 끌어들인 사람들이다. 그들은 비일상적인 놀이를 일상화한 사람들이다. 시조에 살고 시조에 죽는 걸로, 일상을 보내는 사람들이라는 뜻이다. 전문가는 당연히 일반인들과는 다른 눈으로 대상을 바라본다. 시조 시인에게 시조는 예술이다. 아니 어쩌면 종교이기도 하다. 그러나 그들 또한 시조의 입문 단계에서 시조가 주는 즐거움과 재미에 한없이 매료되었던 사람들이다. 그래서 열심히 시조 공부에 매달려 전문가가 된 사람들이다. 세상 사람들 누구나 이럴 수 있는 것이 아닐까?

애초의 놀이로서의 시조의 모습을 그들에게서 찾아내기가 쉽지 않다. 진품 명품을 빚어낸다는 승부의 칼날을 품고 사는 이에게서 재미와 오락성을 발견할 수 있을까? 그들 작품에서는 숭고미나 비장미가 안개꽃처럼 피어난다. 생애 최고의 작품을 빚어내고자 하는 치열한 장인 정신이 강물처럼 흐른다. 그들은 전문가다. 아마추어와는 다를 수밖에 없다. 아마추어는 그들이 빠르게 훑고 지나가는 생의 촉수를 짚어내기가 쉽지 않다. 내면 깊숙이 와 닿는 사유의 흔적을 따라가기가 벅차다. 작품의 질이 다른 것이다. 그러나 시조를 짓는 것과 시조를 즐기는 것은 전혀 다를 수 있다. 잘 짓는다고 해서 잘 즐길 수 있는 것은 아니다. 솜씨 여부를 떠나 시조를 즐길 수 있는 여건과 태도가 더 중요할 수 있다. 거 왜 프로선수만 축구를 즐길 수 있는 건 아니지 않나? 오히려 전문가보다 아마추어가 더 잘 즐길 수 있다. 무엇이든지 그것이 전문화의 길로 들어서기 전이 더 아름답고 더 재미있고 더 낭만적이다. 시조의 세계에서 시조 놀이가 그것을 보장해 줄 것이다. 시조를 가지고 놀자. 시조를 가지고 만판 흐뭇이 젖어보자. 일상에서 시조 놀이를 틈틈이 베풀고 참여하면 사는 재미와 즐거움이 죽순처럼 쑥쑥 자라나지 않을까 보냐. 이런 마음으로 시조에 접근할 때 시조는 한 개인의 삶을 고무시키고, 나아가서는 그 집합체인 민족의 삶과 지구촌 문화 전체를 생기발랄하게 이끌어갈 수 있을 것이다.

삶에 격이 있는 것처럼 물론 시조에도 격이 있다. 격조가 있는 시조란 잘 쓴 시조가 아니라 자연스럽게 지어진 시조이다. 기량이 높다고 해서 격조 높은 시조를 빚어낼 수 있는 것이 아니다. 기교가 떨어지더라도 시조가 생물처럼 살아 움직이도록 해야 격조가 산다. 좋은 시조 작품을 보는 즐거움은 지은이의 생생한 숨결과 격조 높은 삶의 태도를 만나는 데 있다. 지은이의 고뇌 어린 시선을 마주 보며 생의 희비를 함께 나누는 보람이 그곳에 출렁댄다. 시조는 살아 움직이는 것이라야 한다. 생물은 제 가는 길이 있고 그 길로 가야 자연스럽다. 이럴 때 시조는 천의무봉의 옷을 입게 된다. 살아 움직이는 물체는 가는 길이 있고 발전하는 방향이 있다. 좋은 시조는 볼 때마다 생기발랄하게 살아 움직이는 생물이 되어야 한다.

시조는 득호우(得好友)의 매개체다. 처음 보는 사람이라도 시조 놀이를 하면 경계 없이 서로 통하게 된다. 좋은 벗을 얻는 것이다. 시조광, 시조 마니아. 무엇이나 중독자가 돼야 새것을 꽃피울 수 있다. '시조로 세상을 구하자.' 단단은 이 말을 품에 안고 산다. 시조야말로 노벨문학상을 받을 칸국의 유일 분야라고 믿는다. 또 믿는다. 시조는 21세기를 살아가는 후손들의 건강을 위해 조상들이 때 없이 지어주는 보약이라고. 이러매 그는 시조 보급을 위해 자기의 모든 것을 바칠 각오가 되어 있다. 단단은 시조왕자다. 시조로 놀고 시조로 즐기는 사람들, 시조 애호가들, 끝내는 한 줄짜리 시조로 일상을 소풍 가듯이 사는 사람들이 주변에 차근차근 생겨나기를 고대하는 것이다. 그들이 시조 나라의 백성이 된다. 그들이 시조 나라를 여는 것이다. 열망이 깊으면 행동이 저절로 일어난다. 단은 두 주먹을 불끈 쥐고 외친다. "단, 너는 할 수 있어. 시조로 남북을 통일해 버려. 시조는 겨레의 꽃이야. 지구별 최고의 노래야. 사람들의 잃어버린 고향을 찾아 줘. 정신의 혈맥이 흐르도록 다리를 놓아 주렴. 3의 철학이 부활해야 해. 시조는 생애 최고의 생필품이야. 하느님이 보우하사 시조에 살고지고. 시조 나라 만세."

단은 오늘도 시조의 꿈을 읊조리며 잠자리에 든다.

> 당신은 햇살보다 부드럽고 상냥합니다
> 꽃보다 예쁜 당신 당신은 나의 꽃
> 정녕코 당신이 있어 아침이 또 밝아옵니다

시조 놀이에 몰두하다 보면 다른 세상을 만나게 된다. 일상과는 전혀 다른 색 다른 세계. 여기서 삶은 다시 한 번 요동친다. 날아오른다. 희비애락의 쌍곡선이 아리랑으로 출렁인다. 종이에 낱말이 떨어지고 서로 무관해 보이던 생각들이 마주하면 무생물이던 낱말이 이윽고 생동한다. 차츰 언어들이 긴장하며 뭉치고 흩어짐을 반복함에 따라 생각이 스스로 움직여 나간다. 그때의 낱말은 이미 운필자의 것이 아니라 고유한 독자성을 띄게 된다. 지은이는 언어의 운행을 그냥 따라가면 된다. 거스를 수 없는 그 흐름을 부지런히 좇아가면 된다. 이것이 시조를 빚어내는 원리이다. 정성 어린 손길로 완성하는 놀이 —이것이 시조의 장인 정신이다.

시조는 여백을 두어 따스하고 편안한 느낌을 준다. 미의 여왕이라고 할까? 여백은 정중동의 미소다. 자연미와 단순미가 고즈넉하다. 진선미의 현재 가치

기준은 우리 것이 아니다. 흑백국의 방식이다. 시조 놀이는 진선미의 가치 배열을 바꾸는 일이다. 우리 본래의 것으로 돌아가는 일이다. 흑백국 현대 '진선미'의 창시자 칸트가 말한다. 순수이성 비판은 진(眞)을 추구하고, 실천이성 비판은 선(善)을 추구하고, 판단력 비판은 미(美)를 추구한다고. 이것이 각각 과학(종교), 도덕, 예술의 영역에 속해 있다고. 그러나 여기 진선미의 가치 순위는 서양 흑백국의 가치 기준에 따른 것이다. 이성 중심의 시각이다. 과학 맹신의 시각이다. 이것은 전적으로 그들의 종교 정신에서 유추한 것이다. 그러나 우리에게 삶의 본질은 진, 선, 미, 가 아니라 미, 선, 진, 의 차례로 가치를 지닌다. 왜냐하면 삶이란 게 본래가 예술인 까닭이다. 삶의 우열을 매길 수 없는 까닭이다. 인생은 처음부터 예술이다. 제 나름의 종합예술이다. 사람은 누구나 삶의 예술가들이다. 삶이 예술인 까닭에 이곳의 삶은 무엇을 차지하는 데 행복이 있는 게 아니라, 삶 자체를 또는 자기 자신을 즐기는 데 행복이 있는 것이다. 예술은 삶을 즐기는 것이고 자기 자신을 즐기는 것이니까 그렇다. 그래, 시조 놀이는 삶을 예술로 만드는 가장 손쉬운 방법이다. 저마다 걸어가는 인생의 가장 아름다운 오솔길이다.

세상을 바꾸고 싶은가? 잘 놀면 된다. 즐겁게 살면 된다. 이게 3철학이다. 풍류의 눈으로 세상을 보라. 뒤집힌다. 새로움이 파도치며 일어선다. 즐거움이 몽실몽실 피어오른다. 고정 관념과 선입견은 깨져야 한다. 더 큰 세상이 우리를 기다린다. 지금과는 다른 삶이 가능하다는 걸 믿어야 한다. 지금과는 다른 문명이 분명히 가능하다고 믿어야 한다. 생각해보면 예전의 삶은 지금과는 다른 방식의 삶이었다. 조선의 문명은 지금과는 색다른 문명이었다. 우리는 자신이 길든 존재라는 자각에 이르러야 한다. 그래야 새로운 방식의 삶이 가능해진다. 세뇌의 틀을 깨뜨려야 한다. 새 문화가 가능하다. 새 문명이 가능하다. 단은 시조 나라의 꿈을 바람과 함께 가슴 가득 들이켠다. 하늘을 우러른다. 삼색 구름이 떠 흐른다. 단이 영에게 속삭인다. "저것 좀 봐. 하늘 노래야. 삼색 시조가 떴어."

단단은 영과 함께
시조 나라를 세웠어.

'3의 나라, 시조 나라'

임금과 왕비가 되었지.
둘은 시조 나라 백성과 함께
날마다 행복하게 살았대.
학교는 살맛 나는 행복 충전소가 되었고
마르지 않는 감성의 샘터가 되었어.
칸 사람들은 이칸과 저칸을
나누어 증오한 것이
일배충들의 간교한 술책이며
흑백국 사람들의 농간이었음을 깨달았어.
남칸 북칸이라는 칸막이를 치우자
틈새에 서식하던 지역감정 괴물과
흑백 일배충들이 싹 없어졌어.

칸국은 그 옛날의 위대한 나라
큰 나라 칸 제국이 되었어.
행복한 시조 나라 사람들은
잘 웃는 게 특기고
누구나 아무 때나 시조를 갖고 노는 게 특기야.
그들은 또 낙천의 마음으로
음주 가무를 즐겨.
위대한 풍류도의 칸이 부활한 거지.
흑백국에 빼앗긴 하느님을
물론 되찾았지.
이제 하느님은
오직 칸의 하느님이야.
우리 하느님이야.

하느님이 보우하사
단단 임금님 만세~
이영 왕비님 만세~
하느님 만세~
시조 나라 만세~

심조왕자

단단

10

놀다 가자 놀다 가. 굴곡 많은 세상. 옹이 많은 세상. 놀다가 가자. 놀다가 가. 한바탕 신명 나게 놀아보는 하루가 행복하다. 성공이다 출세다 행복이다 하면서 애면글면 박 터지게 다툴 일 없다. 인생은 두 가지가 있다. 좋은 인생과 나쁜 인생. 당연히 사람들은 좋은 인생을 선택한다. 제 맘이 흡족하게 되면 그것이 좋은 인생이다. 좋은 인생은 좋은 사람들과 더불어 즐거이 춤추고 노래하는 것처럼 항시 심신이 상쾌하다. 가슴 벅찬 보람이 때 없이 느껍다. 좋은 인생은 하루에 한 번 이상 설렌다. 설레는 인생이 행복하다. 삼매경과 불현듯 만난다. 사는가 싶게 사는 게 좋은 인생이다. 마지못해 사는 일상은 쥐에게나 줘버려, 단은 그렇게 생각한다. 하고 싶은 일을 먼저 하면서 사는 삶이 어쩌면 괜찮다. 젊어서는 억지로 생계를 위해 일하고 나이 들어 퇴직한 후에 제 좋아하는 일을 한다는 게 인생의 낭비일 수도 있으니까. 일의 순서를 바꾸면 어떨까? 제가 좋아하는 일, 즐기는 일을 젊어서 먼저 시작하는 게 좋다. 젊어서 고생은 돈 주고 사서라도 해야 한다. 의미 있는 삶은 누가 말려도 하고야 만다. 가시밭길이라도 웃으며 간다. 깊은 어둠이라도 즐거이 건너간다. 분투의 즐거움. 땀의 결정체, 그것이 인생이라고 단은 생각하는 것이다.

즐겁게 살 일이다. 세상살이를 보면 즐겁게 살지 않는 이만 억울하다. 이것이 삶의 단 하나의 진리가 아닐까 보냐. 끝까지 즐겁게 사는 게 이기는 거다. 위선이 앞서고 배신이 뒤를 따른다. 세상은 항용 그런 것이다. 그러나 웃어라. 웃으면 열리고 찡그리면 닫힌다. 열고 열고 또 열고. 그 기쁨, 그 환호로 새 문을 열고 또 힘차게 달려가는 것, 이것이 멋진 인생이라고 시조왕자는 생각하는 것이다. 단순한 삶이 멋진 삶이다. 단순한 것이 아름다운 것이라고 여긴다. 단순하게 사는 것이 열정적인 삶이라고 믿는다. 있는 그대로를 열정의 도가니에 던져 넣고 가장 단순한 눈으로 세상을 바라보는 것, 그 눈으로 단단은 세상을 본다. 그것은 소박하고 겸허한 시선이다. 자기를 높이려 하지 않는다. 자기 외의 세상을 가슴에 품는다. 자신을 포장하여 고상하게 자신을 내세우지 않는 곳에 단의 매력이 있다. 언제나 낙천의 눈으로 삶을 바라보는 것이 영에게도 전달되었다. 그녀가 그를 좋아하는 까닭이다. 그렇다. 단단의 가장 큰 매력은 단순함과 낙천, 바로 그것이다.

시조는 밥이다. 날마다 먹는 밥이다. 가마솥에 짓는 밥이다. 천 년을 이어온 밥이다. 이것은 계량컵의 눈금에 맞추는 밥이 아니다. 전혀 과학적이지 않은 정형의 밥이다. 정형시라는 밥이다. 시조는 손대중으로 짓는 밥이다. 눈대중으로 짓는 밥이다. 대충 총명하게 짓는 밥이다. 뜸을 잘 들여야 한다. 그래야 맛있는 밥이 된다. 뜸은 생애의 주름이다. 세월을 양분으로 삼는 것이다. 시조는 삶의 가장 자연스러운 진실이다. 삶 그대로가 밥이 된다. 이게 시조다. 생생한 밥이다. 푸진 밥이다. 찰기 부신 밥이다. 생명의 밥이다. 시조는 3철학의 밥이다.

보면 시조 3장의 모양새가 무엇을 닮았다. 무엇? 쌀알을 닮았다. 한 톨의 쌀과 같다. 시조는 한 톨의 쌀이다. 유선형이다. 토실토실하다. 날렵하고 토실토실한 유선형이다. 배다. 배 같다. 시조는 배다. 인생의 배. 삶의 배. 생의 바다에 배가 뜬다. 두둥실, 생의 바다를 노닌다. 어울려 노닌다. 노닐고 부닐고 거닐고 어디든 다닌다. 시조 놀이는 기쁜 잔치다. 어디에서나 즐겁게 노는 일이다. 시름 덜어놓고 풍류를 즐기는 것이다. 이면의 그늘을 해무늬로 수놓고 살자는 약속이다. 사람들은 눈물샘을 빠져나가지 못한 슬픔을 때로 한곳에 모은다. 찬란한 보석으로 가공한다. '나-너-울'의 시조 놀이를 베푼다. 몸속에 고인 시간들이 흘러나온다. 떨어진 세상 정나미를 시조라는 아교로 풀칠을 한다. 붙인다. 감쪽같다. 신명의 바람이 분다. 한 고비를 넘어 앞이 탁 트인다. 운김에 눈물이 난다. 김이 피어오르는 뜨거운 눈물이다. 삶이 정화된다. 심신이 다시금 화락하다. 일상의 시간이 멎고 새로운 4차원의 시공간이 신바람을 몰고 온다. 황홀지경. 시조의 매력에 깊이 홀린다. 삼매경에 빠진다. 저마다 열락 바다에 닿는다. 시조는 3태극이다. '나, 너, 우리' 세상이 있다. 그곳에서 '나-너-울' 철학이 춤춘다. 사람들이 시조 나라를 열고 있다. 3철학이 열린다. 장엄한 광경이다.

> 사람 사는 일이 이제저제 다를까
> 웃고 울고 사랑하고 다투고 희희낙락타가
> 저물녘 산 그림자처럼 조용히 스러지는 거지

하늘을 본다. 조각구름이 몽긋몽긋하다. 모둠 꽃밭 같다. 구름을 타고 잠깐 옛날로 돌아가 본다. 아아 그때는 얼마나 행복했던가. 사람은 사람답고 자연은 자연답고. 물은 흐르고 새는 노래하고. 인정의 꽃밭에서 만물이 저마다의 생명력을 잔칫날처럼 흥성이며 풀어내던 그때. 이제는 가슴속에서 꿈결처럼 아득히 일렁일 뿐이다. 그때 그 시절, 동심의 세계. 시조 나라. 아아 시조 나라는 꿈길로 가는 미래의 나라이다. 그곳은 역설의 미학이 깃을 치는 곳이다. 짧아서 길고, 막혀서 트였고, 굽어서 곧고, 끊어져서 이어지고, 유한해서 영원하고, 하나여서 모두가 되는 곳. 단은 풋잠에 빠져든다. 꿈길밖에 길이 없기에.

　세상에서 가장 가까운 길은 시조 속으로 들어가는 길이다. 가장 먼 길은 한 길 사람 속으로 들어가는 길이다. 가장 즐거운 길은 사람사람이 시조를 사랑하는 길이다. 이 길은 시조에 사무친 길이다. 시조 사랑의 길이다. 곳마다 시조 꽃을 피우는 길이다. 시조와 동무하는 길이다. 일상을 꽃 삼아 사뿐히 지르밟고 가는 길이다. 이 길은 시조의 길이다. 시조를 위한 길이다. 시조에 의한 길이다. 지구별을 시조 꽃 천지로 여는 길이다. 시조 나라로 가는 길이다.

　누가 그랬던가. 간절히 원하면 온 우주가 도와준다고. 단은 영과 함께 바람을 맞는다. 먼 옛날과 지금을 동시에 마중하고 있다. 눈앞에서 나뭇가지가 흔들린다. 바람에 흔들리는 나뭇가지가 마치 시위를 떠난 화살촉 같다. 시리도록 푸른 잎사귀가 눈을 찌른다. 아마도 엽록체가 자가 운동을 열심히 하나 보다. 단은 고개를 돌리며 놀란 눈으로 그녀를 찾는다. 없다. 조금 전까지 바로 옆에 있던 이 영이 보이지 않는다. 없어졌다. 사라졌다. 감쪽같다. 바람에 실려 갔나 구름 타고 흘렀나, 단단은 열심히 눈동자를 굴린다. 그녀를 찾는다. 없다. 가뭇없다. 사라졌다. 어디 갔을까? 그러나 단은 걱정하지 않는다. 영은 늘 제 가슴속에 살아 있다고 믿는다. 단이 영을 떠나보내지 않는 한, 영이 결코 단의 곁을 떠나지 않을 것이다.

방울방울 빗물이 가슴으로 스며드네
그대 못다 한 말 아직 남았는가
우산을 비껴들고서 고개 숙여 이별가를 하염없이 듣네

세상은 아름다운 곳이고 삶은 소중하다. 험난한 세상의 파고를 이기려면 내공을 쌓아야 한다. 내공이란 다른 게 아니다. 예술을 알고 예술을 즐기며 운동을 알고 운동을 즐기면 된다. 이것이 가장 직접적인 문제 해결 방식이다. 우리나라는 예부터 가무의 나라였다. 음주 가무의 나라. 음주 가무가 바로 예술이고 운동이다. 음주 가무가 벅차면 음식 가무라도 하자. 잘 먹고 잘 놀자. 즐겁게 살자. 뜨거운 심장과 정감으로 흐뭇이 놀면 세상이 즐겁다. 정치란 그럼 무엇? 사람들이 이럭저럭 살아가게끔 하는 게 정치이다. 잘 살게 하고 즐겁게 살도록 하는 게 정치다. 이게 정치의 힘이다. 정치는 공동체 삶의 방식을 조절하는 방식이다. 개인에게 미치는 공동체의 전체적인 힘이다. 정치는 그 힘으로 균형과 배분을 다룬다. 긴말 자르자. 한 마디로 정치는 모든 이를 행복하게 살게 하는 노력이다. 그런데 시조 나라는 정치가 필요 없다. 왜냐고? 시조 놀이가 바로 정치이기 때문이다. 스스로 행복해지려는 노력이기 때문이다. 시조 나라 사람들은 풍류 삼매에 곧잘 빠진다. 이곳 사람들은 자주자주 모여서 즐거운 시간을 함께한다. 어울려 잘 논다. 잘 먹고 잘 지낸다. 홍익인간은 살림의 고수들이다. 생명을 살린다. 신명을 살린다. 그는 혼자 있어도 자신을 즐긴다.

3태극은 민주주의의 가장 참다운 상징이다. 참세상이 거기에 있다. 이곳에 다양성이 살아 있다. 3태극이 참세상이다. 우주가 3태극의 날갯짓으로 팽이처럼 돌고 있다. 그 바람에 바람이 분다. 시조가 춤을 춘다. 하늘하늘 춤을 춘다.

사각사각 노래하고 보들보들 안겨온다. 시조는 바람이다. 바람의 무늬다. 바람의 노래다. 3태극 문양을 이윽히 본다. 바람결을 본다. 바람의 날개를 본다. 빨강, 파랑, 노랑, 삼색이다. 꿈의 날개다. 하늘 구슬이다. 우주 자연의 여의주다. 신묘한 정중동의 흐름. 삼색 바람이 분다. 바람의 노래. 바람결을 본다. 첫째, '빨강'을 본다. '빨강'에서 '가둘 수 없는 열정'을 본다. 둘째, '파랑'을 본다. '파랑'에서 '시대를 앞선 도전'을 본다. 셋째, '노랑'을 본다. '노랑'에서 '억압에 맞선 용기'를 본다. 3태극 문양이 바람결에 일렁인다. 흔들리는 즐거움. 누리가 환하다. 새 힘이 솟고 슬기가 돋는다. 이쯤 되면 삶은 예술이다. 예술이 된다. 예술 시대의 문이 열린다.

그러나 예술을 한다 해도 이를 특별히 공부하거나 재능을 익힐 필요는 없다. 세상을 즐겁게 보는 눈을 가지면 된다. 제도와 관습과 권력이 씌워준 색안을 벗고 자신의 심안을 깨치면 된다. 원래 가진 맑은 눈빛을 회복하기만 하면 된다. 사회의 힘 있는 무리가 들씌운 색안경을 벗고 순정한 마음의 눈을 열면, 그곳에 시조 나라로 가는 길이 열린다. 시조를 예술로 빚어내는 명장의 대열에 서든, 아니면 재미와 흥미에 마음 설레는 아마추어 자리에 서든, 시조라는 게 읽고 쓰는 모든 이들에게 커다란 즐거움을 준다는 점에서는 다르지 않다. 시조가 한낱 오락에 머물지 않도록 하는 경계 장치가 있을 수 있다. 시조 공부에 수련을 거듭하여 단계를 자꾸 높여가면 좋다. 시조를 도구로 하여 인격 수양에 매진할 수도 있다. 정진에 정진을 거듭하면 마침내 시조도(時調道)에 이르는 환희를 맛볼 수 있다. 분주한 일상 속에서 시조 삼매에 한 번씩 빠져들면 지극한 즐거움이 찾아온다. 시조의 참맛은 아무래도 시조를 짓는 일에 있다. 시조는 맛있는 음식 같은 것이다. 자주 맛볼수록 삶이 행복해진다.

지구별에 봄날이 왔다. 긴 겨울이 지나고 얼었던 땅이 푹신푹신 빵처럼 부풀어 오른다. 온갖 물상들이 기지개를 켜고 눈빛을 반짝인다. 지천으로 널린 봄꽃들은 다른 게 아니다. 시조, 시조, 시조. 시조 꽃이다. 새 울음소리는 숫제 노래다. 시조 노래. 태평성대가 환하다.

여기는 시조 나라, 홍익인간이 사는 곳이다. 온통 꽃밭이다. 시조의 꽃밭, 인정의 꽃밭이다. 흐드러졌다. 시조 나라가 열렸다.

"집중은 하되 집착은 말자."

시조왕자 단단이 오늘도 꿈속에서 중얼거리는 말이다.

초판 1쇄 발행일 2014년 3월 4일

지은이 이동훈
펴낸이 박영희
편집 배정옥·유태선
디자인 김미령·박희경
인쇄·제본 태광 인쇄
펴낸곳 도서출판 어문학사
　　　서울특별시 도봉구 쌍문동 523-21 나너울 카운티 1층
　　　대표전화: 02-998-0094/편집부1: 02-998-2267, 편집부2: 02-998-2269
　　　홈페이지: www.amhbook.com
　　　트위터: @with_amhbook
　　　블로그: 네이버 http://blog.naver.com/amhbook
　　　　　　　다음 http://blog.daum.net/amhbook
　　　e-mail: am@amhbook.com
　　　등록: 2004년 4월 6일 제7-276호

ISBN 978-89-6184-327-0 03810
정가 20,000원

이 도서의 국립중앙도서관 출판시도서목록(CIP)은 e-CIP홈페이지(http://www.nl.go.kr/eci와
국가자료공동목록시스템(http://www.nl.go.kr/kolisnet)에서 이용하실 수 있습니다.
(CIP제어번호: CIP2014004900)